NERMİN BEZMEN, gelenekselden naife ve klâsiğe, minyatürden özgün baskıya ve restorasyona uzanan sanat yelpazesini, yoga felsefesi ve müzikle beslediği uzun senelerden sonra, ilk kez 1991'de okurla buluştu.

TRT'de canlı yayın sunuculuğu, çeşitli dergilerde köşe yazarlığı, röportaj dizileri ile panel organizasyon-yönetimi ve halkla ilişkiler, yoga eğitmenliği yapan Nermin Bezmen, 25 yıldır atölyesinde yetişkinlere ve çocuklara resim dersi vermekte, yazılarını *Chronicle* dergisindeki köşesinde sürdürmektedir.

Uzun süren araştırmaları ışığında nakış gibi işlediği detayları, tarihin sessiz kalmış gerçeklerini, titizlikle uyarladığı karakter tahlillerini, gerçekçiliğin vuruculuğuyla roman ve öykülerine aktardı. Okurlar da bu satırlarda, kendilerini, düşlediklerini, hüzünlerini, endişelerini veya çok yakınlarından bir esintiyi yakaladılar.

2002'de, Haliç Rotary Kulübü'nün verdiği "Meslek Ödülleri"nin edebiyat dalındakini almış olan yazar, evli ve iki çocuk annesidir.

Nermin Bezmen'in diğer eserleri:

Uyandıran Aşk (şiir, 1991), *Kurt Seyt & Shura* (roman, 1992), *Kurt Seyt & Shura* (İngilizce), *Kurt Seyt & Murka* (roman, 1993), *Mengene Göçmenleri* (roman, 1994), *Zihnimin Kanatları* (denemeler, 1995), *Türkuaz'a Dönüş* (derleme-roman, 1996), *Bir Gece Yolculuğu* (fantastik roman, 1999), *Bir Duayen'in Hatıratı* (derleme-anı, 2002), *Sır* (roman, 2006), *Kırk Kırık Küp* (hikâye, 1999, 2006), *Aurora'nın İncileri* (roman, 2007).

NERMİN BEZMEN

Sırça Tuzak

3. Basım

Remzi Kitabevi

SIRÇA TUZAK / Nermin Bezmen

Editör: Neclâ Feroğlu
Kapak: Pamir Cazım Bezmen - PMR/VCS

ISBN 978-975-14-1240-9

BİRİNCİ BASIM: Aralık, 2007
ÜÇÜNCÜ BASIM: Aralık, 2007

Bu kitabın her basımı 5000 adet olarak yapılmıştır.

Remzi Kitabevi A.Ş., Akmerkez E3-14, 34337 Etiler-İstanbul
Tel (212) 282 2080 Faks (212) 282 20 90
www.remzi.com.tr post@remzi.com.tr

Baskı ve cilt: Remzi Kitabevi A.Ş. basım tesisleri
100. Yıl Matbaacılar Sitesi, 196, Bağcılar-İstanbul

Bu kitaptaki karakterler ve olaylar
hayal ürünüdür.

Yazı anlatmakta elçidir.
Anlatılan (kahraman) ahlâksızsa,
elçiye zeval olmaz.
NB

VARDAR AİLESİ

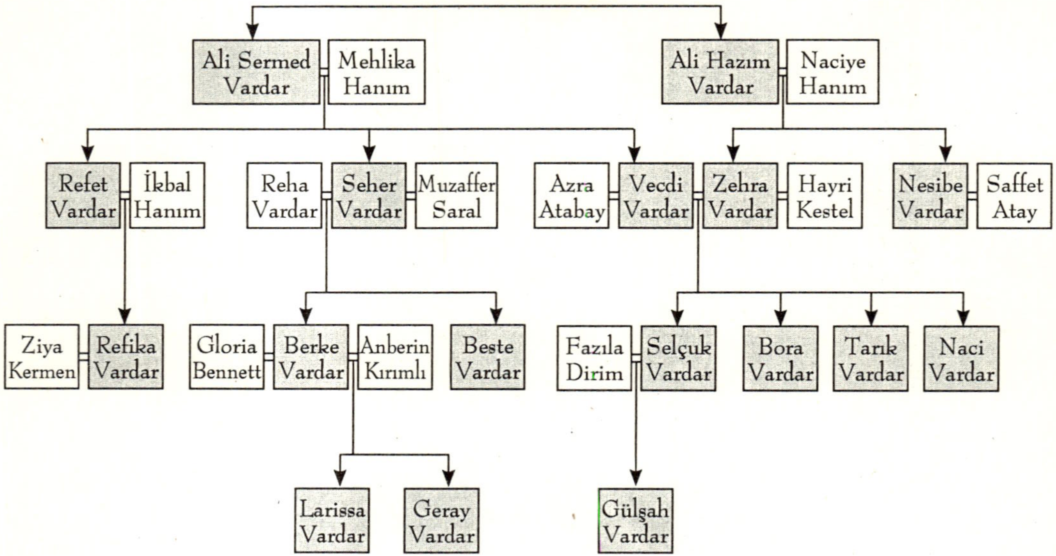

Habil'den bu yana,
Kâbil'lerin mahvettiği hayatların
iyi ve dürüst kurbanlarına…

. . . Ve Şeytan Zuhur Etti!

Ağustos akşamı, perşembe, saat 19:00, Nişantaşı

Gözleri yarı kaymıştı. Birbiri ardına sık nefeslerle kasılmış olan çenesi gevşeyip ağzı açıldı ve genizden gelen inlemelerin ardından kısa, çabuk tükenen bir haykırışla titredi. Gözleri kapanmıştı. Gevşeyen bedeninin, sıcak suyun içine yayılan menisinin hürriyetini hissedebiliyordu. Son bir kez avuçladıktan sonra ellerini uzvundan çekip, kollarını küvetin kenarlarına dayadı. Bedenini arkaya yaslayıp derin nefeslerle, kalp atışlarının yavaşlamasını bekledi. Dudaklarında, kendi kendine yaşattığı tatminin keyfiyle gülümseme belirmişti. Bedenine, bacaklarının arasında kovuğuna çekilmeye hazır bir yılanın başı gibi duran organına baktı. İşte hürriyet buydu! Kendi bedeni üzerinde hâkimiyetti. Hiç kimseye ihtiyacı olmadan zevklerini, tatminlerini yaşayabilmekti. Başka birini memnun etmeye, doyuma ulaştırmaya da gerek kalmadan, sadece kendi bedeniyle yaşayabilmekti hürriyet. Yüz kadınla olmaya tercih ederdi, yalnızlığıyla başbaşa, kendiyle sevişmeyi. Kimseyle paylaşmadan, bedenine hakkı olanı verdiği bir tapınma gibiydi mastürbasyon. İstediği zaman, istediği müddet, istediği tempoda, isterse bir kez, isterse tekrar tekrar... Bir kadınla sevişmekten çok daha kolay, çok daha numarasız ve her türlü çekinceden, karşısındakine tatmin yaşatmanın sorumluluğundan uzaktı.

Evliyken de, dört gözle beklediği zamanlardı karısının sık sık çıktığı seyahatler. Banyosunda, yatak odasında bedeniyle başbaşa kalıp, aşk yaşayacağı anları iple çekerdi. Yalnız kaldığı böyle gün ve gecelerde, belâlı karısından kaçıp, gizli âşığıyla buluşan bir erkeğin cinsel heyecanı, dürtüsü ve doymak bilmeyen iştahıyla sarılırdı bedenine. Ona, kendisini seyretmekten ve okşamaktan daha fazla tatmin verebilecek bir şey yoktu. Bir durum hariç... Beraber olduğu kadını bir başka erkeğin kollarında düşündüğü anlar.

Karısının, seyahatleri esnasında kaçamakları olduğunu hep hissetmiş ama bunu hiçbir zaman ona belli etmemişti. Onun, kendisine deli gibi âşık olduğunu ama cinselliğin çeşnisinden kaçamadığını bilirdi. Hayali bile kendisine uzaktan heyecan veren bu kaçamaklardan haberdar görünmek istememişti. Aksi takdirde, yüzleşmesi gerekecekti. O zaman da, ya Fazıla af dileyip bir müddet uslu davranacak ya da ayrılacaklardı. Halbuki, karısının Paris'te bir otel odasında veya kendisi iş seyahatindeyken İstanbul'da evinde bir başka erkekle sevişiyor olması düşüncesi dahi, onu hep heyecanda tutmuştu. Hep, odanın kapısını açtığı anda, bir yabancının vücuduna bacaklarını dolamış Fazıla'yı hayal eder, yüzünü asla şekillendirmediği erkekle karısını her şekilde seviştirerek iştahlanırdı. Eğer böyle bir iştah anında, bir tesadüf, karısıyla bir araya geldilerse, neredeyse mastürbasyon yaparken duyduğuna yakın bir şehvetle sevişebilirdi. İşte, bu hayalin beslediği şehvet azaldığı için Fazıla'ya olan ilgisini kaybetmişti zaten ve bir sene önce boşanmışlardı. Yoksa herkesin tahmin ettiği gibi, karısının zamparalıklarını öğrenmiş de, ağrına gitmiş falan değildi.

Küvetin tıkacını çekti. İçi yanmış birinin su içerken yutkunmasına benzer seslerle küvetin deliği suyu yutmaya başladı. Fayansa gömülü metal askıya tutunarak kendini yukarıya çekip ayağa kalktı. Duşun kolunu çevirdi. Bedeninde banyo suyundan kalan artıkları temizledi ve havlusunu beline sarıp küvetten çıktı.

Aynayı örtmüş olan buharı silip, avuçlarını lâvabonun kenarına dayayarak, öne doğru eğildi. Aynadaki aksinde, memnun, doyuma ulaşmış ifadesini izledi. Yalnızken ne kadar rahat, ne kadar kendinden emindi. Kibar, iyi ve adil olmak, sevgi göstermek, paylaşmak, memnun etmek gibi zorunlulukları yoktu. En güzeli, rekabet yoktu yalnızken.

'Tek başına ben olsaydım şu dünyada,' diye düşündü.

"O zaman kimin mahvıyla eğlenecektin?" dedi, kulağının dibindeki bir mağaranın derinliğinden gelir gibi bir ses. Yabancı nefes, kulak memesini bir lâv gibi yalamıştı.

Ürkerek, kendini aynadan geriye çekti. Yıllardır kâh kulağına fısıldayan, kâh beynine kıymık gibi batan bu sesi tanıyordu. Ama ilk kez bu kadar yakından duyuyordu. Başını geriye çevirmek üzereydi ki, aynadaki aksinin yanında onu gördü. Kendisinin neredeyse bir kopyasıydı. Ancak, çenesini kaplayan küçük bir sakalı, daha koyu ve tüylü bir bedeni vardı. Omuzları daha geniş, bacakları daha kaslıydı. Gözlerinde korlar yanıyordu.

Selçuk nefesini tuttu. Gözlerini kapayıp açtığında yaratığı yine aynı yerde gördü. Az önce küvette şehvetle hırıldayan sesi, gırtlağında düğümlenmiş, bedenini aşkla sarmalamış avuçları, şimdi âdeta kor parçalarıyla dolmuştu. Yüreği sanki ağzının içinde atıyor, vuruşları beynini tokmaklıyordu. Diğeri ise, çıplak vücuduyla, yana açtığı kuvvetli bacaklarının üzerinde, hâkim bir tavırla kollarını kavuşturmuş, onu izliyordu.

"Kimsin?" diyebildi, kendisinin bile duymadığı sesle. Belki de hiç çıkmamıştı kelimeler dudaklarından, bilemiyordu. Bu bir kâbus olmalıydı. Gözünü bir kez daha kapadı ve açtığında, her şeyin normale döneceğini umdu. Ama hayır. Üstelik, diğeri sorusunu duymuş olmalıydı. Bir adım daha yaklaştı Selçuk'a. Şimdi çıplak bedenleri neredeyse birbirine değiyordu.

"Niye bu kadar şaşırdın?" dedi yaratık, derin bir oluktan gelir gibi yayılan sesiyle. "Yıllardır içinden benimle konuşup durmaktasın zaten. Artık görmeyi hak ettin."

Kollarını çözüp, iki avucunu ev sahibinin omuzlarına yerleştirdi, bedenini iyice onunkine dayadı. Teni buz gibiydi. Bir elini uzatıp, tüy kaplı uzun parmaklarıyla onun dudaklarını okşadı.

"Konuşamıyorsun, biliyorum." dedi, "ziyanı yok, alışırsın. Hep alışırlar. Üstelik sen yıllardır bana hazırsın."

"Gerçek olamazsın." dedi Selçuk, zorlukla.

"Sen ne kadar gerçeksen, ben de o kadar gerçeğim. Ne daha fazla, ne daha az."

"Kimsin?"

“Şeytanına merhaba de Selçuk Vardar.”

Cevabını, genizden, kısa, sarkastik bir gülüş takip etti. Selçuk, sanki kendi kahkahalarından birini duyar gibi oldu. Lâvabo ile şeytanı arasında sıkışmış bedeni sanki gittikçe ufalıyor, görünmeyen bir kabuğun içine doğru büzüşüyordu.

Şeytanı, onun dudaklarındaki elini çekip kendi sırtına doğru götürdü. Avuçladığı tüylü bir kuyruğu öne doğru uzatıp Selçuk'un korkudan, dehşetten ufalmış, bacakları arasında neredeyse yok olmuş organının üzerinde dolaştırdı.

“Az önce çok iyiydin. Beni de rahatlattın.” dedi.

Genizden bir kahkaha attı ve onun ensesine bir öpücük kondurdu. Selçuk, boynuna kırık bir cam parçası saplanmış gibi hissetti. İç titremesiyle gözlerini kapadı.

“Bütün hayallerini gerçekleştireceğiz beraber,” diye fısıldadı iblis, “teker teker yok edeceğiz, hayatındaki fazlalıkları. Yalnız, sana itaat edenler ve kalmasını istediklerin kalacak etrafında.”

Selçuk, garip bir şekilde, onu dinledikçe, yaratığın teninde bıraktığı buz gibi temasa alışmaya başlamıştı. Şeytanının, kulak memesini üfleyerek fısıldadığı sözler içini ısıtıyor, onu âdeta hipnoz olmuş rahatlığında gevşetiyordu.

“Uzun ve yorucu bir mücadele olacak. Seni durdurmaya kalkacaklar. Ama merak etme, ben hep seninle olacağım. Hiç durma, bu akşamdan itibaren yap listeni, sıraya koy isimleri... kıskandıklarını, hoşuna gitmeyenleri, varlığına tahammül edemediklerini, yoluna çıkabilecekleri, ezip geçmek istediklerini... Başlayalım üzerlerini çizmeye.”

Selçuk, birdenbire korkunç bir kâbustan, kanat takıp bulutlarda uçtuğu bir rüyaya geçiş yapmıştı sanki. Hayatında böylesine rahatlık duyduğunu hatırlamıyor, yaşadığı derin, uyuşturucu huzur sarhoşluğunu kaybedeceği korkusuyla gözlerini açmıyordu. Şeytanın hatırlatmasıyla, bunca zamandır beyninin kuytu köşelerinde, karmakarışık birikip durmakta olan isimler sıraya girip ortaya dökülmeye başlamıştı bile. Berke'nin adı ilk sıradaydı. Ailenin büyük erkek torunu, herkesin sevgilisi, sempatik, huzurlu, mutlu, sevecen, kadınların gözdesi Berke. Üstelik kendisini en çok seven ve destekleyen sevgili kuzeni.

"Onun seni bu kadar sevmesinden memnun değilsin, değil mi?" dedi şeytanı. "Çünkü, sende olmayan şeyleri hatırlatıyor sana. Onun için, seni hep huzursuz edecek. Ayrıca, namus anlayışıyla yoluna çıkıp duracak."

O anda babası da sıraya girmişti zihnindeki listede. Babası, kendi öz oğlu dahi olsa, aile imparatorluğunu onun düşündüğü şartlarda elde etmesine katiyen müsaade etmezdi. Ya amcası? Ahlâk anlayışında babasından hiçbir farkı yoktu. Ne kadar sevse, kollasa da, gerçek niyetlerini öğrendiği an, hiç şüphe etmeden ona sırtını dönerdi. Namuslu olmak, ailenin nesillerdir genlerine işlemişti.

"Namuslu olmak da genetik bir hastalıktır." dedi şeytanı, Selçuk'un sırtını okşayarak. "Senin varlığının sebebi de bu işte. Sen, bu ailenin ahlâk zincirini bozacaksın."

"Ne kadar haklısın." diye mırıldandı Selçuk.

Şeytanına ilk defa yüksek sesle cevap veriyordu. Birdenbire, aralarındaki ilişki çok daha yakın, çok daha gerçek olmuştu.

"Topu topu üç kişi mi geldi aklına?" diye uyardı iblis.

Selçuk, artık rahatladığı belli bir tavırla, eliyle ıslak saçlarını geriye doğru tarayıp, şeytanının aynadaki aksine baktı ve "Hayır." dedi. "Çok var da, henüz yeterli sebebim yok."

"Savaş açacağın zaman, oluşmuş sebepler yetmiyorsa, sebep yaratılır. Okuduğun o kitaptan da mı ders almadın?"

"Ne yapmam gerekiyor?"

"Sadece ileriye dönük düşün. Bugün işine yarayanları düşün... Sen istediğin yere ilerlerken, işine yaradıkları için onları da yükselteceksin. Değil mi? Tabii ki. Gönüllerini okşayacaksın, taltif edeceksin. Ama bir gün gelecek, onlar da kendi başlarına bir kuvvet olacaklar. Sana karşı durabilecekler. Bu ihtimali elimine etmen lâzım."

"Bunun ben de farkındayım. Ama nasıl, aynı adamları bir yandan kullanırken aynı zamanda elimine de edeceğim?"

Şeytan, başını arkaya atıp uzun bir kahkaha savurdu. Upuzun, kırmızı dili, rulo hâlinde, genzine doğru sarılıp tekrar açıldı, çatallı ucuyla dudaklarını yaladı.

"Merak etme. Kulağa geldiği kadar zor değil. Bunun için, tarihe geçmiş bir oyunumun plânlarını vereceğim sana."

Selçuk, sorar gözlerle baktı. İblis kollarını tekrar göğsünde kavuşurdu. Sağ kolunu dirseğinden büküp, işaretparmağını çenesinin altına koydu, "Bizans oyunu," dedi, "yok edeceğin insanı ayırır, geri kalanları grup halinde kendi yanına çekersin. Neye mal olursa olsun. Düşmanınla ilgili yaratacağın tüm olumsuzlukların grupça çok iyi anlaşılmasını sağlamalısın. Öyle ki, neticeye ulaşana kadar her adımında senin yanında olsunlar. İlk muvaffakiyetinden sonra biraz bekle. Herkes olayı sindirsin, sen dahil. Sonra seçeceğin ikinci isim etrafında kuracağın hikâyeyle kulis yaparak, geri kalanlarını yeni saldırın için hazır hâle getir. Böylece, etrafında istemediğin kalabalık, yavaş yavaş, kendi içlerinden birini ekarte ederek, temizleyerek, senin istediğin sayıya ve kıvama gelecektir. Gördün mü, aslında kendi kendilerini bitirecekler. Sana akıllıca bir orkestrasyondan başka iş düşmeyecek."

"Ama bizim aile..."

"Bırak şimdi," dedi, şeytan elini havada sallayarak, "her ailenin, her ferdin zaafları vardır. Çok namuslu olmak bile çok büyük bir zaaf yaratabilir bazen. Hepsini, her şeyi kullanacaksın. Birbirini seven, gözeten ne insanların, Bizans oyunuyla nasıl birbirini mahvettiğini bir bilsen, şaşarsın. Benim için ilk olmayacaksınız. İnan bana, tarihte çok daha büyük, çok daha kuvvetli aileler geçti elimden. Birisiyle anlaşmam hep yetti. Sen şimdi listeni saymaya devam et bakalım."

Selçuk'un düşüncelerinde en yakın aile bireyleri yerlerini almaktaydılar. Şeytan gülümsedi.

"İşte şimdi oldu, aferin. Aynen, düşündüğün gibi, kardeşlerin elbette başına belâ olacaklar bir gün. Çünkü, kendilerine seni örnek alıyorlar. Sana benzemeye başladıkları için en büyük tehliken olacaklar yakında... Vefa Tan? Haklısın. Aileden değil ama, hayatına, kişiliğine kolay el atamayacağın bir adam. Seninle el ele çalışmayacaktır. Yolundan çekilmeli... Muzaffer? Deli oluyorsun adama, değil mi? Küstah, görgüsüz buluyorsun. Ama sanırım en çok onu anlıyorsun... Sana benzeyen tarafları çok. Halanla evlenmemiş olsaydı belki iyi dost bile olabilirdin onunla. Belki de en kolay anlaşacağın o olacak... Ama, halana gelince, aynı şeyi söyleyemeyeceğim. Ah, o dünyanın güzel insanı... Bize hiç yaramaz. Seni çok seviyor, biliyorum ama inan oğlunu sevdiğinden daha çok olamaz. Sen Berke'ye her diş geçirdiğinde, yaralı anne arslan gibi saldıracak sana. Ağabeylerine tesir edecektir, muhakkak. En zayıfı gibi görünüyor ama belki de en önce ele alman gereken o olabilir."

Cümlesi bitince bir adım geri çekildi, gözlerini Selçuk'un bedenine dikti, "Yazık," dedi, "senin karakterinde birinin spermlerini ziyan etmesi çok yazık. Bana yeni elçiler doğurtmanı isterdim. Aslında, seni kapatıp, dölünü çoğaltmalıyım."

Selçuk'un açılan gözlerini görünce gülerek devam etti.

"Şaka, şaka, aldırma son cümleme. Sen, zamanı gelince, sperminin karakterine en uygun rahmi bulacaksın, eminim... Kıskanç, hırslı ve arsız bir rahim... Şimdi seni plânlarınla başbaşa bırakıyorum. Görünmesem de seninleyim, bunu bil ve rahat ol."

Selçuk, 'Anlıyorum' anlamında gözlerini kırptı. Açtığında, aynadaki aksi yalnızdı.

Huzursuz Bir Gecenin Getirdikleri

Aynı akşam, saat 20:45, İstanbul

Ihlamur ağaçlarının dallarındaki inatçı son çiçekler, henüz çökmüş akşama, kokularıyla sinip kalmak ister gibiydi. Bütün gün güneşin sıcağından yorulmuş tabiat, yavaş yavaş geceye doğru ilerleyen ılık karanlıkta dinlenmeye çekilmişti.

Asırlık ağaçların Boğaz'ı kuşbakışı seyrettiği bahçe sükûnet içindeydi. Fıskiyeli, kat kat mermer çanaklı Osmanlı havuzu, etrafını çeviren çiçek tarhını serinletirken, iki katlı villanın pencerelerinden sızan ve bahçe lâmbalarının buzlu camlarından yayılan ışık huzmeleri, tatlı, nemli bir esintinin okşadığı havuzun, ağaçların, çiçeklerin, kolonların üzerinde gölge oyunları oynuyordu.

Karanlığa sığınarak ilerleyen meçhul erkek, ıhlamur ağacının altında bir müddet durup evi seyretti. Bakışları, ikinci kattaki açık balkon kapısından tülü uçuşan aydınlık odaya takıldı. Dönmek ile gitmek arasında bir müddet kararsız kaldıktan sonra, ağaçların gölgesinde evin yan tarafına doğru yürümeye devam etti. Çim üzerinde kaybolan ayak sesleri, çakıl yola çıktığı anda kendini ele vermişti. Ani bir duruşla etrafı dinledi. Bahçe ve ev az önceki sessizliğini koruyordu. Daha sakin, temkinli adımlarla, lükstrinlerin ve ortancaların arasından, mutfağın servis kapısına doğru yönlendi. Bedenini mümkün olduğunca gizleyerek, yarıya kadar ahşap kapının camından içeriye göz attı. Görünürde kimse yoktu. Tezgâh üstündeki loş ışıkları yanan geniş mutfak, âdeta bir showroom görüntüsünde, titizlik ve özen sergiliyordu. Adam, içeriyi kolaçan ettikten sonra, sinekliği açtı ve yavaşça kapının mandalını oynattı. Kilitli olmalıydı. Duvara dayanıp, kendini sakladı ve cebinden cep telefonunu çıkardı. Tuşlarına basıp basmamakta kararsızdı.

* * *

Evin üst katındaki çalışma odasında, Seher Vardar şövalesinin karşısında tual üzerinde çalışmaktaydı. Fiziği, duruşu, daha ilk bakışta, altmış üç yaşını nasıl genç bir ruhla beslediğini gösteriyordu. Sade, spor, kemik rengi pamuklu bir pantolon ile kollarını dirseklerine kadar kıvırdığı erkek yakalı gömleğinin üzerine giydiği, bir zamanlar beyaz olan çalışma önlüğü, âdeta kumaştan bir palet görüntüsündeydi. Yanı başındaki büyük masanın üzerinde kâğıtları, kurşunkalem eskiz çalışmaları, muhtelif boya, tiner, spatula ve diğer resim malzemeleriyle dolu kutular, cam ve seramik kâseler, bakan için karmakarışık ama sahibesine göre belli bir düzen içinde yerleştirilmişti. Boyalı bezler, filtreli sigara paketi, kül tablası, cep telefonu ve altın bir çakmak, masanın en önünde, Seher'e en yakın köşede durmaktaydı.

Boş çerçeveler, kimi kullanılmamış, kimi üzerinde yarım çalışılmış tualler, kartonlar, odanın muhtelif köşesinde sırasını bekler gibiydi. Çalışma masasının sağ tarafına, resim ve ressamlarla ilgili kitaplarla dolu klasik bir kütüphane yerleştirilmişti. Bir rafında duran müzik setinden Yoska Nemeth'in 'Soirée chez Raspoutine' Çigan müziği yayılıyordu. Açık balkon kapısının üzerindeki tül perde, müziğin ritminden esinlenir gibi, yaz akşamının tatlı esintisiyle, odanın ışığı ve gecenin karanlığı arasında uçuşup durmaktaydı.

İfadesi gülümsemek ile hüzünlenmek arasında kalmış bir kadın portresini boyamakta olan Seher'in kızıl kumral saçları, sakin fırça darbeleriyle beraber, sağa, sola eğdiği başının etrafında dalgalandı. Yüzündeki keyifli huzur perdesine rağmen, gözlerinde, çocuksu, muzip pırıltıların keyfine karışan puslu düşünceler gel-gitlerdeydi. Fırçasındaki boyayı tuale sürdükten sonra geri çekildi ve seyrederken sol elindeki sigarasından derin bir nefes aldı. Dumanı, ağır ağır dudaklarından bırakırken gözlerini kısarak resmini incelemeye devam etti. Sadece kendisine ait, farklı bir zaman diliminde yolculuk eder gibiydi.

Sigarasından ikinci bir nefes çekmek üzereydi ki, çalan cep telefonunun sesi, onu ruh dünyasında yaptığı yolculuktan geri döndürdü. Sigarasının dumanını üflerken telefonun ekranına göz attı. Numarayı gördüğü an keyfinin kaçtığı çok belliydi. Cevap vermek ile vermemek arasında tereddüt yaşıyordu. Sigarasını kül tablasına bıraktı. Paçavralardan birini alıp ellerindeki boyayı silerken, telefonun kendiliğinden susmasını bekliyor gibiydi. Ama arayan ısrarcıydı. Cevap tuşuna bastı.

"Alo..."

"..."

"Ne istiyorsun Muzaffer?"

"..."

Seher gönülsüzce dinlerken, diğer eliyle sigarasını kül tablasından aldı.

"Hiç gelme!" dedi. "Çalışıyorum. Kafamı bulandırma."

Karşı tarafı dinlerken gittikçe sinirleniyordu. Balkona doğru ilerledi. Uçuşan tülü kenara çekerek kapının pervazına dayandı ve bahçenin derinliklerine bakarken son duyduklarını cevapladı.

"Beni boşuna korkutmaya uğraşma Muzaffer. Böyle davranmaya devam edersen, karı kocalığımızın bittiği gibi, selamımız da son bulacak."

Telefonu kapamak üzereydi ki, karşı tarafın söylediği yeni bir söz üzerine devam etti.

"Eski evraklarının çantası mı? Ayrılırken şahsına ait her şeyi almamış mıydın?"

Hafif alaylı bir tavırla ekledi.

"Hatta sana ait olmayanları da..."

Sigarasından kısa bir nefes aldı. Ses tonu, gergin sabırsızlığının yanı sıra, ondan çekindiğini hissettirmemek için gösterdiği gayretle örtülüydü. Kesin tavrını belli eden ses tonuyla son noktayı koydu.

"Tekrar ediyorum Muzaffer, sakın gelmeye kalkma."

Cevap beklemeden telefonu kapadı. Şövalesine doğru yürürken yüz ifadesindeki mutsuzluk ve endişe çok barizdi. Sigarasını kül tablasının içinde, düşünceli bir tavırla söndürdü. Müziğin sesini biraz daha açtıktan sonra, CD'lerin alt rafında duran Hennessy'den, yanındaki kadehe doldurdu. Yudumlarken, âdeta gerginliğine tedavi olacak bir ilâç içiyormuş gibi gözlerini kapayarak, içkinin boğazından kaymasını bekledi. Gözlerini tekrar açtığında, mavi meneviştlerinde hırs yaşları pırıldıyordu.

* * *

Kendini gizleyerek, mutfak camından içerisini gözlemekte olan meçhul erkek, elindeki cep telefonunu gömleğinin cebine yerleştirdi. Aynı anda içeride bir hareket oldu. Beyaz kolalı prostelası üzerinde, genç, tıknaz bir kadın mutfağa girdi. Buzdolabından çıkardığı sürahi ile raftan aldığı bir bardağı tezgâhın üzerindeki tepsiye yerleştirip mutfaktan ayrıldı. Vazifeşinas adımlarla salondan geçip, üst katın merdivenlerine yöneldi. Adımları, taşıdığı kiloyla anlaşma içinde gibiydi. Sakin, telâşsız bir sürate ayarlanmış temposu vardı.

Senelerdir bu evde çalışmaktaydı. Neredeyse burada büyümüştü Safranbolu'daki köyünü terk ettiği o yıldan beri. Seher onun patronu, annesi, ablası, koruyucusu olmuştu. On beş yaşına geldiğinde, babası onu oldukça hatırı sayılır bir başlık parasına kasabanın celebine satmak üzereyken, köylerine bir ressam hanım gelivermişti. Hadiye, babasından gizli, evlerinin önünde poz vermişti ressam hanımın objektifine. Sonra çay içmişlerdi beraber. Ona hayat hikâyesini anlatmıştı. Çok etkilenmişti büyük şehirden gelen hanım. Hadiye'ye sormuştu evlenmek için gönlü olup olmadığını.

"Bin gönlüm olsa, birini vermem o adama." demişti genç kız. Aslında, gönlünün olduğu kimse de yoktu henüz. O, iş bulmak, para kazanmak, bağımsız olmak ve küçük kız kardeşlerini okutmak istiyordu. Ama bunlar, yalnız kaldığı zamanlarını süsleyen düşten öteye gidemiyordu. Ta ki, Seher Vardar'a bu düşlerini anlattığı o güne kadar.

Kanının kaynadığı genç kızı, hele hikâyesini dinledikten sonra, orada bırakıp dönmeye gönlü razı olmayan Seher, nasıl becerdiyse, o bir gün içinde babasını ikna etmiş ve Hadiye'yi zengin celebin nikâhından kurtarmıştı. Ertesi sabah İstanbul'a beraber dönerlerken, hatta bu muhteşem eve gelip kendisine verilen küçük

eve yerleştikten sonra bile, genç kız, hayallerinin gerçek olduğuna inanmakta zorluk çekmişti. Seher Hanım'ın, celebin ödeyecek olduğu başlık parasını aynen babasına verdiğini biliyordu. Ama babasının nasıl olup da, güvenip onu bir yabancıyla büyük şehre gönderdiğini, Seher Hanım'ı ve Vardar ailesini tanıdıktan sonra daha iyi anlamıştı.

Bütün bunlar, hareketlerine uymayacak bir süratte hafızasından geçivermişti. Seher'in odasından gelen müzik sesi, ikinci katın sahanlığına kadar yayılıyordu. Senelerdir bu müziğe alışmıştı Hadiye. İlk başta tahammül etmek için ne kadar zorlandığını düşündü.

Seher, şövalesinin karşısında, paletine koyduğu renkleri karıştırmaktaydı. Odanın kapısında durmuş, sessizce kendisini seyreden Hadiye'yi fark edince gülümsedi.

"Sen daha yatmaya gitmedin mi?"

"Yatak odanıza suyunuzu bıraktım. Başka bir isteğiniz yoksa..."

Hadiye'nin konuşma tonu da, aynen hareketlerinin telâşsız akışındaydı.

"Yok canım. Yalnız, kapıları kontrol et, açık yer kalmasın. Alarmı da açmayı unutma... Celâl gitti, değil mi?"

"Evet, az önce gitti."

Cevap verirken, munis ses tonuna uyan ağır adımlarla şövaleye yaklaştı. Tualdeki kadın portresi dikkatini çekmişti. Anlamını çözmek ister gibi, başını yana eğerek baktı. Lâubalilik yapmaktan çekindiği belli bir ses tonuyla, düşüncesini belirtti.

"Ağlasın mı, gülsün mü, bilemiyor gibi bakmış." Ve hemen, düşüncesine onay alma ihtiyacında, Seher'in yüzüne bakarak sordu. "Değil mi?"

Seher, tablosunda yaratmak istediği anlamın onu etkilemiş olmasına biraz şaşırmış bir gülümsemeyle onayladı.

"Çok haklısın. Aynen öyle."

İkisinin de bakışları tabloda, bir müddet yan yana durdular.

Hadiye birden, haddi olmadan, hanımının özel dünyasını işgal ettiğini fark etmişti sanki. Tual karşısında daldığı dünyadan sıyrıldı. Tekrar iyi geceler dileyip, geldiği gibi sessiz, yumuşak adımlarla odayı terk etti.

Seher konyağından bir yudum aldı, sigarasından bir nefes çekti ve fırçasıyla tualdeki kadının göz bebeklerine yaş kondurdu.

Aynı gün, saat 14:00, The Pierre Hotel, New York

Manhattan, ağustosun rutubetli sıcağıyla âdeta eziliyordu. Beşinci Cadde'nin 62'nci Sokak'la kesiştiği blokta yükselen The Pierre'in şık süiti, havalandırmanın huzur veren serinliğiyle sarılmıştı. Süitin salonunda, Berke Vardar, barok desenli ipek kumaşın kapladığı geniş kanepede oturmuş, cep telefonunu tuşlamaktaydı.

Odanın karşı köşesinde, parka bakan pencerenin önündeki çalışma masasında, bilgisayarında meşgul olan genç kadın, yazdığı metne bir nokta koyup, yüzünde kocaman bir gülümsemeyle yerinden kalktı ve kocasına doğru yürüdü. Üzerinde kısa, sade, beyaz keten bir elbise vardı. Gevşek bir topuzla başının üzerinde toplanmış saçlarının firketesini düzeltirken menevişli gözlerinde keyif pırıltıları uçuşuyordu. Kanepenin önünde, ellerini heyecan içinde birbirine kenetledi. Hareketsiz anında dahi çevresine enerji yayıyordu.

"Müjdemi isterim." dedi, henüz yatıştıramadığı heyecanı soluğunda.

Erkek, telefonu kapayıp tüm ilgisini karısına çevirdi.

"Ciddi misin?"

Genç kadın, eğilip kocasının dudağına küçük, sevecen bir öpücük kondurdu ve kanepeye, yanına oturdu. Bir kolunu onun omuzuna koyarak, "Evet," dedi, "Carnegie Hall'den onayı aldım. Orkestramız iki sezon sonra burada."

Berke, onun elini tutup okşadı.

"Anberin'ciğim, kutluyorum seni. Bu kadar uğraştığına değdi demek."

"Değeceği için uğraştım canım." derken, elini, kocasının yanağında okşayarak dolaştırdı. Gözlerindeki keyifli ışıklar çoğalmış gibiydi. Birden, kocasının elindeki telefonu işaretle sordu.

"Anneni bulamadın mı?"

Berke, "Hayır." derken yeniden tuşlamaya başlamıştı.

"Önce meşguldü, şimdi de kapalı. Ev numarasından deneyeceğim."

"Çok sevgilerimi ilet."

Anberin, yerinden kalkıp çalışma masasına doğru yürürken, Berke onu hayranlıkla izledi ve dikkatini tekrar telefonuna çevirdi.

Aynı akşam, saat 21:00, İstanbul

Meçhul erkek, halen Seher Vardar'ın bahçesinde, mutfak camından içeriyi gözlemekteydi. İçeride, Hadiye sakin, vazifeşinas hareketlerle, mutfak tezgâhı ve servis masası üzerinde son düzenlemeleri yapıyordu. Bir ara ellerini beline dayayıp çevresini alıcı gözle süzdü ve memnun bir ifadeyle başını oynattı. Önlüğünü çıkarıp kapağını açtığı küçük ahşap dolabın içine astı ve aynı yerden hırkasını ve cüzdanını aldı. Mutfağın tezgâh üstü ışıklarını iyice kısarak servis kapısına doğru ilerledi. Hareketlerinde, kimbilir kaçıncı kez tekrarlandığını gösteren bir sıralanmışlık vardı.

Onun dışarı çıkmak üzere olduğunu anlayan meçhul erkek, ses çıkarmamaya azami özeni göstererek, kendisini sütunun arkasına gizledi. Hadiye kapının kilidini açmıştı ki, içeriden gelen telefon sesiyle döndü ve kendisince mümkün olan en seri adımlarla karşı duvarda asılı telefona yetişmeye çalıştı. Bahçe kapısı aralık kalmıştı.

Aynı anda yukarı kattaki Seher, duyduğu telefon ziliyle irkilmişti. Bir elinde fırçası, diğerinde paleti, atölyesinin koridora bakan kapısına doğru yöneldi ve telefona cevap verilip verilmediği anlamak için beklerken seslendi.

"Hadiye! Orada mısın?"

Ses kesilmişti. Seher tekrar şövalesinin başına döndü.

Hadiye mutfakta, sırtı bahçe kapısına dönük, telefonda konuşmaktaydı.

"Berke Bey, merhaba efendim. Hanımefendi evde... Odasında çalışıyor... Yok yok, merak etmeyin. Her şey yolunda... Hemen yukarıya bağlıyorum efendim. İyi geceler."

Güleç bir ifadeyle tamamladığı cümlesini takiben, aparedeki dahili tuşa basarak bekledi.

Hizmetkârın, sırtı dönük ve meşgul olmasından istifade eden meçhul erkek, aralık mutfak kapısından içeri girdi ve yolunu gayet iyi bildiği belli hareketlerle, kapının arkasında kalan önü perdeli nişin içine süzüldü. Hadiye, hanımıyla konuşmaktaydı.

"Seher Hanım, Berke Bey arıyor. Bağlıyorum. İyi geceler efendim."

Genç kadın telefonu kapadıktan sonra, bahçe çıkışına geri geldi. Az önce henüz açmış olduğu kapının daha geniş bir aralıkla durduğunu fark edince garipsedi. Dışarıya doğru başını uzatıp baktı. Olağanüstü hiçbir şey yoktu. Önemsenecek bir durum olmadığına karar verdi, dudaklarını bükerek omuz silkti ve kapıyı çekip çıktı. Ardından kilitte dönen anahtar ve bahçede uzaklaşan ayak sesleri duyuldu. Kapının arkasındaki nişin içindeki yabancı, derin bir soluk alıp huzursuzca yerinde kıpırdadı. Nişi örten keten perde dalgalandı.

Seher, çalışma masasının diğer ucunda ayakta durmuş, masadaki telefonun ahizesi elinde, yüzünde keyif, gözlerinde pırıltılı bakışlar, konuşmaktaydı.

"...Yoo, aslında hep açık tutuyorum cep telefonumu. Ama, senden az önce Muzaffer aramıştı..."

Oğluna detayları verip vermeme arasında kısa bir an tereddütten sonra devam etti.

"Bütün gece tebelleş olmasın diye kapadım."

Hattın diğer ucunda Berke telâşlanmış olmalıydı. Seher onu rahatlatmaya çalıştı.

"Elbette görüşmüyorum. Aradığı zamanlar idare etmeye çalışıyorum."

Bir an durup, tatlı bir kahkaha attı.

"Boşanmak, mahkemeden kâğıdı almakla bitmiyor. Sen benden iyi bilirsin."

Belli ki, Berke'nin endişesi devam ediyordu. Oğluna, "Yok canım, Celâl'in geceleri kalmasına hiç gerek yok." diye cevap verdi. "Merak etme. Kilitleri değiştirmiştim. Akşamları da alarmı açıp yatıyorum."

Cevabı gülerek dinledi.

"Demode memode, benim alarmım benim işimi görüyor Berke'ciğim... Hayır canım, kapıda da korumalar falan istemiyorum."

Berke'nin dediklerine tatlı, kısa bir kahkahayla cevap verdi.

"Evet... Evet, merak etme. Oda kapımı da kilitleyip yatıyorum."

Kendisi için uzaklardan meraklanan oğlunu yatıştırmak üzere konuyu değiştirdi.

"Sen beni merak etme Berke'ciğim. Biraz kendinizden haber ver. Güzel gelinim ne yapıyor? Senin işlerin nasıl gidiyor?"

Az önce Muzaffer'le konuştuğunda yüzünü, sesini esir alan gerilim ve sıkıntı, yerini huzurlu, eğlenceli bir ifadeye bırakmıştı. Telefonun kordonunu açarak masanın etrafından ilerledi. Bir taraftan konuşurken, diğer taraftan masada bırakmış olduğu paletindeki renkli fırçayı aldı ve tualin üzerinde rötuşlar yapmaya başladı. Berke, Amerika seyahatindeki gelişmeleri kısaca aktarmaktaydı.

"Her şey mükemmel anneciğim. Doğu'daki fabrika için Can – Corp. ile ortaklık sözleşmesini imzaladık. Anberin de, Carnegie Hall'de bir sonraki seneye şirket orkestrasının konserini ayarladı. Yarın akşamüzeri, New York Üniversite'sinde 'Yaşam Vakfı'yla ilgili bir söyleşisi var."

Seher, bir an için, elindeki fırçanın hareketini durdurup, haberlerden duyduğu keyfin tadını çıkarmak ister gibi dinledi.

"İkinizi de kutlarım canım! Yarın Refet Dayı'na davetliyim. Bu haberleri ona da vermek çin sabırsızlanıyorum. Duyunca o da çok sevinecek. Ama, dur, ne diyorum ben! Bu haberleri herhalde kendin vermek isteyeceksin, tabii daha evvel vermediysen."

"Hayır anneciğim. Önce seni aradım. Refet Dayımın telefonundan bir cevap alamadım. Daha sonra da İstanbul için çok geç bir saat olacak. Sen her halükârda benden önce kendisiyle bir araya geleceksin. Senin iletmende hiçbir mahzur yok. Sergi tarihin belli oldu mu?"

"Tarihi biraz öne aldılar. Martın ilk haftası. Umarım kritikler yine kollar beni."

"Anneciğim seni kimse kollamıyor. Bütün beğenileri hak ediyorsun."

"Sağ ol canım. Bu arada, aklında olsun, pazar günü öğleye kadar dayında olacağım. "

"Biz de pazar günü dönüyoruz, Türk Hava Yolları'yla."

"Harika! Celâl'le arabayı gönderirim. Bu arada çocuklar, kayınvalidenle beraber dün bana ziyarete geldiler. Harika vakit geçirdik."

"Anneciğim, şimdi kapamak zorundayım. Çıkmamız gerekiyor. Anberin de, ben de seni çok öpüyoruz. Kendine dikkat et lütfen. Gelince görüşürüz."

"Sesini duymak çok iyi geldi Berke'ciğim. Ben de, ikinizi hasretle kucaklıyorum. Tekrar tebrikler canım. Dönüşte iyi yolculuklar. Unutma! Güzel gelinimi öp benim için."

Berke'nin gülüşü duyuldu.

"Unutmam anneciğim. İyi geceler."

"İyi geceler canım."

Seher, yüzünde keyifli bir gülümsemeyle, ahizeyi yerine yerleştirdi. Oğlunun, ikisi birbirinden sorunlu evliliklerinden sonra, herkesin, "Saman alevi gibi sönecek." dediği büyük bir aşkla yaptığı son evliliği on beş seneyi doldurmuştu ve alevinin gücünde değişen bir şey yoktu. Kendisine sorulmadığı takdirde hiçbir zaman karışmadığı ama hep endişeyle izlediği Berke'nin hayatının artık düzene girmiş olduğundan emin, arada geçen seneleri düşündü.

Kendi hayatı da oğlununkinden daha az serüvenli olmamıştı doğrusu. Dudağının kenarında beliren müstehzi tebessümle, masanın üzerindeki paketten bir sigara alıp yaktı. Derin bir nefesten sonra dumanını üflüyordu ki, evin alarmı çalmaya başladı. Seher, dehşet içinde, sigarası elinde, olduğu yerde, gözleri loş koridora çevrilmiş, donakaldı. Sonra, derhal, ürkek şaşkınlığından sıyrılıp oda kapısına atıldı ve kilitledi. Masanın diğer tarafına koşup, evin telefonundan dahili bir numara çevirip sabırsızlıkla beklemeye başladı.

Son ana kadar perdeleri inmiş bir tiyatro sahnesi gibi sessiz evde, ardı ardına, kesik, tiz alarm sesi, âdeta geceyi bıçakla bölmüştü. Alt katta, salonun karanlığı içindeki yabancı gölge, alarma yakalandığı üst kata çıkan merdivenin basamaklarından geri dönmüştü. Çarpıp devirdiklerine aldırmadan, son süratle mutfağa daldı. Doğruca bahçeye açılan servis kapısına koştu ve kapının mandalına asıldı. Kilitli oluşuna kısa, kaba bir homurtuyla verdiği sinirli reaksiyonun ardından, duvarda asılı anahtarları karıştırdı. Birkaçını yere düşürdükten sonra, aradığını buldu. Süratle kapıyı açıp dışarı fırladı. Erkek, anında bahçenin karanlığına karışmış, ardından, anahtarı üzerinde kapı açık kalmıştı.

Alarm çalmaya devam etmekte, Seher, kendisini kapadığı çalışma odasında, telefon elinde, sabırsızlık ve çaresizlikle cevap beklemekteydi.

"Haydi... Haydi Hadiye... Aç şunu..."

Dahili numaraya cevap alamadığı ahizeyi kulağında tutup, diğer taraftan cep telefonunu eline aldı ve "Polis imdat" numarasını çevirdi. Hat meşguldü. Sabrı tükenmiş, sinirleri iyice gerilmişti. 155'i tekrar çevirmekteydi ki, alarm sesinin kesilmesiyle duraladı ve nefesini tutarak evi dinlemeye başladı. Alarmın tiz, tehlike belirten gürültüsünden sonra, ev yeniden huzura kavuşmuş gibiydi. Önce, koşarak merdivenlerden çıkan ve üst katın sahanlığında yol alan ayak sesleri duyuldu. Yol halısının üzerindeki tok ayak sesleri, Seher'in çalışma odasının kapısının önünde durdu. Kapının mandalı hareket ettirildi. Seher, polis numarasının hâlâ meşgul veren, Hadiye'nin odasının cevapsız çalmakta olan telefonu iki kulağında, kapana sıkışmış gibi kalmıştı. Kapı vurulmaya başladığında yükselen sesle rahatladı. Hadiye'nin sesi panik içindeydi.

"Seher Hanım! Seher Hanım! Orada mısınız?"

Seher, derin bir nefes alarak ahizeyi yerine koydu. Cep telefonu elinde, kapıya atıldı ve kilidini açtı. Genç hizmetkâr, yüzü gözü allak bullak olmuş, sakin, durağan karakterine hiç uymayan bir telâşla, nefes nefese konuştu.

"Alarmı duyunca fırladım Seher Hanım. O kadar korktum ki, anlatamam."

"Nasıl cesaret edip girdin içeriye? Evde biri varsa, buralarda bir yerde olabilir."

"Onu kapıdan çıkarken gördüm efendim. Koşarak ağaçların arasına doğru gitti. Kapı da açıktı. Alarmı kapayıp buraya koştum."

Seher, halen meşgul veren cep telefonunu kapayıp masaya bıraktı ve Hadiye'nin omuzlarından tutup telâşla sordu.

"Kimdi? Görebildin mi? Tanıdın mı?"

Hadiye, başını iki yana salladı.

"Hayır... Sadece bir erkekti. Ama yüzünü görmedim."

"Senin odanı çaldırdım..."

"Alarmı duyduğum an odadan fırlamıştım Seher Hanım."

Bir an durup bekledi. Alarmın çalışıyla, eve girişi arasındaki zaman boşluğunun hanımına farklı bir şey düşündüreceğinden endişeyle, hemen izahata girişti.

"Korktuğum için hemen eve giremedim. Tam geriye dönüp polisi aramak üzereydim ki, adamın çıktığını gördüm. Arkasından başkalarının gelmediğini anlayınca, cesaretimi toplayıp içeri girdim ve alarmı kapayıp hemen size koştum."

Seher, elinde cep telefonu, odanın dışına doğru yürümeye başladı.

"Haydi gel bakalım." dedi, "Aşağıya inip ortalığa bakalım. Polisi çağırmamız lâzım."

Telefonu bir kez daha tuşlarken, Hadiye arkasında, beraberce katın sahanlığında ilerlediler ve nihayet cevap verdiği belli polisle konuşurken merdivenlerden inmeye başladılar.

Telefona cevap vermeleri uzun sürmesine rağmen, durumdan haberdar olduktan sonra polisin eve gelmesi çok çabuk oldu. Seher'in, bilhassa olduğu gibi kalmasını istediği devrilmiş sehpalar, yerde kırık lâmbalar, açık mutfak kapısı, her şey gözden geçirildi. Evin içi oda oda arandı. Böyle durumlarda sorulabilecek malum sorular tek tek soruldu. Komiserin Seher Vardar'a olan saygısı ve duruma gösterdiği özel itina çok belliydi. Kalemi tutan parmaklarını şakağında gezdirdikten sonra çok önemli bir haber verecekmiş gibiydi.

"Seher Hanım, parmak izleri için bir ekip göndereceğiz. Bu arada, geceyi bir yakınınızda geçirirseniz iyi olur. Daha rahat edersiniz."

"Gerekli olacağını sanmıyorum komiser bey. Kapının, Hadiye'nin, oğlumdan gelen telefonu açmak için döndüğünde açık kaldığı belli. Aynı hatayı tekrar yapmayacağımızdan emin olabilirsiniz."

Hadiye, mutfak tezgâhının önünde durmuş, konuşulanları ürkek ve suçlu bir tavırla izlemekteydi. Komiserin kendisine attığı yan bakıştan rahatsızdı. Bu gece yaşananlara sanki kazayla değil de, bilerek ve plânlayarak sebep olmuştu. Komiser aynı öyle bakıyordu kendisine, Seher Hanım'a doğru eğilip konuşurken. Hadiye, söylenenlerle ilgilenmiyormuş gibi, başını camdan dışarıya çevirdi.

Bu arada, komiser zaten sırtını hafifçe dönmüş ve ev sahibesiyle âdeta fısıltıyla konuşmaya başlamıştı.

"Yardımcınıza ne kadar güvendiğinizi bana söylediniz ama yine de..."

Seher, hemen kaşlarını kaldırarak onun sözünü kesti ve açık kapıdan bahçeye çıktı. Komiser ardından yürüdü. Seher, sütunu kendisine siper alıp fısıldayarak konuştu.

"Lütfen komiser..."

Sesinden, polisin söylemiş olduğuna ne kadar içerlemiş olduğu seziliyordu.

"... Onu ben büyüttüm sayılır. Senelerdir yanımda. Çok iyi tanırım. Böyle bir hatayı isteyerek, hele bir kötülüğe âlet olmak üzere, hiç yapmış olamaz."

İkna edici bir gülümseme ve itiraz kabul etmeyen bir ses tonuyla devam etti.

"Zahmetleriniz için çok teşekkür ederim, sağ olun."

Mutfak kapısını açarak, içeride, tezgâhın önünde, suçlu bakışlarla duran yardımcısına seslendi.

"Haydi Hadiye, sen de artık uyumaya git."

Genç kadın, hanımının iznine rağmen, çekingen gözlerle bir de komisere göz atmadan edemedi. Komiser ise, bir işaretle polislerini dışarı çağırmış, gitmeye hazırlanıyordu.

"Seher Hanım, arzu ederseniz çocuklardan bir-ikisini burada bırakabilirim." dedi.

"Hiç gerek yok komiserim. Eve giren her kimse, ona da bu akşamlık macera yetmiştir sanırım. Geri geleceğine ihtimal vermiyorum."

"Seher Hanım, adamı tanıyor gibisiniz."

Seher, dudaklarına yayılan gülümsemeye engel olamadı.

"Bu yaşa gelince, tanımadığınız fazla bir şey kalmıyor." dedi ve kapıyı ardına kadar açıp, misafirlerinin gitmesini bekleyen bir ev sahibesi gibi devam etti.

"Evet... verdiğim zahmetten ötürü özür dilerim. Desteğiniz için teşekkürler. Hepinize iyi geceler beyler."

Seher Vardar'ın, soruşturmayı, cevap bekleyen soruları ve geceyi bitirdiğini belli eden tavrıyla, polisler ayrıldılar. Hâlâ ellerini avuçlamış, sıkıntılı bakışlarla bekleyen Hadiye, hanımına doğru ilerledi.

"İsterseniz ben burada kalabilirim Seher Hanım." dedi.

Seher, gülerek, onun omuzunu okşadı.

"İlâhi çocuk. Haydi git, kapını kilitle ve uyu artık."

Hizmetkâr çıkmak üzereyken döndü ve mahcup bakışlarla konuştu.

"Seher Hanım'cığım çok öz..."

Seher onu susturdu.

"Tamam artık Hadiye. Olan oldu. İsteyerek yapmadığından ben eminim. Bundan sonra daha dikkatli olursun. Haydi git artık."

"İyi geceler efendim."

"Sana da."

Hadiye, bahçenin diğer ucundaki müştemilata gitmek üzere ayrıldığında, Seher mutfak kapısını kapadı, kapıda duran, en son meçhul adamın kullanmış olduğu anahtarı döndürdü ve kilitten çıkardı. Düşünceli bir ifadeyle, anahtara uzun uzun baktıktan sonra, duvarda, diğer anahtarların arasındaki yerine astı.

Hadiye, kendince olabilecek en hızlı adımlarla ve çevresinde gezdirdiği ürkek bakışlarla, yaşadığı müştemilata doğru ilerledi. Sırtındaki hırkanın kollarını ve küçük el çantasını göğsüne sıkı sıkı yapıştırmış, omuzlarını büzmüş, kendisini nereden çıkacağını bilemediği bir tehlikeye karşı korumak ister gibiydi. Küçük evin önüne gelmişti ki, kapının yanındaki ağacın ardından birinin fırlamasıyla gözleri korkuyla açıldı, çığlığı boğazında düğümlendi. Elindeki çantayı düşürdü. Erkek bir adım daha öne çıktığında, kısık, isyankâr bir sesle mırıldandı.

"Aman Tanrım! Yüreğimi ağzıma getirdin. Sen gitmemiş miydin?"

Diğeri, hiç cevap vermeden onu elinden tutup, evin içine çekti.

* * *

Seher'in, ne resim yapacak ne de uyuyacak huzuru kalmıştı. Dolaptan cezveye doldurduğu sütü ısıttı. Raftaki İngiliz fincanlarından birine boşalttı. Tam mutfaktan çıkmak üzereydi ki, aklına bir şey takılmış gibi durup geri döndü ve bahçe kapısı ile kiler arasında kalan nişin önüne geldi. Nefesini tutup perdeyi ani bir hareketle çekti. Nişin içinde, bahçe işinde kullandığı önlük, eldivenler ve malzemeler muntazam dizilmiş, bırakıldığı gibi duruyordu. Yerde yan yana dizili iki çift sarı çizmeden birinin teki sürüklenip perdenin ağzına kadar gelmişti. Bir an için irkilerek arkasına baktı. Sonra, çizmeyi düzeltip perdeyi çekti ve ışığı kısıp elinde süt fincanı, mutfaktan çıktı. Salonun ışıklarını, hafifleterek açık bırakmaya karar verdi. Merdivenleri adımlarken, eve giren kişi, üst kata, çalışma odasına kadar çıkmış olsaydı bu gece neler yaşamış olabileceğini düşündü. İçi ürpererek adımlarını hızlandırdı. Sahanlığa varınca, minik konsolun üzerindeki çanağın içinden küçük alarm anahtarını aldı ve üzerindeki butonlardan birine bastı. Kısa, tiz bir ses duyuldu. Alarm açılmıştı. Artık kendisini emniyette hissederek çalışma odasına girdi. Balkon kapısını kapadı, ışığını söndürüp, evi çepeçevre dönen koridorun diğer ucundaki yatak odasına yöneldi. O ana dek fark etmemişti ama şimdi kendisini yorgun hissediyordu. Artık sadece ve sadece huzur istediği bu yaşta, bu heyecanlar fazla geliyordu.

Aynı saatler, Refet Vardar'ın evi, Yeşilköy

Denizden gelen tatlı esinti, tuz ve yosun kokusuyla bahçedeki hanımelilerini okşayarak, harmanladığı kokuyu içeriye kadar getiriyordu. Eski Grundig pikapta çalan 35'lik Paganini plâğından, huzura ermek isteyen asabi bir duygunun sesi yayılıyordu.

Kahverengi ipek kadifeyle kaplanmış hazeran ve tarçın renkli Chesterfield takımlarının yanı sıra, varaklı incecik Tonet iskemleler, Bakara camları, Herend ve Sevres porselenleri ve iki büyük boy Ming porselenin süslediği salon, lüksüne düşkün bir erkek ile çok narin, dişi bir zevkin armoni içindeki beraberliğini sergiliyordu. Salondan geniş verandaya açılan kapının ardından, munis dalgaların okşayıcı sesi duyuluyordu.

Siyah lâke Steinway'in yanında duran Refet Vardar, elindeki Guarneri kemanını minik ipek kadife bir kumaşla parlatmaktaydı. Enstrümanına duyduğu aşk, yüzündeki ifadeden ve parmaklarının temasından belliydi. Sanki, ona gereken sevgiyi vermiş olmanın tatmininde bir yüz ifadesiyle, kemanı elinde tutup uzun uzun baktı ve onunla, çok sevdiği biriyle konuşur gibi, yumuşak, aşk vurgulu bir ses tonuyla konuştu.

"Evet kızıl saçlım. Bu gecelik aşk yeter. İkimizin de biraz dinlenmesi lâzım. Bu yaşlı adam çok çabuk yoruluyor artık."

Telefonun çalmasıyla dikkati dağıldı. Kemanını nazikçe piyanonun üzerine bıraktı. Guarnerius, sahibinin ilgisinden memnun, kızıl kahve pırıltılar saçarak, piyanonun siyahı üzerinde pırıldadı. Refet Vardar kolundaki saate baktı. Yüzündeki hayret mimiğiyle telefona doğru yürüdü ve açtı.

"Alo?"

"Ağabeyciğim, kusura bakma. Biliyorum çok geç oldu..." diyordu, hattın diğer ucunda kız kardeşi.

"Seher, ne oldu canım?" Sorusuna sakin ama merakını belli eden bir tonda devam etti. "Bir problem mi var?"

"Yok, merak etme. Ben iyiyim. Sadece, sana bu geceden gelebilir miyim, diye soracaktım."

"Tabii, tabii ki gelebilirsin. Ama..." Tekrar saatine baktı. Gece yarısı olmak üzereydi. Yine de fazla kurcalamak istemedi. Sadece, "Sen gerçekten iyisin, değil mi?" diye tekrar sordu.

"Merak etme. Sadece, bu akşam orada daha rahat edeceğim. Gelince anlatırım. Ama, uyumak üzereysen..."

"Saçmalama Seher'ciğim, bekliyorum. Hele şimdi meraklandırdın da..."

"Sağ ol ağabeyciğim. Kırk, kırk beş dakikada oradayım."

Refet Vardar gerçekten meraklanmış, uykusu kaçmıştı. Kemanını kutusuna koyduktan sonra çalışma masasındaki pipolardan birini seçti. Borkum Riff paketini ve çakmağını da alıp verandaya çıktı. Kız kardeşinin, hafta sonu ziyaretini niye aniden bu gece yarısına aldığını düşünmeye başladı. Az sonra sebebini anlayacaktı. Piposundan kesik kısa nefesler çekerek ateşini canlandırdı ve oturduğu şezlongda gözlerini kapayarak kendisini Paganini'nin ve minik dalgaların sesine bıraktı.

Aynı gece, Seher Vardar'ın evi; müştemilat

Müştemilatın bahçeye bakan ön odası, sadece koridordan gelen cılız ışıkla yarı karanlıktaydı. Küçük kanepenin üzerinde, Hadiye'nin ellerini avuçlamış oturan erkeğin söylemek üzere olduğu sözler, cep telefonunun çalmasıyla dudaklarında söndü. Her ikisi de irkilmişti. Erkek, pantolon kemerine asılı cep telefonunu eline aldı. Üzerindeki numarayı gördüğü an, sanki bir emir almış gibi oturduğu yerden kalktı. Boğazını temizledikten sonra telefonu cevapladı.

"Buyurun hanımefendi."

Karanlıkta yüzleri seçiliyor olsa, her ikisinin ne kadar telâşlandığı açıkça belli olacaktı. Hadiye merakla, misafirinin konuşmasını dinliyordu.

"Peki efendim. Zaten, tesadüfen yakın bir yerlerdeydim. Biraz sonra orada olurum."

Erkek telefonunu tekrar kemerine yerleştirirken, Hadiye sordu:

"Ne diyor hanım?"

"Refet Bey'e bu geceden gitmeye karar vermiş. Götürmemi istedi."

Hadiye, ellerini ovuşturarak yerinden kalktı. Perdenin kenarından bahçenin ilerisindeki eve bakarken, olduğu yerde âdeta sancılı kıvranıyor gibiydi.

"Ne olacak şimdi? Ya anladıysa burada olduğunu." Sesindeki korku ve huzursuzluk çok barizdi. "Ya anladıysa hanım?" diye tekrarladı.

Erkek, omuzuna dokunup onu yatıştırmaya çalıştı. Yavaş bir sesle mırıldandı.

"Telâş yapma ne olur. Benim de elim ayağım dolanıyor o zaman. Biraz oyalanır, öyle giderim. Zaten yakınlarda bir yerdeyim dedim. Hiçbir şey anlamaz..."

Sözünü bitiremedi. Zira, odadaki dahili telefon çalmaya başlamıştı. Hadiye, olduğu yerde sıçradı. Ellerini kalbi üzerinde birleştirdi ve ardı ardına derin nefesler alıp kendisini sakinleştirmeye çalıştı. Artık, telefonu cevaplaması gerekiyordu.

"Buyurun hanımefendi." dedi, uyku mahmuru olmaktan ziyade, suçluluk duygusuyla kısılmış bir sesle.

Seher Vardar'ın talimatını dinlerken, o anda yüzüne bakıyor olsaydı, dilinin nasıl çözüleceğini, sormasa bile her şeyi anlatacağını düşünüyordu. Kısa bir öksürükle genzini temizleyip olağan sesine kavuşmaya çalıştı.

"Peki efendim, hemen hazırlanırım."

Telefonu kapadığında, o ana kadar korkudan tuttuğu nefesini derin bir üfleyişle bıraktı.

"Hanım burada yalnız bırakmak istememiş. Beni de götürüyor." diye izah etti Hadiye.

"Gördün mü," dedi Celâl, "hiç de o kadar korkacak bir şey yokmuş. Haydi, ben de yavaş yavaş arabayı garajdan çıkarayım, sen de hazırlan."

Askıdan aldığı ceketinin cebinden kravatını çıkarıp boynuna bağladı. Sonra genç kızın yanına yaklaşıp yanağını okşadı.

"Çok korktum." diye fısıldadı Hadiye.

"Her şeyi söyleyeceğimiz gün yakın sevdalım. O zaman rahat edeceğiz." dedi, saçlarını okşarken.

Kapıyı aralayıp bahçeye bir bakış attı.

"Haydi az sonra görüşürüz."

Hadiye, "Görüşürüz." derken, Celâl çoktan bahçenin karanlığa karışmıştı.

Aynı saatler, Seher Vardar'ın yatak odası

Seher, yatak odasında, dolabından, çekmecelerinden çıkardığı eşyalarını minik bir valize yerleştirmekteydi. Kendisini korkak bilmezdi ama bu gece olandan sonra evde kalmaktan ürkmüştü. Muzaffer'den gelen telefon zaten kâfi derece tadını kaçırmış, ardından, evine gizlice girilmesi tüm huzurunu çalmıştı. Üst üste gelen iki tatsız hadise de, özel hayatına saldırı niteliğindeydi ve şu an kendisini korumasız ve kırılgan hissediyordu.

Dolabından aldığı, sade, hafta sonu ziyareti için fonksiyonel birkaç kıyafeti ve onlara uygun ayakkabı, kemer ve eşarbı da koyarak valizini kapadı. Dolabının dibindeki bej rengi çantayı çıkarıp resim odasına gitti. Ecolin boyalarını, fırçalarını, palet ve suluboya defterini içine yerleştirdi. Birkaç kurşunkalem ve silgiyi son anda fermuarın aralığından çantaya attı. Odadan çıkarken yarım kalan kadın portresine baktı. Daha henüz bu akşamüzeri çalışmaya başlamış olmasına rağmen, belki de yaşanan gerginlikten, ara zaman öylesine uzun gelmişti ki, o kadının tablosunu sanki uzun bir süredir boyamaktaydı. Kullandığı renklerden ve verdiği ifadeden duyduğu memnuniyetle, gülümseyerek odadan çıktı. Belki hafta sonu ziyaretinden, gittiğinden daha keyifli dönerdi de, kadının ruhundaki hüznü bir damla daha kırıp mutluluğa yaklaştırırdı. Sanki daha iyi olurdu.

Valizini ve resim çantasını yatak odasının dışına, koridora koydu. Refet Ağabeyi için yapmış ve birkaç gün önceden hediye paketiyle sarmış olduğu tabloyu da üstlerine yerleştirmişti ki, aşağıdan, mutfaktan duyduğu sesleri takiben, alarm kapatıldı. Seher, merdiven sahanlığından başını eğerek salona baktı. Hadiye yukarıya çıkmaktaydı.

Genç kadın hanımının yanına vardığında, her zamanki sakin, ağır temposuna ve huzurlu gülümsemesine kavuşmuştu. Eşyalarla beraber aşağıya indiklerinde, Celâl, arabanın yanında hazır beklemekteydi. Hemen atılıp Seher'i selamladı ve kapısını açtı. Hadiye'yle bakışlarını birbirlerinden kaçırmaları ve tabii olmayan soğuk bir tavırla selamlaşmaları Seher Vardar'ın gözünden kaçmadı. Başka bir zaman olsa, her problem hissettiği an olduğu gibi, hemen sorgular, mümkünse çözüme yardımcı olmak için uğraşırdı. Ama bu gece, öylesine düşünceli ve sıkıntılıydı ki, onları kendi hallerine bıraktı.

Araba sahil yolundan Yeşilköy'e doğru ilerlerken, gece eve bir yabancının girdiğini Hadiye'den öğrenmiş olan Celâl, bu konuyu hanımıyla konuşmak için can atmasına rağmen, olayı nasıl bildiğini izah edemeyeceğinden dilini dişlerinin arasına almış, ağzından bir lâf çıkmaması için kendisini zorluyordu. Hadiye, ses tonundan Celâl'le olan gizli ilişkisinin işaretini verecekmiş korkusuyla, ağzını bıçak açmadan, gözünü yola dikmiş, bir an önce Yeşilköy'e varıp kendisine ayrılan odaya kapanma arzusundaydı.

Seher ise, arkada gömüldüğü koltuğunda, kendisini o çok sevdiği evinden, resminden koparıp, gece yarısı bir başka adrese kaçmaya zorlayan olayı düşünürken bir taraftan da nasıl olup da Muzaffer'i hayatına soktuğunu ve onun kendisinden götürdüklerinin muhasebesini yapmaktaydı. Evet, şimdiye dek, hep günlük hâl çareleriyle bu problemi atlattığını zannetmiş ama belâyı başına temelli sarmış olduğunu hiç fark etmemişti. Kaç sene olmuştu? On? Yok, neredeyse on bir... On bir sene içinde, özgüvensiz ama küstah, görgüsüz ama cahil cesaretli, bilgisiz ama güce aç bir erkeğin, özgüven, sözde bir görgü, yamama bilgi ve üstüne maddi güç kazandıktan sonra nasıl tehlikeli bir kimliğe bürünebileceğini adım adım yaşamıştı. Ama bunda, suçlayacağı kendisinden başka hiç kimse yoktu. Onu kendisi seçmiş, üstelik bütün uygunsuz, eksik yönlerini bile bile seçmiş ve ondan sonra da rahat ettirmek için maddi, manevi, ruhsal, her açıdan beslemiş, yüceltmiş ve sonunda bir canavar yaratmıştı; kendi canavarını.

Çocuklarının babası olan Reha'nın ve onun ölümünden sonra evlendiği Cemil'in görgülü, zarif, sevgi dolu özelliklerine inat, âdeta geçmişine meydan okur gibi, Muzaffer'le evlenmişti. Kimse inanamamıştı bu seçimi yaptığına; evlendiği erkeğin kendisi bile. Muzaffer, hiç ummadığı bu zaferin sarhoşluğuyla, yapısında hiç olmayan bir kadirşinaslık göstermiş ama bu kısa sürmüştü. Seher'in kocası olmaya, onun getirdiği rahat, lüks ve maddi güven duygusuna, onun soyadının yaşattığı saygınlığa çok çabuk alışmıştı. Soyadı Sarol da olsa kendisini Vardar hissetmeye başlamıştı. Kimi zaman, arsız, şımarık çocuk ısrarcılığı, kimi zaman hiddet göstererek Seher'in varlığı sayesinde ciddi bir kapitalist serveti edinmişti. Bunlar aklından geçerken Seher, Muzaffer'i ilk defa kapitalist olarak düşündüğünü fark etti. Hayret! Gerçekten ne kadar kolay yaşamıştı Muzaffer bu değişimi. Üstelik ne kadar arzulu, hatta arsızca bir tutkuyla yapmıştı birikimini. Seher onu tanıdığı o ilk geceyi hatırladı.

Belkıs'ın şık evinde, oldukça gösterişli ve snob bir kalabalığın süslediği davete, kokteylin ilerlemiş saatlerinde gelen bu yabancıyı herkes yadırgamıştı. İki dirhem bir çekirdek kıyafetinin içinde rahatsızlığını ve kravatının kendisini neredeyse boğmakta olduğunu bir bakışta anlamak zor değildi. Kolalı gömleğini o giymiş değil de, gömlek ona içine girme izni vermiş gibiydi. Yepyeni ayakkabıları her adımında ve durduğu yerde ayak değiştirişinde, kapı gıcırtısı ile karatahtaya çizik atılıyor arası sesler çıkarıyordu. Getirdiği kırmızı gül demetini ev sahibesine verirken zoraki eline tutuşturulmuş bir emanetten kurtulur gibiydi. Sık sık, sağ elini, açık alnından geriye doğru yatırdığı kırlaşmış saçlarına dokunduruyor, sanki yerinde durup durmadığını kontrol ediyordu. Ev sahibesinin kendisini diğer misafirlerden birine her tanıştırışında, eli, tokalaşmak ile saçına dokunmak arasında kararsız bir yolculuk yapıyor, tanıştırıldığı herkese, gazetedeki yazısını bitiremediği için geç kaldığı özrünü tekrarlıyordu. Aslında kimsenin ne sorduğu, ne ilgilendiği vardı.

Seher, daha az renkli, daha az süslü, daha az karmaşık bir dünyadan geldiği çok belli bu yabancının gecikmesinin, bu gruba katılıp katılmamakta uzun süre tereddüt yaşadığından kaynaklandığından emindi. Diğer taraftan da, belli ki, saygın bir mesleği zikrederek tüm eksik görünümünü kapamaya çalışıyordu. Seher, hep en iyiyle yaşayan, hep mükemmel olmaya ve görünmeye çalışan, sürekli kibar, gönül alıcı, iltifatkâr olan insanların arasında, Muzaffer'den, entrikasız, saf, kısıtlı imkânların ürkekliği ile çekingen, naif bir insan intibaı edinmiş ve bu eli ayağı dolaşan, takım elbisesini taşıyamayan, mimikleri, duruşu, yürüyüşü eziklik duygularını su üzerine çıkaran erkeğe kendisini hayrete düşürecek kadar sempati ve ilgi duymuştu. Elinde viski kadehi, mümkün olabilecek en tenha köşede, rahatsız bakışlarla nöbetleşe iki bacağının üzerinde sıkıntıyla yaylanıp duran erkeğin hâlini, yabancı bir mahallede arkadaşsız kalmış bir çocuğunkine benzetmişti Seher. Onu koruma altına alma, rahatlatma ihtiyacını hissetmişti. Aslında, hiç de onun üzerine vazife bir durum değildi. Her ne bilinmez sebeptense, Belkıs davetine çağırmıştı, kimsenin tanımadığı bu gazeteciyi. İlgilenmesi gereken de oydu.

Seher, şimdi, o gece ona duyduğu, şefkatle karışık acıma hislerinin ne kadar fuzuli olduğunu ve hayatına ipotek koyacak bir başlangıca çanak tuttuğunu bir kez daha kendisine içten içe kızarak düşünüyordu. Ama, içinden bastırmaya çalıştığı bir ses, on bir sene öncesini yeniden yaşayacak olsa, aynı kararları vereceğini hatırlattı. Çünkü Seher böyleydi işte. İçine doğduğu ve çok tabii bir şekilde kabullendiği varlıklı, seçkin hayatın olağan bildiği huzurlu süslemesine aykırı gelen bir tarz, ona heyecan vermişti. Hele, Belkıs bir ara kulağına eğilip, keyifli bir kıkırdamayla, "Dikkat et, komünisttir kendisi. İçeri girip çıktı." dediği zaman, yabancıya ilgisi daha da artmış, yakından baktığında yüzünde fark etmiş olduğu küstah ifadeyi, yaşadığı zor ve sıkıntılı günlere bir tavır olarak algılamıştı. Enteresandı; o kadar kompleksli, çekingen ve içine kapanık görünmesine rağmen, küstahlığı bunca kuvvetle barındıran gözler, bir başkasına daha ilk baştan uyarıcı olabilirdi. Ama, Seher için cazibe unsuru olmuştu. Küstahlığın ve kötülüğün, ancak imkânları kısıtlı olduğu takdirde utangaç kalabileceğini, egosu ve cüzdanı beslenince nasıl bir saldırganlığa ve megalomaniye dönüşeceğini bilememişti.

Muzaffer'e gelince; kendisi için buzdağlarının arasında yüzmekle aynı duyguyu yaşatan davette, özgüven problemini hiç tanımamış olan bu içten, sıcacık gülüşlü ve insanın içini gıcıklayan kahkahalı, kızıl kumral saçlı, ela gözlü sosyetik kadın bir kurtarıcı olmuştu. Konuşmaya başladıkları andan itibaren, onun bu candan ilgisinin ardındaki temiz, hesapsız, alaysız kişiliği sezmişti. Kimse tarafından dikkate alınmadığı böyle bir grupta, kendisine bu kadar safiyane ve alçakgönüllü yaklaşan bu heyecan verici zengin ve güzel kadını daha da etkilemek için gözlerindeki tüm pırıltıları kullanmış, takınabileceği tüm sahte ikna edici mimikleri, ses tonunu, bakışları kullanmıştı.

Beraber olmaya başladıkları o ilk günlerde, birbirlerine olan heyecanları ve tutkuları gerçekti. En azından, Seher öyle bilmek istiyordu. Onun için bu beraberliğin kışkırtıcılığı, Ödemiş dışına, ilk defa ancak İstanbul'a üniversiteye geldiğinde çıkmış olan bu sade, idealist, sosyal düzenin kurulması konusundaki fikirlerinden taviz vermemek adına hapislere düşmüş adama destek olma, başarmasını ve kendisini kabul ettirmesini sağlama tatminini yaşamaktan geçiyordu.

Muzaffer ise, hiç hayal dahi edemeyeceği bir evlilikle, kendisini hiç içinde düşünemeyeceği bir dünyanın merdivenlerini çıkmaya başlamıştı ve bunun heyecanı daha evvel yaşadığı hiçbir şeye benzemiyordu. Çocuklarının, daha ilk günden, Muzaffer'den hiç haz etmediklerini anlamıştı Seher. Ancak, hiçbiri, annesinin kararını engelleyecek tavır almamıştı. Bunun sebebi, belki de, Berke'nin kendi kendine, geçici heveslerle yaptığı ve her ikisi de kaosla sonuçlanan evliliklerinde de; Beste'nin, nişandan dönen ama oldukça problem yaratan üniversitedeki aşk ilişkisinde de, Seher'in müdahaleci bir tavır koymamasıydı. Çocuklarının babasının çoktan vefat etmiş olduğu o yıllarda, bir anne olarak sadece kendince gördüğü yanlışları söylemiş ama yönlerini değiştirecek bir baskı uygulamamış, sonuçta oğlunun da, kızının da seçimlerine, onların tercihi olduğu için saygı göstermişti. O, Muzaffer'le evleneceğini söylediğinde de, çocukları aynı tavırla karşılık vermişler, annelerinin servetini ve çevresini kullanacağı çok belli bu yabancıdan duydukları rahatsızlığı ve endişeyi, yüksek sesle dile getirmemişlerdi. Aslında Seher, onların aklından neler geçtiğini çok iyi tahmin etmişti. Zira, çevresinden, dostlarından aldığı tepkiler aynen bu yöndeydi. İşin garibi, Muzaffer'in bazı ahbaplarından dahi aynı uyarıları almıştı. Ama, Seher o kadar korunmalı bir dünyaya doğmuş ve başka türlüsünü bilmemişti ki, kendisine yapılan uyarıların ardında yatan tehlikenin boyutunu ve hayatına getireceklerini kestirmesi mümkün olmamıştı.

Onuncu senenin sonunda, Seher nihayet ayrılma arzusunu belirttiğinde, Muzaffer'in alaycı kahkahasıyla karşılaşmıştı. "Bizi ancak ölüm ayırır." demişti. Bir sene de kâh sabırlı ricalarla, kâh hırsla defalarca ayrılmak için uğraşmış ama muvaffak olamamıştı. O senenin sonunda geçirdiği bir kalp krizi, o güne dek hiç ölmeyeceğini sanan Muzaffer'i korkutmuş ve onu değişik hesaplara itmişti. Hiç kimsesi olmadığından, öldüğü takdirde servetinin Seher'e ve dolayısıyla onun çocuklarına kalacağı endişesiyle, bu defa kendisi boşanmak istemişti. Ne var ki, boşanmalarının üzerinden bir süre geçip, kendini iyi hissetmeye başladığından beri, yeniden Seher'e tebelleş olmuştu. Bu kez, evlenmeye kadar gitmese bile, türlü bahanelerle evine uğramaya, gittiği bir yerlerde karşısına çıkmaya, sonu gelmeyen isteklerle hayatını cehennem etmeye ahdetmişti sanki. Yıllar içinde eline geçirmiş olduğu Vardar Holding hisseleri sayesinde, halen yönetim kurulunda bir yeri vardı ve şirket ile aile işlerinin ortasında, her konudan her daim haberdar ve yeni kararlarda söz sahibi olması, özellikle can sıkıcı bir durum yaratıyordu. Kuruldan ayrılması istendiği takdirde onun daha da çirkefleşeceğini çok iyi bilen Seher, Muzaffer'e karşı sertleşmek ve hisselerini satmasını sağlamak isteyen ağabeylerini ikna için az dil dökmemişti. Belki de "Ne olursa olsun." deyip, kökünden söküp atmak lâzımdı. Bu hafta sonu, bu konuyu Refet Ağabeyi'yle konuşmak için iyi bir zaman olacaktı.

Aynı gece, Selçuk Vardar'ın evi

Atiye Sokak'ta yeni restore edilmiş Art-Nouveau apartmanın dördüncü katındaki daire sessizlik içindeydi. Sade fakat seçkin bir zevkle döşenmiş, apartmanın mimarisiyle uyum içinde bir devir dekorasyonu sergiliyordu. Az sayıdaki döşemenin siyah kadifeyle kaplandığı mekânda, duvarların içine monte edilmiş cam raflarda sergilenen 'Tophane' ve 'Maydanoz' koleksiyonları, özel aydınlatmalarıyla arkalarındaki aynalarda yansıyarak, sayılarından kat kat fazla bir renk hâkimiyeti yaratmışlardı.

Sokağa bakan geniş pencerenin yanındaki kanepede yerleşmiş olan Selçuk, ayaklarını pufun üzerine uzatmış, elindeki kitabı okumaktaydı. Bir ara gözlerini kitaptan kaldırdı. Cam mavisi gözleri, ince dudakları ve dudaklarına doğru basık inen burnuyla çizdiği soğuk, kendini beğenmişlik portresi iyice belirginleşmişti. Bu ifade, salonda yalnız olmasına rağmen, birileri tarafından seyrediliyormuş gibi, sergilediği hareketlere de yansıyordu. Yanı başındaki sehpada duran 'Maydanoz' kadehi eline aldı. Antik Beykoz camı, gece lâmbasından yansıyan ışıkla, yer yer loşluğa karışan kobalt mavi huzmeler yaydı. Elindeki kadehin ışık oyunlarını fark etmişti. Kadehi lâmbanın önüne doğru tutarak hafifçe döndürdü. İçindeki buzlar tatlı bir sesle camda tınılar yarattı. İçkisini yudumladıktan sonra yutkundu. Sol elinde, parmakları arasında kapanmış olan kitabın ilk sayfasını açıp el yazısıyla yazılmış notu, ilk defa görüyormuş gibi, dikkatle okudu.

"Sevgili kardeşim Selçuk'a, bir gün adil bir imparatorluk yürüteceğine inancımla, başarılar. Berke."

Attila the Hun, Hun İmparatoru Attila'nın yönetim ve adalet felsefesi üzerine yazılmış, tarihi bir inceleme kitabıydı. Bu kitaptan kendisine ne pay çıkaracağını tam kestirememişti ama, girişteki dilek gibi, bir gün bir imparatorluğun başına geçecek olma fikri onu heyecanlandırmaya yetiyordu. Ne var ki Berke'nin, açıkça ve samimiyetle bunu dilediğini bilmesine rağmen, bu kudreti elde etmek yolunda, onu kendisine hep rakip görmüştü. Hatta holding yönetim kuruluna getirilmesi için, Berke'nin uzun zamandır diğerlerini iknaya çalışmasına rağmen, Selçuk bu kavgacı histen kendisini kurtaramıyordu. Her halükârda, onunla bir şekilde karşı karşıya geleceğine dair içinde hep bir his olmuş, özellikle bu gece, şeytanıyla karşılaştıktan sonra hissiyatı artık beklentiye dönüşmüştü. Çocukluklarından beri Berke'yle olan yakın ilişkisine rağmen, her nedense, beyninde yankılanan bir ses, bir sebep bulup bir şekilde onunla düşman olmanın yolunu aramasını söyleyip durmaktaydı.

Kendisinden sadece üç yaş büyük olan Berke'nin, yıllardır korumacı ve yolunu açıcı davranışları, üzerinde hiçbir zaman karşılığını ödeyemeyeceği, daha doğrusu böyle bir karşılık vermek istemeyeceği şekilde bir borç ağırlığı yaratıyordu. Bu ağırlık, bir müddettir dayanılmaz bir hâl almış ve beyninde yankılanan o şeytani ses, ancak bir düşmanlık yaşanırsa şükran duygusunun baskısından kurtulabileceğini kendisine haykırmaya başlamıştı.

Son günlerde, bu sesi, gününün neredeyse her anı duymaya başlamıştı; çalışırken, araba kullanırken, yerken, içerken, sevişirken, hatta uyurken. Nihayet, içinde varlığını gizliden gizliye bildiği ama hep kapalı tutmak istediği ikinci kimliği, şeytanının yardımıyla aydınlığa çıkmak üzereydi. Belki de şeytanın ta kendisiydi, şekil almakta olan. Bu düşünce, ona ürküntü vermek yerine, dudaklarına geniş bir gülümseme yaydı. 'Herkesin bir şeytanı olmalı.' dedi kendi kendine. Acaba Berke'nin de bir şeytanı var mıydı, bir yerlerde örtüp sakladığı? Yoksa, gerçekten bu kadar verici, yardımcı, kalender olabilir miydi?

İçindeki şeytanı, bu akşamki gibi görmese dahi, duyarak ilk farkına vardığı zamanı düşündü. Tam olarak bir tarihe, bir olaya parmak basamıyordu ama galiba kendisini bilip hatırlayabildiği altı yaşlarında olmalıydı. Berke'yle beraber, çocuk havuzunda oynamaktaydılar. Bütün aile, sıcak yaz gününün rehavetinde geniş bahçeye dağılmış, kimi güneşleniyor, kimi hamakta kestiriyor, kimi kameriyenin altında briç oynuyordu. Berke'nin, annesi babası tarafından kucaklanıp öpülmesini ne kadar kıskandığı, çocukluk anılarından çıkıp ilk günkü tazeliğiyle düşünce denizine ulaşıverdi. Berke, sebepli sebepsiz sevilendi. O hep öpülür, yanağı, saçı okşanır, kucaklanırdı. Büyükbaba dahi, torunları arasında ayırım yapmama prensibinde olmasına rağmen, Berke'ye bakarken, onunla konuşurken, ona olan zaafını gizleyemezdi. Selçuk, çocuk kıskançlığıyla bunu fark ettiği ilk andan itibaren, tüm dikkatini aile fertlerinin Berke'ye olan ilgisini, hayranlığını takip etmeye ayırmıştı. Yakından izledikçe de, kendisinin ne kadar daha az sevilmekte olduğuna inancı artmış, bu yüzden Berke'nin kendisine olan sevgisinden de nefret etmeye başlamıştı. Berke, başkalarına dağıtabileceği kadar çok sevgi topluyordu annesinden, babasından ve diğerlerinden. Buna hakkı yoktu. Bunu bir şekilde ödemeliydi. Selçuk, küçücük kafasını bunlarla yormaya başladıktan bir müddet sonra, işte o sıcak yaz günü, nihayet, şeytanı kendisiyle konuşmuştu.

Berke, annesi ile babasının İtalya'dan getirdiği oyuncak deniz motorunu nasıl kullanacağını büyük bir sevecenlikle kuzenine anlatmaya çalışıyordu. Selçuk, onu izlerken aslında dikkati bambaşka bir yerdeydi. Küçük havuzun içinde çepeçevre dönüp, minik girdaplar yaratıp yol alan motorun aslında oyuncak değil de gerçek olduğunu ve yanından geçerken, Berke'yi pervanesiyle parçaladığını düşünmeye başlamıştı. O yaşta, bunu hayal ederken ne kadar heyecanlanmış, kuzeninin kan denizi içinde yok olması fikri dahi, bir yetişkin gibi ifade edemeyeceği, ama çocuk dürüstlüğüyle, rekabetin kalkacağına inandığı bir huzur vermişti ona. Ve beynindeki o ses ilk kez konuşmuştu. "Boğ onu! Boğ!" O gün havuzdan çıkana kadar şeytan bunu tekrarlayıp durmuştu. O an, Berke'yle yalnız olsalardı, deneyeceğinden emindi.

O güne dek duymuş olduğu, büyüklerinin disipline etme amaçlı ikazlarından çok farklıydı ses. Önce korkmuş, ama sonra zamanla, kuzeniyle ilgili düşüncelerinde yalnız olmadığına, içinde gizli güçleriyle kendisine yardım edecek bir yaratık yaşadığına inanmıştı.

Sokak kapısının açılmasıyla düşünceleri yarım kaldı. Koridordaki fısıldaşmalardan sonra, salon kapısından başını uzatan kız çocuğu, neşeli bir çığlık atarak Selçuk'a doğru koştu.

“Babacığım! Yatmamışsın.”

Koşarak yanına geldi, babasının yanağından öperek, kanepede koltuğunun altına doğru yerleşti.

“Sen gelmeden yatar mıyım prenses?” dedi, Selçuk, onun saçlarını okşayarak. Elindeki kitabı sehpaya bıraktı ve iki koluyla kızına sarılıp, yanaklarından doya doya öptü. Az önceki gergin, soğuk ifadesi yerini keyifli bir sevecenliğe bırakmıştı. Gözlerini, kızının yüzünden ayırmadan sordu:

“Nasıl geçti günün, anlat bakalım.”

Kızın bakışları, tavırları, şirin, sempatik ve oyuncuydu. Altı yaşının çocuksuluğuyla giydirilmiş yirmilerindeki bir genç kadının flörtöz işvesi, gerçek yaşı on dördü saklıyordu. İri, pırıltılı gözlerinin, babasınınkine benzeyen ucu basık burnunun ve alaycı bir gülümsemeyle yayılan dudaklarının kendine has çekicilik kazandırdığı yüzünü çevreleyen kulak hizasında küt kesilmiş kâküllü saçlarını iki yana salladı. Yanağına doğru uzanan birkaç tel saçı, eliyle havalandırdı. Sonra, babasının elini avuçları arasına aldı ve başını kaldırıp onun gözlerinin içine bakarak konuştu.

“Çok iyi geçti babacığım.” Sesini bir damla daha yumuşatarak devam etti. “Ama şimdi, senin yanında her şey daha iyi.” Anında, sesi müjde verir coşkusuna büründü. “Annem hafta sonunda seyahate gidiyor. Biz de seninle tekneye gideriz, değil mi?”

Selçuk, vereceği cevapla onu hayal kırıklığına uğratacak olmaktan korkarak, bir an için durdu. Gülşah, babasının hafta sonu için bir engeli olduğunun farkına varmıştı ama şirinliğini kullanmaya devam etti. Bir taraftan, babasının elini okşarken, “Ama... belki de sen başka bir şey yapmak istersin. Bunun için fark etmez.” dedi. “Yeter ki, seninle beraber olalım.”

Arada derin bir nefes aldı. Gözlerini babasından ayırmadan ekledi.

“Biliyor musun babacığım? Annem duymasın ama onun yanında hiç seninle olduğum gibi eğlenmiyorum...”

Küçük kız daha devam edecekti ki, Selçuk sırtını koltuğun kenarına doğru çekip kızının ellerini tuttu ve söze girdi.

“Bak prenses... Seni ne kadar sevdiğimi biliyorsun, değil mi? Seninle vakit geçirmekten ne kadar mutlu olduğumu da...”

Gülşah, sempatik bir tavırla, özellikle kâküllerinin alnının üzerinde oynamasını sağlayarak, başını salladı ve gülümseyerek dinledi.

"...Ve ben sana bir programın olamayacağını söylediğim zaman da, önemli bir sebebim olduğunu bilirsin, değil mi?"

Gülşah'ın gözlerinde, aniden yaşlar belirivermişti. Mahzun bir ifadeyle başını yana eğip babasına baktı.

Selçuk, kızının saçlarını okşadı.

"Bu hafta sonu hiç hesapta olmayan bir işim çıktı." dedi.

Gülşah'ın duruşunda değişiklik olmamıştı. Ancak, gözlerinden bir damla yaş yanağına doğru süzüldü. Selçuk, onun gönlünü alma telâşındaydı.

"Sana karşı dürüst olacağım prenses. Aslında yine teknede olacağım hafta sonunda..."

Kızının gözünden sessiz yaşlar iniyordu. Dudaklarını büzmüş, boynu bükük, gözlerini babasının gözlerinden ayırmadan dinliyordu. Selçuk, onun yanağını okşadı.

"Prenses, dinle beni. Bak, seni ne kadar üzeceğimi bilsem de, doğruyu saklamayacak kadar dürüstüm sana karşı. Bunu anlayabiliyor musun?"

Gülşah başını önüne eğmişti. Babası, onun çenesinden tutup başını kaldırdı. "Bak bakayım gözlerime şimdi ve bana, dediklerimi anladığını söyle. Tekneye eğlenmeye gitmiyorum prenses. Bu bir iş gezisi. Söz, bir hafta sonra seninle başbaşayız... Belki, anneni seyahate birkaç gün geç gitmeye ikna edebiliriz... Ya da anneannenle kalabilirsin."

Gülşah, isteksizce başını salladı. Babası saçlarını okşadı.

"Prenses, sen benim en büyük aşkımsın. Bunu bil ve hiç unutma. Tamam mı canım. Haydi gel, şimdi güzel bir iyi geceler öpücüğü ver bana."

Gülşah, kırgın ama sevgi dolu, onu öptü ve kanepeden kalktı. Salonun kapısından çıkmak üzereyken, geriye dönüp bir öpücük daha göndermek istedi. Ama Selçuk, çoktan kitabının sayfaları arasına dönmüştü bile. Küçük kız, babasına bir türlü ulaşamamanın burukluğu, hırs ve gözlerine yeniden dolan yaşlarla, odasına doğru koşarak koridorda kayboldu.

Yanı başında çalan telefonla, Selçuk bir kez daha Attila'dan ayrılmak zorunda kaldı. Cep telefonundaki numarayı görünce derhal cevaplandırdı.

"Amigo!"

Ses tonu ve aldığı tavır, hattın diğer ucunda olanın üzerinde şımarıkça bir gücü olduğunu belli ediyordu.

"Ne oldu bizim reklâm işi?

Pufun üzerindeki bacaklarını çapraz yapıp, arkaya doğru yaslanırken genizden, ama samimiyetten uzak bir kahkaha attı.

"Harikasın amigo!" dedi, "müthiş iş! Kleopatra'ya bizim çarşafları giydireceksin demek. İşte ben buna kafa derim amigo! Herkeste baş var da, seninki kafa ağbi, kafa. Helâl olsun. Müthiş fikir. Çarşaf yuvarlanacak, içinden Kleopatra çıkacak... Ağbi şimdiden heyecanlandım, reklâmı seyreder gibi oluyorum. Kleopatramız kim?"

"..."

"Harika!

"..."

"Çok da pazarlık etme amigo. Ne kadar pahalı, o kadar bize kalır.

"..."

"Neşemi yerine getirdin, helâl olsun sana."

"..."

"Tamam, alıcıysan bu hafta sonu yapıyoruz tekne programını. Cuma akşamından çıkar, pazartesi gecesi döneriz."

"..."

"Bana bak, Kleopatra'yı da mı çağırsak tekneye?"

"..."

"Ne olacak amigo? Sezar çağırıyor, dersin, gelir." Derken gırtlaktan, kesik bir kahkaha savurdu. Şeytanının kahkahasını duyar gibi oldu..

"..."

"'Sugar dady'si varsa olmaz ağbi. Bu ara dertli, takıntılı karı istemiyorum. Sen yine senin fasulyeleri ayarla. Yalnız, benimle aynı uçağa binmesinler. Karıdan ayrıldık ama yine de lâfa boğulmasın ortalık. İstersen, sen onları al, sabahtan git."

"..."

"Masraflar şirketten, merak etme. Ulan, zaten sen ödesen ne fark edecek? Reklâm hesabına geçirip gene bize ödetiyorsun nasılsa."

Bir kahkaha daha savurup, cümlesini tamamladı.

"...Haydi, yarın akşama görüşüyoruz amigo. İyi geceler."

Telefonu kapadıktan sonra, kısa bir müddet, kızı ve reklâmcısıyla yapmış olduğu konuşmalar arasında düşüncelerini dolaştırdı. Gülşah'a bir iş gezisi olacağını söylemişti. Aslında yalan da sayılmazdı ama kızıyla beraber vakit geçirmesini engelleyecek bu programın hiçbir önceliği yoktu. Sadece, ticari yönü ağır basan bir seks gezisi olacaktı. Kızına karşı hiç de dürüst davranmadığını biliyor ve bu onu içten içe rahatsız ediyordu. Üstelik, Gülşah'ın, kendisine bu kadar ihtiyacı olduğu bir devirde. Ama vicdanıyla hesaplaşmaya başladığı her zaman olduğu gibi, şeytanı derhal yine devreye girdi ve hiç zaman kaybetmeden tüm ikna gücüyle onu en tamam kararı verdiğine inandırdı. Şimdi içi rahattı. Kitabına konsantre olmaya çalıştı fakat mümkün değildi. Şu an Amerika'da olduğunu bilmesine rağmen, Berke'nin yumuşak, sakin, alçakgönüllü ve sevecen varlığı, sanki orada, onunlaydı ve bu his omuzlarına, yüreğine ağırlık veriyordu. Şeytanı, iç gıcıklayıcı bir sesle yine fısıldamaya başlamıştı işte.

"Mahvet onu... Mahvet onu... Başka türlü huzur bulamayacaksın. Mahvet onu..."

Epeydir aklını kurcalayan konu yine canlanmıştı. Kitabı sıkıntılı bir ifadeyle kenara bırakıp telefon rehberindeki isimleri taradı. Ekranda "Amcam" yazısı göründü. Kolundaki saate baktı. Delirmiş olmalıydı. Bu saatte Refet Vardar aranır mıydı?

Aynı saatler, Refet Vardar'ın evi

Dışarıda rüzgâr ve dalgalar dinlenmeye çekilmişti. Karanlığın sarmaladığı verandada yan yana koltuklarda oturmuş iki kardeşin sohbeti, salondan gelen Vivaldi'nin 'Dört Mevsim'ine fısıltılar ekliyordu. Refet Vardar, bir dirseğini diğer elinin avucuna yerleştirmiş, piposunu düşünceli bir tavırla dişleri arasında ezerken, Seher'i dinlemekteydi.

"...Onun için apar topar bu gece gelmek istedim ağabey. Nedense evde yalnız kalmak fikri ürküttü beni." diyordu kız kardeşi.

"Çok iyi yaptın canım. Bundan sonrası için de daha sıkı emniyet tedbirleri alman lâzım."

Yerinden kalkıp, onun omuzunu okşarken konuştu.

"Haydi canım, gel artık, canını sıkma. Bu gece yapabileceğimiz fazla bir şey yok. Yarın emniyet müdürünü bizzat arayıp ilgilenmesini rica edeceğim. Belki artık biraz uyuyup dinlenmek istersin."

Seher, oturduğu yerde, şalına biraz daha sarınıp, Marmara'dan gelen tuzlu yosun kokusunu içine çekti.

"Uyuyabileceğimi hiç sanmıyorum. Sanki içimdeki saatin zembereği boşandı; günü başa sarmış gibi hissediyorum."

"O zaman, ne dersin eski günleri yâd etmeye?"

Piposunu masadaki kül tablasına bırakıp elini kardeşine uzattı.

"Haydi gel, biraz müzik yapalım."

Seher'in neredeyse karanlığı aydınlatan gülüşünde, büyük ağabeyiyle paylaşmayı en sevdiği anlardan birinin davetini almış olmanın keyfi okundu. O akşam yaşamış olduklarını unutmuştu bile. Onun elini tutup yerinden kalktı. Kol kola salona geçtiler. Seher, Steinway'in önündeki pufa yerleşip kapağını açtı. Refet Vardar, CD çaları kapayıp kütüphanesindeki nota kitapları arasından birini seçti ve getirip piyanonun notalığına yerleştirdi.

Kemanını, çok değil kısa bir zaman önce yerleştirmiş olduğu kutusundan tekrar çıkarıp kardeşinin yanında, ayakta yerini aldı. Bacaklarını hafifçe iki yana açtı. Guarneri'yi, sevecenlikle omuzu ile çenesi arasına yerleştirdi. Yanağını, kemanını okşar gibi üzerinde ileri geri oynattı. Seher'in parmakları tuşlarda, bakışları ağabeyindeydi. Refet Vardar, hafif bir baş işaretiyle, gözlerini kapadı. Seher, hayatındaki kararlarla ilgili hesaplaşmalarını, belâlı eski kocasını, evine giren meçhul kişiyi unutmuştu bile. Mutlulukla gülümsedi. Chopin'in "C Minor sharp" bestesi, geceye ninni gibi yayıldı.

Aynı saatler, Selçuk Vardar'ın evi

Selçuk, hâlâ bir elinde içki kadehi, diğerinde telefonu, salonda, bir aşağı bir yukarı, canı sıkkın bir ifadeyle dolaşmaktaydı. Amcasının numarasını çevirip çevirmemek arasında yaşadığı tereddüt onu huzursuz etmişti. Birkaç kez numarayı tuşlamış ama her defasında kolundaki saatin rakamları onu durdurmuştu. Yapacağı konuşmanın, uzun vadeye yayılan plânları için çok hızlı bir tesiri olmayacaktı ama kafasında çoktan açmış olduğu harbin, gerçek hayatta 'start'ını verecek gibi hissediyordu. Ve bunu şimdi gerçekleştiremiyor olmak onu sıkıntıya sokmuştu. Yaşlı adamı aramak için oldukça geç bir saatti ve nihayetinde amacı bir randevu istemekten ibaretti. Üstelik, randevu talebinin sebebini henüz kafasında tam olarak ikna edici kıvama getirememişti. Zamana, iyi plâna ve desteğe ihtiyacı vardı. Ama şeytanı sabırsızdı. Sesini gittikçe yükseltiyor ve huzur vermiyordu. Avucundaki telefonun çalmasıyla irkildi. Numarayı görünce can sıkıntısı iyiden iyiye arttı. Cevap vermemeyi denedi. Ancak, arayan ısrarlıydı. Kanepeye doğru ilerleyip otururken isteksizce cevapladı.

"Alo..."

Karşı taraftan ses yoktu. Aynı bedbin tonla tekrarladı.

"Alo!"

Kimin aradığını bildiği için, sessizlik onu rahatsız etmişti. Bu kez sinirli, oturduğu yerden ayağa kalkarak yineledi.

"Alo, Fazıla!"

Gülkurusu ıpek kumaşla kaplı apliklerden yayılan ışık, altındaki mineli porselen başlıklı yatakta yatan kadını yumuşak, pastel bir renkle yıkıyordu. Kısa, mizampilili kızıl saçları darmadağın olmuş, rimelleri gözlerinin altına doğru akmış, dolgun göğüslerini saran sutyeninin askıları düşmüş orta yaşlardaki kadın, gözlerini zorlukla açık tutabiliyordu. Yanı başındaki komodinin üzerinde dibine inmiş JB şişesi ve boş bir kadeh durmaktaydı. Elindeki cep telefonunu, zorlukla kulağına doğru tutmaya çalışıyordu.

Karşı taraftan gelen ses sabırsız ve sinirliydi.

“Alo, Fazıla!”

Ama, genç kadın gerisini duyamadı. Telefon elinden kayıp yastığa düşmüştü. Gözünü açmaya çalıştı, beceremedi. Kurumuş dudaklarını yalarken, el yordamıyla telefonu buldu ve kulağına dayadı. İlk konuşma gayreti, soluk bir nefese dönüştü. Ardından, uzun, yayvan bir telâffuzla mırıldandı.

“Alloooo... Selçuk...”

“Fazıla sen misin?”

Fazıla’nın, Selçuk’un sesinden ne kadar sinirli olduğunu, sarhoşluğuna rağmen anlamaması mümkün değildi. Onu bu kadar kızdırabildiğine memnun, alaylı gülmeye çalıştı ama dudaklarına hâkim olamadı. Gülüşü boğazında tıkandı. Ağzı tükürüklendi. Dudaklarını yalayarak tükürüğünü yuttu ve konuşmaya çalıştı.

“Ne güzel... Hatır...lıyorsun...”

Kontrol kabiliyetini yitirmiş olmasına rağmen, sesine ve sözlerine alaycılık katmaya çalışıyordu.

“Sarhoşsun sen.” dedi Selçuk, hiddetle.

“Tabii... sarhoşum... Terk edilen kadın... kadınım...ben... Nasıl olayım?”

“Neredesin?”

“Nerede olacağım... Evimdeyim...”

Sesini, işveli bir boğukluk ile sarhoşluğun verdiği yayılma arasında nasıl kullanacağını bilemeyerek devam etti.

“... Yatağımdayım...”

Fazıla hafifçe kıkırdadı ama aynı anda sesi hıçkırıklara boğuldu.

Selçuk tüm kızgınlığına rağmen, meraklanmadan edememişti.

“Yalnız mısın?” diye seslendi, “Kimse var mı sana yardımcı olabilecek?”

Fazıla gülmeye başladı.

“Yalnız? Ben mi? Ben... yalnız kalamam Selçuk... Biliyorsun.”

Ses tonu, bazı şeyleri hatırlatmak ister gibiydi. Kelimesini bitirmişti ki, anında, gülüşleri yerini ağlamaya terk etti. Diğer elini, yanındaki boş yastığın üzerinde dolaştırırken, hıçkırıklar arasında konuşmaya çalıştı.

"Bak, kim var burada?"

Telefonu, sözde yanında olana doğru, boş yastığa uzatıp bekledi. Sonra tekrar kulağına dayadı.

"Neyse, sonra tanışırsınız. Şimdi meşgulmüş..."

Sesi, hıçkırıkların arasında, histerik bir kahkahayla karıştı.

"Fazıla! Bu yaptığın saçmalık!"

"Saçmalık? Hayat saçmalık aşkım... Hayat saçmalık..."

"Böyle devam edersen Gülşah'ı sana hiç göstermeyeceğim. Haberin olsun."

Fazıla birden, kendisine belki de en tesir edebilecek şeyi duymuş gibiydi. Toparlanmaya çalıştı. Yutkunup genzini temizledi. Sesini mümkün olduğunca yumuşatmaya çalıştı. Ama ne yapsa, alkolün etkisinde ve tutuktu.

"Sana hâlâ âşığım Selçuk... Hem de sırılsıklam... Hem de her şeyini bilmeme rağmen..."

"Beni o kadar iyi biliyorsan, aramızda her şeyin bittiğini de bilmen lâzım."

"Seni tekrar kazanmak için her şeyi yaparım Selçuk."

"Fazıla, benim için bir şey yapmanı istemiyorum."

"Tabii... Çünkü artık bana ihtiyacın kalmadı. Ama ben... ben... yine de... senin için inanılmaz şeyler yapabilirim... Meselâ, şimdi seninle telefonda sevişebilirim. Ya da şimdi camdan atlayabilirim."

Selçuk, aniden telâşlanmıştı. Sorumluluk alacak olmak ve ikna etmek mecburiyetiyle, kendine hâkim olmaya çalışarak, ses tonunu sertlik ve aldırmazlıktan arındırmaya gayret etti.

"Fazıla! Saçmalamayı kes. Dinle beni! Dinliyor musun?"

"Evet." diye mırıldandı, genç kadın.

"Bu yaptığın ve söylediklerin anlamsız. Yarın sabah olduğunda, sen de bunun farkına varacaksın..."

Aslında Selçuk'un diyecekleri bitmişti. Yine de kendini zorlayarak devam etti.

"Üstelik bu saçmalığı Gülşah'a nasıl izah ederiz?"

"Beni hiç mi sevmiyorsun artık?"

Selçuk yutkundu. Çekindiği şey yalan söylemiş olmak değildi. Yalana alışıktı. Üstelik severdi de. Ama sevgi sözcükleriyle birini mutlu edecek olmak, işte bu hiç ona göre değildi. "Sevmek", ancak sonucunda kendisi mutlu olacaksa söylenebilecek kelimelerden biriydi ve bunun gibi çok kelimesi vardı Selçuk'un, hep kendisine sakladığı.

"Fazıla, biz seninle dostuz. Seneleri paylaştık, Gülşah'ı paylaştık."

"Ciddi misin? Beni yapayalnız bırakmayacaksın, değil mi?"

"Hayır... Ne zaman ihtiyacın olursa, beni yanında bil. Bir dost olarak..."

"Söz ver bana."

"Söz... Söz veriyorum."

Fazıla'nın dudaklarına bir gülümseme yayıldı.

"Şimdi artık rahat uyuyabilirim," dedi, "iyi geceler..."

Selçuk, telefonu kapadıktan sonra neler olabileceğiyle ilgili endişelerinden kurtulmuş değildi.

"Sen de bana uslu uslu uykuya gideceğine söz ver." dedi.

Fazıla, hâlâ deli gibi âşık olduğu erkeğin, onun için endişelenmiş olmasından mutluydu. Bu kadarı bile yetmişti ona. Kıkırdadı.

"Söz sevgilim."

Telefon kapandığında Selçuk derin bir nefesle, koltuğa çöktü. Uzun bir "Pofff!" sesiyle başını arkaya attı. Sağ eliyle sinirli bir tavırla saçlarını tarayıp, ellerini ensesinde kavuşturdu. Gözleri tavanda bir noktada düşünceye daldı. Aralarındaki bu konuşmadan sonra, Fazıla'nın intihar etmiş olabileceği ihtimalini düşündü. Önce, sadistçe bir rahatlama hissetti ama bu çok kısa sürdü. Hemen ardından, üzerine yüklenecek sorumluluğu, Gülşah'a nasıl izah edebileceğini hayal etmek dahi, boşanmış da olsa, Fazıla'ya iyi bakması gereğini hatırlattı.

"İyi olur," dedi, şeytanı, "çok mutsuz etme zararsızı."

Sadece birkaç yüz metre ötede, Topağacı'nda bahçeli bir evin bodrum katında Fazıla, avucundaki telefon kulağının dibinde, yorgun ve bitkin bir halde çoktan derin bir uykuya dalmıştı bile.

Aynı dakikalar, The Pierre Oteli, New York

Air conditionun serinliği, süitin içinde tatlı bir çiçek ve sandal

ağacı kokusunu dolaştırmaktaydı. Berke, üzerinde smokini, bar konsolunun üzerindeki buz dolu iki kadehe Chivas doldurmaktaydı. Yıllanmış amber rengi, buzların üzerinden kayıp kadehin yarısında durdu. Aynı anda, yatak odasının kapısında Anberin belirmişti. Krem rengi ipekten, zarif bir dekoltesi olan, sırtı degaje dökümlü, kolsuz, vücuduna oturan bir tuvalet, ayaklarında elbisesinin kumaşından yüksek ökçeli, topuğu açık, bilekten bantlı ayakkabılar giymiş, bal rengi saçları, başının üzerinde gevşek bir topuzla tutturulmuştu. Kulağının birinde sallantılı damla bir inci küpe vardı. Berke'ye doğru ilerlerken, başını hafifçe yan yatırmış, diğer küpesini takmaya çalışmaktaydı. Yürüyüşü, kıyafetini taşıyışı son derece zarifti.

Berke, hayranlık taşıyan bakışlarla elindeki kadehlerden birini karısına uzattı.

"Sevgilim, muhteşemsin." dedi. "Bu akşam gelinden çok seni izleyecekler, eminim. Kimse gözünü senden alamayacak."

Anberin, gülümseyerek kadehini alırken, uzanıp kocasının dudağına çabuk ama sevecen bir öpücük kondurdu. Sonra kadehini 'Şerefine' anlamında kaldırırken konuştu.

"Bende bir tek senin gözün olsun yeter. Üstelik, düğünlerde her zaman, gelinler en güzel olur."

Karşılıklı içkilerinden birer yudum aldıktan sonra genç kadın, duvardaki Floransa işi aynadaki aksine baktı ve alnına doğru uçuşmuş birkaç tel saçını, parmak uçlarıyla zarif dokunuşlarla düzenlerken devam etti.

"Üstelik, hiçbir davetli kadının, gelinden daha güzel olmaya hakkı yoktur."

Berke, bir elinde kadehi, Anberin'in arkasında durup diğer eliyle beline sarıldı ve onu ensesinden öptü. Genç kadın, bir koluyla kocasının elini avuçladı ve başını mahmur, keyifli bir teslimiyetle onun yanağına doğru dayadı. Berke, aynadaki akislerine bakarken, yaratmış oldukları tablonun samimi güzelliğinden memnun bir ifadeyle mırıldandı.

"Ama yine de özellikle çirkinleşmek için uğraştığını pek söyleyemezsin herhalde."

"Güzelliğim aşkımdan besleniyor olmalı sevgilim. Ne yapabilirim?... Çok mutluyum." dedi, genç kadın, başını kocasının boynuna biraz daha yerleştirirken. Sesi sakin, sıcacık, kendinden emindi.

"Ben de hayatım, ben de..."

Bir kez daha kadehlerini birbirlerine doğru kaldırdılar. Gözlerindeki pırıltı, kesinlikle aynı aşkı paylaşmanın mutluluğunu yansıtıyordu.

Aynı saatler, Beauté Pansiyon, İstanbul

Ziynet, henüz kapamış olduğu oda kapısına sırtını dayayıp, bıkkın bir tavırla "Off"ladı. Parmakları arasındaki sigaradan derin bir nefes çekti. Üzerinde dekoltesi beline kadar açık, kalçasına kadar yırtmacı fırfırlı bir sabahlık vardı. Kısa saçları, yatağın savurgan saatlerinden kalma bir dağınıklıktaydı. Odanın içinde, sağa sola dağılmış, iskemle arkasına, makyaj aynasının üzerine asılmış, kapağı aralık minik otel gardırobundan ucu dışarıya çıkmış kıyafetler, aynanın önünde, konsolun üzerine bir çantadan gelişigüzel boşaltılmış gibi yığılmış makyaj malzemeleri, saç fırçaları, krem kutuları, genç kadının şu anki derbederliğinin aslında genel yaşam şekli olduğunu açıkça belli ediyordu. Çarşafları dağınık yatağın yanındaki komodinin üzerinden cep telefonunun sesi duyuldu. Sigarasından derin bir nefes daha aldıktan sonra kapıdan ayrıldı. Yatağın kenarına oturup konsolun üzerindeki içki şişesi, kadehler, sigara paketi, dolu kül tablası, klenex kutusu arasında cep telefonunu aradı. Yastığa sırtını dayayıp, bacaklarını uzatırken cevapladı.

"Allooo! Na'ber Nihat?"

Sigara dumanından boğulmuş sesi kalın, konuşma tonu, vurguları incelikten uzaktı.

"..."

"Geç mi? Ne geçi ağbi? Herif yeni gitti ya."

"..."

Ziynet, kulağı telefonda söylenenlerde, hafifçe uzanıp, yarı aralık duran konsolun çekmecesini çekti, içindeki paralara parmak uçlarıyla şöyle bir dokunduktan sonra memnun bir ifadeyle çekmeceyi itti. Yüzünde aniden beliren gülümsemeyle konuştu.

"Kuşadası mı? Gelmez miyim ağbi? Ama bu defa doğru dürüst iş olsun, bana bak Nihat. Öbür karıların arkasından toplayıcılık yapmam ha. Bana da yağlı bir hesap varsa varım."

"..."

"Yalan mı? Kaç defa iş diye çağırdın. Gidince de blumik karıların kıçlarını toplamak kaldı bana. Onlara sosyete, para, bize de artıkları..."

"Ağbi, iyi de, bu kendinden geçmiş evli heriflerden başkası düşmüyor bana."

"..."

Duyduğuna kızdığı belliydi. Sigarasından sıkıntılı uzun bir nefes alırken, iri, kalın ayak parmaklarını sinirle oynattı.

"Na'palım ağbi? Kıçımız biraz büyük diye gün görmeyecek miyiz? Sen ayarla bana bir yağlısını, bak ben o adamda benim büyük kıçı fark edecek hâl bırakıyor muyum?"

"..."

Arsız, kısa bir kahkaha attı.

"Ulan eminim, kızlardan birinin işi vardır da, beni yedekten çağırıyorsundur şimdi bu saatte. Başka hangi kız var?"

"..."

"Neyse canım. Bu defa belki turnayı gözünden vururum ağbi. Evli mi herif?"

"..."

Ziynet duyduklarına heyecanlanmıştı. Ucuz bakışları pırıldayarak, olduğu yerde sabırsızca kıpırdandı. Sigarasının külü kucağına düşmüştü. Bacaklarını oynatıp külü üfledi.

"Ağbi var ya, bu iş bir tutarsa, dile benden ne dilersen."

"..."

"Tamam ağbi, yarın görüşürüz."

"..."

"Tamam, bana erken uçak uyar. Bana bak, havaalanına falan taksi paramı isterim, haberin olsun."

"..."

"Hadi çav!"

Telefonu kaparken, yüzünde arsız bir gülümseme, sırtını yastığına bastırarak gerindi. Bacaklarını çapraz yaparken, uzanıp konsolundan bir sigara daha aldı ve diğerinin henüz sönmemiş ateşiyle yaktı. Derin bir nefesin ardından havaya bıraktığı dumanı üflerken mırıldandı.

"Bekle sosyete... Ben geliyorum... Bu defa geliyorum... Ulan gelmezsem namussuzum."

Şeytanın Ayak Sesleri

Ertesi sabah, saat 07:30, Yeşilköy

Açıktan dönen balıkçı motorları ile onları sevinçli bir telâş içinde bekleyen martıların sabırsız çığlıkları, günün henüz insan kalabalığından uzak saatlerini sahipleniyordu. Gece çırpınmaktan yorgun deniz, kıyının taşlarına tatlı bir yorgunlukla vuruyor, minik dalgalar çakılların üzerinde kıvrılıp, uzanıp kumsalın ıslaklığında yok oluyordu.

Yaşlarına göre oldukça sıkı bir yürüyüş temposunda olan Seher ve Refet Vardar, dinlenmek için durduklarında, Seher elindeki pet şişeyi açıp birkaç yudum içti ve ağabeyine uzattı.

"İster misin?"

Refet, su şişesine bakıp güldü.

"Sen ne zamandan beri su içer oldun kuzum?"

"Aşk olsun ağabey."

Ses tonunda alınmışlık değil, şakayı kabullenmişlik vardı. Seher, alkolü, her iki ağabeyinden de daha çok sever ve sevgisi oranında da içerdi. Ama sadece akşamları. Gündüz saatlerini ise, sıhhatli bir yaşam için elzem gördüğü ve aynı zamanda zevk aldığı şeylerle geçirirdi. Sabah erkenden yaptığı yoga, ardından uzun, sıkı bir yürüyüş, yazın her gün, daha az veya çok değil, iki saatlik muntazam deniz, güneş seansı ardından iki kalem pirzola veya iki köfte ve yeşil salatadan ibaret öğle yemeği ve muhakkak surette bir buçuk saatlik öğlen uykusu, sonra saat beşte yanında iki pötibör ile bir fincan çay, gününün güneş batana kadar olan yüzüydü. Saat yedide, incecik dil peyniri ve tuzlanmış salatalık dilimlerinin eşlik ettiği rakı keyfi başlardı. Misafiri olduğunda ne kadar zengin bir ikram yaparsa yapsın, kendisi hiç değiştirmediği bu ikili meze tabağıyla yarı yarıya sulandırdığı ve tek parça buz kullandığı rakısını demlenirdi. Ağır ağır, keyifle içerdi. Kadeh saymazdı. Kendisini uykulu, vücudunu dinlenmeye hazır hissedene kadar rakısının tadını çıkarırdı. Deliksiz bir uykunun ardından sabah yedi buçukta, dinç, yogasına başlamak üzere sabırsız uyanırdı. Resim çalıştığı, özellikle yaz dışındaki mevsimlerde günün ve gecenin içine serpiştirdiği saatler, kendisini en mutlu hissettiği zamanlardı. Gerçi son zamanlarda, Muzaffer'in uygunsuzlukları, uyanık olduğu anlar kadar uykularının tadını da kaçırmaya başlamıştı ama doktorunun verdiği hafif dozdaki sedatifle bunu halletmişti. Şimdi içkisine takılan ağabeyi, bir de uyumak için ilaç yardımı aldığını bilseydi, herhalde yaşını falan unutur, çocukmuş gibi ona çıkışırdı.

Seher, su şişesini kapatırken, bu saatte hepsi bomboş olan banklardan en yakınındakine oturdu. Eliyle yanındaki boşluğa vurarak ağabeyine işaret etti.

"Gel, oturalım biraz... Bu saatlerin huzuruna bayılıyorum."

Refet Vardar kardeşinin yanına yerleşti. Yürüme temposundan çıkıp konuşmaya fırsat kalınca, birden dün gece dinledikleri kafasını kurcalamaya başlamıştı.

"Seher, şu dün gece başına gelenler... Düşündükçe beni daha çok rahatsız ediyor."

Seher, kısa, gevrek ve tasasız bir kahkahacık atarken ağabeyinin sırtını okşadı.

"Bence çok fazla düşünüyorsun da ondan.

"Nasıl bu kadar rahat olabiliyorsun?"

"Hayatın kısa olduğuna inanıyorum da ondan... Tasaya yer olmayacak kadar kısa."

"Ama evde kalamayacak kadar tasa etmiştin dün geceki olayı."

"İyi ya, tasalanmamak için sana geldim."

Ağabeyinin omuzundaki eline şefkatle birkaç kez üst üste yumuşakça vurdu.

"Haydi ama, şu güzel hafta sonumuzun tadını kaçırmasına müsaade etmeyelim dünde kalanların."

Bembeyaz bir martı, suyu yalayarak uçtu ve kıyıya kondu. Seher onu seyrederken denizden gelen kokuyu içine çekti.

"Şu güzelliğe baksana. İnsanda ne dert, ne kasvet bırakıyor."

"Acaba şu eve giren ..."

"Ağabeyciğim, bu konuyu kapatalım artık. Gerçekten, seninle şu iki günümün tadını çıkarmak istiyorum. Üstelik Berke ve Anberin'den de ne güzel haberler getirdim sana, değil mi? Diğer tatsız her şeyi sildim dünümden."

Yerinde duramayan bir canlılıkla aniden ayağa kalktı ve ağabeyini de kolundan çekeledi.

"Haydi yürümeye devam. Haydi, haydi..."

Refet Vardar, konuşmak istedikleri ağzına tıkılmış, istemeyerek, banktan kalktı.

"Hiç değişmedin Seher," dedi, "çocukluğundan beri."

Konuşarak, ağır bir tempoda yürümeye başladılar.

"İster miydin değişeyim?" diye sordu Seher, gülümseyerek.

Refet Vardar kardeşinin kolunu okşadı.

"Hayır. Hayır, hiç istemezdim. Böyle, olduğun gibi, çok güzelsin; bu kalender, huzurlu halinle. Ama, hayattan birazcık da olsa gamlanmanı isterdim, sırf sana bu kadar imrenmemek için. Bir süreliğine yerlerimizi değişmek mümkün olsaydı, seninle..."

Seher, "Yoook," derken başını arkaya atarak güldü, "teşekkür ederim. Ben rahat kafayla uyumaya alışığım. Senin tasalarınla yaşamayı hiç istemezdim."

"Çok teşekkür ederim. Bu, sanırım, benim sorumluluklarımı üstlenmiş biri için iltifat olarak kabul edilmeli."

"Öyle de diyebilirsin."

Gülerek, geri dönüş yoluna geçtiler.

Aynı sabah, saat 08:00, Selçuk Vardar'ın holdingdeki bürosu

Büyük, sepya rengi Atatürk fotoğrafının altındaki geniş oval pleksiglas masa, modern ve farklı dizaynıyla çevresindeki her şeyden sıyrılıyordu. Diğer ofis mobilyalarının hepsi abartısız seçimlerdi.

Masasının ardındaki yüksek, döner, deri koltuğunda oturmakta olan Selçuk, arkasına yaslanmış, telefon kulağında, bedenini koltuğuyla beraber ağır ağır sağa sola döndürmekteydi. Her dönüşünde sanki hâkimiyet alanını genişletiyormuş gibi vücudu geriliyor, omuz başları yukarıya kalkıyordu. Bir eliyle telefon ahizesini kulağında tutarken, diğeriyle yukarıya doğru kıstığı çenesini, sanki sakalı varmış gibi sıvazlamaktaydı. Hayatında hiç sakalı olmamıştı ama bu hareketi o kadar seviyordu ki, belki de sakal bırakmalıyım, diye geçti aklından. Boş çene yerine, şöyle gür, düzgün kesilmiş bir sakalı sıvazlamak herhalde daha anlamlı olacaktı. Üstelik saçları gibi kır çıkarsa, daha da "s.k.ci" olurdu. İskemlesinin hareketini durdurdu. Karşı taraftakini dinlerken, bir bacağını diğeri üzerine yanlamasına attı. Havadaki ayağını, elinin çenesi üzerinde gezindiği tempoda oynatmaya başladı.

Oda kapısının açılmasıyla, kendisinden daha genç iki erkek içeriye girdi. Selçuk, ahizeyi bırakmadan ve pozunu bozmadan, çenesindeki elini kaldırıp onlara 'Oturun' işareti yaptı ve telefondaki konuşmasını tamamladı.

"Tamam amigo. Detayları sonra konuşuruz. Haydi eyvallah."

Ahizeyi yerine koydu, yine gerilerek arkasına dayandı. Masanın diğer tarafındaki koltuklara yerleşmiş olan iki genç adama yukarıdan aşağıya bir bakış atarken alaylı bir gülümsemeyle sordu.

"Evet çocuklar, zılgıt yemeye hazır mısınız?"

Bora ve Tarık Vardar cevap vermeden bakıştılar. Bunun, bir sorudan ziyade, başlarına geleceklerin habercisi bir ifade olduğunun farkındaydılar. Ağabeylerini iyi tanırlardı. Sayesinde, daha sabahın ilk iş saatinde ikisi de bariz bir şekilde sıkıntı almıştı. Bora daha kendinden emin ve küçümsendiğinin farkında değilmiş rahatlığında davranmaya çalışıyordu. Yüzünde ağabeyinin söylediğine aldırmamış veya bir şakayı paylaşmış gibi bir ifade, hafifçe gülümsedi. Tarık ise, öğretmenine kendisini kabul ettirmeye çalışan ve her an cezalandırılmayı bekleyen bir öğrencinin ifadesi ve bariz bir çekingenlikle, büyük ağabeyinin gözlerinin içine baktı.

"İcraatınızdan memnun değilim çocuklar." dedi, Selçuk. "Benim işimi hiç kolaylaştırmıyorsunuz. Ya benim çizgimde yürüyeceksiniz ya da kendinize yeni bir iş arayacaksınız."

Konuşurken, bir eliyle hayali sakalını sıvazlamaya, bacağını oynatmaya devam etti. Bu iddialı, büyük masayı ve üzerinde oturduğu yüksek, derin döner koltuğu çok seviyordu. Karşısındaki mütevazı, alçak koltuklarda oturanları psikolojik olarak ezmek için ideal bir pozisyon yaratıyordu. Pleksiglasın, bir tarafındaki makam koltuğunu kucaklar gibi aldığı şekil, diğer taraftakilerin korunmasızlıklarını sanki daha da belirgin hâle getiriyordu. Bu masayı bir İtalyan mağazasında gördüğü ve koltuğuna oturduğu an sevmişti. Karakteriyle bu kadar bütünleşen, konuşmadan kendisini ifade etmesini sağlayan bir masa olamazdı. Arkasında da otursa önüne de geçse, masasının verdiği gücü hissediyor ve bunu odadaki diğer herkese de hissettiriyordu; üç kişi haricinde.

Altı ay önce masayı alıp bürosuna yerleştirdiğinde, amcası farkına bile varmamıştı. Zaten, Selçuk'la ilgili yermek veya eleştirmek zorunda kalmak istemediği her durumda takındığı tavır aynı olurdu Refet Vardar'ın. Hiç farkına varmamış gibi davranır, kendisince fuzuli bulduğu didişmelerden uzak dururdu. Babasına gelince; zaten henüz renovasyonu yapılmış büroda, abartılı bir tarzın ve masrafın gereksizliğine değinmiş ve çalışma masasını hiç beğenmediğini açıkça söylemişti. Berke ise, yeni görevini ve ofisini kutlamaya bizzat gelen tek kişi olmuştu. Bir de kitap hediye getirmişti, hâlâ okumakta olduğu *Attila the Hun.*

Berke için Selçuk'un hayatındaki her kişi, her obje ve her tavır, Selçuk'un şahsiyetinin bir parçası, onunla beraber kabul edilmesi gereken şeylerdi. Kuzeniyle ilgili hiçbir şeyi eleştirmez, onun zevklerine, kararlarına, her biri için kendisine göre bir sebebi ve anlamı olduğuna dair inancıyla, aynı sevgi ve anlayış dolu yaklaşımı gösterirdi. Selçuk, aslında gururunu çok okşayan ve çevresindeki herkesten beklediği bu yaklaşım Berke'den geldiği zaman içten içe rahatsız olurdu. Zira, bu kadar anlayış ve sevecenlik söz konusu olunca, bilinçaltında en nefret ettiği insana karşı bir tavır almak çok zorlaşıyordu. Ama bunu da yakında halledecekti. Sabaha kadar şeytanı kafasının etini yemiş durmuş, sonunda beraberce bir çare düşünmüşlerdi. Bugün hemen amcasıyla konuşacaktı.

Bütün bunlar zihninden yıldırım hızıyla geçerken yerinden kalktı. Kardeşleri ağızlarını açmadan, ilk onun söyleyeceklerini beklemekteydi. Şu anda aklından geçenlerin onlarla ilgili olmadığını bir bilseler, nispeten rahatlarlardı zavallılar. Ama "Bırak biraz daha telâşlansınlar," dedi şeytanı, kıkırdayarak. Masasının ön tarafına geçip, kalçasını pleksiglasa dayadı. Şimdi, Bora ve Tarık, koltuklarında, onun baktığı yerden yarım metre kadar aşağıda kalmışlardı. Bu duruşu da severdi. Aşağıda ve oturmakta olanın, ayakta ve yüksekte duran karşısında hissettiği ezikliği ve özgüven kaybını çok iyi bilirdi. Babasının ve amcasının karşısında bu duyguyu çok yaşamış ve hâlâ bu kompleksten kurtulabilmiş değildi. Onun için, kardeşlerine yaşattığı duygunun ne olduğunun farkında, bunun tadını çıkararak baktı. Dirsekleri hafif bükük, kollarını iki yana açıp, avuçlarını masasının üzerine dayadı. Kalçasını biraz daha arkaya vererek, bacaklarından birini diğeri üzerinden çapraz yapıp ayakkabısının burnunu yere vurdu. Başını odanın diğer ucunda, bahçeye bakan cama çevirdi. Dudaklarını büzüp söyleyeceği kötü şeyleri bilhassa geciktirmek ister gibi bekledi. Tarık, onun söyleyeceklerini duymak için sabırsızdı. Yavaşça yerinden kalktı, cezasını bekleyen çocuk misali, kollarını göğsünde çapraz yaparak beklemeye başladı. Selçuk, nihayet onlara döndü. Ayakkabısının burnunu üç kez üst üste yere vurdu.

"Çocuklar, çok uzatmayacağım. Vakit kıymetli. İşin kısası şu: Ya yaptığınız işler para kazanacak ya da kazanacak bir adam gelecek yerinize. Kardeşim bile olsanız bu böyle. Bu kadar basit."

Bora'nın yüzündeki şakayı paylaşır tebessümü yok olmuştu. Sinirli bir tavırla yerinden kalktı.

"Senin kararlarınla yürüttüğüm işin zararından nasıl beni sorumlu tutarsın? Senin hiç mi payın yok?"

Selçuk, sarkastik bir bakışla, ellerini masadan çekip pantolonunun ceplerine soktu. Konuşurken, cebinin dışında bıraktığı başparmaklarını pantolonuna sinirli dokunuşlarla vurdu.

"Geri zekâlılığı bırak." dedi, sağ ayağını çaprazından çözüp ileri uzatırken. Ardı ardına, ayakkabısının bir burnunu, bir topuğunu yere değdirip dururken devam etti. "Karın çocuğunu düşürse kendini mi sorumlu tutarsın?"

"Ne alâka?"

Selçuk, söylediğinden Bora'nın kendisiyle ilgili ipucunu çıkaramamış olmasını küçümser gibi baktı.

"Çok alâkalı." dedi. "Benim işim fikirle döllemek. Onu yaşatmak, kâr ettirmek senin sorumluluğunda, benim değil. Ben sizin beyninizi döllerim amigo, o kadar. Anlaşıldı mı?"

Bora'nın, hiddetine zor hâkim olduğu belliydi. Tarık, iki ağabeyi arasındaki gergin konuşmayı izlerken, o an kendisiyle konuşulmasa da, buraya çağrılmış olmakla dahi, Selçuk'un onun hakkında da yüceltici bir şeyler düşünmediğini anlayabiliyordu.

Bora, dilinin ucuna gelen bir şeyleri söylememek için kendisini zor tutmaktaydı. Sabrını zorlayarak yutkundu. Ancak, gözbebeklerindeki nefret pırıltıları kendilerini saklayacak bir gölge bulamamıştı. Selçuk, yarattığı infialin farkındaydı ve bundan çok memnundu. Arzu ettiği zaten buydu. Önce ezmek, çaresiz ve özgüvensiz bırakmak, sonra kendi canı istediği kadar ve istediği zaman, ufak dozlarda beğeni bahşetmek... Nasıl da memnun ederdi yönetileni.

"Hatta, özgüvenleri o kadar yıpranmış olacak ki," dedi şeytanı, "hiç takdir etmene gerek kalmayacak. Azarlamadığın, hakaret etmediğin zamanları dahi kendilerini takdir edilmiş sayacaklar. İyi gidiyorsun, çok iyi. Attila da kimmiş? Sen yazacaksın adam yönetmenin tarihini, sen; benim adamım... Benim yeryüzündeki elçim."

Selçuk, elindeki iş, kafasındaki düşünce ne olursa olsun, uyanık veya uykuda, hiç fark etmeden, şeytanının fısıltılarını dinlemeye alışmıştı. Onu, her halükârda duyuyor ve kelimesi kelimesine dediklerini net anlayabiliyordu. Hayatında, kendisini bu kadar iyi anlayacak ve onun da, dediklerine bu kadar kolay vâkıf olabileceği hiç kimse yoktu, şeytanı dışında. Onunla hiç tereddütsüz tek ses, tek nefes, tek ideal anlayışında bir ilişkileri vardı artık. Bu ilişkiden aldığı zevk, ne bir erkekle arkadaşlığında, ne bir kadınla sekste ulaşabileceği zevke benziyordu. Verdiği doyum eşsizdi. Şeytanı ondan ne makam, ne sevgi, ne anlayış bekliyordu.

Ruhunun zaten hiçbir zaman tadını bilmediği gerçek sevgi ve açık bir dürüstlük anlayışından uzak kaldığı kadar, hayalindeki makama ve güce ulaşması kolay olacaktı, bunun farkındaydı. Bunu bir tek şeytanı anlayabilirdi. Ona minnettardı.

Bora, geldiğinden beri elinde olan dosyayı, sert bir tavırla, masanın üzerine fırlatır gibi attı.

"Al, bunu kendi başına incele. Belli ki benim beynim, senin döllediğin fikri taşımaya uygun değil."

Sözü biterken kapıya doğru hırslı adımlarla yürümeye başladı. Selçuk, kardeşinin ezikliğinin, sonunda isyana dönüşmüş olmasından memnun değildi.

"Sakın alttan almaya kalkma," dedi, şeytanı, "son lâfı ona söyletme. Biraz daha aşağıla."

"Ne o?" diye alaylı seslendi Selçuk, "bu işadamlığı mı şimdi? Karı gibi çekip gidiyor musun?"

Bora, kapıyı açmak üzere elini uzatmıştı ki, olduğu yerde durup döndü.

"İstediğini söyle Selçuk, umurumda değil. Bundan sonra sana hiçbir konuda rapor vereceğimi sanmıyorum."

Selçuk, kardeşlerinden birinin üzerinde kontrolünü kaybediyor olmanın yanı sıra, Bora'nın tavrının Tarık için de örnek teşkil etmesinden rahatsızlık duymaya başlamıştı. Bugüne değin bu örnekleme tam istediği gibi yürümüştü. Kendi yükselirken, ekibinin mutlak bir parçası olacak şekilde Bora'yı da ardına takmış, onu da Tarık takip etmiş ve beraber, ileride kesin hâkimiyet kavgasında yaşanabilecek gruplaşmalara karşı en baştan kuvvetli ve sorgusuz sualsiz bağlı bir taraftar gücüyle yola çıkmanın faydalarını plânlamıştı. Ama şimdi bir şeyler geri tepmekteydi.

"Aldırma," dedi şeytanı yine, "çok zayıf ve üstelik çok uzakta. Güç uzaktan kumanda edilemez."

"Haklısın." diye cevapladı Selçuk. Üstelik çok haklıydı iblis. Bora, New York'taki satış departmanının başındaydı. Birkaç ayda bir, genel bir toplantı için İstanbul'a gelir, en fazla ikinci gününde geri dönerdi. Ona bu sorumluluğun verilmesinde Selçuk ısrarcı olmuş, Berke'nin de desteğiyle babasından ve amcasından onay almıştı. Yönettiklerinin kişiliklerini, özgüvenlerini önce parçalayıp sonra titr ve maddi imkânlarla onlara omurga kazandırıp, ayakta ve ona bağlı kalmalarını sağlayabileceğine inanıyordu. Şimdilik imkânları bu kadardı. Ama daha yükseklere çıktığında, altındakilere daha cömert davranabilecekti. Bu cömertlik duygusunu doyasıya yaşayacağı günleri hasretle bekliyordu. Arzusuna göre sunacağı küçük büyük imkânlarla, vereceği özel görevlerle zavallı yaratıkların, koca Selçuk Vardar'ın inayetine mazhar olmaktan nasıl da aptalca, zavallıca bir mutluluk duyacaklarını düşündükçe içi hazla ürperiyordu. Bu, neredeyse cinsel boşalmadan daha büyük bir tatmin veriyordu ona. İşte şimdi, şimşek çakışı kadar kısa bir zaman diliminde beyninde hareket eden düşünceler dahi, üzerinde aynı etkiyi yaratmıştı. Hazla titredi. Kapıdan çıkmakta olan Bora'nın arkasından seslendi.

"Git bakalım karı cesaretli, git."

Bora'nın çene kemikleri sıkılmış, dişleri kenetlenmişti. Geri dönüp, ağabeyinin yüzüne bir tokat aşk etmemek için kendisini zor tuttu. Hırsından kelimeleri boğazında neredeyse düğümlendi.

"Yeter Selçuk," dedi, "seninle konuşacak hiçbir şeyim kalmadı."

"Konuşmadan iş mi yapılır? Yanlış iş mi düzeltilir? İyi bir şeyler duymak istiyorsan, yürüttüğün işe para kazandırırsın..."

Bora daha fazlasını duymadı, odadan çıkmıştı bile. Kapı sert bir sesle çarpıldı. Tarık, ayakta, olduğu yerde mıhlanmış, Selçuk'un kesmeyi kendine yediremediği cümlesinin devamını dinlemekteydi.

"... Sonunda hepinizin yaptığı işin hesabı benim imzamın altına giriyor. Ya kazanırsınız ya da kazanacak biri gelir yerinize."

Son cümlesinin tekrar olduğunun farkında, susmaya karar verdi.

Tarık, şimdi de kendisine söylenecekleri bekliyordu. Rengi sararmış, Bora'nın odadan ayrılmasıyla, tamamen korumasız kalmıştı. Yaşananlardan üzgün, çekingen bir ifadeyle Selçuk'un yüzüne bakıyordu. O anda masadaki ofis telefonu çaldı. Tarık kadar Selçuk da derin bir nefes aldı. Zira, Bora'nın isyankâr tavrıyla yaşamış olduğu hezimeti sindirip, onu unutturacak plânlar yapması için kendi başına kalmaya ihtiyacı vardı. Şu an Tarık'ı da ayrıca azarlamak zevkinin yanında bu daha elzemdi. Masasına uzanıp telefonu eline alırken, kardeşine, eliyle "Çıkabilirsin" işareti yaptı. Tarık, "Hoşça kal" dercesine elini sallayıp, her an geriye çağrılabilir telâşında, hızlı adımlarla odadan çıktı.

Selçuk, telefonda sekreterinin verdiği malumata kısa bir an için konsantre olamadı.

"Bora'nın suyu kaynadı bile. Daha dün akşam söylemedim mi sana," diyordu şeytanı, "sana ondan artık hayır gelmez."

Berke'yi halletmeden bir de Bora işi çıkmıştı şimdi. Neyse önünde koca hafta sonu vardı hepsini düşünecek.

"Bağla." dedi sekreterine ve koltuğunda arkasına yaslandı. Bacak bacak üstüne attı. Yerdeki ayağının burnundan güç alıp iskemlesini bir sola, bir sağa döndürdü. Bedeni, yumuşacık İtalyan derisinin içine iyice yerleşti. Omuz başlarını kaldırıp, sağ elinin baş ve işaretparmaklarını, çenesi ile yanakları arasındaki hayali sakalı okşamaya yönlendirdi. Evet, kesinlikle sakal bırakmalıydı. Bu hafta sonunda başlayabilirdi sakal bırakmaya.

"Alo!" derken, dudaklarında oluşan gülümsemenin, hattın diğer ucundaki bankacının şahsına duyduğu sevgiyle hiçbir alâkası yoktu. Sakal bıraktığı takdirde, şeytanına biraz daha benzeyecek olması düşüncesi onu çok eğlendirmişti.

* * *

Bora, ağabeyinin odasından çıktıktan sonra, kısa bir an için kapının dışında durmuş, derin birkaç solukla, dağılmış olan sinir sisteminin kendine gelmesini beklemişti. İçindeki aşağılanmışlık, hor görülmüşlük ve bunların getirdiği ezildik duygusunu aşması bu defa kolay olmayacaktı. Amerika'dan tahsilden döner dönmez, Selçuk'un, onun tekrar oraya, göreve gönderilmesindeki ısrarını ilk başta memnuniyetle karşılamıştı. Senelerdir yaşadığı, çevre edindiği ve mutlu olduğu New York'a tekrar, bu kez koca bir sanayi devinin uzantısı bir şirketin başında görev alarak dönmek çok gururunu okşamıştı. Son bir senedir, Soho'daki küçük ve şık apartman dairesinde ateşli Genevieve ile beraber, renkli hayatın tadını çıkarmaktaydı. Bir müddet, bu imkânın sadece Selçuk'un ağırlığını koymasıyla kendisine verildiğini zannettiğinden, ağabeyinin tüm direktiflerine, kendisini yönlendirmesine ve başarılarını kendi adına yönetim kuruluna sunup, yanlışları onun ismiyle anons etmesine göz yummuş, bir şekilde kadirşinaslık gereği olarak tahammül göstermişti. Ama zamanla anlamaya başlamıştı ki hem amcası, hem de babası, orada yeni açılan bölüm için yönetici aranırken, yıllardır New York'ta yaşıyor olmasından dolayı, zaten otomatikman Bora'yı düşünmüşlerdi. Berke'nin bu konudaki desteğinin zaten farkındaydı. Ama, olay hiç de Selçuk'un ona aktardığı gibi, herkesin muhalif olmasına rağmen, Selçuk'un yaptığı ikna edici kulisler neticesinde gerçekleşmemişti. Bora, şimdi bunları düşündükçe, teşekkür hislerinin nasıl kullanıldığını ve başından beri ağabeyi tarafından oyuna getirildiğini görebiliyordu. Selçuk'un esas derdinin, ağızlarına bir parmak bal çalıp, desteklerini kazanmakla beraber, kardeşlerinin hiçbir zaman yoluna engel veya sonuca ortak olmayacakları bir senaryo hazırlamak olduğunu anlamıştı.

Bora, yaşça daha ona yakın olması sebebiyle, daha uzakta tutulması gerekendi. Üstlendiği görev ne kadar önemli, ne kadar geniş imkânlarla bezeli olursa olsun, bizzat holdingin içinde, babasının ve amcasının yanı başında, her an onlarla direkt temas kurup Selçuk'u eleştirebileceği bir konumda bulunması kadar tehlikeli olamazdı. New York projesi bunun için biçilmiş kaftandı. Hatta bu branş, sanki Hızır gibi yetişmişti, Selçuk'un o günkü telâşına çare olmak için.

Bora, bu düşüncelerle kendi iç hesaplaşmasında, sinirli adımlarla koridorda asansöre doğru ilerlemekteydi ki cep telefonu çaldı. Arayanın Selçuk olmaması için dua etti. Yürümeye devam ederken cebinden telefonunu çıkardı. Ekranda Fazıla'nın ismi okunuyordu.

Ağabeyinin boşanmaya karar verdiği andan itibaren, Fazıla'nın destekçisi olarak Bora onun hayatında özel bir yer edinmişti. Genç kadın, Selçuk'la halledemediği ne problemi olsa bir tek ondan yardım veya akıl ister, ama asla boşandığı kocasını suçlamazdı. Onun tarafından terk edilmiş, gururu kırılmış olmasına rağmen, genç kadının hayatta yapmayacağı şey, Selçuk'u bir başkasına şikâyet etmek veya onu suçlamaktı. Kendi kendine yaşadığı isyanlara rağmen, Selçuk'a olan aşkı, onu her haliyle sevmeye, methetmeye, eksiksiz ve kusursuz kabul etmeye yönlendiriyordu Fazıla'yı. Bora, onun, ağabeyinin insafsızlıkları karşısında ne kadar ketum olduğunu ve asla açıkça sızlanmayacağını bilirdi. Fakat, iki günlük İstanbul ziyaretinde, daha gelir gelmez kendisini aramasının ardında, hâl bekleyen bir problemi olduğunu kestirebiliyordu. İsmi gördükten sonra sesini, elinden geldiğince, yaşadığı sıkıntılı dakikaları aksettirmemek için yumuşatarak cevapladı.

"Merhaba Fazıla, nasılsın?"

"Hoş geldin diyeyim dedim."

Fazıla'nın sesi, her ne yaşamış olursa olsun, yeni bir günle beraber yeni ümitlerin beklentisinde, çocuksu bir sevinç yaşayanların canlılığını taşıyordu.

Bora, asansörün düğmesine basıp beklerken konuşmaya devam etti.

"Sağ ol canım. Sen iyi misin?"

Kısacık bir sessizlik oldu. Bora, o arada, hattın diğer ucundaki Fazıla'nın, aynadaki aksine bakarak, saçının dalgasını düzelttiğini veya tırnaklarının manikürünü kontrol ettiğini görebiliyordu. Onu iyi tanırdı. Fazıla, tam bir koketti. Nasıl göründüğü, ne kadar şık ve gösterişli olabildiği önemliydi onun için. Hayatının amacı, hep ilgiyi üzerinde toplamak, hep ilgilenilmek ve beğenilmekti. Bu kadar egosantrik bir kadının, Selçuk kadar egoist ve megaloman bir erkeği bu kadar büyük bir aşkla sevebilmesine hep hayret etmişti Bora. Fazıla'nın, görüntü konusundaki mükemmelliyetçiliği o safhadaydı ki, şu anda saçının telinin uçuştuğunu fark etse, tekrar krape yapmak, ojesinin dökülmüş olduğunu görse yeniden boyamak için konuşmasını kesebilirdi. Onun öncelikleri farklıydı. Genç kadının sesi yine duyuldu.

"Ah, iyiyim Bora'cığım, çok iyiyim."

Ama bu, gelişigüzel söylenmiş bir iyilik ifadesiydi.

"Emin misin?" diye üsteledi Bora.

"Bir problemim var Bora. Seyahate gideceğim. Uçak, otel, hepsinde yerimi ayırttım, programlarımı yaptım. Ama..."

“Ama?”

O sırada asansör gelmişti. Kapılar açıldı.

“Bir miktar ekstra paraya ihtiyacım olacak. Selçuk’a nasıl söy-

leyeceğimi bilmiyorum. Nafakamı daha yeni aldım bu ay. Sen benim için aracı olabilir misin?”

Bora, içerdeki iki holding memuruyla selamlaştı ama asansöre binmekten son anda vazgeçti. Konuştuğu konunun duyulma ihtimalinden rahatsız olmuştu. Asansörün kattan ayrılmasına ve koridorda yalnız olmasına rağmen, sesini kısarak cevapladı.

“Fazıla’cığım, seni ne kadar severim bilirsin. Ama şu aralar Selçuk’la benim de problemim var. Hatta taptaze bir problem dersem, yerinde olur. Onun için, arabuluculuk konusunda sana yardımcı olabileceğimi sanmıyorum. Çok özür dilerim.”

Onun yüzünü görmese de nasıl bir hayal kırıklığı yaşadığını hissedebiliyordu. Genç kadının şımarık, her istediğini elde etmeye alışmış, neye mal olduğunu umursamaz tabiatının, aynı zamanda istediği gerçekleşmezse onu depresyona sürükleyecek kadar büyük bir kırgınlığa yol açtığına çok şahit olmuştu. Hemen devam etti.

“Ama ben sana yardımcı olabilirim.”

“Emin misin?”

Fazıla’nın sesi, bu yardımı kabulde katiyen nazlanmayacağını gösteren coşkuyla doluydu.

“Gayet tabii.”

“Ama borç… İlk fırsatta ödeyeceğim.”

Bora, sesinin tüm ikna ediciliğine rağmen, onun, hiçbir zaman borcunu ödeyebileceği bir hayat düzenine kavuşmayacağını çok iyi biliyordu. Bu, ilk değildi. Borcu ne olursa olsun, eline ne kadar para geçerse geçsin, kendi arzularıyla ilgili öncelikleri olurdu genç kadının ve o borçlar hiç ödenmez, unutulur giderdi.

“Dert etme,” dedi, “ne zaman imkânın olursa o zaman ödersin.”

“Ah Bora’cığım, nasıl teşekkür edeceğimi bilemiyorum sana. Aslında, inan, kocam olmasına rağmen…”

Burada gülüp, zoraki bir kahkaha attı.

“...Yani eski kocam... Selçuk’tan para istemek, senden borç almaktan daha zor geliyor.”

“Konu etmeye değmez. Ne kadara ihtiyacın var?”

“Yirmi beş bin dolar kadar.”

Fazıla’nın cevabı o kadar çabuk ve o kadar olağanmışçasına dökülüvermişti ki ağzından, Bora bir an, aceleyle yanlış telâffuz etmiş olmasından şüphelendi.

“Yirmi beş bin?”

“Aslında daha fazla ama... Paris, Roma, Milano; uçaklar, oteller, yemek, içmek. Eh, bir de mal toplayacağım. Biliyorsun, hayatımı kendim kazanmak zorundayım artık.”

Fazıla, Avrupa seyahatlerinden şık, lüks kıyafetler getirip, yurtdışında gardıroplarını donatsalar bile kendilerini her daim alışveriş yapmak zorunda hisseden sosyete hanımlarına evinden satış yapardı. Bire aldığını beşe satar, ama kadınlar Fazıla Vardar’ın zevkiyle yapılmış seçimlere bu parayı dökmekten hiç çekinmezlerdi. Garip olanı, o kadar kârlı satışa rağmen, Fazıla’nın tüm seyahatleri borçla kapanırdı. Zira, masrafları, her zaman kazandığından fazla olurdu. Kazancını ne kadar çok hesap ederse, harcayacağı miktar o kadar çoğalırdı. Aslında, tam kendisine göre bir işti. Bol bol seyahat ediyor, çok sevdiği alışveriş çılgınlığını başka kadınlar adına da yaşıyor, sonra da evinin bir odasında bu işe ayırdığı antika İngiliz, gül ağacı gardıroptan, randevu alıp gelen hanımlara satış yapıyordu. Erken kalkmasını gerektirmeyen, kendi arzu ettiği zamana yayılan bir işti. Hem “İşim var.” diyebiliyor, hem de zamanını bir işsiz kadar hür yaşayabiliyordu.

“Yine de...” diye mırıldandı Bora, çaresizlikle, “... yirmi beş bin dolar... Bu, maalesef, benim şu an nakit çıkarabileceğim bir miktar değil Fazıla’cığım. Gerçekten. Bilirsin, elimde olsa, bir an düşünmem. Kusura bakma.”

“Ah! Sen kusura bakma Bora’cığım. Ama samimiyetle sordun diye söyledim. Yoksa, kendi kocam... eski kocamdan dahi isteyemezken, senden nasıl isterdim böyle bir parayı?”

“Yine de, verirdim. Ama şu an imkânsız.”

İçinden bir ses, ona ağabeyiyle az önce yaşamış olduğu karamsar tabloyu hatırlatıp, çok hesaplı adımlar atması gerektiğini, faize, fona, borsaya, her nereye yatırdıysa, parasının her kuruşunun yakında büyük anlamı olabileceğini söylüyordu. Fakat Fazıla'nın isteğine tamamen de kayıtsız kalmak istemiyordu.

"Ama işini görürse, beş bin dolar kadar verebilirim." dedi.

"Çok şekersin Bora'cığım. O bile bir şey. Sağ ol canım. Söz, dönüşte satıştan gelen ilk paralarla senin borcunu ödeyeceğim."

"Ne zaman olursa."

Asansör ikinci defa katta durmuştu. Konunun mahremiyetinin artık sona ermiş olduğuna kanaatle, bu defa boş asansöre bindi, zemin katın düğmesine basarken, "Hesabına hemen göndereceğim bugün." dedi.

"Sağ ol canım. Akşama bana gelsene. Hem beraber bir yemek yeriz, hem lâflarız."

"Bu akşam mümkün değil."

"O zaman yarın?"

"Yarın dönüyorum."

"Olmadı ama..."

"Bir daha gelişimde yaparız bu programı."

Zemin kata varmıştı. Kapı açıldığında, mermer kaplı geniş resepsiyon alanının diğer ucundaki mermer merdivenlerden süratle aşağı inmekte olan Tarık'ı gördü.

"Fazıla'cığım, gitmek zorundayım. Parayı hesabına gönderirim. Kendine iyi bak canım." dedi ve telefonu kapadı.

Kardeşi hızlı adımlarla kendisine doğru yürürken, Fazıla'nın telefonunun kısa bir süre için dağıtmış olduğu hırs ve kızgın anları tekrar geri gelmişti. Yaşadıklarında zavallı Tarık'ın hiçbir suçu olmadığını düşünerek, kendisini, ona bakışında ve ses tonunda daha kontrollü tutmaya söz verdi.

"Asansörde sana yetişemedim." dedi Tarık. "Ben de dışarıya, toplantıya çıkıyorum. Beraber yürüyelim."

Son derece sakin ve uysaldı, her zaman olduğu gibi. Kendisinden iki yaş küçük kardeşinin bebekliğinden beri hiç değişmeyen uysal, gürültüsüz, sakin tabiatını iyi bilirdi Bora. Onun, hiçbir şeye isyan ettiğini, sesini yükselttiğini, inatlaştığını görmemişti. Selçuk'a duyduğu isyanı, öfkeyi ona izah etme gereğini duydu birdenbire.

"Ne bir teşekkür, ne bir iltifat... Şamar oğlanı etti bizi." dedi, neden bahsettiğini kardeşinin çok iyi bildiğinden emin. Bir taraftan da çıkışa doğru yürümeye başladı. Döner kapının önüne geldiklerinde durdu. Tarık'a dönerek konuştu.

"Bak Tarık, benden sana tavsiye. Selçuk'a karşı temkinli ol. Seni paramparça eder, haberin olmaz."

"Ama..."

"Benden söylemesi. Seni kullanmasına müsaade etme. Üstelik, daha bilmediğin çok şey var."

"Ne gibi?"

"Bu konuyu önce amcamla konuşacağım. Henüz gelmemiş. O arada bir banka işim vardı, onu halledip döneceğim."

Kardeşinin omuzunu okşadı, "Haydi küçük kardeşim," dedi, "Kendine iyi bak. Yarın ben gitmeden görüşürüz, dediklerimi unutma."

Beraber, dönen kapıdan çıktılar. Bora, merdivenden süratle, bekleyen arabaya doğru inerken, Tarık, kendisine yapılan uyarının ciddiyetini kavramaktan uzak, onu endişeyle izlerken düşündü. Selçuk'un sözleri Bora'yı çok incitmiş olmalıydı. Yoksa, hakkında böylesine konuşmazdı. Bunun da, daha önce yaşanan ufak tefek tartışmalar gibi çok geçmeden unutulacağına, herkesin işine koyulacağına inanıyordu. Bora Selçuk'suz yapamazdı, Selçuk da Bora'sız. Onlar bir takımdı. Kendisi de bu takımın çok yeni de olsa bir parçasıydı. Her şeyi zamana bırakmanın en iyisi olacağını düşünerek, park yerindeki arabasına doğru ilerledi.

* * *

Selçuk, cep telefonu kulağında, odasında, yalnızlığın verdiği rahatlıkla, aşağı yukarı yürümekteydi. Birileriyle beraber olduğu müddetçe, her şeye hâkim, her söylediğinden emin olduğu ifadesini inandırıcı kılabilmek için, vücuduna, mimiklerine öylesine yükleniyordu ki, farkında olmadan büyük bir gerginlik yaşıyordu. Az önce kardeşleriyle yaşadığı sahne, onu oldukça sıkmış ve strese sokmuştu. Şimdi, kaptanıyla telefonda konuşurken, birkaç dakikalığına da olsa kendine geldiğini hissediyordu.

"... Havaya bir bak. Yarın akşam Club-Med'in önünde kalır, öbür gün aşağıya ineriz... Misafirler benden önce gelecekler. Nihat Bey'le iki arkadaşı var. Ben gelene kadar sahip çıkar, gerekli ikramı yaparsın. Oldu mu kaptan?"

"..."

"Haydi eyvallah. Yarın akşama görüşürüz."

Telefonu kapadıktan sonra, amcasının odasının numarasını çevirdi. Mihrimah Hanım'ın profesyonel, tok sesi duyuldu.

"Buyurun Selçuk Bey."

Mihrimah Hanım, neredeyse yarım asırdır Refet Vardar'ın sekreterliğini yapmaktaydı. Bu süreç içinde, ofiste süratle değişen teknolojiye adapte olmak, holdingde görev alan yeni nesil, tam donanımlı genç sekreterlerin ve yönetici asistanlarının yanında eksikli kalmamak için, olağanüstü bir gayret sarf etmişti. Zira, onun ticaret lisesini bitirip, henüz on yedi yaşında işe girdiği günler, baş döndürücü bir hızla tarih olmuştu. Gürültüsü yaptığı işten büyük olan demir tuşlu, siyah Remington daktilosu, lekesi elden çıkmayan kopya kâğıtları, ispirto kokusuyla tatlı bir sarhoşluk veren teksir makinesi, santrale numara yazdırıp, başında saatlerce bağlantı beklenen şehirlerarası telefon görüşmelerinden, ofise kurulduğu gün büyük yenilenme heyecanı veren teleksten, nerelere gelmişlerdi. Artık ne tavanlarına kadar yeşilli, pembeli, sarılı karton dosyaları saklayan rutubet kokulu arşiv odaları, ne siyah kolluklu, teleskop cam gözlüklü muhasebeciler vardı. Mektepten mezun olurken ettiği F klâvye dışında daktiloda yazı yazmama yeminine bile hıyanet etmek zorunda kalmıştı. İlk IBM elektrikli daktiloyla bozmuştu yeminini. "Script", "Italic", "Gothic", "Roman" diye sürüp giden onlarca harf şekli ile Q klâvyeye alışmak için akşamları ofiste kalıp saatlerle antrenman yapmış, akşam saatleri, hafta sonları demeden Amerikan Dershanesindeki İngilizce derslerinin tüm seviyelerini başarıyla tamamlamıştı. Neden? Sırf çok sevdiği Refet Bey'e mahcup olmamak, "eski kafalı", "naftalin kokulu" sekreter diye anılmamak için. Başarmıştı da. Şimdi, Vecdi ve Refet beylerden sonra Vardar Holding'in en eski elemanıydı. Bununla gurur duyuyordu. Şirketin, onuncu seneden itibaren çalışanlarına verdiği ve en çoğunu almış olmakla övündüğü plâketleri önce evinde tutmuş, sonra işyerine, masasının yanı başındaki küçük kütüphanenin üzerine taşımıştı. İlk plâketini büyükbaba Ali Sermed Vardar'dan aldığını gösteren fotoğraf ise masasının üzerinde, çerçeve içinde durmaktaydı.

Bunca yıldır ailede doğan, yetişenlerin hepsini çocukluklarından beri tanırdı ama işin hiyerarşik düzenine ve işverenine duyduğu saygıdan ötürü, bu geçmişten gelen hukukunu katiyen kullanmaz, hepsine saygı içinde, "Bey" veya "Hanım" diye hitap ederdi. İsmi gibi, kendisi de zaman tünelinde, zarif bir İstanbul hanımefendisi olarak kalmıştı.

"Amcam geldi mi Mihrimah?"

Selçuk'un, daha dünkü çocuğun, kendisine senli benli hitap tarzına çok içerlerdi.

"Bu aileden nasıl çıktı bu saygısız?" diye içinden geçirdi. Fakat bu eleştirisini ses tonuna yansıtmadan cevapladı.

"Refet Bey henüz gelmedi Selçuk Bey. Şu anda evinde, az önce konuştum."

"Tamam."

"Aradığınızı bildiririm."

"Gerek yok, ben evden ulaşırım ona."

Selçuk'un oda kapısı vurulmuştu. Başka bir şey söylemeden ahizeyi yerine bırakıp misafir koltuklarından birine oturdu ve bacak bacak üzerine atarken seslendi.

"Gir!"

Selçuk, kendisine ait bir bürosu olduğundan beri, babasının uyguladığı "açık kapı" politikası yerine amcasının, astlarıyla yüz göz olmamak için gösterdiği ciddi sınır kuralını benimsemişti. Odasına gelenin kimliğine, titrine göre alacağı tavır için vakit kazanıyor olmak hoşuna gidiyordu. Gerçi, şu an kimin geldiğini biliyordu. Kendisi çağırmıştı.

Vefa Tan, uzun yıllardır holdingde çalışmaktaydı ve son birkaç yıldır iç satın almanın başındaydı. Hem Refet, hem Vecdi Vardar'ın takdir ettiği ve yükselmesine destek verdiği genç nesil yöneticiler arasındaydı. İşkolik olduğu kesindi. Gece yarısı, hafta sonu, yıllık izni... Ne zaman aransa, telefonun diğer ucunda, işi takip etmeye, soruları cevaplamaya hazır olurdu. Kaç kez tatilini bırakıp masasının başına dönmüş, hiçbir defasında da bu özverisinden dolayı sızlanmamış veya karşılık beklememişti. Gerçi, Vardar Holding'de prensip olarak bu fedakârlıklar gözardı edilmezdi; prim veya mevki olarak çalışana geri dönerdi. Büyükbabanın işi kurduğundan bu yana, bütün çalışanları için yarattığı ve Refet ile Vecdi Vardar'ın devam ettirdiği "şefkatle kucaklama" politikasından dolayı, kapıcısından mühendisine, en basit işçisinden müdürüne kadar herkes Vardar Holding'in parçası olmaktan gurur duyar ve gerçekten büyük bir sevgiyle, gönülden çalışırdı.

Ama Selçuk için Vefa Tan'ı diğerlerinden ayıran, süratle basamakları çıkıyor olmasıydı. İşini sessiz bir hırsla yürütüyor, şirket içinde kimseyle özel dostluklar kurmuyordu. Son derece sakin bir yapısı vardı. İnsan ilişkilerinde soğuk olmasına rağmen, tamamen pazarlıktan geçen işini nasıl bu kadar başarılı götürdüğünü Selçuk anlayamıyor, şeytanının da dün akşam söylediği gibi, Vefa'nın ketum karakteri ve kendine saklı yaşamı onu nedense rahatsız ediyordu. Onu birkaç kez deşmeye kalkmış, iç dünyasını keşfedebilmek için tekneye dahi davet ettiği olmuştu. Ama o, bu sefahat ve dostluk davetlerini hep kibarca reddetmişti. Çevresindekileri, bir gün yolunun üzerine çıkabilecekleri düşüncesiyle, her yönüyle tanımak istiyordu Selçuk. Herkesin huyu, suyu, zaafları, endişeleri, korkuları, heyecanları, hayalleri, yalana ve rüşvete, satılmaya karşı dayanma güçleri, aile meseleleri, hasılı her özeli ona açık olmalıydı. Özellikle bu sebepten Vefa onu rahatsız etmekteydi. Onu, kendi safına çekip çekemeyeceğini ya da aklını nasıl çelebileceğini kestiremiyordu. İşte bugün, onu biraz sorgulayıp, ileride işine yarayıp yaramayacağını anlayacaktı.

"Günaydın Selçuk Bey." dedi Vefa, kolunun altında dosyaları, kapıyı kapayıp kendisine doğru ilerlerken. Ses tonu ve tavrı son derece saygılı olmasına rağmen, Selçuk'un kimliğini değil, işin kendisini önemsediğini çok açık belli eden müdanasız bir tavrı vardı. Selçuk, kendisine yüksek sesle söylenmemiş bir küfür duyar gibi oldu. İçinde ani bir hırs dalgası dolaştı. Hırsını göstermeyen bir ses tonuyla, ona karşısındaki koltuğu gösterdi.

"Günaydın Vefa. Otur."

Vefa Tan teşekkür ederek koltuğa yerleşirken, Selçuk'tan hiç çekinmediği belli, rahat bir tavırla bacak bacak üzerine attı ve kolundaki dosyayı aradaki sehpanın üzerine bıraktı. Dirseklerini koltuğun kenarlarına yerleştirip, ellerini kavuşturdu ve dizinin üzerine koydu. Hesap verecek olmaktan ziyade, karşısındaki sorgulamaya hazırlanır ifadesi vardı. Selçuk bir kez daha hırs dalgasının sinirlerine çarpan sesini duydu. Ama şeytanı devreye girmişti.

"Sakin ol... sakin." diyordu. "Nasılsa güç senin, adamın nasıl oturduğuna aldırma. Az sonra paramparça olacak, farkında değil." Selçuk, duyduklarından memnun, gülümsedi.

"Benimle ne konuda görüşmek istemiştiniz Selçuk Bey?"

Vefa'nın sorusu, Selçuk'a direkt konuşmak istediği konuya giriş imkânını vermişti. Sağ elinin baş ve işaretparmağıyla çenesini sıkıştırıp okşarken konuştu.

"Bir başlık koyamadım konuşmak istediklerime."

Vefa, başını hafifçe yan çevirerek, 'Anlayamadım.' gibilerinden baktı.

Selçuk, konuşacaklarından karşısındakinin bihaber olmasının verdiği keyifle, koltukta biraz daha yayıldı. Çenesini okşayan elini dinlenmeye bıraktı.

Vefa'nın meraklanıp soru sormasını bekliyordu. Ama o, sanki mücadele alanından emin olana kadar kendisini yormamak üzere bekleyen akıllı bir avcı hayvan gibi, sakin, istifini bozmadan oturmaktaydı.

"Aslında..." diye devam etti, ayağıyla tempo tutarken, "aslında, konuşacaklarım hem biraz işle, hem biraz senin kendinle ilgili..."

Vefa'nın gözlerinin içine baktı. Satın alma müdürünün tavrı değişmemişti. Sadece, "Buyurun, ne öğrenmek istiyorsunuz?" diye kendinden emin bir cevap verdi.

"Ben ne öğrenmek istediklerimi söyleyeceğim de, sen cevap verebilecek misin, bilmiyorum."

"İşte!" dedi, şeytanı, "Yavaş yavaş ısınıyorsun. İftiraları, hakaretleri birdenbire söyleyip, işin keyfini bir nefeste bitirme. Bırak, tadını çıkaralım. Freya Stark ne demişti *Suriye'den Mektuplar* kitabında hatırla!"

“Hatırladım.” dedi, yüksek sesle Selçuk.

“Neyi hatırladınız?” diye sordu Vefa.

Selçuk, birden şeytanına yüksek sesle cevap vermiş olduğunu fark etti. Doğru, nereden hatırlamıştı iblis.

“*You should take your enemies ruins in small doses after meals.*” (Düşmanının yıkımının tadını, yemeklerden sonra küçük dozlar halinde çıkar.) ibaresiydi hatırlattığı.

“Kaç sene oldu holdingde çalışalı?” diye sordu, satın alma müdürüne.

“Üniversite birdeyken stajyer olarak başlamıştım. Yirmi sene oluyor.”

Cevabın içinde bir yerlerde gizlenen, ‘Siz daha Avrupa’da tahsilde iken ben buradaydım.’ cümlesini duyar gibi oldu Selçuk. Demek ki kendisi Galatasaray’da başlayıp, İsviçre’de devam eden tahsil hayatından döndüğünde, Vefa Tan sekiz senedir Vardar Holding’in bünyesindeydi. Az zaman farkı değildi, kendisini göstermek, kendisine inandırmak için. Selçuk, birden, sanki şirketteki mücadelesi en baştan yeni başlıyormuş gibi hissetti. Bir bakıma da öyleydi. Aslında, tabii süreç içinde ilerleyecek olsa, bu kadar büyük bir rekabet hissiyle sarılmasına gerek kalmayacaktı ama onun acelesi vardı ve hedeflediği yolda ilerlerken, etrafında sadece ve sadece kendi uygun gördüğü insanların bulunmasını istiyordu. Ama ne aile fertlerinin ne de işin bünyesinin kaynama kıvamı henüz buna hazırdı. Aldığı bütün stres bu yüzdendi.

“Ne var ki, bir yerden, birilerinden başlaman lâzım.” diye hatırlattı şeytanı, iç gıcıklayıcı bir fısıltıyla.

“Sence, yirmi senenin hakkını veriyor mu Vardar Holding sana?” diye sordu Selçuk.

Vefa, tatminkâr bir ifadeyle gülümsedi.

“Şikâyetçi olduğumu söyleyemem.”

“Yetiyor mu kazancın?”

“Neye olduğuna bağlı?”

“Demek ki yetmiyor.”

“Hayır, öyle demedim. Sadece kazancımın yeteceği düşler kuruyorum.”

"Bana kalırsa sen daha fazlasını hak ediyorsun."

Vefa, uzun zamandır Selçuk'un kendisini, sebebini anlayamadığı bir sebepten takibe aldığını fark etmişti. Memnuniyetsizliğine dair bir ipucunun, işinden el çektirilmek için ona fırsat verebileceğini düşündü.

"Takdiriniz için teşekkür ederim. Ama gerçekten, kazancımdan memnunum."

Vefa Tan'a göre, Selçuk'un kafasını kurcalayan mesele halledilmiş olmalıydı. 'Herhalde görüşmenin sonuna geldik.' diye düşündü ama yanıldığını anladı.

"Yok yok, o aldığın paradan memnun olamazsın." diye Selçuk üstelemekteydi.

Selçuk'u, kazancının tatminkâr olduğuna ikna etmeye çalışmak Vefa'yı eğlendirmeye başlamıştı. Onunla olan resmiyet sınırını aşmayan bir gülümsemeyle cevapladı.

"İnanın Selçuk Bey, piyasayı yakından takip ediyorum. Oldukça iyi şartlarda çalışmaktayım. Merak etmeyin. Yine de alâkanıza teşekkür ederim."

Selçuk, Freya Stark'ın sözlerine katılmasına rağmen, sohbetin istediği gibi gitmediğinin farkındaydı. Yavaşça ayağa kalktı. Elleri ceplerinde, aşağıya doğru, Vefa'nın yüzüne bakarak konuştu. Şimdi yeniden duruma hâkim olmuş gibiydi.

"Biliyor musun Vefa, çok garip. Beni inandıramıyorsun, maaşının yettiğine. Bunun, senin ne kadara ihtiyacın olduğundan fazlasıyla alâkası var. Yaptığın işte, elinden geçen onca parayla muhakkak başın dönüyordur arada bir. Değil mi?"

Vefa'nın yüzündeki yumuşak tebessüm silindi. Aniden, odaya girdiği andaki soğuk, düşünceleri kendisinde saklı ifadesini yeniden takındı. Hiç tereddütsüz bakışlarını Selçuk'un gözlerine dikti ve bu sözleri hakaret kabul ettiği çok belli, buz gibi bir sesle, tane tane konuştu.

"Parayla başı dönen biri olsaydım, Vardar Holding'de bu görevi yapamazdım Selçuk Bey."

Selçuk, onu kaybetmek değil, kazanmak niyetinde olduğunu belli etme ihtiyacı duydu ve ellerini ceplerinden çıkarıp iki yana açtı ve yüzünde rahat kocaman bir gülümseme belirdi.

"Haydi! Haydi ama, alınganlık yapma. Şurada, başbaşa konuşuyoruz. Aramızda kalacak."

Vefa, oturduğu yerden kalktı. Şimdi yüz yüzeydiler.

"İma etmeye çalıştığınızı yanlış anlamış olduğumu umuyorum Selçuk Bey."

"Yok, bence tamam anlıyorsun."

"O zaman siz bana hakaret ediyorsunuz."

"Hakaret değil Vefa. Ben "fact"leri söylüyorum... Kendi inandığımca. Sen de bana aksini ispat etmekte serbestsin."

"Tam aksi... Siz, ancak ispat edebileceğiniz bir suçlamayı ortaya koymalıydınız."

Selçuk, yine ellerini cebine soktu. Konuşurken yere bakarak, ağır adımlarla masasının arkasına doğru ilerledi.

"Anlamadığın şu ki, seni suçlamıyorum. Tam aksine, seni anlıyorum."

"Neyi anlıyorsunuz?"

"Senin satın alma işinden pay almanı."

Bir eliyle koltuğunu döndürdü ama oturmadı. Olduğu yerde durup, ağzını açmak üzere olan Vefa'yı işaretle susturup devam etti.

"Kim olsa alır bu payı. Senin de hakkın..."

Bu defa onun sözü kesilmişti.

"Selçuk Bey!" diye araya girdi Vefa Tan, yükselmesine engel olamadığı buz gibi bir sesle, "Beni nasıl böyle bir şeyle itham edersiniz! Kaç senedir aileniz için çalışıyorum. Bugüne dek bir kuruş haksız kazanç elde etmiş değilim. Bu, son derece aşağılayıcı, gurur kırıcı bir suçlama."

"Şimdi gurur murur lâflarıyla kafamı şişirme. Sadede gelelim."

Tekrar ön taraftaki koltuğa doğru yürürken sakin ve davetkâr bir tavırla, "Haydi otur yerine de, adam gibi konuşalım." dedi.

Vefa, odayı terk etmek ile Selçuk'un bu fikre nereden saplandığına dair düşünceler arasında tereddütte, bir an için bekledi. Sonra, karşısındakinin insanları ne kadar ezmeyi sevdiğini bildiğini düşünerek, "Şakaydı değil mi Selçuk Bey? Kötü bir şaka?" dedi.

Selçuk, onun hâlâ ayakta durduğunu görünce, kendisi de

oturmaktan vazgeçti. Yüzündeki sahte tebessüm gitmiş, yerine tehditkâr bir bakış gelmişti.

"Hayır Vefa... Hiç de şaka falan değildi. Şimdi, bana martaval atmayı bırak bir kere. Bir adamın elinden o kadar paralık satın alma geçsin de çalmasın, olmaz. Beni buna inandıramazsın."

Vefa, nefret dolu bir bakışla, "Bu kadar çirkef yeter, sizi daha fazla dinlemiyorum." dedi ve arkasını dönüp kapıya doğru yürümeye başladı.

"Bunu çirkef olarak kabul etme, iş teklifi olarak et." dedi Selçuk arkasından.

Vefa, kapıdan çıkmak üzereyken, şaşkın, geri döndü.

"Neler diyorsunuz? Siz kendinizde değilsiniz. Bu ne biçim alay?"

Selçuk'un üzerine yürümemek için kendisini zor tutuyordu. Şirketle ve aileyle bu kadar senelik hukuku olmasa, çoktan yapardı düşündüğünü. Öfkeyle pırıldayan gözleri, Selçuk'un küstah, alayla gülümseyen bakışlarıyla çakıştı. Selçuk, sakin adımlarla ilerleyerek ona yaklaştı. Sol eli, başparmağı dışında pantolonunun cebinde, sağ elini onun omuzuna koydu.

"Şşşt... Dinle," dedi, "sana hesap sormuyorum. Bugüne kadar nasıl yaptıysan, aynen öyle devam edeceksin. Helâl olsun, zeki adamsın, kolay renk vermiyorsun."

Vefa nefretle, Selçuk'un omuzundaki elini silkeledi. Diğeri, alaylı bir kahkaha atarak devam etti.

"Yalnız senden daha zeki olan adama da payını vermen gerek. Yani bana. O zaman bu zeki adam da senin tezgâhına dokunmaz."

Vefa Tan, tek kelimeyle dehşet içindeydi. Bu konuşmanın bu şirkette, hele Vardar ailesinin bir ferdince yapılıyor olmasından duyduğu şaşkınlık ile inanamamazlık onu neredeyse dilsiz yapmıştı. Karşısında, kendisine pişkin bir ifadeyle bakan Selçuk'a tiksinerek baktı.

Selçuk, sağ ayağını önce öne uzattı, sonra geriye çekti. Ayakkabısının bir burnunu, bir topuğunu, yere dokundurarak konuştu.

"Ne o? Anlaşamayacak mıyız?"

Vefa bu kez kesin bir tavırla kapıya döndü.

"O zaman istifanı vermen gerekecek." diye seslendi Selçuk.

Vefa, eli kapının kolunda, durdu. Şaşkınlığı geçmiş, duruma kesin hâkimiyetini kazanmış gibiydi. Her zamanki ağır, tok sesi duyuldu.

"Bunca yılın emeğini heba edecek değilim. Verilemeyecek bir kuruşluk hesabım yok. İstifa falan etmiyorum. Beni kovmanız gerekecek."

"Oooo... İnatlaşıyoruz ha."

Gözlerini kısarak son tehdidini savurdu.

"Demek kovmam gerekecek..."

Vefa kapıyı açmış, dışarı adımını atmıştı bile. Selçuk sesini yükselterek, duyulduğundan emin, bağırdı.

"Benim için keyif olacak."

Vurularak kapanan kapının sesi, son cümlenin Vefa tarafından konmuş noktası gibiydi. Bugün ikinci kez bu kapının aynı şekilde kapanması, hayatından çıkaracağı insan sayısını işaret ediyordu sanki. "İyi işti." dedi, şeytanı. "Daha iyi olabilirdi ama yine de başlangıç için çok iyi."

Aynı gün öğle saatleri, Refet Vardar'ın bürosu

Refet Vardar, bürosundan girdiği an, Mihrimah ayağa kalkıp yüzünde saygı, sevgi ve hayranlık ifadesiyle onu selâmladı.

"Tünaydın Refet Bey, hoş geldiniz."

"Tünaydın Mihrimah. Nasılsın?"

"Teşekkür ederim efendim. Mesajlarınızı masanıza bıraktım. Selçuk Bey size ulaşmaya çalışıyordu..."

Sekreterin sözü, Bora'nın kapıdan girmesiyle kesilmişti.

"Ooooo, Bora, hoş gelmişsin." dedi, Refet Vardar kollarını açarak.

"Merhaba amca. Sizi çok iyi gördüm."

Amca ve yeğen, kısa bir kucaklaşmayla sarıldılar.

"Sizinle acilen görüşmek istediğim bir konu vardı... Müsaitseniz..."

Refet Vardar, elini onun omuzuna koyarak odasının kapısına doğru ilerlerken, "Tabii, gel, gel içeri. Ben de seni çağıracaktım zaten." dedi. Sonra, sekreterine dönerek, "Kimseyi bağlama bu arada." dedi.

"İçecek bir şey ister miydiniz?"

"İster misin?" diye yeğenine döndü, Refet Bey.

"Hayır, sağ olun."

Odaya girip kapıyı kapadıkları anda, sekreteryadaki dahili telefon çaldı. Mihrimah'ın cevabı kısa ve netti.

"Amcanız geldi ama maalesef bağlayamayacağım Selçuk Bey. Toplantıya girerken kesin talimat verdi... Söylerim efendim."

Mihrimah Hanım, yıllardır, aile ilişkilerini neredeyse onlardan biri kadar biliyordu; hatta belki aslında onlardan biri olmadığı için daha objektif izlemekteydi. Büyükbabanın ardından aile reisliğini üstlenen ikinci kuşak ile son yetişen nesil arasındaki sevgi, tolerans, disiplin, kayırma ilişkilerinin yıllardır, günbegün nasıl örüldüğünü biliyordu. Dışarıdan bakınca, büyük bir huzur, sükûnet içinde, herkesin herkesi çok sevip saydığı ve her şeyin el ele yapıldığı imajını veren bu ilişkilerin bir listesini yap deseler, aslında kimin kimi gerçekten sevdiğini, kimin kimi kıskandığını, kimin kimi kayırıp kimin kime bel bağladığını, kimin kimi kullandığını öyle bir sıralayabilirdi ki, aile bireyleri kendileri bile şaşar kalırdı. Mihrimah'ın da aile içinde, kendisine göre en çok sevdikleri, daha az sevdikleri ve Selçuk ve bir de Seher Hanım'ın son kocası Muzaffer söz konusu olduğunda, varlığından huzursuz olduğu kişiler vardı elbet. Ama, bu hisleri ve düşünceleri hep kendinde saklıydı. Görevi gereği duyduğu, bildiği olayları son derece ketum bir tavırla izlerken, kendi iç dünyasında, taraf tutmaktan, onlar adına bazen üzülüp bazen sevinmekten geri duramıyordu. Meselâ az önce Selçuk'un amcasıyla görüşme şansının olmaması, yaşlı sekreteri içten içe sevindirmişti. İnşallah Bora içeride uzun kalırdı da, diğeri amcasıyla derdi her ne ise halledemezdi. Yeni nesil içinde Berke favorisiydi Mihrimah Hanım'ın. Ondan sonra en sevdiği ise Tarık'tı. Bilgisayarına mail geldiğine dair uyarı sesi üzerine, aileyle ilgili düşüncelerinden sıyrılıp görevine döndü.

Yanda, Refet Vardar'ın odasında, çoktan ciddi bir konuşma başlamıştı bile.

"Siz ne diyecektiniz amca?" diye başlamıştı Bora.

"Bir ihtimal, konuşmaya geldiğin şeyi." diye cevaplamıştı Refet Vardar, bordo rengi Chesterfield koltuklardan birine otururken. "Senin departmanla ilgili hesaplar iç açıcı değil. Ne yapmayı düşünüyorsun. Toparlamak için plânların vardır umarım." diye devam etti.

Bora, konuya nasıl gireceğini düşünürken, amcasının sorusunun zaten bütün anlatacaklarına kapı açmasından memnundu ama yine de çok rahat değildi. Hakkında konuşacağı kişi ağabeyiydi. Genzini temizleyip yutkundu ve dirseklerini dizlerine koyup öne doğru eğilerek konuşmaya başladı.

"New York'u benim sorumluluğuma verdiniz ama, kontrolü tamamen bana ait değil. Bütün kararları Selçuk yönlendiriyor. Eğer kâra geçemiyorsam, kendi inandığım doğrultuda çalıştıramıyor olmamdan."

"Selçuk karışmasa kâr mı edeceğini söylüyorsun? Ağabeyini sana yardımcı olması için projene dahil ettik. Kararları senin adına alması için değil. Neden müsaade ediyorsun? Neden kendi görevinin kontrolünü elinde tutmuyorsun?"

"Birincisi, kâr etmemem için sebep yok ki amca. Malımız yok satıyor. Selçuk'un kontrolde olmasına gelince, inanın farkına varmadım. Bağlantılarını kullanarak bana yardımcı olduğunu sandım. Aklıma başka bir şey gelmedi doğrusu. Gerçi, en baştan beni rahatsız eden şeyler vardı hep. Birincisi, mağazaya ödediğimiz fiyat çok fahiş. Park Avenue'da mağaza açmamıza hiç gerek yoktu. Gereksiz bir yığın para da dekora, tefrişe gitti."

"Ama mağaza yeri seçildiğinde sesin çıkmamıştı."

"Ne diyebilirdim ki! Selçuk anlaşmayı çoktan yapmıştı bile. Daha işin başından gelip size sızlanmak istemedim... Ama şimdi başka şeyler de devreye girdi. Onun için, artık konuşmak istedim. Yönetim kurulu başkanı ve ailenin büyüğü olmanız hasebiyle, bunu ilk olarak size anlatmak istedim."

Refet Bey arkasına yaslandı. Gözlerini, duyacakları konusunda meraklandığını belli eden bir ifadeyle açmıştı. Bora koltuğunda huzursuz kıpırdanırken, tüm dikkatini onun yüzüne yoğunlaştırdı.

"Dinliyorum."

Refet Vardar, "Dinliyorum." dediği zaman, gerçekten kulağını, yüreğini o konuya veriyor demekti.

Bora, dirseklerini dizlerinden alıp arkasına yaslandı. Söyleyeceklerinden kendisi ne kadar rahatsız ise, amcasının da duyduğu zaman aynı huzursuzluğu duyacağını, hatta kabullenmekte çok zorlanacağını biliyordu.

"Satış bağlantılarımı kendim yapamıyorum amca. Anlaşmaları da hakeza. Selçuk, işin her aşamasının kendisinden geçmesini istiyor. Ve kimseye uygulamadığımız oranda ristrunlar uyguluyor müşterilere."

"Nasıl? Neden?"

"Ben de bunu sorduğumda, 'Amerikan piyasasının en sağlam alıcılarını kafese koymak için.' demişti. Ama, buraya gelmeden önce çok farklı bir şey öğrendim."

Refet Vardar, yana doğru kıpırdanıp, sağ dirseğini koltuğun kenarına, elini çenesinin altına dayadı.

"Evet?"

"Bu büyük alıcılarımızdan birinin satın alma müdürü, Selçuk'un onlara verilen risturndan yüzde talep ettiğini söyledi... Kendi şahsına..."

Refet Bey şaşkın ve inanamaz bir tavırla başını arkaya çekti.

"Yok canım, daha neler."

Amcası, Bora'nın, işteki başarısızlığına bahane bulmak istediğini düşünüyor ve bunu anlayabiliyordu ama ağabeyi için bu kadar ağır bir ithamda bulunması sınırları zorluyordu. Selçuk agresif, hırslı ve acımasız olabilirdi ama hırsız olamazdı. Bora, onu izlerken, şu anda, amcasının kafasından aynen bunların geçtiğini adı gibi biliyordu.

"Amcacığım, adamın bana yalan söylemesi için hiçbir sebep yok. Zaten, Selçuk'un her şeyi o kadar ısrarla tek elden yürütmek istemesi bu durumu izah ediyor."

Refet Bey, duyduklarından şüphe duyduğu çok belli, "Bunu Selçuk'la konuştun mu?" diye sordu.

"Hayır. Kabul etmeyeceği gibi, zavallı adamı da ispiyonlamış olacağım. Ama bir şeyler yapmak lâzım. Ve buna da ancak sizin gücünüz yeter."

Bora'nın hiç tereddütsüz ısrarı, Refet Bey'i söylenenlerin doğruluğuna yaklaştırmaktaydı. Belli ki, hiç gecikmeden müdahale edilmesi gereken bir durum vardı. Ama bu, hiç bugüne dek çözmeye alıştıkları tarzdan bir problem değildi. Hem, hesaplarda kaçak yapılıyor, hem de bunu aileden biri, kendi öz yeğenlerinden biri; üstelik gizliden gizliye makamını bırakacağı oğul olarak seçtiği Selçuk yapıyordu.

"Ne yapabiliriz acaba, ortalığı çalkalandırmadan?" sorusunu, aslında Bora'dan cevap beklediği için sormamıştı. Kendi kendine düşünce jimnastiği yapmaya başladığı, çözüm bekleyen bir problemi sesli düşünmüştü.

"Bu arada, Selçuk'un, mağaza sahibine ödenen yıllık peşinattan da pay aldığını biliyorum."

Bora'nın sakin bir sesle eklediği son bilgi, bu itirafları sadece kendisini kurtarmak için yapmadığını gösteriyordu.

"Çok şaşırdım..." diye mırıldandı Refet Vardar. "... Çok... Bak, ne diyeceğim. Bunu başkasına söyledin mi? Babana veya Tarık'a?"

"Hayır, hayır. İlk olarak size anlatıyorum. Bundan sonrasını size bırakıyorum."

Bora, onun ne kadar sıkıntıda ve kararsızlık içinde olduğunun farkındaydı.

"Şayet gerekli görürseniz, hiç konuşmamış olabiliriz bu konuyu." diye ekledi.

"Konuşulmuş, konuşulmuştur. Ve çarpıklık derhal düzeltilmelidir."

"Ben de öyle diyeceğinizi tahmin etmiştim."

"Ne var ki, sabırlı bir zaman gerektirecektir. Ne holdingi, ne de aileyi fırtınaya sokmaya gerek var. Bunu, sessiz sedasız halletmemiz lâzım. Başka kimseye söylememiş olman çok iyi. Bu, işin hallini kolaylaştırır. Sen şimdi, hiçbir şey olmamış gibi, New York'a dön. Ben, ilk toplantıda, senin karar ve yetki sınırlarını genişleten bir karar teklif edeceğim."

"Sağ olun amca."

"Sen sağ ol, bu bilgiyi bana getirdiğin için. Öncelikle seni bir kurtaralım şu ağırlıktan. Gerisini ben buradan hallederim."

"Bana diyeceğiniz başka bir şey yoksa, müsaadenizle..."

"Yok, tamamdır."

Bora ayağa kalkmıştı. Refet Bey de, sanki duydukları bedenine ağırlık yapmış gibi, gayet ağır bir hareketle yerinden kalktı ve elini yeğeninin omuzuna koydu, beraberce kapıya doğru yürüdüler.

"Yarın mı dönüyorsun?"

"Evet, sizinle bu konuşmayı yaptığıma göre dönebilirim. Teşekkürler amca. Hoşça kalın."

"Güle güle git. Sana neticeyi bildiririm. Haydi, iyi yolculuklar."

Yeğeninin uzattığı eli sıkıp, onu yanağından öptü ve ardından sekretaryada birkaç adım attı. Masasında bir şeyler yazmakta olan sekreteri, dikkatini hemen patronuna vermişti.

"Bana bir sade kahve lütfen," dedi Refet Bey, "yanında da soğuk bir bardak su."

Eğer Bora'nın anlattıklarının yarısı bile doğruysa, bu işi yıkamak için bir bardak değil, tonlarca su bile yetmeyecekti.

"Selçuk Bey'i bağlayayım mı efendim?" diye soruyordu Mihrimah.

Refet Vardar, oda kapısının ağzında kısa bir an durdu.

"Henüz değil."

Şu an, Selçuk'la herhangi bir konuyu konuşmaya hazır değildi.

Selçuk, amcasının kendisini aramasını beklerken sabırsızlanmaktaydı. Onunla bağlantı kurmakta ve isteklerini iletmekte, babasıyla olduğundan çok daha rahattı. Özellikle son birkaç yıldır, amcasının, onu gerektikçe kollamakta ve kayırmakta olduğunu fark etmişti. Bu yüzden, babasıyla fikir ayrılığı veya çatışması olacağını hissettiği her konuyu en baştan ona götürür ve genellikle de ikna ederdi. Bu durumdan babasının hiç hoşnut olmadığını ve bu sebeple ağabeyiyle aralarında zaman zaman soğuk rüzgârlar estiğini biliyordu. Berke'yi yolundan tamamen çıkarmak için plânladığı senaryoya babasını inandırması çok daha zor, hatta imkânsızdı. Ama, Refet Vardar'ı kendisinden yana olmaya ikna edebilirse, her şey daha kolay çözülecekti.

Bir taraftan kendi kendisini yatıştırmaya uğraşıyordu. Niye her şeyi bu güne sıkıştırmak istediğini bilemiyordu. Niye bu kadar sabırsızlanmıştı birdenbire? Masasındaki işleri halledip yarın da paşa paşa Kuşadası'na gitse, uzun hafta sonu tatilinin, reklâmcısının getirdiği fasulyenin tadını çıkarsaydı ya. Ama şeytanı, ille de, acilen bu huzursuzluğu, bu çarpışmayı istiyordu. Bu, her halükârda savaş açmak isteyip de, bahaneden bir ültimatom göndermek gibiydi. Ne garipti ki, Berke'nin kendisine hediye ettiği kitabı okudukça, mücadele etme, kırma, dökme, yok etme iştahı kabarıyordu. Enayi Berke, hediyesiyle onun içindeki şeytanı uyandırmış, farkında olmadan kendi çöküş fermanını hazırlamıştı.

Şeytanının sesi duyuldu. İçerlemişti.

"Ne diyorsun sen? Uyuyan sendin. Ben hep uyanığım; başlangıçtan sonsuza kadar."

Şeytanıyla konuşması yarım kaldı. Cep telefonu çalıyordu.

Karşılaşmalar

Aynı saatler, Kuşadası yat limanı

Yat limanı, günün kavuruculuğundan kalan sıcakla buharlanmış gibiydi. Erzaklarını, yolcularını yükleyen motor-yatlar, yelkenliler, bir an evvel sahilden uzaklaşıp, biraz olsun rüzgârı hissedebilecekleri açığa çıkma telâşındaydı. Yat limanının çıkışına en yakın duran tekneler arasında, on beş metrelik *Gülşah*, çelik ve pleksiglas modern yatlar, ahşap yöresel trandiller arasında, tik ağacından bindirme, maun rengi, klasik, ince gövdesi güneşte pırıldayan pirinç aksamıyla, özenle korunmuş bir geçmiş zaman şıklığını sergilemekteydi. Üç uzun direğine şimdilik sarılı duran beyaz yelkenlerin açılıp kendisini sularda kaydırmasını bekler gibiydi. Kaptan ve genç miço, teknenin kıç tarafında karaya yığılmış nevaleyi hararetli bir tempoyla içeri almaktaydı.

Kaptan, elindeki son paketle beraber pasarelden geçip teknenin içine atladı. Miçoyu erzakı yerleştirmesi için mutfağa gönderip motor kapağını açmıştı ki, yayvan, arsız bir kadın sesi duyuldu.

"Kolay gelsin kaptan!"

Kaptan, motor kapağının arkasından başını kaldırıp baktı. Kadını daha evvelden tanıdığı belli bir ifadeyle sırıttı.

"Oooo Ziynet, ne haber?"

Ziynet, üzerinde taşlarla süslü bermuda şort, Calvin Cline tişört, ayağında mantar topuklu pembe pabuçlar, elleri belinde, yerde iki sahte Louis Vuitton çantayla kıyıda durmaktaydı. Ters taktığı kepinin arasından, yanından yüzüne gelmiş saçlarını, dudaklarını büzüp üfleyerek geriye atmaya çalışırken ters bir sesle cevap verdi.

"Heey! Öyle Ziynet falan yok artık. Bana Ziynet Hanım desen daha iyi olur kaptan."

Kaptanın, ne onu, ne de söylediklerini ciddiye almadığı çok belliydi. Hiç cevap vermeden işini yapmaya devam etti. Diğeri alınmıştı.

"Duydun mu kaptan?" dedi.

Kaptan gözünü ve elini motordan ayırmadan, "Hayrola? Sana da mı hanımlık verdiler?" dedi.

Ziynet, olduğu yerde bir adım atıp pasarelin tam dibine geldi.

"Bana bak kaptan. Bugüne bugün, bizzat Selçuk Bey'in misafiriyim. Anlaşıldı mı? Bana, ona göre davransan iyi olur."

Kaptan, bu kez alaycılıktan uzak, söylenenin doğruluğunu anlamak üzere baktı. Yaptığı işi bırakıp teknenin kıçına geldi.

"Patron, 'Misafirlerim gelecek.' demişti ama kim olduğunu söylemedi. Bilmiyordum... Hoş geldin."

Ziynet, adamın hizaya gelmiş olmasından memnun, onu düzeltti.

"Hoş geldiniz... Lütfen..."

Kaptan alaycı bir sesle tekrarladı.

"Hoş geldiniz."

Ardından, kamaradan çıkmış olan miçoya, Ziynet'in eşyalarını içeriye alması için bir işaret verdi. Güneşin kavurduğu bedeni çelimsiz görünen ama bir pire kadar hızlı genç çocuk, çevik adımlarla, bir hamlede pasarelin üzerinden rıhtıma ulaştı ve çantaları kapıp aynı süratle geriye koştu. Ziynet, yanaklarına, alnına dökülen saçları, kepinin altına sıkıştırıp pasarelin üzerine çıktı. Ancak, topuklarının ikisi birden, köprünün oluklarına takılmıştı. Sadece bir tarafta ip korkuluğu olan dar, ahşap pasarel, üzerindeki dengesiz ağırlıkla yaylandı. Ziynet, dizlerini kırıp, ipe iki eliyle sarılırken bir çığlık attı. Yana kayan kepini düzeltmek için elini korkuluktan çektiğinde, topuklarından biri biraz daha deliğin içine oturdu.

"Kaptan! Kaptan!"

Onun zorda olduğunu zaten görmüş olan kaptan, sanki seslenilince durumu yeni fark etmiş gibi, miçosuna işaret etti. Miço, fırlayıp Ziynet'in yanına geldi ve ilk iş olarak onun ayaklarını ayakkabılarından kurtardı. Sonra, diğer elinden tuttu ve tekneye girmesine yardımcı oldu. Topu topu beş adımlık mesafe Ziynet'e beş yüz metre gibi gelmişti. İçeri atlar atlamaz, kepini çıkarıp savurduğu saçlarını eliyle tararken hayranlıkla etrafına bakındı. Miçonun kendisine uzattığı ayakkabıları tekrar giymek üzereydi ki, kaptanın uyarısı duyuldu.

"Ayakkabı giyilmez burada."

Ziynet, kuralı isteksizce kabullenerek omuzlarını silkti. Ayakkabıların bağcıklarını sağ elinin işaret ve orta parmağına geçirip ileri geri salladı. Sonra başını kamaradan uzatıp, beline kadar sarkarak içeriye göz gezdirdi. Tekrar ellerini beline koyarak geri çekildi. Keyiflendiği açıkça belliydi. Kısa, gırtlaktan bir kahkaha attı. Usturmaça ve halatları düzene koymakta olan kaptanla miçoya doğru seslendi.

"Eeee kaptan, kamaram hangisi? Girip yerleşeyim bari."

Kaptan, onun yüzüne bakmadan, işini yapmaya devam ederken cevap verdi.

"Patron gelmeden size hangi kamarayı vereceğimi bilemem. Beklemek zorundasınız."

Adamın sesi ve tavrı, ilk karşılaştıklarında olduğu gibi lâubali değildi ama bu misafiri fazla önemsemediğini çok belli ediyordu.

Ziynet, elleri belinde, omuzlarını kaldırdı.

"Eee, patron ne zaman gelir ki?"

"Hiçbir fikrim yok. Şimdi de gelebilir, akşama da."

Dursun Kaptan, kim olduğunu iyi bildiği Ziynet'i, patronunun esas misafiri olarak kabullenmekte zorlanıyordu. Bir önceki patronunun oğulları da, arkadaşlarıyla beraber manken, şarkıcı, oyuncu müsveddesi kızları atarlardı teknelerine. Kızlar, pahalı yaşanacak birkaç gün ve marifetlerine göre banka hesaplarına eklenecek bir miktar nakit için tüm seksapellerini, cilvelerini, işvelerini kullanır, müşteri adayına göre bazen de ağır, sofistike takılmaya çalışırlardı. Ama Ziynet hiçbir zaman bu asıl kızlardan biri olmamıştı bugüne dek. Onun için pek şaşkındı. Ziynet'in, aynı mesleği icra eden diğerleri gibi ince, güzel bir vücudu, yalandan da olsa bir kibarlığı ve estetik kaygıları yoktu. Tam aksine, pazulu sayılabilecek bacakları, kalın tabanlı, geniş ayakları, kalın, küt parmakları, yaşına göre oldukça kilolu, iri bir poposu ve ona oranla da küçük memeleri vardı.

'Hayret.' diye düşündü kaptan. Hiçbir şeyi beğenmeyen, her şeyde kusur bulan patronunun, karısını boşadığından beri tekneye getirdiği kadınları nasıl seçtiğini aklı almıyordu doğrusu. Kalite gittikçe düşüyordu. Hatta şu an yanı başında duranla dibe vurmuştu diyebilirdi. 'Allah daha beterinden saklasın,' dedi içinden, 'bir sonrası kim? Tavukuçmaz'dan Zilli Zeliha mı?'

"Eee? Biz boşuna mı vaktinde geldik?" diye şikâyetçi bir sesle söyleniyordu Ziynet.

Kaptan, kendi özel düşüncelerinden sıyrılıp, "Bizde vakit, patronun saatiyle çalışır." dedi, verdiği cevabı çok anlamlı bularak, kendinden memnun bir ifadeyle.

Diğeri, kollarını kavuşturup, dudaklarını sıkıntıyla büzdü.

"Böyle oturacak mıyım burada şimdi?"

"Yoo, mecbur değilsin. İstersen dışarı çık, dolaş."

"Çıkınız! Dolaşınız!" diye yüksek sesle, tek tek kelimeleri çoğullaştırıp, kaptana nezaket kurallarını hatırlattı Ziynet, limana ve çevresine bir göz gezdirdi.

"Ya ben dolaşırken patron gelirse?"

"Bir ihtimal kıyıda kalırsınız. Çünkü, patron geldiği an denize çıkılır."

Bunu söylerken, onu kıyıda bırakıp denize açılmaktan ne kadar keyif alacağı seziliyordu.

"Yok artık, devenin pabucu." dedi Ziynet.

Kaptan, avucu ile dirseği arasında sardığı ip yumağını bağlayıp oturağın içine bırakırken hiç cevap vermedi.

Misafirin keyfi kaçmıştı. Kaptanın kendisine yardımcı olmayacağı aşikârdı. Sıkıntılı bir "Poff!"lamayla, çantalarının bırakılmış olduğu noktada durdu. Ama, miçonun güverteyi silmeye başlamasıyla, bir başka yöne, bez ayaklarına yaklaştıkça oradan karşı tarafa geçti. Sonunda, yana çıkıp parapetin üzerine kalçasını yerleştirmişti ki, kaptanın ikaz sesi duyuldu.

"Onlara oturulmaz Ziynet Hanım. Sadece tutunmak içindir."

Ziynet, uzanıp kamaranın açık lumbozuna tutunarak tekrar ayağa kalkarken, 'Ukalalık et bakalım. Görürsün.' diye geçirdi içinden.

Buruna doğru yürüyüp, düzenle yerleştirilmiş halatların arasında durdu ve limandan ayrılan tekneleri izledi. Bikinilerini giymiş, bronz renkli, kendilerinden emin sereserpe yayılmış, güneşe tapar gibi vücutlarını açmış kadınları kıskançlıkla izledi. Duyduğu tasasız bir kadın kahkahası, yüreğini mutsuzlukla tırmaladı. İki gün sonra bu yelkenliden inip tekrar Beauté Pansiyon'un, saatle çalışan odasına dönmek fikri, sıcağa rağmen içini üşüttü. Her ay para göndermek zorunda olduğu Bursa'daki annesi ve henüz talebe erkek kardeşi aklına geldi.

Kendisi orta ikiden terkti. Ama kardeşini okutmak istiyordu. Annesine İstanbul'da güzel bir ev almak, onu da Bursa'daki yorgun, yıpratıcı geçmişinden çıkarmak ne kadar iyi olurdu. Az ileride denize açılan *Sunseeker*'ın kıç tarafında, ayakta, elini gözüne siper etmiş denize bakan kadın dikkatini çekti. Bikinisinin üzerine incecik pamukludan, kollu, uzun, iki yanı derin yırtmaçlı bir elbise geçirmişti. Teknenin hareketiyle rüzgârlanan eteklerinden uzun, mevzun bacaklarının yanık amber teni, sürdüğü yağın parıltısıyla bronz heykel gibi parlıyordu. Teknenin limandan ayrılıp gözden kaybolması Ziynet'in içini rahatlattı. Hiç tanımadığı ve belki de bir daha hiç göremeyeceği heykel gibi kadının, üzerinde olduğu tekneye ve kendine sahip, güzelliğinden emin duruşu içini burkmuş, kendinde olmayan ama açlığını çektiği her şeyi bir arada göstererek ona bir kez daha hatırlatmıştı. Hırs yaşlarını tutmak için gözlerini kapayıp açtı, yutkundu ve küçük bir öksürükle genzini temizledi. "Yemin olsun!" dedi dişleri arasından, kendi duyabileceği bir sesle, "Ben de bu teknenin hanımı olmazsam, Ziynet değilim."

* * *

Selçuk, bir akşam evvel şeytanıyla karşılaştığı andan beri yaşadıklarının tatlı yorgunluğu içinde, arabasının kontağını çevirdi. Hiç plânlamadığı kadar büyük bir süratle gelişmişti her şey. Bugün hem Bora, hem de Vefa ile yaptığı konuşmalar, mücadelesini başlatmıştı. Hem de açık denizde, sakin sakin hazırlanan ve ansızın patlayan bir fırtına gibi... İçinde geleceğe dönük kesinleşen heyecanla hafiflemiş, ayakları yerden kesilmişti. Bedenini, sanki bacakları değil de, yükselen adrenalini taşıyordu.

"Zamanı iyi kullandın bugün." dedi, şeytanı. "Hem Bora, hem Vefa; iyi iş çıkardın. Şimdi de amcanı doldur bakalım."

Ofisten çıkmadan önce son arayışında nihayet Refet Vardar'la konuşabilmişti. Evine çağırmıştı amcası. Şimdi, havaalanı yolunda Yeşilköy'de ona uğrayacak, hazırladığı plân dahilinde, Berke'nin kuyusunu kazmaya başlayacaktı. Ama amcasının ne Bora, ne de Vefa olduğunu, kendisini zor bir sınavın beklediğini biliyordu.

"Risk almazsan, alacağın zaman neler kazanacağını bilemezsin." diye fısıldadı şeytanı. "Ne anlatırsan anlat, bunlar amcanın seni affedemeyeceği şeyler olmayacak. Ama bu mücadeleyi geciktirirsen sen kendini affetmezsin."

Bir an önce Yeşilköy'e varıp ne zamandır yazmakta olduğu senaryoyu ailenin en yüksek merciine aktarmak için sabırsızlanıyordu. Kendisini güçlü, donanımlı ve mükemmel hissediyordu. Babasının ve Berke'nin yurtdışında bulunması, bu görüşmenin zamanını ideal kılıyordu.

Spor Mercedes'i sahil yolunun trafiği içinde gazlayıp sol şeride geçti. Şimdi Berke olsa yine, "Yahu Selçuk'çuğum, istediğin arabayı alabilecekken, neden elin adamının arabasını kullanıyorsun?" der, başının etini yerdi. Saydun'un arabasıydı Mercedes 300 SL. "Ne s.k.ci araba bu ağbi." dediğinde, "Al, kullan." demişti. O gün, Fazıla'yla havaalanında karşılaşmış ve onu Taksim'deki evlerine getirmişti Saydun. Selçuk'a söyledikleri buydu ama o, işin içinde, havaalanı ile ev arasında geçen yolculuktan daha fazla süren bir beraberliğin olduğunu tahmin etmiş, en azından ümit etmişti. Karısının, Saydun gibi prestij sahibi, yakışıklı, hoş ve olgun bir erkek tarafından beğenilip seçilmiş olması ihtimali dahi onu heyecanlandırmaya yetmişti o akşam. Daha fazlasını bilmiyor, merak da etmiyordu. Aralarından su sızmıyordu. Üstelik, kıymetli arabasını, bir beğeni üzerine ona kullandırmaktan çekinmemişti Saydun. Spor arabalara meraklı ve yarışçı olan Berke, arabanın Saydun Yeniçeri'ye ait olduğunu anladığı an itirazını dile getirmiş ve bu Selçuk'u çok rahatsız etmişti.

"Ne Saydun'un, ne bir başkasının arabasını kullanmaya ihtiyacın mı var? Üstelik zaten, durumun ne olursa olsun, bir başkasının arabasını sürekli kullanıyor olmak yakışmıyor sana Selçuk'çuğum." demişti. Selçuk, kuzeninin ikaz sözlerini, lâf kalabalığıyla geçiştirmiş ama zihninden esas cevabını vermişti.

'Yahu sen anlamazsın amigo,' demişti, kendi kendine, 'tahmin ediyorum ki, herif benim karıya biniyor. Ben de onun arabasını gazladıkça rövanş alıyorum. Ama sen anlamazsın. Seni aşar bu durum.'

Gerçekte de, Fazıla ile Saydun'un ilişkisi vardı. Saydun Yeniçeri, babadan beri sahip olduğu yüksek tirajlı gazeteyi, yeni yükselmekte olan bir işadamına muazzam bir paraya devretmiş ve hayatı boyunca hep yaptığı ancak daha az vakit bulduğu şeylere şimdi kendini fultaym adamıştı. Gazetenin sorumluluğundan kurtulduğundan beri, lüks seyahatler, astronomik fiyatlı otel süitleri ve restoranlar, kavların pahalı şarapları ve kandırabildiği arkadaş karılarını metres edinme zevklerini, hayatının amacı haline getirmişti. Özellikle yakın görüştüğü dostlarının hayatlarını yakından takip ettiği için farkına vardığı evlilik zaaflarını çok iyi değerlendirir ve bunu bonkörlüğüyle birleştirip bir kanaviçe işler ustalığıyla neticeyi istediği yere, yatağa götürürdü.

Yıllar önce karşılaştıkları bir Paris akşamında, Fazıla'nın sınırsız lüks arzusunu ve buna yetemeyen Selçuk'la aralarında görünen büyük aşka rağmen, kendisinin devreye girmesine ne kadar müsait olduklarını hemen fark etmiş ve beğenilmeyi bekleyerek yaşayan genç kadının gözlerinin içine sevişir gibi attığı bakışla ilk hamlesini yapmıştı. O akşamdan sonra her şey çok kolay gelişmiş, Fazıla'nın sık sık yalnız çıktığı Paris, Londra, Roma, Milano gezilerinin çoğunda beraber olmuşlardı. Oralarda buluşur, yine yurtdışında ayrılır, dönerlerdi. Fazıla, en pahalıya ve en iyiye olan merakıyla, çapkın zamparasına, hiç hesabını tutmadığı parasını büyük bir keyifle harcatmış, doymak tükenmek bilmeyen seks tutkusu ve eğlenceli beraberliğiyle de Saydun'a harcadığı her kuruşun karşılığını aldığını hissettirmişti.

Selçuk'un tahminlerinin bile ötesinde kalan ise, bu ilişkinin birkaç senedir, fasılalarla devam etmekte olduğuydu. Zira, ne Saydun, ne de Fazıla, tek birer sevgiliyle tatmin olup bağlanacak tiplerdi. Her ikisi de ara duraklarda farklı insanlarla gönüllerini hoş ediyor sonra, zamanları uyup birbirine arzuları kabardığında tekrar aynı yatağa girebilecekleri bir zemin hazırlıyorlardı.

Genç kadın, evlilikleri boyunca, kocasına karşı hiçbir kaçamağından vicdan azabı duymamıştı ama Saydun'la olan ilişkisi bir de üstelik içine huzur vermişti... Selçuk'un maaşının henüz onun arzularını tam anlamıyla karşılamaya yetmeyeceğini biliyordu. Birkaç sene evvel, Taksim'deki apartman dairesinin perdelerini ve döşemelik kumaşlarını değiştirmek için ağlayarak ısrar ettiğinde, düğünlerinde verilen hisse senedi paketini satmıştı Selçuk. O lotla bile holdingdeki ortaklığı lâfı edilemeyecek kadar ufaktı zaten. Dolayısıyla Fazıla, zengin bir başka erkeğin, lüks ihtiyaçlarını karşılıyor olmasından, kocasını büyük bir masraftan ve yükten kurtarmış olduğunu düşünerek, büyük bir rahatlık duymuştu, hep.

İşte, sosyete dedikodusuna göre, Selçuk ve Fazıla'nın ayrılıklarının sebebi bu ilişkiydi. Tabii, olayın aktörlerinden birinin Saydun Yeniçeri olması hasebiyle, hiçbir zaman medyanın ağzına sakızı olmamıştı konuşulanlar. Bunlardan hiç haberi olmayan Selçuk'un bilmediği bir şey daha vardı. O, Fazıla'yı boşadıktan sonra, Saydun'un bu işveli, şımarık kızıl saçlıya karşı eski hevesi kalmamıştı. Metreslerinin evli ve harika bir aşk kaçamağından sonra yine evine, kocasına dönüyor olması, ilişkiyi onun için hep daha cazip yapardı. Halbuki Fazıla şimdi, kocasının elinden alınacak bir sevgili olmaktan çıkmış, yatağa atılmaya müsait, şımarık, masraflı herhangi bir kadın olmuştu onun için. Mercedes'ini de, satacağı bahanesiyle Selçuk'tan geriye istemişti, birkaç gün evvel.

Selçuk, gaz pedalına yüklenirken, Saydun'un, kendisine söylediği gibi, arabayı gerçekten satıp satmayacağını düşündü. "İstersen sen al." demişti Saydun, onun almayacağını bal gibi bile bile.

'Her neyse.' diye düşündü. Zaten, artık Fazıla karısı olmadığına göre, onun Saydun'la yatıyor olması da hiç mühim değildi.

Onları bir arada düşünmek heyecan vermiyor, Mercedes'i kullanmaktan eski zevki almıyordu. Kuşadası dönüşü teslim edecekti.

Refet Vardar'ın evi

Seher Vardar, verandanın altı basamak altında, denize doğru uzanan mermer kaplı bahçede, kameriyenin gölgesine çekilmiş, resim malzemelerini yaymıştı. Masanın üzerindeki fincandan çayını yudumlayıp, samur fırçasını batırdığı Ecolin şişelerinden aldığı renkleri küçük porselen bir tabağa yerleştirdi. Sol eliyle sigarasından derin bir nefes çekip, denize doğru baktı. Günün bu saatlerine bayılıyordu yaz aylarında. O kavurucu sıcak bitiyor, insanı terletmeden, üşütmeden, iddiasız, yumuşacık bir ılıklıkla sarıyordu hava. Renkler, sesler, telâş, hepsi güneşle beraber dinlenmeye hazırlanır gibiydi.

Yukarıda, ağabeyinin klasik plâklarından biri dönmekteydi. Verdi'nin Othello'sundan 'Dio ti giocondi' serenadı Mario Lanza ve Licia Albanese'nin düetiyle yayılıyordu bahçeye. Seher, iki numara samur fırçasını suya batırıp tabaktaki ultramarin ve kobalt maviyi ıslatıp karıştırmaya başladı. Kenarlara dokundurulmuş sarı, kızıl kahve, filizi yeşil, vermiyon renklerinin her biri, kendilerine değen mavilerle birleşip muhteşem bir renk cümbüşü yarattılar. Gülümseyerek tabağa baktı Seher. Ne kadar huzurlu, ne kadar mutluydu renkler... Ne kadar sessiz ve ne kadar güçlüydü. Şişelerinden çıktıkları an, dokundukları her şeye renk ve anlam veriyor, şeklini, ifadesini belirliyorlardı. Temiz, on numara fırçanın nazik darbeleriyle granüle kâğıdını ıslattı. Ton ton maviliğin içine iyice buladığı altı numarayı Schöhler'in üzerinde, bir tüy dokundurur gibi çekti. Fırçanın samur kılları arasındaki sarı, yeşil, lâcivert maviler, kâğıdın üzerindeki minik çukurlar ile tepecikler arasında, ışık ve gölge oyunları yaparak dağıldılar. Deniz, şimdi duyulmaya başlayan Maria Callas'ın sesiyle akıyor gibiydi. Fırçasının hareketi, sanki notaları orkestre eden müzikal bir ritmle, Marmara'yı boyamaya devam etti.

Refet Vardar, kütüphane raflarındaki eski klasik plâklarını düzenlemekteydi. Müzik çalarların teknolojisi ne kadar ilerlerse ilerlesin, bu muhteşem koleksiyonun keyfini hiçbir şey veremezdi ona. Artık seksenlerinde olan Ara Usta sayesinde, pikabını ayakta tutuyor ve bu kıymetlilerini dinleyebiliyordu. Özellikle, yıllardır büyük bir sabırla topladığı "son-violen" plâklar, koleksiyonunun gözbebeğiydi. Efsane şeflerin yönettiği mükemmel orkestraların eşliğinde, sadece keman sesi eksik yorumlara Guarnerius'uyla eşlik ederken, o muhteşem şölenin bir parçası oluyor, kendisini La Scala, Covent Garden, Metropolitan'da sahnede çalıyor gibi hissediyordu. Bir gün bu plâkları kime bırakacağını düşündü. Acaba değerlerini anlayacaklar mıydı? Meselâ şu anda çalan, Mario Lanza'nın, 22 Kasım 1955'te Hollywood'da Warner Bros Stüdyosu'nda doldurduğu plâktı. Sonra, Elaine Malbin ile 1950'de yaptığı Madam Butterfly plâğı. O muhteşem 'Stolta paura, l'amor' bestesi ve daha bunun gibi neler vardı kütüphanesinde. Dinu Lipatti, Horowitz, Karayan... Kapı çalınmıştı.

Müziğin sesini hafifletip, kulak kabarttı. Selçuk gelmiş olmalıydı. Onunla görüşmeyi, daha ileri atmak için iyi bir sebep bulamadığından kabul etmişti ama, Bora'dan duyduklarını henüz kafasında çözebilmiş, nasıl bir tavır takınacağına karar vermiş değildi. Zamana ihtiyacı vardı. Selçuk'un söyleyecekleri her ne ise onu dinleyip, diğer mevzuyu şimdilik, hiç değilse birkaç gün için uykuya yatırmaya karar vermişti.

Selçuk salonun kapısında görünmüştü bile. Dudaklarına yerleştirebildiği en samimi tebessümüyle amcasına doğru ilerledi.

"Merhaba amca."

Refet Bey, Mario Lanza'nın plâğının kabını rafa bırakarak, onu karşılamak üzere iki adım attı ve elini uzattı.

"Merhaba Selçuk. Gel, çalışma odasına geçelim."

Yaşadığı kafa karmaşası ve şüphelerle ilgili ipucu vermeden, bir an evvel bu görüşmeyi bitirip yeğenini yolcu etmek niyetindeydi. Refet Bey önde, Selçuk arkasında, yandaki çalışma bölümüne geçtiler.

Oda, sedef işlemeli siyah lâke Japon mobilyalarıyla dekore edilmişti. Refet Vardar'ın rahmetli eşinin yıllar içinde topladığı, paravan, konsol, iki camlı büfe, çalışma masası, orta sehpasının parlak siyah renkleriyle ağırlaştırdığı havayı, duvarda asılı tabak koleksiyonu, neredeyse insan boyu iki büyük vazo, kiraz çiçeği desenli kumaşla kaplı dört koltuk yeniden neşeli bir havaya sokup dengelemişti. Selçuk, çocukluğundan beri kendisini bunaltan bu odayı, bir kez daha tahammül etmek zorunda olan bir insanın bakışıyla süzdü.

Refet Vardar, kendisi bir koltuğa oturup, diğerini Selçuk'a gösterirken sordu.

"Bir şey içmek ister misin? Çay? Viski?"

Selçuk nedense ayakta kalmayı tercih etmişti. Odanın üzerinde yarattığı ağırlıkla, söyleyecekleri ve karşılaşacaklarının endişesi bir araya gelince, oturduğu takdirde sanki bir daha yerinden kalkamayacakmış gibi bir hisse kapılmıştı.

"Yok, teşekkür ederim. Sizinle konuşup uçağa yetişeceğim."

Refet Bey, oturması için yeğenine bir kez daha, karşısındaki koltuğu gösterdi.

"Hayrola? Seyahatin olduğunu bilmiyordum."

Selçuk, bu kez, oturmaya mecbur hissetmişti kendisini.

"Mühim bir şey değil." deyip, genzini temizledi. "Kuşadası'na, tekneye gidiyorum, hafta sonu için."

"Pazartesi iştesin o zaman."

"Şey..."

Yine genzini temizleyip yutkundu.

"İçecek bir şey istemediğinden emin misin?"

"Evet, evet... Ben pazartesi akşamı dönerim diye düşünmüştüm."

"Bana haber vermedin."

"Sizi bugün çok aradım amca. Ama hep meşguldünüz."

"Her halükârda, pazartesi sabahı masanda olmanı tercih ederim... Benimle konuşmak istediğin neydi?"

Selçuk, ne zamandır aklında sıraya dizdiği sözcükleri söylemekte sabırsızdı ama nasıl başlayacağını kestiremiyordu. Bir taraftan zaman darlığı, diğer taraftan amcasının şu anki tavrı işini kolaylaştırmıyordu. Onu etkisi altına alabilmek ve kendisi rahatlatmak amaçlı gülümsedi.

“Beni kabul ettiğiniz için teşekkürler amca.” dedi ve o anda dudaklarında tebessüm silindi. Pencereden, bahçede denize doğru bakan Seher'i fark etmişti.

“Halam burada mı?” diye sordu.

Refet Vardar, sehpadan aldığı sigarasını yakmaktaydı. Cevap vermek için bir nefes alıp dumanını üfleyene kadar bekledi.

“Evet, burada. Hafta sonunu bende geçirecek. Dün gece evine girmiş biri.”

Selçuk şaşırmış görünüyordu.

“Kimmiş?”

Sorusunu sorarken, neredeyse keyifle gülümsememek için kendisini zor tutuyordu.

“Henüz bilmiyoruz.” dedi Refet Bey ve bu konuda daha fazla bir şey anlatmadan arkasına yaslanıp, onun söyleyeceklerini bekledi. Selçuk, halasının dışarıda olduğunu hatırlayıp rahatsız bir ifadeyle suratını buruşturdu.

“Amca...” diye başladı, “yönetim kurulu üyeliğim hakkında... yardımınıza ihtiyacım var. Bu işin olmasını çok istiyorum amca. Sanırım, artık idare heyetinde yer almamın zamanı geldi. Berke'nin senelerdir orada bir iskemlesi var.”

“Berke, senden çok önce döndü Selçuk, unutma.”

“Ama o makamı gerçekten hak ediyor mu dersiniz?”

“Ne demek istedin?”

Refet Vardar'ın onu dinleyişinde ve bakışındaki temkinli ifade Selçuk'un gözünden kaçmamıştı.

Selçuk, kararsız, başını hafifçe geriye doğru atarak, kendinden ve söyleyeceklerinden emin olduğu hissini vermeye çalıştı. Şu anda, karşısındakini inandırmak için olduğu kadar, kendi kendisinin de söyleyeceklerine inanma ihtiyacı vardı. Birdenbire, yalnız başınayken kurduğu komplonun anlatırken ne kadar anlamsız ve aptalca olacağını düşünmeye başlamış ve bütün özgüveni kaybolmuştu.

“Haydi!” diye fısıldadı şeytanı. Kulağının içine tüy kaçmış gibi huylandı. Refet Bey, tüttürdüğü sigarasının dumanları arkasından yeğeninin söyleyeceklerini hâlâ daha aynı ciddiyetle beklemekteydi. Diğeri, öne eğilip, dirseklerini dizlerine yerleştirdi.

Elleriyle teatral bir tavırla, amcasına daha yakın olduğu hissini vermeye çalışarak, onun gözlerinin içine baktı.

"Size hayranlığımı bilirsiniz, amca," dedi, "bana çok emek verdiniz... Oğlunuz yerine koydunuz."

Refet Bey olduğu yerde kıpırdandı. Başını hafifçe eğip gömleğine düşmüş olan külleri üfledi.

"Doğru," dedi, "çok doğru. Seni, olmayan oğlumun yerine koydum hep. Ama, Berke de diğer bir yeğenim ve onu çok takdir ediyorum."

Selçuk'un gözleri kıskançlıkla pırıldadı. Ayağa kalkmak, avuçlarını koltuğun arkasına dayayıp, amcasına yukarıdan bakarak konuşabilmeyi çok isterdi ama bunun pek yerinde bir davranış olmayacağından emindi. Hele şimdi, tam amcasından bir şey istemek üzereyken, saygısız bir davranış sergilemek istemiyordu. Selçuk, adap bilmediğinden saygısız olanlardan değildi. O, özellikle, karşısındakine saygı gösterilmeyi hak etmeyen biri olduğunu vurgulamak için saygısızlık yapmayı severdi ve bu da neredeyse çevresindeki herkes için geçerli olmaya başlamıştı.

"Sanırım," dedi, "onun hakkında size söylemem gereken bir şey var... Bence, Doğu'ya yatırım sebebiyle az temettü dağıtması tamamen palavra. Yönetim kurulunun onayından geçirmeden, Astaş'ın hisselerinden usta başlarına ve idari personeline epeyi pay dağıtmış. Personelinin ve işçilerinin bazılarının çocuklarına da yurtdışında burs veriyor. Bütün bunlar ortaklara dönmesi gereken para iken..."

"Astaş, tamamen Berke'nin kendisinin kurduğu ve holdingden bağımsız bir kuruluş. Kendi yönetim kurulu ve kararları var."

"Evet ama, sonunda bunun piyasada lâfı çıkar. Holdinge bağlı olmasa da, ailemizin bireylerinden birinin yönettiği şirketin kasasını kendi arzu ettiğince kullanıyor olması, hepimizi rencide eder. Hem de holdingin Astaş'a verdiği yüklü kontrgaranti mektubu varken..."

Refet Vardar koltuğundan kalktı. Sigarasını kül tablasına silkeledikten sonra, parmakları arasında tutarak, odanın diğer ucuna doğru yürümeye başladı.

"Bunlar gayet tabii yönetim kurulunun onayını isteyen şeyler... Sormadan, şirket kasasından bu şıklıkları yapıyorsa hoş değil... Kendisiyle konuşurum."

Selçuk, beklediği kadar büyük bir reaksiyon görmemişti.

"Bence Astaş'a, holdingden bir kontrolör koyabiliriz... İsterseniz ben birini ayarlarım." dedi.

Refet Bey olduğu yerde durup döndü.

"Astaş'ın idare heyetinde zaten aileden bireyler var. Nesibe ile Saffet yönetim kurulu üyesi."

"Ben, yönetici kadroya bir adam yerleştirsek diyordum, günlük gidişatı takip etmek için."

"Neredeyse casus gibi mi demek istiyorsun? Berke'yi suçlu çıkarmak için bu arzu nereden doğdu Selçuk? Neler var kafanda?"

Selçuk'un durumu çıkmaza girmiş gibiydi. Aradığı desteği bulamamış olmanın verdiği şaşkınlıkla ve kurduğu mizanseni gerektiği kadar dramatik ve tesirli anlatamadığı için kendisine kızdı, amcasını gerçekten etkileyebilecek bir şeyler düşündü. Kendi kıskançlıkları içinde yer alan bir şey daha gelivermişti aklına.

"Aile yüzüğü." diye mırıldandı, bunu nasıl düşmanlık hikâyesine dönüştürebileceğini düşünerek. Şeytanı nerelere yok olmuştu, tam ona en çok ihtiyacı olduğu an.

"Ne olmuş aile yüzüğüne?" dedi Refet Bey.

"Büyükbabam aile yüzüğünü ona bıraktığı için, holdingin başında kendisinin olması gerektiğine inanıyor."

Refet Vardar, sol elini pantolonunun cebine koyup, parmakları arasında sigara tuttuğu sağ eliyle, "Sana mı söyledi bunu?" dedi.

"Hayır. Hayır, böyle bir şeyi söylemeye cesaret edemez tabii ki. Ama, ne kadar yakınız, bilirsiniz. Konuşmalarından, bunun onun hakkı olduğuna dair inancını sezinledim."

"Holdingin yeni nesil yöneticileri zaten sizler olacaksınız. Bundan tabii ne olabilir ki? Üstelik, umarım unutmadın, senin holdingde yönetim kuruluna alınman için ne zamandır ısrarcı olan, Berke."

Selçuk, son cümleyi hiç duymamış gibi davranarak, konuşmayı kendi istediği şekilde yönlendirmeye devam etti.

“Ama Berke’nin görev teslimini beklemeye sabrı olacağını sanmıyorum. Anberin gibi becerikli ve hırslı bir karısı var. İyi bir takım oluşturuyorlar. Üstelik, bizim nesilden soyadımızı yürütecek tek erkek çocuk onların oğlu. Bu durum, imparatorluğu tek başına sahiplenmek için Berke’nin iştahını açmıyor mı sanıyorsunuz?”

Refet Vardar, parmaklarında sigarasını tuttuğu elini, ‘Dur!’ der gibi havaya kaldırdı. Selçuk, bu işareti, amcasının konuşulanları kabullenmediği anlamına aldı ve ısrarla, bu kez hırs dolu sesini kontrol edemeyerek, amcasına iki adım daha yaklaşıp devam etti.

“Bir düşünün amca... Berke’nin holding üzerindeki gizli hayalleri, ailemiz için bir tehlike olabilir. Fazla değil, birkaç sene sonra...”

Birden, amcasının gözlerinin baktığı nokta dikkatini çekti. Başını arkaya doğru çevirdi.

Seher Vardar, çalışma odasının kapısında durmaktaydı. Bakışları, her şeyi duyduğunu belli etmekteydi. Elmacık kemikleri hırsla kasılmış, neredeyse ağlamak üzere olan gözlerinde yaşlar pırıldamakta, dudakları titremekteydi.

Refet Vardar, duruma el koymak üzere ona doğru yürüdü.

“Seher...”

Ama kız kardeşi, tokat yemiş bir bakışla döndü ve koşarak uzaklaştı. Refet Bey, olduğu yerde birkaç adım daha attı ve durdu. Selçuk, elini havada görünmeyen bir şeye vurarak söylendi.

“Tüh! Allah kahretsin! Bu karının ne işi vardı bizi dinleyecek? Ne zamandan beri dinliyordu bizi?”

Refet Vardar, duyduğu sözcüklere inanamayarak, dehşet içinde kalmıştı. Kolunu ona doğru uzatıp işaretparmağını salladı.

“Şimdi, derhal, içeri gidip halandan özür dile.”

Her nedense, ona gerektiği kadar kızamadığının farkındaydı.

Selçuk, alışkanlığı olduğu üzere, ellerini ceplerine sokup, olduğu yerde yaylandı.

“Burada bizi dinleyebileceğini söylememiştiniz amca. Gelip burnunu sokmayacaktı konuşmamıza. Cadı! Özür falan borçlu değilim ona.”

Refet Vardar, çalışma odasının kapısına doğru ilerlemeye başladı.

"O zaman, şimdi burayı terk ediyorsun. Halandan özür dileyeceğin zaman gelirsin."

Odadan çıktığında, Selçuk, amacına ulaşamadan geride yalnız kalmıştı. Bakışları kin kusmaktaydı.

"Ziyan yok." diye yeniden duyuldu, şeytanının sesi, "Alışıyorsun... Her mücadele, netice almak için değildir. Bazen, sadece neticeyi hazırlarsın. Bu da onlardan biri. Kafa karıştırdın ya, yeter. Kaybettiğin bir şey yok."

Doğruydu. Niyetini halasının da anlamış olmasının dışında gidişatta bir aksaklık yoktu. Ama yine de suyu gereksiz bulandıran bir hamle olduğuna dair içinde şüphe kıpırdadı. Hırsını kırbaçlanmış hissediyordu. Sert bir tavırla avucunu koltuğun arkasına vurup yürüdü. Odadan ayrılırken mırıldandı:

"Bu iş burada bitmedi..."

Aynı saatler, Kuşadası yat limanı

Kaptan, buzla doldurduğu viskiyi güvertede sıkıntı içinde oturan Ziynet'e uzattı.

"Buyurun hanımefendi."

"Sesinde alay mı seziyorum kaptan? Umarım yanılıyorum."

Kaptan, müstehzi bir bakışla başını eğdi ve hiç cevap vermeden kamaraya indi. Ziynet, ona yaptığı uyarıdan tatmin olmamıştı. Sesini yükselterek devam etti.

"Benimle bu bir-iki gün iyi geçinmeye bak kaptan."

Parmağıyla viskisinin buzlarını karıştırıp bir yudum içti. Ardından, başını arkaya atıp mırıldandı.

"Hiç belli olmaz. Bu teknenin temelli hanımı bile olabilirim."

Kadehini tekrar parmakları arasında döndürüp buzların sesini keyifle dinledi. "Kimbilir," dedi, "kimbilir..."

Hâlâ ayaklarının altında duran çantalarına baktı. Nihat ile Gül'den de henüz haber yoktu. Cep telefonundan her ikisinin de numarasını tuşladı. Kapalıydı. Güya beraber geleceklerdi. Ama Gül, tekneye göre alışveriş yapması gerektiğini söylemişti. Nihat zaten onlarla pek görünmezdi. Sıkılmaya başlamıştı. Misafirdi ama gerçek bir misafir gibi davranılmıyordu kendisine. Bir türlü, istediği gibi rahatlayamamıştı. Saatler akşama dönmeye başlıyordu. İçkisini başına dikip sıkıntıyla "Off!"ladı. Boşalan kadehini masaya bırakıp saatine baktı ve kamaraya doğru seslendi.

"Kaptan! Patron kaçta geliyor, belli oldu mu?"

Dursun Kaptan, kamaradan başını uzattı.

"Hayır, henüz hiçbir haber yok. Herhalde gecikecek."

Ziynet, ayağa kalktı.

"İyi o zaman. Ben kıyıya çıkıp biraz dolanacağım."

Ayakkabılarını eline aldı. Teknenin kıçından, ağırlığıyla iki yana sallanan pasarele tutunarak dışarı çıktı ve ayakkabılarını yere atarak, her ikisini de ayağının ucuyla düzelttikten sonra giydi ve yat limanının diğer ucuna doğru yürümeye başladı.

Kaptan, onun arkasından mırıldandı.

"Dolan bakalım..." Ardından, dudağında alaycı bir gülümsemeyle ekledi. "... Hanımefendi..."

Ziynet, yamanmayı plânladığı Selçuk Vardar'ın kendisine eğlencelik olarak Gül'ü seçmesi ihtimalinin, hayallerini suya düşüreceğini düşünerek limanın diğer ucuna doğru yürümeye başladı. Gerçi Gül, genellikle Nihat'a eşlik ederdi ama belli mi olurdu? Patron kimse, onun düdüğü öterdi. Önünden geçtiği motorlu yattan kendisine seslenildiğini duyunca durdu.

"Hey Ziynet!"

Berberi, lüks teknenin güvertesinde durmuş, bir eli belinde, diğerini ona sallıyordu. Onu görünce keyfi yerine geldi.

"Zeki? Ulan ne arıyorsun bu kalantor yatında?"

"Ne olacak şekerim? İş. Kadınlar grubu yapmış müşterinin biri. Üç gün denize çıkıyoruz. Akşamları da piyasaları var malum, beni de alıyorlar."

Teknenin burnunda oturan kaptana bir göz atıp, sesini alçalttı. Kollarını birleştirip, suya atlama hareketi yaptı.

"Cup deniz, cup berber... Sonraaa..."

Bedenini öne eğerek, ellerini bacaklarının arasına yerleştirdi.

"... da cup yatak."

"Hadi ordan maskara." dedi, Ziynet kahkahayla.

Zeki doğrulup, "Valla doğru," dedi, "hiç gizli, saklı yok. Peki, sen ne yapıyorsun burada?"

Cevabını beklemeden, gözünü kırparak ekledi.

"Seninki de iş mi, kız?"

"İş mi, çiş mi, göreceğiz."

Zeki, ellerini yelpaze gibi salladığı yüzünü buruşturdu, "Aman, aman! Çişli olmasın. Hiç çekilmez." dedi ve arkasından yine bir kahkaha patlattı.

"Hadi gelsene. Bizimkiler daha gece uçağıyla gelecekler. Bir kadeh içelim beraber."

Teklif, Ziynet için zamanını öldürmek açısından biçilmiş kaftandı. Berberinin elini tutarak tekneye binerken, "Seni Allah gönderdi." dedi. "Ben de nerelerde oturup vakit öldüreceğim diye düşünüyordum."

"Gel, gel. Hem vakit öldürürüz, hem de karıları çekiştirip kabakulak ederiz. Yalnız içeride oturalım. Orası püfür püfür, air condition var. Hiç dayanamıyorum bu sıcağa şekerim. Dinleyecek bol lâf olmasa valla hiç çekilmez bu yolculuk ya..."

Ziynet, endişeyle, yat limanının diğer tarafında kalmış olan *Gülşah*'ı görmeye çalıştı.

"Merak etme." dedi, Zeki, "kim gelse önümüzden geçecek. Kaptana söyleriz, haber verir."

Ziynet rahatlamıştı. Genç adamı takip ederek kamaraya girdi.

Aynı saatler, Refet Vardar'ın evi

Seher, Selçuk'un dediklerini duyduğundan beri, odasına kapanmıştı. Penceresinden denize bakarken, bir eliyle dudaklarını kapamış, sessiz sessiz ağlamaktaydı. Çok hassas, duygusal bir insan olmasına rağmen, hayatın üzülmeyle, tasayla yaşanmayacak kadar kısa olduğuna inandığından, ancak çok büyük bir çaresizlikte, bir sevdiğinin kaybında ağlardı. Ama, kalbi öyle kırılmış, oğluna kendisinin hiç tahmin edemeyeceği bir komplonun, üstelik en sevdiği kuzeni tarafından hazırlandığını öğrenmekle, can evinden vurulmuştu. Kimsenin koltuğunda, kuruşunda gözü olmayan Berke'sinin, böylesine korkunç bir iftirayla karalanması ve bu iftirayı Refet Ağabeyi'nin dinliyor olması onu yıkmıştı. Hiç mi tanımamışlardı Berke'yi bunca senedir? Ailenin en büyük erkek torunu olmasına ve hepsinden önce iş hayatına atılmış olmasına rağmen, holdingdeki hiçbir gösterişli makama talip olmamıştı. Vardar'ların o güne kadar içinde olmadığı konularda projeler üretip İsveç, Amerika, İngiltere bağlantılarını kullanıp fabrikalar kurmuştu. Hiçbiri, nesillerin birikimini yansıtan Vardar Holding kadar gösterişli değildi henüz ama kârlı ve geleceği olan, devleşmeye namzet işlerdi.

Seher, küçük ağabeyi Vecdi'nin, Berke Amerika'dan döndüğü zaman, onu, yerine yetiştirmek için yanına ne kadar istediğini hatırlıyordu. Çocukluğundan beri Vecdi Dayısı ile özel bir yakınlığı vardı Berke'nin. Oğullarını küçük yaşlarda yurtdışına tahsile gönderen Vecdi Vardar'ın, kışın avda, yazın denizdeki beceri ve keyfini en yakından paylaşan Berke olmuştu hep. Babası Ali Sermed'in kendi çocukları ve diğer aile bireylerinin karakter özellikleri ve yeteneklerini göz önünde bulundurarak yapmış olduğu işbölümünü Vecdi Bey de benimsemiş ve kendi yerine bir gün, imalatıyla, işçisiyle ilgilenecek, diğer işverenlerle, finansörlerle diyalog kurabilecek, hem ahlâklı, hem çalışkan, Ali Sermed kurallarını yaşatabilecek yeni nesil adayı olarak Berke'yi seçmişti. Dokuz yaşından itibaren her yaz fabrikada çalışan yeğenini çok yakından izlemişti Vecdi Vardar. Ama, Berke kendisine holding dışında bir yol çizmek istemişti.

"Dayıcığım, yakında Selçuk dönecek. Bence, oğlunuz olarak, sizin yerinize hazırlanıyor olmak onun en tabii hakkı. Ben, bir müddettir hazırlığını yaptığım yeni projeler getirdim, başlatmak üzere. Arzu ederseniz bu alanlara da aile yatırım yapar, yine hep beraber çalışmış oluruz." demişti.

Seher, hayatında hiç çetele tutmadığı, ilişkilerin hesabını yapmadığı hâlde, hafızasının dağarcığından çıkıp gelen bu detaylara kendisi de şaşırdı. Evet, en baştan kendisine sunulmuş bir koltuğu, hiç hırs yapmadan, gönüllü, kuzenine bırakmıştı zaten Berke. Peki, teşekkürü bu mu olacaktı şimdi? Selçuk'un hiç bilmediği yüzünü görmüş olmak, en az söyledikleri kadar dehşet vericiydi. Bunu derhal Berke'ye anlatmalıydı. Ama nasıl? Nasıl izah edecekti? Hiç geçmişi olmayan, yahut en azından kendilerinin bilmediği böylesine derin bir nefret ve kıskançlıkla sürüklenen iftiralar yığınını telefonda nasıl izah edecekti oğluna. Berke'nin samimi, dürüst, karşılıksız vericiliğini ve Selçuk'a olan sevgisini, korumacılığını düşündükçe, içini, bugüne dek tanımadığı bir hırs sarmaya ve kendisini korkutmaya başlamıştı. Şu anda, babasının hayatta olmasını ne kadar isterdi. Ali Sermed yaşarken mümkün olabilir miydi böyle bir şey? Yıllarca, hem kendisinin hem karısının ailesini bir çatı altında toplamış, hepsine kol kanat germiş, despot ama âdil ve sevecen tavrıyla aralarında kıskançlık, nifak tohumlarının yeşermesine fırsat vermemişti.

Bütün bunlar, yıldırım hızıyla, gözünün önünden geçti.

Şimdi ise Refet Ağabeyi, kendi evinde, ucube bir yalanın mimarı Selçuk'u karşısına almış, dinleyebiliyordu. Seher, görüntüsünü perdeleyen yaşları elinin tersiyle sildi. Artık bu evde durabileceğini sanmıyordu. Derhal toparlanıp gitmek istiyordu. Gece, evine giren yabancıdan kaçmış, bu vesileyle kendi öz ailesinin içinde kurulan tuzağı fark etmişti. Kalbine aniden bıçak gibi bir ağrı girdi. Elini böğrüne götürüp derin bir nefes aldı. Ardından birkaç nefes daha... Yatağa oturup yoga nefeslerini uzattı ve göğüs kafesindeki acının durulmasını bekledi. O anda kapısı vuruldu.

"Seher!"

Ağabeyinin endişeli sesine cevap verip vermemekte bir an tereddüt etti.

"Seher! Girebilir miyim?"

"Girebilirsin." dedi, kırgın bir sesle.

Refet Vardar, girip kapıyı kapatarak, kardeşinin yanına oturdu. Elini onun omuzuna doladı.

"Çok üzgünüm." dedi.

"Ya ben?" derken, Seher'in gözlerinden tekrar yaşlar inmeye başladı. Refet Vardar, onun başını kendi omuzuna çekerek,

"Şşşt..." dedi, "Şşştt... Haddini aştı. Ona neler oldu bilmiyorum. Hiç kendinde değildi."

"Onu korumayı bırak ağabey. Bal gibi kendindeydi. Bana 'Karı' dediğini duydun mu?"

"Onu çok ciddiye alma. Şu ara zor zamanlar geçiriyor. Karısından boşandığından beri kendini bulamadı. İşin stresi bir yandan..."

Seher, ağabeyinin elini omuzundan çekerek ayağa kalktı.

"Bana onun adına özürler bulup durma ağabey. Belki de az önce gördüğün Selçuk, aslında Selçuk'un ta kendisi. Artık ortaya çıkıyor."

Refet Bey de ayağa kalkıp pencerenin önüne geldi.

"Onu bana bırak, halledeceğim, hiç merak etme. Senden de gelip yaptığı eşeklik için özür dileyecek."

"Ondan özür istemiyorum. Düşündüğü, söylediği hiçbir şeyi değiştirmez özrü. Ben, Berke'ye bunu nasıl anlatacağımı düşünüyorum, derdim o."

"Berke'nin bilmesi gerekmez Seher."

"Nasıl gerekmez! Kendisiyle ilgili, kuzeni bir iftira hazırlıyor, bunu dayısına anlatıyor ve inandırmak için dil döküyor, annesi duyuyor ve Berke'nin bundan haberi olmayacak. Mümkün mü?"

"Ben de senin kadar üzgünüm Seher'ciğim, inan. Hele olayın benim evimde cereyan etmesi, beni daha da büyük sorumluluk altında bırakıyor. Ama sana söz veriyorum, aklından neler geçiyorsa keratanın... yoluna sokacağım. Sen rahat et."

Kollarını açıp kardeşine gülümsedi. Seher, isteksiz, hâlâ kırgın ama ağabeyinin sevgi gösterisini de reddedemeyerek ona sokuldu. Refet Bey, onun alnından öptü ve gözlerinin içine bakarak devam etti.

"Vecdi ile benim aramda da böyle ufak tefek anlaşmazlıklar olmuştur. Ama hep hallettik."

Seher şaşırmıştı. Başını arkaya çekerek sordu.

"Sen ve Vecdi Ağabey?"

"Tabii, ne sandın? O kadar yakın iki kardeş olmamıza rağmen, aslında çok da uzak noktalarımız hep oldu, hâlâ var. Önceleri babam hallederdi sorunları, ondan sonra da kendimiz o veya bu şekilde hep bir çözüm bulduk veya uzlaştık. Ama kimse duymadı, kimse bilmedi, kuvvetimiz de oradan geldi. Yeni nesil de bunun

sanatını öğrenecek, merak etme."

"Ama Berke bu komplodan hiç habersiz ve hiç korunmasız. Bu adil mi sence?"

"Hayır değil. Ben onun için varım."

Seher, hıçkırıkları arasında konuşmaya çalıştı.

"Kim ekti Selçuk'un yüreğine bu nefret tohumlarını? Bana 'Karı' dedi... Düşünebiliyor musun? 'Karı'... Bu ailede kim, kimin için kullandı bu kelimeyi şimdiye kadar? Berke de, ben de, çocukluğundan beri ona sevgiden başka bir şey vermedik halbuki."

"Seher'ciğim, senden özür dileyecektir. Ne çeldi aklını, ben de bilemiyorum. Yaptığı affedilecek halt değildi."

"O zaman benden onu affetmemi bekleme. Affetmeyeceğim. Hayatımda ilk defa birini affetmeyeceğim."

"Ben lâf gelişi söyledim canım. Eminim, o özürle geldiği zaman, sen de o büyüklüğü gösterip affedeceksin."

Seher, kabul etmediğini gösteren bir tavırla omuzlarını kaldırıp başını iki yana salladı.

Refet Vardar, kolunu kardeşinin sırtından iyice sararak onu kendisine doğru çekti.

"Haydi ama..." dedi, "hani, ne oldu, tasayla, gamla ilgili sözlerine. 'Hayat yaşanmak içindir, tasalanmak için değil,' diyen felsefene ne oldu?"

"Biliyor musun, babam yaşarken, ailede kimse kin, nefret kusmazdı birbirine."

"Haklısın." dedi, biraz mahcup bir ifadeyle Refet Vardar. "Babamdan sonra, onun gibi kuvvetli liderlik yapamadık aileye."

Seher, biraz olsun sakinlemişti.

"Berke'ye nasıl anlatacağım bu konuyu?" diye ısrarla tekrarladı.

"Sana söyledim Seher'ciğim. Bu hiç akıllıca olmaz. Ben, Selçuk'u hizaya getirmek için elimden geleni yapacağım. Ama bu arada, sen Berke'nin kafasında düşmanlık yaratmış olma. Düzeltmesi çok zorlaşır sonra.

“Berke mi düşman? O, istese düşmanlık yapamaz kimseye.”

“Sana söz veriyorum. Her şey hallolacak... Haydi gel, aşağıya inelim. Balkonda bir kadeh bir şeyler içip şu sıkıntımızı atalım.”

Seher, isteksiz bir tavırla, yatağın kenarına çıkarmış olduğu çantasına baktı. Şu an eve gidip, düşünceleriyle yalnız kalmaktansa ağabeyinin, duruma hâkim olacağına dair kendisini rahatlatmasına daha çok ihtiyacı vardı. Refet Vardar, kardeşinin elini avucu içine aldı ve beraber odadan çıktılar.

Aynı saatler, Kuşadası yat limanı

Yat limanı erken çekilen ağustos güneşinin son ışıklarıyla, yaşadığı güne son bir bakış atar gibiydi. *Gülşah*'ın bağlı olduğu yerde yeni bir hareket göze çarpmaktaydı. Selçuk, yanında Nihat Kuran, teknenin kıç tarafında iskelede durmaktaydı. Kaptan ve miço, çantaları içeri taşırlarken Selçuk misafirine, yelkenliyi dışarıdan gösterip bir şeyler izah etmekteydi.

“Amigo, bu ‘lap solder’ işçiliği zor bulursun yenilerde, yok böyle bir şey. Klasik bir güzellik bu. Eskimeyen karılar gibi...”

Gırtlaktan gelen kahkahasını, misafirinin ona ayak uydurmak için zoraki gülüşü takip etti. Selçuk önde, Nihat arkada, pasarele çıktılar. Nihat, geri dönüp, elektrik trafosunun yanında, iki eliyle büyük, hasır bir çantayı avuçlamış duran genç kadına seslendi.

“Gelsene Gül.”

Gül, gülümseyerek seğirtti. Erkekleri taklit ederek, beyaz espadrillerini çıkarıp eline aldı ve arkalarından tekneye geçti. Siyah, kâküllü saçlarını ensesinde küçük bir topuz yapmış, lacivert çizgili beyaz kotondan tişört ve uzun anvelop etek giymişti. Uzun sayılmazdı ama son derece orantılı bir vücudu vardı. İri, pırıltılı kahverengi gözleri, ucu kalkık burnu, dikkatle taranmış saçları, zarif adımlarıyla teknenin diğer kadın misafirinden daha farklı bir stil sergiliyordu. Yelkenliye biner binmez doğru Nihat'ın yanına gidip sessizce durdu. Sakin tavırlarına rağmen, katılacağı geziden duyduğu heyecan belliydi.

Selçuk, kıç tarafta yığılı taklit Louis-Vuittonları görmüştü. Etrafa bakınıp seslendi.

"Kaptan! Nerede diğer misafir?"

Kaptan, bundan sonra yaşanacakları çok iyi tahmin ettiğinden, gizliden memnuniyet duyarak cevapladı.

"Misafirimiz beklemekten sıkılmış efendim. Biraz önce kıyıya çıktı."

Selçuk gözlerini kısıp, "Bu ne demek oluyor?" gibilerinden baktı. Gül, canı sıkkın bir ifadeyle Nihat'ın kulağına eğilip fısıldadı.

"Sana söylemiştim, beraber gelelim diye."

Selçuk, "Ne yapacağını biliyorsun kaptan." dedi ve hemen Nihat'a döndü.

"Gel amigo, size kamaranızı göstereyim."

Nihat ve Gül, ev sahiplerini takip ederek aşağıya indiler. Kaptan miçosuna seslendi.

"Yola çıkıyoruz evlât!"

Makineyi rölantide çalıştırdıktan sonra, miçoya Ziynet'in çantalarını işaret etti. Delikanlı, ne yapacağını gayet iyi bildiği belli, Louis-Vuittonları kapıp dışarı çıktı ve çantaları kıyıdaki trafonun dibine bıraktıktan sonra pasarellayı kaldırdı. Palamarları çözdü ve *Gülşah*'ın dibinde bağlı, üzerinde "Tender of Gülşah" yazan küçük ahşap dingiyi hizaya soktu.

Gülşah, diğer teknelerin arasından ağır ağır ilerleyerek, yat limanının çıkışına doğru ilerlemeye başladı.

Harekete geçtiklerini fark eden Gül, merakla lumbozdan dışarıyı izliyordu. Nihat'ın kulağına eğilip bir şeyler fısıldadı. Reklâmcı, Selçuk duymadan onun sözünü kesti ve "Başına iş açma. Bekleseydi burada." dedi.

Genç kadın, şaşkınlıkla, teknenin arkasında uzaklaşmakta olan yat limanına bakakaldı. Ziynet kaçırmıştı şansını. Nerede olabilirdi bu salak kız?

Ziynet, çok uzakta değil, az ötede İngiliz bayraklı *Sun-kiss* teknesinin serin salonunda berberiyle karşılıklı oturmaktaydı. Zeki'nin anlattığı dedikoduları dinlerken huzursuzdu. Gözü dışarıda, kâh iskeleden geçenlerde, kâh limanda hareket eden teknelerdeydi. Artık günün aydınlığı, son huzmeleriyle akşama karışmak üzereydi.

"Dönsem iyi olur. Herhalde gelmeleri yakındır." dedi, ayağa kalkarken.

"Otursaydın daha. Kaptan tanıyor Selçuk Vardar'ı. Buradan geçince haber verecek."

"Boş ver. Garanti değil. Ben gidip teknede bekleyeyim."

"Sen bilirsin."

Öpüşüp ayrıldılar. Zeki arkasından seslendi.

"İyi avlar canım, bereketli olsun."

Ziynet, başını çevirmeden ona elini salladı ve *Gülşah*'ın bağlı olduğu yat limanının sonuna doğru, koşar adımlarla yürümeye başladı. Topukları, istediği kadar süratli gitmesini engelliyordu. İçinde hiç de iyi bir his yoktu nedense.

"Hay Allah!" dedi, kendi kendine, "hiç çıkmasaydım tekneden daha iyi olacaktı galiba."

Patrondan daha geç varması biraz ayıp olacaktı. Nefes nefese ilerlerken, trafonun dibinde durmakta olan çantalarını tanıdı. Adımlarını daha da sıklaştırdı. Beton üzerinde dolgu topukların sert ve gürültücü sesi kulakları tırmaladı. Bakışları, telâşla iskelede ve denizde açılan boşluğa takıldı kaldı. *Gülşah* gitmişti. Zengin olma, sosyetik olma hayallerini, Selçuk Vardar'ı, hepsini alıp gitmişti tekne. Hiddetle ayağını yere vurdu. Sinirden gözlerine yaş gelmişti. Az ileride, arkasında küçük köpükler bırakan yelkenli, yat limanından çıkmaktaydı.

Ziynet, boğazında düğüm, gözlerinde akmayan yaşlar, ellerini beline koydu ve dişlerinin arasından hırsla mırıldandı.

"Bu böyle bitmez..."

* * *

Gülşah, limandan çıkmış, motor gücüyle, yavaş yavaş yol almaktaydı. Selçuk, elinde içki kadehi, kaptanın yanında durmuştu.

"Kaptan, bu akşam Club-Med'in önünde demirleyelim. Yarın sabah duruma bakarız."

İçkisinden bir yudum aldı.

"Ne dersin? Yarın yelken basabilir miyiz?"

"Sanırım Selçuk Bey..."

Göz işaretiyle, kamarayı işaret ederek fısıldadı.

"Yalnız, yeni misafirinizi deniz tutmaz inşallah."

Selçuk, başını arkaya atıp, hırıltılı bir kahkaha çıkardı.

"Hiç hatırlatma," dedi, "karı ne pislik yapmıştı ama... Vallahi, teknemi pisletene ne yapıyorum biliyorsun kaptan. Kimin gacosu olduğu hiç fark etmez. Yine aynı şey olur."

Bir ay kadar evvel, bir zamanların meşhur film aktristlerinden birini getirmişti tekneye; onu hatırladı Selçuk. Eğlenceliydi kadın, eski fındık kurtlarındandı. Pek eğleniyordu onunla. Ama karadaki keyif, denize çıkınca devam etmemişti. İlk dalgada zavallının midesi bulanmaya başlamış, daha sonra da istifra edip ortalığı batırmıştı. Selçuk için aşk meşk o anda bitmiş ve çantasını toplattığı gibi emekli aktristi Datça kıyılarında indirip bırakmıştı. Cebine yol parası, otel parası gibi bir şey verip vermediğini hatırlamıyordu. Bir ihtimal, o kızgınlıkla aklına gelmemişti. Zaten becerikli karıydı, nasılsa yolunu bulmuştur, diye düşündü. Kıçtaki geniş oturağa otururken Nihat'a seslendi.

"Amigo gelsene, günün en güzel saatini kaçırıyorsun. Al içkini de gel, haydi."

Nihat, elinde kadehi, kamaradan çıkıp Selçuk'un yanına oturdu.

"Kusura bakma Selçuk." dedi. "Hiç bu kadar beceriksiz çıkacağını bilemedim. Öyle hevesliydi ki... Bilsem bir başkasını ayarlardım."

"Takma kafanı amigo." dedi Selçuk, bacaklarını ileriye doğru uzatıp. "Bazen karada bulamadığını denizde bulur insan."

Nihat Kural, onun olayı bu kadar hafife almasına memnun olmuştu. Ne de olsa, sonunda iş ilişkileri vardı ve Selçuk Vardar'ın maddi ve fiziksel olarak mutluluğunu sağlaması, işinin iyi yürümesinin şartlarından biriydi.

Konuşmaları, yanlarına yaklaşan yabancı motor sesiyle kesildi. Selçuk başını çevirip baktı. Kaptan da yavaşlamış, dikkatini, deli gibi süratle, arkada bıraktıkları dalganın üzerinde zikzaklar yaparak yaklaşan Zodiac motora vermişti. Küçük lâstik bot,

Gülşah'ın dümen suyuna girince, motoru kullanan genç sürat kesip el sallamaya başladı. Selçuk ve Nihat oturdukları yerden kalkmış, ne olduğunu anlamaya çalışıyorlardı.

O ana kadar içeride olan Gül, merakla kamaradan çıkmıştı. Herkesin bakışlarını takip edip, kıç taraftan yaklaşan motora bakınca bir hayret nidası çıktı ağzından.

"Aaa! Bu Ziynet!"

Nihat, Zodiac'ın arkasında, kenara oturmuş, iki eliyle iplere asılmış kadını yeni fark etmişti.

"Gerçekten, bu Ziynet." dedi.

Selçuk, başını arkaya atarak, bir kahkaha savurdu ve seslendi.

"Dur kaptan! Yolcumuz var."

Dursun Kaptan motoru rölantiye alıp miçosuna işaret etti. Lâstik motor, *Gülşah*'a aborda etti. Ziynet, ayağa kalkmıştı. Bağcıklarından birbirine düğümlenmiş dolgulu pabuçları boynuna asılı, iki yanında Louis Vuitton çantaları, elleri belinde, sallantıya rağmen ayakta durmaya çalışıyordu.

Kaptan ve miço, ellerinden tutup yeni misafiri tekneye çektiler. Selçuk, elinde içki kadehi, yüzünde keyifli bir gülümseme, gelen yabancı kadını izlemekteydi. Ziynet, ayakkabıları boynunda, güverteye atladığında, sanki kırk yıldır geldiği yerde, dostlarının yanındaydı. Başını sallayıp, elleriyle saçlarını şekillendirdi. Sonra, 'Gördün mü işte...' gibilerinden bir bakışla elini Selçuk'a uzattı.

"Merhaba Selçuk Bey..."

Selçuk, kalın ölçüleri, hantal duruşuyla hiç de hayalindekilere benzemeyen genç kadını süzerken elini sıktı. Diğeri, şımarık bir dudak büküşüyle devam etti.

"Bu yapılır mıydı bana? Aşk olsun!"

Selçuk, onun pişkinliğinden ve ısrarcılığından hoşlanmıştı.

"Ama gördüğüm kadarıyla sen pes etmedin..." dedi, sırıtarak.

Ziynet, onun senli benli konuşmasından memnun olmuştu. Bu, fazla formaliteye gerek olmadan, daha süratli çalışabileceği anlamına geliyordu. Selçuk'un elini bırakmadan, bu defa daha ciddi ama resmiyetten uzak bir tonla, onun sözünün arasına girdi.

"Pes etmek bana göre değildir, bilesin. Daha beni tanımıyorsun..."

Ev sahibi, miçoya işaretle, misafirin çantalarını gösterdi.

"Benim yanımdaki kamaraya." dedi ve tekrar Ziynet'e dönüp onun cümlesini cevapladı.

"... Şu tanıdığım kadarıyla hiç de fena değilsin."

Genç kadın onun kulağına doğru eğildi. Kalın sesini gırtlaktan kullanarak mırıldandı.

"Daha bir şey görmedin patron."

Selçuk, aynen şeytanının kulağına fısıldadığı anlarda olduğu gibi tatlı bir gıdıklanmayla uyarıldığını hissetti.

"Zaten göstermek için burdasın." dedi, kalçasına hafifçe vurarak.

Ziynet, miçonun arkasından kamarasına inerken içinden bir ses, 'Kızım oldu bu iş, oldu. Sakın aptallık yapma, götür herifi.' diyordu. Güverteden Selçuk'la Nihat'ın gülüşmeleri duyuluyordu. Belki de ona gülüyorlardı. Umurunda değildi. Bu hafta sonu kaderini değiştirecekti. Yeminliydi.

Nihat, en yağlı müşterisi için ayarladığı fasulyenin, sonunda teknede olmasından memnundu. Gül, arkadaşının karada bırakılmış olmasını engellemeye gücü yetmediği için nedense kendisini bir şekilde suçlu hissetmiş olduğundan, şimdi rahatlamıştı. Selçuk'a gelince, neşesine diyecek yoktu.

"Amigo, demedim mi sana, karada kaybettiğini denizde bulursun diye."

Kahkahasının ne kadar içten olduğuna kendisi de şaşırdı. Bu kez gerçekten keyiflenmişti. Bu kaba, hantal kıza içi kaynamıştı. Onun, ayakkabıları boynunda, elleri belinde Zodiac'taki duruşunu düşündükçe gülesi geliyordu. Kız, kaybedecek hiçbir şeyi olmayanların daha rahat takındığı hırslı ve arsız tavrı mükemmel sergilemişti.

"Dişli karı olmalı." dedi, şeytanı içinden, kıs kıs gülerek, "En kızmış olacağın hatasının sonunda bile seni güldürmeyi becerdi. Şu kahkahalarını karşıdan bir duysan..."

Doğruydu. Ziynet çok eğlendirmişti onu. Kaba saba, koca kıçlı, belli ki görgüden nasipsizdi ama onunla çok eğleneceği kesindi. Birden, İstanbul'daki problemler geride kalıvermişti. Son yirmi dört saat içinde kalbini kırıp bıraktığı kızı, kardeşi, satın alma müdürü, halası, ilişkilerine üzüntü kattığı eski karısı, amcası... hepsiyle ilgili kavgaları, hırsları buza yatırılmıştı. Şimdi teknesinin, denizin ve tombul fasulyenin tadını çıkarmaya hazırdı.

* * *

Selçuk'un, bedenini eğlenceli bir yolculuğa hazırlayıp, hırs ve saldırganlıktan yorgun düşüncelerini dinlenmeye bıraktığı saatlerde, diğerleri, onun plânları içinde nasıl bir yerleri olduğundan habersiz, kendi nişleri içindeki hayatlarına devam etmekteydi. Biri hariç. Fırtına gibi geçen günün ardından, Selçuk'un esas amacının ve bundan sonra nasıl bir yol alacağının işaretini en iyi anlayan Seher olmuştu. Refet Vardar dahi, aynen kız kardeşine söylediği gibi, Selçuk'un agresif çıkışının ardında, onun şu anda yaşamakta olduğu iç huzursuzluğunu sebep olarak görmekten öteye bir şey düşünememişti. Dolayısıyla, hâl çaresini oldukça kolay görüyordu. Zaten, prensip ve karakter olarak, hiçbir durum karşısında fevri, ani karar vermez, önce gördüğünü, duyduğunu anlamak, hazmetmek için kendisine bir zaman tanır, sonra salim kafayla üzerinde düşünürdü. Çok önemsediği sakin, ağır karakterinin hep faydasını görmüştü. Bu konuda erkek kardeşinden ayrı düşerlerdi hep.

Vecdi Vardar, ağabeyinin tam aksine, olay ne kadar girift ve sürpriz olursa olsun, hızlı bir muhasebe yapar, alternatiflerle neticelerini cetvele yerleştirir ve mümkün olan en kısa zamanda neticelendirirdi. Şayet, oğlunun akşamüstü yaptığı çıkıştan o haberdar olsaydı, derhal Selçuk'un Kuşadası programını engeller, pazar günü Berke döner dönmez ikisini karşı karşıya getirir, suçlamayı ve savunmayı dinler, olaya derhal açıklık getirilmesini sağlardı.

Selçuk'un, hayallerini, neye mal olursa olsun, mümkün olan en çabuk yoldan, en hızlı şekilde bir an önce gerçekleştirmek istemesine rağmen, kendisine hâmi olarak amcasını seçmiş olması enteresandı. Ama bu bilinçliydi. Zira, Refet Vardar'ın o çok sevdiği uzun düşünme süreci içinde, Selçuk canı çektiği kadar müdahalede bulunma şansını yakalıyordu. Bu temponun kendisine ne kadar yaradığını yıllar içinde keşfetmiş, ayrıca amcasının yerine bırakacak bir oğlu olmamasından kendisine avantaj yaratmayı bilmişti. İki büyüğünün arasındaki karakter ve düşünce farklılıklarını iyi çözmüştü.

Babasının, onun dümen suyundan gitmeyeceği günler için, amcasını her zaman yedek destekte tutmasının ne kadar gerekli olduğunu biliyordu. İçindeki şeytan, başkalarının karakter ve fikir ayrılıklarını, amaçları lehine nasıl kullanacağını ona çok iyi göstermişti; özellikle kendisine bu kadar yakın ve istikbâlini bu kadar etkileyecek iki insan söz konusu ise...

Cuma gecesi, Refet Vardar'ın evi

Ağustos mehtabı Marmara'nın üzerinde yakamozlar yapıyordu. Maria Callas yeni susmuş, bahçedeki cırcır böcekleri, sahilden açılan balıkçı motorlarının "pıt pıt" sesleriyle gecenin kendi müziğini yapıyordu.

Seher Vardar, ağabeyiyle beraber oturdukları beyaz ferforje kanepenin yumuşak yastıklarına iyice gömülüp, başını arkaya dayadı. Gözlerini kapadı ve derin bir nefes aldı. Akşamüstü yaşadığı kırgınlık ve hıçkırıkları onu yormuştu. Bu, fiziksel olmaktan ziyade, ruhsal bir yorgunluktu. Selçuk'un söylediklerini boyuna en baştan alıyor ve üzerinde uzun uzun konuşma ihtiyacını hissediyordu. Üstelik bu sadece çalışma odasının kapısına gelip de son anda duyabildiklerinden ibaretti. Acaba, küstah daha neler anlatmış olabilirdi? Daha neler kusmuştu? Bunları da ağabeyine sormak istiyordu. Ama o, o kadar rahatlamış ve sakin görünüyordu ki... Üstelik, defalarca, problem her ne ise halledeceğine söz verip durmuştu. Seher daha fazla aynı konuyla onun başının etini yemek istemiyordu.

Olanları Berke'ye anlatma konusunda ise, ağabeyinin arzu ettiği gibi tamamen sessiz kalmayacaktı, elbet. Ama Berke'nin tam dönüş öncesi seyahatini mahvetmek ve uzaktan, elinden bir şey gelemeyeceği bir anda huzurunu kaçırmak istemiyordu. Onun için, oğlu dönene kadar beklemeye karar vermişti. Şunun şurasında bir gün kalmıştı. Pazar öğlen İstanbul'da olacaklardı. O zaman karşılıklı oturur, anlatırdı. Bu daha makuldü. Berke'yi kuzenine karşı uyarmış olacağı düşüncesi bile sırtından bir yük almıştı. Kendisini şimdi daha iyi hissediyordu. Başını kaldırıp ağabeyine baktı. Refet Vardar, konyak kadehini ona doğru "Şerefe" kaldırıp gülümsedi. Huzurlu görünmeye çalışan bir hâli vardı.

Refet Vardar'ın, Selçuk'un son sergilediği tavrın gerçek kötü bir niyeti temsil ettiğine inanmak istememesinin bir sebebi de, gizliden gizliye onu tutmasının verdiği sorumluluktandı. Kanatları altına aldığının kıskanç ve yalancı olması fikri onu o kadar rahatsız ediyordu ki, Selçuk'un böyle bir hatasında kendisine de pay çıkarmak zorunda kalacağının verdiği huzursuzlukla bilinçaltı, yeğeninin kötü olabileceğini reddediyordu. Aynı gün içinde, hem Bora hem Selçuk'la yaptığı görüşmeler düşüncelerini bulandırmış, zihnini daha birincisinin yarattığı bulanıklıktan arındırmadan ikincisi devreye girmişti ve şu anda kız kardeşini huzura davet etmekte olan her şeye hâkim tavrına rağmen, aslında oldukça sıkkındı. Seher'in boşanmasından sonra Muzaffer'i yönetim kurulundan nasıl uzaklaştıracaklarını düşünürken, şimdi bir de Vardar'ların mirasçısı olan nesil arasında başladığı belli olan didişme, olayları ne kadar ağırdan ve iyi niyet göstererek alırsa alsın, alarm veriyordu.

Düşünceli haliyle kardeşini şüphelendirmemek için, farklı bir konuya yöneldi.

"Pazartesi akşamki davetini verecek keyfin kaldı mı Seher'ciğim?"

"Bu saatten sonra iptal edemem ağabey. O kadar davetiye gönderdim, orkestrayla, 'Catering'le anlaştım. Geri dönülmez. Herkese ayıp olur."

"Haklısın. Büyük işe kalkışmışsın. Neyi kutluyoruz?"

"Hiiç..." diye omuzlarını kaldırdı Seher. Ardından tatlı, sıcak bir gülücükle, "Bahane bulmak kolay. Yaza veda partisi, evliliğe veda partisi, Muzaffer'e veda partisi..." diye devam etti.

"Gerçekten... Ayrılmayı nasıl kabul etti sonunda, hâlâ inanamıyorum."

"Karaciğeri iflas etmeseydi hiçbir yere gideceği yoktu. Doktorlar, "Ölebilirsin," dediler de malı mülkü bana kalacak diye korkup boşanmaya razı oldu."

"Zaten hiç kimsesi yok. Öldükten sonra malının kime kaldığının ne önemi olabilir ki?"

"Esas derdi malının..." Burada bir es verip düzeltti. "... malımın bana geri dönmesi değildi zaten. Benden dolayı Berke ve Beste'ye yâr olmasıydı. Çünkü, benden her aldığına, yüksek sesle söylemeseler de, çocukların itiraz ettiğini ve karşı olduğunu biliyordu. Sanırım, uğruna didiştiği, hayatımı zehir ettiği onca hissenin, gayrimenkulün tekrar esas hak sahiplerine dönebilecek olma ihtimali, onu uğruna savaştığı her şeyi son anda kaybettiği düşüncesine sürükledi. Allah'tan... da ayrıldı."

Rakısından bir yudum alıp devam etti.

"Gerçi, artık bu fobisinden kurtulmuş olmalı ki, yeniden evlenmek için başımın etini yiyor."

Refet Vardar, aniden irkildi.

"Aman! Aman, sakın!"

Seher güldü.

"Merak etme, delirmedim."

"Onunla ilk evlendiğinde delirmiş miydin?" diye hafif alaylı bir sesle sordu Refet Bey.

Seher'in yüzünde muzip bir ifade belirmişti.

"Hayır," dedi, "hayır, delirmemiştim. Sadece delice bir şey yapmak istemiştim."

"Etrafında o kadar hoş, tahsilli, kültürlü bekâr adam varken..."

"İyi ya işte, onlardan birini seçmek akıllıca olurdu."

Başını arkaya savurup içten bir kahkaha attı. Refet Vardar, akşamüstü gözyaşlarını nasıl dindirip, nasıl teselli edeceğini bilemediği kardeşinin, biraz da rakının yardımıyla olsa gerek, her zamanki tasasız, kendisiyle ve hayatla alay eden tavrını yeniden kazandığını görmekten çok memnundu. Birden, az önce kendisinin de içini kemirmeye başlayan endişeler, yerini Seher'in sıcacık, huzurlu kahkahasının tınılarına bıraktı.

Seher yine gülüyordu ama ağabeyine duyduğu kırgınlık geçmiş değildi. Selçuk'un hakaretleri kendi evinde ve huzurunda yapılmış olmasına rağmen, ona karşı sert bir tavır koyamamıştı Refet Vardar. Seher, her şey hallolsa dahi, ağabeyine karşı bu kırgınlığı hep içinde taşıyacağına inanıyordu.

Tencereler ve Kapaklar

Cuma, gece yarısından sonra, Kuşadası

Yıldızlar yere inecek gibiydi. Açık denizden gelen kuzucuklar kıyıya yaklaştıkça küçülen çırpıntılarla yelkenlinin gövdesine vuruyor, küçük, heyecanlı hışıltılar, mırıltılarla yayılıyordu. Güverteden, önce genizden bir erkek kahkahası duyuldu. Ardından, kalın, boğuk sesli bir kadın gülüşü onu takip ederek, ılık rüzgârla açığa doğru dağıldı.

Selçuk, kahkahasının izi hâlâ dudaklarında, masadaki şarap şişesini havaya doğru sallayıp seslendi.

"Kaptan! Bir şişe daha!"

Dursun Kaptan, buz gibi Pino Grigio'yu getirdiğinde, Selçuk'un karşısında oturmakta olan Ziynet, eğlenceli bir sesle sordu.

"Na'ber kaptan?"

"İyilik."

Kaptan, sorunun aslında neyi vurgulamak istediğinin ve içinde gizlenmiş alayın farkındaydı. Ziynet'in bakışlarıyla muhatap olmadan patronuna döndü.

"Başka bir arzunuz var mı efendim?"

"Yok. Sağ olasın kaptan."

Kaptan, başa doğru ilerleyip onları yalnız bıraktı. Nihat ve Gül çoktan kamaralarına çekilmişlerdi.

Selçuk, kadehleri doldururken sordu.

"Söyle bakalım şişkocuk, bu akşam Gül'ü değil de seni seçmem için bir sebep söyle."

"Bir kere... Ondan daha şişkoyum."

Bunu öyle bir söylemişti ki, sanki gerçekten karşısındakinin özellikle arzuladığı ölçülerdeydi. Selçuk, bir kahkaha daha attı. Ziynet kıkırdadı.

"Çok eminsin kendinden." dedi Selçuk.

"Başka kimden emin olacağım ki?" diye dudak büktü diğeri. "İnsanın kendinden başkası var mı ki?"

"Vay, vay! Filozofuz da, ha?"

"Hiç öyle bir şey değiliz valla. Ben bildiğimi söyledim, o kadar."

Şarap kadehini kaldırıp Selçuk'unkine vurdu.

"Haydi çak!"

Selçuk, kadehini tokuştururken güldü.

"Tevekkeli değil, Nihat seni ortalara çıkarmamış şimdiye kadar. Bu kibarlıkla iş tutmak zor."

"Ama senin hoşuna gitti kibarlık derecem belli ki."

"Öyle bir şey dedim mi?"

"Yahu beğenmesen, ne s.k.ne burada benimle oturursun ki! İstediğini çağırtırsın."

Selçuk, önce şaşırarak baktı ama Ziynet'in ifadesinde, kullandığı kelimeden pişmanlık duyduğuna dair en ufak bir değişme olmadı. Tam aksine, üsteledi.

"Doğru değil mi?"

Tavırları gibi kelimelerindeki fütursuz lâubalilik de Selçuk'u etkilemişti. Kadın kendisini olduğu gibi pazarlıyordu. Ne kibar olmaya, ne lisanını seçmeye, ne sesinin tonunu ayarlamaya dair en ufak bir tasası yoktu.

"Akıllılık ediyorsun." dedi Selçuk, takdir ettiğini gösteren bir dudak hareketiyle.

"Tabii akıllıyımdır ama sen neden bahsediyorsun?" diye sordu Ziynet.

"Hiç kibar, hanım falan takılmaya kalkmıyorsun diğerleri gibi."

"Nereye kadar takılırsın ki patron. Biliyorum o kızları..."

Oturduğu yerde kendini dikleştirip tarif ettiklerinin taklidini yaparak devam etti.

"Süzüle süzüle yürürler, dudaklarını, gözlerini büze büze konuşurlar."

Sesini inceltip, ses tonunu dengelemeye çalıştı.

"Ooohh Selçuk Bey... Ahh çok teşekkür ederim Selçuk Bey. Bir kadeh şarap rica edeceğim lütfen... Size ne ikram edebilirim Selçuk Bey?"

Tavrını değiştirip, yine kendi hantal duruşuna döndü.

"Ama sonra yatağa girince avaz avaz, 'Haydiii Selçuk, be.er beni erkeğim.' diye bağırırlar."

Selçuk, onun tiyatro oynar gibi anlattığı ve sonunu kendi dilinde bitirdiği mizanseni kahkahalarla izliyordu. Ziynet devam ediyordu.

"İşte patron, o kadar, fazla sürmez bunların hanımefendiliği, leydiliği. İyisi mi, en baştan olduğum gibiyim. Ben rahat, sen rahat."

"Sen yatağa girince nasıl bağırırsın?"

Selçuk'un eğlenceyi devam ettirmek için sorduğu soruya Ziynet bakışlarıyla cevap verdi. Alt dudağını ısırıp, hafif bir tebessümle gözlerini onun gözlerine dikti. Sonra, yerinde hafifçe aşağıya doğru kaydı. Selçuk, birden, şortunun önünün sıcak bir temasla kavrandığını hissetti. Bir an irkildi ama sesini çıkarmadı. Alkolün uyuşturmaya başlamış olduğu bedeni, aniden bir yabancının temasında yakalanabilecek heyecanı hatırlamıştı. Sırtını yaslayıp, bacaklarını iyice açtı. Ziynet, kendi alt dudağından ön dişleriyle küçük bir ısırık aldı. Ardından dilinin ucu ile üst dudağını yaladı ve başını yana devirerek gözleri yarı aralık, Selçuk'a bakmaya devam etti. Ayağını onun kabarmakta olan iştahı üzerinde ileri geri oynattı sonra aniden durup bastırdı. Selçuk kısa bir inlemeyle gözlerini kapayıp, neredeyse mastürbasyon zevkini hatırlatan bu tatlı uyarıya kendisini teslim etti. Kadının büyük ve kaba ayaklarının görüntüsü çoktan gözünün önünden gitmiş, şimdi bacaklarının arasında yuvalanmış ne kadar parçası varsa hepsini saran hazza teslim olmuş, beyninin teslimiyeti, penisiyle aynı anda gerçekleşmişti. Bedenini, kendisini okşayan ağır ve sıcak temasa doğru bastırıp, oynattı.

'Evet! Evet!' diye haykırdı beyni, 'Bu kesinlikle mastürbasyondan sonra en mükemmel boşalma şekli. Ohhh! Kesinlikle işini biliyor bu fasulye... Harika! Harika! Devam et... Devam et...'

Ama birdenbire, bedenindeki temas çekildi. Tam kendisini patlamaya hazırlayacak altın dokunuşu beklerken hayal kırıklığına uğramıştı. Başını dayadığı yastıktan kaldırıp, gözlerini açtı. Ziynet masada değildi. Kızgınlıkla şaşkınlık arasında kısa bir an geçmişti ki, şortunun fermuarı aşağıya çekildi. Neredeyse patlamaya hazır erkekliği boğulmak üzereyken, nefes yakalamış gibi dışarı çıkmıştı. Ve hemen maharetli bir el ve dil devreye girdi. Selçuk, başını dışarıya doğru uzatıp baştaki kaptana boğuk bir sesle seslendi.

"Kaptan, haydi yat artık."

Kaptan, açık tepe lumbozundan başaltındaki kamarasına kayıp ortadan yok oldu. Selçuk, kendisini arkaya doğru yaslayıp, gözlerini kapadı.

Ziynet, yerde, dizlerinin üzerinde, Selçuk'un bacakları arasına çökmüş, bu geceye kadar yaşlı genç, sıska şişko, çirkin yakışıklı, evli bekâr, mahcup sapık; bildiği, tanıdığı her erkeğin üzerinde kazandığı marifetleri uygularken, kendisinden geçmişti. Çünkü bu defa kesinlikle kaderini değiştirmek üzereydi. Bu penis, onun hayatını mükemmele götürecek araçtı. Avucunun içindeki erkeklik parçasının kendisine sağlayabileceklerini düşündükçe aşka geliyordu. Yat, villa, SUV, pahalı giysiler, mücevherler, annesine bir ev, kardeşine Amerika'da tahsil, sosyete, ah o muhteşem sosyete... Düşündükçe ağzı sulanıyor, iştahının yönlendirdiği dili, dudakları, elleri, hayalindekileri daha yakına getirmek, gerçekleşmelerini hızlandırmak için tüm maharetlerini kullanıyordu. Hafta sonu bitip İstanbul'a döndüğünde Selçuk'un bir daha kendisini aramayabileceği geçti Ziynet'in aklından. Birden çıldıracak gibi oldu. Bu kadar yakın gelmişken... 'Hayır!' diye bağırdı içinden bir ses, kulaklarında yankılandı. Şu an kendisinin kontrolünde olan bu bedeni elinden kaçırmaya hiç niyeti yoktu. Tek çare, bedeni taşıyan adamın ihtiyaçlarının ne olduğunu çözmesiydi. Dudakları iş üzerindeyken, zihninden süratle bunlar geçiyordu. Evet! Selçuk'un kendini beğenmiş, herkesi küçümseyen tavrı kendisine yarayabilirdi. Başını kaldırıp ellerini adamın göğsüne doğru uzattı.

"Ne kadar büyüksün... Ne kadar muhteşem..."

Selçuk'un kendisine hiçbir zaman söyleyemediği sözler, penisine hücum eden kanı âdeta pompalamıştı. İnleyerek Ziynet'in başını tuttu. Başladığı işi artık bitirmesini istiyordu. Ama kadın, adamın cinsel dürtüsünün, organına yapılacak iltifatla ne kadar daha kuvvetlendirilip yönlendirilebileceğini sezmişti. Ona sadece dokunarak, sesini yükseltip devam etti.

"Aman Allah'ım hiç böylesini görmemiştim. Harikasın..."

Görülecek veya duyulacak olmaktan yana hiçbir çekincesi yoktu. Aynı sözcükleri defalarca tekrarladıktan sonra dudakları fısıltılar, inilitler arasında tekrar işine döndü. Selçuk son bir dokunuşu bekliyordu. Gırtlağında hırıltılarla kendisini zevkin final demlerine bıraktı.

Ziynet'in kendisi de neredeyse aynı tatmini yaşamıştı. Ama onunkisi, fiziksel tatmin değil, hedefine yaklaşmak üzere yerinde bir keşif yapmış olmasından duyduğu hazdı. Erkekle beraber doruğa çıkmışçasına derin nefeslerle başını onun bacağı üzerine yatırdı. Bu tavır, hayranlık dolu bir seksten sonra sıcak bir şefkat göstergesi gibi geldi Selçuk'a. Gururu bir kat daha okşanmıştı. Takdirini belirtir gibi, elini uzatıp, Ziynet'in başına koydu.

"Harikasın şişkom."

Ziynet'in umurunda değildi nasıl çağrıldığı. Hem de hiç. Yeter ki yoluna taş olmasın.

"Sen de." dedi, kısık, dumanlı bir sesle.

Birkaç dakika öylece kaldılar. Selçuk'un soluğu yerine gelmişti, sordu.

"Beğendin demek benim malafatı."

"Hem de çok." dedi Ziynet, tik döşemeden kalkıp onun yanına otururken. Sonra, elini, adamın hâlâ açıkta duran penisinin üzerinde tüy gibi dolaştırdı. "Dokunmak bile beni mahvetti. Bir de içime alsam kimbilir neler olacak."

Selçuk, başını eğip hayranlık dolu bir bakışla, âdeta lütufta bulunur gibi, "İster misin?" dedi.

"Bir de soruyor."

"Haydi gel bakalım."

Şortunun fermuarını kapamadan, Ziynet'in elinden tuttu ve

ayağa kalktı. Diğer eline şarap şişesini aldı. Kamaraya doğru ilerlediler.

"Bizden önde gidiyor." dedi Ziynet, kalın, boğuk gülüşüyle.

Onu, Selçuk'un genizden gelen şımarık kahkahası takip etti ve sesleri rüzgâra karışıp açık denizin zifiri karanlığına doğru yayıldı.

* * *

Küçük başucu lâmbasının aydınlattığı kamaranın yatağında Selçuk derin bir uykudaydı. Ziynet, yanı başında, kollarını başının altında çapraz yapıp sırtüstü uzanmış, dudaklarında müstehzi bir gülüş, gözleri açık, heyecan verici hesaplar yapmaktaydı. İşler tahmininden kolay gelişmişti. Normal şartlarda bundan sonrası için garanti vermek zordu ama Selçuk'u çözmüştü. Hem de en ince yerinden. Adam hastalık derecesinde kendini beğenmişti, küstahtı, egoistti. Bu hastalıklarını besleyecek malzeme boldu Ziynet'te. Onu hiç aç bırakmayacaktı. Azar azar, ama devamlı besleyecekti egolarını. Hayranlığını dile getirecek, haykırarak, kendini kaybedercesine çığlık çığlığa bağıracaktı yatakta. Sırf, erkekliğine avaz avaz övgüler yakıldığını duymak için, yatağa götürecekti adam kendisini. Egosu tatmin olduğu kadar cinsel iştahı kamçılanacak, hem ruhunun, hem bedeninin eksiklerini aynı anda karşılayan Ziynet'ten ne yapsa vazgeçemeyecekti.

Genç kadın, bu geceden itibaren Selçuk'un hayatına çıkmamak üzere girdiğine dair duyduğu emniyet hissiyle, heyecan veren bir keyifle yastığında gerindi. Başucundaki ışığı kapadı. Şimdiye dek hiç tatmamış olduğu bir güven ve huzur duygusuyla kendisini uykuya bıraktı.

Bir Annenin Telâşı

Pazar günü öğleüzeri, Atatürk Havalimanı

Dış hatlar geliş terminalinde, THY New York uçağının indiği anonsu yapılmıştı. Gümrük çıkışında bekleyen kalabalığın arasında, Celâl'in yanında duran iki genç heyecan içindeydi.

"Geldiler." diye yerinde yaylandı Geray, elindeki karmen rengi gül demetini ablasına uzatıp.

"İstersen sen ver çiçeği."

"Ne fark eder? Sende kalsın." dedi Larissa, gülümseyerek. Sevecen bir dokunuşla, onun gömleğinin kenarı kıvrılmış yakasını düzelti ve yanağını okşadıktan sonra, dikkatini yolcu çıkış kapısına çevirdi. İkisinde de mutlu gençlerin pırıltılı bakışları, aydınlık yüzleri, kendilerinden emin, rahat tavırları vardı. Geray, çiçeği diğer eline alıp kolunu kendisinden daha kısa olan ablasının omuzuna attı ve gözleri kapıda, çıkanları izlemeye devam ettiler.

On beş ve on dört yaşındaki iki kardeş, neredeyse ikiz gibi büyümüşlerdi. Larissa için, kendisini hatırladığı andan itibaren hep Geray vardı hayatında. Kendisi henüz bir yaşındayken kardeşi doğmuş olmasına rağmen en ufak bir kıskançlık yaşamamış, Geray'ı, hep koruması, kollaması gereken oyuncak bebeklerinden biri gibi kayıtsız şartsız, ilk gününden çok sevmişti. Uyumaları için yataklarına bırakıldıkları zamanlarda, çok çocuğun çektiği yalnızlık duygusunu, korkuları ve endişeleri yaşamamışlardı. Geray'ın daha dili dönmediği devrede bile, Larissa onunla sohbet eder, o da bebek sesleriyle ona cevap verirdi.

Kendilerinden başka kimsenin anlamadığı bu sohbetleri, ikisi de yorulup uykuya dalana kadar devam ederdi. Bu sebepten, Geray konuşmaya başladığı zaman da, onu ilk ve en iyi anlayan Larissa olmuştu.

Yolcular arasında Anberin ve Berke Vardar göründüğü anda, çocuklar çığlık atarak önce yerlerinde zıpladı, sonra koşar adımlarla onlara doğru ilerlediler. Karı koca, şık ama rahat yolculuk kıyafetleri giymişlerdi. Yüzlerinde, diğer birçok yolcuda görünen yorgun ifadeden eser yoktu. Anberin, bir an için durup kalabalığın arasında gözlerini gezdirdi. Arkalarından, valizleri ve 'Duty Free' torbalarıyla gelen hamal da durup bekledi.

Gençler, "Hoş geldiniz!" nidalarıyla karşılarına çıktığında, Anberin'in yüzündeki ifadeden, çocuklarının onun hayatında ne kadar önemli ve özel bir yeri olduğunu anlamamak mümkün değildi. Kollarını açarak, ikisini de aynı anda kucakladı ve yanaklarını, saçlarını öpücüklere boğdu.

"Canlarım benim, canlarım."

Gençler bir ağızdan konuştular.

"Sizi çok özledik."

"Ya biz?" dedi babaları onlara sarılırken. "Burnumuzda tüttünüz."

Geray, annesine çiçeği verirken bir kez daha yanağından öptü. Anberin'in bu jestten çok keyif aldığı belliydi.

"Canlarım, ne kadar naziksiniz. Ne kadar güzel çiçekler bunlar."

Bu arada Celâl de, yanlarına gelmiş, beklemekteydi.

Berke onu fark edince, gülümseyerek elini uzattı.

"Merhaba Celâl."

Celâl, patronunun elini sıkarken hürmetle belinden hafifçe eğildi.

"Hoş geldiniz efendim... Hoş geldiniz Anberin Hanım."

"Hoş bulduk Celâl. Nasılsın?"

"Sağlığınıza duacıyım efendim."

Anberin hâlâ bir kızına, bir oğluna sarılıp öpmekteydi. Berke, gülerek araya girdi.

"Haydi çıkalım artık, muhabbete evde devam ederiz."

“Berke Bey, büyükhanım sizi bugün öğle yemeğine bekliyor.”

“Annem döndü mü evine?”

“Evet efendim. Bu sabah gidip almamı istedi. Şimdi evde. Sizi de yemeğe bekliyor.”

Berke, biraz tereddütle düşündü.

“Bilmem ki...

“Anberin, sıcacık bir gülüşle kocasının yüzüne bakarken nazikçe sözünü kesti.

“Sevgilim, ne kadar iyi olur. Sonra bir müddet daha fırsat bulamayacağız.

“Biraz dosyalarımı toparlamam gerekti ama neyse... Haydi gidelim o zaman.”

Larissa babasının koluna girdi, Geray annesine sarıldı ve hep beraber keyif içinde çıkışa yöneldiler.

* * *

Seher Vardar, heyecan içinde beklemekteydi. Ağabeyinin onu tüm rahatlatma çabalarına rağmen, bir türlü huzur bulamamış ve Berke gelir gelmez onunla konuşmak istemişti. Bunu ağabeyinin evinden yapması mümkün olmayacaktı. Onun için, ertesi günün davet hazırlıklarını bahane edip Yeşilköy'den sabah erkenden ayrılmıştı. Evine geldiğinden beri, oğluna Selçuk konusunu nasıl açıp, nereden başlayacağını düşünüp durmaktaydı. Sonunda, kendi yaşadığı gibi anlatmaya karar verdi. Onun keyfini kaçıracak olmaktan da sıkıntı almıyor değildi. Ama aile içinde nefret tohumları atılmaya başlamıştı ve oğlu kurban seçilmişti bile. Refet Ağabeyi ne derse desin, bunu Berke'den saklaması mümkün değildi.

Üzerine bordo rengi, kaftan tarzı, uzun, rahat bir ev elbisesi, ayaklarına bir sandalet giydi ve salona indi. Yanından geçerken kurulmuş olan yemek masasına göz atarak doğru mutfağa ilerledi. Hadiye, iri bir Norveç somonunu yıkamakla meşguldü.

“Kolay gelsin.” dedi Seher.

“Teşekkür ederim... Salataya nasıl sos istiyorsunuz efendim?”

Seher, mutfaktaki nişin içine girip, küçük bir sepet ve bahçe makasını alırken "Sarmısaklı ve cevizli." diye seslendi. Sonra bahçeye açılan kapıdan çıkarken geri dönüp ekledi.

"Sen balığı kurula, bırak. Sosunu ben hazırlayacağım. Fırını yakabilirsin artık. Çocuklar gelir gelmez koyarız balığı."

Kapının eşiğinde bir an durup, pırıl pırıl gökyüzüne bakarak derin bir nefes aldı ve bahçesine doğru ilerledi. Gerçi artık mevsim sonuydu ama ev sahibesinin özel merakı sayesinde, neredeyse hiç çiçeksiz kalmazdı bahçe. Hepsini elleriyle dikmişti Seher ve her biri için anlatacağı bir hikâye vardı. Özellikle en enteresan bulduğu, bütün yaz yemyeşil yapraklarla dolan, ama bir türlü çiçek vermeyen gülüydü. Sonra, sebebi nedendir bilinmez, garip bir şekilde, kışın, sayısı üçü beşi geçmeyen, kıpkırmızı muhteşem çiçekler açardı, kuru dallarında. Bahçe bembeyaz karla kaplandığı zaman yarattığı efektten dolayı, "kan damlası" ismini takmıştı Seher ona. Yaşamın hakkını veremeyip, ölüme yaklaşırken, giderayak hayatını renklendirmek için çabalayan insanlara benzetirdi bu gülü. Defalarla resmini yapmıştı, bu düşüncesinden ötürü, biraz da hüzünlenerek.

Kobalttan Prusya mavisine, pembeden erguvan rengine, patlıcan moruna uzanan renklerdeki ortancaların arasında durdu. Birkaç tane kesip kolundaki sepete koydu. Diğerlerinin üzerinden elini okşar gibi geçirip gülümsedi. Bahçeyi görenler, bu renk zenginliğine hayret eder, ortancaların menşeini, cinsini, kullanılan gübreyi, satın alındıkları fidanlığı sorup dururlardı. Halbuki, hiç de sanıldığı gibi bir özelliği yoktu çiçeklerin. Öyle, alelade ortancalardı işte. Sırları, Seher'in Ecolinlerinden ibaretti. Seneler evvel, bahçede oturmuş ortancalarını resmederken boyasını devirdiği yerde bir müddet sonra orijinalinden farklı renkte çiçekler çıktığını keşfettikten sonra, önce temkinli, sonra çok eğlenerek bu renk kuşağını yaratmıştı.

Sepetine birkaç sap hanımeli ve krem rengi güllerinden kesip koyduktan sonra içeri girdi. Çiçekleri, bronz tabanlı, yayvan, su yeşili antika cam kaşponun içinde düzenleyip masanın ortasına koydu. Hanımelilerini özellikle vazonun iki yanına, örtünün üzerine doğru uzatıp yerleştirdi. Çekilip karşıdan izledi ve aranjmanından memnun, gülümsedi. Kolalı, beyaz keten örtünün üzerinde, krem rengi güllerle desenlendirilmiş, açık yeşil Herend tabaklar ve aynı renk opalin kadehler arasında çiçekler büyük bir uyum içinde duruyordu.

Tonny Bennet'in CD'sini çalmaya başlamıştı ki, dışarıda, çakıl taşlarının üzerinde araba sesi duyuldu. Heyecanla, dinç, seri adımlarla sokak kapısına doğru yürüdü.

Geray zile dokunmak üzereydi, kapı açıldı. Seher, torunlarını uzun zamandır ilk defa görüyormuş gibi, oğlu ve gelinini ise ne kadar özlediği belli, sıkı sıkı sarılarak öptü. Salona girdiklerinde, 'Sauvignon Blanch' buz içinde ikramı bekliyordu. Seher, barın arkasına geçip, aradaki küçük kapıdan mutfağa seslendi.

"Hadiye! Kadehleri getirir misin lütfen?"

Hadiye, sanki bu talimatı bekliyormuş gibi anında, içinde soğutulmuş kadehler bulunan tepsiyle ortaya çıktı. Yüzünde, mutlu, huzurlu bir ifade vardı.

"Hoş geldiniz." derken, bu özel misafirlere servis yapmaktan memnun olduğu belliydi.

"Vay, vay! Bu ne süratli servis Hadiye." dedi, gülerek Berke.

"Arabanızı duymuştum efendim." derken, genç kız becerisinin takdir edilmesinden keyifle, gülümsedi.

Berke, birini arar gibi etrafa bakındı.

"Beste yok mu anneciğim?"

Seher Vardar, kadehleri doldururken, "Maalesef." dedi, "Manejde antrenmanı var bugün. Size çok sevgilerini iletti. Siz gençler nasılsa görüşürsünüz ilk fırsatta. Ama, ben sizi bugün görmeden edemedim doğrusu. Hem çok özledim, hem de sana söylemem gereken çok önemli bir konu var Berke'ciğim."

Karı koca, Seher'in uzattığı kadehlerini aldılar. Hadiye, çocuklara da buzlu 'portakalata' getirmişti. Bu, Seher'in portakal kabuğundan hazırladığı şekerlemeyi, maden suyu ve buzla mikserde geçirerek yaptığı bir ikramdı. Çocuklar henüz küçücükken, bir hafta sonu kendisinde kaldıklarında, akşam vakti limonata istemişler, evde tesadüf limon bulunmadığından, o da portakal şekerlemelerinden bunu yaratmış, ille de ismini soran miniklere cevap düşünürken, Larissa "portakalata" demiş ve bu içecek de böylece isimlendirilmiş olmuştu. Seher, içine bazen rom ve nane, bazen votka ve kiraz katarak, 'portakalata'yı büyüklerin ağız tadına göre de muhtelif lezzetlere sokardı.

"Haydi gelin, yemek hazır olana kadar balkona çıkalım, bana yolculuğunuzu anlatın."

Hep beraber salonun diğer ucundaki balkona doğru yürürlerken Seher, gelininin koluna girip, eliyle onun bileğini okşadı.

"Seninle iftihar ediyorum Anberin'ciğim." dedi.

Genç kadın kayınvalidesine sevgiyle gülümserken alçakgönüllü bir tonla cevapladı.

"Teşekkür ederim Seher Anneciğim. Ne mutlu bana."

Kayınvalide ve gelin, birbirlerine duydukları hayranlık ve sevginin ortaklığında kol kola, Berke'yi ve çocukları takip ederek balkona çıktılar.

"Anneciğim, merakta bıraktın beni. Bu kadar önemli söylemek istediğin neydi?" diye sordu Berke.

Seher ayakta, kadehini onlara kaldırarak, "Daha değil." diye cevapladı. "Şimdi bir 'hoş geldiniz' içkisi içeceğiz ve ben sizi dinleyeceğim. Mühim konular, yemekten sonra..."

Durup bir kahkaha attı.

"Hazım için."

Sonra kadehini, diğerlerinin kadehlerine vurdu, bir yudum aldı ve kadehini sehpaya bıraktı.

"Yalnız bana birkaç dakika müsaade edin. Balığı fırına hazırlayıp geliyorum hemen."

Berke, annesinin ille de bugün onları hemen görmek istemesini gerektirecek kadar önemli konunun ne olduğunu çok merak etmişti. Dayanamadı.

"Anneciğim, anlatacağın..."

Seher balkon kapısında durup döndü. Şaka yollu, çocuk azarlar gibi konuştu.

"Berke'ciğim, sen 'sonra'dan anlamaz mısın? 'Sonra' dedim ya."

Diğerlerine bakarak devam etti.

"Bu, çocukken de böyleydi. Bir şey isterdi. 'Sonra,' derdim. Bir dakika geçer, geçmez, gelir, 'Sonra oldu mu?' derdi. 'Olmadı daha.' derdim. Daha ona kadar saymaya kalmaz, yine karşıma dikilir, sorardı, 'Sonra ne zaman olacak?' diye."

Berke güldü.

"Evet. Bir ara neredeyse 'sonra' kelimesinin sonsuzluk anlamına geldiğine inanmaya başlamıştım."

"O yaşta sonsuzluğun ne olduğunu bilirmiş gibi."

Seher cümlesinin ardından kahkaha atarak içeriye, mutfağa doğru gitti. Berke, teslim olmuş, başını iki yana sallarken, Anberin ve gençler onun çocukluk hikâyesine gülüyorlardı.

Aynı saatler, Refet Vardar'ın evi

Refet Vardar'ın evinin önünde kaldırıma yanaşan araba durdu. Şoförü fırlayıp arka kapıyı açtı. O anda bahçe kapısı aralanmış ve Refet Bey'in evdeki yardımcısı da dışarı çıkmıştı.

Misafir, "Crew cut" kesilmiş beyaz saçları, tıknaz, geniş omuzlu, sportmen yapısıyla, yetmiş yaşıyla alay eder gibiydi. Açılan kapıdan bahçeye girerken elini kaldırıp salladı. Refet Bey, deniz tarafındaki kapıya doğru, kardeşini karşılamaya gelmekteydi. Kuvvetli, sıcak bir temasla el sıkışmalarına rağmen, sarılmaları muhabbetten ziyade alışkanlık ve bağları gereği gibiydi.

"Hoş geldin," dedi Refet Bey, "ne güzel sürpriz oldu bugün uğraman. Umarım karnın açtır, yemek hazır."

"Sağ olasın. Karnım tok. Seni fazla tutmayacağım. Yarın seyahate çıkmadan seninle bir konuşmak, allahaısmarladık demek istedim."

"Çok iyi yaptın."

Konuşurken, yan yana deniz tarafına doğru yürümeye başladılar.

Refet Vardar, kameriyenin altında kurulmuş masayı gösterdi.

"Bir şey yemek istemediğinden emin misin?"

"Evet, evet. Sen programını değiştirme. Ben bir kahve içip sana eşlik ederim"

Refet Vardar, kardeşini masaya davet ettikten sonra yerine oturdu. Kolalı beyaz peçetesini silkeleyip açtı ve iliğinden gömleğinin düğmesine taktı. Personelinin imam bayıldı servisini yapmasını izlerken, "Vecdi Bey'in kahvesi gecikmesin. Şimdi içecek." diye hatırlattı. Yemeğinden bir lokmayı çatalına alırken sordu.

"Bir problem mi var?"

"Henüz önemli boyutta bir şey değil ama, İsviçre'den, bir problem edinmiş olarak döneceğim gibi geliyor."

Ağabeyi, lokmasını ağzına atmak üzereyken durdu.

"Yeni makinelerde bir problem mi var?"

"Makinelerde değil, satın alanda var."

"Selçuk?"

Refet Vardar, bu soruyu sorarken, lokmanın boğazında tıkandığını hissetti. Aceleyle suyundan içip yutkundu. Kardeşi devam ediyordu.

"Hans Peter özel olarak aradı. Telefonda detayları konuşmak istemedi ama Selçuk'tan şikâyeti var anladığım kadarıyla."

"Malı seçtik, fiyatta anlaştık, anlaşma imzalandı, yüklenmek üzere. Daha ne problem olabilir ki?"

"Problem holdingle veya anlaşmayla ilgili değil, anladığım. Sanırım tamamen Selçuk'un kendisine yönelik bir şikâyetten bahsediyoruz."

Refet Vardar, en sevdiği zeytinyağlı yemeğin tadını kaybetmişti aniden. Aynı hafta sonunda, Bora'nın hikâyesini saymazsa, Selçuk'un başrolde olduğu bu ikinci sorundu. Bu, sakin düşünen tabiatına fazla gelmişti. Yine de endişelerini giderecek bir cevap bulabilmek ümidiyle, ısrarcı davranmayı seçti. Çatal, bıçağını bırakıp arkasına dayandı.

"Selçuk makine alımlarını büyük muvaffakiyetle götürüyor."

"Benim şüphelerim var." dedi Vecdi Vardar, personelin getirdiği kahve fincanını elinde döndürüp.

"Yapma Vecdi..."

Kardeşi, masaya kollarını dayayarak öne eğilirken, onun sözünü kesti.

"Ağabey, biliyorum, Selçuk'u kendi oğlun gibi kollarsın. Ama, o benim oğlum..."

Bu cümle, özellikle kalp kırmak için söylenmiş olmasa da, Refet Vardar'a, Selçuk'la ilgili korumacılığında asıl yerini hatırlatmıştı. Ali Sermed'in büyük oğlu olmasına rağmen, bir erkek evlât sahibi olmamaktan ötürü yıllardır duyduğu acı, şimdi bir kez daha yüreğini burkmuştu. Hislerini yüz ifadesine aktarmamaya çalışarak dinledi.

"Onu çok iyi tanırım ağabey." dedi Vecdi Bey. "Onu bebekliğinden beri tanıyorum. Bunu söylemek hoşuma gitmiyor ama hiç de 'iyi adam' olarak tanımıyorum, maalesef."

"Böyle şeyler duymak hoşuma gitmiyor."

"Söylemek benim hoşuma mı gidiyor? Oğlum o benim. Ama gerçek bu. Özel işler için şirket imkânlarını kullanma âdeti yoktu bizim ailede. Şimdi, daha yeni yükseliyor olmasına rağmen, eline her geçen fırsatı bu yönde değerlendirmekten kaçınmıyor. Müsamaha edilmemesi lâzım. Sen de yönetim kurulu başkanı ve ailenin duayeni olarak bu konuda ağırlığını koymalısın..."

Lâfının bitmediğini belli eden bir el işaretiyle, kahvesinden bir yudum aldı ve devam etti.

"Sabah aradığımda Kuşadası'ndaydı. Haberin var mıydı?"

"Pazartesi burada olacaktı."

"Neyle gitti Kuşadası'na?"

Refet Vardar, âdeta kendi öz oğlunu, ailenin bir başka ferdinin suçlamalarına karşı korumak zorunda gibi hissetmeye başlamıştı. Bir-iki kısa öksürükle zaman kazandı.

"Chessna'yı almış."

Kardeşinin kendisine yüksek sesle söyleyememesine rağmen, 'kullanılıyorsun' bakışını fark etmişti. Aceleyle cümlesinin devamını getirdi.

"Ama dönüş için kullanamayacağını söyledim."

"İşte gördün mü? Hangimiz bu lüksü yaptık ağabey? Babamın bize bu konuda ne bir uyarı yapması, ne ihtarı gerekmezdi. Yazılı olmasa da bir etik anayasası var bu ailenin. Lütfen yardımcı ol, ok yaydan çıkmadan Selçuk'u kontrol edelim. Bu durumda, yönetim kuruluna girmesini çok tehlikeli buluyorum."

Refet Vardar, bir gün evvel, Selçuk'un, Berke'yi ispatsız suçlamasını, halasına hakaretini tekrar düşündü. Kardeşinin uyarısıyla birleştirdi. İhanete uğramış olduğunu hissediyordu. Derin bir nefes aldı ve "Gayet tabii," dedi, "gayet tabii..."

Vecdi Vardar, kendi oğlu hakkında söylemek zorunda kaldıklarından sıkkın, kahvesinden bir yudum daha aldı. Refet Vardar, ailesinde bugüne dek hiç yaşanmamış bir komplo sürecine girilecek olduğunun endişesiyle düşünceleri yorgun, gömleğindeki peçeteyi çekip çıkardı ve masaya bıraktı. İştahı kalmamıştı.

Aynı saatler, Seher Vardar'ın evi

Seher, yemek masasında başköşede oturmuş, meçhul adamın eve girdiği geceyi karikatürize ederek anlatıyordu. O gece, neredeyse nefesini durduran hadise, ne garipti ki, şimdi ona eğlence olabiliyordu. Belki de ailesinin yanında olmasından duyduğu huzur onu rahatlatmıştı, bilemiyordu. Tek bildiği, kendisine ait dertlerle çocuklarına, torunlarına sıkıntı vermekten nefret ettiğiydi. Hiçbirinin, onun yüzünden suratının asılmasına, gamlanmasına razı olamazdı. Gülümseyerek kadehini kaldırdı. Sağında gelini, solunda oğlu da kadehlerini ellerine aldılar. Geray annesinin, Larissa ise babasının yanındaki iskemlelerinde doğrulup 'portakalata' bardaklarıyla onlara eşlik ettiler.

"Çocuklar," dedi Seher, "sizin sıhhatinize, mutluluğunuza ve başarınıza içiyorum."

Kadehler çınladı, iyi dilekler sıralandı ve içkiler yudumlandı. Sofranın neredeyse resmi denecek şıklığına rağmen, çevresindekiler son derece sıcak bir yakınlık ve rahatlık içinde yediler yemeklerini. Hadiye, biten yemek tabaklarını toplamaya başlamıştı.

Berke'nin aklı hâlâ annesinin anlattığı olaydaydı.

"Anneciğim, eve birinin girmesi olayını nasıl gülerek anlattığını bir türlü anlayamıyorum. Allah korumuş seni. Polisten bir haber çıktı mı?"

"Parmak izi almaya geleceklerdi ama uğraşmak istemedim."

"Şaka ediyorsun herhalde."

"Hayır canım, gayet ciddiyim. Bir grup yabancının evimi tozlayıp, pudralayıp gezmesini istemiyorum."

"...tozlayıp, pudralayıp..." sözcüklerini söylerken bir taraftan da eliyle işaretler yaptı. Çocuklar kıkırdadı, Anberin gülümsedi.

Berke ise, annesinin yaşadığı olayı ciddiye almamasından rahatsızdı. "Ama..." diye başlamıştı ki, Seher konuşmasına devam etti.

"Hem, dün ağabeyimdeydim. Çok önceden program yapmıştım. Bugün sizlerle hasret gidermek istedim. Yarın dersen, akşama kocaman bir davetim var. Kim uğraşacak..."

Burada, kendisine taraftar bulduğu çocuklara göz kırparak, aynı komik tavırla ekledi.

"... tozlarla, pudralarla..."

Larissa ve Geray, yine gülmeden edemediler. Geray, babasının ciddiyetini bozmadığını görünce kendini tuttu ve genzini temizleyip sordu.

"Babaanneciğim, hiç merak etmiyor musunuz, kim, neden girmiş olabilir diye. Parmak izinden bulabilirlerdi."

Seher, Hadiye'nin servis ettiği merengden tabağına bir porsiyon alırken, "Aman Geray'cığım," dedi, "Ne bulacaklar ki. Bu evin her yeri kırk senedir bırakılan izlerle dolu. Ölenler, bunayanlar, bebekken kazık kadar adam olanlar, onlarca insanın parmak izleri her yerde. Hele benimkiler... sanırım en çok da benim izlerimi bulurlar."

Bu tartışmaya son noktayı koymak ister gibi, yardımcısına talimatla devam etti.

"Hadiye, kahve servisini verandaya hazırlar mısın lütfen."

"Pes anneciğim, anlaşılan seni ikna edemeyeceğiz. Ama en azından senin güvenliğini artırmamız lâzım." dedi Berke.

Seher, sol elini masanın üzerinden uzatıp oğlunun elini tuttu ve sıkarak konuştu.

"Hiçbir şey olmaz canım. Merak etme. Böyle şeyler insanın başına her gün gelmez. O öylesine tatsız bir tesadüftü."

Hadiye, masanın etrafında servisine devam ederken, aynen o gece olay sonrası duyduğu sıkıntıyı ve ihmâlinin verdiği utancı yaşıyordu. Berke'nin veya Anberin'in, adamın kapıyı nasıl açtığını onun yanında soracakları korku ve heyecanıyla, yüzü neredeyse kıpkırmızı olmuştu ki, hanımının sesi ciddileşti.

"Evet, o sadece tatsız bir tesadüftü... Ama tesadüfi olmayan başka tehlikeler de var hayatta."

Konunun değiştiği ve Seher Vardar'ca yolunda gitmeyen bir şeyler olduğu kesindi... Başka bir şeyler. Hadiye, mevzunun değişmekte olacağını ümit edip sevinirken, Anberin ve Berke göz göze geldiler. "Sonra"ya bırakılan konunun zamanı gelmişti anlaşılan. Gençler, anne ve babalarının bakışlarına şahit olmuşlardı. Berke, onlara mesaj mahiyetinde göz kırptı. Larissa başını hafifçe sallayıp babaannesine döndü.

"Babaanneciğim..."

"Efendim canım?"

"Acaba müsaade eder misiniz, yukarıya çıkalım?"

"Gayet tabii. Dolabın içindeki kutuda malzemeleriniz var."

Seher, daha küçücük yaşlarından itibaren torunlarının resim atölyesinde, hiçbir şeye zarar vermeden oturmalarına ve kendilerine ayrılan malzemelerle sanat denemelerine izin vermişti. Onlar için ayırdığı resim gereçleri ve kille saatlerce oynar, oyalanırlardı.

Gençler heyecanla yukarı kata fırladılar. Seher peçetesini katlayarak masaya bıraktı.

"Haydi gelin, kahvemizi içerken size anlatacaklarım var."

Berke yerinden kalkıp annesinin iskemlesini çekti ve dirseğinden tutarak kalkmasına yardımcı oldu. Seher, kollarını iki yana açıp biriyle oğlunun, diğeriyle gelininin beline sarıldı ve hep beraber yemek salonundan çıktılar.

Hadiye, 'Christophle' takımlarda kahve servisini getirdiğinde, Seher masanın başına geçti,

"Ben hallederim Hadiye'ciğim. Sen sofrayı toparla. Celâl de karnını doyurdu mu?"

Genç kız, Celâl'in ismini duyduğu anda yanaklarına renk gelmişti. Fincanları düzeltme bahanesiyle bakışlarını kaçırdı.

"Evet efendim."

"Tamam canım. Bundan sonrasını ben hallederim."

Anberin ve Berke, Seher'in doldurduğu fincanları alıp, hasır koltuklara yerleştiler ve sessizce, merak içinde onun anlatacaklarını beklemeye başladılar.

Seher, en son kendi fincanına çay koyup, içine limon dilimini atarken yüzü ciddileşmiş, düşünceleri bambaşka bir yöne uçuvermişti sanki. Servisle oyalanırken, bir taraftan da ağabeyinin, olanları Berke'ye anlatmaması konusundaki ikazları aklından geçiyor, kendini tam kararlılıkla bu konuşmaya hazırlamışken yeniden şüphelere kapılıyordu. Ama o, her zaman içindeki sese güvenirdi ve yine öyle oldu; iç sesi 'Anlat' diyordu. Fincanına attığı sakarini karıştırarak koltuğa oturdu ve arkasına dayandı. Çayından bir yudum aldı ve anlatmaya başladı.

İki saat sonra, aile kapıda vedalaşmaktaydı. Çocuklar babaanneleriyle öpüştükten sonra arabaya bindiler.

"Hay Allah çocuklar, yarın davetimde olamayacağınıza çok üzüldüm. Şart mıydı Manisa'ya hemen gitmeniz?"

"Maalesef... Montörler geliyor anneciğim. Onlarla hemen program yapmam gerekiyor."

Seher, gelinine baktı.

"Sen gelebilirdin hiç değilse." Sonra cevap beklemeden, gülerek, elini havada salladı. "Ne diyorum ben? Hiç ayrılır mısınız ki siz..."

Sonra yüzünde ciddi bir ifadeyle, oğlunun ve gelinin ellerini tutarak, alçak fakat uyarıcı bir sesle konuştu.

"Berke'ciğim, biliyorum, senin için kabullenmesi çok zor. Selçuk'u hep kardeş gibi bildin, hep kolladın. Ama duyduklarım ortada. Ayrıca, Muzaffer'le de yakın temasta olduğunu biliyorum."

Sonra, her ikisinin de koluna girerek arabaya doğru yürümeye başladı.

"Nasıl halledersin bilmiyorum ama bilmiş ol ve Selçuk'un her söylediğini, yaptığını bir değil birkaç kez düşün."

"Anneciğim seni iyi tanırım. Bu kadar kırıldığına ve beni özellikle uyardığına göre, Selçuk'un sana kâfi sebep vermiştir, eminim. Ama diğer taraftan, onun da kafasında neler olup bittiğini, böyle düşünmesinin sebebinin ne olduğunu merak ediyorum. Bir ihtimal, oturup konuşursam, aklında her ne soru varsa onu aydınlatır ve açıklığa kavuşturabilirim."

Seher, aniden durdu ve "Bak şimdi..." dedi, "bu kadar iyi niyetine kızıyorum Berke."

Berke, annesini kucaklarken, gülümsedi.

"Merak etme anneciğim. Bu kadar sene, bu kadar şey paylaşmışız Selçuk'la. Bunu da halledeceğimizden eminim. Sen tatlı canını üzme artık. Tamam mı?"

"Endişeliyim Berke'ciğim. Özellikle de, senin kötülük kavramını anlamamandan endişeliyim."

Gerçekten çok endişeliydi. Aslında, Yeşilköy'de yaşadıklarını tam anlatmamıştı Berke'ye, anlatamamıştı. Selçuk'un kendisine "Karı" diye hitap ettiğini, hakaretle bağırışını bir türlü dili varıp söyleyememişti nedense. Sadece kulak misafiri olduğu iftira ve komplo hazırlığından bahsetmişti.

Berke, annesini yanaklarından öptü.

"Tamam canım. Göreceksin. Korktuğun gibi bir şey olmayacak."

Seher, oğluna sımsıkı sarıldı ve eliyle sırtını sıvazladı. Sonra, gelinine dönüp kollarını açtı.

"Seher Anneciğim, çok teşekkürler. Her şey için." dedi Anberin ve sarıldılar.

Karı koca arabaya bindiler. Seher, camdan, gelinine doğru eğildi ve yanağını okşarken fısıldadı.

"Buna göz kulak ol canım. Gereksiz derecede iyi. Hem de çok gereksiz... Haydi güzeller, sonra görüşürüz."

Geray, arabanın içinden seslendi.

"'Sonra' oldu mu?"

Hep beraber güldüler. Celâl kontağı çalıştırdı ve hareket ettiler. Seher, araba çakıllı yoldan ilerleyip bahçe çıkışındaki ağaçların dönemecinde kaybolana kadar onlara el salladı. Sevdikleri görüntüden çıkınca, kollarını göğsünde kavuşturup gökyüzüne doğru baktı. Derin bir nefesle gözlerini kapadı. Dudaklarından mırıltıyla kelimeler aktı.

"Tanrım, sen onları koru."

* * *

Ertesi sabah, Berke ve Anberin, Hezarfen Havaalanı'nda onları İzmir'e götürecek uçağa binmek üzerelerken, aynı dakikalarda, Kuşadası civarında demirli *Gülşah* teknesi henüz sabah mahmurluğundaydı.

Güvertede geceden kalan çiyin nemi, yükselmekte olan güneşin ılık temasıyla pırıldıyordu. Tekne sessizdi, deniz sessiz. Selçuk, kıç tarafta, yalnız, ayakta durmuş, açık denize doğru bakıyordu. Bu bir günü daha teknede geçirmeyi plânlamıştı ama, Berke'yi rüyasında görmek, onu aniden, ruhunu, bedenini, zihnini teslim ettiği rehavetten geri çağırmış, düşünceleri yine beyninin o girift, dolambaçlı labirentinde çılgın gibi koşuşmaya başlamıştı. Belki de bir an evvel İstanbul'a dönse iyi olacaktı.

Amcası ve halası Berke'ye bir şey söylememiş olmalılardı. Dün gece "Merhaba" demeye aradığında, telefonda sesi kendisine kırgın veya kızgın gibi değildi. Bu konuda amcasının ketumluğunu anlayabiliyordu ama halasının çenesini tutacağını hiç sanmazdı. Belki konuşmuş ama Berke'yi inandıramamıştı, belki de ana oğulun daha görüşmeye fırsatları olmamıştı. Her şey sakin görünüyordu. Ama bu sükûnet ne kadar zaman devam edecekti ki. Er geç, bir yerde patlak verecekti. Babası ertesi gün İsviçre'ye gidiyordu ve onu yanında istememişti. Bu hiç hoşuna gitmiyordu. Son parti dokuma makinelerinin alım görevi kendisine verildiğinden bu yana, ondan başka kimse Hans Peter'le muhatap olmamıştı. Bu işte bir bit yeniği vardı muhakkak. Çok denemiş ama babasının ağzından bir malumat alamamıştı.

Tartışmalı görüşmelerinin ardından Bora'nın ne yaptığını bilmiyordu. Bu kez, daha evvel hiç olmadığınca öfkelenmiş ve ona tavır koymuştu kardeşi. Bunu düşündükçe, aslında pek de başarılı bir konuşma olmadığını kabul ediyordu. Aynı şey Vefa için geçerliydi. Hasılı, bütün bu insanlar, yakın takibe alması ve göz önünde tutması gereken kişilerdi. Ardında bir defada halledebileceğinden çok daha fazla problem bırakmıştı ve hiçbirine uzaktan hâkim olması mümkün değildi. Birden içi daraldı. Bugün dönmeliydi geriye. Dönüp, holdingdeki masasına oturmalı, hem düşman seçtiklerini, hem imkânlarını, gücünü elinin altında hissetmeliydi.

Bu düşüncelerle beyni dağlanmakta iken, duyduğu sese döndü.

Ziynet, üzerinde, vücudunu kalçasının altına kadar örten Selçuk'un beyaz bir gömleği, kamaradan dışarı çıkmıştı. Saçları darmadağınık, ayakları çıplaktı. Hâlinden memnun bir mahmurluk ve sırnaşık bir bakışla ona yaklaştı. Selçuk, tombul kalçası, kaslı bacakları, iri ve kaba ayaklarıyla karşısında duran kadına bakarken, onunla nasıl yatağa girmiş olduğuna bir kez daha şaştı. Ama işin garibi, dün gece bunların hiçbirini önemsememişti. Bugüne kadar prensip kabul ettiği güzellik ölçülerinden hiçbirine uymayan bir kadın onu mutlu etmişti. Yanında, güzel, çok güzel olmasa da frapan ve ilgi çeken kadın taşımayı severdi. Zira ona eşlik eden kadın, başka erkeklerin dikkatini çektiği ve arzularını uyandırdığı kadar onun hoşuna giderdi. Bununla böyle bir şansı olması mümkün değildi. Diğer taraftan, Ziynet'in zaten o yolun yolcusu olduğunu bilen çoktu. Kadının resmen veya ruhen fahişe olması, tipi hoşlarına gitmese bile erkekleri uyarırdı, bunun en iyi örneği kendisiydi. Evet, bu kız, fiziğiyle olmasa bile, profesyonel anlamda, Selçuk'un koymuş olduğu kıstasların çıtasını tutturuyordu. Yanında durup, göğüslerini koluna doğru bastıran kadının dağınık saçlarını eliyle kavrayarak kabaca şakalaşırken sordu.

"Nasıl benim şişko fasulyem?"

Ziynet, elini uzatıp onun eşofmanının önünü tuttu.

"Kimmiş daha şişko bakalım?"

Kıkırdadı ve gözlerini onun gözlerine dikti. Selçuk, kısa bir an için, az önce yarım bırakmış olduğu dönüş programını hatırladı. Bugün dönmese de olurdu pekâlâ. Zaten öğle uçağına yetişse, İstanbul'a varışı, holdinge gidişi... Yok... En iyisi bugün ve geceyi de teknede geçirip, yarın sabah, erkenden dönmekti. Didişmelerini bir sonraki güne erteledi. Ziynet'in parmakları onun eşofmanının beline asılmış vaziyette teknenin salonuna indiler.

"Yine bağıracak mısın?" diye sordu Ziynet'e.

"İstediğin kadar," dedi kadın, genizden buğulanan sesle, "ama öbürleri uyanırsa karışmam."

"Kimin umurunda! Duysun hergeleler."

Ziynet, güya kısmaya çalıştığı sigara dumanlı sesiyle kıkırdadı ve ana kabine girdiler.

Meşum Gece

O pazartesi günü ailenin tüm fertleri, benzer görünse de birbirinden ayrı dünyalarında kendilerine ait telâşla günü geçirmekteydi. Berke, Manisa'ya varır varmaz, Amerika'dan gelmiş kendisini bekleyen montörlerle toplantıya oturmuştu. Yeni alınmış olan "Easy-open" hattının derhal kurulması gerekiyordu. Ortadoğu ülkelerinin artan konserve kutusu talebi karşısında, Doğu Anadolu projesinin hızla hazırlığına rağmen, mevcut tesislerin de süratle geliştirilmesi gerekmişti. Ve bütün yoğunluğa rağmen, her şey yolunda gittiği için Berke büyük bir motivasyonla ve heyecanla çalışmaktaydı.

Anberin ofisteki işlerini toparlayıp, işçi ailelerine ayırdığı öğleden sonrasını, onları ziyaret ederek ve muhtelif ihtiyaçları için çareler aramak üzere görüşmelerle geçirdi.

Astaş bünyesinde gerek çalışan, gerekse bir çalışanın karısı, kızı; herkes Anberin'in ilgi ve uğraş alanına giriyordu. Eğitimleri, sağlıkları, doğum kontrolleri, çocuk yetiştirmeleri konusunda gerekli tüm desteği ve sağlayabildiği imkânları seferber etmekten büyük mutluluk duyuyordu. Ayrıca, şirketin bünyesinde işçilere ekonomik alışveriş imkânı sağlamak üzere kurulan mağazalar zincirinin yönetimini ve şirket orkestrasının tanıtım görevini de üstlenmişti.

Şirket dışında, tamamen kendi öngörüsüyle başlattığı, kocasının desteği ve kendisi gibi inanan birkaç kişinin çabalarıyla kurduğu "Yaşam Hakkı Vakfı", oldukça zamanını alan diğer bir uğraşıydı. Evlerinde şiddet gören çocukların korunma çareleri, fiziksel ve psikolojik tedavileri, ebeveynlerin eğitilmesi amaçlı uzman psikolog, pedagog doktorlar, eğitmenler ve bir avukat grubu tarafından sıkı bir çalışma yürütülmekteydi.

Diğer taraftan, sadece Berke'nin asistanlığını yapmak başlı başına bir işti. Zira, ona asistanlık, mesainin bitmesiyle bitmiyordu. Berke'nin birçok zaman, yöneticileriyle evde devam eden toplantılarının takibinin yanı sıra, sabah duştan çıktığında, akşam davete giderken ne giyeceği, vitaminlerini ne zaman alacağı gibi konuların hepsi Anberin'in sorumluluğundaydı. Bunlar, kendi arzusuyla üstlendiği ve sonra üstüne kalan işlerdi. Ama, genç kadın bütün bu koşuşturmadan hiç yorgunluk duymuyor, tam aksine adrenalini yükseliyordu. Keyifli veya zorunlu, girdiği her işte kendini eğitmek ve en mükemmelini yapmak onun prensibiydi. Onun için, henüz yirmi bir yaşında yeni üniversite mezunu iken hem iş, hem evlilik, hem ardı ardına iki çocuk ve yoğun bir sosyal hayatın sorumluluklarıyla başaçıkabilmişti. Anneliği çok genç yaşta tatmış olmasına rağmen, işine ve eşine gösterdiği alâkayı eksiltmeden onun da tadını çıkarmayı bilmişti. Her iki bebeğinin doğum anına kadar çalışmayı sürdürmüştü. İlkinde, evdeki bir iş yemeğinin bulaşıklarını yıkarken sancısı tutmuş, saatine bakarak, aralıklarına göre mutfak temizliğini hızlandırmış ve çantasını alıp salonda hararetli bir toplantıda olan kocasına, "Haydi ben hazırım, gidiyoruz." demişti. Oğlunun dünyaya gelişini ise, bir iş davetinde, yemekten sonra kocasıyla yaptıkları rock and roll sırasında hissetmiş, dans bitince arabanın arkasındaki hazır çantayla doğru hastanenin yolunu tutmuşlardı.

Anberin, hayatına yük binip, programı kaotik bir hâl aldıkça, onu düzenleme ve her şeyi kendine ait yere koyma heyecanıyla enerji bulup yaşayanlardandı. İç huzuru ve kendine inancı öylesine güvenle perçinlenmişti ki, hayatın getirdiği çalkantıları, kargaşayı, nasılsa kazanacağı bir mücadele gibi kabullenirdi. Hiçbir gün, kimse onu bedbin, yorgun, şikâyetçi görmezdi. Tam aksine, hangisini ne zamana sıkıştırdığı anlaşılmayan yığınla görevinin arasında, sakin, keyifli, hayat dolu ve zarif yaklaşımıyla çevresine huzur verir, onunla konuşanın âdeta yorgunluğunu, sıkıntısını alırdı. İşte, Manisa'daki günü de, böylesine koşuşmalı günlerden sadece birisiydi.

Onlar karı koca, her türlü komplodan uzak, kendi işleriyle meşgul oldukları saatlerde Selçuk, reklâmcısına teknesini satma pazarlığına oturmuştu. *Gülşah*'ı istediği paraya kakaladığı takdirde, yerine koyacağı tekneyi çoktan plânlamıştı. Daha büyük, modern ve tam bir yarış teknesi olacaktı. Tabii ki, bundan aldığı paranın, yenisinin Fransa'daki yapım masrafını karşılaması mümkün değildi ama bunun çıkış noktasını da bulmak üzereydi. Her şey o kadar üst üste gelmişti ki, bunun inceliklerini düşünmeye fırsat bulamamıştı bu hafta sonu. Otuz dokuz yaşındaydı ve bugüne kadar sadece hayal ettiği, büyük bir hırsla sahiplenmeyi arzu ettiği ne varsa hepsini birden ve bir an evvel gerçekleştirmek istiyordu. Sanki biraz daha gecikirse, hayatının tutunacağı bir zaman dilimi kalmayacaktı. İşte, bu kadar farklı insanla, farklı mücadeleyi aynı anda başlatması ve bu kadar karmaşayı yaşaması da bundandı. Ayrıca, hayatın zaten kendi getirdiği şanssızlıkları da vardı; amcasının evinde halasının karşısına çıkması, Bora'nın haddini bilmeyerek ona terslenmesi, Vefa'nın tehdide aldırmaz tavrı, anlattıklarına amcasının çok da ikna olmuş görünmemesi gibi...

'Her neyse.' diye geçirdi içinden. Şu an, Nihat'tan istediği parayı koparmaya konsantre olması gerekti.

Aynı saatlerde Vecdi Vardar Zürich'e varmış, Hans Peter Hoffman'la buluşmak üzere yola çıkmak üzereydi.

Refet Vardar ise, cumadan beri yaşadığı kafa karıştırıcı konuşmaların ardından, pazartesi sabahının erken saatlerini keman çalmaya ayırmıştı ve dinlenen zihni şimdi holding yolunda, olayı 'tavır-motivasyon-sebep' üçgeninde yerleştirmeye uğraşıyordu.

Bora, bütün pazar gününü uçakta, ağabeyiyle yaptığı dalaşı düşünüp stresle geçirdikten sonra, yedi saat geriden gelen New York saatiyle pazartesi gününe konsantre olmaya çalışıyordu.

Seher Vardar ise, çok önceden plânlamış olduğu davetinin hazırlıklarıyla meşguldü. O gün sabah yogasından sonra duşunu alıp giyinmiş ve hemen aşağıya inmişti. Öğle saatlerinde, evin kalabalığı artmış, evin emektarlarının yanı sıra, o gün için tutulmuş personel hummalı bir şekilde masa, iskemle, çiçek, malzeme taşımaktaydı. Bir başka ekip, bir kamyonetten orkestra elemanlarının enstrümanlarını indirmekteydi.

Sabahın erken saatlerinden beri pus ve hafif serince bir hava vardı ve pek düzeleceğe benzemiyordu. İçeride, salondaki muhtelif bölümleri ayıran geniş kapılar ardına kadar açılmış ve olabildiğince geniş bir mekân yaratılmıştı. Salondaki bazı eşyalar o günlük çıkarılmış, bodrum katına taşınıyordu. Ortada geniş bir alan açılsın, insanlar rahat dolaşsın istemişti Seher. Üzerinde siyah ipekli, balıkçı yaka bir bluz ve lasteks pantolon, ayağında siyah rugan mokasenleri, büyük bir enerjiyle, çevresindeki kalabalığı yönlendirmekteydi. Elindeki çatal, bıçak servisi çekmecelerini mutfağa taşımakta olan Hadiye'ye seslendi.

"Çiçekçiyi arayıp hatırlat. Siparişimi gecikmeden göndersinler. Koş, koş, koş..."

Her telâşa rağmen ağır temposu fazla değişmeyen Hadiye, biraz daha gayrete gelip kendisine göre süratlendi. Seher, hızlı adımlarla, salonun ön tarafındaki verandaya çıktı. İki eleman, kapının tam dibine ısıtıcılar yerleştirmekteydi. Onları gördüğü anda, "Aşk olsun çocuklar!" diye tatlı-sert uyardı. "Yolu kapamışsınız. Şunu alın sağ tarafa, şunu da sola... Biraz daha sağa... Tamam şimdi oldu. Birkaç tane de bahçeye yerleştireceğiz..."

Aceleyle tekrar içeri girerken kendi kendine devam etti.

"...Ve dua edeceğiz, yağmur yağmasın diye."

Cazcıların enstrümanlarını salona getiren taşıyıcılar, ne yapacaklarını bilmez halde, o trafiğin ortasında kalmışlardı. Seher, seri adımlarla onlara yaklaşırken avuçlarını birbirine çarparak seslendi:

"Çocuklar haydi! Haydi! Size nereye yerleştireceğinizi göstermediler mi?"

Başını hızlı hareketlerle sağa, sola çevirip bakındı ve içeriye doğru yürürken yüksek sesle, "Hadiye! Hadiye! Gel, şu çocuklara sahip çık." diye seslendi ve hemen ardından, kapıdan yeni girmekte olan "catering" ekibine yolu göstermek üzere mutfağa doğru yönlendi.

"Gelin çocuklar, beni takip edin. Mutfak bu tarafta..."

Seher, durup etrafına bakındı. Akşama daha çok vardı. Ancak, yapılacak da çok iş vardı. Cuma günü ağabeyinin evinde yaşadığı üzüntüyü geride bırakmıştı ama kalbinde birkaç kıymık kalmıştı o günden; hem yeğeninden, hem ağabeyinden hatıra. Şimdi davet hazırlığının ve akşamın tadını çıkarma zamanıydı. Misafir odalarını kontrol etmesi gerektiğini hatırlamıştı ki, Hadiye cep telefonunu getirdi.

"Kimmiş?" dedi Seher.

Genç kız, sanki kendisi bir kabahat yapmış gibi çekinerek, "Muzaffer Bey, efendim." dedi.

Seher, önce geri çevirecekken, konuşup kurtulmaya karar vererek telefonu eline aldı. Belli ki, bugününün tadını da o kaçıracaktı. Sadece keyfi kaçmamış, içine yine o ürküntü girmişti.

"Seninle konuşacak hiçbir şeyimiz kalmadı Muzaffer." dedi ve cevap beklemeden kapadı. Sonra Hadiye'ye telefonu uzattı.

"Muzaffer Bey ararsa sakın bana bağlama."

Burnundan derin bir soluk alıp silkindi ve aynı hızlı tempoyla salondaki kalabalığın arasına daldı.

Pazartesi gecesi, Seher Vardar'ın evi

Puslu ve serin başlayan gün, neredeyse hiç güneşin renklerini görmeden akşamla buluşmuş ve kuru, sıcak yazdan sonra ilk kez sonbaharın habercisi bir gece yaşanmıştı. Yine de davet, Seher Vardar'ın her daveti gibi, son derece neşeli geçmişti. Hafta içi ve gece yarısı olmasına rağmen, halen mumlar ve beyaz orkidelerle süslenmiş kolalı beyaz keten örtülü yemek masalarında oturan ve pistte dans eden birkaç çift kalmıştı. Birkaç küçük grup da, ellerinde içki kadehleri, verandaya çıkmış, sohbettelerdi.

Salonun köşesinde, piyano, kontrbas, saksofon, gitar, basgitar, bateriden oluşan orkestranın üyeleri, belli ki, eğlendirdikleri kadar kendileri de eğlenmekteydi.

Seher, lila rengi, uzun şifon bir elbise giymiş, kızıl kumral saçlarını hafifçe krapeyle şekillendirmişti. Yüzünde, yaşına uygun sade bir makyaj vardı. Kıyafetini bir çift sallantılı rubi küpe ve sol elindeki rubi yüzükle süslemişti. Bir elinde rakı kadehi, diğerinde sigarası, gitmek üzere olan bir grup misafiriyle konuşmaktaydı. Onlarla beraber sohbet ederek kapıya doğru ilerledi ve hepsini tek tek öperek, merdivenlerden inip arabalarına gitmelerini bekledi. Tam geriye dönüyordu ki, salondaki diğer grubun ayaklandığını görünce tatlı bir sesle itiraz etti.

"Nereye gidiyorsunuz? Aşk olsun! Oturun daha."

İsteğinin arkasında, kimsenin tahmin edemeyeceği korkusu vardı; bunu saklamaya çalışıyordu.

Ama misafirlerini ikna edemedi. Yaşlılar için bu kadar eğlence tamam gelmişti. Kiminin ilâç, kimisinin iğne saati geçmişti bile. Daha gençlere gelince, yarın işe gideceklerdi. Yemeklerin lezzetine, servisin mükemmelliğine ve nostaljik müziğin güzelliğine teşekkürlerle vedalaştılar.

Seher, bir taraftan, gergin bakışlarıyla evin salonuna, bahçeye, birini arar gibi bakarken, diğer yandan, vedalaşan misafirlerini dudaklarında sıcak ve keyifli bir tebessümle öpüp geçiriyordu. Kapının önünde sıralanan otomobiller, sahiplerini alıp, çakıllı yoldan birbiri ardı sıra bahçenin çıkışına doğru yola koyuluyorlardı. İçeride, 'catering' firmasının elemanları kendi mallarını toparlamaya başlamış, orkestra susmuştu. Geceye malzeme ve eleman getiren servis arabaları, minibüsler, kamyonetler, mutfağın arka bahçeye açılan kapısında sıralanmışlardı.

Seher, ilk defa bütün bu kalabalığın, mümkün olsa da gitmemesini diledi. Yalnız kalmak istemiyordu bu gece. Huzursuzdu. En son misafiri arabasına doğru giderken şu anın mümkün olduğunca uzamasını arzuluyordu. Bütün gece kaçmaya muvaffak olduğu tatsızlıkla er geç karşılaşacağını biliyor, dışarıda kalmakla bunu sadece geciktiriyordu. Tebessümüyle, yüreğindeki sıkıntıyı örtmeye gayret göstererek, bahçe yolunda arabası uzaklaşan son misafirine, sigarası parmakları arasında, elini salladı. O anda, yanı başındaki ayak sesiyle irkildi ve onu gördüğü an yüzünün ifadesi değişti. Dudaklarındaki gülümseme anında silindi, bakışları yüreğindeki endişeyle puslandı.

Muzaffer, gömleğinin yakası açılmış, kravatı çözülmüş, gözlerinde küstah, alaycı ve oldukça içkili olduğu belli bir bakışla, karşısında durmaktaydı. Seher, gizlemek istemesine rağmen, duyduğu korkuyu bir türlü bastıramıyordu. Kendini mümkün olduğunca kontrol ederek, sakin bir tavırla konuştu.

"Araba kullanabilecek misin? Belki de taksiyle gitmen daha iyi olur."

Sesi, bir dilekten ziyade kesin bir tavrı belirtiyordu. Muzaffer, sağ işaretparmağıyla, onun burnuna dokunup, içinde zorbalık olan bir tonda cevap verdi.

"Gideceğimi kim söyledi?"

Seher, onun temasından kendini geriye çekerken, "Ben." dedi.

"Ama ben istemiyorum."

"Aynı konuyu açmayalım lütfen. Davetsiz gelişin zaten küstahlığın daniskasıydı. Ama artık davet de bitti. Herkes gitti ve sen de gidiyorsun."

Muzaffer, iki eliyle onu kollarından kaba bir şekilde, sıkıca tuttu. Seher, silkinip kurtuldu. Gerekirse içeriden yardım çağırabileceğini biliyordu ama, çoluk çocuk personelin yanında rezillik çıksın istemiyordu. Bunu, her zaman olduğu gibi, yine kendisi, sakin bir şekilde halledecekti. Eski kocasının gözlerindeki hırslı, inatçı ve sahiplik belirten bakışları izledi.

Aniden, Muzaffer'in dudaklarına yumuşak ama arsız, alaycı bir gülümseme yayıldı, gözlerinde hülyalı ve sarhoş bakışlar kıvılcımlandı.

"Seni," dedi, "on sene boyunca mutlu eden güce hâlâ sahibim. Biliyorsun değil mi? Ve ben, senin bu gücü özlediğini biliyorum. Haydi, bana bir işaret ver."

Seher, bir an, tatlı anıları hatırlar gibi olmuştu. Yutkundu. Kararlı bir tavırla döndü ve evin giriş kapısına doğru yürüdü.

"Sana bir taksi çağıracağım."

Elindeki sigarayı yanından geçtiği kokteyl masasının üzerindeki kül tablasına gelişigüzel bastırarak bıraktı ve hızlı adımlarla eve girdi. Muzaffer ardından yetişti ve antrede kolundan tuttu. Seher hırsla kendini geri çekerken, sesini kontrol etmeye çalıştı.

"Kendine gel lütfen!"

"Bu senin tutumuna bağlı."

Seher, salonun diğer ucunda toparlanmış masaların etrafındaki garsonları görüyordu. Onların dikkatini çekmemeye çalışarak yavaş sesle konuştu.

“Senelerce bu rezilliği yaşadım. Ama artık bitti. Artık bu evin beyi değilsin. Ne de kocamsın. Şimdi, toparlan ve çık.”

“Karı kocalık öyle kolay bitmez sultanım. Öyle kolay bitmez.”

Seher, birilerinden yardım istemek ile durumu kendisi idare etmek arasında zorlanmaya başlamıştı. Kararsız, bakındı ve aniden dönüp tekrar içeri doğru yürümeye devam etti. İki adım atmıştı ki, Muzaffer önünü kesti. Yalpalayarak durup sordu.

“Dediklerimi duydun mu?”

Seher, sesini kısarak hiddetini kontrol etmeye çalıştı.

“Esas duymayan sensin. İstediğin zaman gelip bu evde kalamazsın. Her istediğini aldın. Artık beni rahat bırak.”

Bundan sonra kopabilecek patırtıyı artık umursamamaya karar vererek salona girdi ve istenmeyen misafirini yok sayarak, ayrılmak üzere olan ekiple ilgilenmeye başladı. Hazırlanması o kadar sürmesine rağmen her şey ne kadar çabuk toparlanıvermişti. Mutfağa geçerken bakındı fakat Muzaffer'i ortalarda göremedi. Çekip gitmiş olmalıydı.

Hadiye, çatal bıçağı sayıp çekmecelerine yerleştirmekle meşguldü. Seher'in allak bullak olmuş yüzünü fark etmişti.

“Size bir kahve yapayım mı efendim?”

“Sağ ol canım. İşin başından aşkın zaten.”

Seher salona geri dönerken, onun cevabından, aslında bir kahveye memnun olacağını anlamıştı genç kız. Hemen elindeki işi bırakıp cezveye suyu doldurdu. Az sonra, elinde bir fincan köpüklü, sade kahveyle Seher'in karşısındaydı. Bakışları, hanımının endişelerini paylaşıyor gibiydi.

“Sağ ol Hadiye'ciğim, bu iyi gelecek.” dedi Seher, gülümseyerek. “Toplanıyor gibi mi ortalık?”

“Neredeyse efendim. Bir diyeceğiniz...”

Hadiye sözünü bitiremedi.

Muzaffer, bir eli pantolonunun cebinde, onlara doğru yürümekteydi. Seher, boğazının düğümlendiğini hissetti. Muzaffer, Seher'in oturduğu goblen takımın koltuklarından birine yerleşirken alaylı sesiyle tekrarladı.

“Hadiye kız, haydi işine bak. Biraz konuşacağız hanımınla.”

Muzaffer, içkinin tesirinden kurtulmak için yüzünü yıkadığı belli, eliyle ıslak saçlarını tarayarak arkasına doğru yaslandı. Hadiye, sözü tekrarlatıldığında onun ne gürültü koparacağını senelerdir çok iyi öğrenmişti. Hanımından bir reaksiyon alamayınca, daha fazla beklemeden, "Peki efendim." diyerek mutfağa seğirtti. Seher ise, artık kelimelerle kontrol edemeyeceği adama karşı son kozunu kullanmaya karar vermişti. Kahve fincanı elinde, ayağa kalkarak, goblen kanepenin arkasında duran marküteri sehpaya doğru ilerledi. Fincanı sehpaya bırakıp, üzerindeki telefonun ahizesini eline aldı. Taksi numarasını çevirmeye başlamıştı ki, Muzaffer'in nefesini ensesinde hissetti.

"Ne yapıyorsun?" diye sordu.

Seher, onunla göz göze gelmemeye çalışarak, telefonu çevirmeye başladı.

"Ne yapıyorsun dedim."

"Taksi çağırıyorum. Bir an evvel bu evden gitmeni istiyorum."

Adam gözlerini kıstı. Yüzünde, her an sokmaya hazır bekleyen bir yılanın ifadesi şekillenmişti. Elini uzatıp telefonu kapatırken, Seher'in kulağına doğru mırıldandı.

"Beni itelemeyi bırak. Sonra olacaklardan beni sorumlu tutma."

Seher, sabrı ve sinirleri kontrolün son noktasında, kendisine hâkim olmaya çalışarak, elindeki ahizeyi bırakmadan sordu.

"Neler olacakmış?"

Muzaffer, onun dikkatini çekmeyi başardığı için memnundu. Sesinde sahte bir yumuşamayla konuştu.

"Seninle boşanmış olabiliriz. Ama, holdingin onca hissesi hâlâ elimde. Hâlâ da yönetim kurulundayım. Gerekince kimden yana oynayacağıma, senin tutumun karar verecek."

Seher, telefonu konusunda muvaffak olamayacağının farkında, ahizeyi bıraktı. Bir eli sehpanın üzerinde, diğeri belinde, yüzünü Muzaffer'e döndü. Kararlı bir sesle, "Ne yani," dedi, "beni kendi aileme karşı koruman mı gerekecek? Üstelik, benden hediye aldığın hisselerle. Bu bir aile şirketi ve söz konusu olan benim ailem. Sen, oradaki herkes için yabancısın."

"Sen öyle san."

Muzaffer, dişlerinin arasından "Adam sen de!" dercesine bir ses çıkardı. Sonra kanepeye doğru yöneldi ve tekrar fütursuzca yayılıp oturdu. O anda, bir şey hatırlamış pozuyla devam etti.

"Gel evlenelim yeniden. Herkes rahat etsin."

Seher, yerinden kıpırdamamıştı. Kollarını göğsünde kavuşturarak, kendisine güven toplamaya çalıştı.

"On senelik evliliğimizde tek rahat eden sen oldun Muzaffer. Ve bence, hayatın boyunca yetecek kadar rahat ettin. Şimdi de, ben biraz rahatlamak istiyorum. Çocuklarıma, çocuklarımın babasına olan kıskançlığınla besledin ruhunu bunca zaman ve beni yedin."

Muzaffer, oturduğu yerden kalkıp, duvara dayalı duran bahü konsola yürüdü. Üzerindeki karaftan kendisine konyak doldurmaya başlamıştı ki, Seher hızlı adımlarla yanına geldi. Karafı onun elinden almaya uğraşırken, "Bırak içkiyi ve git artık." dedi, kısık ama kızgın bir sesle. Diğeri, aldırmaksızın, içkisini doldurdu ve yüzünü ona döndü. Kadehi avucu içinde sallarken kendisinden emin bir şımarıklıkla konuştu.

"Sen... Sen ancak ben istersem rahat edersin... Bunu hâlâ anlamadın mı? Ben istediğim için ayrıldık. Şimdi de ben istediğim için tekrar evleneceğiz. Bunu böyle bil."

"Haydi Allah aşkına! Son üç sene boşanmak için dil döken ben değildim sanki. Sonunda, neden ayrılmayı kabul ettiğini ikimiz de biliyoruz."

"Nedenmiş?"

"Nedenmiş? Bilmezmiş gibi güldürme beni."

Muzaffer arsızca sırıttı.

"Ama şimdi tekrar evlenmek istiyorum."

"O yanlışı bir kez yaptım ve tekrarlamayacağım. Bu konuşmayı daha fazla uzatmak istemiyorum."

Hadiye, tekrar salon kapısında belirdi. Konuşmayı kestiği için mahcup, ellerini önlüğünün önünde birleştirmiş bekliyordu. Bir şeyler söylemek ister gibiydi. Muzaffer onu fark ettiği anda, durumu fırsat bildi ve munis bir gülümsemeyle, "Hadiye kız," dedi, "benim odama..." Burada durup kısa bir kahkaha attı. "... Benim eski odama bir şişe su bırakıver."

Sonra sanki izah etme ihtiyacında, devam etti.

"Bu kafayla, bu saatte yola çıkmayayım şimdi."

Hadiye, tereddütle hanımının yüzüne baktı. Seher tam itiraz etmek üzereyken, Muzaffer'in kaşları çatılıp tehditkâr bakışları yüzüne teksif olduğunda kendisini tutmaya karar verdi. Gönülsüz bir şekilde ama bunun geceyi en sakin şekilde bitirmek için tek çare olduğuna inançla, tutumunu değiştirmeye karar verdi. Her şey kontrolü altındaymış tonuyla, "Hadiye, misafir odasını aç, Muzaffer Bey'e." dedi ve salondan üst kata çıkan merdivenlere doğru ilerlerken devam etti.

"Mutfaktaki işler toparlandıysa sen de yatabilirsin. Yorucu bir gündü. Işıkları kapayıp kapıları kontrol etmeyi unutma..."

Sonra, uyarıcı bir sesle ekledi.

"Anahtarına da sahip çık."

Muzaffer, fırsat bulup araya girmişti.

"Misafir odası mı? Kendi odamda niye kalmıyorum?"

Seher, onun yüzüne bakmadan cevapladı.

"Misafir odasında daha rahat edeceğinden eminim de ondan."

Bu konunun kapandığını belli eden bir tavırla tekrar Hadiye'ye döndü, "Celâl de gidebilir." dedi. "Yalnız, hatırlat. Yarın Berke Beyler İzmir'den dönüyorlar."

Sonra, Muzaffer'in yüzüne bakmadan, sadece yardımcısıyla konuştuğu belli bir tavırla, "İyi geceler." diyerek merdivenlere doğru yürüdü.

Hadiye, sormak veya söylemek istediği bir şeylere fırsat bulamamış gibi sıkıntılıydı. Sadece, "İyi geceler Seher Hanım." diyebildi.

Seher, sağ eliyle tırabzana tutunup, basamakları çıkmaya başlamıştı. Muzaffer, birden, eğlencesi kesilmiş gibi huzursuz baktı. Az önce sergilediği, mücadeleyi kazanmış tavrından eser kalmamıştı. Sağ dirseğini bahü konsolun mermer yüzeyine dayayıp, sol elindeki kadehin içindeki konyağı hafifçe döndürürken alaycı bir sesle seslendi.

"Sana da iyi geceler sultanım!"

Seher, merdivende bir an durup başını ona doğru döndürdü. Sesi çok sertti.

"Sabah kalktığımda burada olmasan iyi olur."

"Sabah ola, hayır ola."

Seher, onunla daha fazla uğraşmamaya kararlı, dönüp yukarı çıktı.

Hadiye hâlâ orada beklemekteydi. Muzaffer verandanın önündeki kanepeye doğru ilerlerken ona seslendi.

"Ne bekliyorsun Hadiye kız. Misafir miyim ben. Yolumu biliyorum. On sene yaşadığım yer. Haydi, sen git yat. Yalnız, odama su bırakmayı unutma. Ha, bir de benim arabanın arkasından çantamı alıp çıkarıverin yukarıya. Anahtar üstünde."

Genç kadın, isteksiz ama itaatkâr bir sesle, "Peki efendim. İyi geceler." dedi ve salondan çıktı. Muzaffer, kadehinin içine bakarken, şeytani bir ifadeyle gülümsedi.

* * *

Mutfakta, davet sonrası toplanıp yıkanan bulaşıklar yerlerine konmak üzere muntazam bir şekilde tezgâhın üzerine yerleştirilmişti. Davet için gelen ekibi geçiren Celâl, bahçeden mutfağa girmek üzereydi ki, aynı anda Hadiye göründü. Karşı karşıya geldiklerinde bakışlarında biraz mahcubiyet, biraz da söylenemeyen özlem vardı. Celâl, uzanıp hafifçe genç kadının eline dokundu.

"Hanımın bir istediği var mı benden?"

Hadiye'nin yanakları kızarıvermişti. Gözleri, erkeğin eline değen eline odaklandı.

"Gidebilir, dedi. Yalnız, yarın Berke Beyler'in döneceğini hatırlatmamı istedi."

"Biliyorum."

Hadiye, ondan uzaklaşıp, buzdolabından soğuk su dolu bir sürahi çıkardı. Düşünceli ve gergin olduğu belliydi.

"Ne oldu?" dedi, Celâl, "Bir şey mi oldu?"

"Hanımın çok canı sıkıldı bu akşam." diye fısıltıyla cevapladı genç kadın, sürahiyi masanın üzerine bırakırken. Gözleri bir taraftan mutfaktan koridora açılan kapıdaydı.

"Neden?"

"Nasıl sıkılmasın? Rahat bırakmıyor ki adam."

"Gitti değil mi?"

"Gider mi?"

Sesini biraz daha kıstı.

"Misafir odasında yatacak bu akşam."

Celâl'in de canının sıkıldığı belliydi.

"Belki kalsam iyi olurdu burada."

"Hanıma sordum ama istemedi. Sabah erken kalkacak, gidip dinlensin, dedi."

"Olsun. Kalırdım."

"İstemedi işte." Kapıya doğru birkaç adım atıp dışarısını kontrol ettikten sonra devam etti. "Bu adam içimi donduruyor vallahi. O bu evde kalınca korkuyorum, inan."

"Hanımın bana ihtiyacı olmadığından emin misin?"

"Sordum işte, hayır dedi."

Celâl, Hadiye'ye doğru biraz daha yaklaştı. İçinde oyun olan bir ses tonuyla tekrarladı.

"Ya senin? Senin ihtiyacın yok mu?"

Hadiye, mahcup, gözü koridorda fısıldadı.

"Yapmaa..."

"Haydi o zaman, sana kolay gelsin... Sahi şu anahtar işi ne oldu?"

"Huzursuz oldular ama beni üzmediler."

"İyi o zaman, sevindim. Haydi şimdilik iyi geceler. Belki dönerim."

Hadiye buna cevap vermedi. Sadece mutfak kapısını açıp, Celâl'in çıkmasını bekledi. Erkek, sevdalı bir bakışla onun yanağını okşadı ve çıktı.

"Güle güle..."

Hadiye, arkasından kapıyı kilitledi, mutfağın ışığını hafifletti. Sürahiyi alıp mutfaktan çıktı. Salondan geçip yukarıya doğru yürürken, Muzaffer'i Boğaz'a karşı kanepede oturmuş, içkisini yudumlarken gördü. Ona bulaşmamak için, mümkün olduğunca sessiz, suyu misafir odasına bırakmak üzere merdivenlerden çıktı.

Muzaffer, konyağından bir yudum aldıktan sonra, omuzlarını kaldırıp boynunu oynattı. Arkasına dayanırken düşündü. Bu evi seviyordu. Manzarasını, rahatını, şıklığını, sıcaklığını seviyordu. Ayrılmakla hata yapmıştı. Geri dönmenin bir yolunu bulacaktı, bulmalıydı. Yalnızlığının verdiği rahatlıkla, yüz ifadesi ruhundaki hesapçılığı, kıskançlığı, içten pazarlılığı aynen aksettirmekteydi.

* * *

Seher Vardar'ın evinin pencereleri birer birer kararmaktaydı. Mutfağın bahçeye açılan kapısı kapandı ve ardından bir kilit sesi duyuldu. Çakıl taşları üzerinde ilerleyen adımlar, bahçenin derinliğinde, ağaçların arasındaki müştemilata doğru uzaklaştı.

İkinci katta, içeriden puslu bir ışık sızan odalardan birinde, veranda kapısının dışında bir kadın silueti durmaktaydı. Durduğu yerde, karanlıkta, ardı ardına ateşböceği gibi kor noktacıklar yanıp sönüyordu.

Seher, uzun beyaz geceliği sırtında, balkonun pervazına dayanmış, sigarasını içmekteydi. Düşünceliydi. Odada, yatağın başucundaki küçük antika gece lâmbasından süzülenden başka aydınlık yoktu. Seher, uzun uzun içine çektiği sigaranın dumanında Boğaziçi'nin titreyen ışıklarını seyrederken, endişeli ve sıkıntılıydı. Ağaçların arasından, bahçenin derinlerinden arada bir gelen küçücük bir çıtırtı, bir dal hışırtısı, tedirginliğini artırıyordu. Sanki, gelecek birilerinden, olacak bir şeylerden emin, beklemedeydi. Birden içi ürperdi. İçindeki huzursuzluk bedenini üşütmüştü. Geriye dönüp, pencerenin önündeki sehpada duran kül tablasında sigarasını söndürdü ve yatağına doğru ilerledi. Başucundaki komodinin çekmecesini araladı. Çıkardığı küçük bir kutudan bir hap aldı ve ağzına attıktan sonra, sehpadaki kadehin dibinde kalan içkisiyle yuttu. Pikesini açtı. İlâç kutusunu kapayıp çekmecesine koymak üzereydi ki, oda kapısı vuruldu. Seher, olduğu yerde donup kaldı. Sırtından soğuk bir ter indi. Hiç kıpırdamadan, üzerinde anahtarı duran kapıya korkulu gözlerle baktı. Kapı bir kez daha, bu sefer daha sert vuruldu... Bir kez daha... Bir daha... Seher, ilâç kutusu elinde, yavaşça yatağa oturdu. Gözleri dehşet içinde büyümüş, nefesi kesilmişti.

* * *

Ev tamamen karanlığa gömülmüştü. Bahçedeki lâmbaların ışıkları, gecenin ve ağaçların gölgeleri arasında puslu oyunlar yapıyordu. Evin ana kapısı ağır ağır açıldı. Bir erkek, yavaş ve temkinli adımlarla, etrafı kolaçan ederek dışarı çıktı, sonra kapıyı kapamadan tekrar içeri girdi. Rutubetli serin bir esinti, ağaç dallarının üzerinden, yalayarak geçti ve duruldu. Aynı anda, meçhul erkek tekrar kapıda göründü. Bu kez kucağında, pikeye sarılı bir yük taşımaktaydı. Yavaş ve sessiz adımlarla ağaçların arasına daldı ve bahçenin arka tarafına doğru ilerledi. Bir ara durup etrafına bakındı ve yaşlı, büyük çınarın altında durup, kucağındaki yükü dibine bıraktı. Ağaç gövdesine dayandığı yerden toprağa doğru uzanan pikenin kenarı açılmıştı. Gecenin karanlığından sıyrılan bembeyaz bir kadın yüzü göründü. Gözleri yarı açıktı. Bir şeyler söylemeye çalışıyor fakat çaresizlikle kelimeler daha ses olmadan sönüyordu dudaklarında. Son bir gayretle mırıldandı.

"Yardım edin... ne olur..."

Birden bir şimşek çaktı. Ağaçların dalları, yaprakları arasından oklar çizerek toprağa doğru inen ışıkla kadının yüzü aydınlandı. Bu, Seher'den başkası değildi. Anında, çılgın bir yağmur boşandı. Bir şimşek daha çaktı, gök gürledi. Gündüz sıcağı emmiş topraktan yükselen ılık rutubet, yağmurun ıslak serinliğine karışırken, Seher'in yarı aralık gözleri ve son kelimesinin düğümlendiği dudakları dondu kaldı.

Anberin, çığlıkları boğazında yumru olmuş, ter içinde yattığı yerde doğruldu. Ellerini göğsüne bastırıp, yutkunmaya ve derin nefesler almaya çalıştı. Göğsü kafesinden çıkacakmış gibi atıyordu. Başucundaki gece lâmbasının ışığında saatine baktı; üçtü. Yanında yatmakta olan kocası, uykusunun arasında, belirsiz bir şeyler mırıldanarak elini uzatıp ona sarıldı. Anberin, kâbusunda olduğu gibi, bir türlü çığlık atamamış olduğunu fark etti. Aksi takdirde, Berke çoktan uyanmış olurdu. Yavaşça, onun elini alıp yanına doğru bıraktı ve yataktan dışarıya süzüldü. Parmak ucunda yürüyerek süitin oturma odasına geçti. Dolaptan soğuk bir bardak su aldı ve yudum yudum, ilâç gibi içti. Ne kadar canlı, ne kadar gerçek görmüştü her şeyi. Toprağın rutubet kokusu hâlâ burun kanatlarında dolaşmaktaydı. Yağmurun ıslaklığı tenindeydi âdeta. Sanki, bir başka mekâna yolculuk yapmış, bir dehşeti izlemiş ve geri gelmişti. Gözünün önünde gezinen görüntüleri def etmek ister gibi, eliyle gözkapaklarını ovuşturdu. Ama, nafile... Görüntüler beyninde, filme alınmıştı bir kere. Kayınvalidesinin "Yardım edin... Ne olur..." fısıltısı kulaklarında yankılanıp duruyordu. Kâbusunun etkisi geçene kadar uyanık kalmaya karar verdi. Olduğu yerde bağdaş kurup yoga pozisyonunda oturdu ve gözlerini kapayıp uzun, derin meditasyon nefesleri almaya başladı.

Berke, ani bir sıkıntıyla gözlerini açtı. Yanı başında Anberin'i göremeyince etrafa bakındı. Yan odadan ışık geliyordu. Yattığı yerde başını kaldırarak seslendi.

"Karıcığım! İyi misin?"

"İyiyim canım."

Anberin, sözü bitmişti ki, yatak odasının kapısında göründü. Konuşarak yatağa doğru yürüdü.

"Aptal bir kâbus gördüm. Bir daha uyku tutmadı."

Berke, yerinde doğruldu.

"Benim de içimde inanılmaz bir sıkıntı var. Hiç böyle hissetmemiştim daha evvel. Sanki... tatsız bir şeyler olacakmış gibi."

Yanındaki sehpaya elini uzatıp John Player Special kutusundan bir sigara aldı. Dupont çakmağıyla yakıp derin bir nefes çekti.

"Şunu gece yarısı içmesen bari." dedi Anberin, onun saçlarını karıştırarak. Sonra, kocasının yanına, yatağın kenarına oturdu, başını onun omuzuna dayadı. Berke, sigarasının dumanını diğer tarafa doğru üfledikten sonra, karısının başını öptü. Genç kadın, yan dönerek koluyla kocasına sarıldı. Az önce terk ettiği yastığı, hâlâ kâbusunun görüntülerini yansıtıyor gibiydi. İçi ürperdi.

"Seni bu kadar uykusuz bırakacak ne rüya gördün ki?" diye sordu Berke.

Anberin, gördüklerini söylemek ile saklamak arasında tereddütteydi. Berke'nin endişeli yüz ifadesi, ona daha fazla sıkıntı vermemesi gerektiğini düşündürdü ve vazgeçti.

"Hiç... Öylesine..." dedi, "Hani, ne gördüğünü hatırlamazsın ama içinde bir sıkıntı kalır ya. İşte, öyle bir rüyaydı."

"Benim de içimde... içime sığmayan bir sıkıntı var. Anlatması çok zor."

"Pazar günü annenle konuştukların, bilinçaltında seni huzursuz etmiş olabilir. Haydi gel, bir saat de olsa biraz uyuyalım."

"Sen yat sevgilim. Ben şu an uyuyabileceğimi sanmıyorum."

Karısının kendisini saran kollarını bırakmadan, başını çevirip saatine baktı.

"Saat dört olmuş." dedi. "Zaten altı buçukta montörlerle kahvaltıda buluşacağız. Onda da uçağımız kalkacak. Bak, ne diyeceğim? Sen uzan. Ben biraz çalışıp sonra hazırlanayım."

Karısını dudağından sevgiyle öpüp kalktı. Elinde sigarası banyoya gitti.

Anberin, kocasının yastığına başını yerleştirip arkaüzeri uzandı. Ama uyuyamadı. Gözlerini kapadığı an, kâbusunun canlanacağından korkuyordu.

Seher Vardar'ın evi, salı sabahı, 07:00

Hadiye mutfak kapısını açıp içeri girdiğinde, evde sessizlik hâkimdi. Küçük el çantasını bir kenara bıraktıktan sonra, önlüğünü giydi. Dolaplardan birinden çıkardığı Ceylon ve Darjeeling çaylarını harmanladı, porselen demliğin içine biraz koydu, onu da çaydanlığın üzerine yerleştirdi ve ocağı yaktı. Gümüş tepsiye servisi hazırlamaya başlamıştı ki, salondan duyulan Muzaffer'in sesiyle evin sükûneti bozuldu.

"Haydi görüşürüz yine sultanım! Bak, senin istediğin gibi, erkenden gidiyorum!"

Hadiye elindeki işi bırakıp, hemen mutfaktan salona açılan koridora çıktı ve kapının kenarından baktı. Muzaffer, üst katın merdivenlerinden inerken, yukarıya doğru sesleniyordu.

"Kalkınca beni görmeyeceksin!"

Üzerinde, en iyisinden binici kıyafetleri, ayağında gıcır gıcır parlatılmış çizmeleri vardı. Bir gece evvelki giysileri elindeki torbalı askıda, atkılı Burbery çantası aynı tarafında omuzunda asılıydı. Sol elindeki at kırbacını merdivenin tırabzanlarına vura vura inmekteydi. Kendisini duyurmak üzere, bilhassa gürültü yapar gibiydi. Hadiye, onunla karşılaşmaktan korkarak mutfağa geri kaçtı ve sessizce bekledi. Gürültüyle çarpan sokak kapısının sesini duyunca, mutfak penceresinin tülü ardından bahçeye baktı.

Muzaffer, çakıl yolda, çizmelerini gıcırdatarak, kırbacını şaklatarak, park yerine doğru yürüdü. Arabasının yanına geldiğinde durdu, evin üst katına doğru bakarak gülümsedi ve elini salladı.

Hadiye, bir an için, şaşkınlıkla düşündü. Hanımının akşam söyledikleri kulağında yankılandı.

"Misafir odasında daha rahat edeceğinden eminim." demişti Muzaffer'e. Ve şu an adamın el salladığı oda, ancak bahsedilen misafir odası olabilirdi. Ama, hanımının o odanın camında olması için... Yok... Yok, hiç tahmin etmiyordu. Hanımı, geceyi eski kocasıyla geçirmiş olamazdı. Ama o zaman Muzaffer niye yukarıya doğru... Müthiş meraklanmıştı. Çayı demleyip mutfaktan çıktı. Kafasındaki soruya bir an evvel cevap bulma ihtiyacına rağmen, her zamanki sakin adımlarla üst kata yöneldi.

İkinci katı çepeçevre saran geniş koridor boş ve sessizdi. Karşı taraftaki Seher'in odasının kapısı kapalıydı. Hadiye, Muzaffer'in kalmış olduğu odaya doğru ilerleyip, önünde durdu. Merakı kadar çekingenliği de söz konusuydu. Kapı aralıktı. Önce, hafif bir temasla vurdu. Cevap alamayınca parmağının ucuyla ittirerek içerisini görmeye çalıştı. Yatak boş, oda sessizdi. Çift kişilik yatağın tek tarafı hiç bozulmamış, üzerindeki örtü dahi açılmamıştı. Hadiye, cesaretini toplayarak odaya girdi. Yine de temkinli olmayı elden bırakmamak için, alçak sesle, odanın banyosuna doğru seslendi.

"Seher Hanım? Seher Hanım?"

Hanımının odada olması ve kendisini, her işi bırakmış da bu odaya girmiş olduğunu görmesi fikri bile yanaklarını kızartıyordu. Merakını izah etmesi mümkün olmazdı. Ama banyo da, oda gibi boştu. Pencereye yaklaşıp kapalı perdeyi çekti ve aşağıya, çakıllı yolda Muzaffer'in arabasının henüz bırakmış olduğu ize baktı. Onun, bu pencereye doğru gülümseyip el sallamasının sırrını bir türlü çözemememişti. Dudaklarını büzüp, omuzlarını silkti ve her sabah ilk görevi olan işi yapmak, hanımının çayını getirmek üzere odadan çıktı. Odalar daha sonra toplanırdı.

Az sonra, içinde çay fincanı, demliği ve günlük gazeteler olan tepsiyle, Seher'in yatak odasının önündeydi. Duvara dayalı duran tırnak konsolun üzerine tepsiyi bırakarak, odanın kapısını nazikçe vurdu. Cevap alamadı. Kulağını kapıya dayayarak tekrar vurdu. İçeriden, banyodan su sesi gelmekteydi. Hanımı banyoda olmalıydı. Kapıyı denedi, kilitli değildi. Tepsiyi alıp içeri girdi. Verandanın açık kapısından sızan ince bir aydınlık dışında, oda, denize ve koruya bakan tüm pencereleri örten kalın brokar perdelerin gölgesindeydi. Seher, yatağında arka üzeri yatmaktaydı. Dirseğinden bükülü sol kolu göğsünde, sağ eli, pikesinin üzerinde bedenine paralel uzanmış, derin bir uykudaydı.

Hadiye, banyodan gelen su sesini anlamak üzere, elindeki tepsiyi bir kez daha, odanın köşesindeki yuvarlak İngiliz masaya bırakarak içeri gitti. Lâvabonun akmakta olan musluğunu kapatırken etrafına bakındı. Seher'in bu kadar sese hâlâ uyanmamış olmasını, bir gece evvelin yorgunluğuna ve içkisine bağladı. Yine dudaklarını büküp omuzlarını kaldırdı ve yatak odasına döndü. Seher'in yanında durup, hafif bir sesle fısıldadı.

"Seher Hanım'cığım... Çayınızı getirdim..."

Seher, loşluğun içinde, her zamanki huzurlu haliyle yatıyordu. Bu sabah muhakkak bu saatte kaldırılmasını tembihlemişti. Onun için Hadiye üstelemekte bir mahzur görmedi. Elini hafifçe onun omuzuna dokundurarak, bu kez biraz daha yüksek sesle, tekrarladı.

"Seher Hanım... Seher Hanım'cığım... Yedi buçuk oldu..."

Seher'de en ufak bir hareket yoktu. Hadiye, birden, nedenini henüz hissedemediği şekilde odanın karanlığından korkmuştu. Ne yapacağını bilemeden, koşar adımlarla gidip, perdelerden birini ardına kadar açtı. Günün erken güneşi içeri doluverdi. Tekrar yatağa yaklaştı ve ürkek bir hareketle Seher'in göğsü üzerinde uzanmış eline dokundu. O anda çığlığı boğazında dondu, gözleri faltaşı gibi açıldı.

Seher'in başucundaki komodinin üzerinde, Diazem kutusu yan devrilmiş, ağzı açık durmaktaydı. Kutunun dışına dökülmüş birkaç pembe hap, bardağın altından yayılan nemle, örtüye renk bırakmıştı. Hadiye, kâbuslarda olduğu gibi, bağırmak istiyor ama sesi çıkmıyordu. Koşup odadan kaçmak istiyor ama adım atamıyordu. Bedeni donmuş, beyninin, vücudu üzerinde hiçbir kontrol kabiliyeti kalmamıştı. Sadece, gözlerinden inen yaşları hissedebiliyordu. Birden, evde yapayalnız olduğunu hatırlamasının getirdiği ek korkuyla silkindi ve kontrolsüz bir şekilde odadan çıktı, bağırarak merdivenlerden inmeye başladı.

Seher, bütün bu gürültüyü duymaktan, yüzüne vuran güneş ışığını hissetmekten çok uzak, yatağında yatıyordu. Odanın kapısı ardına kadar açık kalmıştı. Kapının pervazı ile komodin arasında, süpürgeliğin dibinde, ucunda kırmızı püskülüyle oda kapısının anahtarı, bütün olanları, âdeta gizlendiği bir yerden izler gibiydi.

Acı Bir Kayıp

Hezarfen Havalimanı

Berke ve Anberin, uçağın merdivenlerinden indiklerinde, Celâl, arabanın yanında onları beklemekteydi. Ellerindekini almak üzere onlara doğru koşar adımlarla ilerledi. Anberin, daha uzaktan gördüğü anda, Celâl'in yüzündeki ifadeden bir felâket haberi alacaklarını anlamıştı. O anda, gece gördüğü kâbusun huzursuzluğu ve yüreğini ezen sıkıntısı tekrar canlandı. Rüyasının gerçekten bir felâketin habercisi olduğuna dair korkuları gerçekleşiyor muydu yoksa? Hemen, kocasının elini tutup, yanında yürümeye başladı.

"Berke'ciğim, kötü bir şey olmuş galiba." dedi.

Aynı anda Celâl karşılarındaydı. Yüzü allak bullak, gözleri kan çanağı gibiydi. Her zamanki nezaketiyle, onları başını eğerek selâmladı.

Berke, onun kolundan tutarak, merakla sordu.

"Hayrola Celâl? Neler oluyor?"

Celâl konuşmaya çalıştı ama dudakları titriyordu. Başını öne eğerek gözlerini patronundan kaçırdı. Kendisini zorlayarak, "Hoş geldiniz efendim." diyebildi.

Anberin'in, alacakları cevabın ne olacağına dair artık hiç şüphesi kalmadığından, gözlerinde yaşlar parıldamaya başlamıştı bile. Celâl'in konuşmasını beklerken, sağ elini dudaklarına götürüp parmağını ısırdı. Bütün bedeni ağırlaşmış, uyuşmuş gibiydi. Gözlerinde, acıyı önceden hissetmiş insanların, aynı acıyı gerçekten yaşadığı andaki çaresizliği vardı.

Berke ısrarla, Celâl'i zorladı. Sesi sabırsızdı.

"Söylesene Celâl, neler oldu?"

"Şey... beyefendi... nasıl... şey, ben... nasıl söyleyeceğimi bilemiyorumm... Anneniz..."

Anberin içinin çekildiğini, yüreğinin sıkıştığını hissetti. Kocasıyla beraber, aynı anda, aynı soruyla atıldılar.

"Ne oldu? Nesi var?"

Celâl, onlarla göz göze gelmemek için, elindeki çantaları, bilgisayarları arabanın bagajına yerleştirme telâşına girmiş görünüyordu. Ama, kendisini daha fazla tutamadı ve hıçkırıklara boğuldu.

"Hanımefendiyi... Hanımı bu sabah kaybettik Berke Bey..."

Berke, sabaha karşı onu uyandıran cenderenin, bir kez daha yüreğini kıskacına aldığını hissetti. Nefesini tuttu. Duyduklarının gerçekten çok uzak olduğuna, bir yanlışlık yapıldığına dair içinden gelen bir ses, onu acının vurgunundan uzak tutmaya çalışıyordu sanki.

"Olamaz!" dedi isyanla, "olamaz, mümkün değil!"

"Gece, uykusunda ölmüş efendim." diye mırıldandı Celâl, söylediklerini söylemek zorunda kalmamış olmayı düşünerek.

Anberin, kocasının, avucu içindeki elini acıtırcasına sıktığını hissetti. Gözünden yaşlar akarken diğer elini onunkinin üzerine koyarak, çaresizliğine sahip çıkmak istedi. Bir gece evvel rüyasında gördüğü yüz ve yardım isteyen ses sanki yanı başındaydı. Yüreğine bir kor düşmüştü ama bu, yabancı olduğu bir acı değildi. Sanki kâbusunu görmekle daha yaşanmadan tatmıştı zaten. Gözyaşlarıyla, kocasının perişan yüzüne bakıp, elini sıkı sıkı tuttu.

Berke, duyduklarına inanamayarak, önce kaşlarını çattı, gözlerini kıstı, yutkundu. Yüreğinden yükselen hıçkırığı, nefesini tutarak kontrol etmeye çalıştı ama fayda etmedi. Acısına teslimiyetle birlikte, hıçkırıkları duyuldu. Anberin şefkatle kocasına sarıldı. Genç kadın, ikinci bir anne gibi sevdiği kayınvalidesinin kaybında, kocasının yaşadığı yokluğun acısını aynen paylaşmaktaydı. Karı koca, başlarını birbirlerinin boynuna gömmüş, ağlıyordu. Anberin, bundan sonra Berke için, artık sadece bir eş, bir sevgili olmasının yetmeyeceğini, aşkına anneliği de katması gerektiğini hissediyordu. Ona daha sıkı sarıldı.

Seher Vardar'ın evi

Evin ana kapısı ardına kadar açıktı. Bahçe araba dolmuştu. İlk bakışta, akşamki davet bitmemiş, ev bir gece evvelini yaşamaya devam ediyor gibiydi. Ne var ki, bu defa, çok değil, daha on iki saat evvel, Seher'in, elinde sigarası ve kadehiyle, lila rengi şifon elbisesinin eteklerini uçuşturarak, davetli masaları arasında dolandığı, dans ettiği salon, şoke olmuş, gözyaşı içindeki misafirleriyle tam ölüm sessizliğine gömülmüştü.

Yemek masasının üzerinde çay, kahve servisi hazırlanmış, Hadiye, gözleri ağlamaktan kıpkırmızı, şiş, arada avucunda sakladığı mendille gözüne gelen yaşları, akan burnunu silip, bir taraftan da, misafirlerin fincanlarını tazelemeye, ikram yapmaya uğraşıyordu.

Gruplaşmış bazı aile fertleri ve dostlar, fısıltıyla Seher'in ani ölümünü konuşuyor, çaresizlik içinde birbirlerinden, belki daha fazla bir şey biliyordur ümidiyle, bilgi almaya çalışıyordu.

Seher'in üç yaşından beri arkadaşı olan Melike Hanım, bir yandan gözlerini silip, karşısındaki genç kadının elini okşarken konuştu.

"Nasıl oldu bu iş Beste'ciğim, anlayamıyorum."

Beste, bir eliyle yanaklarındaki yaşları sildi.

"Ben de Melike Teyze'ciğim, ben de... Kalp krizi, dedi doktoru."

"Kalp krizi mi? Daha dün sabah, her zamanki gibi, sahilde uzun bir yürüyüş yaptık, anneciğinle beraber. Dün gece, davetinde dans edip durdu. Keyfi yerindeydi. Yalnız... Muzaffer'e çok canı sıkılıyordu son günlerde. Dün gece de davetsiz geliverdi uğursuz adam."

"Filibiti de sebep olabilirmiş. Öyle diyor doktor. Bir pıhtı kalıp damarını tıkayabilirmiş."

O anda, Berke ve Anberin salona girmişlerdi. Henüz gözyaşlarına hâkim olmuş Beste, onları gördüğü an ağlamaya başladı ve kollarını açarak onlara doğru yürüdü. Anberin, ağabey kardeşin kucaklaşmalarına fırsat vermek için biraz geride kaldı. Sarıldıklarında, Beste, Berke'den daha kendisine hâkim görünüyordu. Bir aile dostuyla verandada duran Refet Vardar, Berke'nin geldiğini fark edince, konuşmasını keserek içeri girdi. Diğerleri onu takip etti.

Berke, kendisine doğru gelen dayısıyla kucaklaştı. Refet Vardar, ellerini yeğeninin omuzlarına yerleştirdi, gözlerinin içine bakarak konuştu.

"Berke'ciğim, ne ihtiyacınız varsa, yanınızdayız, biliyorsun. Koşuşturulacak, takip edilecek ne varsa, haber ver, çekinme."

Kısa bir an söyleyeceklerinin zamanı olup olmadığını düşündü ve devam etti.

"Mezarlık işlemlerini holdingden hallettiriyoruz."

"Sağ olun dayıcığım."

Berke şu anda, ne mezarlığı ne cenazenin nasıl kaldırılacağını düşünüyordu. Şu an, aklını kurcalayan şey, annesinin nasıl aniden ölmüş olabildiği ve onun kendisine henüz iki gün önce anlattığı olaydı.

"Annem hafta sonu sizdeymiş." dedi.

"Ah, evet." diye, geçmişte kalmış mutlu bir anı hatırlamış gibi cevapladı Refet Bey. "Onunla harika vakit geçirdik. Her zamanki gibi, beni yine gamdan, kasvetten kurtardı." Biraz durdu ve anımsadıklarının bir daha tekrarı olmayacağının farkında bir hüzünle devam etti. "O kadar hayat doluydu ki... Bana hep huzur vermiştir zaten... Onu çok özleyeceğim."

"Sıkıldığı, üzüldüğü bir şey var mıydı size anlattığı? Ya da, bildiğiniz bir şey..."

Beste'ye sarılmış beraber ağlamakta olan Anberin, Refet Bey'de bu soru için kocaman bir cevap olduğunu tahmin ederek, onun ne kadar, ne anlatacağını merakla, dikkatini onların konuşmasına yöneltti. Refet Bey, biraz düşünür gibi yaptı. Sonra, gayet ikna edici ve emin bir tavırla, başını iki yana salladı.

"Yok... Yok öyle bir şey. Tam aksine, son derece keyifliydi. Beraber çok eğlendik. Ben keman çaldım, o piyanoda eşlik etti. Sanki yeniden çocuk, yeniden genç olmuştuk. Öylesine neşeliydi."

Anlatırken gözlerine yaşlar dolmuştu.

"Vecdi Dayın burada değil, biliyorsun. Bir saat önce, duyar

duymaz aradım. Ama uçağa binmiş olmalı o arada, cebi kapalıydı. Duyunca o da kahrolacak. Kimin aklına gelirdi ki, bizden kaç yaş küçük kız kardeşimiz bizden önce gidecek..."

Anberin, Refet Bey'den bekledikleri bir cevabı, en azından bu gün, burada alamayacaklarını anlamış, Melike Hanım ve Beste'yle konuşmaya dönmüştü. O arada salonda bulunanlar sırasıyla karı kocaya başsağlığı dilemek için yanlarına gelmekteydi.

"Selçuk da ilk uçakla geliyor." dedi Refet Bey. "Diğerlerine de haber gönderildi. Herkes bir taraflarda..."

Berke dinliyordu ama şu an kimin nerede olduğuyla hiç mi hiç ilgili değildi. Umurunda değildi diğerleri. O, annesinin neden burada olmadığını, niye dönüşsüz yolculuğa çıktığını anlamak, bilmek istiyor ve onu burada, yanı başında istiyordu. Şimdiden özlemi içine çökmüştü.

Anberin, görümcesinin bildiği kadar olanları dinliyor, kâbusundaki görüntülerin etkisinde, ille de bir bağ kurup kuramayacağını anlamak için sorular soruyordu.

"Öldüğünü ilk anlayan kim olmuş?"

"Hadiye... Saat yedi buçukta çayını götürdüğünde."

O esnada Hadiye, masadan kullanılmış tabakları toplamakla meşguldü. Anberin, yanlarına bir başkasının gelmesini fırsat bilerek, Beste'yi bırakıp, masaya doğru ilerledi. Boşalmış bir servis tabağını alarak, Hadiye'ye yardım bahanesiyle, yanına yaklaştı. Hizmetkâr, dalgınlığından birden uyandı ve "Ah!" dedi, "Anberin Hanım, gelmişsiniz..." ve ağlamaya başladı. Anberin, onun sırtını sıvazlayıp, mutfağa doğru yönlendirdi. Ellerindeki tabakları tezgâha bırakır bırakmaz sordu.

"Seher Anne'yi ilk sen görmüşün bu sabah..."

"Ah sormayın Anberin Hanım... Sormayın... Korkunçtu."

Söylediğinin yanlış anlaşılacağından korkarak hemen atıldı.

"Yani, kendisi korkunç değildi katiyen. Olay korkunçtu."

"Anlat bakayım."

"Daha dün gece yarısı konuştuk. O çok sevdiği lila rengi tuvaletini giymişti. O kadar güzel, o kadar neşeli, o kadar gençti ki..."

"Başka kim vardı?"

"Dün akşam gelenleri mi diyorsunuz?"

"Hayır, burada kalanları soruyorum."

Hadiye, söyleyeceklerinin özel oluşundan ve dedikoduya gireceğinden endişe taşır gibiydi. Mutfak kapısından uzanıp koridora göz attı. Başkalarınca duyulmayacağından emin olunca, sırtını kapıya doğru dönerek, âdeta fısıltıyla konuştu.

"Aman, Berke Bey duymasın Anberin Hanım. O uğursuz adam burada kaldı, dün gece... Zorla."

Anberin'in kaşları çatıldı. Az önce Melike Hanım'dan onun davete katıldığını duymuştu ama evde kalması... o başka bir hikâyeydi şimdi.

"Nasıl? Nasıl zorla kaldı?"

"Seher Hanım ona taksi çağırmak istedi, içkili araba kullanmasın diye. Ama gönderemedi."

"Peki şimdi nerede?"

"Bilmem. Ben her zamanki gibi yedide mutfağa girdim. Hemen ardından da onun sesini duydum."

"Seher Anne uyanık mıydı?"

"Bilmem... Sanmıyorum. Onun sesini hiç duymadım. Ama Muzaffer Bey yüksek sesle konuşuyordu. Seher Hanım'a sesleniyordu, merdivenden inerken."

"Ne diyordu?"

"Hanım akşam tembih etmişti, 'Sabah ben uyanmadan gitmiş ol,' diye. Muzaffer Bey de, 'Senin istediğin gibi erken gidiyorum.' diye bağıra bağıra konuşuyordu işte."

"Başka bir şey duydun mu?"

"Hayır. Hanımın sesini hele, hiç duymadım. Ama herhalde kalkmış olmalıydı ki, ben yukarı çıktığımda odasının kapısı kilitli değildi. Halbuki her sabah, ben tepsisini götürünce kapıyı vururum ve kalkıp kilidini açıp beni içeri alır."

Anberin daha bir şeyler sormaya niyetliydi ama o anda mutfağa girenler olunca, Hadiye'nin yanağını okşayarak, "Peki canım, konuşuruz sonra." dedi ve salona geri döndü. Onu gören Berke yanına gelip elinden tuttu.

"Haydi gel, annemin yanına çıkalım."

El ele, merdivenlerden yukarıya çıktılar. Berke, birden garip bir telâşa kapılmıştı. Sanki, üst kata bir an önce varırlarsa, zamanı geri alacak, annesinin başına gelenler her ne ise, ona engel olacaktı. Ancak, odanın kapısına varıp, yatakta uzanmış, dönüşsüz uykudaki annesini gördüğü an, ilk kez annesinin ölümünün gerçekten farkında, olduğu yerde kaldı. Bir türlü kabullenmek istemediği soğuk gerçek işte karşısındaydı. Seher, kolları göğsünün tam altında kavuşturulmuş, çenesi bağlanmış, yatmaktaydı. Berke, yatağın yanına doğru bir adım attı ve dizleri üzerine çöküverdi. Annesinin soğumuş ellerine sarılıp başını onun vücuduna gömdü ve sarsılarak ağlamaya başladı.

"Anne... Anneciğim benim... Canım... Canım benim..."

Anberin, kocasının yanına, dizleri üzerinde yerleşti ve kolunu onun omuzuna dolayarak, acısında yalnız olmadığını hatırlatmaya çalıştı. Görüşünü puslandıran yaşlar arasından, kayınvalidesinin derin uykuda gibi duran yüzüne baktı. Kâbusunda gördüğü dehşeti anımsatacak bir ifade yoktu, Seher'in yüzünde. Ama ölümüne kendisi de şaşırmış, kabul edememiş gibiydi.

Anberin, elini kocasının sırtından çekmeden, olduğu yerden kalktı ve yatağın kenarına, kayınvalidesinin bedeninin yanına oturup, diğer elini de onun balmumundan dökülmüş gibi duran elinin üzerine yerleştirdi. Daha iki gün önce sarılıp, sıcaklığını hissettiği bedenin bu kadar soğumuş olabileceğine inanamıyordu. Onu ısıtan o kocaman hayat, renklendiren o muhteşem ruh nerelere gitmişti şimdi? Bu kadar çabuk bedenini terk etmiş, uzaklaşmış olabilir miydi? Mümkün değildi. Bunları düşünürken, birden elinin altında bir ısı hissetti. İçi ürperdi. Sanki çevresinde sıcak bir hava akımı dolaşmıştı. Sessiz hıçkırıklarla sarsılan kocasının yanaklarındaki yaşları silerken yutkunup, hüngür hüngür ağlamamak için kendisini zor tuttu. Ayağa kalkıp, köşede duran İngiliz maun iskemleyi yatağın yanına getirdi ve Berke'nin elinden tutup onu, oturması için yönlendirdi. Gözlerini odanın muhtelif köşelerinde dolaştırıp, kafasındakilere bir cevap bulmak umuduyla bakındı. Her şey yerli yerindeydi. Veranda kapısının yanında, pencere önündeki İngiliz sekreter yazı masası ve iskemlesi, Boğaz'a bakan geniş pencerenin önündeki geniş sedir, üzerindeki yastıklar, yuvarlak çay masası ve iskemleleri, duvara dayalı tırnak konsol, brokar perdeler, yatağın bir yanındaki makyaj masası, üzerinde, gümüş pudriyer, fırça, içinde ortanca çiçeği ile her şeyden daha canlı duran küçük opalin vazo, yatağın diğer yanında komodinin üzerinde küçük gece lâmbası, komodinin üzerinde tertemiz, kolalı minik bir iğne oyası örtü ve onun üzerinde küçük antika saat... Her şey yerli yerinde, hiç kullanılmamış gibi düzenliydi. Sonra, kendisini çağıran bir sese kulak verir gibi, bakışı komodinden aşağıya doğru kaydı. Önce, süpürgeliğin dibinde, ahşap zeminin üzerindeki kırmızı püskülü fark etti. Ardından pirinç anahtarı... Yavaşça yerinden kalkıp anahtarı aldı ve odanın kapısında denemek istedi. Anahtar, yuvasına geri dönmüş gibi rahat, deliğe yerleşti. Anberin, kafasını iyice karıştıran yeni soruları sonra çözmeye kararla, kocasının yanına döndü. Berke, iskemleyi, olabildiğince yatağa yanaştırmış, annesinin ellerini, yüzünü okşayarak onunla konuşuyordu.

"Anneciğim... Ne oldu canım sana? Nasıl oldu? Nasıl oldu?... Neden? Neden?..."

Anberin, kocasının yaşadığı duygusal yalnızlığı ve acıyı daha fazla zedeleyecek olmaktan çekinmesine rağmen, sorma ihtiyacıyla onun sırtını okşayarak sordu.

"Sevgilim... Annen kapısını kilitleyip yatmaz mıydı?"

"Evet... Uzun zamandır. Kendisini emniyette hissediyordu."

"Peki o zaman, sabah odaya nasıl girdiler?"

"Annem uyandırıldığında açmıştır kapısını."

"Ama. Öyle olmamış."

Berke'nin yüreğini saran acı, zaten kuşkularına cevap bulamadığından, merakı da içine almıştı.

"Anlayamadım."

"Hadiye sabah yedi buçukta çayını getirdiğinde kapı açıkmış."

"Olamaz mı? Kimbilir, belki dün gece kilitlemeden yattı. Belki de kendisini iyi hissetmiyordu, bilhassa açık bıraktı."

Anberin, üzüntüsünden ziyade, ölüme anlam ve sebep bulmak üzerine yoğunlaşmış gibiydi.

"O zaman..." dedi, "anahtarın, komodinin dibinde ne işi vardı?"

"Orada mıydı?"

"Evet, tam şurada buldum, taktım ve bu odanın anahtarı olduğu kesin."

"Açarken düşmüş olamaz mı?"

"Yani, ölümünü bildi de, kapıyı mı açtı?"

Karı koca kafalarını bulandıran bu soruya cevap bulmak ister gibi, birbirlerine baktı. Anberin biraz düşünüp tarttıktan sonra, söylemesi gerektiğine inanarak ekledi.

"Bir de dün gece Muzaffer, annen istememesine rağmen zorla burada kalmış."

Berke'nin gözlerindeki hüzne, kızgın bakışlar dahil oldu. Ayağa kalktı.

"Ah anneciğim benim," diye mırıldandı, "bizi ne bilinmezle bıraktın gittin? Anlatmadığın neler vardı?"

Çarşamba öğleden sonra, Zincirlikuyu kabristanı

Son yaz renklerinin rutubetle buluştuğu bunaltıcı bir hava vardı. Yere değecek gibi yaklaşmış bulutlar, havadaki ağırlığı daha da artırmaktaydı.

Aile mezarlığının etrafında toplanmış kalabalık, sessiz bir bekleyişteydi. Bir kuşun, daldan kalkmasıyla duyulan kanat çırpışı, mezara atılan toprağın yumuşak, tok sesine karıştı.

Berke ve Anberin, çocukları ve kız kardeşleriyle beraber mezarın bir tarafında yan yana durmuş, birbirlerine kuvvet veriyorlardı. Kızı, damadı ve Tarık'la yan yana, kız kardeşinin kapanmış mezarına bakan Refet Bey'in, vakarını hiç bozmayan yüzünde gizlenen hüznü anlamak için, onu çok iyi tanımak gerekti. Yeşilköy'deki son beraberliklerinde, Selçuk'un kaba ve küstah tavrına karşı Seher'i koruyamadığını düşünüyor ve vicdan azabı çekiyordu.

Anberin, karşı tarafta yan yana durmuş, mezara bakıyor gibi görünseler de aralarında fısıldaşmakta olan Muzaffer ve Selçuk'a rahatsız bir bakış attı. Selçuk, bu bakışı yakalamıştı. Konuşmasını keserek, gözlerini kaçırdı.

Ağır bir mermer sesi duyuldu. Mezarın kapağı kapanmış, tören sona ermişti. Herkes başsağlığı dilekleriyle ayrılmaya başladı.

Berke, mezarı çeviren setin üzerinde oturmuş, annesinin artık toprağın altında olduğuna inanamayarak, gözlerinde yaş, kavonun üzerini henüz örtmüş kapağa bakarak düşüncelerinde kaybolup gitmişti.

Aniden çıkan rüzgâr, mezarın üzerinde kalan toprak kalıntılarını ve çiçek döküntülerini süpürdü. Çelenklerden birindeki kâğıt kurdele, uçmak ister gibi havada dalgalandı. Kimse ne olduğunu anlayamadan sağanak iniverdi.

Yağmur, son vedalaşma faslını hızlandırmıştı. Anberin, çocuklarıyla birlikte arabaya doğru ilerlerken, kocasının geride kaldığını fark edince dönüp onun yanına geldi. Ona sarıldı.

"Berke'ciğim, haydi. Eve gelenleri karşılamamız lâzım."

Berke, söylenenleri duymamış gibiydi.

"Siz arabaya binin Anberin Hanım. Ben beyefendiyi getiririm." dedi Celâl.

Geray, koşar adımlarla babasının yanına gelmişti. Hep beraber, kendilerini yağmurdan korumaya çalışarak, arabaya bindiler. Anberin, kocasının yanağını okşadıktan sonra, elini avucuna alıp dudaklarına götürdü. Larissa, arka koltukta oturduğu yerden uzanıp babasının diğer elini sıktı. Geray, Celâl'in yanındaki yerinden geri döndü ve göz göze geldiler. Birbirlerine olan sevgileri ilk kez bir acıdan dolayı yoğunlaşmıştı. Araba mezarlık çıkışına doğru yol alırken, hep beraber dönüp geriye baktılar. Sağanak yağmurun altında ezilen çelenklerin arasından nihayet kurtulan kurdele, savrulup mermer kolona sarıldı ve havalanarak bir selvinin dalına takıldı.

* * *

Dua okunmuş, yemek yenmiş, misafirler dağılmıştı. Berke kapıda, en son kalan Selçuk'u geçirmekteydi. Selçuk, elini kuzeninin omuzuna koyup gözlerinin içine baktı.

"Tekrar başın sağ olsun amigo. Ne kadar üzgün olduğumu tahmin edersin. Bir şeye, herhangi bir şeye ihtiyacın olursa..."

"Sağ ol kuzen."

Berke, ona ve söylediklerine inanmak istemesine rağmen, annesinin son anlattıkları kafasını kurcalayıp duruyordu. Ancak, bir türlü, kuzeninden endişe duyulacak ciddiyette bir tehlike gelebileceğini göremiyordu. Ayrıca, ona inanmak ve bugüne dek olduğu gibi onunla olan ilişkisinde huzur ve güven hissetmek istiyordu. Aksi, hayal kırıklığı ve geçmişteki yakınlıklarına hıyanet olurdu. Onu arabasına kadar geçirdikten sonra eve girdi.

Anberin salonda, Hadiye'yle birlikte, masada kalan son tabakları kaldırmaktaydı. Elindekileri bırakıp kocasının yanına geldi. Onun koluna girdi ve beraber verandaya doğru yürürlerken, "Seni daha fazla üzmedi inşallah." dedi.

"Kim? Selçuk mu? Yok canım. O da çok üzgün."

Anberin dudak büküp, "İnanırsan." diye mırıldandı.

"Gerçekten."

"Sevgilim, onun ve senin gerçeklerin çok farklı. Bilemiyorum, bunu anlaman için mi, yoksa anlamaya fırsat olmaması için mi dua edeyim." Birden konuyu değiştirdi.

"Sana bir içki vereyim mi?"

"İyi olur."

Genç kadın, barda bir kadeh viski hazırlarken, bir taraftan da çocuğunu izler gibi kocasını izlemekteydi. Berke, şöminenin üzerindeki fotoğraflara bakıyordu. Ama sanki fikren orada değildi. Sonra, salonun dört bir yanında bakışlarını gezdirdi ve yaşadıklarına inanamadığını anlatan bir ifadeyle, gözlerini kapattı, derin bir nefes alıp başını iki yana salladı. Balkona doğru birkaç adım attı ve dirseğini kapı pervazına dayayarak çenesini kolunun üzerine yerleştirdi. Anberin, elinde kadehle yanına geldi, kolunu kocasının beline doladı. Berke'nin içkisini verirken, başını onun omuzuna dayadı ve mırıldandı.

"Kâbus gibi... Sanki uyanacağım da, her şey sona erecek. Aynen, dün gece rüyamda gördüğüm gibi..."

Berke, boşlukta gibi sordu.

"Hatırladın mı sonunda rüyanı?"

"Aslında unutmamıştım. Ama o kadar korkunçtu ki, senin moralini bozmamak için anlatmak istemedim."

"Bu yaşadığımızdan daha korkunç olabilir mi?"

“Zaten... anneciğinin öldüğünü görmüştüm.”
Anberin başını kaldırıp hıçkırmaya başladı.
“Biliyor musun, sanki yardım istediği o anda yanında olabilseydik... Her şey... Her şey farklı olurdu gibi geliyor.”
Berke, onun başını okşayıp öptü.
“Bunun mümkün olmadığını biliyorsun... Bugün burada kalmamız iyi oldu. Aldatıcı da olsa, sanki her an merdivenlerden inecekmiş gibi geliyor... Çocuklar da eve dönmeseler, burada olsalardı keşke.”
“İstediler ama bence bir-iki gün daha annemde kalsınlar...”
“Bu arada... Beste nerede?”
“Bir ilâç alıp az önce yatmaya gitti... Doktorla ne konuştuğunu anlatmadın... Ne dedi?”
“Aynı şeyi. Son zamanlarda flibiti için sık ilâç alıyormuş annem. Bir pıhtı, dolanırken beyine ya da kalbe gidebilirmiş. Annemin de bunun kurbanı olduğunu söylüyor.”
“Emin mi?”
“Evet. Hem de çok.”
“Bilemiyorum... Sanki, yerine oturmayan bir şeyler var.”
Anberin, kendi kuşkularına bir cevap arar gibiydi.
“Belki de gördüğüm kâbus beni paranoyak yaptı.” diye ekledi. Sonra, kocasının kolunu okşadı ve “Haydi gel,” dedi, “biraz uyumaya çalışalım. Yarın da yorucu bir gün olacak.”
Berke, kadehini fondip yapıp sehpaya bıraktı. Yukarı çıkmadan önce, Anberin mutfağa doğru gitti.
“Hadiye,” dedi, “haydi canım, senin için de çok zor bir gündü. Git, yat. Geri kalanı yarın hallederiz.”
Sonra salonun ışığını hafifletip, kendisini merdivenin başında beklemekte olan kocasının yanına geldi. El ele tutuşup, basamaklardan çıkmaya başladılar.
“Refet Dayım bir şey istedi, anneme ait.” dedi Berke.
Anberin, merakla sordu.
“Neymiş o?”
Annemin altın bir çakmağı vardı, devamlı kullandığı; Dunhill.”
“Evet.”

"İşte onu istiyor."

"Allah Allah. Niye?"

Geçen hafta annem kendisinde kalırken, en son o çakmakla sigarasını yakmış dayım. 'Bana hatıra kalsın istedim,' dedi."

Üst kata varmışlardı. Anberin dudak bükerken yürümeye devam etti.

"Enteresan. Onca yıldır kardeşler. Nice hatıraları varken, bir çakmak ne ifade edebilir ki?"

"Her neyse... Bulup verelim, gönlü olsun."

Seher'in odasının önünden geçerken durup içeriye baktılar. Minik gece lâmbasının tek ışığıyla iddiasız, huzurlu bir aydınlığa bürünmüş odada her şey yerli yerinde, sanki az sonra gelip yatacak sahibesini bekler gibiydi. Vazodaki çiçekler hâlâ taptazeydi.

"Şu çakmağa bir bakayım." dedi Berke.

"Şimdi mi?" diye sordu Anberin.

"Evet canım. Aklımdayken halletmek istiyorum. İstersen, sen de annemin resim odasına bir göz atıver."

"Nasıl istersen."

Anberin, kayınvalidesinin çalışma odasına girip ışığı yaktığında, tüm vücudunun ürperdiğini hissetti. Tiner, boya, vernik, kâğıt ve tütün kokusu, Seher, ardında "Az sonra döneceğim." işareti bırakmış gibi karşıladı kendisini. Çalışma masasının üzerindeki tablada son söndürdüğü sigarası nasılsa temizlenmemiş, hâlâ duruyordu. İzmariti filtresinden tutup parmakları ucunda döndürdü ve tekrar kül tablasına bıraktı. Şövalenin üzerindeki tualde, ağlamak ile gülmek arasında gizli bir hüzünle bakan kadının gözleri öylesine derindi ki, Anberin elini uzatıp, onun okr ve kızıl kahve tonlarıyla gölgelenmiş yanağını hafifçe okşamaktan kendini alamadı. Gözüne yaş gelmişti. Burada yaşayan, soluyan farklı bir şeyler vardı sanki. Sanki oda, içindeki her şeyle beraber, nefes alıp veriyordu.

Kendisini odanın sihrinden kurtarıp çakmağı bulmaya çalıştı. Masanın üzerindeki kalabalığın arasına, sehpada duran sigara paketinin içine, kütüphanenin raflarına, gardırobun malzeme dolu çekmecelerine teker teker baktı ama nafile, Dunhill çakmak hiçbir yerde değildi. Işığı kapayıp odadan çıktı ve Seher'in yatak odasına geri döndü.

Berke de, annesinin gardrobunun kilidini kapamaktaydı.

"Yok Berke'ciğim, annenin resim atölyesinde bulamadım tarif ettiğin çakmağı."

"Buralarda da yok."

"Bulamadığını söylersin dayına."

"Vermek istemediğimi falan sanır. Onun için bulsak iyi olur."

"Haydi artık. Yarın yine ararız. Kaybetmediyse, bir yerden çıkacaktır. Hadiye'ye de sorarım."

Karı koca, el ele tutuştular ve kapıdan çıktılar. Son anda, Anberin döndü, elini dudaklarına götürüp yatağa doğru bir öpücük gönderdi.

"İyi geceler Seher Anne. Her neredeysen şimdi, iyi uykular..."

Ağlamamak için kendisini zorlayarak yutkundu. Hüzün içinde, koridorun karşısındaki odalarına doğru ilerlediler.

Aynı gece yarısı

Anberin, yanağını okşayan hafif bir temasla gözünü araladı. Yatak odasının balkonuna açılan tüller, sağanak yağmurun geride bıraktığı serin bir rüzgârla dalgalanmaktaydı. Saçaklardan, oluklardan, hâlâ damlayan su sesleri duyulmaktaydı. Genç kadın ürpererek yerinde doğruldu ve pikeyi göğsüne doğru çekti. Yanaklarına dökülen saçları parmaklarıyla tarayarak geriye doğru attı. Saatine bakmak üzere başını çevirdiğinde, pencerenin önündeki iki berjer koltuktan birinin üzerine atılmış olan siyah beyaz desenli kaşmir hırkayı gördü. O an, iliklerine kadar buz kestiğini hissetti. Kısa bir tereddütten sonra yerinden kalktı. Koltuğun kenarına gelip, hırkaya soru dolu bir ifadeyle baktı. Ne zaman, nasıl buraya gelmişti? Yatarlarken burada değildi... Görünür hiçbir yerde değildi. Almak üzere elini uzattığı anda hırka kayarak yere düştü. O anda tok bir ses duyuldu. Yarı karanlık odada, neyin sese sebep olduğunu anlamak için çömelip arandı. Koltuğun altında küçük bir obje parıldamaktaydı. Elini uzattı. O anda, serin metal, parmaklarının ucuna değdi. Ürkmesine rağmen, merakından gelen aceleyle eline aldı. Altın Dunhill çakmak avucunda parıldayarak, "Ben buradayım." diyordu. Sırtından ılık bir rüzgâr dolaştı. Nefesi tutulmuş, yerinden kıpırdayamıyordu. Balkon tülleri, taze bir esintiyle savruldu. Ardı ardına çakan şimşek odanın içinde, eşyaların üzerinde şekiller çiziyordu. Avucundaki çakmağın kapağını açıp kapadı, tekrar açtı. Birden, müthiş bir gökgürültüsü duyuldu ve aynı anda çakmak alev aldı.

Uyanan Anberin'in gözleri faltaşı gibi açıldı. Olduğu yerde doğrulup nefes almaya çalıştı. Dışarıda çakan şimşek, karanlık odanın içinde esrarengiz pırıltılar yaratıp yok oluyordu. Açık balkon kapısının tülleri uçuşmaktaydı. Odada yağmur ve tütün kokusu vardı. Ürküten ama meraklandıran garip, sıcak bir hisle sarılmıştı. Başucundaki lâmbayı yaktı. Bakışlarını derhal karşı köşede duran berjer koltuğa yönlendirdi. Koltukların ikisi de, gece yatarken bıraktıkları gibi, üzerleri boş duruyordu. Ama burun kanatlarında, çok yakından gelen tütün kokusu gittikçe daha kuvvetleniyordu.

Anberin, yanı başında yatan ve derin bir uykuda olan kocasına baktı. Pikeyi onun açılmış olan çıplak omuzuna doğru çekti. Tekrar sırtını yastığına dayadı. Derin bir nefes aldı. Ama işte... Yine o yanık sigara kokusu... Rüyadan daha yakın, daha gerçekti. Genç kadın, iki gece evvel gördüğü kâbusun nasıl gerçeğe dönüştüğünü düşündü ve ürküntüyle etrafı kokladı. Hayır, şüphe götürmeyecek şekilde, sigara kokusu vardı ve onu bir yerlere çağırıyordu sanki. Birden, yüreğindeki ürpertiyi, zihnindeki endişeyi, üzerinden bir elbise çıkarır gibi çıkarıp attı. Ağır ama daha önceden programlanmış, ne yapacağını çok iyi bilir gibi hareketlerle, örtüyü açıp yataktan çıktı. Gürültü yapmamaya dikkatle, çıplak ayakları halıya gömülerek sessizce odadan ayrıldı.

Üst katın koridoru, çepeçevre, odaların arasındaki duvarlardaki küçük, kırmızı, ipek şapkalı apliklerin yaydığı melânkolik ışıkla, yol gösterecek kadar aydınlanıyordu. Anberin, koridor boyunca, âdeta rüyada bir yere çağrılıyor gibi yürüdü ve evin Boğaz tarafına doğru ilerleyip kayınvalidesinin odasının önünde kısacık bir an durdu. Sonra içeri girdi ve doğruca duvar boyu uzanan gardıroba gidip kapısını açtı. Seher Vardar'ın o çok sevdiği canlı renklerin hâkim olduğu yazlık kıyafetleri, saten askılar üzerinde muntazam bir düzende asılmış durmaktaydı. Anberin, sağ elinin parmaklarını, sanki sahibini okşar gibi, kıyafetlerin üzerinden geçirdi. Tavrında, korkudan, endişeden ziyade, esrarengiz bir beklenti vardı. Sanki gardırobun içinden kendisine bir şeylerin gözükmesini bekliyordu. Birden, alt raftaki ayakkabı kutularının yanında, gece elbiselerinden birinin eteği altında kalmış taba rengi deri çanta dikkatini çekti. Kurulmuş gibi, hiç düşünmeden, hemen uzanıp sapından çekti ve dışarı çıkardı. Çantayı, pencerenin önündeki sehpaya koydu ve ağzını açtı. Suluboya defteri, Ecolin boya kutuları görünmekteydi. İçini yeniden derin bir hüzün bürümüştü. Nazik dokunuşlarla resim malzemelerini tek tek elden geçirmeye başladı. Bir ara, boya şişelerinin, fırça kutularının altında, en dipte, bir yumuşaklık eline geldi. Nefesini tutarak dışarı çekti. O anda, bedeni sıcaklık ve tarif edemediği bir enerjiyle sarıldı. Elindeki, az önce rüyasında gördüğü siyah beyaz desenli kaşmir hırkadan başkası değildi...

Anberin, nefesini tutarak hırkayı çantadan aldı. Gözlerini kapayarak elini hırkanın cebine soktu ve zaten orada bulacağından emin olduğu objeyi çıkardı. Olanlara inanamayarak ama yaşadıklarından memnun, gülümseyerek baktı. Avucundaki, bu defa gerçekten, kayınvalidesinin altın Dunhill çakmağıydı.

Komodinin üzerindeki polaroid fotoğrafta, Seher, ağabeyi Refet'le yan yana, Yeşilköy'deki evin bahçesinde görülmekteydi. Seher, elinde sigarası, keyifle kameraya gülümsüyordu. Sırtında, siyah beyaz kareli kaşmir hırkası vardı.

Bir Yüzük Hikâyesi

Perşembe günü öğleden sonra, Seher Vardar'ın evi

Sokak kapısı çalındığında, Berke salondaki çalışma masasının üzerinde evraklarını yaymış, çalışmaktaydı. Hadiye'nin yol gösterdiği küçük dayısını salon kapısında gören Berke yerinden fırlayarak ona doğru ilerledi.

"Hoş geldiniz dayıcığım."

"Berke… Başın sağ olsun."

"Sizin de."

Dayı yeğen sarıldılar. Kısa fakat sıcak bir sarılıştı. Vecdi Vardar'ın hayatında, her şey gerektiği kadar yer tutardı. Anlamını ifade etmesi yeterdi. Hiçbir şeyi uzatmaz, düşünme ve uygulamaları da, en pratik, en kestirme yoldan değerlendirirdi.

"Kusura bakma," dedi, "cenazeye yetişmem mümkün olmadı. Ancak şimdi dönebildim. Havaalanından doğruca buraya geldim."

"Sağ olun dayıcığım. Buyurun, oturmaz mısınız?"

Vecdi Bey, goblen koltuklardan birine yerleşirken Berke sordu.

"Ne içmek isterdiniz?"

"Hiçbir şey. Uçak yolculuğunu biliyorsun. Tıka basa yiyip içtim zaten… Anberin yok mu? Çocuklar?"

Berke, dayısının karşısındaki koltuğa yerleşirken cevapladı.

"Çocuklar fabrikada. Anberin de Maçka'daki evi toparlıyor. Buraya taşınmaya karar verdik."

"Güzel evdir. Yaşatmanız hoş olur."

"Son aile evimiz... Hepsi heba oldu, gitti. Kimi satıldı, kimi apartman oldu. Onun için bunu korumak istedim."

"İsabetli karar vermişsin."

Vecdi Vardar, söyleyeceği lâfı uzatmak, dolandırmak istemediği belli, hafifçe öne eğilerek, sağ dirseğini dizine dayadı ve sağ elini uyarıcı bir işaret unsuru gibi kullanarak konuştu.

"Berke... Beni iyi dinlemeni istiyorum."

Sesinden çok belliydi ki, duygusallık onu içine alıp sürükleyen bir olgu değildi. Söyleyecekleri her ne ise, kız kardeşinin ölümünden daha güncel, şu an daha fazla önemliydi. Elini yumruk yapıp çenesine birkaç kez üst üste dokundurdu. Sanki, söyleyeceklerini bir sıraya sokar gibiydi. Nihayet konuştu.

"Annenin kaybı hepimiz için beklenmedik bir bir olay, bir şok... Refet Ağabeyimin de söylediği gibi, en küçüğümüzün bizden önce aramızdan ayrılacağını hiç düşünemezdik... Seher'i çok özleyeceğiz. Ama olan oldu... Şimdi, holding için önceliği olan başka konular var." Cümlesi biterken arkasına dayandı, sorusunu yöneltti.

"Senin Astaş'ın durumu nedir?"

"Mükemmel." dedi Berke. "İki vardiya, tam kapasite çalışıyoruz. Doğu projesinin anlaşmalarını yapıp döndüm Amerika'dan. Manisa'daki, yeni "Easy-open" hattı için montörler geldi, montaja başladık."

"Peki, sana bir şey soracağım. Holdinge biraz daha enerjini ayırabilir misin?"

Berke, biraz şaşırmış baktı.

"Dayıcığım, elinizde yeterli enerjik bir ekip var zaten. Bana niye ihtiyacınız olsun ki. Yönetim kurulunda olmam kâfi değil mi?"

Vecdi Vardar, yeniden öne doğru eğilip, Berke'nin gözlerine bakarak konuştu.

"Ben senden yönetim kurulu üyeliğinden daha fazlasını istiyorum."

"Tabii... Ne isterseniz... Elimden geleni yaparım."

Vecdi Vardar, arkasına dayanırken, kararlı bir sesle devam etti.

"Selçuk'u daha yönetim kuruluna davete karar verdik."

Berke bu kez gerçekten şaşkındı.

"Neden dayıcığım?" diye merakla sordu. "Ben şahsen holdin-

gin geleceğinin onda olduğuna inanıyorum."

"Şayet vaktiyle sana yaptığım tavsiyeleri dinlemiş olsaydın, holdingde sen yükseliyor olacaktın."

"Bana olan itimadınıza çok teşekkür ederim dayıcığım. Ama ben, o yolu Selçuk'a açmak istedim."

"Sen, Selçuk'un, ona yolu açtığın için sana teşekkür edeceğini zannediyor musun?"

Berke, başını iki yana sallarken, umursamaz bir gülümsemeyle cevap verdi.

"Benim beklentim teşekkür falan değil ki... Hem, bu koca işte, ailenin isteyen bütün fertlerine yetecek kadar iş alanı var. Kavga etmeye gerek yok."

"Pekiyi o zaman... Şimdi söyleyeceklerimi iyi dinle ve Selçuk'un hâlâ bu işe uygun olup olmadığına sen karar ver."

Burada bir an durdu ve bir nefeste tamamladı.

"Tecrübe edinsin diye son bir grup makinenin alımını takip etmesini istemiştim. İsviçre'de kendisine pay istemiş."

"Dayıcığım, bu çok ciddi bir suçlama."

"İsviçre'de Hans Peter'le görüştüm. Kendisi bizzat söyledi. Selçuk, bir de utanmadan, ona teklif etmiş bunu. Adam şaşkındı. Bizim aile alışık değil böyle bir şeye..."

Berke, dayısının sinirini yatıştırmak için sakin bir tavırla araya girdi.

"Dayıcığım, hemen harekete geçmeden, Selçuk'la bir görüşseydiniz. Eminim, bunun bir izahı vardır."

"İzaha gerek yok Berke. Hans Peter'i iyi tanıyorum. Oğlumu da biliyorum."

"Yine de, bir konuşsaydınız kendi..."

"Konuşacağım tabii!"

Vecdi Vardar yavaşça ayağa kalktı. Elini vedalaşmak üzere, yeğenine uzattı.

"Yönetim kurulu toplanmadan önce ağabeyimle ve seninle görüşmek istedim."

Berke, Selçuk lehine fikirlerini tekrar belirtmek istedi ama dayısı ona fırsat vermeden kapıya doğru yürüdü. Vecdi Vardar, söylemek için geldiği şeyleri söylemişti ve bu konu için harcanması gerektiği kadar vakit harcanmıştı. Daha fazlası gereksizdi, israftı. Artık gidiyordu.

Sokak kapısından çıktıkları anda durdu. Dönüp yeğeninin gözlerinin içine bakarak, tane tane konuştu.

"Senden istediğim, kurul toplandığında benim yanımda olman. Dürüstlüğüne güveniyorum. Bu, ailemizin geçmişine ve geleceğine karşı vicdani borcumuzdur. Kaç nesildir bize duyulan saygıyı, güveni, içimizden birinin açgözlü heveslerine kurban edemeyiz."

"Ama, böyle bir lâfın duyulması bile..."

"Bugün durdurmazsam, ileride cümle âlemin duyacağı bir fiyasko olacak Berke. Onun için derhal el atmamız lâzım." Bir an durdu. İçinin acıdığını gösteren bir ifadeyle dudak büktü ve ekledi. "...Bu benim oğlum olsa bile..."

Sonra bakışlarını Berke'nin parmağındaki yüzüğe yönlendirdi.

"Hem," dedi, "aile yüzüğümüzü babamın sana niye bıraktığını düşün."

Ardından, dostça bir tavırla Berke'nin omuzuna vurarak arabasına doğru ilerledi. Şoförünün açtığı kapıdan arka koltuğa yerleştikten sonra dönüp elini salladı.

"Haydi eyvallah! Dediklerimi unutma."

Araba bahçe kapısından çıkarken Berke olduğu yerde kaldı. Sol elindeki yüzüğe bakarken, yıllar evveline geri gitti.

Yirmi dört sene evvel, Ali Sermed Vardar'ın evi

Yaşlı adam, çalışma odasındaki kasanın kilidini açarken, on sekiz yaşındaki delikanlı yanında durmuş, merakla kendisini izlemekteydi. İçeriden, salondaki aile bireylerinin kahkahaları, konuşmaları duyuluyordu. Büyükbabanın yaş gününü kutlamak üzere bütün aile toplanmıştı o gece. Ali Sermed Bey, en büyük erkek torununu yanına alıp çalışma odasına getirmişti. Berke, neden herkesten ayrılıp kapalı kapının ardında büyükbabasıyla başbaşa kaldığını henüz bilmiyordu. Büyükbabası böyle uygun gördüyse muhakkak bir anlamı olmalıydı. Yaptığı, söylediği her şey için geçerli bir sebebi vardı Ali Sermed Bey'in. Berke, büyükbabasının açık, kararlı alnında ciddiyetle çizilmiş gibi duran birkaç kırışığı; duru, net, hiç tartışmasız disipline rağmen sevgi ifade eden bakışlarını izlerken, kasadan çıkacak şeyi bekliyordu. Yaşlı adam, siyah küçük kadife bir kutuyu çıkarıp torununa döndü. Bir elini omuzuna atarak konuşmaya başladı.

"Berke, oğlum, bu elimdeki kutuda çok hassas bir emanet var."

Delikanlı, her zaman hayran olduğu ve çok derin bir sevgi ve saygı duyduğu büyükbabasını büyük bir dikkatle dinliyordu.

"Benim için manevi anlamı çok büyük, aile yadigârı bir emanet. Hem de birkaç asırlık anıyı beraberinde taşıyan... Bazıları için ise, sadece çok değerli bir obje. Bir yüzük... Aile yüzüğümüz. Bu yüzüğün, nesillerdir ailenin en büyük erkek çocuğuna bırakılması âdettendir. Senin, en büyük erkek torunum olarak, değerlerimizi bir sonraki nesle taşıyacağından çok eminim. Onun için, yüzüğü doğrudan sana bırakacağım."

Genç Berke, heyecan içinde, sevgiyle büyükbabasına sarıldı. Ama sakin ve ağırbaşlı tavrını elden bırakmadı.

"Büyükbabacığım, ne diyeceğimi bilemiyorum... Ama dayılarım..."

"Bu tasarruf benim. Kimsenin bir söz söylemeye hakkı yok. Ben öldükten sonra, anneannen takacak, ama ondan sonra sana kalacak. Vasiyetimde yazılı. Sonunda, sen biricik sevgili kızımın oğlusun. Senin de bir gün, yüzüğümüzü aynen benim gibi, çok ince düşünerek hak edene bırakacağından eminim."

Ali Sermed Bey kutunun kapağını açıp torununa doğru döndürdü.

Berke, Rönesans devri montürlü, kalın altın bant üzerinde ortada sarı elmas, iki yanında siyah safir taşlar bulunan yüzüğe, elini uzatmadan karmaşık duygular içinde baktı. Büyükbabasının kendisine göstermiş olduğu itimattan dolayı göğsü kabarmış ama iki dayısının atlanıp kendisine böylesine önemli bir emanetin teslim edilecek olmasından, içten içe rahatsızlık duymuştu.

Ali Sermed Bey, Berke'nin elini alıp kutuyu onun avucuna yerleştirdi. Genç adamın gözlerinde, bu değerli yüzüğe sahip olmaktan ziyade, büyükbabasının ona itimadından duyduğu mutluluk okunuyordu.

"Büyükbabacığım," dedi, "bu güveninize lâyık olmak için elimden geleni yapacağım. Size nasıl teşekkür edeceğimi bilemiyorum."

Ali Sermed Bey, genç Berke'yi alnından öptü ve sonra elleri onun omuzlarında gözlerinin içine bakarak konuştu.

"Bundan çok eminim Berke'ciğim. Yalnız unutma: Güven, çok kırılgan bir duygudur. Bir gün, kendinin kırılacağını dahi bilsen, sana duyulan güvene gözün gibi bak. Çünkü, tarihin gözünde senin kimliğini şekillendiren, sana duyulan güvendir."

* * *

Berke, anılarındaki görüntüden geri dönmüştü. Gülümseyerek, yüzüğünü diğer elinin başparmağıyla okşadı. Büyükbabasının vefatından sonra yüzüğü bir müddet de anneannesi takmış ve ölümünde de, kocasının vasiyetine uyarak, yüzüğü Berke'ye bırakmıştı. Evet, bir gün kendisi kırılacak dahi olsa, aynen büyükbabasının dediği gibi, güvenilmeyecek bir adam asla olmayacaktı. Birden, ailesinden kuşaklardır kendine miras kalan zenginliğin, aslında maddi hiçbir şeyle ölçülmeyeceğini bir kez daha hatırlayarak, dudaklarında tebessüm, eve girdi. Bunu hatırlamak, yaşadığı kaybın acısını hafifletmişti sanki. Bütün kaybettiği sevdiklerinden, kendisine harika, sevgi dolu anılar ve mükemmel öğretiler kalmıştı. Büyükbabası, anneannesi, babası ve annesi...

Hepsinin de kendisine olan özel sevgilerini hissederek yaşamış, gerçek anlamda sevginin tadını çıkarmış, o da hepsine aynı derece sevgiyle karşılık vermişti. Bu yönden içinde, en ufak bir vicdan azabı veya ukde taşımasına sebebiyet verecek şey yoktu. Hep mutlu, seven, sevilen, ilgiyi, şefkati, huzuru, özgüveni bilen bir çocuk, genç ve yetişkin olmuştu. Bundan daha büyük bir zenginlik olabilir miydi? Şimdi de, bütün bunları paylaşabildiği, çok sevdiği, mükemmel bir karısı ve evlâtları vardı.

Geçmişi düşünmek, onda anıları tekrar yaşama arzusu uyandırmıştı. Kendisine bir kadeh içki koyduktan sonra, annesinin albümlerini çıkardı. CD çalara bir 'blues' koydu ve fotoğrafları taramaya başladı. Yıllar yıllar evvelinin bir aile pikniğinde, Selçuk'la beraber çocuk havuzunda oturdukları fotoğrafa bakarken gülmeden edemedi. Nasıl olurdu da, bu çocuk şimdi kendisine bir kötülük yapmak isteyebilirdi? Mümkün müydü? Ayrıca bir sebep yoktu ki.

"Merhaba canım!"

Anberin'in sesiyle, anılar dünyasından sıyrılıp başını çevirdi. Genç kadın, üzerinde blucin ve tişört, omuz çantasını sandalyelerden birine bırakıp kocasına doğru ilerledi. Berke, albümü kenara itip oturduğu yerden kalkmıştı.

"Merhaba canım, hoş geldin."

Sarılıp, dudaktan bir buse aldılar.

"Nasıl, kolayladın mı işleri?" diye sordu Berke.

"Kolaylandı sayılır. Beste buradan arzu ettiklerini aldığı gün, aynı kamyonla oradaki eşyaları da buraya taşırız."

Genç kadın, sevgi ve ilgiyle kocasının yüzüne bakarken sordu.

"Sen nasılsın?"

"İyiyim."

Berke, sağ elini karısının beline doladı ve az önce kalkmış olduğu koltuğa doğru beraberce yürüdüler.

"Bugün Vecdi Dayım geldi."

"Ne zaman dönmüş?"

"Bugün havaalanından doğru buraya gelmiş. Sana çok sevgileri var."

"Teşekkürler." dedi Anberin, kocasının yanına, koltuğa otururken. "O da şoktaydı herhalde."

"Evet, tabii. Ama Vecdi Dayım için, o 'an'ın işi önemlidir."

"Yani?"

"Yani, sonunda iş konuşuldu yine."

Anberin, küçük bir kahkaha attı.

"Anneciğinin bunu yadırgayacağını sanmam. Bu, aile geleneği değil mi zaten?"

O anda, salon kapısında bir hareket oldu. Larissa ve Geray arka arkaya içeri girdiler. İkisi de spor kıyafetler içindeydi. Geray'ın ellerinde, kollarında siyah yağ lekeleri vardı. Anberin ayağa kalkıp, gülümseyerek kollarını açtı.

"Canlarım! Hoş geldiniz istikbalin sanayicileri. Nasıl geçti gününüz?"

Larissa annesiyle öpüştükten sonra babasına doğru eğildi. Geray annesini öperken kollarını iki yana açtı. Anberin, şaka yollu, içerlemiş gibi söylendi.

"Doğru dürüst sarıl bakayım annene."

"Anneciğim, üstüm başım yağ içinde."

"Olsun."

Genç çocuk yine de temkinli olmaya çalışarak kucakladı annesini.

"Sanki bugüne kadar annelerinin üstünü kirletecek bir şey yapmamışlar gibi." diye devam etti Anberin. Sonra kızına döndü.

"Sahi Larissa'cığım, sen nasıl böyle temiz dönebiliyorsun fabrikadan?"

Geray, babasını öpüp hemen cevap yetiştirdi.

"Ne olacak! Prenses, desen atölyesinde çalışıyor. Masa başında... Benim gibi tornada değil ki..."

"Hiç söylenme." dedi Larissa, "Bana ne iş verirlerse onu yapıyorum."

Berke, çocukların tatlı atışmasına gülümserken araya girdi.

"O tezgâhın, yağın, kirin, ileride hayatında ne kadar önemli olduğunu göreceksin Geray'cığım." dedi ve bir hikâye anlatmaya hazırlanır gibi genzini temizleyip başladı.

"Biliyor musunuz ki..."

İki kardeş, aynı anda birbirlerine bakıp gülümseyerek, bir ağızdan konuşmaya başladılar.

"Eveet..."

Ve hemen seslerini babalarının sesine benzetmeye çalışarak kâh beraber, kâh bir diğerinin ekosu gibi, devam ettiler.

"...Fabrikadaki ilk yaz aldığım maaşların üzerine büyükbabam da bir o kadar eklemişti ve ilk saatimi almıştım..."

Hep beraber güldüler. Berke, onlara 'Haydi oradan' der gibi el salladı.

"Haydi çocuklar," dedi, Anberin, "gidip duşunuzu alın. Birazdan yemeği hazırlayacağım."

"Tamam anneciğim, on beş dakikada aşağıdayız."

Anberin, çocuklarına bakarken, onların verdiği mutluluk gözlerine yansıyordu.

"Oyalanmayın lütfen..."

Sözü, telefonun sesiyle kesilmişti. Çocuklar yukarıya doğru koşarak çıkarlarken Anberin telefonun durduğu sehpaya doğru ilerledi. Ahizeyi kaldırdı.

"Alo?"

"Alo, Berke orada mı?"

Anberin'in yüzünde az önceki mutlu, huzurlu ifade anında değişmişti. Sıkıntı aldığı çok belliydi Yine de kibarlıkla, İngilizce cevap verdi.

"Merhaba Gloria. Evet, burada. Bekler misin lütfen?"

Ahizeyi bırakıp, kendisine bakan Berke'ye döndü.

"Gloria seni arıyor."

Ahizeyi sehpaya bırakıp, huzursuz bir ifadeyle salondan çıkıp mutfağa doğru yürüdü.

Berke, isteksizce telefona geldi ve İngilizce cevapladı.

"Evet Gloria?"

Hattın diğer ucundaki kadın, eski günleri hatırlatmak ister gibi, işveli bir sesle konuştu.

"Berke sevgilim. Annene çok üzüldüm."

"Teşekkür ederim."

"Nasıl oldu?"

"Çok ani... Hâlâ şoktayız."

"Seni ziyaret etmek isterdim... Ofisinde tabii ki..."

Berke, Gloria'nın başsağlığı ziyaretini pek kabul etme niyetinde değildi ama nasıl hayır diyeceğini de bilemedi. Çaresiz bir tavırla, "Bilmem..." diye mırıldandı. "... Pekâlâ. Fakat gelmeden önce muhakkak telefon edip haber ver lütfen. Çok yoğunum."

“Tabii ki sevgilim, tabii ararım. Tekrar başın sağ olsun. Hoşça kal.”

“Teşekkürler. Hoşça kal.”

Berke telefonu kapadığında, şu an Gloria’nın, hayatına, hayatlarına getirebileceği en ufak bir karmaşaya tahammülü olmadığını düşündü. Ama on senelik müşterek mazi, ona karşı sert tavırlı olmasını engelliyordu.

Gecenin ilerleyen saatleri, Seher Vardar’ın evi

Berke hâlâ yatak odasındaki çalışma masasındaydı. Önünde yayılmış kâğıtların, dosyaların arasında düşünceli görünüyordu. Anberin, yatakta sırtını yastığına dayayıp oturmuş, kitabını okumaktaydı. Bir ara başını kaldırıp kocasını izledikten sonra sordu.

“Her şey yolunda mı sevgilim?”

Berke, başını dosyadan kaldırdı.

“Ne canım?”

“Her şey yolunda mı, dedim.”

“Evet, evet. Sadece, annemin evrakları arasında çalışırken onun ölümünü düşünmeden edemiyorum. Hâlâ inanamıyorum... Kâbus gibi...”

Anberin, elindeki kitabı yanı başındaki konsolun üzerine bırakıp yataktan çıktı. Kocasının yanına gelip, oturduğu iskemlenin arkasında durdu ve kollarını onun boynuna doladı. Eğilip başını öptü. Berke, karısının elini tutup öperken Anberin konuştu.

“Ben de aynı şeyi hissediyorum sevgilim. Aynen kâbus gibi. Hep uyanıp da gerçek olmadığını duyma ihtiyacıyla yatıyorum uykuya... Ama, doktorla da defalarca konuştuk işte. Anormal görünen, şüphe uyandıran hiçbir şey yok, diyor. Bir gece evvel Muzaffer’le kavga ettiklerini duymuş Hadiye. Ama, annen yatmaya çıkarken, Muzaffer hâlâ salonda tek başına oturup içki içiyormuş.”

“Ama ertesi sabah o giderken, annemi gören, sesini duyan yok.”

Anberin, kocasının omuzunu okşarken cevapladı.

"Berke'ciğim, aklından geçenleri biliyorum. Benim de kafamda cevaplayamadığım bir sürü soru var. Ama biraz abartmıyor musun? Küfürbaz, sahtekâr olmak başka, katil olmak başka.

Üstelik, anneciğinin ne yüzünde, ne vücudunda, şüpheli bir ölümü çağrıştıracak hiçbir işaret, iz yoktu."

"Haklısın. Ama konu o adam olunca, her şey aklıma geliyor doğrusu. Elimde değil."

Berke, karısının, boynundaki kolları üzerine ellerini yerleştirip başını arkaya, onun bedenine doğru yaslayarak devam etti.

Sanki... Garip ama, sanki, annemin ölümü ile birçok şey daha değişecek gibi geliyor..."

"Senin kafanı kurcalayan başka bir şeyler var. Bana ne olduğunu söylemek ister misin?"

"...Vecdi Dayım Selçuk'u kurula almak istemiyor. Benden destek istedi."

"Sen ne dedin?"

"O kadar şaşırdım ki duyduğumda..."

Anberin, kocasının boynundaki kollarını çekti ve iki adım öne attı. Masanın önünde durduğu pencerenin pervazına dayanıp ona doğru döndü. Omuzlarındaki dalgalı saçlarını hafif bir baş hareketiyle arkaya atarken, kollarını göğsünde çapraz yaptı ve tüm dikkatini Berke'nin söyleyeceklerine yoğunlaştırdı. O ise, söylediklerine karısının bir reaksiyon vermemesini garipsemişti.

"Sen şaşırmadın mı?" dedi.

Genç kadın dudak kıvırarak, başını olumsuz anlamda iki yana salladı. "Hayır," dedi, "çünkü oğlunu en iyi tanıyan o."

Berke de yerinden kalkıp karısının yanına geldi. Pencereden dışarıya bakarken konuştu.

"Selçuk'u ben de çok iyi tanırım. Onun satın almadan da, başka bir işten de kendisine özel pay çıkaracağına inanamıyorum."

"Onu hâlâ çok büyütüyorsun gözünde Berke'ciğim. Onu, görmek istediğin gibi görüyorsun. Bence Vecdi Dayını dinlesen iyi edersin."

Berke, bakışlarını karısından yana döndürdü. Göz göze geldiler.

"Onu nedense ilk tanıdığın günden beri sevemedin. Neden?"

“Sebep? Bir his diyelim.” diye mırıldandı Anberin, başını bahçenin ışıklarına çevirirken. “Biraz halleri, biraz söyledikleri... Yani kendisi...”

Cümlesini bitirdiğinde, kocasının koluna girip, başını onun omuzuna yasladı. Pencereden, son birkaç gündür duyulmaya başlayan sonbahar kokusunu içine çekti. Bir müddet, sessizce, ikisi de kendi düşüncelerinde kayboldular.

Anberin, Selçuk'u her düşündüğünde olduğu gibi, huzursuz bir hisle sarılmıştı yine. Onu tanıdığı ilk günden beri, sevmemesinin sebebi olan tavırlarını yansıtan sahnelerden bazıları zihninde resmi geçit yaptılar.

“En sevdiğim kuzenim.” diye tanıştırmıştı kocası, yıllar önce ilk gördüğünde. Kendinden emin olduğunu ispat etmek için uğraştığı gereksiz tavırları, abartılı örneklemeleri ve genzinden sökülmüş gibi yükselen sarkastik kahkahasıyla, daha ilk andan itibaren Anberin'in “sevilmeyenler”, “itimat edilmeyenler”, “dikkat edilecekler”, “antipatikler” listelerinin hepsinde birden yerini almıştı Selçuk. Ancak, Berke'nin daha flört ettikleri zamandan beri anlatmakta olduğu çocukluk, gençlik hikâyelerinden, ona ne kadar bağlı olduğunu ve güvendiğini biliyordu. Bu sebepten, kocası ile kuzeni arasına hiçbir zaman girmemiş, ama en azından Selçuk'a karşı kendi mesafesini korumaya çalışmıştı.

Berke'yle henüz evlendiği senenin yazıydı. Pavli Adası'nda, teknelerinde, başbaşa romantik bir hafta sonu geçirmekteydiler. Uzaktan yaklaşmakta olan yelkenliyi gören Berke, “Selçuk geliyor.” demişti. Anberin, kocasıyla sükûnet ve âşkla geçireceği hafta sonuna Selçuk'un katılacağı fikrinden o kadar rahatsız olmuştu ki, onun bir sebeple koya girememesini ya da çabucak ayrılacak olmasını dilemişti. Az sonra, *Gülşah* yelkenlisi, ince bir kuğu gibi süzülerek koyda onlara doğru yaklaşmaya başlamıştı. Berke, buruna çıkmış, sığı kumluk bölgeyi işaret edip duruyordu. Selçuk “Tamam amigo, biliyoruz buraları.” diye bağırmıştı dümenden ve kaptanına demir atması için talimat vermişti.

“Burnunu açığa ver. Oturursun.” diye seslenmişti Berke.

Ama Selçuk, her zaman olduğu gibi, her şeyi biliyordu. Ve az sonra *Gülşah*, Pavli Adası'nın kumsalına oturmuştu bile.

Anberin, Selçuk'un, "Amigo, karışmasan doğru dürüst demirleyecektik." sözünü hatırlarken, dudaklarına alaycı bir gülümseme yayıldı.

Sonra da onların teknesine yemeğe gelmişti. Yalnızdı. Fazıla yine o meşhur Paris seyahatlerinden birindeydi. O zaman anlatmıştı, kendi başına ne kadar mutlu olduğunu ve bedeninin tadını çıkardığını. Anberin, onun pervasızca anlattığı adiliği fazla dinleyememiş ve kendisini kamaraya zor atmıştı. İkram edilen zeytinyağlı bamya için de, "Yediğim en s.k.ci bamya." diye kendi lisanıyla iltifat etmişti. İşte o gün, Anberin için Selçuk, baştan kaybetmişti.

Geçen yıllar boyunca Selçuk'u daha iyi tanıma fırsatı olmuştu ama sadece kötü ve olumsuz yönde. Hakkında iyi, hoş düşünebileceği bir tek şey yoktu. Berke'ye şikâyette bulunmayı ise hiç denememişti bile. Selçuk'un küstahlığına, sarkazmına, umursamazlıkla cevap vermeyi yeğlemişti. Defalarca, Anberin'e onu ne kadar akıllı bulduğunu söylerken, bu beğenisinin ardında, Berke'yi küçük düşürme ve yaralama arzusunun işareti olan kelimeleri sarf etmekten çekinmemişti Selçuk. Genç kadın, bunları anlamazlıktan gelip geçiştirmiş ama gittikçe daha fazla temkinli davranarak onun, kocasıyla olan yakınlığını izlemeye almıştı.

Anberin, hatırladıklarından, bir kez daha rahatsız olarak, uzaklaşmak isteğiyle gözlerini açıp kapadı. Kocası, onun huzursuzluğunu sezmişti. "Ne oldu?" diye sordu.

"Selçuk'u konuşmak içimi üşüttü."

Berke, elinde olmayarak, küçük bir kahkaha attı.

"Abartma sevgilim."

Sonra kararlı bir sesle devam etti.

"Vecdi Dayımı ikna etmeye çalışacağım ve diğer aile bireylerini de. Kendimizden birini "üçkâğıtçı" diye duyurup işten uzaklaştırmak hiç hoş olmaz. Kaldı ki, Selçuk'un böyle bir şey yapabileceğine inanmam çok zor."

Anberin, bu konuyu, bu akşamlık tatil etmeleri gerektiğini düşünerek, kocasının dudağına bir öpücük kondurdu ve "Umarım, bir gün başın sıkıştığında, Selçuk da seni bu kadar kollar." dedi. Yatağa doğru ilerledi ve kitabını alıp yeniden uzanmak üzereydi ki, birden hatırlamış gibi sordu.

“Sahi, Gloria ne istiyormuş?”

“Hiç... Sadece baş sağlığı dilemek için aramış. Ziyarete gelebilir miyim, dedi.”

Anberin örtünün altına girerken, “Hoş bir davranış, buyursun.” dedi.

Berke cevap verirken biraz huzursuz, masasına doğru yürüdü.

“Buraya değil... Büroya gelecek.”

Genç kadın, huzursuzca başını oynattı.

“Büroya mı? Böyle bir incelikte bulunacaksa, neden eve gelmiyor?”

Kocası, kâğıtlar arasında oyalanıyor gibiydi.

“Yaşadığımız bunca tatsızlıktan sonra, araması bile cesaret... Belki de, sana rahatsızlık vermek istememiştir.”

Anberin, küçük, sinirli bir kahkaha attı.

“Hiç inanma. Eski karıların işleri, yenilerine rahatsızlık vermektir. Kaldı ki, daha telefonda merhaba deme nezaketini bile gösteremiyor.”

“On altı sene sonra hâlâ mı?”

Anberin, konuyu kapatmak üzere kitabının sayfalarını aralarken cevapladı.

“Kin kusmanın yaşı, zamanı olmaz.”

Berke ona bakarken gülümsedi. Çok genç yaşta, çok şey öğrenmişti. Onu seviyordu, hem de çok.

Zorba Ziyaretçi

Cuma sabahı, erken saatler

Aydınlık, iddiasız, ılık bir sonbahar günü başlamak üzereydi. Evin kapısının önünde, Celâl arabanın yanında beklemekteydi. Kapı açıldı ve Berke ile Anberin göründüler. Erkeğin üzerinde bej rengi bir takım elbise vardı. Genç kadın ise, krem rengi keten pantolon ve gömlekle, sanki hâlâ yazdan bir günü yaşamaktaydı. Kulaklarındaki küçük, top inci küpeler ve nikâh yüzüğünden başka takısı yoktu. Saçlarını at kuyruğu yapmış, ayaklarına düz mokasenler giymişti. Kocasını arabaya kadar geçirip öptü, "Kendine iyi bak." dedi.

"Sen de canım. Beni bıraktıktan sonra seni götürsün Celâl."

"Gerek yok canım. Kendi arabamla giderim."

"Ofise gelecek misin sonra?"

"Bir problem çıkmazsa evet."

"Görüşürüz o zaman. Haydi sevgilim, hoşça kal."

Berke, karısının dudağına çabuk bir öpücük kondurdu ve arabasına bindi. Anberin, açık camdan elini uzatan kocasının elini avuçladı ve yüzünde aydınlık bir gülüşle, onun çenesini okşadı.

Berke, karısına fısıldadı.

"Seni ne kadar sevdiğimi biliyorsun, değil mi?"

"Ben de seni... Güle güle canım. Umarım günün iyi geçer."

"Haydi Celâl, gidelim."

Celâl, şoför mahalline geçmeden önce, "İyi günler Anberin Hanım." dedi.

Genç kadın başını arabanın camından kaldırıp gülümsedi.

“Sana da iyi günler Celâl.”

Araba hareket etti ve kocasıyla bir kez daha birbirlerine el salladıktan sonra, Anberin koşar adımlarla eve girdi. Doğru mutfağa ilerledi. Hadiye, ocağın başında, bir tencereyi karıştırmaktaydı. Kaşığı onun elinden alıp, pişmekte olan ‘mousse au chocolate’ın kıvamına baktı ve altını kapadı.

“Tamam Hadiye’ciğim, bu pişmiştir. Hemen kâselere boşalt. Soğuyunca dolaba yerleştirirsin. Üzerlerini kapamayı unutma. Benim fırlamam lâzım.”

Anberin mutfaktan çıkmak üzereydi ki, telefon çaldı.

“Hadiye’ciğim sen bakar mısın lütfen? Çıktı der, not alırsın. Geç kalıyorum.”

Hadiye telefonu açmıştı bile.

“Merhaba Beste Hanım!” dedi.

Anberin derhal geri döndü ve gözleriyle ‘Tamam’ işareti yaparak ahizeyi Hadiye’nin elinden aldı.

“Alo Beste, günaydın canım.”

Bir taraftan da sessizce, Hadiye’ye, yukarıdan çantasını getirmesi için işaretler yapıyordu.

“Beste’ciğim, bu sabah yokum maalesef. Şimdi hastaneye fırlamak üzereyim.”

“...”

“Yok yok, merak etme. Bir şey yok. Haftada bir gün, fabrikadaki kadın işçiler veya işçilerin hanımlarıyla programım var. Aile plânlaması. Bugün de onlardan biri.”

Hadiye, kendine göre koşar adımlarla, istenen çantayı getirmişti. Nefes nefeseydi. Anberin bir taraftan konuşurken, diğer taraftan da telefonu kulağıyla omuzu arasına sıkıştırdı ve mutfak masasının üzerindeki cep telefonu ve birkaç dosyayı çantasına yerleştirmeye başladı.

“Ama sen istediğin zaman gelebilirsin Beste’ciğim.” dedi. “Annenin dolapları, bıraktığı gibi duruyor. Anahtarları malum yerde.”

“...”

“Peki, sen nasıl istersen. Ben, sanırım...”

Kısa bir an için, zaman hesabını yapıp ekledi.

"…Sanırım saat iki gibi evde olabilirim."

"…"

"Oldu canım. O zaman buluşuruz. Hoşça kal!"

Ahizeyi yerine bırakıp kapıdan rüzgâr gibi çıkarken, "Haydi kolay gelsin Hadiye!" diye seslendi. Koridordan ilerlerken hâlâ sesi duyuluyordu.

"Beste Hanım benden erken gelirse, sen ikramını yaparsın."

Aniden, tekrar mutfak kapısında belirdi. Geri dönmüştü. Hızlı bir tempoda son diyeceklerini sıraladı.,

"Berke Bey'in iki gömleği var, elde yıkanacak. Unutma. Sakın sıkma, askıya asıp bırak. Ahşap askı değil, plastik. Fujerin de suyu azalmış. Onu doyuruver. Haydi kolay gelsin!"

Tekrar süratle yok oldu. Hadiye 'mousse au chocolat' kâselerinin başında, onun ardından gülümseyerek baktı. Başını iki yana salladı. İyi ki gelmişti Berke Beyler eve. Seher Hanım'ın ardından duyulan gam, kasvet, biraz olsun dağılmıştı sayelerinde. Hele çocuklar, onlar yeniden hayat vermişlerdi eve. Üstelik ev kapanmadığı için Safranbolu'ya dönmek zorunda da kalmamıştı. Sağ olsunlar, tutmuşlardı onu.

Cuma sabahı, Refet Vardar'ın bürosu

Refet Vardar, elinde telefonu, ileri geri yürüyerek konuşmaktaydı.

"Selçuk'u hiç arama Bora." dedi. "Bu iş tamamen benim inisiyatifimde olmalı… Babanla da konuştum bu konuyu. Pazartesi günü, kurulda sessizce halledeceğiz. Tamam mı? Sen katiyen buna karışma, sadece kendi işini yürütmeye bak…"

O anda oda kapısı vuruldu ve açıldı. Gelen Selçuk'tu. Refet Bey, Bora'yla olan görüşmesini hemen kesme ihtiyacı hissetti.

"Seni daha sonra ararım, haydi eyvallah."

Selçuk, üzgün, pişman bir ifadeyle, amcasının kabulünü bekliyordu.

"Gel." dedi Refet Bey, yüz ifadesindeki ciddiyet değişmeden.

"Amcacığım, sizden özür dilemeye geldim."

"Geç kalmadın mı?"

"Beni affedebilecek misiniz?"

Refet Vardar cevap vermeden masasına doğru yürüdü. Selçuk onun arkasından yürürken, "Lütfen amca," dedi, "çok özür diliyorum."

Amcası, masasının üzerindeki Seher'in resmine baktı.

"Halandan nasıl özür dileyeceksin?" dedi ve bakışlarını ona çevirdi.

"Biliyorum... Biliyorum... Artık çok geç ve içimde ukde kalacak. Ama, en azından sizin affettiğinizi bilirsem, bir nebze huzur bulacağım amca... Lütfen..."

Yüzünün ifadesi gerçekten allak bullaktı. Refet Vardar, onun hüzün ve pişmanlık dolu bakışlarından etkilenmişti. Sert yüz ifadesi yumuşadı. Yürüyerek ona doğru yaklaştı.

"Yaptığın çok ama çok yanlıştı... Ama, benim oğlum gibisin... Özrünü kabul ediyorum."

Selçuk'un gözleri parıldadı.

"Sağ olun."

Refet Vardar, onun sırtına, ardı ardına iki kez, sevecenlikle vurdu. Kaybettiği oğlunu tekrar bulmuş bir babanın bakışı vardı yüzünde.

Ne var ki, Refet Bey'in bilmediği, Selçuk'un onu çok etkileyen üzüntüsünün, aslında gerçek olduğu ama Seher'e yaptığı kabalıkla hiçbir ilgisi olmadığıydı. Selçuk, kendi kurguladığı kavganın kontrolsüz gidiyor olmasından duyduğu huzursuzluğu taşımıştı amcasının odasına. Ama kılıfını iyi uydurmuştu. En azından, amcasıyla sulh yapmıştı. Onun kuvvetini tekrar yanında hissediyor olmak moralini düzeltmişti. Bundan cesaret alarak, yarım bırakmış olduğu bir başka konuya girdi.

"Amca, hatırlıyorsunuz, Berke'yle ilgili bazı bilgiler sunacaktım size."

"Evet." dedi Refet Vardar, yine zorlama kararlar vermek durumunda kalacağını düşünerek, sıkıntılı. "Bunu babanla da paylaşmak istiyorum."

"Babamla?"

"Evet. Şüphelerin her ne ise, Vecdi'nin de bilmesi gerek."

Masasının üzerindeki telefonu çevirdi.

"Vecdi, Selçuk burada. Müsait misin?"

"..."

"Bekliyorum."

Az sonra Vecdi Vardar odaya girdi. Selçuk, belli etmemekle beraber, sıkıntı almıştı. Babasıyla, çocukluğundan beri kendisini hiç rahat hissetmemişti zaten. Ama özellikle son zamanlarda, onun ahlâk derslerinden yorgunluk duyuyordu.

Vecdi Bey, içeri girer girmez, lâfı her zamanki gibi, hiç uzatmadan konuya getirdi.

"Evet, nedir Berke'yle ilgili söyleyeceklerin?"

"Amcama da söylediğim gibi, Berke Astaş'ın hesabından kendi arzusu doğrultusunda tasarruflar yapıyor. İşçilere, ikramiye olarak hisse senedi dağıtmış. İşçi ve personel çocuklarına burs vermiş."

"Bunlar hoş şeyler." dedi Vecdi Vardar.

"Ama yönetim kurulundan geçirmemiş hiçbirini."

"Kaynakları neymiş?" diye sordu Refet Bey.

"Açık hesap olmalı."

"Emin misin?" dedi babası.

Selçuk, bilmiş bir pozla, "Başka türlü nasıl olabilir ki?" diye cevapladı.

"Peki, bu bahsettiğin hisselerin gerçekten dağıldığından nasıl eminsin?"

Selçuk, babasından çekinen, fakat iddialı bir tavırla konuştu.

"Çalışanlarımız içinde akrabalığı olanlar var. Böyle şeyler gizli kalmaz, bilirsiniz."

Cevabından kendisi memnun kalmış olmalıydı, bilgiç bir tavırla dudaklarını bükerek, olduğu yerde gerildi.

Babası ve amcası birbirine baktı.

"Tamam," dedi, Refet Bey, "bundan sonrasını biz hallederiz."

Selçuk, eliyle, 'Tamam. Hoş çakalın' anlamında bir işaretle, ikisini de selâmlayıp odadan çıktı.

"Bora'nın da, Hans Peter'in de anlattıklarıyla ilgili bir şey söylemedin kendisine. Neden?" dedi Vecdi Vardar, ağabeyine dönüp.

Refet Vardar, yanmamış sigarayı dudağına koyup dişleri arasında döndürdü.

"Belki de hiç gerek kalmayacak Vecdi. Bana biraz zaman ver. Yönetim kuruluna kadar..."

"Düşündüğün nedir?"

"Mümkün olduğunca sessiz, hatta Selçuk'un dikkatini çekmeyecek ama onu pasifize edecek bir şey düşünüyorum. Bana zaman ver lütfen."

"Sen bilirsin. Ama bu işin fazla uzamaması lâzım. Berke işine ne diyorsun?"

"O çok daha kolay. Berke'ye açıkça bu dağıttıklarını nereden karşıladığı sorulabilir. Makul çocuktur. İzah etmekte bir sakınca göreceğini sanmıyorum."

"Hayret, her kuruşu kuruldan geçirdiğini biliyordum halbuki."

"Anlayacağız." dedi Refet Vardar, ağzında buruşmuş sigarayı masasındaki kül tablasına bırakırken.

Vecdi Bey, "Bana gelişmeleri haber verirsin ağabey." dedi ve kapıya yöneldi. Sonra durup döndü ve ekledi. "Bu defa Selçuk'a olan zaafın yine ağır basmaz umarım."

Bu, cevap beklediği bir cümle değildi. İçinde kalmış bir rahatsızlığı yüksek sesle ifade etmişti, o kadar. Elini sallayarak odadan çıktı.

Refet Vardar masasına yerleşti ve parmaklarını sümenin üzerinde sinirli vuruşlarla oynattı. Bütün bu sorumluluktan, karar vermek, taraf tutmak zorunda olmaktan yorulmuştu. Artık evinde oturup sadece müzik dinlemek, kemanını çalmak istiyordu. Sıkıntılı bir nefes alıp, arkasına dayandı.

Aynı anda, koridorun diğer ucunda Selçuk, odasına doğru yürümekteydi ki, telefonu çaldı.

"Ne haber Muzaffer?"

"Nasıl gidiyor?"

"Umarım iyi. Kurula kadar amcamla babamı hazırlamaya çalışıyorum."

"Benim oyum sende, biliyorsun."

"Ama halamın hisselerini temsil etmiyorsun artık..."

Selçuk, odasının önüne gelmişti. İçeri girip konuşmaya devam etti.

"...Berke'nin eli çok güçlendi."

"Peki, benden istediğin bir şey var mı?"

"Hele bir kuruldaki iskemleyi kapayım. O zaman, mücadeleye hazır ol. Çirkin olacak."

Muzaffer'in kaba kahkahası duyuldu.

"Fark etmez. Ben zaten çirkin adamım."

Selçuk, masasının arkasına geçip oturdu. Tabanına basıp iskemlesini iki yana döndürdü. Keyfi yerine gelmişti. Rekabeti hiç mi hiç sevmemesine rağmen, zihnindeki ve ruhundaki çirkinlikleri paylaşan birileri olduğu zaman mutlu oluyordu.

* * *

Hadiye, son birkaç saattir ağır, telâşsız bir tempoyla, Anberin'in talimatlarını ve her gün yapması gereken mutat işleri sıraya sokmuş, çalışmaktaydı. Süratle bahçeye giren ve kapının önünde park eden arabanın sesini duymadı. Kapı ısrarlı bir şekilde üst üste çaldığında üst kattaydı. O aşağıya inene kadar, sabırsız misafir birkaç kez daha zili basmaya devam etti. Kapıya geldiğinde, kendisine tembih edildiği gibi, önce cam gözden baktı ve neredeyse dudağı uçuklayacaktı. Muzaffer, yüzünde hiddetli bir ifadeyle dışarıda durmaktaydı. Eli zilde, sinirle tekrar bastı ve kapıyı yumrukladı. Hadiye, senelerdir aynı evde, sinirlerini kontrol edemediği zaman onun neler yapabileceğini görmüştü. Kapıyı zinciri üzerinde, araladı. Muzaffer, kapıyı itti ama daha fazla açılamayacağını fark edince zoraki bir sırıtışla elini içeri doğru uzattı.

"Ne oldu Hadiye kız? Beni içeri almayacak mısın?"

Genç kız çok ürkmüştü ama onu daha fazla kızdırmaktan da korkuyordu.

"Rica ederim Muzaffer Bey, ne demek. Yalnız, hanım ile bey evde yoklar da... ondan..."

"Daha iyi ya. Onlarla işim yok benim. Bana ait bir şey var, onu alıp gideceğim. Haydi aç bakayım şimdi şu kapıyı. Yoksa, nasılsa açarım, biliyorsun."

Evet, Hadiye biliyordu. Yıllar evvel, bir kez daha, onun kapalı kapıyı nasıl açtığına şahit olmuştu. Ne arabaların camı, ne bahçede saksı, iskemle kalmıştı ama kapı açılmıştı.

"Eşyanızı alıp gideceksiniz. Değil mi?"

Tek güvencesi Muzaffer'in kendisine vereceği sözdü. Adama itimat edilmese bile.

"Başka işim yok lânet evde."

Hadiye yavaşça zinciri yerinden çıkardı. O anda Muzaffer kapıyı hışımla itip içeri daldı. Elindeki büyük siyah çantayla, doğru salona ilerledi. Hadiye onu takip ederek arkasından geldi. Muzaffer, büyük camekânlı vitrinin kapısını açtı. Hadiye o anda aldandığını anlamıştı. Buradaki her şeyin Seher Hanım'ın aile yadigârı eşyaları olduğunu çok iyi biliyordu. Muzaffer, vitrindeki Galle vazoları birer birer çıkarıp masanın üzerine dizmeye başlamıştı. Genç kız, çaresizlik içinde, ellerini birbirine kavuşturup avuçlarını sıvazladı. Bir şeyler söylemek, adamı durdurmak istiyor, ama cesaret edemiyordu.

Ani bir kararla, cesaretini toplayıp geldi ve vitrinin önünde durdu.

"Muzaffer Bey, bunu yapamazsınız." dedi. "Ev bana emanet. Bu evden hiçbir şey çıkaramazsınız."

Muzaffer, onun gösterdiği cesarete şaşmış bir ifadeyle baktı ve sonra kolundan tutup, sert bir şekilde kenara doğru çekti.

"Benim tepemi attırma. Yerini bil." diye gürledi.

Hadiye, daha bir hafta önce, bahçe kapısını aralık bırakıp telefonda konuştuğu gece eve giren yabancıyı hatırladı. Bundan sonra, suçsuz olduğunu anlatması mümkün olmayacaktı. Artık, kimseyi inandıramazdı. İşinden olacaktı. Ağlamamak için kendisini zor tutuyordu. Haline acındırarak durumu çözmeye çalıştı.

"Lütfen Muzaffer Bey... Berke Bey'le konuşup öyle gelin, ne olur. Beni çok zor durumda bırakacaksınız. Lütfen..."

Muzaffer vazoları çıkarmış, şimdi karşı taraftaki kütüphaneye doğru yönelmişti. Raflarda duran özel, ilk basım kitapları indirmeye başladığında Hadiye, ağlamaklı, yine yakardı.

"Bana söz vermiştiniz. Kendinize ait eşyaları alacaktınız. Bunların hiçbiri size ait değil ki..."

Ama onu dinleyen yoktu. Başına geleceklerin bundan daha kötü olamayacağını düşünerek kararını verdi.

"Berke Bey'e telefon ediyorum şimdi." dedi ve telefona doğru

ilerledi. Muzaffer, onu önce kaale almamıştı ama telefona yaklaştığını gördüğü an, elindeki kitapları bıraktı ve onun arkasından yetişti. Hadiye'nin iki kolunu hırsla, sımsıkı tuttu ve sarstı. Sonra bütün gücüyle arkaya doğru itti. Hadiye, çığlık atarak fırladı ve yere düştü. Düşerken kendini koruyamadı ve başını yere çarptı. O an inleyerek, hareketsiz, yığıldı kaldı.

Bahçede duran yabancı arabanın yanından geçip cipini park eden Beste, sonbahar kokusunu içine çekerek eve doğru yürüdü. Kapıya geldiğinde, aralık olduğunu görünce tedirginlik hissetti. Kapıyı iterek seslendi.

"Merhaba! Hadiye!"

Telâşla içeriye girdi. Görünürde kimseler yoktu. Salondan ilerleyip yemek odasına baktığı zaman, masanın üzerine dizilmiş Galle vazoları, karşı tarafta açık, kitapları çıkarılmış rafları gördü. Hemen cep telefonunu çıkardı. Tam yardım çağırmak üzereydi ki, köşede, yerde yatan Hadiye'yi fark etti. Hemen ona doğru koşup yanına çömeldi. Genç kız inleyerek kıpırdandı.

"Hadiye... İyi misin?"

"Beste Hanım... O burada... Muzaffer Bey..."

Hadiye, Beste'den destek alarak kalkmaya çalıştı ama başı döndü ve yine uzandı.

"Dur," dedi Beste, "sakın kalkma. Şimdi yardım çağıracağım. Kendisi nerede melunun?"

Hadiye, göz ucuyla yukarı kata çıkan merdiveni gösterdi. Beste'nin yüzünü ateş basmıştı.

"İnanamıyorum, bu ne cüret?" dedi, dişlerinin arasından, nefret dolu bir sesle ve merdivenlere doğru ilerlemeye başladı. Aynı anda, yukarıda koridordan Muzaffer'in sesi duyuldu.

"Yer yarılıp da içine mi girdi bu meret? Hey, Hadiye, kız!..."

Söylenerek, bağırarak, basamaklardan inmeye başlamıştı. Aşağıda Beste'yi gördüğü anda durdu ve dudaklarına arsız bir gülüş yerleşti. Küstahlığını saklayamayan zoraki bir nezaketle konuşarak, merdivenlerden inmeye devam etti.

"Oooo! Beste, cici kızım. Ne güzel seni burada görmek."

"Ne arıyorsun burada Muzaffer?"

Beste'nin sesi kızgınlık, nefret doluydu. Elinde bir türlü çeviremediği cep telefonu, uyarı işareti gibi durmaktaydı.

Muzaffer, sakin, pişkin bir tavırla, onun yanından geçip salona geri dönerken cevapladı.

"Sadece bana ait birkaç şeyi almaya gelmiştim."

"Bu eve, ancak sahibi izin verince girebilirsin. Ve senin böyle bir iznin yok. Yaptığın iş kanunsuz. Polis çağıracağım."

Muzaffer, masanın üzerine ayırmış olduğu eşyalarda gözünü gezdirdi. Birden, kararını değiştirmiş gibiydi. Kapıya doğru çıkmak üzere döndü.

"Buna hiç gerek yok. Ben zaten aradığımı bulamadım."

"Yine de polis çağıracağım."

"Ne diyeceksin polise. Aldığım, zarar verdiğim hiçbir şey yok. Kapıyı da hizmetkârınız açtı. Sadece eski karımın evine başsağlığı dilemeye gelmiştim, hepsi bu."

Antreye doğru ilerlerken, bir kez daha kararını değiştirmiş gibi tekrar salona geri geldi. Masanın üzerindeki vazolardan en gösterişli olanını aldı ve Beste'ye dönerek konuştu.

"Bak ne diyeceğim... Berke'ye söyle. Bu evde, bana ait bir çanta olacak, siyah, deri bir evrak çantası... Onu bana teslim edene kadar, hiç değilse bu parça bende kalacak."

Beste, aile yadigârını onun elinden almak üzere bir hamle yaptı.

"Buna hakkın yok. O parçalar, nesillerdir ailemizde."

Muzaffer, üstelenirse vazoyu yere bırakacak gibi tuttu.

"Eğer çantam bana verilirse, bu parça da ailede kalmaya devam eder. Basit bir takas." Küstah bir sırıtışla ekledi. "Bir şekilde rehin kabul edin."

Beste, onun ardından bir hamle daha yapmak istedi ama faydasız olacağını bildiğinden vazgeçti.

Sokak kapısının kapanan sesi duyuldu. Hadiye yerde oturmuş, gözleri dehşet içinde bakıyordu. Beste'nin beti benzi atmış, sinirden elleri titriyordu. Hadiye'ye yerinden kalkmamasını söyleyip cep telefonunu tuşladı.

* * *

Nişantaşı'nda, Park Şamdan'ın bahçe tarafında, en dipteki masasında, Berke ve Vecdi Vardar, yemeklerini henüz bitirmişlerdi. Garson, kahve ve konyak servisini yapıp ayrıldıktan sonra, Berke söze girdi.

"Dayıcığım, teşekkür ederim yemek davetimi kabul edip geldiğiniz için."

"Gelmem gerekirdi. Bu lâfları ne kadar dışarıda ve başbaşa konuşursak o kadar iyi. Holdingde personelin diline düşerse perişan oluruz."

"Görünen o ki, bu konuda kesin kararlısınız?"

"Benim kararlılığımı bunca senedir tanımışsındır Berke. Aynen, sana söylediğim gibi... Durumdan eminim. Selçuk'u hem kurula alamayız, hem de kontrol noktalarından uzaklaştırılması gerek. Yalnız... Bu konuyu ön tartışmaya açmak istemiyorum.

"Kendisiyle konuşmayı düşünmüyor musunuz?"

"Toplantıdan önce kesinlikle hayır. Ne kadar geç duyar, o kadar iyi."

"Dayıcığım, ben hâlâ bunun ardında, Selçuk'un, izahını yapabileceği bir sebebi olduğuna inanıyorum.

"Sebep? Tabii sebebi var. Kendi kasasını doldurmak."

"Yok, ben o anlamda demedim. Ben, Selçuk'un suçsuzluğunu gösterecek bir sebepten bahsetmiştim."

"O zaman kendini aldatıyorsun."

Berke cevap vermek üzereydi ki, cep telefonu çaldı. Ekranda Beste'nin adını görünce, "Müsaadenizle dayıcığım, Beste arıyor." dedi ve telefonu cevapladı.

"Buyur canım."

"..."

"Ne! Nasıl olmuş?"

"..."

"Hemen Celâl'i eve gönderiyorum. Ne gerekiyorsa yardımcı olsun. Ben şimdi Vecdi Dayımla yemekteyim. Sonra holdingde olacağım. Toplantımdan sonra hemen dönmeye çalışacağım."

"..."

"Polis mi? Hayır. Önce adamın istediğini bir anlayalım. Bunu kendi içimizde halletmemiz gerekebilir. Bahsettiği çantada gerçekten ne var, bilmiyoruz."

Vecdi Vardar, merakla Berke'nin konuşmasını dinlemekteydi. O, telefonu kapatır kapatmaz, "Hayrola?" dedi. Berke, az önce duyduklarını dayısına anlatmaya başladı.

Aynı dakikalarda, Beste, mutfak masasının iskemlesinde Hadiye'yle karşılıklı oturmuş, onun alnına buzla pansuman yapmaktaydı. Sokak kapısı açılıp kapandığında, Hadiye huylanarak, yerinde korkuyla doğruldu. İçeriden Anberin'in yaklaşmakta olan sesi duyuldu.

"Hadiye! Beste Hanım nerede?"

Sözü henüz bitmişti ki, mutfak kapısında belirdi. Önce Beste'yi gördü ve gülümseyerek tezgâha çantasını bıraktı.

"Buradasın, hoş geldin Beste'ciğim. Kusura bakma ama biraz gecik..."

O anda, yüzü gözü şiş, saçı başı darmadağın, kafasında buz, ağlamaklı oturan Hadiye'yi fark etti ve sözü yarım kaldı. Koşarak yanlarına geldi.

"Aman Tanrım! Neler oldu sana? İyi misin?"

Hadiye, bir şeyler anlatmak istedi ama yaşadıklarının etkisinde, sinirlerinin kontrolünü kaybetmişti. Ağlamaya başladı. Beste araya girdi.

"Muzaffer'in işi. Birkaç dakika arayla kaçırdın şenliği. Az önce gitti."

Anberin, bir eli Hadiye'nin kolunda, gözlerini açarak sordu.

"Muzaffer mi? Nasıl?"

"Ben geldiğimde evdeydi. Bir şeyler aramaya, almaya gelmiş anlaşılan. Bir şeyler de yürütmeye."

"Ne gibi?"

"Ne bileyim? Siyah bir deri çantadan bahsetti; bir evrak çantası. Neyi varsa içindeymiş, o çantayı istiyor."

"Peki, eve nasıl girdi?"

Hadiye af diler gibi mırıldandı.

"Hiç sormayın Anberin Hanım. Ben... Maalesef kapıyı açmış bulundum."

Anberin, ona, 'Seni uyarmıştım' bakışı fırlattı. Hadiye, ondan çekindiği belli, zoraki devam etti.

"İçeri almak istemedim Anberin Hanım. Ama tehdit etti. Biliyorsunuz, daha evvel, Seher Hanım zamanında neler yapmıştı. Açtım ben de. Bana sadece kendisine ait bir şeyler alacağını söyledi."

"Nasıl bırakırsın Hadiye? Nasıl müsaade edersin?"

Anberin'in sesi, her zamanki alışılmış yumuşak, anlayışlı tonundan uzaklaşmıştı. Hadiye, ikinci kez sebep olduğu hadiseden artık suçsuz kurtulmasının mümkün olmayacağından emindi. Hem yaşadıklarının, hem bundan sonra karşılaşacaklarının korkusuyla, ağlamaya başladı.

"İlk iş senin röntgenini çektirmemiz lâzım. Sonra konuşuruz detayları. Ama, önce Berke'yi aramalıyım."

"Ağabeyimi şimdi aradım ben." dedi Beste. "Haberi var. Celâl'i gönderiyor hemen. Kendisi de toplantı bittikten sonra gelecek."

Anberin, gözyaşları içindeki perişan Hadiye'ye bakarken, sebep olduklarına çok kızmasına rağmen, ona acımadan edemedi. Sesini yumuşattı, başını okşadı.

"Haydi sus artık. Olan oldu. Şimdi öncelikli olarak seni kontrolden geçirtelim. Celâl gelir gelmez çıkarsınız hastaneye."

"Kendimi attım önüne Anberin Hanım, inanın. O zaman fırlattı beni yere."

"Ne kapıyı açsaydın, ne de kendini Muzaffer'in önüne atsaydın..."

"Çok korkuttu, açmak zorunda kaldım."

"Korktuğun insanı dışarıda tutarsın Hadiye. Bu kadar basit bir kural bu."

Çok geçmemiş, Celâl gelmişti. Yüzü kıpkırmızı, telâş içindeydi. Endişeli bakışlarla Hadiye'yi arabaya götürmek üzere koluna girdi ve evden ayrıldılar. Anberin ve Beste, bir müddet mutfakta, olanların şaşkınlığından kurtulmak için oturdular.

"Neler oluyor Beste? diye sordu Anberin. "Yolunda gitmeyen bir şeyler var, kesinlikle. Her şey ne kadar üst üste geliyor."

"Haklısın."

Beraber salona geçip Muzaffer'in ardında bıraktığı dağınıklığı toparladılar. Götürdüğü vazonun yeri boş kalmıştı.

"Ne dersin," dedi Anberin, "birer kadeh içki sinirlerimize iyi gelir mi?"

"Harika olur."

Az sonra, verandadaki şezlonglara uzanmış, ellerinde soğuk beyaz şarap kadehleri, biraz daha sakin bir kafayla olanların üzerinden gitmekteydiler.

"Biliyor musun, hâlâ inanamıyorum, nasıl bu kadar cesaret edebildiğine bu adamın." dedi Anberin.

"Ne olacak, küstah, cahil cesareti işte."

"Ya biz evde olsaydık? O zaman ne yapacaktı acaba?"

"O zaman cesaret edemezdi. Aslında korkaktır. Ama zavallılara gücü yeter."

"Herhalde, bizim evden çıkışımızı bekledi. Zamanlaması çok iyi."

"Benim geleceğimi bilmesi dışında. O adamdan her şey beklenir. Nedir dersin, aradığı çantayı o kadar önemli yapan?"

Anberin omuzlarını kaldırdı.

"Kimbilir... Her ne ise, madem bu kadar mühimdi, neden evden ayrılırken yanında götürmedi dersin? Üstelik, Muzaffer'i tanıdığım kadarıyla öyle bir çanta gerçekten olmayabilir de... Bir de, sırf, istediği bazı kıymetlileri alabilmek için bahane yaratmış olamaz mı?"

"Olabilir... Ama ben geldiğimde o yukarı kattaydı. Bir şeyler aramış olmalı, söylenip duruyordu."

Beste birden, rahatı kaçmış bir tavırla yerinde doğruldu.

"Sakın," dedi, "sakın başka bir şeyler almış olmasın yukarıdan."

"Her şey kilitli yukarıda. Ama haklısın, gel, bakalım. Sen de annenin eşyalarını ayırırsın."

Kadehlerini alıp, verandadan içeri geçtiler. Beste, annesinin odasına, Anberin ise, Muzaffer'in bahsettiği çantayı bulmak ümidiyle, onun Seher'den ayrılmadan önce kullandığı odaya girdi. Dolapları, çekmeceleri teker teker açtı. Hepsi bomboş, evdeki diğer misafir odaları gibi, her an birini ağırlamaya hazır, bekliyordu. Yazı masasının gözünde, Muzaffer'in gazetecilik günlerinden kalma birkaç kartvizit, satın almayı düşündüğü birkaç cins atın fotoğrafları dışında, onun bu odada yaşadığına dair en ufak bir iz yoktu.

Anberin, yatağın ayakucunda duran antika sandığın kapağını kaldırdığında, sararmış gazete kupürleri ve mecmualar gördü. Sandığın yanına diz çöktü ve geçmişe olan merakıyla, tek tek gözden geçirmeye başladı. Kayınvalidesinin biriktirdiğinden emindi. Belki de yirmi-yirmi beş senelik sanat ve cemiyet haberlerinden oluşan bir koleksiyondu. Keyifle gözden geçirmeye başladı.

Beste, annesinin dolabından aldığı iki valizi yatağın üzerine yaymış, gardıroptan seçtiği bazı kıyafetleri katlayıp yerleştirmekteydi. Çok hüzünlüydü. Sanki her dokunduğu parçada eskiye ait bir şeyler canlanmaktaydı gözünde, hafızasında.

Krem rengi saten askılıktan aldığı uzun, turkuaz ve nil yeşili rengi şifon elbiseyi avuçları arasında okşar gibi tuttu. Dudaklarına tatlı bir gülümseme yayıldı. Yatağın kenarına oturdu ve elbisenin anılarıyla kısa bir yolculuğa çıktı.

* * *

Harika bir yaz gecesiydi, bundan sadece iki ay evvel yaşanan. Mutluluk, sevgi, neşe, keyif, müzik, yazın ılık akşamını sarmıştı. Özenle hazırlanmış uzun masanın başında Seher, ailesinin arasında oturmaktaydı. Turkuaz ve nil yeşili şifon elbisesini giymiş, topuz yaptığı kızıl kumral saçlarını, masayı da donattığı fulya ve anemonlardan minik bir buketle süslemişti.

Birden bahçedeki ışıklar sönmüş, müzik kesilmiş ve Hadiye, üzerinde mumlar olan pastayla belirince, masada herkes ayağa kalkıp, "Mutlu Yıllar" şarkısını söylemeye başlamıştı. Beste, annesinin, masadaki ve pastadaki mumların ışığında aydınlanan yüzündeki mutluluğu, şu anda o karşısındaymış gibi net görüyordu, hafızasının çektiği fotoğrafta. Seher oturduğu yerde, sevinen bir çocuk gibi, ellerini göğsünde kavuşturmuş ve gözlerini kapayıp dilek tutmuştu. Sonra aynen sigarasının dumanını üflediği keyifle, mumları söndürmüş ve herkesle beraber alkışlamıştı. Dilekleri neydi? Beklentileri neydi? Hiç bilmemişlerdi. Ama o kadar mutluydu ki...

Beste, gözünden inen yaşlara hâkim olamadı. O geceden eline alabildiği bir tek bu elbise kalmıştı, ne acıydı...

O esnada Anberin konuşarak odaya girmişti.

"Muzaffer'in kaldığı odaya bakındım. Öyle bir çanta bulamadım..."

Beste'nin ağladığını görünce susup yanına oturdu ve elini omuzuna koydu, birkaç kez üst üste şefkatle dokundurdu. Onun da gözleri yaşarmıştı.

"Annemi çok özlüyorum Anberin." dedi Beste.

"Ben de Beste'ciğim, ben de... Berke de, çocuklar da... Evin neresinde otursak, ne yapsak gözümüz hep onu arıyor. Sanırım, ona olan özlemimiz hiç bitmeyecek. O kadar hayat doluydu ki. Hâlâ inanmak zor, artık bizimle olmadığına."

Beste, bir eliyle gözyaşlarını silerken, diğeriyle sarmaladığı elbiseyi gösterdi.

"Bunu hatırlıyor musun?"

Anberin gözyaşları arasından gülümsedi.

"Evet, en son yaş gününde giymişti. Daha iki ay oldu. Kim derdi ki, o kahkaha dolu, yaşam dolu insanı, o geceden sadece iki ay sonra burada özleyerek oturacağız."

Beste yerinden kalkıp gardıroba gitti. Elindeki elbiseyi, askısında kalmış aynı renkten şalının üzerine takarak Anberin'e uzattı.

"Bu sende kalmalı. Sana çok yakışacak. Birkaç tuvaletini daha bıraktım. Keyifle giyeceğinden eminim."

Anberin çok duygulanmıştı.

"Çok incesin Beste'ciğim," dedi, "tabii, büyük bir keyifle her defasında Seher Anne'yi anarak giyeceğim. Çok teşekkür ederim."

İki genç kadın hıçkırıklarla sarıldı ve bir müddet öyle kaldılar.

Konsolun üzerinde Seher, Refet Ağabeyi'yle beraber, en son çekilmiş fotoğrafından, bir elinde sigarası, gülümseyerek onlara bakmaktaydı.

* * *

Bir başka mekânda, bir başka masanın üzerinde, Seher'in aynı

fotoğrafı, aynı tebessümle karşısındakileri izlemekteydi. Yanında duran Refet Ağabeyi, üzerinde kolalı gömleği, Burburry yeleği ve boynunda fuları, elini onun omuzuna koymuştu.

Refet Vardar, bir elinde fotoğraf, diğerinde henüz yakılmamış bir sigara, dalgın, masasında oturmaktaydı. Resmi masanın üzerine bırakıp, okşar gibi elini üzerinde gezdirirken mırıldandı.

"Ah Seher ah! Ne vardı bu kadar erken gidecek?"

Kapı vurulmuştu. Başını kaldırdığında Berke göründü.

"Müsait miydiniz dayıcığım?"

"Gel, gel... Hayrola? Seni gitti sanıyordum."

"Az kalsın unutuyordum. Size verilecek bir şey vardı."

Refet Vardar yerinden kalkıp, merakla "Neymiş o?" dedi.

Berke cebinden annesinin çakmağını çıkarıp uzattı.

"Buyurun dayıcığım. Hatıra saklamak istediğinizi söylemiştiniz."

Refet Bey çakmağı alırken, az önceki duygusallığına yeniden yakalanmıştı. Dunhill'i avucunda döndürdü.

"Çok sağ ol Berke. İnan, şu an, sanki Seher'ciğim burada da, onun sigarasını yakacağım gibi bir his doğdu içime... Tam sigarayı bırakmaya çalışıyordum. Bak şimdi... Gel de yakma bir tane."

O ana kadar, oyalanmak için elinde tuttuğu sigarayı, çakmağa âdeta bir ritüel malzemesiymiş gibi yaklaştırarak yaktı ve derin bir nefes çektiği dumanı tekrar bıraktı. Hemen öksürmeye başladı.

"Keşke niyetinizden vazgeçmeseydiniz," dedi Berke, "size yaramıyor belli ki."

"Sanırım, bu meredi bırakmak için yanlış bir zaman. Seher'in ölümünü hazmedemiyorum bir türlü."

"Ben de dayıcığım... Ben de..."

"İşine konsantre olabiliyor musun bari?"

"İş beni oyalıyor, problem yok. O arada, size sormak istediğim bir şey daha vardı, bugün fırsat olmadı."

"Neymiş o?"

"Astaş'ın yönetim kurulunda annemden boşalan üyeliğe sizi davet etsek, kabul eder misiniz?"

"Sağ ol Berke, Ama artık yavaş yavaş kendimi tamamen işten çekmeyi plânlıyorum. Holdingin yönetim kurulu başkanlığını dahi devretme niyetindeyim..."

Sigarasından derin bir nefes daha çekerken, çakmağı avucu içinde döndürdü.

"...Yoruldum artık..."

"Kararınızı saygıyla karşılarım dayıcığım. Ama, ailemizin en büyüğü olarak önce size sormayı düşündüm."

"Sağ ol. Ama dediğim gibi... Sanırım artık kemanımla daha çok vakit geçireceğim."

Berke ona gülümseyerek baktı. Israrın bir faydası olmadığı belliydi. "Anlıyorum dayıcığım." dedi. "O zaman, şimdilik hoşça kalın."

"Güle güle. Selam söyle karına... Sahi, evde olanları anlayabildin mi?"

"Henüz fırsatım olmadı. Şimdi gidince anlayacağım."

Refet Vardar, yeğenini kapıya geçirirken düşünceli bir ifadeyle konuştu.

"Berke, unutuyordum, seninle konuşmak istediğimiz bir konu vardı."

"Buyurun."

"Vecdi'yle beraber, görüşmek istiyoruz seninle. Cumartesi günü bana, eve gelebilir misin?"

"Gayet tabii."

"Çok iyi. Bu arada, şu Muzaffer'i nasıl halledeceğiz bilemiyorum. Hisselerini satmaz mı bize acaba?"

"Muzaffer parayı sever ama gücü de sever dayıcığım. Kolay olacağını sanmıyorum."

"Neyse, o da başka bir günün konusu. Haydi, sen şimdi evine koş git. Resmi açıdan el atılacak bir şey varsa haber ver, bizim Şahin'i devreye sokalım. Hâlâ poliste çok gücü var biliyorsun."

"Sağ olun dayıcığım. Görüşürüz."

"Görüşürüz."

Berke'nin ardından kapı kapandığında, Refet Vardar yeniden masasına döndü. Az önce elinden bırakmış olduğu fotoğrafı tekrar seyretmeye başladı. Sonra, masasının köşesinde muhtelif resimleri sergileyen çerçevelerden birini aldı. Arkasını açıp içindekini çıkardı ve kız kardeşiyle çekilmiş olanı içine yerleştirdi. Çerçeveyi kapayıp, diğerlerinin en önünde, masanın üzerine yerleştirdi. Çakmağı eline aldı. Avucunu birkaç kez açıp kapadı ve mahzun bir ifadeyle paketinden bir sigara daha çıkarıp yaktı. Dumanını bırakırken başını koltuğunun arkasına dayayıp çerçevedeki resme baktı. Sigara dumanının ardında gözleri buğulanmıştı.

* * *

Sonbaharın erken biten günü artık akşama hazırlanmaktaydı. Güneş, ardında sararan yaprakların kokusunu bırakıp çekilmek üzereydi.

Anberin, kıyafetini değiştirmiş, saçları at kuyruklu, belinde önlük, mutfakta akşam yemeğini hazırlarken salonda çalmakta olan Enya'nın 'China Roses' parçasına mırıldanarak eşlik etmekteydi. Mutfak kapısında Berke'nin sesi duyuldu.

"Sevgilim! Ben geldim."

Genç kadın, kestiği soğanı bırakıp, ellerini iki yana açarak kocasına doğru yürüdü Birbirlerine kısa, dudaktan bir öpücük verdiler.

"Hoş geldin canım. Erkencisin."

"Bugün yaşadıklarınızdan sonra ben de daha fazla oyalanmak istemedim. Aslında toplantıdan sonra hemen gelecektim ama şirkete dönmem gerekti. Bizim gemi Libya'da süresteryaya girmiş. Onunla uğraşmam gerekti."

Anberin, yemeği fırına koyup ellerini yıkamaya başlamıştı.

"Aceleye gerek yoktu canım. Şu an zaten fazla yapacak bir şeyimiz olduğunu sanmıyorum. Yani, Muzaffer'le uğraşmak anlamında. Çünkü bahsettiği çantayı henüz bulamadım."

Ellerini kurularken kocasına döndü.

"Yine de polise haber vermemiz gerekmez miydi?"

Ceketini çıkarıp gömleğinin kollarını sıvarken, "Hayır canım."

dedi Berke. "Şimdilik hayır. Bu kadar hararetle aradığı bu çanta gerçekten bu evde ise, onu bulmadan hiçbir şey yapmayalım. Adam belâ. İçinde her şey olabilir. İş ayyuka çıktıktan sonra bulunduğunda, içinde olanlar bizim de başımızı derde sokabilir."

"Haklısın... Ben de tekrar ofise dönemedim bugün. Beste ile buluşmak için eve gelmiştim. Bu hadiseyi de ucu ucuna kaçırmışım. Zavallı Beste, tam içine düşmüş. En zavallı da Hadiye. Dudağı uçuklamıştı."

"Nasıl şimdi?"

"Allahtan fiziksel olarak birkaç çürük ve sıyrık dışında bir şeyi yok. Çok daha kötü olabilirdi, o düşüşle. Ama yaşadıklarının korkusu yetmiş. İzin verdim. Evinde istirahat ediyor."

Anberin buzdolabına doğru yürürken sordu.

"Bir kadeh içki hazırlayayım mı sana?"

"Sağ ol canım, alırım."

Genç kadın tezgâhın üzerine çıkardığı iki kadehe buz ve votka doldururken, "Muzaffer'i aradın mı?" diye sordu.

"Hayır. O bizi arayacaktır nasılsa. Eğer, burada onun gerçekten istediği bir şey varsa... arayacaktır."

"Her canının istediğinde kapıya dayanmasını nasıl engelleyeceğiz bu adamın? Tehlikeli olmaya başladı."

Kadehini karısının elinden alırken, "Sanki daha evvel tehlikeli değilmiş gibi." dedi Berke.

"Berke'ciğim, ne annenin son gecesinde zorla burada kalması, ne bugün evi basıp Hadiye'yi hastanelik etmesi normal şeyler değil. Gerçekten, ürkmeye başladım. Çocuklar için korkuyorum. Onlar da olabilirdi bugün evde."

"İnan, çocuklar evde olsaydı, o kapıyı açmazlardı."

Berke'nin, yardımcılarına olan kızgınlığı sesinin tonundan belliydi.

"Ama," diye devam etti, "Muzaffer'in bunu bir daha tekrarlayacağını sanmam. Bugün aldığı büyük riskti. Kolay kurtuldu. Şansını zorlayacağını sanmam."

Karısının beline sarılıp onu, saçlarını koklayarak öperken gözü rafın tepesindeki tepsilere ilişti.

"Nedir onlar?"

“Anneciğinin meşhur portakal şekerlemesinden hazırlamıştım geçen gün. Her yaptığında bir kavanoz da Refet Dayına gönderirdi, hatırlıyor musun? Ben de biraz fazla hazırladım. Dayına

verirsek hoşuna gider diye düşündüm.”

“Çok incesin... Sevgilim, elindeki iş bittiyse, gel de bugün olanları bana bir bir anlat, belki bir anlam çıkarabiliriz.”

“Hemen canım. Salata sosunu hazırlayıp geliyorum.”

“O arada ben de çabuk bir duş alayım. Çocuklar gelmedi daha herhalde.”

“Hayır. Fabrikada son günleri, okul açılmadan önce. Zaten bu akşam yemekte olmayacaklar. Arkadaşlarıyla hamburger yiyip, sinemaya gitmek için izin istemişlerdi. Gelir gelmez, yıkanıp çıkacaklar.”

Berke kadehini masaya bıraktı, “Hak ettiler.” dedi. “Ben hemen duşumu alıp geliyorum.”

“Tamam canım.”

Anberin, salata sosunu hazırladıktan sonra, içkilerine biraz daha buz ekleyip kadehlerle beraber verandaya çıktı.

Aşağıda uzanan bahçenin ve çekilmekte olan güneşin son ışıklarıyla pırıldayan Boğaz'a karşı ağaçlara gömülmüş tepelerin huzurunu, derin bir nefesle içine çekti. Ama kafasındaki sorular, yüreğindeki acı, bir kartopunun çığa dönüştüğü süratte yaşanan beklenmeyenler onu içten içe yiyor ve bastırılsa da orada olduğu bilinen bir rahatsızlık yaratıyordu. Sanki bir müddet sonra, ailesinin huzurunun kaçacağına, her şeyin dengesinin bozulacağına dair, uzaktan bir fısıltı geliyordu kulağına. İçkisinden bir yudum alıp yutarken gözlerini kapadı. Bütün bu sıkıntılı düşüncelerin sadece ve sadece paranoya olmasını dileyerek, yaşayacakları her ne olursa olsun, altından kalkacak gücü bulunduğunu kendi kendine tekrarladı.

* * *

Akşam yemeği bitmiş, Anberin masayı toplayıp yerine dönmüştü.

“Eline sağlık karıcığım, balık enfes olmuştu.” dedi Berke, masadaki yerine oturan karısına, rakı kadehini kaldırarak.

"Afiyet olsun canım."

Az ileride, sehpada duran cep telefonu çalınca, karı koca irkildi.

"Çocuklar olmasın..." dedi Anberin, merak içinde.

"Ben bakarım."

Berke, yerinden kalkıp süratle telefona erişti.

"Alo!"

"..."

"Muzaffer!"

"..."

Anberin, ismi duyduğu anda, iskemlesinden kalkıp, heyecanla Berke'nin yanına gitmişti. Kollarını göğsünde çapraz yapıp, merakla onun konuşmasını izlemeye başladı.

"Muzaffer, bu yaptığının resmen suç olduğunun farkındasın herhalde. Haneye tecavüz, yaralama ve üstüne bir de hırsızlık..."

"..."

"Ne istiyorsun?"

"..."

"Öyle bir çanta yok ortada. Bulunursa sana haber veririz. Ama bir kez daha bu evin civarında görünürsen, olacaklardan biz sorumlu değiliz."

Muzaffer devam ederken Berke onun lâfını bitirmesine fırsat vermeden, hiddetle telefonu kapadı. Verandanın tırabzanına ellerini yerleştirip sakinleşmeyi bekledi.

"Hep baş belâsıydı, yine öyle..." diye mırıldandı.

Anberin, yanına gelip sırtını okşadı. "Çok ilginç," dedi, "Muzaffer'in bu evle ilişkisi bir türlü bitemiyor. Annen yaşarken sebebini anlıyordum. Ama şimdi?"

"Muzaffer insana günahını bırakmaz. Onun için, ben de, bu kadar önemsediği bir çantayı nasıl olup da burada bıraktığını anlayamıyorum. Annemle ayrıldıklarında, muhakkak yanında götürmüş olması lâzımdı."

"Belki de Galle vazoya sahip olmak için, tamamen hayali bir çanta yarattı. Nasıl olsa çanta bulunamayacak, vazo da onda kalacak diye düşünmüş olabilir mi?"

"Yine de mantıklı gelmiyor. Muzaffer bugünkü servetiyle o

Galle vazodan birden fazla alır. Neden böyle bir riske, saçmalığa girsin?"

"Şükredelim ki Beste zamanında gelmiş. Yoksa o koleksiyonun tamamı ve ilk baskı kitaplar da gidiyormuş."

Sonra birden konuyu değiştirirken sesinin tonu da yumuşadı. "Biliyor musun, Beste anneciğinin eşyalarını toplarken çok duygulu anlar yaşadık bugün."

Buğulanan gözlerle devam etti.

"Diyorum ki, atölyesini aynen tutalım. Sanırım, bende yeniden resim yapma aşkı yarattı o oda. Bütün o boya, tiner kokusu, yarım kalmış resimler, suda dinlenen fırçalar... Hepsi, anneciğinin bıraktığı gibi duruyor... Sanki, öksüz kalmışlar da, birini bekler gibi geldiler bana..."

Berke, sarılıp karısının yanağını okşadı.

"Belki de seni bekliyorlardır." dedi.

Karı koca, sevgiyle bakıştı.

"Haydi sevgilim, yatalım mı artık?" diye sordu Berke.

"Sen yat canım. Ben zaten çocukları bekleyeceğim. Lâl'i de çok merak ediyorum, mesajlarıma bir cevap alamadım."

"Sevgilim, sana çıtlatmış ya işte. Belli ki bir aşk yaşıyor. Neden kendi hâline bırakmıyorsun kızı?"

"Bana hâlâ çocukmuş gibi geliyor, biliyor musun?"

Berke, gülümseyerek karısının burnunu okşadı. "Farkındayım." dedi. "Kendin onun yaşındayken evli, çocuklu bir kadındın ama... Kimseyi de işine karıştırmıyordun."

"Haklısın." diye gülümsedi Anberin. "Sanırım, kendimi tutmam lâzım."

Eve girdiler. Verandanın kapısı kapandı. Bahçe, kendi sessizliğiyle başbaşa kaldı.

Aynı saatler, Selçuk Vardar'ın evi

Selçuk, salondaki geniş orta sehpasının üzerinde duran tabaklardan birine uzanıp, çatalını dilimlenmiş ringa balığına daldırdı ve ağzına attı. Uzun bir açlıktan sonra ilk lokmasını yer gibiydi.

“Amma şapırdatıyorsun.” dedi, karşısındaki kadın. “Bir de eski, görgülü aile çocuğu olacaksın.”

Selçuk'a tiksinir gibi baktı. Otuz yaşlarında, ufak tefek yapılıydı. Neredeyse kuru denecek zayıflığından, bedenine oranla başı oldukça büyük duruyordu. Yayvan yüzü, geniş ağzıyla o baş, aslında o vücuda ait değil gibiydi.

“İşte o sebeple ben istediğim gibi yiyebilirim.” dedi Selçuk, bu hakarete hiç aldırmamış olduğu belli. Aynı iştihayla çatalını çiroz tabağına daldırdı.

“Sen de yesene biraz, belki biraz etlenirsin.”

“Adamda iştah mı bırakıyorsun.” derken yerinden kalkıp içki servisinin durduğu sehpaya doğru ilerledi kadın. Bacakları kemikli ve çarpıktı ama kusurlarını bilen ve kamufle etmeyi öğrenmiş birinin ustalığıyla yürüyüşüne son derece hâkimdi. İçkisini tazelerken sordu.

“Sıcak bir şeyler de ister misin?”

“Yok, yeter bunlar.”

“O çok sevdiğin biberli mantardan yapayım istersen.”

“Çok sevdiğim falan yok. Bir kere beğendim, işte o kadar.”

Kadın ona doğru yürürken ısrarcı bir tavırla konuştu.

“Bana çok sevdiğini söylemiştin ama.”

“Herhalde çok açtım.”

“Küstah! Özel bulduğunu söylemiştin.”

“Özel? Mantarları arka üzeri tavaya yatırıp içine karabiber koymak·mı? Güldürme beni.”

Kadın, Selçuk'un karşısındaki koltukta bacak bacak üzerine atarken, “Bir de sen beni güldürebilsen.” dedi, şikâyetçi bir tavırla.

Selçuk, çatalını tabağına bırakıp arkasına yaslanırken, sanki kafasında olup da unuttuğu bir şey hatırlatılmış gibi, işaretparmağını havaya kaldırıp konuştu.

“Güldürmek dedin de... iyi ki aklıma getirdin. Yahu, sen beni artık güldürmüyorsun... Ama hiç... Hiç eğlencen kalmadı.”

Kadın da, bundan alınmışa benzemiyordu. Diğerinin üzerindeki bacağını ve dizine yerleştirdiği kadehi aynı anda sallarken aldırmaz bir tavırla cevapladı.

“Ya? Demek eğlencem kalmadı. Keyfimi tükettiğinden olmasın?”

“Yahu sen beni tanımadın mı bir senedir? Ben tüketirim; sen

hep dolu olacaksın, tükenmez fıçısı gibi. Kadın dediğinin hikâyesi bitmeyecek, basınca düğmesine anlatacak, güldürecek.”

Dudaklarını büzüp, başını yana devirip karşısında, onun aşağılamalarını dinlemeye bağışıklık kazanmış olduğu belli kadına bakarken, düşünceli bir ifadeyle ciddileşti.

“Aslına bakarsan, bu akşamki şu içki masası falan işe yaramadı. Sıkıntımı almıyorsun artık.”

“Sıkıntını alacak birini mi buldun?”

“Orası bana kalmış. Ama senin, anahtarını geri verme zamanın geldi diye düşünüyorum.”

Kadın, bacağını sallamaya devam ederken, sesi kendinden emin, gözleri hırstan çakmak çakmaktı.

“O anahtarı öyle kolay kolay geri alamazsın.”

“Benimle oynamaya kalkma Umur. Ben bitti diyorsam, biter! Sağda solda bir şeylerin varsa onları da toparla, ayrıl.”

Umur yerinden kalkıp, çarpık bacaklarını iki yana açarak elini beline koydu.

“Küstah herif! Karından ayrıldığında kim toparladı paçanı? Eşyalarını kim yerleştirdi birer birer? Bir senemi verdim sana. Bu öyle bedava bitmez, haberin olsun.”

“Bağırma!” dedi Selçuk.

Umur, inadına sesini yükseltip, “Ne olmuş?” diye bağırdı.

Selçuk, aniden yerinden kalkıp onun karşısında durdu ve elini tehditkâr bir tavırla havaya kaldırdı.

“Bağırma dedim. Hemen çık git!”

Umur, onun tavrından korkmuşa benzemiyordu. “Gideceğim tabii.” dedi. “Ne sanıyordun? Seninle evlenip kalacağımı falan mı zannettin? Allah korusun. Senin gibi manyak, sakat çocuklar mı doğuracaktım?”

İçki kadehini masaya bırakıp devam etti.

“Şimdi gidiyorum. Eşyalarımı sonra gelir alırım.”

“Anahtar?”

“Merak etme, anahtar koleksiyonculuğu yapmıyorum. Toplanıp giderken bırakırım.”

Umur, kanepenin kenarında duran çantasını ve şalını aldı, hışımla olduğu yerde dönüp salondan çıktı. Ardından, hızla kapanan kapının sesi duyuldu.

Selçuk kalkıp koridora çıktı ve kapının sürgüsünü çekti. Tekrar yerine gelip oturdu. Arkasına yaslanıp, derin bir, “Oh!” çekti. Bundan da kurtulmuştu. Karısından ayrıldıktan sonra beraber olduğu kadınların içinde metres olmayı en hak eden Umur'du aslında. O da emekli konu mankenlerindendi. Ziynetten farklı olarak, biraz lisanı, biraz görmüşlüğü vardı. Özellikle de paralı adamların yaşamlarını kolaylaştırmak, evlerini çekip çevirmek konusunda oldukça tecrübeliydi. ‘Hakkını yememeli, gerçekten işe yaradı.’ diye düşündü Selçuk. Ama Ziynet'in kilolu, hantal vücudu, nezaketten kısmetini almamış dobra lisanı, sigara kokulu, genizden kahkahası birden öyle renkli gelmişti ki kibarlık, bilmişlik taslayan bu kuru kadın artık fazla geliyordu. Birden, onun o çok hoşuna giden geyşa servisi, eksantrik yemekleri bir tat vermez olmuştu. Fazıla'nın pahalı ve mükemmel yaşama anlayışından sonra, birden bekâr olmanın yarattığı boşlukta, Umur görevini fazlasıyla yerine getirmiş ama artık miadını doldurmuştu. Bu geçen sene zarfında da, Selçuk sayesinde gayet pahalı bir hayat yaşamış, tadını çıkarmıştı. Kendisini ona hiçbir şekilde borçlu hissetmiyordu Selçuk. Yalnız, şu tabakları toparlayıp gitse iyi olurdu, diye düşündü, çatalını füme yılan balığına batırırken.

Ölmeyen Temas

Aynı gece, Seher Vardar'ın evi

Anberin, kayınvalidesinin resim atölyesinin ışığını açtığında bir müddet kapıda durup odayı seyretti. Her şey, Seher'in son kullanıp bıraktığı gibi duruyordu. Havadaki tiner, boya kokusunu içine çekerek izledi. Yarım kalmış kadın portresi, raflardaki eskiz kâğıtları, kitaplar, masanın üzerindeki malzemeler, kimi zarfına konmamış CD'ler, sehpanın üzerindeki açılmış sigara paketi, kül tablası ile oda soluk alıp veriyor, kendisine hayat veren insanı bekliyordu sanki.

Anberin, âdeta gizli bir ayini bozuyormuş hissiyle odaya girdi. Üzerindeki eşyaları parmak uçlarıyla okşayarak, masanın etrafında dolaştı. Gözleri özlemle yaşlandı ve kendisini tutamayarak ağlamaya başladı. Kocasının üzüntüsüne üzüntü eklememek için onun yanında ağlamamaya özen gösteriyordu ama yalnız kaldığı anlar, kayınvalidesi için serbestçe yas tutabiliyordu.

Seher'in, duvarda çerçeve içinde asılı portre fotoğrafını eline aldı ve muzır bir tebessümle bakan kayınvalidesine gülümseyerek karşılık verdi. Sonra, camın arkasından onun yüzünü okşadı ve yanaklarını öptü. Birden, içgüdüsel bir hareketle, kütüphanenin önüne gitti. Raftaki CD'lerden birini seçti. Joshua Bell'in kemanından Vincenzo Bellini'nin 'Casta Diva'sı yayıldı odaya. Anberin, elindeki fotoğrafı masaya yerleştirdi. Malzemeler arasında bir yer açtı. Granüle Schöhler kâğıtlarından birini yaydı. Masaya oturup kurşunkalemi eline aldı ve Seher'in fotoğrafını büyüterek kâğıda geçirmeye başladı.

Dışarıda yağmur yağmaya başlamıştı. Kalkıp balkon kapısını açtı, serin, ıslak rüzgârı içeri davet etti. Odadaki küçük buzdolabından kendisine buzlu bir votka hazırladı. Bir yudum aldıktan sonra, kendisini müziğin ve cama vuran yağmurun sesine bıraktı.
Âdeta transa geçmişti. Kalemi görevini bitirdiği an, Ecolin boyaların kapaklarını açtı, samur fırçayı eline aldı ve Seher'in siyah beyaz portresinin üzerinde renkler suyla dans etmeye başladı. Genç kadın, elindeki fırçayı, kayınvalidesinin yüzünde sanki gerçeğini okşuyor gibi dolaştırıyordu.

Bahçede araba sesi duyduğu an, rüyadan uyanır gibi, elindekileri bıraktı ve doğru aşağı kata indi. Larissa ve Geray'ı, yakın bir arkadaşlarının babası eve bırakmıştı. Anberin onları kapıda karşıladı.

"Hoş geldiniz çocuklar. Nasıl geçti akşamınız?"

"Anneciğim, sen iyi misin?" diye, geriye çekilerek bakıp sordu Larissa.

"Gayet tabii iyiyim. Niye? Ne oldu ki?"

"Bilmem," dedi, genç kız, "yanakların kıpkırmızı, gözlerin parlıyor. Ateşin falan yok, değil mi?"

Anberin, ister istemez elini kendi alnına koyarken güldü.

"Hayır canım, hayır. Ateşim falan yok. Sadece biraz resim yapmaya oturdum. Sanırım onun heyecanından."

Çocuklarla kol kola girip üst kata çıktılar. Onları odalarına kadar götürüp iyi geceler dedikten sonra, tekrar resim atölyesine döndü ve masaya oturdu.

Bir saat sonra resim bitmişti. Genç kadın portreyi boş bir şövalenin üzerine yerleştirip, kadehi elinde, kanepeye oturdu ve yaptığını seyretmeye başladı. Kayınvalidesinin resmine baktıkça, gülümseyen ifadesiyle Seher, sanki tablosundan çıkıp gerçeklik kazanacakmış gibi hissetmeye başladı Anberin. Gözünü kapadı, tekrar açtı. Birden, garip bir sıcaklıkla sarıldı. Bedeni ağırlaştı. Portrenin olduğu kâğıt, Seher'in çehresi etrafından kesilip atılmış, yok olmuştu. Seher, capcanlı tebessümü, ışıltılı mavi gözleriyle Anberin'in gözlerinin içine bakıyordu. Üzerindeki lila rengi uzun elbisesi, balkondan gelen rüzgârla hafifçe kıpırdadı.

Anberin, nutku tutulmuş vaziyette, heyecan ve şaşkınlık içinde, inanamayarak, Seher'e elini uzattı. Ancak, parmak uçları değdiğinde, yaşadığının hayal değil, gerçek olduğuna inandı ve ürpererek fısıldadı.

"Seher Anne... Siz... Siz... Gerçekten sizsiniz..."

Joshua Bell, Chopin'in 'Nocturne in C sharp minor' parçasını seslendirmeye başlamıştı. Seher, Anberin'i kucakladı. Onun saçlarını, yanaklarını öptü. Genç kadın ağlamaya başladı. Gözünden sessiz yaşlar akıyordu. Kayınvalidesi, onu omuzlarından nazikçe tutup, gözlerinin içine baktı ve bir eliyle yanaklarındaki yaşları sildi. Sonra çok yavaş bir sesle, duyulmaktan korkar gibi, fısıldayarak konuştu.

"Bebeğim, ne kadar üzüldüğünü fark ettiğim için döndüm zaten. Gerçekten ölmediğimi bil istedim. İçin rahat etsin, yaşıyorum."

Anberin, sevinç, şaşkınlık, inanamazlık, aşırı duygu yoğunluğu içinde alt üst olmuş vaziyetteydi.

"Peki... Ama nasıl?" dedi. "Başucunuzda oturduk bütün gece, Berke'yle beraber. Hem doktorunuz da dedi ki..."

Seher, tatlı, keyifli, muzip bir ifadeyle güldü.

"Hay çocuk hay! Ama ne kadar şaşsan haklısın. Hatta bana kızabilirsin bile, sizlere bu acıyı yaşattım diye. Ama inan, o Muzaffer haininden başka türlü kurtulamayacaktım. Doktorumla beraber ayarladık her şeyi. Biraz bunalımdan uzaklaşıp her şeye dışarıdan bakmak istedim."

Anberin gülümserken, hâlâ inanmazlıkla, başını salladı.

"Çılgınsınız siz..."

Seher de güldü.

"Kendisi çılgın olmak, her zaman başkalarının insanı çıldırtmasından evlâdır, bebeğim."

Sözünü bitirirken, gelininin koluna girdi ve beraberce şövaleye doğru döndüler. Seher, memnun bir ifadeyle, 'Bu iş olmuş' gibilerden bir dudak ve baş işareti yaptı. Sonra bunu sesli olarak belirtti.

"Harika olmuş." dedi. "Ne kadar ben... Aynı..."

Anberin'in elini okşadı.

"Eline sağlık canım."

Anberin, birden, ilk şaşkınlığından kurtulup esas sorması gereken konuyu hatırlamıştı. Dönüp, kayınvalidesinin yüzüne baktı.

"Peki ama... Nereye gittiniz? Nerede kalıyorsunuz bu kadar zamandır?"

"Darılma canım. Ama bunu söyleyemeyeceğim. Bilirsen, sorumluluk altına girersin. Ben, ara sıra gelir, seni ziyaret ederim."

"Ya Berke? Beste? Torunlarınız? Onlar da sizin yaşadığınızı bilseler keşke... O kadar üzgünler ki hepsi..."

Seher, Anberin'in masadaki kadehini alıp içindeki son yudumu içtikten sonra, "Sen şimdilik bir şey söyleme, olur mu?" dedi. "Söz ver... Hem, zaten, bundan sonra seninle sık sık görüşeceğiz."

"Söz."

Seher, elindeki boş kadehi tekrar masaya bıraktı.

"Şimdi artık gitmem lâzım."

Anberin bir şey sormak üzereydi ki, kayınvalidesi gülümseyerek onu engelledi.

"Şşştt... Hiç, nereye diye sorma. Bu gece, sadece, sana bir uyarıda bulunmaya geldim."

Anberin bir kez daha şaşırmıştı.

"Uyarı?"

"Evet, şekerlemelerle ilgili."

"Şekerlemeler?"

"Evet, şekerlemelerle ilgili. Portakal şekerlemesi yapmışsın galiba..."

"Evet."

"Bebeğim, onları güneşte kurutman lâzımdı. Öyle, dolap tepesinde rutubet yapar. Küflenmiş hepsi. Emeğine yazık."

Aniden bir kapı çarpıldı. Anberin irkilerek odanın kapısından dışarıya, koridora doğru bir bakış attı. Başını geri çevirdiğinde, Seher artık orada değildi. Genç kadın, tükürüğü boğazında düğümlenmiş, kendisinin bile duyamadığı bir tonda seslendi.

"Seher Anne?"

Gluck'un 'Dance of the Blessed Spirits'i çalmaya başlamıştı. Anberin, yine fısıldadı.

“Seher Anne?”

Odadan sıcak bir rüzgâr geçip, balkona doğru uzandı. Yağmur durmuştu. Rüzgârla savrulan tüller kendi etrafında dönüp, soğuk bir esintiyle geri geldi.

Anberin, içi ürpererek, sırtında soğuk bir terle gözlerini açtığında şövalede duran Seher’in portresi ona aynı tatlı muzip tebessümle bakmaktaydı. Anberin derin bir nefes alıp düşünün etkisinden kurtulmaya çalıştı. Portreye bakarken mırıldandı.

“Tam sana göre bir rüyaydı Seher Anneciğim.”

Rüyasının detayları tekrar hafızasından geçti. Sözcükler yankılandı.

“Portakal şekerlemesi...”

Ani bir kararla kalkıp odadan çıktı. Yavaşça loş koridorda ilerleyip, merdivenlerden aşağıya indi. Az önce odada dolaşıp yok olan sıcaklık sanki arkasından onu takip etmekteydi. Âdeta programlanmış gibi, mutfağa girdi. Merdivenli mutfak iskemlesini çekti ve sakin adımlarla basamaklarını çıkıp, en üst raftaki tepsilerden birine uzandı. Alıp, göz seviyesine kadar indirdi. Bir eliyle üzerindeki havluyu kaldırdı. Gözleri dehşetle büyüdü. Boğazından boğuk bir çığlık çıktı. Portakal şekerlemelerinin üzeri mavi küf tabakasıyla kaplanmıştı. Bir müddet öylece, olduğu yerde kıpırdayamadan kaldı. Nefesi kesilmişti. Gözlerinden yaşlar iniyordu. Bütün bedeni ısınmış, fiziksel olarak ağırlaşmıştı. Ama garip bir şekilde, içinde bir his uyanmıştı. Kendisini kucaklayan sıcak bir bulutun içinde yükselip uçacak gibiydi. Usulca merdivenin basamaklarından indi ve sonuncuya oturdu. Elindeki küflü portakal kabuklarına bakarken Seher’in sözleri çınladı kulağının dibinde.

“Seninle bundan sonra sık sık görüşeceğiz.”

Kendini daha fazla tutamadı. Yaşadığının realiteyle olan ilişkisinin bilinmezliği ve anlaşılmazlığı karşısında hıçkırarak ağlamaya başladı.

Sırça Köşk Çatırdıyor

Cumartesi sabahı erken saatler, Yeşilköy

Marmara'dan hırçın lodosun sürüklediği dalgaların köpükleri, vahşi beyaz atlar gibi şahlanıp köpürerek, sahile doğru birbirinin üzerinde sürükleniyordu. Deniz, süratle akan bulutların gölgesinde, sarı, puslu yeşil, kızıl kahve renklerle, sonbaharın elbisesini giymiş gibiydi.

Sahilde, anoraklarının yakasını kaldırmış yürüyen iki kardeşin temposu, konuştukları konunun ağırlığıyla yavaşlamış gibiydi.

"Demek, Selçuk, Berke'nin usulsüzlük yaptığından bahsediyor." dedi Vecdi Vardar.

"Bana ispat olacak bir dosya getireceğini söyledi." diye cevapladı Refet Vardar.

"Ağabey... O dosyanın gerçekliğini görene kadar Berke'ye bir lâf etme. Selçuk ortalığı bulandırma peşinde, bana sorarsan. Hans Peter'in söylediklerini sana anlattım."

Refet Bey iyice yavaşladı ve önlerindeki ilk banka yerleşti. Kardeşine yanına oturmasını işaret ederken hüzünlenmişti.

"Burada en son Seher'le oturup konuşmuştuk." dedi.

Bir müddet, kız kardeşiyle geçirdiği o günü hatırlayarak, sessiz oturdu. Seher'in ölümünü ve acısını düşünmek, aslında bir türlü karar veremediği bir konuyu konuşmasına yardımcı olmuştu. Sıkıntılı bir sesle devam etti.

"O halde sana, Bora'nın bana anlattığı bir bilgiyi de aktarmam gerekiyor. Sonra karar veririz ne yapacağımıza."

Refet Vardar, New York departmanıyla ilgili Selçuk'un tavrını ve Bora'nın suçlamalarını anlatmaya başladığında, Vecdi Vardar, neler dinleyeceğini daha başından hissetmiş de, korktuğu başına gelmiş gibi kaşlarını çattı, yutkundu. Konuştukları, bir kez daha

kendi oğluydu; en büyük oğul. Ağabeyini dinlerken gözleri, büyük bir mücadeleyle sandalını kıyıya yanaştırmaya çalışan bir balıkçıya takıldı. Onun da bir oğlu var mıydı acaba? Varsa, nasıl bir oğuldu?

Şu anda işi ve aileyi karalanmaktan ve çöküşten kurtarmak için Selçuk'la ilgili gerçekleri kabullenmenin şart olduğunu bilse de, yine kahroluyor, küçük sırça parçacıkları yüreğini şahrem şahrem doğruyordu.

* * *

Berke, gıyabında konuşulanlardan henüz habersiz, büyük bir heyecanla, cumartesi gününü de ofisinde geçirmekteydi. Asistanı, imalat, finansman ve fabrika müdürleri ayakta, çalışma masasının etrafında, masaya yayılı makine parkı plânları üzerinde toplantıdalardı. Berke, ceketini çıkarmış, gömleğinin kollarını kıvırmış, bir avucu masaya dayalı, diğer elinde kalem, hararetle konuşmaktaydı. Heyecanı her halinden belliydi. Kalemini kâğıtların üzerine bırakıp doğruldu.

"Arkadaşlar," dedi, "son derece uyumlu, adımlarınızı paylaşarak çalışmanızı istiyorum; her zamanki gibi. Şu an altı montör geldi ve iş başındalar, üçü de yolda. Lou Seville başlarını çekiyor yine. Bizim New Camden'da kurs gören çocuklar harika çalışıyorlar. Ama altyapıyı ve organizasyonu sağlayamazsak, adamların yapacağı hiçbir şey yok. Zaman para yazıyor. Bu bir ay içerisinde, hat kurulmuş, test imalatı bitmiş olmalı, hem de muvaffakiyetle... Şimdilik dağılabilirsiniz çocuklar. Dediğim gibi, son derece koordineli çalışılacak."

Grup, dosyalarını toparlayıp odadan ayrıldı. Berke, yanında kalan asistanına dönerek sordu.

"Bu arada, Libya'daki şilebin durumu nedir Tayfun?"

"Hâlâ limanda bekliyor Berke Bey."

Berke, düşünceli, ellerini cebine koydu.

"Hoş değil. Hiç hoş değil. Çok sürestarya yiyeceğiz. Acenteden mı kaynaklanıyor?"

"Bilemiyorum. Gerekli gördükleri son hediye paketini de transfer ettik."

"Çok sıkıştık. Yönetim kuruluna kadar bunu çözmemiz lâzım. Toplantıya problem götürmek istemiyorum. Bir de bu senenin öğrenci bursları için işçilere ve personele dağıtılacak müracaat şartnamesini hazırlatalım, çok gecikmeden. Çocuklara motivasyon olsun."

"İlgileniyorum efendim. Şayet başka bir diyeceğiniz yoksa..."

Berke'nin cep telefonu çalmıştı.

"Yok Tayfun'cuğum, teşekkür ederim."

* * *

Beauté Pansiyon'da Ziynet'in odası, her zamanki karmaşası içinde güne yeni başlıyordu. Ağzı açık, içinden kıyafetler dökülen sahte Louis Vuitton çantalar, Kuşadası'ndan döndüklerinden beri aynı şekilde, yerde durmaktaydı. Yanı sıra sağa sola saçılmış giysiler, ayakkabılar, havlular... Ziynet böyle bir odada, çarşafı göğsüne kadar çekmiş, elinde sigara, yatağında telefonda konuşmakta, bir taraftan da, sigarayı tuttuğu elinin bordo ojeli tırnaklarını seyretmekteydi.

"Yok şekerim." dedi, "bir müddet yeni iş almak istemiyorum. Selçuk balığı tam oltama gelmişken, risk almayayım."

"..."

"Görürsün, beni çağıracak gene. Öyle bir numara çekmişim ki, beni arayacak, eminim."

"..."

"Adamı tanıman lâzım? Herif bir numara megaloman. Manyak derecede. Böylelerini övdükçe ipe dolanırlar ağbi. Bu da öyle oldu. Hiç gerçek mi diye sormuyor bile adam. Ne desen kabul. Yeter ki onu methet. Diyorum sana, bu iş tamam."

"..."

"Eee, dur bakalım, daha bir hafta olmadı. Zaten arada telefonla konuştuk. Vardır herifin başka bir bağlantısı, takıntısı. Hemen kurtulamaz ya. Ama bu akşama kadar aramazsa, ben arayacağım. Özlemiştir şimdi o avaz avaz becerilmeyi. Hadi, ararım ben yine seni. Çav!"

Arsız bir kahkaha attı. Keyifle gerinerek arkasına yaslandı. Odasının dağınıklığına bakarken, 'Hepinizden kurtulacağım,' diye geçirdi içinden, 'hepinizden...'

Bu külüstür pansiyon odası, taklit eşyalar, hepsinden kurtulacaktı. Yalnız biraz sabırdı gereken.

Cumartesi akşamüzeri, Refet Vardar'ın evi

"Bu konuyu aramızda hâllettiğimize sevindim." dedi Refet Vardar, koltuktan kalkarken. Ağır adımlarla, Berke'nin oturduğu koltuğun yanında durdu ve elini onun omuzuna koydu.

"Kusura bakma Berke. Senin kanunsuz bir şey yapmayacağından emin olmam gerekirdi."

Berke, ayağa kalkıp onunla yüz yüze durdu. Tavrı her zamanki gibi rahat ve sakindi.

"Endişelerinizi gidermek hakkınızdı dayıcığım. Ayrıca size evrak da sunabilirim."

Bunu söylerken gözlerini, kanepedeki diğer dayısına da çevirdi.

"Hayır, hiç gerek yok." dedi Refet Bey. "Babandan kalan hisseleri ve kendi paranı nasıl değerlendirdiğin hiçbirimizi ilgilendirmez."

"Aynen." diye söze katıldı Vecdi Vardar. "Ayrıca, yaptığın bu önemli yardım ve dayanışma için de seni tebrik ederim." Selçuk'un suçlamalarına karşı Berke'nin yapmış olduğu açıklamalardan memnun olduğu çok belliydi.

"Haydi o zaman, artık herkes evine gitsin." dedi.

"Evet, bu toplantı bitmiştir." diyerek onayladı ağabeyi.

Refet Vardar'la vedalaşan dayı-yeğen bahçe çıkışına doğru beraber yürürlerken, "Sana Selçuk'la ilgili söylediğimi şimdi hatırlıyor musun? Ona yıllardır verdiğin desteğe nasıl teşekkür ettiğini gördün." dedi Vecdi Vardar.

Berke, duydukları şaşırtıcı gelmekle beraber, Selçuk'a karşı herhangi bir kırgınlık, bir düşmanlık hissetmiyordu.

"Selçuk'un bana bir kötülük düşünmüş olabileceğini sanmıyorum dayıcığım." diye cevapladı. "Belli ki, bir işgüzâr kendisine yalan yanlış bir bilgi vermiş. Telâşlanmakta haklı olabilir. Yalnız... keşke bana direkt sorsaydı kuşkusunu."

Vecdi Bey alaylı bir gülüşle, "Öyle bir incelik? Tam adamını buldun." dedi.

Bahçe kapısından çıkmışlardı. Şoförler arabaların yanında beklemekteydi. Hemen kapıları açtılar.

"Dert etmeyin dayıcığım." dedi Berke, gülümseyerek. "Ben Selçuk'u her haliyle kabullendim. Ayrıca, onun hakkında size gelen haberler de, aslı astarı olmayan suçlamalar olabilir. Onun için, kendisiyle görüşmeden tavır almasaydınız derim."

Vecdi Bey, elini yeğenine uzatıp vedalaşırken yine de uyarmaktan geri duramadı.

"Korkarım, bu iyi niyet bir gün canını yakacak evlât..."

"Merak etmeyin."

Araba yola koyulduğunda, Berke, üst üste gelen bu usulsüzlük hikâyelerinin nasıl hayat bulduğunu, nereden filizlendiğini düşünüyordu. Kendisine yapılan suçlamayla ilgili kimseye kırgınlığı olmamasına rağmen, aile içinde aniden su yüzüne çıkan bu kaynamayı, bir hastalığın habercisi gibi görmekten ve tedirgin olmaktan kaçamıyordu. Yeniköy'e kadar arabada geçecek zamandan istifade, dosyalarını açtı ve dikkatini işine yönlendirdi.

Selçuk, az önce biten toplantıdan habersiz, Divan'ın barında, en dip masada Muzaffer'le karşı karşıya oturmaktaydı. Kadehlerindeki içki yarılanmıştı.

"Amcama verdiğim bilgi, Berke'yi zayıflatmaya yetecek, merak etme." dedi.

Diğeri, yemiş tabağındaki bademlerden birkaçını bir arada ağzına attı. Çiğnerken bir taraftan da konuştu.

"Helâl olsun ortak."

Selçuk masaya doğru eğildi.

"Seninle, Berke'ye karşı olan duygularımız dışında hiçbir ortaklığımız yok Muzaffer. Bunu unutma."

Muzaffer, umursamaz, kaba bir gülüşle, bir avuç badem daha attı ağzına.

"Sen ne dersen de, ben buna ortaklık derim." Sonra, gözlerinde arsız pırıltılarla, kadehini Selçuk'a kaldırdı.

Aynı gece geç saatler, Selçuk Vardar'ın evi

Abdi İpekçi Caddesi'nden yukarıya süratle çıkan Harley Davidson, Atiye Sokak'ın köşesinde yavaşladı ve sokağa girip durdu. Motosikletteki delikanlı kaskını çıkarırken, arkasında hâlâ beline sıkı sıkı sarılmış oturan genç kıza sordu.

"Baban gelmiş midir?"

Gülşah, soğuktan ve heyecandan sersemlemiş bir halde, motosikletten inerken, apartmanın üst kat pencerelerine baktı ve omuzunu silkerek konuştu.

"Umurumda mı?"

Delikanlı, inmeden, dağılmış dalgalı saçlarını eliyle taradı. Sonra, Gülşah'ın ensesinden sarılıp kendisine doğru çekti. İhtiras dolu serseri ifadeyle gözlerinin içine baktı.

"Umursamadığından emin misin?"

Aslında, içinde bulunduğu durum Gülşah'ın çok umurundaydı. İlk defa böyle bir kaçamak yapıyordu ve hem yaşadığı gizliliğin, hem de babasına karşı suç işliyor olmasının verdiği heyecan ve korku birbirine karışmış, kendisini çok kötü hissetmesine sebep oluyordu. Ama babasına o kadar kızgın ve kırgındı ki, gerçekten umursamıyor olmayı çok isterdi. Bu hafta sonunda yine yalnız bırakılmıştı ve artık hem annesinden hem babasından, neden bir arada olmayacaklarına dair sebep dinlemekten yorulmuştu. Ne kadar ihmal edildiğini hatırlamak, onu bir kez daha cesaretlendirmişti.

"Tabii ki umursamıyorum." dedi, mümkün olduğunda inandırıcı gülümseyerek.

"O zaman, beni burada öpersin."

Gülşah, delikanlının elinin temasına ve gözlerindeki ısrarcı pırıltılara direnerek kendini geriye çekti.

"Bunu yapmayacağımı biliyorsun."

Genç, hiç üstelemedi. Omuzunu silkip elini ondan çekti ve direksiyona yerleştirdi. Motora gaz verirken, "Tahmin etmiştim." dedi. "Daha çok küçüksün. Haydi güzel kız, büyüyünce görüşürüz."

Gülşah'ı birden, bu defa da ilk kaçamağını yaşadığı delikanlı tarafından bırakılacak olmanın telâş sardı. Hayır, yalnız olmak istemiyordu. Ani bir kararla, eğilip yanağına çabuk bir öpücük kondurdu. Genç, Gülşah'ın saçlarını karıştırırken gülümsedi.

"Eh, bu akşamlık hiç de fena sayılmaz."

"İyi geceler."

"Sana da."

Gülşah, önce Aybar'a verdiği öpücükten, sonra babasının camdan kendisini görmüş olabileceği endişesinden, tüm vücuduna ateş basmış olarak eve doğru koştu. Sessiz apartmanda, eski asansörün kapıları ve yukarıya çıkarken motorunun çıkardığı ses, bütün dünyayı uyandıracak gibi geldi genç kıza.

Dairenin kapısını yavaşça açıp parmak uçlarında içeri girdiğinde, evde çıt yoktu. Açık bırakılmış koridor lâmbasının ışığında salona doğru ilerledi. Orada da sadece çalışma masasının üzerindeki küçük aplik yanmaktaydı ve boştu. Masanın üzerinde babasının adına gelmiş ve henüz açılmamış zarflar durmaktaydı. Gülşah, zarfların üzerinde parmaklarıyla gezinirken, babasının henüz dönmemiş olduğunu biliyordu. Az önce, motosikletli bir gençle bu saatte eve gelmiş olmasının yarattığı korku terk etmişti onu. Şimdi ise, babasıyla karşılaşmadığı ve onu üzüp sinirlendiremediği için kızgındı. Bu kaçamağı yaşamasının tek sebebi, babasının ihmaline karşı ondan öç alma isteğiydi. Ve bu durumda hiçbir işe yaramamıştı. Cep telefonunu çıkardı ve Paris'teki annesinin numarasını çevirdi. Hemen açılmadı ama Gülşah ısrarla bekledi. Nihayet, Fazıla'nın uykulu sesi duyuldu.

"Gülşah?"

"Anneciğim!"

"Ne oldu bu saatte? Bir şey mi var?"

"Hiç... Babam yok evde. Seni aramak istedim."

"Neden gündüz aramıyorsun bir tanem? Rahat rahat konuşuruz. Şimdi çok uykuluyum."

"Anneciğim... Ne olur, biraz konuşalım..."

Telefon kapanmıştı. Genç kız hayal kırıklığı içinde, gözlerinde yaş, elindeki telefona baktı.

"Sadece biraz konuşmak istemiştim." diye ağlamaklı sesle mırıldandı kendi kendine. Salondan çıktı. Uzun, karanlık koridorda odasına doğru ilerlerken, hıçkırıklarla aynı sözleri tekrarlayıp duruyordu.

"Sadece konuşmak istemiştim... Sadece konuşmak... Anneciğim... Babacığım..."

Aynı dakikalarda Kuruçeşme'deki Les Ottoman Oteli'nden ayrılmakta olan Selçuk, kızının yardım çığlıklarını duymaktan çok uzak bir âlemde, son birkaç saatini, kendisini çok eğlendiren şişko fasulyesini dinlemekle geçirmişti.

Kapıdan önce Ziynet çıktı. Kısa, dar, sarı süet etek, transparan siyah bir bluz, ten rengi çorapların üzerine siyah rugandan yüksek ökçeli çizmeler giymişti. Pervasız, şımarık bir tavırla sırtındaki kırmızı şalı savurarak yürüdü. Takım elbisesinin üzerinde uzun, şık trençkotuyla onu takip eden Selçuk'la, görüntü olarak büyük bir uyumsuzluk içindeydi.

Vale, Selçuk'un arabasını kapının önüne getirmişti. Kadının arabaya doğru yürüdüğünü gören kapıdaki görevli hemen yolcu tarafının kapısını açtı. Ziynet tam oturmak üzereydi ki, Selçuk onu kolundan tuttu ve adama, "Hanıma bir taksi ayarla." dedi.

Ziynet arabadan çıktı. Keyfi kaçmıştı ama belli etmedi. Cep telefonundaki mesajları kontrol etmekte olan Selçuk'un yanına gidip, durdu. Sıkıntılı bir tavırla, yanağının içini dişleyerek, olduğu yerde, bacağı üzerinde vücudunu yaylandırdı. O arada taksi kaldırıma yanaşmıştı. Hemen tavrını değiştirip, küskün, şımarık bir kız çocuğu bakışıyla Selçuk'a yaklaştı. Duyulmasına aldırmadan, pervasızca, "Aşk olsun, bir teşekkür fırsatı vermiyorsun." dedi.

"Kimse bana borçlu kalmaz, merak etme."

Ziynet, "Ödeme günümü bekliyorum." diye kıkırdarken taksiye bindi. Kapısını kapayan Selçuk'u kolundan tutup cama doğru çekti ve kulağına doğru fısıldadı.

"Yatağını özledim muhteşem erkek."

Selçuk, gururlanmış bir tebessümle, onun yanağından bir makas aldı ve taksi şoförüne hareket etmesi için işaret verdi.

Araba hareket ettiğinde Ziynet camdan elini salladı. Selçuk, elleri pantolonunun cebinde, trençkotunun etekleri iki yana açılmış, kendinden emin ve memnun bir tavırla ağır adımlarla araba-

sına doğru yürümekteydi. Başlangıçta, bu geceyi sadece yemekle bitirmek değildi niyeti ama gün boyunca babası ve amcasıyla görüşmesi ve en son da Muzaffer'le içki saatinde konuştukları, zihnini tamamen salı günü yapılacak kurul toplantısına kilitlemişti.
Başka hiçbir eğlencenin bu heyecanı kaçırmasını ve dikkatini dağıtmasını istememişti birdenbire. Şu an en çok ihtiyacı olan şey yalnızlığıydı.

Eve geldiği zaman, Gülşah'ın gece çıkmış olduğuna dair hiçbir şey hissetmedi. Yatak odasına uğradığı kızının, lâmbası açık uyuduğunu gördü. Sessizce yatağa yaklaştı. Gülşah, kucağında, birkaç sene önce anne ve babasıyla teknede çekilmiş bir fotoğrafa sarılıp uyumuştu. Kirpikleri, yanakları gözyaşlarından hâlâ ıslaktı. Selçuk, onun kolları arasındaki fotoğrafı yavaşça aldı ve başucundaki komodinin üzerine bıraktı. Sonra nazikçe, parmak uçlarıyla alnına, yanaklarına yapışmış saçlarını düzeltti. Kızına şefkatle bakarken mırıldandı.

"İyi geceler prenses... Kusura bakma..."

* * *

O hafta sonu, herkes için sakin geçti; görünürde tabii. Aslında, tüm Vardar'lar, kendileri çok fazla farkında olmasalar da, büyük fırtınadan önceki sessizliği yaşıyorlardı.

Refet Vardar, salı günü kurulda nasıl bir tavır koyacağı konusunda hâlâ emin olamıyordu ve hem ailenin duayeni hem de yönetim kurulu başkanı olarak, eninde sonunda kaçamayacağı tatsız bir sorumlulukla karşı karşıya olduğunu biliyordu. Defalarca üzerinden gittiği alternatifleri değerlendirip duruyor ama bir türlü kendisine gerçek huzuru verecek çözümü yakalayamıyordu. Babasının, yaşamında bu tip problemleri nasıl hâllettiğine dair kafasını çok yormuş ama yine bir hâl çaresi bulamamıştı. Zira, Ali Sermed Bey'in zamanında, değil aile içinde bu tip olayların olması, düşünülmesi bile imkânsızdı. Görünmeyen, güçlü, sihirli bir bastonla, yakın uzak tüm ailesini, işçilerini, personelini ve hatta onların ailelerinin de hayatını yönlendiren harika bir orkestra şefi gibiydi Ali Sermed Bey. Ve bunu o kadar sakin, sessiz bir biçimde gerçekleştirirdi ki, herkes, her şeyin kendiliğinden düzgün gittiği ya da bütün bu kalabalığı ve bu işleri idare etmenin kolay olduğu gibi bir fikre kapılırdı. Ama işte, hiç de göründüğü gibi değildi ve üstelik şimdiye dek yaşanmamış tarzda olaylar ortaya çık-

maya başlamıştı.

Tüm cuma gecesi bunları düşünerek neredeyse uykusuz sabahlayan Refet Vardar, pazartesiye kadar kalan vaktini sadece ve sadece müzikle geçirmeye karar vermiş ve çok sevdiği sanatçı dostu Leylâ Sirman'ı hafta sonu için davet etmişti.

Leylâ, Refet Bey'den kırk yaş kadar genç, bekâr, hayat dolu ve son derece yetenekli bir kadındı. Küçücük yaşlarda kabiliyeti keşfedilmiş ve devletin özel "Harika Çocuk" yasasından istifade edip yurtdışında keman tahsilini tamamlamıştı. Müzikle yaşamanın hem sebebi hem sonucu olan duygusal bir zekâsı, heyecan ve coşkusu, aynı zamanda melodramatik bir hüznü vardı. Hayatı, naif bir filozof tavrıyla kucaklamıştı genç kadın. Yurtiçinde ve tüm dünyada başarısını kanıtlamış olmasına, konserden konsere koşturup, defalarca bis yapıp, dakikalarca ayakta alkışlanmasına rağmen, başarıyı, şöhreti hazmetmiş, ağırbaşlı bir alçakgönüllülük içindeydi. Tabii ki, kendisi de kabiliyetinin ve öneminin farkındaydı. Konser seyahati veya provaları olmadığı zaman, onun da en büyük keyfi Refet Bey'le beraber keman çalmaktı.

'Son violen' plâklarının eşliğinde, yanında dünyaca ünlü bir virtüözle çalıyor olmak Refet Bey'e, hayatı boyunca içinde kalmış olan profesyonel müzisyen duygusunu tattırıyor, böyle anlarda âdeta kendinden geçiyordu. Üstelik, Leylâ'nın sahip olduğu Stradivarius kemanına Guarmeri'siyle eşlik etmek, ona, tadına doyulmayacak bir rüya yaşatıyordu. Müzik âşkı etrafında gelişen bu dostlukları, farkında olmadan onları karşılıklı plâtonik bir hayranlığa da sürüklemişti yıllardır. Birbirlerinin varlığında, müziğin inceliğini, duygusallığını yaşarken aynı zamanda huzuru yakalıyorlardı. Leylâ'nın gelebilecek olması Refet Bey'i yalnız başına yaşayacağı karamsar bir hafta sonundan kurtarmıştı.

Vecdi Vardar ise hafta sonunu çiftliğinde, sakin geçirmeye karar vermişti. Ama işin derdinden kaçmak istediğinden değildi bu inziva arzusu. Kurulda takınacağı tavrı çoktan kararlaştırmış, sonucu olabilecek durumları gözden geçirmiş ve her birine göre yeni hamlesini seçmiş, içi rahattı. Bütün olayın matematiğini yapmıştı zihninde. Sakin kalmak istemesinin sebebi, kendi öz oğluyla ilgili gerçeklerden bir baba olarak duyduğu duygusal rahatsızlıktı. Selçuk'un ne zaman şirazeden çıktığını düşünüyor, boyuna onun küçüklüğüne geri dönüp, hayatlarını gözden geçiriyordu.

Bu gözle geçmişe bakmaya başladığından beri, büyük oğlunun daha henüz çocukken, belli zaafların işaretlerini vermeye başladığını görebiliyordu. Ne kadar mükemmel bir tahsil ve yaşam verilmiş olursa olsun, Selçuk hep şikâyetçi, hem mutsuz, hep özgüvensiz olmuştu. Kendi bütün imkânlarına rağmen, arkadaşlarının oyuncakları, kıyafetleri, bisikletleri, harçlıkları... her şey Selçuk için imrenilen bir eksik olarak yaşanmıştı.

Vecdi Bey, şimdi bunları eleştirel olarak hafızasında canlandırdığı zaman, oğlunun aslında hayatı boyunca tatminsiz, hep bir başkasının elinde olana aç, iç huzurundan ve güvenden yoksun yaşadığını daha iyi değerlendirebiliyordu. Şimdi ise, ailesinin imkânlarıyla edindiği bir miktar hisse ve profesyonel koltuk, onun bütün bastırılmış bu hastalıklarını ortaya çıkarmaya başlamıştı. İşin henüz başında sayılırlardı. Kanatları şimdiden kesilirse, belki kendine gelirdi. Aksi... Aksini düşünmek dahi istemiyordu Vecdi Vardar. Bir korkusu da, diğer oğullarının, Selçuk'u ne kadar örnek alacak olduklarıydı. Gerçi hiçbiri diğerine benzemezdi ama Selçuk bu karakteri ve tavrıyla başarıya ulaşırsa, küçükleri için bir muvaffakiyet hikâyesi olarak okunup kopya edilebilirdi. Özellikle, daha henüz Amerika'da tahsilde olan en küçükleri Naci için. Vecdi Bey, iki gün boyunca bütün bunları düşündükçe, verdiği karardan ve göstereceği kararlılıktan memnuniyeti arttı.

Bora ise, salı gününden sonra kendisine İstanbul'dan ulaşacak haberi beklerken heyecanını New York'un keyifli hafta sonlarından biriyle yatıştırdı.

Selçuk, pazar gününü kızına ayırmıştı. Her ne kadar sakin kalıp kendisini haftaya hazırlamak arzusunda olsa da, Gülşah'a söz verip de yerine getiremediği programların ardından, en azından bu pazar gününü başbaşa geçirmeleri gerektiğine karar vermişti.

Berke ve Anberin'in evinde, özellikle çocuklar evde olduğundan, şirket işleri ve aile tartışmaları bilhassa gündeme getirilmedi. Berke, her şeye rağmen Selçuk'u korumaktan yana kararını vermişti. Fakat Refet Vardar, Selçuk'la ilgili olarak kendisine gelen haberleri rencide edici bulduğundan, herkese bildirmeyeceğini ve kendisi daha makul bir sebeple kurula geleceğini söylediği için, detayları kimseyle konuşmuyordu.

Dinsizin Hakkından...

O pazartesi, okullar açılıyordu. Anberin, her yıl okulun ilk günlerini, kendi ailesinden gelen bir alışkanlıkla, ailece karşılanacak bir kutlama günü olarak yaşatmaya devam ediyordu. Aslında her sabah kahvaltı saatinde aileyi bir arada tutmaya özen gösterse de, özellikle bu günün erken saatlerine karı kocanın ikisi de toplantı koymazlar ve hep beraber uzun süren, keyifli bir kahvaltı yapar, sonra çocuklarla vedalaşıp her biri kendi yolunda evden ayrılırdı.

O sabah da, Larissa ve Geray'ın, sevgi dolu, enerjiyle yüklenmiş olarak servislerine bindikleri saatte, Gülşah hâlâ derin bir uykudaydı. Pazar gününü babasıyla geçirmiş olmasına rağmen, gece yatağına yattığında kendisini saran yalnızlık duygusuyla ağladığı dakikalar, ruhu kadar bedenini de yormuştu. Temizliğe gelen kadın kendisini uyandırdığı vakit, saat dokuzu geçiyordu. Babası çoktan işe gitmişti bile. Gülşah, bütün sene boyunca daha farklı olmayacak okul sabahına başlamak üzere, formasını giyip, yolda atıştırmak için mutfaktan bir paket diyet kraker kaptı ve evden çıktı.

Gülşah'ın apartman kapısından çıkıp Rumeli Cadde'sine yöneldiği anda Atiye Sokak'a giren özel araba ve onu takip eden kamyonet, arka arkaya kapının önünde park etti. Arabadan inen kadın, trafiği engelledikleri için klâkson çalan arabalara doğru elini kaldırıp, 'Ne var? Ne oluyorsunuz?' gibilerden bir işaret yaptı ve kapıdan girdi. Kadın, Umur Aladağ'dan başkası değildi. Selçuk'a söylediği gibi, kalan eşyalarını almaya gelmişti. Ama, getirdiği valiz dolusu kıyafetten fazlasını almaya niyetliydi. Salonda elektrik süpürgesini açmış, çalışmakta olan temizlikçi kadın, onu fark ettiği anda çığlığı basıp parmağıyla damağını kaldırdı.

“Aşk olsun Umur Hanım! Yüreğime indirdiniz.”

“Haydi, kaldır süpürgeyi falan, sana benden bir gün ücretli izin.” dedi Umur, süpürgenin fişini çekerek.

Kadın, şaşkın, “Ama...” diye konuşacak oldu.

“Aması maması yok. Ayol ben sana ücretli gün veriyorum diyorum, sen direniyorsun.”

“Selçuk Bey kızmasın sonra.”

“Selçuk Bey’le konuştum ben. Bugün ona bir sürpriz hazırlayacağım. Gürültü patırtı istemiyorum burada.”

“Yemek yapıp bırakacaktım akşama.”

“Ben hazırlarım yemeği, haydi uzatma, toparlan çık artık.”

Kadın, dünden canına minnet, hemen süpürgeyi toparladı. Çok geçmeden pardösüsünü giyip hazırlanmıştı bile.

“Çok sağ olun Umur Hanım. Çok makbule geçti.”

“Haydi güle güle.”

Umur, kadını sabırsızlıkla geçirdi; apartman kapısından çıkıp sokağı dönüşünü camdan takip etti. Artık bir engeli kalmadığından emin olunca, taşımacıları yukarıya çağırdı. Profesyonel adamlar, büyük bir maharet ve süratle, onun işaret ettiği mobilya ve aksesuarları sarıp, kolileyip kamyona yüklediler.

Üç saat sonra Umur, dairede kendisince kıymetli bulduğu ve Selçuk için önemi olduğunu bildiği eşyalarla beraber Atiye Sokak’tan ayrılmaktaydı. Dairenin anahtarlarını içeride, antrede, geriye kalan birkaç parça eşyadan biri olan yerdeki çanağın içinde bırakmıştı.

O akşam Selçuk eve döndüğünde, kapıdan girer girmez tuhaflığın farkına vardı. Çanağın içindeki anahtarları görüp, ardından salon kapısının önünde durduğunda neler olup bittiğini anladı. O anda, hırsını ifade edecek kelimeleri bulup çıkaramadı bile. Avucunda duran, Umur’un kullandığı anahtarı kızgınlıkla savurup yere atarken dişlerinin arasından âdeta tısladı.

“Allah seni kahretsin, şıllık!”

Derhal telefonunu çevirdi. Umur, onun aradığını bilmesine rağmen, cevap vermekte hiçbir mahzur görmemişti. Gayet pişkin ve alaycı bir sesle cevapladı.

“Evet bay mükemmel, ne istiyorsun?”

"Eşyalarımı derhal geri getiriyorsun!"

"Kim demiş?"

"Ben! Ve vakit kaybetmeden hemen hepsini buraya getireceksin..."

"Selçuk, hiç kendini yorma. Birkaç parça eşyadan bahsediyoruz. Sana verdiğim bir senemin hakkını ödemezler bile."

"Ulan, o antikaları hak edecek kadar ne marifetin vardı ki?"

"İşte kendini beğenmiş herif, olay bu. Benim ne değer ettiğimin ben farkındayım ama sen değilsin."

"Umur, bana lâf tekrar ettirme. O eşyaları nereye götürdüysen tekrar buraya getireceksin."

"Selçuk, uzatma. Eğer sıkıysa, eşyalarını bulur, alırsın. Haydi sana güle güle."

Selçuk, yüzüne kapanan telefonu hırsla havada salladı. Bir an için avukat Murat'a haber vermeyi, Umur'u yakalatıp haddini bildirtmeyi düşündü ama hepsinden vazgeçti. Kafasında yeterince düşünecek ve ardında koşturacak işi vardı. Üstelik tam şu sırada, metresiyle eşya kavgasına düştüklerinin olay ve haber olması hiç de işine gelmeyecekti. Hele, Umur'un magazin basınıyla yakın ilişkisini bile bile. Kendisine oldukça tuzluya patlamış olan Art-Nouveau mobilyaları ve dekoratif objeleri, Umur Aladağ'la beraber unutmakta fayda vardı. O geceyi yatak odasının zemininde bırakılmış şiltenin üzerinde hırs içinde, gözünü kırpmadan geçirdi.

Şeytan ve Naif
Bir Kurban

Geceyi uykusuz geçiren Selçuk, salı sabahı erkenden, büro personelinden önce holdinge gelmiş ve odasında, toplantı bitene kadar sabırsız yaşayacağı saatleri iple çekmeye başlamıştı. Yönetim kurulu saat on birde toplanacaktı ve o toplantının sonunda da, hayal ettiklerine kavuşmak için büyük bir adım öne geçmiş olacaktı. Masasında meşgul olması gereken bir yığın iş vardı fakat dikkatini hiçbirine vermesi mümkün olmuyordu. Daha ziyade, yönetim kurulundaki iskemleyi kaptıktan sonra neler yapabileceğine, gücünü nasıl ve hangi şekilde kullanacağına dair kafasında uçuşan fikirlerle meşguldü. O kadar çok istediği vardı ki, nasıl sıraya koyacağını bilemiyordu. Sümenin üzerindeki boş kâğıdı, sabırsız, sinirli imza karalamalarıyla doldururken, şeytanının sesini duydu.

"Kinin gibi, arzularını ve heyecanlarını da sıraya sokmayı öğrenmelisin." diyordu iblis. "Hatta öyle bir sıralamalısın ki, tuğla dizer gibi, her biri bir sonrakinin muhakkak surette işine yarasın. Yoksa, kendi hırsının altında kalırsın, unutma."

'Ama, beni acele ettirip duran sensin.' diye içinden geçirdi Selçuk, cevap olarak.

"Ben, hırslarını gün ışığına çıkarmana yardımcı oldum sadece. Kendini bulman ve yola çıkman için beynini, ruhunu kıskaca alan, seni yiyip bitiren ama yüksek sesle itiraf edemediklerini sana hatırlattım. Ama unutma ki, henüz yeteneklerin tüm açgözlülüğünü karşılayacak kadar gelişmiş değil."

Masanın pleksiglas sathında, şeytanın aksi belirmişti. Selçuk'un hemen omuzunun arkasında durmaktaydı. Düşünceli görünüyordu.

"Aslında..." diye devam etti, "aslında tatmin bekleyen o kadar çok hırsın var ki, gerçekten bilemiyorum... Bunların hepsini gerçekleştirecek kadar yeteneğe hiçbir zaman sahip olmayabilirsin."

"Ama gerçekleştireceğim, değil mi?" diye, endişeyle sordu Selçuk.

"Elbette... Elbette bu kadar istek olunca gerçekleştirilir her şey. Ama beni düşündüren, o arada kazandıklarını hazmetmek için kendini eğitmeye zamanının kalmayacak olması."

"Beni hem gaza getirdin, şimdi de ürkütmeye çalışıyorsun."

"Ürkütmeye değil, uyarmaya çalışıyorum ki, bu aslında tabiatımda hiç yoktur. Genelde, sadece içlerindeki kötüyü kaynatırım insanların. Hırsları, kıskançlıkları, kötülükleri üzerindeki kontrollerine katiyen karışmam. O işi de üstlenecek olsam varlığımın anlamı kalmaz zira. Meleklerin işini de üstlenecek değilim. Ama bende, sana karşı garip bir yakınlık oluştu, hepsinden farklı..."

"Sebep?"

Selçuk, iblisin avuçlarının, omuzlarını kavradığını hissetti. Tırnaklarının battığı yerde garip bir şekilde tatlı bir acı duydu. Aynen, yerinden oynayan bir dişin, yuvasında kurcalandığı zaman verdiği o kaşındıran acı gibi.

"Sebep? Çok basit," diye devam etti şeytanı, "sende kendimi görüyor olmam. Bende olan tüm arsız, haksız, hayâsız duygular sende aynen var."

Selçuk, bunları şeytanca bir iltifat olarak kabul etmesi gerektiğini düşünmesine rağmen, yine de sormadan edemedi.

"Koca dünyada benden daha kötüsü yok mu yani?"

"Olmaz olur mu? İstemediğim kadar..."

Durup, koca bir kahkaha attı ve "Yani istediğim kadar." diye devam etti. "Ama, kötülük genel bir kavram. Her kötü, bütün zaafları bir arada barındırmaya yetenekli değildir. Kimi yalancıdır, kimi hırsız, kimi egoisttir, kimi ahlâksız, kimi kıskanç, kimi doyumsuz, kimi kompleksli, kimi kendini beğenmiş... Saymakla bitmez. Koca bir yelpazedir. Ama genellikle, bunlardan sadece birini veya birkaçını bir arada bulabiliyorum. Bazen en güvenip iş verdiklerim, en olmayacak anda sapıtıverir, duygusallaşır. İnsanoğlunun en korkunç diye bildiği adamlara dahi, aslında tam ulaşamadığımı, olmaları gerektiği kadar kötü olamadıklarını anlarım o zaman. Tabii keyfim kaçar."

Selçuk, onu masasının üzerindeki aksinden izlerken, ellerini çekip göğsünde kavuşturduğunu gördü. Omuzlarından büyük bir ağırlık kalkmış gibi, o da bedenini koltuğunun sırtına yasladı.

"Tarihin yazmadığı zayıflıklarını ben bilirim bütün bu adamların." diye devam etti şeytan. "İnan, bir gün ben bir kitap yazsam, hepsinin ipliği pazara çıkar. İnsanlar kendilerini bunca titreten, yıldıran bu adamların aslında hiç de korkulacak adamlar olmadığını anlarlar. Ama yapmıyorum. Sonunda, öyle veya böyle, tamam veya eksik, hepsinde benim emeğim var. Kendime hakaret gibi olur."

Bir el hareketiyle, Selçuk'un iskemlesini kendi etrafında döndürüp tekrar masaya doğru çevirdi.

"İnanabilir misin, o korkunç Caligula, bahçesinde solan bir zambağa ağıt yakmış. Neron, mum ışığına düşüp yanan bir pervane için ağlamış. Stalin, yediği elmanın içindeki kurdu ısırdığı için hüzünlenmiş. Hitler, Himler'den aldığı zehri köpeği üzerinde denemiş, hayvanın ölümünü seyrettikten sonra, Eva'nın kucağında deliler gibi ağlamıştı. Velhasıl çoğu defolu çıktı, emek verdiklerimin."

Masadaki görüntüsü kaybolmuştu şeytanın. Ama nefesi hâlâ Selçuk'un ensesindeydi.

"Ama senden ümidim var. Sende kıskançlıktan kibire, doyumsuzluktan küstahlığa, yalancılıktan iftiraya, hırsızlıktan megolamaniye; yelpazenin bütün renkleri mevcut. Ve... sevgi yok... Yüreğinde idare lâmbasındaki kadar bile sevgi ışığı yok. Yani mükemmelsin. Yeter ki, yelpazeyi açıp kaparken hesaplarını çok dikkatli yap. Yoksa kendi rüzgârınla savrulup kalırsın. O zaman hiçbir şey yapamam."

Selçuk, duyduklarından yorulmuş, şeytanının her bir cümlesi ruhuna gereksiz bir ağırlık getirmişti.

"Çok acımasızsın." diye fısıldadı.

"Senin kadar değil." dedi şeytanı, onun kulağını hafifçe çimdiklerken. "İnan, senin kadar değil. Bak, ben bile arada bir meleklere bırakırım işimi, insanlar soluklansınlar diye. Sen de öyle yapmalısın. Arada kısa süren huzur zamanlarıyla, bırak kendine gelsin zarar verdiklerin. Sonra yeni hamlene dayan. Yoksa, insanoğlunun devamlı canı yanarsa, kararlılık ve kavgacılık ruhu gelişiyor. Bunu bil, ona göre ilerle."

"Öyle şeyler söylüyorsun ki... önce hem şevkimi kırbaçlıyor, sonra yolumu kesiyorsun, ardından yine gaza getiriyorsun..."

"Düşün," diyerek bir kahkaha attı şeytanı, "benim binlerce yıldır hayatım bu. Alışmalısın. Muvaffakiyet, uzun soluklu küçük başarıların toplamından ibarettir."

Masanın üzerindeki telefon çalmıştı.

"Haydi artık kendi başınasın bir müddet." dedi iblis.

Selçuk, telefona elini uzatırken saatine baktı. Dokuzu geçmişti. Şeytanın onu bu kadar oyalamış olabildiğine şaşırdı. Gerçekten geçen zamanı anlamamıştı. Telefonda, sekreterlerden biri, kızının okulundan, muhasebe bölümünden arandığını söylüyordu.

"Her neyse sana söylesinler, vaktim yok." dedi.

Gülşah'ın okul taksidiyle ilgili Fazıla'yla bir şeyler konuştuklarını hatırlıyordu ama açıkçası, çok da ciddiye almamıştı. Biraz gecikmeyle çocuğu okuldan atacak değillerdi ya. Kaçıp giden de yoktu. Israrla telefon bağlanmadığına göre, iş şimdilik hallolmuş demekti.

Şeytanın söyledikleri üzerine düşüncelerine geri döndü. O arada, Berke hakkında, amcası ve babasının nasıl bir karar verdiğine dair merakı da, diğer huzursuzluklarının üzerine çıkıyor ve sabırsızlığını bir kat daha artıyordu. Birden, bu arada, İsviçre'den dönmüş olan babasını hiç aramamış olduğunu hatırladı. Nasıl atlamıştı. Babasının bu ani yolculuğundan dolayı aslında içi içini kemirmekteydi. Şeytanının dediği gibi, aceleci davrandığı hırslarından birinin kurbanı olması işten değildi. Çok erken davranmış ve Hans Peter'e teklifini hemen açmıştı. Babasının bu bilgiyle döndüğüne dair içinde uyanan şüpheleri bastırmak için tek çare, onu aramaktı. Ama bu mümkün olmadı. Vecdi ve Refet Vardar, kuruldan önce başbaşa bir toplantı gerçekleştirmekteydiler ve çok acil olmadığı müddetçe telefon bağlanmaması için talimat vermişlerdi.

Saat on otuz sularında holdinge gelen Berke, her zaman yaptığı gibi, kurul odasına gitmeden önce Selçuk'a uğrayıp uğramamakta tereddüt etti. Ama aslında kuzenine gerçekten kızacak bir şey bulamadığından, gereksiz bir tavır sergilememek için, yine onunla görüşmesinin en doğru hareket olduğuna karar verdi.

Kapısı açıldığında Selçuk, huzursuz bir tavırla, odanın iki ucu arasında mekik dokumaktaydı. Eliyle yine, kâh olmayan sakalını sıvazlıyor, kâh sağ başparmağını dişleri arasında kemiriyordu.

"Günaydın kuzen!" dedi Berke, kapıdan girerken.

"Oooo! Amigo!"

Selçuk gerçekten şaşırmıştı. Şu an karşısında görmeyi en beklemediği kişi Berke'ydi. Gerek halasının şahit olduğu konuşması, gerekse babası ve amcasını ikna etmeye çalıştığı iftirasından sonra, kuzeninin bunların hiçbirinden haberdar olmaması ve kendisine tavır koymaması mümkün gelmiyordu ona. Ama anlaşılan, Berke ya gerçekten bütün olanlardan bihaberdi ya da çok iyi numara yapıyordu.

"Gelsene." dedi birden, onun tam önemli bir oylamadan önce kendisine küs olmadığının sevinciyle.

"Hatırını sorayım dedim, toplantıdan evvel."

El sıkışıp, öpüştüler.

"Kahve içer misin?" diye sordu, Selçuk, gayet sıcak bir ifadeyle.

Şu anda gerçekten, kurula seçileceği bir gün, beklediği üzere Berke'nin ona gücenik olmamasının avantajını düşündükçe keyifleniyor, onu suçlu gösterme konusunda da erken davrandığını fark edip sabırsızlığına kızıyordu. Nasıl bu kadar beceriksizce bu kadar fevri davranmıştı? Nasıl olup da, en azından şu salı gününün lehine bitmesini bekleyememişti? Şeytanının anlatmaya çalıştıklarını daha iyi kavrıyordu şimdi.

"Sağ ol Selçuk'çuğum. Fazla vaktim yok. Sadece sana uğramadan üst kata çıkmak istemedim."

"Çok iyi yapmışsın. Amcamla babamı gördün mü?"

"Henüz değil."

Aslında Selçuk'un sorusu o anı kastetmiyordu ama sorusunu açmak istemedi. Bundan sonra adımlarında daha temkinli olacaktı.

"Bilmeni istiyorum," dedi Berke, hiç oturmadan, "kurula girmeni destekleyeceğim. Senin orada olman gerektiğine ve sana inanıyorum kuzen."

"Sağ ol amigo." dedi Selçuk, sırıtarak, gerçek bir memnuniyetle. Kendisi bile, tebessümündeki samimiyete şaşmıştı.

"Sen de benim için aynı şeyi yapardın."

Selçuk, kuzeninin bu sözünün gerçek mi alay mı olduğunu anlamak üzere ona dikkatle bakarken, ister istemez dudaklarından, "Gayet tabii..." sözleri döküldü.

"Biliyorum," dedi Berke, onun omuzuna dostça vurup, "güvenimizin karşılıklı olduğunu bilmek beni de mutlu ediyor. Haydi kuzen, görüşmek üzere."

"Desteğin için tekrar sağ ol." dedi Selçuk, onu kapıdan geçirirken.

Berke, Selçuk'un kendisi hakkında edinmiş olabileceği haksız endişeler ve sorgulamalar varsa, bunları güvenerek önce onunla konuşması gerektiğine dair kibarca bir işaret vermiş olduğuna inanıyordu. Selçuk'u incitmeden, aralarında bir küslük yaratmadan, mesajını verdiğine inanmanın rahatlığıyla toplantı odasına doğru ilerledi.

Selçuk ise, onun verdiği mesajı pekâlâ almıştı. Ama onda yarattığı tesir, Berke'nin tahmin ettiğinden çok farklıydı. Gayet iyi anlamıştı ki Berke, onun kendisi hakkında söylediklerinden haberdardı. Aldırmazlığı da numara değildi. Çok belliydi, o gerçekten Selçuk'un bunları bir kötülükle yapmış olabileceğine inanmıyor ve ardında bir hesap, bir oyun olduğunu düşünmüyordu. Selçuk'un dudakları, bu defa aynen, şeytanının gülüşüyle kıvrıldı. Evet, Berke inanılmaz derecede iyi niyetliydi. Mükemmel bir aptallık derecesinde iyi niyetli...

"Aslında böylesini her zaman bulamazsın." dedi şeytanı yine kulağının dibinde. "Tamamen yok edip hayatından çıkarmak da yazık olacak gibi geliyor bana, ne dersin?"

Selçuk güldü.

"Biraz canını yakar, sonra biraz soluklandırırım ben de. Aynen, senin tavsiye ettiğin gibi..."

"Aferin," diye fısıldadı iblis, onun ensesine küçük, şefkatli bir tokat atarken, "çok güzel anlamışsın."

* * *

Vardar Holding, Seher'in ölümünden sonra ilk kez toplanmaktaydı. Berke, toplantı odasına geldiğinde, dayılarını kapının ağzında konuşurlarken buldu. Merhabalaşıp içeri beraber girdiklerinde, sohbet etmekte olan Ziya Kermen, Nebi Ekin, Saffet Atay ve Hayri Kestel onları karşıladı. Selamlaşmadan sonra Refet Vardar herkesi masaya davet etti.

Üyeler masanın etrafında, alışmış oldukları yeri aldığında, gözler Refet Vardar'ın sağındaki Seher'in boş koltuğuna hüzünle takıldı. Tam yerleşmişlerdi ki, kapıdan bir hışımla Muzaffer girdi.

"Kusura bakmayın," dedi, özür dilemekte zorlanan bir tavırla, "trafiği atlatamadım."

Berke, göz ucuyla baktığı Muzaffer'le göz göze gelmemeye dikkat ederken, onun, pekâlâ, bilhassa toplantı öncesi karşı karşıya gelip konuşmak zorunda kalmamak için geciktiğini biliyordu. Bundan bir şikâyeti de yoktu. Adamla ne kadar görüşmek zorunda kalmasa, o kadar memnun oluyordu. Esas şaştığı, onun, hâlâ ne yüzle buraya gelip ailenin arasına girebildiğiydi.

Refet Vardar, iskemlesinde kıpırdanıp, küçük bir öksürükle genzini temizledikten sonra, ağır ağır konuştu.

"Bu toplantıyı açmadan önce, sizleri holdingimizin kurucu ortağı, yönetim kurulu üyesi ve sevgili kardeşim Seher Vardar'ın anısına saygı duruşuna davet ediyorum."

Tüm üyeler ayağa kalktılar. Muzaffer, birden yüzünü büyük ama sahte bir ıstırapla buruşturdu ve başını iki yana sallayarak mırıldandı.

"Zavallı Seher'imiz."

Seher'in ölümünden dolayı en acılı sanki kendisiymiş edasıyla, ellerini kavuşturup başını öne eğerken, dudaklarını sanki ağlamamak için kendisini zor tutuyor taklidiyle büzmüştü. Berke, onun sahtekâr olduğu kadar abartılı tavrına hayretle bakarken, bir kez daha hayretler içindeydi. Bu kadar senedir, bu adamın ikiyüzlülüğüne hâlâ şaşırmaya devam ediyordu.

Refet Bey, teşekkür ederek saygı duruşunun bittiğini işaret ettiğinde, herkes tekrar yerine yerleşti. Holdingin genel gidişatı ve bağlı kuruluşlarının yeni yatırımları, ihracat durumu, Hayri Kestel ve Ziya Kermen'in takip ettikleri, holdingc ait İstanbul dışındaki arazinin satışı gündem konusuydu.

Oturumun sonuna gelindiğinde, Refet Vardar hâlâ Selçuk'un kurula alınmasıyla ilgili bir öneride bulunmamıştı.

"Son olarak, Seher Vardar'dan boşalan yönetim kurulu üyeliğine, yeni üyemizi seçmek durumundayız." dedi, arkasına dayanıp dirseklerini koltuğunun kenarlarına dayarken.

"Senelerdir kuruluşumuza kıymetli mesleki fikir ve tecrübeleri ile hizmet vermekte olan çok saygıdeğer birini, avukat Esat Kansel'i yeni üyemiz olarak davet etmek üzere oyunuza sunuyorum. Katılanlar?"

Refet Vardar, sonunda kolayını böyle bulmuştu. Selçuk'un adı hiç geçmeden, itiraz edilemeyecek birini, üstelik hukuki anlamda gerçekten şirket için ağırlığı olan bir ismi öne sürmekle, oluşabilecek tartışmayı önlemiş ve Selçuk'u neden aralarına alamayacaklarına dair sebepleri izah etme gereğinden kurtulmuştu. Kesin bir tavırla önerdiği ismin, hiç kimse tarafından sorgulanmayacağı ve alternatif bir isimle kıyaslanmaya kalkılmayacağı çok belliydi.

Muzaffer, yerinde huzursuz kıpırdandı. Esat Kansel, yüzde yüz Refet Vardar'ın adamıydı. Diğer taraftan, sadece ikinci göbekten kuzen olmasına rağmen, aileye Selçuk'tan çok daha bağlı ve namusluydu. Bu durumda, en azından bir sonraki seçime kadar, kurulda taraftarı olmayacağı kesindi. Kendisini birden yalnız hissetti.

Vecdi Vardar başta olmak üzere, üyeler leyhte oy kullanırken, Muzaffer isteksizce, masanın üzerinde duran elinin parmaklarını doğrultarak karara katıldığını belli etti.

Berke ise, dayısının bu kararlı teklifine itiraz etmeyi uygun bulmamıştı. Bu, diğer üyelerin yanında, dayısının zaten çoktan onaylamış olduğu birine, inatla, alternatif aday yaratıyor olmaktı.

Böyle bir fikri ayrılık görüntüsü yaratmak hoş olmayacaktı. Yine de avukat Kansel için onayını verirken, fikrini söylemeden geçemedi.

"Kurulumuza bir üye daha almanın bir mahzuru olmayacağını düşünerek, ayrıca Selçuk Vardar'ı da aramıza davet etmeyi teklif ediyorum."

Refet Vardar, duyduğundan şaşkın, Berke'yi inanamayarak dinledi.

Vecdi Vardar ise yine bundan hiç hoşlanmadığı belli, yeğenine baktıktan sonra ağabeyine döndü. Refet Vardar, "Ben, şimdilik buna gerek olduğunu sanmıyorum. Sayıca da eksiğimiz yok." dedi. "Ama, yine de oya sunabiliriz."

Masadakilerin üzerinde gözünü gezdirirken, "Selçuk Vardar'ın üyeliği fikrine katılanlar; beyler?"

Kendisi ellerini masadan çekip geriye yaslandı. Vecdi Vardar, elindeki kalemi gündem kâğıdının üzerine ardı ardına vurarak, âdeta o anın geçmesini zor bekler bir tavırla, diğerlerini izledi. Refet Vardar'ın damadı olan Ziya Kermen ve arazi satımındaki ortağı Hayri Kestel, şu an Selçuk'un kurulda iskemle sahibi olmasıyla katiyen ilgili değillerdi ve Vardar'lara ters düşecek bir şey yapmaya niyetleri yoktu. Saffet Atay, Refet ve Vecdi ile kardeş çocuğu olan karısı Nesibe'nin oylarını temsilen kuruldaydı. Mantık ve tedbir adamıydı. Böylesine acele verilecek kararları sevmezdi. Nebi Ekin ise, kurul üyeliğinin dışında holdingin genel müdürüydü ve Selçuk'la politikaları katiyen uyuşmazdı. Üçü de parmağını kıpırdatmadı dahi. Muzaffer, Selçuk'u bu masada o kadar arzulamasına rağmen, elini kaldırmasının oylamanın neticesini değiştirmeyeceğini anladığı için, Refet ve Vecdi Vardar'ın çok belli olan tutumunun yanında durmaya ve en azından onlar nezdinde antipatik olmamaya karar verdi. Berke, Selçuk için yapılan oylamada yalnız kalmıştı.

"Bu durumda, yeni yönetim kurulu üyemiz avukat Esat Kansel'dir." dedi Refet Vardar.

Bu toplantının karar neticesi kendisine bildirilecek ve bir sonraki kurulumuza davet edilecektir. Toplantımız sona ermiştir. Teşekkürler beyler. Hepinize iyi günler diliyorum."

Herkes, masadaki notlarını toplayıp ayağa kalktı ve birer ikişer toplantı salonundan çıktı. Vecdi Vardar, Berke'ye kızgın olduğu belli bir ifadeyle, alçak sesle konuştu.

"Sana inanamıyorum. Bana bu konuda destek olmanı rica etmiştim Berke. Demek hiç anlamı olmamış o kadar anlattığımın."

"Dayıcığım, kusura bakmayın, sizi kırmak istemezdim ama, bu konuda Selçuk'a verilmiş olan bir sözüm vardı. Geri dönemezdim."

"Allahtan senin gibi düşünen başkaları yoktu. Haydi eyvallah!"

Berke, dayısının kendisine kırılmış olduğunu fark etti ve üzüldü ama doğru olanı yaptığına inanıyordu.

Aynı dakikalarda Selçuk, odasında, toplantının biteceği saati sabırsızlıkla beklemekteydi. Aslında, halası olmadığı için, altı üyenin oyları üzerine yaptığı tahminlerle, kuruldaki yerini oldukça sağlam görüyordu. Berke'nin ve Muzaffer'in sözlerini zaten almıştı. Amcası ise onu nasılsa gözden çıkaramazdı. En kötü ihtimalle, babası ve diğerleri oy vermeseler dahi, üçe üç olurlardı ve o zaman amcasının başkan olarak oyu ağır basacağından yine kabul edilecekti.

Kafasındaki, muzaffer olacağına dair inancı değişmese de, silip yazıp baştan yaptığı bu hesaplarla zaman geçmişti. Saatine baktı. 13:30 olmuştu. Toplantı çoktan bitmiş olmalıydı. Huzursuzlanmaya başlamıştı. Telefonu çalmamış, amcası kendisini çağırmamış, hiçbir haber getiren olmamıştı. Cep telefonu çaldığı an sıçrayarak uzandı. Arayan Berke'ydi.

"Kusura bakma kuzen," dedi, "elimden geleni yaptım..."

Selçuk, bir an cevap veremedi. Koltuğuna oturdu. Kafasındaki en kötü ihtimal hesabı bile tutmamıştı. Demek ki, gerçek kötüyü tahmin edememişti.

"Nasıl oldu?" diyebildi.

"Avukat Kansel yeni üye seçildi."

"Şu titrek Kansel mi? Kim teklif etti ki onu?"

"Refet Dayım."

"Amcam?"

"Evet."

"İnanamıyorum."

"Üzgünüm Selçuk'çuğum. Dert etme. Yine deneyeceğiz."

Selçuk, kuzeninin kendisini kollamasına, ilgisine bir türlü teşekkür edemiyordu. Sanki kelimeler gelip dilinde düğümleniyordu.

"Kaç kişi onayladı?" diye sordu.

Berke, 'Bir tek ben.' demeyi ağır bulmuştu, sadece, "Bir." diye cevapladı.

"O da sensin..."

"Üzgünüm Selçuk'çuğum."

"Sağ ol amigo."

"Dediğim gibi, dert etme. Er geç hâlledeceğiz bu konuyu. Görüşürüz kuzen."

"Görüşürüz."

Selçuk, telefonu masaya bıraktı. Önce ağır ağır ayağa kalktı. Bir an, ellerini masasına dayayıp başını önüne eğdi ve aniden dönüp koltuğunun sırtına bir yumruk vurdu. Her zaman, dudaklarında sarkastik gülüşüyle onu döndüren koltuk, bu kez yalnız başına, hafifliğinden memnun, olduğu yerde topaç gibi çevrildi. Selçuk, hışımla odanın içinde ileri geri birkaç defa yürüdükten sonra durup derin bir nefes aldı. Kuruldaki herkesten hesap sorup hepsine haddini bildirmek istiyordu deli gibi. Ama şu an böyle bir gücü yoktu. Amcasına güveni boşa çıkmış, Muzaffer onu sırtından bıçaklamıştı. Hayatından ilk elimine etmek istediği, düşmanlıklarını üzerine kurduğu ilk kişi olan Berke ise, onu tek destekleyen çıkmıştı. İşin garibi, şimdi ona her zamankinden daha fazla hınç duyuyordu. Ama, tam uçmaya hazırlanırken kanatları kırpılmıştı sanki. Şu an yapacak hiçbir şeyi yoktu. Uzun müddet de olmayacaktı belli ki.

Bora ve Vefa Tan'la olan konuşmalarını düşününce iyice sinirleri gerildi. Her ikisine karşı da eli zayıflamıştı ve onlar, kendilerine yaptığı hakaretlerin karşılığı için elbette fırsat kolluyordu. Şu hâliyle durumu kabul edip kaldığı takdirde, hepsinin maskarası olacaktı. Odada çevresine bakındı. Ne kadar hevesle, özenle buraya yerleştiğini hatırladı. Şimdi aynı oda, istenmeyen çocuk psikolojisiyle yaşamak zorunda kalacağı bir mekâna dönüşebilirdi.

"Neredesin?" diye şeytanına seslendi. "Böyle bir anda niye burada değilsin, akıl vermeye? Nerede o binlerce yıllık zekân?"

İblis cevap vermekte gecikmedi. Islak, sıcak, kaygan dilini Selçuk'un kulağından içeri sokup çıkardı.

"Ağzından çıkanı kulağın duysun." dedi, kızgınlıkla. "Herkesle işini hallettin de, şimdi benimle mi uğraşıyorsun?"

"Hayır... Hayır." diye fısıldadı Selçuk çekinerek. "Sadece bugün plânladığım gibi gitmedi. Her şey tepetaklak oldu."

"Bunlar olağan. Alışman lâzım. Sana uzun soluklu mücadeleden bahsetmiştim. Unuttun mu?"

"Ama, yönetim kuruluna giremediğim takdirde, benim için mücadele daha başlamadan bitti demektir."

"Başlamadan bitmek ne demek? Ancak, sonuna gelen şey biter. Felsefeni değiştirmezsen, yol alamazsın."

"Ne yapmamı tavsiye ediyorsun?"

"Sana söylemiştim. Ara tavsiyeler vermek âdetim değildir. Ben sadece senin kapalı kutularını açıyorum. Ve şu an karşımda yıkılmış, pes etmiş bir adam görüyorum. Bu da hiç hoşuma gitmiyor."

"Sence bir ümit var mı?"

"Binlerce yıldır ümit sayesinde vücut bulan birine sormak için abes bir soru değil mi?"

"Kendimi aldatılmış hissediyorum."

"Bu iyi bir his. Seni daha da tahrik eder."

"Ama yapabileceğim bir şey yok... İstifa etmekten başka."

"Tek çaren bu mu?"

"Sanırım. Ayrılıp boşluğumu, eksikliğimi hissetmelerini beklemek iyi olur."

"Unutma, bu âlemde hiçbir şeyden geriye boşluk kalmaz. Yani maddi anlamda. Maneviyata gelince, senin öylesine bir boşluk yaratacağını hiç sanmam. Çünkü kimse için öylesine insani bir ihtiyacı karşılamıyorsun... Henüz."

"İstifam bir tesir yaratmaz mı diyorsun?"

"Bilemem. Sen aileni benden iyi tanırsın. Bu kararı yine sen vereceksin. Ama, kararın her ne ise, uzatmadan ver. Şu anki duruşun önemli. Unutma, uzun soluklu mücadele… uzun soluklu…"

Sesi Selçuk'un kulağında yankılanarak yok oldu şeytanın. Selçuk, kendisini, daha iyi hissetmeye başlamıştı. Şimdiye kadar hiç mi hiç düşünmediği, programında olmayan bir sonuca gelmişti. Daha bir saat evveline kadar, Vardar Holding'in tek ve mutlak patronu olma yolunda yaptığı plânların hepsi suya düşmüş, uzak bir hayal olarak kalmıştı. Çok mu hızlı yeşertmişti hayallerini, yoksa çok mu geç kalmıştı, bunu bilemiyordu. Şu an tek düşündüğü, dışlanmış olduğunun bilincinde, kendisini dışlayanlara tavır koyup bu işe ve onlara, bu aileye ihtiyacı olmadığını ispat etmekti.

Aniden, kafasında bir ışık çaktı. Aklına bir çıkış yolu gelmişti. Üzerinde sakin kafayla düşünmeye ihtiyacı vardı. Masasının gömme bölümündeki gizli kasayı açıp, içinden pasaportunu ve birkaç dosyayı çıkardı. Kasayı tekrar kilitledi. Koltuğunun arkasındaki ceketi aldı. Odaya bir kez daha göz gezdirdikten sonra kapıyı vurup çıktı.

Aklına gelen fikri gerçekleştirmeden önce son bir kez daha, kendisine bir şans yolu ihtimalini denemek üzere, amcasıyla görüşmeye karar verdi. Telefonda geçen konuşma, ümit ettiği sonuçtan çok uzaktı. Kısaca, "Kusura bakma Selçuk," demişti Refet Vardar, "şu an genel durum müsait değildi seni önermeye. Kurulda açılan yere, bu kadar senelik emeğinden ve bize yakınlığından dolayı ilk olarak Esat'ı önermem gerekti. Bu bir gereklilikti, anlıyorsun değil mi?"

Hayır, aslında anlamıyordu, hiç anlamıyordu hem de. Ama, "Evet amca." demişti.

Muzaffer'e ise, dönekliğinden dolayı hakaret edip telefonu kapamıştı. Konuşacak başka kimse de kalmamıştı bu durumda. Diğerlerine esef etmesi gereksizdi. Babasının, hakkında neler düşündüğünü ve bugüne dek tüm terfileri zaten amcasının sayesinde almış olduğunu biliyordu. Artık, düşündüğünü yapma zamanı gelmişti. Gerçi çok riskliydi ama denemeye değerdi. İstifasını yazdı ve Refet Vardar'ın ismine bir zarfa yerleştirdi.

Berke'nin içi rahat değildi. Selçuk'un yolunun, hakkındaki birtakım yalan yanlış iftiralar nedeniyle kesildiğine inanıyor ve bunu ona yapılan büyük bir haksızlık olarak görüyordu. Akşam yemeğinden sonra karısıyla konyaklarını içerlerken bu konuda ne yapabileceğini düşünmekteydi.

"Benimle paylaşmak istediğin bir şey var mı?" diye kibarca sordu Anberin.

Berke, dudaklarında hınzır bir çocuk ifadesiyle gülümsedi.

"Paylaşırsam azar işiteceğimden korkuyorum." dedi.

"Yapma sevgilim. Gerçekten, kafanı bir şeyler kurcalıyor olmalı. Anlatmak istersen, dinliyorum."

"Kızmayacağına söz ver."

Anberin, gözlerini kısıp dudağını ısırdı. İhtimalleri süratle kafasından geçirdi. Kocasının, onu delirteceğinden bu kadar emin olup da, yine söylemeyi de düşündüğü ne olabilirdi?

"Selçuk'la ilgili olmalı." dedi derhal.

"Onun için çok üzülüyorum."

"Sebep?"

"Şu an kendisini dışlanmış hissettiğinden ve kalbinin çok kırıldığından eminim."

Anberin, konyak kadehini avuçları arasında döndürürken küçük bir kahkaha attı.

"Üzülme hiç. Onda kırılacak bir kalp mevcut değil."

"Yapma Anberin. Benim, onun yerinde olduğumu düşün."

Genç kadın, kocasının yüzüne doğru dikkatle baktı ve başını iki yana salladı.

"Hayır," dedi, "hayır, seni onun yerinde düşünemiyorum... Ne de onu senin yerinde. Siz çok farklısınız Berke. Bunu kabul et artık. Gördüğün gibi, senden başka herkes de bunun farkında. Yoksa bugün oybirliğiyle kurula seçilmiş olurdu."

"Yine de..." Berke, düşündüklerini söylemekte biraz tereddüt etti ama, ne diyeceğini onun dudaklarına bakarak bekleyen karısını daha fazla oyalayamadı. "Yine de, onun için üzülüyorum. Çok küçük yaştan beri hep aileden uzak, yatılı okullarda okudu. Bir yetişkin olarak geri geldi ve şimdi de aile onu iteliyor."

Anberin yalandan ağlamaklı bir yüz yaptı.

"Vah, vah vah! Ne kadar acıklı bir hayat hikâyesi." Sonra ciddi, ama sevecen bir ifadeyle devam etti. "Sevgilim, sen de on buçuk yaşında yatılı okula verilmişsin. Bütün tahsilin leyli okulda geçmiş, ardından Amerika'ya gitmişsin. Ama aileyle olan sevgi alışverişinde hiçbir problemin yok; başka insanlarla da. Arkadaşlıkların harika, harika bir koca oldun, dünyanın en iyi babası oldun. Niye senin duygularını eritmedi yatılı okul?"

Berke, bunda bir üstünlük görmediği belli, yumuşak bir tavırla dudaklarını büktü, "Kimbilir," dedi, "galiba ben hep sevildiğimi hissettim."

Anberin, yerinden kalkıp onun yanına geldi ve kolunu omuzuna dolayıp yanağından öptü.

"Evet," dedi, "evet canım, sen hep sevildin, çünkü kendin sevgi dolusun."

Berke, onun dudağından öpüp, gülümsedi.

"Yarın akşam Selçuk'u yemeğe çağıralım diyordum. Şu an morale ihtiyacı olmalı."

Anberin, duyduğundan hoşlanmadığını gösteren bir tavırla yavaşça geri çekildi, arkasına yaslandı.

"Şu an, onun sana ihtiyacından çok, senin onu teselli etmeye ihtiyacın olduğundan eminim... Ve bunu yürekten istediğini biliyorum."

Biraz durdu ve kocasının hatırına buna razı olduğu belli bir ses tonuyla, "Çağır o zaman. Yoksa kendini yiyip bitireceksin." dedi.

"Sence mahzuru yok, değil mi?"

Genç kadın, kocasına bakarken gülümsemeden edemedi.

"Mahzur? Selçuk'un varlığı topyekûn mahzur benim için aslında. Ama, ne yapabilirim? Kocamı çok seviyorum. Onu kıramam. Çağır canım."

Berke, eğilip onu alnından öptü.

"Anlayışın için teşekkürler canım."

O gece yatmaya gittiklerinde, Anberin uzun müddet uyuyamadı. Ertesi akşam saatlerinde yaşayacağından emin olduğu iç sıkıntısını, nasıl kolay atlatabileceğini düşündü durdu. Sonunda, derin meditasyon nefesleriyle gevşeyip kendisini uykuya teslim etti.

Ertesi gün Berke, yemeğe davet etmek için telefon ettiğinde, kuzenini evinde buldu.

"Hayrola kuzen, iyi misin?" diye sordu.

"Artık tamam amigo. Buraya kadar. İstifamı yazdım."

"İstifanı mı yazdın?"

"Yönetim kuruluna kabul edilecek kadar önemsenmediğim yerde durmayacağım."

"Saçmalama Selçuk. Nereden çıkardın bunu şimdi?"

Selçuk, böyle bir günde en haset ettiği insanın kendisini tek arayan olmasından rahatsızlık duymasına rağmen, bu konuşmanın bir nebze olsun içini rahatlatmasına şaşıyordu.

"Karar verdim amigo. İtalya'ya gidiyorum."

"İtalya? Ayarlamış olduğun bir iş var mı İtalya'da?"

"Birkaç telefon görüşmesi yaptım. Gidip bir kolaçan edeceğim durumu."

"Bence çok fevri karar veriyorsun Selçuk. Biraz bekle ve sakin kafayla düşün derim."

"Ağbi, daha nasıl sakin olayım? Şu anki yönetim kuruluna bakarsan, ancak birinin ölümünü beklemem lâzım. O gün de, yine beylerin iltifatına mazhar olacak mıyım, belli değil. Bekleyemeyeceğim. Yazdım zaten istifamı. Birazdan göndereceğim amcama."

"Selçuk, dinle beni... Lütfen istifanı gönderme hemen. Bir hâl çaresi vardır muhakkak."

"Hâl çaresi, beni idare heyetine almalarıydı. O da olmadı."

"Sen yine de acele etme. Bana birkaç gün müsaade et lütfen."

Selçuk, kendisini ülkeden ayrılmaya ve ailesine tavır koymaya hazırlamış olmasına rağmen, Berke'nin dediği gibi, bir uzlaşma noktası bulunabilirse aslında memnun olacağını hissediyordu. Bu uzlaşmanın ne şekilde gerçekleşeceğine dair hiçbir fikri yoktu ama ümidi dahi iyi gelmişti. Bunun için Berke'ye müteşekkir hissetti kendisini, ancak söyleyemedi.

"Ne yapabileceğini bilmiyorum ama senin hatırın için bekleyeceğim, birkaç gün." dedi sadece.

"İyi o zaman. Bu arada, senin bu sürprizini duyana kadar, asıl arama sebebim akşam yemeğine bize davet etmek içindi."

Selçuk birden keyiflenmişti.

"Sağ ol amigo! Seve seve."

"Harika. Sekiz gibi bekliyoruz o zaman."

O akşam yemeği, Anberin için şaşırtıcı bir şekilde, korktuğu kadar huzursuz geçmedi. Genç kadın, kabul edemediği bu darbeyle Selçuk'un küstahlık ve ukalalık kanatlarının biraz kırpılmış gibi olduğunu hissetti ve özellikle kocasına rahatsızlık vermemek için, son derece ılımlı ve güler yüzlü ev sahipliği yaptı. Umur'un evi nasıl boşaltıp gittiği hikâyesi, yüksek sesle söylemese de, Anberin'e çok eğlenceli geldi. Dolayısıyla, geceden keyif aldığı bile söylenebilirdi. Ama yine de, yıllardır âdeti olduğu üzere, Selçuk'un her sözünü, her mimiğini bir denkleme oturtarak, aslında söylenmeyen, gizli kalan anlamlarını çıkarmaya çalışarak izlemeye devam etti.

Onu geçirip karı koca yalnız kaldıklarında ilk söylediği, "Sevgilim senin kuzen harika blöf yapıyor." oldu.

Berke, karısının, kuzeniyle ilgili bu takıntısını eğlenceli bulmuş olmalıydı. İçten bir kahkaha attı.

"Ne blöfü Allah aşkına. Toplantı bitmiş, karar verilmiş ve seçilmemiş zaten. Bu saatten sonra blöf ne işe yarar ki?"

"O senin mantığın. Eminim, çarpık fikirli 'amigo'nun kafası çok daha farklı çalışıyor."

Berke, kolunu karısının omuzuna atıp onu yanına doğru çekti ve beraber üst kata çıkmaya başladılar.

"Selçuk ne kadar zor duruma düşerse düşsün, ona hep şüpheyle yaklaşıyorsun, değil mi?"

Anberin, başını yan eğip, düşünceli bir bakışla yürümeye devam ederken konuştu.

"Elimde değil. Sağlam ve agresif olduğu zaman ile yaralı ve kıskanç olduğu zaman arasında benim için fark yok. Sonunda aynı Selçuk..."

Berke daha fazla üstelemedi. Karısının bu konuda ne kadar katı olduğunu biliyordu.

O geceden sonraki birkaç gün, Berke'nin, aile büyüklerine evlerinde yaptığı kulis ziyaretleriyle geçti. Anberin'in hissiyatının aksine, aile fertlerini, Selçuk'un varlığının ne kadar önemli ve holding için ne kadar gerekli olduğu konusunda inandırmaya çalıştı.

* * *

Vecdi Vardar, daha önceden yaptığı uyarılara rağmen, Berke'ye kurulda Selçuk'tan yana tavır koymuş olmasından dolayı kırgındı ve bunu, karşı karşıya geldikleri anda hatırlatmadan edemedi.

"Biliyorum dayıcığım." dedi Berke. "Hassasiyetinizi biliyorum ama yine de sizden rica ediyorum, Selçuk hakkında tarafınıza gelen söylentileri kendisiyle görüşseniz... Ben çok eminim ki, makûl bir açıklaması olacaktır."

"Ben de bunların yanlış çıkmasını ne kadar arzu ederdim, bilemezsin. Ne var ki haberler pek sorgulayamayacağım iki kaynaktan geldi. Hans Peter'le senelerdir iş yaparız ve ona güvenim sonsuzdur; diğeri ise Bora."

"Dayıcığım, Selçuk'la konuşmanız bu kadar zor olmasa gerek. Şayet izahlarından tatmin olmazsanız başka. Ama şu anda, hakkında konuşulanları bilmeden ve kendini savunamadan mahkûm edildi."

"Hakkında konuşulanları tahmin ettiğini sanıyorum. Bora'nın buraya ağabeyimle görüşmek için gelmesi, benim İsviçre'ye gidişim, bunlar hep, onu direkt ilgilendiren temaslardı. Muhakkak surette bunlardan huylanmıştır. Tek soru dahi sormadı her iki konuda da. Bence, pekâlâ neler konuşulduğunu gayet iyi biliyor ve yüzleşmekten korkuyor."

"Bence, bu kadar sert bir suçlamayla karşı karşıya olduğunu tahmin etmesi mümkün değil."

Vecdi Bey, masasındaki kalemi parmakları arasında döndürürken durdu ve kollarını masanın üzerinde kavuşturup Berke'nin gözlerinin içine bakarak sordu.

"Bu yüzleşmeden sonra Selçuk temiz çıkarsa, bu ne demek olur, biliyorsun değil mi?"

Berke, bu sonucun da en azından diğeri kadar tatsız olacağını belli eden dudak işaretiyle başını salladı.

"Evet." dedi, "bu durumda, Hans Peter ve Bora'nın söylediklerinin doğruluğu tartışılır olacak."

"Aynen..."

"Yine de, Selçuk'a kendisini savunma şansı verilmesi gerek."

"Sen bu konuları konuştun mu kendisiyle?"

"Hayır. Sizin veya Refet Dayımın konuşmayı tercih edeceğinizi düşündüm. Dayıcığım, sizin kararlarınıza hürmetim sonsuz ama, Selçuk'u, çok büyük bir ihtimalle kendisini temize çıkaracağı bir konuda kırıp uzaklaştırmak yazık olacak diye düşünüyorum. Onun geleceği holdingde olmalı, İtalya'da veya başka bir yerde değil."

Vecdi Vardar, yerinden kalkıp kollarını arkasında kavuşturdu ve pencerenin önüne kadar ilerledi.

"Netice her ne olursa olsun, onu şu anda yönetim kuruluna almamız mümkün olmayacak, biliyorsun."

"Belki. Ama en azından kendisine yakın bir zaman için söz verilebilir. Bu meyanda, ben kendisini Astaş'ın yönetim kuruluna davet ederim."

Vecdi Vardar, şaşkınlıkla dönüp Berke'nin yanına doğru yürüdü.

"Selçuk'un, ağabeyime, seni kontrol etmek için Astaş'a casus sokmayı teklif ettiğini biliyor musun?"

Berke, kendisi için yeni olan bu habere aldırmadan gülümsedi.

"İyi ya işte, kendisi bizzat Astaş'ın bünyesinde olunca içi rahat eder."

"Seni anlayamıyorum." dedi Vecdi Bey.

"Ne diyorsunuz, Selçuk'la görüşecek misiniz?"

"Bunu ağabeyimle de konuşmam lâzım."

"Refet Dayıma da bir ziyarette bulundum. O da sizin yeni yaklaşımınızı bekliyor bu konuda."

Refet Vardar, Selçuk'un istifa edeceği haberini Berke'den duyduğu zaman, gerçekten keyfi kaçmıştı. Uzunca bir müddettir kendi yerine yetiştirmeyi plânladığı yeğenine her şeye rağmen duyduğu zaaf bir kez daha yüreğini yoklamıştı. Onun yönetim kuruluna seçilmemesi başkaydı ama tamamen kopup gitmesi bambaşka bir hadiseydi. Belki de bundan dolayı, Berke'nin aracı yaklaşımından, belli etmediği kadar memnun kalmış ve Selçuk'u kazanmak için kendisine bir fırsat verilmesi konusunda razı olmuştu.

Berke, dayılarından sonra, diğer üyeler Hayri Kestel ve Ziya Kermen'le de, tekrar konu geldiği takdirde Selçuk'u desteklemeleri konusunda görüştü. Onların zaten Refet ve Vecdi Vardar'ın görüşleri doğrultusunda oy kullanacaklarını bilmesine rağmen, işi garantiye bağlamak istemişti.

Anberin, kocasının, kapı kapı dolaşıp aile büyüklerini Selçuk'u geri çağırmak için ikna etmeye çalışmasını büyük bir memnuniyetsizlikle izlerken, mümkün olduğu kadar kendisini konudan uzak tutmaya ve huzursuzluğunu belli etmemeye çalışıyordu. Birkaç kez, hissiyatını ona belirtmek istediyse de vazgeçti. Berke'nin nasıl canla başla ve inanarak, Selçuk'un lehine uğraştığını görüyordu. Buna mani olunmasının ancak kalbini kıracağını çok iyi biliyordu.

Nitekim, Berke'nin bu çabaları netice verdi. Refet ve Vecdi Vardar, Selçuk'la, hakkındaki suçlamalar konusunda karşılıklı konuşmaya karar verdiler. Refet Vardar, bu toplantıda Berke'nin de bulunmasını çok istedi. Herhangi bir çıkmazda onun yine Selçuk'tan yana inisiyatif kullanarak işi kotarmaya yardımcı olacağından emindi. Ama Berke, görüşmeye girdiği takdirde, kuzeninin, kendisine yöneltilen ağır suçlamalara karşı savunmasında onun varlığından rahatsız olacağını düşündü ve toplantıdan affını istedi.

Refet, Vecdi ve Selçuk Vardar görüşmesiyle Selçuk, Berke'yi dinleyip sabretmesinin mükâfatını aldı. Şimdilik, yönetim kuruluna seçilme ısrarı yerine, kuruldan uzak tutulma sebebinin yatışmasının öncelik kazandığına karar vermişti. Babasını daha zor, amcasını daha kolay ikna etme çabası esnasında, kendisine yöneltilen hiçbir suçlamadan gocunmadı. Yalnız, suçsuz bir insanın töhmet altında bırakıldığı zaman gösterdiği isyandan tamamen de uzak bir tavır sergilememe konusunda dikkatli davranmaya çalıştı. Suçlamaların aslının neler ve adresin kimler olduğunu çok iyi bilmesine rağmen, şaşkınlığı, kızgınlığı ve gücenmişliği, mümkün olduğunca iyi sergiledi. Zaten, sahip olduğu kadarını bırakıp gitmeye kendisini hazırlamış olduğu için, kaybedecek bir şeyi olmayan insanların rahatlığıyla oynadı oyununu.

Babası ve amcasıyla görüşmeden bir gece evvel, kendisini ertesi güne hazırlamak için saatlerce fikir jimnastiği yapmıştı: Öncelikle, New York'taki hadiseyle ilgili olarak kimsenin ispat edebileceği bir şey yoktu. Kâğıt üzerinde her şey düzenliydi ve aksini ispat edecek başka bir evrak söz konusu değildi. İddia eden her kim ise, ispat etmek onun problemiydi. O, art niyetle hiçbir şey yapmış değildi. İsviçre'deki makine alımındaki olaya gelince, kesinlikle bir yanlış anlama olduğu muhakkaktı. Hans Peter, Vardar Holding'in almış olduğu dokuma makinelerinin mümessili olarak ihya olmuştu ve Selçuk kendisine sadece, bu kazanca oranla bir miktar risturn ödemesinin iyi olacağını hatırlatmıştı.

Bunları düşünüp, yüksek sesle tekrarladıkça, gerçekten son derece tabii, ahlâki bir iş münasebeti yürüttüğüne, söylenen her şeyin başkalarının uydurması olduğuna kendisini öylesine inandırdı ki, ertesi sabah uyandığında, hakikaten, haksız yere iftiraya uğramış hissiyle, Bora'ya ve Hans Peter'e kızgın kalktı yataktan. Dolayısıyla bu ruh hâliyle amcasının evine toplantıya gittiğinde, yüzündeki kırgın, üzüntülü, hakkı yenmiş ifade, gün gibi gerçekti. Zaman zaman gözüne gelen, aslında hırstan beslenen yaşlar, acıklı ve dışlanmış bakışlarla, bütün gece kendisine anlattıklarını, bu defa yüksek sesle onlara izah etti. Yanlış anlaşılmasına sebep olduğu için özür diledi.

"Sizler lâyık gördüğünüz zaman, yönetim kurulundaki sorumluluğumu da almaya hazırım." diyerek konuşmasını noktaladığında, artık kendisinin masumiyetine ve haksızlığa uğradığı bir mücadeleyi kendi başına kazandığına öylesine inanmıştı ki, o gün, orada, o imkânı elde etmesinin arkasında Berke'nin ne kadar rolü olduğunu çoktan unutmuştu bile.

Refet Vardar, onu tekrar kazanmaktan mutlu, Vecdi Vardar ise temkini elden bırakmadan resmi, el sıkıştıklarında, Selçuk, başlangıçta paniklediği durumdan gizlice büyük bir keyif duyuyordu. Zira, şeytanının söylediği, "Uzun soluklu küçük galibiyet"in ne demek olduğunu anlaması için bir fırsat vermişti bu yüzleşme ona.

O cuma gecesi, yazıp zarfladığından on gün sonra, Selçuk istifa mektubunu yırtıyordu. Şimdi kendisini on gün evveline nazaran daha kuvvetli hissediyordu üstelik.

Selçuk, bu defa daha sabırlı olmaya ve mükemmel zamanı beklemeye kararlı olarak, yeniden holdingdeki masasına döndü. Bir müddet kimseyle dalaşmamak, kimsenin nasırına basmamak için kendi kendisine söz verdi. Ona bildirilen, 'Artık New York departmanında Bora tek yetkili ve sorumludur'u bile, büyük bir sabırla, epey yutkunarak da olsa kabul etti. Zaten şimşeklerini üzerine çektiği kardeşini rahat bırakmakla, bulanık suların durulacağına karar vermişti. O günden sonra Bora'dan, hakında hiçbir şikâyet gelmeyeceğinden emindi. Şimdi, bir müddet için hır gür çıkarmadan, her şeyin normale dönmesini bekleyecek, geçen zaman zarfında ilişkiler yeniden rayına oturacaktı.

Ama, bilmediği bir şey vardı ki, hakaretiyle canını yaktıklarından biri, ona küstahlığını ödetmek için plân yapmaktaydı. Vefa Tan, ondan işittiği iftira ve hakareti bir türlü içine sindirememişti. Refet veya Vecdi Bey'le yapacağı bir görüşmenin işi çözmeyeceğini biliyordu. Sonuçta Selçuk ailedendi, o ise sadece bir çalışan. Öyle bir şey yapmalıydı ki, Selçuk'u hiç kimse koruyamamalıydı.

* * *

Ekim ayının ortalarıydı. Selçuk, ofisinde otururken Berke telefonla aradı.

"Merhaba kuzen, Astaş'a kadar gelmek için bir saatin var mı?"

"Hayrola?"

"Onu gelince öğreneceksin. Sen sadece söyle, vaktin var mı?"

"Gelirim amigo."

"Çabuk ol. Bekliyorum."

Selçuk, Berke'nin kendisinden bir şey istemesine hiç alışık değildi. Kuzeninin sesinden, bir ihtiyacı olduğuna dair işaret de almamıştı. Astaş'ın Teşvikiye'deki genel merkez bürosuna giderken büyük bir merak içindeydi. İçeri girdiğinde sekreter kendisini toplantı odasına aldı ve Berke'ye haber vermeye gitti. Selçuk'un koltuğa yerleşip beklemesine fırsat kalmadan, Berke kapıda göründü. Kollarını iki yana açarak, güler yüzle karşıladı onu. Selçuk ayağa kalkıp aynen karşılık vermek zorunda kaldı.

"Hayrola amigo?" dedi, "merakta bırakma beni. Neler oluyor?

Nedir bu gizlilik?"

"Gel." dedi Berke, öne düşerek. Koridorun diğer ucundaki kapıyı açıp onu buyur etti. Selçuk içeri girdiğinde, geniş toplantı masasının etrafında oturan ve ikisiyle yakın akraba olduğu diğer yönetim kurulu üyelerini gördü. Teyzesi Nesibe ve eşi Saffet Atay, oturdukları yerden, "Merhaba Selçuk," dediler. Avukat Süheyla Ünsal elini kaldırıp selâmladı. Selçuk, onlarla el sıkıştıktan sonra, merakla Berke'ye baktı. Berke, güleç, yumuşak bir ifadeyle konuştu.

"Selçuk'çuğum, Astaş'ın Yönetim Kurulu'na hoş geldin."

Selçuk'un nutku tutulmuştu. İnanamıyordu.

"Otur lütfen." sözleri üzerine, kendisine gösterilen koltuğa yerleşti. Bu arada Berke de yerine geçmişti.

"Astaş'ın, anneciğimden boşalan üyeliğine senin seçilmene karar verdik. Gıyabında karar verilmiş olmasının umarım senin için mahzuru yoktur."

Selçuk, şaşkın ve artık bir yönetim kurulu üyeliği olmasının mutluluğuyla, uzun zamandır ilk defa bu kadar samimi, gülümsedi.

"Şaka mı ediyorsun?"

Sonra, bakışlarını masadakilerin yüzlerinde gezdirirken, "Benim için şereftir." dedi ve öksürerek ekledi.

"Güveniniz için teşekkür ederim."

Selçuk, holding bünyesinde olmasa da, prestijli bir pozisyona sahip olmaktan çok memnundu. Çok arzuladığı bir şeyi, kuzeninin kendi imkânları çerçevesinde, ona sunduğunun farkındaydı. Ancak ne var ki, Berke'nin bu jesti, bir müddet uykuya yatırmayı düşündüğü hırslarını körüklemişti. Üstelik, şimdi Berke'nin aleyhine yapacağı çalışmalar çok daha kolay olacak, içeriye yerleştirmeyi düşündüğü casuslara gerek kalmayacaktı.

"Ne garip, değil mi?" diye sesi duyuldu şeytanının. "Kuzenin kendi belâsını arıyor sanki... Sana bu kadar güvenmesi... Hayret edilecek bir şey..."

Evet, iblis haklıydı. Selçuk buna kendisi de şaşıyordu. Ama artık adı kadar emindi, Berke'nin tutumu her türlü oyundan, hileden uzak, tamamen samimi bir güvenin işaretiydi. Onunla işi çok kolay olacaktı.

Astaş'ın genel merkezinden ayrılırken Berke'ye o kadar içten teşekkür etmesinin sebebi de, onun, aklındaki yıkım plânını kolaylaştırıyor olmasındandı.

"Sağ ol amigo." dedi, sarılıp vedalaşırken. "Gerçek bir dostsun. Ayrıca, halamın yerine seçilmiş olmam da çok etkiledi beni."

Doğruydu. Kurulda Seher'in yerine oturuyor olması Selçuk'u gerçekten etkilemişti. Ama hiç de Berke'nin ve ötekilerin anladığı gibi duygusal anlamda değil. Seher'in, yaşıyor olsaydı, o iskemleye yaklaşmasına katiyetle izin vermeyeceğinden emin, bunu kaderin ironik bir cilvesi olarak görüyordu. Bu, yolunun açıldığına dair bir işaret olmalıydı.

Fırtına Öncesi

Anberin, kocasının Selçuk'u kurula aldığını öğrendiği zaman, gözlerine hırstan yaş geldi. O akşam yemeğinden sonra, evlendiklerinden beri ilk defa onu öpmeden yukarı kata çıktı ve doğru resim atölyesine giderek kapısını kapadı. Berke ardından geldiğinde, balkon kapısında durmuş, sessizce ağlamaktaydı.

"Abartmıyor musun sevgilim?" dedi Berke, ona sarılmaya çalışarak.

Anberin, bedenini ondan kaçırıp eliyle, yanaklarındaki yaşları sildi.

"Bugüne kadar Selçuk'a olan bağlılığına hiç karışmadım Berke'ciğim. Onun gururunu kurtarmak için aileyi kapı kapı dolaşmana ses çıkarmadım. Ama artık yılanı koynuna aldın. Seni ve kendi küçük ailemi nasıl koruyacağım bundan sonra, bilemiyorum."

"Sevgilim, bu kadar büyütme lütfen. Nihayetinde, yönetim kurulunda bir iskemle. Kararlara "Evet" veya "Hayır" diyecek bir oy daha. Ne kötülüğü olabilir ki Selçuk'un? Sonunda o da bir işadamı."

Anberin, hırsla ayağını yere vururken kocasına doğru döndü.

"Onun ajandası çok farklı. Berke, canım benim, bunu göremiyorsun."

"Benim bilmediğim bir şey mi biliyorsun?"

"Hayır. Sadece hissediyorum. Şu son ayda, ardından konuştukları, hakkındaki yalan ihbarı sana hiçbir şey ifade etmedi mi?"

"Söylemiştim sana. Bir şeyler duymuş ve huzursuz olmuş.

Doğrusunu öğrenmeye çalışmak hakkıydı. Her şey açıklandı. Aramızda bir problem yok."

Karısına tekrar yaklaşıp, ona sarıldı. Anberin, önce kolları iki yanında tepkisiz durdu. Sonra, yavaşça kollarını ona doladı.

"Üstelik Astaş Yönetim Kurulu'nu biliyorsun." diye devam etti Berke. "Hepsi çok kıymetli ama orta yaşın çok üzerinde kişiler. Yeni yatırımlar için, tutucu olmayan, vizyonu daha açık, cesur kararlarda destek olacak birine ihtiyacım var. Selçuk'un bu boşluğu dolduracağından eminim."

"Onun sana kötü bir oyun oynamayacağından emin misin?"

"Gayet tabii. Aksi olabilir mi? Gereksiz yere kuruntu yapıyorsun."

Anberin, tehlikenin çok yakında olduğunu hissediyor ama elle tutup gözle göremediği bir şeyi nasıl ispat edeceğini, ondan nasıl korunacaklarını bilemiyordu. Bu konudaki ısrarcılığı hakikaten anlamsız bir kuruntu, paranoya görüntüsü veriyordu. Belki de Selçuk'u gereğinden fazla önemsiyordu. Şimdi biraz daha sakinleşmişti. Kocasının yanağını okşadı.

"Madem bu kadar eminsin..."

Berke gülümseyerek onu alnından öptü.

"Merak etme."

Anberin bu konuda huzura kavuştuğundan değil ama kocasıyla dargınlık yaşamaya alışkın olmadığından, münakaşayı bitirmişti. Ancak içinden bir ses, bir müddet sonra, bugün daha fazla tavır koymadığına üzüleceğini söylüyordu.

"Yanılmış olmayı çok isterim." diye mırıldandı yanılmadığına dair hissinin kuvvetini duyarak.

Yıllardır, en baştan beri huylandığı Selçuk'un abartılı, karşısındaki sersemleten konuşma ve tavırlarından etkilenmeden, gerçek yüzünü izlemeye çalıştığından, ondan her an kötü bir sürpriz bekliyordu. Belki kısa, belki uzun zaman diliminde, ama muhakkak gerçekleşecek bir sürpriz...

* * *

Selçuk, hırsını zamana yaymak ve sabırsızlığını dizginlemek için olağanüstü bir gayret gösteriyordu. Kendisini her şeyi bırakıp gitme raddesine getiren ve Berke'den başka kimsenin de oralı olmadığı duruma bir daha düşmeye niyeti yoktu. Aynı şeyin tekrarında artık gidişin dönülmez olacağının farkındaydı. Onun için şimdilik, olduğu yeri hak ettiğine inanılmasını ve daha fazlasının ikram edilmesini beklemekten yanaydı. Kendisine yöneltilen suçlamaların, izahını yapmış olduğu gibi, tamamen yanlış anlamalar ve yazılı delil isteyen saptırmalar olduğunu ispat etmek için, ilişkilerindeki kavgaları da frenlemiş, son derece sakin ve kendi hâlinde bir politika izlemeye başlamıştı.

Vefa Tan'a karşı da, ona hakaret ettiği konuşmayı sanki hiç yapmamış gibi, olağan bir tavır sergiliyordu. Ancak, Vefa'nın ona her zamankinden daha soğuk, daha sınırlı tavrı çok belli oluyordu. Selçuk, bu durumu, gururunun incinmişliğine veriyordu.

Bu meyanda, Astaş Yönetim Kurulu'nda olmasının getirdiği kolaylıkla, Berke'nin tüm plânlarına, hesaplarına giriyor, detayları sorup öğreniyor ama beklediği açığı bulamıyordu. Berke'nin hayatında herhangi bir yolsuz iş olabileceğini düşünmenin nafile olduğunu anlamıştı. Zamanı geldiğinde, onu ekarte etmek için bambaşka bir yol düşünmesi gerekiyordu.

Bora ise, New York'taki tezgâhında, kendi yağıyla kavrulduğu ve kılına dokunulmadığı müddetçe, zaten Selçuk'un yoluna çıkacak değildi. İşlem sırası, şimdilik listenin sonlarına kaymış, birden Selçuk için en yakın plâna Genel Müdür Nebi Ekin yerleşmişti.

Yine aileden olan Nebi'nin durumunun, üzerinde çalışılmaya çok müsait olduğunu fark etmişti Selçuk. O da, kendisi gibi, babası ve amcası arasında "bir tanesinin tuttuğu adam" olma niteliğini taşıyordu. Ancak, Nebi Ekin'in durumunda hami yine Refet Vardar'dı. Selçuk, bunu bir müddet düşündükten sonra, aslında dezavantaj gibi görünen bu durumu kendi lehine çevirecek bir çare buldu. Amcasını, iki "has adam"ı arasında seçme yapmaya itecekti. Bu, büyük bir ihtimalle babası ile amcasını karşı karşıya getirmekten çok daha kolay olacaktı. Bunu düşündüğü zaman, şeytanından özel bir takdir almakta gecikmedi.

"Çok iyi." dedi iblis. "Sana anlatmak istediğim Bizans oyunu böyle bir şey işte. İyi kurgularsan başarıyla neticelenir."

Nitekim, bu oyunu kurgulamak için özel bir mesai gerekmedi Selçuk'a. Zaten hiç uyuşmadığı, ancak Nebi Ekin'in kibar ve ağırbaşlı tavrı yüzünden bunca zamandır dalaşa dönüşmeyen aralarındaki gizli çekişmeyi, holdingin gidişatına tesir edecek bir iç hesaplaşmaya dönüştürmek hiç de zor olmadı. Ve bu hesaplaşmada, Refet Vardar, yerine düşündüğü yeğeni ile halasının oğlu arasında bir tercih yapmak zorunda kaldığında, kazanan Selçuk oldu.

Nebi Ekin, işi yürütüşünde, Refet Vardar'a benzeyen bir üsluba; sakin, ağır düşünen ve temkinli uygulayan tarza sahip olmasına rağmen, becerisi sorgulandığı ve tercihin yapılacağını hissettiği anda, bunu gurur meselesi yapmakta son derece çabuk davrandı ve Selçuk'un beklediğinden çok daha kısa bir zamanda istifası geldi.

* * *

O sene mart ayındaki genel kuruldan önce, bu defa Refet Vardar'ın öneri ve desteğiyle Selçuk, holdingin genel müdürlüğüne atanmıştı bile. Vecdi Bey, bu gelişmeyi son derece yanlış bulmasına rağmen, kendi öz oğluna bir kez daha set çekiyor olmak istememişti.

Genel kurul toplantısında ise, aile ve halk hissedarlarına verilen listelerde Selçuk Vardar'ın adı hem genel müdür, hem de yönetim kurulu üyesi olarak geçiyordu. Raporda bildirilen ciro ve kâr rakamları, ihracattaki artış ve dağıtılacak temettü miktarı ortakları öylesine memnun etmişti ki, kimse yeni seçilen üyeleri veya idarecileri sorgulayacak durumda değildi. Zaten kaç kuşaktır, hem kreditörleri hem de ortakları nezdinde yüzde yüz güven sağlamış Vardar ailesinin bir ferdinin daha isminin anılması, katılımcıları ancak rahatlatabilirdi.

Selçuk, daha birkaç ay önce ucuna geldiği noktadan sonra yaşadığı süratli yükselişin sarhoşluğu içindeydi. Sahip olduğu iki kuvvetli koltukla, idari gücüyle beraber, enerjisi, keyfi de artmıştı. İlk fırsatta, kendisine körü körüne garanti bir oy getireceğinden emin olduğu Tarık'ı yönetim kuruluna aldı. Küçük kardeşinin kendisine bağlılığını bilirdi.

Ziynet hayatında gittikçe daha çok yer almaya başlamıştı. Ama, Selçuk henüz, onun Gülşah'la beraber aynı anda evde olmasını istemiyordu. Ancak, genç kızın annesinde veya anneannesinde kaldığı akşamlar, Ziynet'i eve çağırıyordu.

Fazıla'nın ahbabı olan modacı Pekin'in koleksiyonundan satın aldığı parçalarla, Selçuk'un dairesi tekrar çok sevdiği Art-Nouveau tarzında döşenmişti. Hayatında her şeyin yolunda gitmeye başladığına dair içinde bir sevinç, coşku vardı. Bu coşkusunu ve heyecanını paylaşmak için yanında en çok istediği kişi de Ziynet oluyordu.

Ziynet ise, hayallerinin artık gerçeğe çok yaklaştığından emin, Selçuk'tan başka hiçbir erkekle özel yakınlık kurmadan, her buluşmalarında hedefinde birkaç basamak daha yukarı çıktığını hissederek, sonucu sabırla beklemekteydi. Her ikisi de, aslında hem bir başkasına hem de birbirlerine yüksek sesle söylemedikleri, tamamen kendilerine ait bir mücadelenin heyecanlı tırmanışında, sebepleri değişik de olsa, aynı ruh hâlini paylaştıklarından, birbirlerini tamamladıklarına ve çok iyi bir ekip olduklarına inanıyorlardı. Aslında bu doğruydu da. Zira geçmişleri, kültürleri, görgüleri, eğitimleri, maddi varlıkları ne kadar farklı olursa olsun, her ikisinin de hep manevi açlıkları, hırslı ve arsız ruhları, âdeta birbirinin aynadaki aksi kadar benzerlik teşkil ediyordu. Bir araya geldiklerinde, Selçuk'un anlattıklarını Ziynet yakından takip ediyor, ilgili sorularıyla erkeğinin aile ilişkilerini, işinin ve yaşantısının maddi portresini daha net anlamaya gayret ediyordu. Bütün bu detayların bir gün işine yarayacağından çok emindi. Üstelik, onun her türlü megaloman anlatımına gösterdiği hayranlık dolu ilgiyle, Selçuk'un güvenini kazanıyordu. Bir taşla iki kuş…

Diğer taraftan, Selçuk, genel müdürlük koltuğunda oturmakla, içindeki hırsın zerre kadar yatışmadığını fark etmişti. Tam aksine, bulunduğu makamın kendisine sağlayacağı avantajlardan olabildiğince istifade edip, mutlak hâkim olma hırsı gittikçe daha çok körükleniyordu. Berke'nin kendisine bu yolu açmış olmasına ve onun holdingde hiçbir şekilde gözü olmadığını bilmesine rağmen, bu kadar iyi niyet ve destek ona hâlâ inandırıcı gelmiyordu. Ayrıca, başarı söz konusu olduğunda, bunun tek adresinin holding ve başarıda söz sahibinin de kendisi olmasını istiyordu.

Astaş, ülkenin, İngiltere hariç Avrupa'nın ve Ortadoğu'nun en mükemmel teknolojiyle konserve üreten kuruluşu olmuştu. İhracatta büyük ilerleme kaydetmişti ve Doğu'da, Amerikalılarla ortak yeni yatırımlarla daha da devleşecekti. Selçuk, kuzeninin, bir başka şirketler grubunda dahi olsa, muvaffakiyetini kendisine tehdit olarak görüyordu. En fenası da, özellikle Seher Vardar'ın ölümünden sonra, Berke'nin temsil ettiği holding hisseleri oldukça önemli bir miktara ulaşmıştı. Kendisine gelince, yakın bir gelecekte, en azından kasayı ve açık hesapları eline geçirene kadar, kayda değer bir ortaklık payı yoktu. Babası ölse dahi, mal varlığı dört çocuğuna ve yeni eşine pay edileceği için, kendine düşenle normal şartlarda hiçbir zaman Berke'nin gücüne yetişemeyecekti. Bu kıskançlık beynini öylesine sıkıştırmaya başlamıştı ki, bir gün şeytanı onu ikaz etmek zorunda kaldı.

"Önce kendi kümesini düzenle." dedi iblis, onu kulaklarından çekip. "Daha içeride ayak bağı olacak adamların var. Önce onları temizle."

"Babam ile amcam daha lâzımlar bana. Diğerlerine gelince, şu an hepsinin üstündeyim." diye cevapladı Selçuk böbürlenerek. "Küçük adamlarla uğraşmaya değmez. Onlar kendiliğinden dökülecekler nasılsa."

"Hiçbir şey kendiliğinden olmaz." diye uyardı şeytanı.

"Merak etme. Ne yaptığımı biliyorum."

Israrcı değildi şeytan. Alaylı bir tavırla kuyruğuyla başını okşadı Selçuk'un.

"İyi o zaman," dedi, "bana da kenara çekilip seyretmek düşüyor. Görüşürüz."

Dediğini de yaptı. Uzun bir müddet ortaya çıkmadı şeytanı. Ne göründü, ne sesi duyuldu. Bu sessizlik, Selçuk'a her şeyi tamam yaptığının garantisi gibi geldi.

Bu arada Vefa Tan da, aylardır sabretmesinin mükâfatını gördüğünü hissediyordu. Selçuk için imkânlarının artışını simgeleyen terfiler, Vefa için onun sorgulanabilirliğini kuvvetlendiren sorumluluk makamlarıydı. Öcünü almak için gerekli şartlar süratle hazırlanıyordu. Selçuk'un piyasadaki özel ilişkilerini, anlaşmalarını yakından izliyordu. Ankara'daki bağlantısıyla devamlı irtibatta kalıp, darbe için en olgun zamanı beklemekteydi.

Selçuk ise, coşan hırsını dizginlemekten vazgeçerek, aklına koyduğu yolda oyunu tekrar başlattı. Çark öyle hızlı döndü ki, yepyeni bir fikir ortaya çıktı. Beyninde âdeta panayır zilleri çalmaya başlamıştı. Şeytanının çok uzaktan bir yerden sanki, "Bu, gerçekten çok ahlâksızca." dediğini duyar gibi oldu. Ama yanılmış olmalıydı. Kulak kabarttığında kendi nefesinden başka bir şey duyulmadı. Ortalığı biraz karıştıracaktı ama denemeye değerdi. Berke'nin iki haftalığına İngiltere ve Amerika'ya gideceğini biliyordu. Holdingin kurul toplantısını özellikle o arada bir tarihe ayarlamaya karar verdi.

Şeytana Kardeş Fark Etmez

Maslak yokuşundan, Tarabya istikametine doğru hızla gelen MG, az ilerisindeki kırmızı ışıkları ve geçen yayaları fark ettiğinde yavaşladı. Aynı anda sarı ışık yayalara ikaz işareti verdi ve arabanın tamamen durmasına gerek kalmadan yeniden yeşil yandı. Yol açılmıştı. Tarık tam gaz vermişti ki, arabasının önünde aniden beliren gölge ve tok bir çarpma sesiyle dehşet içinde frene bastı. Birkaç metre içinde duran arabadan fırladı. Sırtında soğuk bir nefes, yüreğinde daralma hissetti. Durakta bekleyenler meraklı bir telâşla yerde, yüzü koyun, hareketsiz yatan adamın etrafını çevirmiş, fikir yürütmeye başlamışlardı bile.

"Ölmüş bu."

"Daha demin şuracıkta duruyordu adamcağız."

"Ne de efendi görünüyordu."

"Öyle sakin sakin duruyordu zavallı."

"Böyle de araba kullanılmaz ki..."

"Cinayet bu kardeşim, cinayet..."

"Polis çağıralım..."

Bir otobüs durağını bir süre için paylaşmış olmaktan öte, adamı tanımayan bir grup insan, birdenbire onun âdeta vasisi kesilmişti.

O güne kadar karınca incitmemiş olan Tarık, nereden çıktığını anlamadığı zavallı adamın, neden kendisine yeşil ışık yanarken karşıya geçmediğini, neden onu kâtil yapmak için beklediğini anlayamıyordu. Dehşet içindeydi ve ne söyleyip ne yapacağını bilemiyordu. Birilerini araması, yardım çağırması gerekti. Aklına gelen ilk isim Selçuk'tu. Etraftakiler, cep telefonundan ambulansı ve polisi aramaya başlamışlardı bile. Tarık, üzüntüden, korkudan ağzı dili kurumuş vaziyette, telâş içinde Selçuk'un cep numarasını tuşladı. Birinin ölümüne sebep olmuş olma fikriyle midesi

bulanıyor, başı dönüyor, şakakları zonkluyordu.

Ağabeyinin telefonu meşguldü ama polis arabası yanlarına varmıştı bile. Sanki onun bir hata yapmasını beklemişler de, olay yerinde bitivermişlerdi anında. Kendisini, cehenneme giden köprünün başında gibi hissediyordu. Telefonunu kapatıp, arabadan çıkan polislere doğru ilerledi.

Selçuk'un cep telefonu çaldığında baktı, arayan her kim ise ona yabancıydı ama bu özel telefonunu çok az sayıda kişiye verdiğinden meraklanmıştı. Cevapladı.

"Alo... Evet, Ben Selçuk Vardar... Evet, ağabeyi oluyorum... Gözaltında mı dediniz? Bir yanlışlık olmalı. Bir hata yapılmış olmasın. Avukatım hemen orada olacaktır."

Hırsla kalktı. Olacak iş miydi? Nereden çıkmıştı şimdi bu aptal kaza? "Eh Tarık, alacağın olsun." dedi. Bugün düşünmek ve uğruna enerjisini harcamak için tasarladığı tüm ince plânlar sekteye uğramıştı şu anda. Tekrar nasıl, ne zaman toparlayacaktı? Sinirli hareketlerle telefonundaki bir tuşa bastı ve vakit kaybetmeden konuşmaya başladı.

"Alo Murat! Selçuk... Uzun lâfa vakit yok. Elinde ne iş varsa bırakıyorsun. Neredesin şimdi?"

"..."

"Atlı Spor mu? Ayazağa'dasın yani. Seni Allah oraya göndermiş bugün. Tarık kaza yapmış. Adam ölmüş. Maslak Karakolu'nda gözaltına almışlar bizimkini. Derhal gidip duruma el koyman gerekiyor."

"..."

"Haydi, göreyim seni. Beni her adımdan haberdar et. Bekliyorum. Her şartı zorla. Anlıyorsun değil mi? Ağbi, bu hafta sonu hiç aile dramına ihtiyacım yok, toparla olayı hemen."

Kolundaki saate bakıp devam etti.

"Haydi gazla! Bana bak, bu olayı senden başkası bilmeyecek, tamam mı; babam, amcam dahil."

Telefonu kapadığında yerinde duramıyordu. Masasının üzerindeki kalemi alıp tekrar sertçe masaya fırlattı. Sonra, boş bir kâğıdı avucunun içinde hırsla buruşturup ezdi ve buruşuk topu, dişlerinin arasından âdeta tısss'layarak odanın diğer ucuna fırlattı. Ellerini beline koydu ve programını aniden kesintiye uğratan yeni problemi uzaklara göndermek istercesine camdan dışarıya bakarken, sıkıntıyla Pofff!'ladı.

Tarık, karakolun gözaltı odasındaki metal büro iskemlesinde, perişan ve kapana kısılmış bir ifadeyle oturmaktaydı. Dirsekleri dizlerinde, öne doğru eğilmiş, yüzünü avuçları içine gömmüştü. Yaşadıklarına hâlâ inanamayarak, başına gelenleri def etmek ister gibi, parmaklarını saçlarının arasından geçirip, başını avuçları içinde iki yana salladı. Sonra aniden yerinden kalktı. Hareketlilik yaşadığı kâbusu bir an evvel sonlandıracak gibi, sağ elini yumruk yapıp diğerine vurarak odayı arşınlamaya başladı.

Her şey, âdeta göz açıp kapama arasındaki dar zamanda olup bitivermişti. Ve biten, sadece öylesine yaşanan bir an değildi bu defa. Bir adamın hayatı bitmiş, yaşamı son nefesiyle beraber o anın gerisinde kalıvermişti. Ve o basit, küçücük andan sonra her şey değişmişti. Dünya artık aynı dünya olamazdı. Bir adam onun yüzünden hayatını kaybetmişti ve o, artık bir "kâtil"di. Hayata gösterdiği saygı anlamını yitirmişti. İstediği kadar kaza olsun, netice aynıydı. Bir hayatı sona erdirmişti. Bir başkasının hayatını sona erdirdikten sonra insanın kendi hayatı aynı kalabilir miydi? Tanrı buna müsaade eder miydi?

Kazayı yaşadığı ilk saniyeden itibaren sırtından inmekte olan sıcak soğuk sular, yeniden tüm vücudunu kaplamıştı. Rahat nefes alamıyordu. Vicdan azabının derin girdabı onu içine çekmiş, boğmak üzereydi. Başını can havliyle iki yana sallayarak, iki eliyle birden kravatını gevşetti, gömleğinin boyun düğmelerini açtı ve derin derin nefes almaya çalışırken, tekrar iskemleye oturdu. Kolundaki saate baktı ama dehşetle, kendisine hiçbir şey ifade etmediğini gördü. Akrebin ve yelkovanın gösterdiklerinin kendisine bir şey ifade etmediğini hayretle fark etti; âdeta hafıza kaydı silinmişti. "Tanrım, çıldırıyorum!" diye mırıldandı, alnındaki teri silerken. Bir daha saate baktı; ikiye çeyrek vardı veya dokuzu on geçiyordu. Hangisi doğruydu? Sanki zaman tünelinde bir yerlerde takılıp kalmıştı. Kaza, o an, tüm ömründen aklında kalan tek hadiseydi. Hafızası, sadece yola düşen gölge, tok bir ses, ardından acı fren sesi, kırmızı, sarı ve yeşil ışıklar arasında geçit yapan gö-

rüntüleri başa sarıp, oynatıp durmaktaydı.

Kapı açılmıştı. Tarık, endişe dolu gözlerle içeri giren komisere ve yanındaki uzun boylu, orta yaşlı, şık, spor giyimli yabancıya baktı. İlk kez gördüğü erkek, kaki pantolon ve kollarını dirseklerine kadar kıvırdığı gömleği içinde, günün son saatlerine rağmen harika bir tazelik ve enerji sergilemekteydi. Yazın tadını çıkardığı belli teni, bronz rengiydi. İnce kemikli yüzünde, düşündüklerinin tamamen kendisinde saklı kaldığına dair ama karşısındakini rahatsız etmeyen bir maske vardı sanki.

Günün sıcağından, uzun saatlerinden yorgun, üniformasının içinde aynı derece yorgun bakışlarla duran komiserin yanında, sayfası açılmış bir moda mecmuasından fırlamış gibiydi. Banyosunu henüz yapmış, Black-Polo parfümünü sürmüş, ütülü ketenlerini, gıcır Tots ayakkabılarını giymiş ve Maslak Karakolu'nun gözaltı odasına ışınlanıvermişti.

Yabancı, oturduğu yerden ayağa kalkan Tarık'a elini uzattı.

"Ben avukat Murat Arkan, Tarık Bey. Ağabeyiniz gönderdi. Geçmiş olsun."

Tarık, yeşil ışık yandığında adamın nasıl birdenbire önüne düştüğünü anlatmaya başlamıştı ki, avukat, nazik bir el işaretiyle onu susturdu.

"Biliyorum Tarık Bey, raporu okudum," dedi, "sizinle detayları konuşacak vaktimiz olacak. Şimdi gidebiliriz."

Oynayacağı operanın hikâyesine inanmış, aryasını defalarca prova etmiş bir tenor nasıl nefesini, gırtlağını kullanıp tüm mahare tiyle dinleyeni üzerinde etki kuruyorsa, Murat Arkan'ın sesi de aynen öyle, perde perde tonlamalarla, söylediklerini kısa, düz bir cümle olmaktan çıkarıyor, her kelimesine teatral bir ifade katıyordu. Bu ifadeyi destekleyen dramatik duruşu, adımları ve mimikleri ise, özgüveninin, kendini beğenmişliğe varan çizgisini yumuşatıyor, karşısındakini rahatsız etmiyordu.

Tarık, duyduklarına inanamayarak, komisere ondan teyit bekleyen kısa bir bakış attı.

"Gerçekten mi? Serbest miyim?"

Avukat, Tarık'ı daha fazla konuşturmadan, kolundan nazikçe tutarak kapıdan çıkarırken onayladı.

"Evet, şimdilik serbestsiniz."

Murat Arkan'ın varlığı, yaşanan trajedinin ağırlığını, karakolun resmiyetini, Tarık'ın başına gelebileceklerin dehşetini, hepsini hafifletmişti birden.

Tarık, kâbusundan uyanmak ile uykuda kalmak arasında bir duyguyla, komiser ve avukatın konuşmalarını, imzalanan birtakım kâğıtları, rüyada gibi izledi. Karakoldan çıktıklarında, hürriyetinin ne kadar gerçek hürriyet olduğunu hâlâ kestiremiyordu. Her an birinin eteğinden çekip onu tekrar içeri alacağı korkusuyla, sık sık arkasına bakarak, avukatının yanı sıra ilerledi.

Murat Arkan, az ileride park etmiş olan siyah SUV'nin kapısını açtı. Arabaya bindiklerinde motoru açıp, havalandırmayı çalıştırdı ve cep telefonunu tuşladı.

"Selçuk Bey, Tarık Bey yanımda. Her şey yolunda. Haber vereyim dedim."

Tarık, ağabeyinin adını duyunca, dikkat kesildi. O arada, gözü kol saatine takıldı. İki olmuştu. Evet, akrep ve yelkovan, hafızasındaki gerçek yerini bulmuştu. Derin bir nefes aldı. Bir adamın ölümüne sebep olmuşluğun yanında, saate bakıp kaç olduğunu anlayamamanın nasıl bu kadar önemi olabilirdi insanın hayatında? Hiç... Aslında hiçbir önemi olmamalıydı, böylesine bir detayın. Ama, beyninin kara kutusunu kaybetmek üzere olduğunun dehşetiydi, bunu önemli kılan. Zor karşısında mücadele, algılama, düşünme gücünü kaybediyor olmasıydı, onu o kadar korkutan. İlk defa yaşadığı böyle korkunç bir olayda, ne kadar çaresiz, ne kadar korunmasız kaldığını, tüm düşünsel fonksiyonlarının ona yardımcı olmadan geri çekildiğini fark etmişti. Bu zaafını fark etmesi, zaten çökmüş olan moralini iyice dibe çekiyordu. Yerinde Selçuk'un olduğunu düşündü. Şu anda, gırtlaktan, sarkastik kahkahalar atmaya başlamıştı bile ağabeyi. Ama o, değil kahkaha atmak, ağzını bıçak açıp tek kelime dahi edemiyordu henüz. Bitmiş, tükenmiş gibiydi. Karakoldan çıkması, olayın yaşandığı gerçeğini ve korkunçluğunu değiştirmiyordu. Birinin ölümüne sebep olmuştu. Bunu hiçbir şey değiştiremeyecekti. Kimse onu cezalandıracak olmasa dahi, o, hayat boyu unutamayacağı ve tekrar tekrar yaşayacağı o vicdani hesaplaşmayla kendini ebedi cehenneme mahkûm edecekti. Bir şekilde, hiç değilse vicdan azabı onu cezasız bırakmamış olacaktı.

Kendi iç hesaplaşmasına öyle yoğunlaşmıştı ki, avukatın, ağabeyiyle yaptığı konuşmayı kaçırmakta olduğunu fark etti.

"Hayır efendim," diyordu Murat Arkan, "mahkeme süreci yaşanacak. Şikâyetçi olan çıkmasa bile, amme davası kaçınılmaz. O arada adamın ailesi aranıyor. Henüz kimsesini bulamamışlar... Bir an evvel otopsi yapılması için uğraşıyorum."

Tarık, kurtarma operasyonuyla ilgili konuşmaya dikkatini yönlendirdi. Ama nedense avukat, telefonunu onun da duyabileceği şekilde *speaker*'a yönlendirmemişti. Ağabeyinin neler dediğini duyamıyordu. Zaten Selçuk'un istediği de buydu.

"Murat, bu olay duyulmadan örtbas edilecek. Anlaşıldı mı?" diyordu, "Gelişmelerden de benim dışımda kimse haberdar olmayacak, Tarık'ın kendisi bile."

Tarık sadece Murat Arkan'ın cevabını duydu.

"Hiç merak etmeyin. Bütün imkânlarımızı seferber edeceğiz."

"..."

"Hay hay, ne zaman isterseniz emrinizdeyim."

Murat, telefonu Tarık'a uzatıp, "Selçuk Bey sizinle konuşmak istiyor." dedi.

Delikanlı, mektepte ceza almış, velisine teslim edilmek üzere olan bir çocuğun ruh hâli içinde, mahcup, sıkıntılı bir ifadeyle telefonu aldı.

"Ağabey, çok teşekkür ederim, sana borçlandım."

Bir çırpıda söylediği kelimelerin ardından nefes aldı. İşte, Selçuk'un sesi, tahmin ettiği gibiydi; her şeye hâkim ve alaycı.

"Borcunu bilmek güzel şeydir ufaklık. Umarım bir gün hatırlatmak zorunda kalmam. Ha, bu arada, bunu aramızda tutacağız. Küçük kardeşimin başına gelenleri kimse duysun istemem. Madem sen bir tek beni arayacak kadar bana güvendin, bu da benim sana hediyem olsun."

"Nasıl teşekkür edeceğimi bilemiyorum ağabey."

Selçuk'un genizden, kısa kahkahası arabanın içine yayıldı.

"Bu kadar yeter ufaklık. Fazla minnet duymak yorar insanı, sonra geri teper. Haydi, şimdi doğru evine git, dinlen. Tamam mı?"

Murat Arkan cep telefonunu geri alıp, belindeki mahfazasına yerleştirdikten sonra, Tarık'a döndü.

"Tekrar geçmiş olsun. Şimdi sizi evinize bırakmamı söyledi Selçuk Bey."

"Teşekkür ederim, her şey için." dedi Tarık, gerçekten minnettarlık duygusuyla.

"Görevim." derken, Murat Arkan'ın yüz ifadesi hâlâ daha iş başındaymışçasına ciddiyetini koruyordu. Ama, akabinde, dudağının kenarında yarım bir gülümseme belirdi. Tarık, bunun, yeni bir cümlenin başlangıcı olup olmadığını merakla bekledi ama Murat Arkan, gözü yolda, arabasını Tarabya'dan sağa döndürdü. Sahil boyunca ilerlerken, Tarık, kendisine adresinin de, kazayla ilgili bir detayın da sorulmadığını fark etti. Ortaköy'de oturduğunu ağabeyi avukata söylemiş olmalıydı.

Kendisini o kadar tükenmiş hissediyordu ki, hiç konuşmadan evine kadar gidip, kendi sessizliğine gömülmek, bir-iki kadehle olanları unutmaya çalışmak istiyordu. Saatine tekrar baktı. Zihninin kendisine oynadığı oyunun tekrarlanıp tekrarlanmayacağını kontrol etme ihtiyacını hissetmişti bir kez daha.

Solda deniz, tekneler, sağda evler, ağaçlar, kıyıda balık tutanlar... acaba son iki saat içinde hayatı kendisi gibi böylesine değişen başka birileri daha var mıydı? Düşünmemeye çalışarak gözlerini kapadı, kendisini, onu az sonraki yalnızlığına götürmekte olan araba yolculuğunun konforuna bıraktı.

* * *

Selçuk, sebep olduğu karmaşadan ötürü Tarık'a diş bilemekteydi. Sersem şey, daha akıllı kullansaydı ya arabasını. Şimdi, becerip de hem aileden, hem piyasadan, hem de o namussuz magazin dünyasından nasıl gizli tutacaklardı bakalım olayı. Aslında Tarık'ın yaşadıklarının duyulması, dedikodusunun yapılması, yazılması, mahkeme umurunda değildi. Ama, tam kendine yatırım olacak bir plânı başlatmak üzere aile fertleri arasındaki dengeleri, nifakları ayarlamak üzereyken, bu olay ortaya çıkarsa, bambaşka gelişmeler olacak, dikkat ve enerji o yöne yoğunlaşacaktı. Bunu riske atamazdı. Dolayısıyla, Tarık'ın hem kurtulması, hem de gelebilecek saldırılardan korunması birinci derece öncelik kazanmıştı. Murat Arkan bu iş için biçilmiş kaftandı.

Ne ailenin diğer fertleri ne de holdingle bir ilişkisi vardı Murat'ın. O, Selçuk'un sadece kendisine, kendi özel problemlerinin çözümüne sakladığı "hokus pokus" avukatıydı. Sadece avukat da denemezdi doğrusu. Karşılığını aldığı her türlü işi büyük bir sadakatle yerine getirirdi. Konu seçmezdi; zaman, mekân seçmezdi. Selçuk'un, onu aslında bir düşmanı vasıtasıyla tanımış olması da ayrıca enteresandı.

Yıllar önce çekilmiş bir fotoğrafla ilgili olarak, iki sene evvel evinde ziyaret etmişti kendisini Murat Arkan, müşterisinin adını vermeden. Ama fotoğrafları göstermişti.

"Buna şantaj demeyin lütfen, bana hakaret etmiş olursunuz, ki bu da hiç hoşuma gitmez." demişti, o dramatik efektli sesiyle. "Buna sadece maziyi hatırlatma diyelim, isterseniz."

O günü hâlâ, az önce yaşanmış tazeliğinde hatırlıyordu. Tam, işletme müdürlüğüne getirilmesi için amcasının yönetim kuruluna teklif vereceği haftaydı. O gün, 'üstünlük', 'riya', 'tehdit' gibi tavırların bu genç avukat üzerinde hiçbir netice yaratmayacağını, daha görüşmelerinin başında anlamış ve istikbaline mal olacak bilgilerin ortalığa sızmaması için, onunla bir an önce anlaşması gerektiğine karar vermişti.

"İstenen fiyatı verdiğim takdirde, bunun tekrarlanmayacağını nereden bileceğim?" diye sormuştu, şantajın tek ödemeyle hiçbir zaman bitmediğini düşünerek.

"Müsterih olabilirsiniz." diye cevaplamıştı Murat Arkan, alnına düşen kır perçemi ince uzun parmaklarıyla geriye doğru tararken.

"Bana nasıl bir garanti verebilirsiniz?" diye üstelemişti Selçuk.

"Benim sözüm garantimdir. Değeri ödenen hiçbir bilgi tekrar gün ışığına çıkmaz, emin olun."

“Müşterinize, her kim ise, nasıl kefil olabilirsiniz ki?”

“Gerek yok. Çünkü, müşterimin bu bilgiler üzerinde artık hiçbir sahipliği ve kontrolü söz konusu değildir.”

Şaşırmıştı Selçuk. Onun şaşkınlığına, kısa, tok, kadın olsa neredeyse iştahını kabartacak bir sesle gülmüştü diğeri ve devam etmişti.

“Çünkü, bu bilgileri ben satın almış bulunuyorum.”

“Siz mi satın aldınız?”

“Ya, evet. Fotoğraflarınızın sahibi benim. Tabii ki siz bedellerini ödeyene kadar.”

“Hiç böyle şey...”

“Duymamıştınız ama beni de tanımamıştınız... Değil mi?”

Selçuk, karşısındakinin, ne çok tecrübe, ne de çok okumayla bilinecek biri olmadığını görmüştü. Murat Arkan, etik zaaflarını kendine has bir stille formüle etmiş ve ismini, fiziksel varlığını ve yaptıklarını dile düşürmeden profesyonelleşmişti. Kapıdaki arabası, kıyafeti, taşıdığı saat, kol düğmeleri, kullandığı kalem, hepsi ince bir zevkin ve lüksün temsilcisiydi. Demek ki, bu imkânsız gibi görünen işi imkânlı kılacak usulü bulmuştu. Selçuk'un korkusunun yerini aniden hayranlık almış ve bu genç adamı kazanmanın şart olduğunu düşünerek, pazarlığı onu memnun edecek yönde yapmaya karar vermişti.

“Bunu bir şekilde ihtiyaç takası olarak düşünün.” demişti Murat Arkan. “Yani piyasadaki ‘senet kırdırma’ olayı gibi. Müşterimin elindeki malın değerini öder, alır, bir kenara koyarım. Genellikle, acil para ihtiyacından dolayı, insanlar ellerindeki bilgileri erken kullanırlar. Gerçek kıymetini bulamaz gizlilikler. Ama benim telâşım yok. Mükemmel zamanı gelene kadar, yatırım olarak tutarım bir kenarda. Sonra, zaman ve şartlar, yeni fiyatı belirler.”

“O zaman bana ismini vermediğiniz müşteri...”

“Bana birkaç yıl önce gelmişti. Derdi sizi mahvetmek değildi aslında. Dedim ya, sadece paraya ihtiyacı vardı. O gün sizi rahatsız etme gereğini duymadım. İstediğini verdim, aldım.”

“Peki şimdi? Sizin mi ihtiyacınız var paraya?”

Murat Arkan, az önceki kahkahasını yinelemişti

"Hayır, tam aksine. Şimdi, benim paraya olan ihtiyacımdan ziyade, sizin o fotoğraflara ihtiyacınız var."

Bu doğruydu, ama 'Nereden bilebilir ki?' diye düşünmüştü Selçuk. Onun aklından geçen sorunun meraklı bakışını gözlerinde okumuştu diğeri ve "O kadar bilmek işimin gereği. Zaten, detaylar sizi ilgilendirmez." demişti.

"Fotoğrafları size ilk verenin sessiz kalmasını nasıl sağlayacaksınız?"

"Müsaade edin, onun yöntemi de bende saklı kalsın. Size tek söyleyebileceğim, elimdeki fotoğrafların kopyası yoktur ve bu konuda tekrar rahatsız edilmeyeceğiniz benim garantimdedir."

"Sizi hiç tanımıyorum. Nasıl güvenebilirim?"

"O size kalmış." demişti Murat Arkan, umursamaz bir ifadeyle. "Ama şu an bana, tanıdığınız diğer birçok insandan daha fazla güveniyor olabilirsiniz."

Burada bir an durmuş, sağ elinin işaretparmağını havaya kaldırıp, "Hatta... çok eminim ki, tek güvendiğiniz benim." diye ilâve etmişti.

Tanışma şekli ve sebeplerinin garipliğine ve tehlikeli özelliğine rağmen, gerçekten Selçuk, bu garip yabancıya, hayranlığın yanı sıra, güven duymuştu. Ancak bir problem vardı ki, o gün için, kendisinden istenen parayı çıkarıp vermesi mümkün değildi. Holdingden henüz aldığı maaş, karısının seçkin ve lüks zevkleriyle süslenerek yaşanan hayatı karşılamakta bile çerez gibi kalıyordu. Allah'tan Fazıla'nın ailesinin dairesinde oturuyorlardı ve masraflı yaşamaya alışmış genç kadın, kocasının yettiremediğini babası, bazen de âşıkdaşlarından telâfi ediyordu. O tarihte, Selçuk'un içine dalabileceği, pay alabileceği iş bağlantıları henüz kurulmamıştı.

"Size bu konuda kredi açabilirim." demişti, Murat Arkan. "Görüyorsunuz, ben de size güveniyorum. Bir miktar peşinat verdiğiniz takdirde, arzu ettiğiniz şekilde borcunuzu bölebiliriz. Yeter ki söz verdiğiniz tarihlerde ödemenizi yapın."

Bu şartlarda anlaşmak çok kolay olmuştu. Selçuk, o gün akşamüzeri bu garip avukatla el sıkıştığında, hem kendisinin bile unutmak istediği mazisinden bir dilimini geriye satın almış, holdingdeki yıldızının daha yükselmeden kararmasını önlemiş ve hayalindeki fütursuz, küstah, ahlâk dışı ne kadar plân varsa, hepsini halletmek için kendisine harika bir yardımcı bulmuştu.

Murat Arkan söz verdiği gibi, o günden sonra, meşum fotoğraflarla ilgili ne bir imada bulunmuş ne de bu konudaki bilgisinin Selçuk'u rahatsız etmesine yol açacak bir davranışı olmuştu. Yaptığı ahlâksız işin içinde kendisine göre ahlâk kuralı yaratmış ve bunu koruyor olması Selçuk'u kayıtsız şartsız ona güvenir yapmıştı.

Şimdi, şeytanıyla verdikleri kararda, bir de Murat Arkan'ın elinin altında olduğunu bilmesi, onu üçlü, hem de çok güçlü bir ittifakın içinde olduğuna dair emniyet hissiyle sarıyordu. İki müttefiki de, hayatını, seçimlerini, mücadelesini birinci derecede etkileyen iki büyük kuvvetti ve her ikisi de herkesten gizli yaşadığı ilişkilerdi. Ruhunu ve bedenini tamamlayan şeytanının isteklerini gerçeğe dönüştürmek için Murat Arkan şarttı. İkisi hem birbirini, hem de Selçuk'u tamamlıyordu. Bu, olağanüstü bir güçtü. Âdeta, antik Yunan tanrılarının faniyle birleşmesinden doğan güçlerin temsilcilerinden biri gibi hissediyordu kendini.

Avukatın desteğiyle ilgili düşünceleri, karşılaştığı problem ne olursa olsun, nasılsa içinden sıyrılacağına dair bir güvence duygusu vermiş, Tarık'ın yaşattığı sıkıntı sanki daha hafiflemişti şimdi. Masasının iç tarafındaki gizli kasanın kilidini açtı ve çıkardığı birkaç dosyayı gözden geçirmeye başladı.

Aynı saatler, Atlı Spor Kulübü, Ayazağa

Kulubün kafeteryasını dolduran üyeler, binici kıyafetleri ve heyecanlı sohbetleriyle enerjik bir uğultu yaymaktaydı. Dipte, camın kenarındaki küçük masada yalnız başına oturmakta olan Muzaffer, hesabını bırakıp ayağa kalktı. Yan iskemleden gümüş saplı kamçısını aldı ve yerinde dönüp durdu. Omuzlarını geriye atarak göğsünü şişirirken etrafına bakındı. Sol elini beyaz gür saçlarının üzerinde gezdirdi. Gerekmediği halde, gürültülü bir sesle öksürdü. Tüm tavırları sanki varlığına dikkat çekmek içindi. Sağ elindeki kamçısını çizmesinin konçlarına vurarak, kendini beğenmiş adımlarla, göz göze geldiği birkaç kişiye

selam vererek çıkışa doğru yürüdü. Tam önüne geldiğinde kapı açıldı. Beste, bir grup arkadaşıyla, kahkahalarla içeri girmekteydi. Karşısında Muzaffer'i gördüğü anda yüzü asıldı ve arkadaşları arasında diğer tarafa kaymaya çalıştı. Ama adam yana doğru bir adım atarak, dudaklarında alaycı bir tebessümle, onun tam karşısında durdu.

"Oooooo! Bakın kimler gelmiş. Cici kızım Beste..."

"Sahtekâr... Karşıma çıkmaya utanmıyorsun!"

Genç kadının sesi son derece resmi ve öfkeliydi.

Muzaffer'in yüzündeki alay ifadesi daha da yayılmıştı.

"Çantamı hâlâ vermediniz." dedi.

Beste, ona aldırmadığını gösteren bir dudak işaretiyle bakıp arkadaşlarını takip etmek üzereydi ki, aniden geri döndü ve Muzaffer'in gözlerinin içine bakarak, alçak sesle konuştu.

"Bir daha da, annemin sayesinde girdiğin yerlerde yolumuza çıkmaya kalkma."

Sonra, sert bir dönüşle arkadaşlarına katılmak üzere ilerledi. Muzaffer, dişleri arasından sinirli "Çık, çık, çık" sesleri çıkarıp arkasından baktı. Ama artık kendisiyle ilgilenen kalmamıştı. Kamçısını çizmesinin koncuna vurarak dışarı çıktı.

Beste, grubunun yerleştiği masaya oturduğunda yine keyifli, çocuksu yüz ifadesine kavuşmuştu. Bu adamı her gördüğünde hâlâ niye bu kadar sinirlendiğini anlamıyordu. O kadar yıl, hele aynı evde nasıl tahammül etmişti! Aslında hiç edememişti. Şimdi hiç değilse, o ilişkileri bitmişti.

"Kafamı takmasam daha iyi olacak." diye düşündü. Gözü, az ilerideki masada oturan genç adama takılmıştı. Yabancı, Beste'nin masasında oturmakta olan Lâl'i izlemekteydi. Farklı bir yakışıklılığı ve çekiciliği vardı. Çözülmesi zor, tahakküm edici bakışları, dudağında kim için olduğu belirsiz tebessümle tezat yaratıyordu. Alnının üzerindeki kırlaşmış birkaç perçem saçın özel kesimi, yüzüne özellikle dikkati çekecek bir ifade katıyordu. Beste, hemen başını çevirdi ama tekrar göz attığında, onun hâlâ Lâl'i seyretmekte olduğunu gördü. Erkeğin cazibesinden etkilenmiş ama bakışlarından huzursuzluk duymuştu; garip, heyecan veren bir huzursuzluk... Aralarındaki arkadaşının sırtından eğilip Lâl'in koluna dokundu.

İki genç kadın, aralarında on yaş fark olmasına rağmen çok iyi anlaşırdı. Ağabeyinin karısıyla daha ilk tanıştığı günden büyük bir dostluk kuran Beste, onun kardeşi Lâl ile de hem iyi bir arkadaş, hem de ona ikinci bir abla gibi olmuştu. At binmek, parasailing, rafting gibi spor zevklerini de paylaştıkları için çok zamanları beraber geçerdi.

"Şu karşı taraftaki adamı tanıyor musun?" dedi.

Lâl, tesadüfen bakınıyormuş gibi gözleriyle arandı. Sonra dönüp sordu.

"Kimi soruyorsun?"

Beste, yabancıyla göz göze gelmekten çekinerek, "İşte canım, tam senin karşındaki masada, yakışıklı... Hayran hayran sana bakıyor..." dedi.

"Dalga geçme Beste. Kimse yok orada, hele bana hayran bakan ve yakışıklı kimse hiç yok."

Beste, bu defa ilgilerinin fark edilecek olmasını umursamadan, dönüp baktı. Gerçekten, yabancının demin oturduğu masa boştu.

"Vallahi, yemin ederim, tam orada oturuyordu. İlk defa gördüm burada. Çok yakışıklı, tablo gibi bir adamdı. Gözlerini senden ayırmadan bakıyordu."

Lâl kahkahayla onun saçını okşadı.

"Hem de tablo gibi... Yeter Beste."

Beste, kantinin içinde gözlerini gezdirdi. Yabancı, sırra kadem basmıştı.

Dışarıda, park yerindeki SUV'sine doğru yürüyen avukat Murat Arkan hayatından memnundu. Bugün paraya çevrilecek bir iş yapmamıştı... Henüz... Ama, bazen sadece gözlemle geçen en sessiz, en sıradan günler, ileride kazanca dönüşebilecek tohumları atardı. Bugün de işte o günlerden biriydi. Arabasına binerken, dudaklarına, yine o görünmeyen birine gönderdiği tebessüm yayıldı.

Aynı gece, Selçuk Vardar'ın evi

Selçuk, oturduğu yerde, Murat Arkan'ın uzattığı kâğıda bir

göz attı. Keyfi yerindeydi.

"Bitirim iş çıkardın Murat." dedi. "Demek adam Tarık'ın arabasının önüne düşmeden kalp krizi geçirmiş... Demek küçük kardeşim suçlu değil."

Evrakı masaya bırakıp, tepsi içinde bekleyen içki servisine uzanırken sordu.

"Bir kutlama içkisine ne derin?"

"Neden olmasın?" dedi Murat, Selçuk'un gösterdiği memnuniyetten fazla etkilenmemiş bir tavırla. "Tarık Bey'e de haber verecek misiniz?"

Selçuk, kadehlere viski doldururken cevapladı.

"Onu aradım bile. Birazdan burada olur. Yalnız, önce seninle özel konuşacaklarım var."

Murat onun uzattığı kadehi alırken, "Anladığım, henüz kendisi bilmiyor durumu." dedi.

Selçuk, kadehini ona doğru kaldırıp bir yudum içti ve koltuğuna dayanırken gülümsedi.

"Hayır... Hayır, henüz hiçbir şey bilmiyor."

Murat, onun plânını çözmeye çalışarak baktı. Diğeri kısa bir kahkaha attı.

"Fazla bilmesi de gerekmiyor."

Murat, Tarık olayının henüz bitmiş olmadığını, kendisinden başka bir şeyler bekleneceğini sezmişti. Bacak bacak üzerine atıp arkasına yaslandı ve "Sizi dinliyorum." dedi.

"Tarık'ın bana güveni sonsuzdur. Benim ona anlattığım her şeye inanacaktır. Ve ben, ne kadar bilmesi gerektiğine inanıyorsam kendisine o kadarını anlatacağım."

"Yani?"

"Yanisi... Tarık, bu gerçek otopsi raporunu hiçbir zaman bilmeyecek."

Murat, işinin tarzı gereği her türlü katakulliye, yalana, dolana, riyaya alışıktı. Hiçbir şeyin kendisini şaşırtmayacağı kadar esnek bir ahlâk anlayışına sahipti. Karşılığı ödendiği müddetçe her şey ona uyardı, o da her şeye. Ama ilk kez böylesiyle karşılaşıyordu. Bir ağabey, kendisine bel bağlamış kardeşine, yardım ve sırdaşlık bahanesiyle, kötülük hazırlamaktaydı. Üstelik, hiçbir şeyden habersiz, kendi hâlinde, iş hayatında ağabeyini kendisine örnek almış zavallı bir delikanlıydı kurban. Ağabeyine ne ayak bağı, ne rakip olması mümkündü. Ama belli ki Selçuk Vardar için her türlü ilişki, sömürülmeye ve kullanılmaya elverişliydi.

"Ona ne söylemeyi plânlıyorsunuz?" diye sordu. Sesinden, tavrından, duyduklarının etik olup olmadığı konusunda kaygılanmadığı belliydi. Madem müşterisi bunu istiyordu. Ona da şartları en uygun hale getirmek düşüyordu. Her gizli, kapaklı yeni iş, banka hesabına güzel bir ek demekti.

Selçuk, masadaki kâğıdı gözüyle işaret etti.

"Bu rapor sadece bende kalacak. Tarık için bir tane ayrıca hazırlatacaksın."

Murat'ın bir şey söyleyebilecek olma ihtimaline karşı elini kaldırıp devam etti.

"Nasıl yaparsın bilmem, o senin işin. Ben sana nasıl diye sormayacağım, sen de bana neden diye sormayacaksın. Ama, Tarık'a bunun aksi bir rapor göstereceksin."

"Yani onu, katil olduğuna inandıracağız."

Selçuk, avucu içindeki kadehi sallayıp, buzların sesini dinletti.

"Bak şimdi," dedi, "duyuyor musun?"

Kadehi bir daha oynattı elinde. Buzlar, tatlı bir çınlamayla birbirine ve cama çarptı. Murat, onu dikkatle izlemekteydi. Selçuk, diğer elini kadehin içine sokup buzları çıkardı. Kadehi tekrar salladı.

"Şimdi dinle... Ses yok, değil mi? Ta ki..."

Diğer avucunu ıslatmış olan buz parçalarını yeniden içkisine atıp bardağı döndürdü. Çınıltı tekrar duyulduğu anda Murat'a bakıp devam etti.

"... ta ki ben yeniden izin verene kadar."

Sonra, dirseğini koltuğun kenarına dayayıp, oturduğu yerde iyice kaykıldı.

"Anlıyor musun Murat? Buzlar ve kozlar hep benim elimde olmalı. İsteyince atıp, isteyince çıkarabilmeliyim."

Murat Arkan, verdiği örneklemeyle bile, karşısındaki adamın karakterini, tıynetini anlayacak zekâdaydı. Selçuk'un hiç fazla bir şey söylemesine gerek yoktu. Başını 'Anlıyorum' manasında sallarken kadehini, işverenine doğru kaldırdı.

"Anlayacağından emindim..."

Selçuk'un sözü kapının çalışıyla kesildi. Yerinden kalkıp yürürken, "Unutma, bu ikimizin arasında kalacak. Sakın hata olmasın." diye son kez avukatını uyardı.

Az sonra, dışarıda kapının açıldığı ve iki kardeşin selamlaştığı duyuldu. Murat, masanın üzerinde duran otopsi raporunu fark edip eline aldığı esnada, ev sahibi, kardeşiyle beraber salona girdi. Avukat sakin bir tavırla, kâğıdı katlayıp çantasına yerleştirirken onlar da yanına gelmişlerdi.

Selçuk'un az önceki keyifli yüz ifadesinden eser kalmamıştı. Üzüntülü, bedbin ve sıkıntılı bakıyordu. Tarık'la aynı bakışa bürünmüştü o kısacık zaman diliminde. Murat içinden, 'Seni tebrik ederim düzenbaz.' diye geçirdi. Sonra, Tarık'a elini uzattı.

"Bir içki ister misin kardeşim?" diye sordu Selçuk.

Delikanlı yorgun ve düşünceliydi. Son birkaç günde sanki aylardır bakımsız, uykusuz kalmış gibi çökmüştü. Murat onu izlerken, içinde bir yerlerde kalmış acıma kırpıntısının canlandığını hisseder gibi oldu ama bu çok kısa sürdü.

"Yok, teşekkür ederim." dedi Tarık, gözlerini Murat'tan ayırmadan ve direkt ona sordu.

"Haberler ne kadar kötü?"

Selçuk, avukatın bir cevap vermesine fırsat bırakmadan, kardeşine koltuğu gösterdi ve onun omuzunu okşayıp karşısına oturdu. Murat'a da oturması için işaret etti. Son derece dramatik bir ses tonu ve bakış kullanmaya gayret göstererek, ağır ağır konuştu.

"Hiç uzatmayacağım küçük kardeşim. Adamın ölüm sebebi, maalesef, araba kazası..."

Tarık, başını, ellerinin arasına alıp arkaya attı ve koltuğa âdeta yığıldı kaldı.

"Aman Tanrım!... Aman Tanrım!..."

Elleriyle yüzünü kapadı ve dudaklarından, inler gibi, çaresizlik sesi duyuldu. Murat Arkan, zavallı delikanlının yaşadığı bu haksız perişanlık karşısında, ağabeyinin vicdanının rahatsız olup olmayacağını merakla izledi. Hayır, Selçuk'un gözlerinde en ufak bir pişmanlık, tavırlarında söylediklerini düzeltecek en ufak bir belirti hissedilmiyordu.

Selçuk, hiç programında yokken, Tarık'ın kazasının hayatına bir uğraş konusu ve ileriye yatırım olacak bir fırsat yaratacağını tahmin edemezdi. Ama, karşısına çıkan bu sürpriz gelişmeden çok memnundu. Kasasında ne kadar koz biriktirirse, ileride yolunu o kadar hızlı aşabilecekti. Tarık'ın yaşadığı çaresizliği, vicdan azabını tam olarak hissedemiyordu. Zira, olayı kendisi yaşamış olsaydı duyacağı vicdani sorumluluk böylesine bir travma yaratmazdı. Ama, onun içinde olduğu ruhsal ve fiziksel çöküntüyü çok açık görebiliyordu. Bir ara aklından, bu oyunu burada durdurmak fikri geçti. Ve kontrolün kendi elinde olmasından duyduğu gururla neredeyse son verecekti bu büyük yalana. O anda, kulak memesinin çimdiklendiğini hissetti. Şeytanı, yakan nefesiyle fısıldıyordu yine.

"Aptallık etme. İlk defa başından sonuna hâkim olduğun bir olay geçti eline, kullan. Kardeşin hayat boyu sana medyunu şükran kalacak. Ona her istediğini yaptırabilirsin bundan sonra. Daha ne istiyorsun?"

Şeytanı haklıydı. Zaten, senaryosu gereği, duruma el koyup Tarık'ı belâdan kurtarmış olacak, bir zarar görmesine fırsat vermeyecekti.

"Oyuna devam." diye dürtükledi şeytanı.

Selçuk yerinden kalkıp Tarık'ın yanına yaklaştı.

"Hey! Hey! Dünyanın sonu gelmedi küçük kardeş. Kendine gel bakayım. Bu işten sıyrılman için tüm imkânlarımı seferber ettim. Bak, Murat da bütün bağlantılarını kullanıyor."

Eliyle, Tarık'ın yüzünü kapayan ellerini çekip, ona doğru eğilip devam etti.

"Anladın mı? Sen lâfını etmediğin takdirde, bu iş değil medyada, ailede bile duyulmadan örtbas edilecek, anladın mı?"

Tarık şokta gibiydi. Selçuk onun omuzlarından tutup sarstı.

“Duyuyor musun beni? Sana hiçbir şey olmayacak. Kimse bu olayı duymayacak. Hayatına bıraktığın yerden devam edeceksin.”

“Bıraktığım yerden!...” diye mırıldandı Tarık, ağlamaklı bir sesle. “Zavallı adamı öldürüp bıraktığım yerden mi? Tanrım, katil oldum ben... katil! Beni kim kurtarabilir ki?”

“Seni bir tek ben kurtarabilirim ve kurtaracağım.”

Delikanlı uzanıp ağabeyinin elini sıkı sıkı tuttu.

“Sana hayatımı borçlanıyorum ağabey.”

Selçuk, Murat’a yan gözle baktıktan sonra kardeşine döndü. Avuçlarıyla onun yanaklarını kavradı ve tane tane konuştu.

“Unutma küçük kardeş... Bunlar senin kendi sözlerin... Unutma olur mu?”

* * *

Gecenin ilerleyen saatleriydi. Bebek Koyu’nda, sahilin az açığında demirli *cabin cruiser,* gecenin serinleyen rüzgârı ve denizin çırpıntısıyla sallanıyor, burnu sudaki yakamozlara dalıp çıkıyordu.

Arada, teknenin gövdesine, zincirine tokat atar gibi çarpan dalgaların sesi, ilerideki çatananın üzerinden atılan havai fişeklerinin patlamasıyla duyulmaz oldu.

Karşı kıyıdan, Kandilli tepesinden yayılan müzik sesi, rüzgârla koya kadar geldi. Bir yerlerde, birileri evleniyor olmalıydı. Mehtap, Bebek sırtlarından, bedeninin diğer yarısını arayan mistik bir dünya gibi yükselmişti.

Tarık, anorağının yakasını kaldırmış, sürat motorunun kıç tarafında oturmaktaydı. Gökyüzünde birikmeye başlayan yağmur bulutlarının arasında, dağılıp uzayan ve tekrar parçalara ayrılan havai fişeklerine doğru başını kaldırıp baktı. Her bir ışığı iki, üç görüyordu. Elindeki viski şişesinden arka arkaya birkaç yudum daha aldıktan sonra gözlerini ovuşturup başını salladı ve tekrar gökyüzüne baktı. Sarı, mavi, kırmızı ışıklar gök kubbeyi kucaklar gibi açılıyor, binlerce oluyor, sonra birbirine sarılıp derin laciverdin içinde bir yerlere doğru dalıyor, sönüp yok oluyordu.

Genç adam şu an perişan göründüğünü hissedebiliyordu. Gözleri kan çanağı gibi olmalıydı, zira acıyor, yanıyorlardı. Gözlerini kapayıp açtı. Değişen bir şey olmadı. Baktığı her şey ya bulanıktı ya birbirinin üzerine binmiş eş görüntülerden ibaretti. Üstelik, nereye bakarsa baksın, her resmin içine Maslak'ta yaşadığı kaza ve arabasının önünde yerde yatan o adam giriyordu. Her iki ağabeyinin sözleri arka arkaya beyninde çınlayıp durmaktaydı.

"Benden sana tavsiye. Selçuk'a karşı temkinli ol. Seni paramparça eder, haberin olmaz." diye uyarmıştı Bora, bir müddet evvel. Bu sözün anlamını bu akşama kadar anlaması mümkün değildi. Ve şimdi, her kelimeyi bütün ağırlığıyla hissediyordu. Selçuk, açıkça, "Bana hayatını borçlanıyorsun." demişti bu akşam. Evet, yok ettiği bir başka yaşamın ceza yükünden kurtarıyordu ağabeyi onu ama onun vicdanıyla beraber ruhunu da esir alıyordu. İşin fenası, bu, ölüme sebep olmanın getirdiği azabın ağırlığını hiç mi hiç hafifletmiyordu.

Havai fişekleri sanki beyninde patlamaktaydı. Şişeyi bırakıp iki eliyle kulaklarını tıkadı, gözlerini kapadı ve bacaklarını karnına çekip başını dizlerinin arasına gömdü. Tüm bu yaşadıklarını, duyduklarını hayatından def edebilecekmiş gibi, başını iki yana salladı.

Tahsilden Türkiye'ye dönerken, işe başlarken kurduğu hayaller ve şu an olduğu yer o kadar farklıydı ki... Hayatının kontrolünü kaybetmiş bir zavallıydı şu an. Kendisine ve geleceğine en ufak güveni kalmamış, tarifsiz bir acı ve yalnızlık hissiyle dolmuştu.

Ağır ağır yerinden kalktı. Parapete tutunarak, teknenin burnuna doğru yalpalayarak yürüdü. Başı dönüyor, dalgayla sallanan tekne işini zorlaştırıyordu. Burunda, bacaklarını iki yana açıp ayakta durmaya çalıştı. Karşıya baktı, ışıklar birbirine karıştı, midesi bulandı. Havai fişekleri bitmişti. Başını aşağıya çevirdi. Küçük, sinirli dalgaların tepeciklerini aydınlatan yakamozlar dışında deniz, derin bir karanlığı kucaklamıştı. Ürkütücü, bir o kadar da huzur verici görünüyordu. Sudaki derinliğin, şu an yaşadığı simsiyah ruh hâlinden daha karanlık, daha kötü olması mümkün değildi. Hatta, içini üşüten bu acıya son bile verebilirdi. Yağmur başlamıştı. Su damlaları, denizin üzerinde sanki gergef işliyordu. Yalpalayarak bir adım daha öne attı. Parapetin önüne

geçti ve kendisini bıraktı. Yakamozları gölgeleyen bedeni karanlığa gömülürken, suda çıkardığı ses teknenin dalgalarca tokatlanan bedeninde yok oldu.

Şeytanla Kovalamaca

Anberin, resim atölyesinde çalışmaktaydı. Salondan gelen, telefonun sükûneti yırtan sesiyle, rüyadan uyanmış gibi yerinden fırladı. Masanın üzerindeki paralel hatta uzandı.

"Alo!"

"..."

"Evet, burası."

"..."

"Ben Anberin Vardar. Yardımcı olabilir miyim?"

"..."

"Aman Tanrım! Durumu nasıl?"

"..."

"Berke Bey'e şimdi haber veriyorum. Az sonra orada olacaktır."

Telefonu kapayıp yatak odasına koştu. Berke, göğsünde açık bir dosya, yastığına dayalı vaziyete uykuya dalmıştı. Anberin, yanına oturup, yavaşça yanağını okşadı.

"Sevgilim... Uyanman gerek..."

Berke, zaten nasıl uyumuş olduğunu anlamaya çalışır gibi, gözlerini açtı, "Ne oldu canım?" dedi, mahmur bir sesle.

"Tarık... Tarık İlk Yardım'daymış. Sana haber vermelerini istemiş."

Berke, dosyayı kenara atıp olduğu yerde doğrulurken merakla, "Ne olmuş?" diye sordu.

"Sadece bir kaza geçirdiğini söylediler. Durumu iyiymiş ama, anladığım kadarıyla sadece seni istiyor yanında. Hemen fırlasan iyi olur."

Berke İlk Yardım'a vardığında, Tarık, acilden odaya henüz çıkarılmak üzereydi. Yaşadığı travmanın ve verilen ilâçların etkisiyle sakin uyumaktaydı. Göğüs kafesi ve başı bandajlanmıştı. Berke, kuzenine ilk müdahaleyi yapan doktorla, onun hastaneye nasıl getirildiğini, durumunun nasıl olduğunu konuştuktan sonra, derhal, Amerikan Hastanesi'nin başhekimi olan arkadaşını aradı ve Tarık'ın ambulansla nakli yapıldı.

Berke, gerekli formaliteleri tamamlayıp odasına geldiğinde, bir hemşire, Tarık'ın kolundaki serumun akışını ayarlamaktaydı. Genç kuzeninin yüzündeki mutsuz, yorgun ve acı dolu ifadeye bakarken içi acıdı Berke'nin. Onun gibi uysal, hayat dolu, kimseyle bir problemi olmayan genç adamın nasıl olup da, başına bunların geldiğini anlayamıyordu. Ve neden gizlilik içinde sadece kendisini istediğini de.

Hemşire odadan çıkınca, Berke yatağın yanında durup, Tarık'ın elini tuttu. Ona doğru eğilip, diğer eliyle bandajın altından alnına dökülen ıslak saç tellerini taradı. Tarık'ın gözleri hafif aralandı ama, her an tekrar uykuya dalacakmış gibiydi. Berke'nin elini, gücü yettiğince sıktı. Gözlerinde minnettarlık okunuyordu. Bedbin, bitik bir sesle mırıldandı.

"Sağ ol Berke... Başka kimseye söylemedin, değil mi?"

"Hayır. Yalnız Anberin biliyor."

"...Başına belâ olmak istemezdim."

"Bu lâfı duymayayım bir daha... Bana ne olduğunu anlatacak mısın?"

Tarık, izah bekleyen durumunu nasıl ve hangi güçle anlatacağını bilemiyordu. Başını diğer yana çevirdi ve yutkundu. Sonra, tekrar bakışlarını Berke'ye döndürdü. O sırada, canı yanmış olmalıydı, kısa bir iniltiyle gözlerini kapadı.

"Berke, bunu şimdi burada konuşmak istemiyorum. Gidebilir miyiz?"

"Şaka mı ediyorsun? Bu gece burada müşahede altında kalman gerekiyor. Gereken her ne ise onu yapacağız. Çıkmana izin verildiği zaman da seni bize alacağız."

"Buna gerek olacağını sanmıyorum..."

"Hayır, olacak. Suya nasıl düştüysen, kaburga kemiklerin çatlamış, başında da dikiş var. Anberin'le konuştuk. İkimiz de senin bir müddet bizde dinlenmeni istiyoruz."

"Size yük olmak istemem."

"Yük olmayacaksın. Bunu istiyoruz."

"Sağ ol."

Tarık'ın gözlerinde yaşlar ve köşeye sıkışmış bir adamın ifadesi belirmişti.

"Bu gece olanlar aramızda kalsın Berke, lütfen." dedi.

"Gayet tabii. Ama en azından bana bir şeyler anlatacağını umuyorum... Kendini daha iyi hissettiğinde."

Tarık buna cevap vermedi. Aniden, göğsündeki acıyla, nefesi daralarak inledi. Gözbebeklerinde, ruhsal ve fiziksel acılarının karması okunmaktaydı ama henüz bunların sebebini anlatacak kadar kuvveti yoktu.

"Tabii..." dedi, mırıldanarak, "sana tabii ki anlatacağım."

Tarık'ın elini tutan eli gevşedi, gözleri kapandı. Tekrar derin bir uykuya dalmıştı.

Berke, odadaki koltuğu yatağın yanına çekip oturdu. Gece, sadece iki saat uyumuş olmasına rağmen, ne uykusuzluk, ne yorgunluk hissediyordu. Bütün sinir uçları alarma geçmiş gibiydi. Dirseklerini dizlerine dayayıp, ellerini çenesinin altında birleştirdi. Kuzeninin hayatını karartanın ne veya kim olduğunu öğrenene kadar rahat etmeyecekti.

Seher Vardar'ın evi, cuma sabahı

Saat, sabah henüz sekiz buçuktu. Fasılalarla yağan yağmurla ıslak gece, yerini serin, nemli ve bulutlu bir güne bırakmıştı.

Anberin, asistanıyla beraber, salonda kahvaltılarını ederken yaptıkları çalışmayı yeni bitirmişti. Çay fincanındaki son yudumu içip ayağa kalktı. Masadaki bazı evrakları kendi iş çantasına yerleştirirken, "Yiğit'çiğim, sen vakıfta bu bilgileri tamamlarsın." dedi. "Unutma, uyuşturucu, alkol ve sigara bağımlısı gençlerle ilgili ayrı istatistikler istiyorum. Aileleri, geçmişleri, fiziki ve sosyal çevreleri, tahsil durumları, her detay kapsama alınmalı. Benim sabah fabrikaya uğramam lâzım. Öğleden sonra vakıfta buluşuruz. Şimdilik hoşça kal."

Çantasını salona bırakıp önce üst kata çıktı. Koridorda Berke'yle karşılaştılar.

"Haydi sevgilim, ben fırlıyorum." dedi Berke.

"Güle güle canım. Çok uykusuz olmalısın."

"Öyleysem bile farkında değilim. Akşamüzeri Tarık'ı alıp öyle döneceğim."

"Tamam canım. Görüşürüz."

"Bunu evin içinde, kendi aramızda tutabileceğiz, değil mi?"

"Hadiye ve çocukları sıkı sıkı tembihleyeceğim. Umarım, herkesi kontrol altında tutabilirim... Gerçekten sarhoş olup düştüğüne inanıyor musun?"

"Bana söylediğine inanmak durumundayız. Belki buraya geldiğinde daha rahat konuşabiliriz. Peki, sen Lâl ile konuşabildin mi sonunda?"

"Dün gece tekrar mesaj göndermiş ama merakımı gidermiyor."

Berke, dudaklarında tatlı bir gülümsemeyle, karısının saçını okşadı.

"On altı sene önce bizim nasıl saklandığımızı unuttun galiba."

Anberin gülümseyerek "Hayır, unutmadım." dedi.

Karı koca öpüşüp ayrı istikametlere ayrıldılar. Berke aşağıya inerken, Anberin, hızlı adımlarla koridorun diğer ucundaki misafir odasına doğru yöneldi.

Tarık için hazırlanan odaya girdiğinde, Hadiye yatağı yapmış, örtüsünü yaymakla meşguldü. Anberin etrafı gözden geçirdi.

"Ben çıkıyorum Hadiye. Havluları da değiştirmeyi unutma."

Sonra, ciddi bir sesle, özellikle tane tane konuştu.

"Hadiye... Tarık Bey'in bizde olduğunu, kendisi istemediği sürece kimse bilmeyecek, tamam mı?"

"Tamam Anberin Hanım."

"Bu da, kapıyı kimseye açma, dediğim zamanki 'Tamam' gibi olmasın."

Hadiye'nin yüzü kızarıvermişti. Bu evde sebebiyet verdiği iki talihsiz olayın sorumluluğunun ağırlığının altındaydı hâlâ. Basireti bağlanıp da yaptığı şapşallıktan dolayı kendisini affetmiş değildi.

"Hayır efendim." diyebildi utanarak.

"Bize güvenerek buraya geliyor ve bunu kimsenin bilmesini istemiyor. Sebebi her ne ise, buna saygı göstermeliyiz. Her kim, ne sorarsa sorsun, bu konuyla ilgili bir şey bilmiyorsun, tamam mı?"

"Tamam efendim."

"Şu iki vazoya da su koyarsın. Biraz çiçeklendirelim odayı."

Pencerenin kepenklerini dışarıya doğru ardına kadar açarken mırıldandı.

"Keşke biraz güneş çıksa..."

Sonra, odanın geneline bir bakış atıp, kendisine hatırlatır gibi konuştu.

"Çocukları da evden çıkmadan önce ikaz etmem lâzım bu konuda... Haydi canım, sana kolay gelsin. Akşama görüşürüz."

"Güle güle efendim."

Hadiye, onun arkasından yastıkları kabartıp yatağın üzerine yerleştirirken mırıldandı.

"Hadiye, bu defa sana denileni yap. Ağzından lâf kaçırma. Yoksa senin o dilini koparırım!"

Kendi kendine yaptığı ikaza gülümsedi.

* * *

Aynı dakikalarda, Selçuk, Bebek kıyısındaki yürüyüşünde, bir haftanın daha istediği gibi yol alamadan geçtiğini düşünerek, için için hırslanıyordu. Tarık'ın kazası, ileriye dönük eline bir koz vermiş olsa da, aslında şu an için hiç gereksiz bir enerji ve mesai kaybı olmuştu. Zaten Berke ve diğerleri kafasını meşgul edip durmaktaydı. Bora en azından uzaktaydı. Ama Vefa'yla her an karşı karşıya gelip toplantılarda beraber oturuyorlardı. Düşüncesi bile sinirlerini geriyordu. Aralarında konuşma hiç geçmemiş gibi davranmaktan da yorulmaya başlamıştı. Blöf yapmadığını ispat etmesi için, artık onu kovmanın bir yolunu bulması gerekti. Tarık'ın telefonunu da bu sabah, ısrarla, defalarca aramasına rağmen, cevap alamamıştı. O da ayrıca huzursuzluk veriyordu.

Sıkıntıdan uykusuz geçirdiği gecenin sabahında, erkenden, biraz olsun kafasını boşaltmak için sahile gelmişti ama şu anda, bir saat evvelkinden daha huzurlu değildi.

"Aldırma." dedi şeytanı, sırtının terine doğru sıcak bir nefes üfleyerek. "Bu kadar sıkıntıdan sonra sağladığın başarı daha tatlı gelecek, göreceksin. İnan bana."

"Ama, gördüğün gibi, hiçbir şey senin iteleđiğin süratte gelişmiyor." dedi Selçuk, zihninden ona cevapla.

"Çünkü, hâlâ çekincelerin var. Yalnız, ihtirasın sabrına galebe çalıyor ve sıralamanı kaçırıyorsun. Yoksa, ben çok iyi biliyorum ki, bu kavgaya hazırsın."

"Nasıl o kadar eminsin?"

Kıs kıs güldü şeytanı.

"Aksi takdirde sana görünemezdim. Beni gördün değil mi?"

"Hem de kendim gibi net."

"İşte... Senin düşünce ve ruh hâlin benimkiyle aynı olduğundan. Haydi artık gamlanmayı bırak da, enerjini kavgana sakla. Her gün yeni bir gün. Her gün kazanılacak bir kavga vardır. Yola devam."

Selçuk, iblisin sıcak nefesi, eşofmanının içinde, terli gövdesinde dolaşırken titredi.

Bu hesaplaşma sırasında, hızlı adımlarla, Bebek Kahve'nin önüne kadar gelmişti. Dışarıdaki boş masalardan birine dayanıp boynundaki havluyla alnını, ensesini sildi ve denize bakarken daralmış nefesini kazanmaya çalıştı. Kahveden çıkan bir garson ona yanaştı, bir şey isteyip istemediğini sordu. Selçuk, başı ve eliyle "Hayır" işareti yaptıktan sonra arabasına doğru yürümek üzere hareket etti. Kahvenin açık kapısı önünden geçerken, kulağına çalınan kelimelerle birden durdu. Olduğu yerde oyalanır gibi yaparak, sözleri yakalamaya çalıştı.

"Koskoca Vardar'ların oğlu ölmek isterse bizler ne yapalım ağbi..." dedi biri.

"Hakkaten ya." dedi diğeri. "Yok, yok adamlarda."

“İşte ya, onun için. O var, bu var, varlıktan sıkılıyor adamlar. Bizim gibi dünyalık dert yok ki adamlarda... Bir baksana bana... Ulan intihar plânlayacak zaman mı kalır ekmek kavgası için didişmekten.”

Selçuk, olduğu yerde dönüp, hışımla kahveden içeriye girdi. Doğruca, konuşulan masanın önüne gitti. Sesi sert ve telâşlıydı.

“Kim dedin sen? Kim ölmek istemiş?”

Masadakiler, onun sert, emir verir gibi konuşmasından ve konularına bu garip ilgisinden irkilmişlerdi. Birbirlerine baktılar. Selçuk, masaya yumruğunu vurarak, “Vardar mı dediniz demin?” diye sordu.

“Evet.” diye cevapladı içlerinden biri, şimdi neyle karşılaşacağını bilemeyerek. “Evet, Tarık Vardar. Tanır mısınız?”

Selçuk buna cevap vermedi. Sinir içinde sormaya devam etti.

“Nerede kendisi şimdi?”

“İlk Yardım’da bıraktık dün gece.”

“Ne olmuştu ona?”

Adamlardan ikisi bir ağızdan konuştu.

“Denizden çıkardık ağbi...”

Sonra biri susup, diğeri devam etti.

“Atlarken gördük suya. Allahtan yakındaydık. Balıktan dönüyorduk tam. Yoksa...”

Selçuk gerisini dinlemedi. Sinir içinde kapıdan çıktı. Balıkçı ardından bağırdı.

“Merak etmeyin, yaşıyor!”

Sonra, omuzlarını kaldırıp silkti.

“Amma ters herifti ha.”

Balıkçıların Vardar’larla ilgili sohbetleri orada bitmiş olmalıydı, “Yahu ağbi,” dedi içlerinden birisi, “bizim Bebek Manav’ın elmaları niye öyle altın fiyatına yahu?”

“Eee, ne de olsa Boğaz manzaralı elma satıyor kerata.”

Kahkahalarla, çay bardaklarını tokuşturdular.

Selçuk, son anda, otoparktaki arabasına binmekten vazgeçmişti. Araba ayak bağı olacaktı şehirde. Parkın önündeki taksi durağından bir arabaya bindi.

“İlk Yardım’a gazla.” dedi.

Saatine baktı. Dokuz olmuştu. Yine, gün plânladığı gibi gitmeyecekti belli ki. Çocukluğundan beri, her çaresiz anında emmekten vazgeçemediği sağ işaretparmağının artık deforme olmuş boğumunu yine dişlemeye başladı. Haftanın bitmesine bir gün daha vardı ve yarın kimbilir daha ne sürprizler onu bekliyordu. Sağ ayağını sinirli bir tempoyla arabanın tabanına vururken, nefret ettiği herkesten öç alıyormuş hissiyle dişlerini parmağına geçirdi. Ağzına kan tadı gelmişti ama umurunda değildi.

Aynı dakikalar, Amerikan Hastanesi

Tarık, yatağının kenarında oturmaktaydı. Göğsündeki bandaja dokunarak ağrılı, derin bir nefes aldı.

Celâl, yatağın üzerine yaydığı elbise torbasındaki askıdan, ütülü bir gömlek ve pantolon çıkardı.

"Berke Bey bunları gönderdi."

Tarık zorlukla yerinden kalkmaya çalışırken, "Sağ ol." dedi.

Celâl hemen fırlayıp onun ayakta durmasına yardımcı olmaya çalıştı.

"Çıkmak için çok acele etmediniz mi Tarık Bey?"

"Ne kadar çabuk eve gidersem o kadar rahat edeceğim."

O esnada Celâl'in cep telefonu çaldı.

"Evet Berke Bey. Şimdi yanındayım Tarık Bey'in. Giyiniyor, çıkacağız birazdan."

Sonra telefonu Tarık'a uzattı.

"Beyefendi sizi istiyor."

"Alo?"

"Nasılsın?" diye soruyordu Berke.

"Hazırlanıyorum. Celâl'i gönderdiğin için teşekkür ederim."

"Biraz sabretseydin ben alacaktım seni. Çok erken çıkıyorsun bence Tarık. Nasıl ikna ettin doktoru?"

"Evde daha huzurlu olacağım, inan. Burada, her an kapıdan kim girecek telâşındayım."

Büyük bir gayretle, keyifli konuşmaya çalışarak ekledi.

"Hem, eminim sizin evde, buradakinden daha iyi bakılacağım."

Berke'nin gülüşü duyuldu.

"O konuda iyi niyetten şüphen olmasın. Ama uygulamada garanti veremem... O zaman akşama görüşeceğiz Tarık'cığım. Erken geleceğiz biz de. O arada kesin istirahat ediyorsun, unutma."

"Görüşürüz. Berke... Her şey için teşekkür ederim."

Tarık telefonu kapayıp Celâl'in yardımıyla giyinmeye devam etti. Başı dönüyor, dizleri titriyordu ama bir an evvel, Selçuk kendisini arayıp bulmadan önce uzaklaşacak olma arzusu ağır basıyordu. Kendisine tarifini yapamadığı bir sebepten ağabeyinden ürkmeye başlamıştı. Bir an evvel, dışarıdaki kalabalık dünyadan uzak, karanlık bir odada, derin bir uykuya dalmak istiyordu.

* * *

Selçuk, daha yoldayken, gözünü karartan siniri biraz yatıştığı an, avukatını aramıştı. Ama Murat'ın cep telefonu kapalıydı. Bürosundan sekreteri, mahkemede olduğunu söylemişti. Selçuk, bu işi yalnız başına yapıyor olmaktan hoşnutsuz, İlk Yardım Hastanesi'nde "Acil" girişinin önünde taksiden indi. Şoföre para vermek yerine, "Bekle." dedi, "az sonra geliyorum."

Siren çalarak yanaşan ambulansı karşılamaya koşan hastabakıcılara çarparak, bağrışıp ağlaşan hasta yakınlarını iteleyerek içeri daldı. Hayatında hiç böyle bir kaosun içine düşmemişti daha önce. Hem Tarık'a, hayatına gereksiz sürprizler getirdiği, hem Murat'a şu an yanında olmadığı için içinden söverek, koridor boyunca karşılaştığı her hastane görevlisinden, kardeşinin yerini anlamaya çalıştı. Sonunda tek öğrendiği, Tarık'ın acildeki ilkyardımından sonra bir yakını tarafından hastaneden alındığı oldu. Ambulansla özel bir hastaneye nakledilmişti Tarık. Selçuk'un ikinci durağın Amerikan Hastanesi olduğunu kendi yöntemleriyle anlaması, kendi istediği süratte olmasa da çok uzun sürmedi.

Koşarak dışarı çıktı ve o karmaşanın içinde ileri, geri, arabasına yer bulmaya çalışan taksi şoförüne seslendi: "Gazla! Amerikan Hastanesine!"

Trafik, sanki onun acelesi var diye, özellikle kilitleniyor gibiydi. Ayrıca, İlk Yardım'ın kapısından ayrıldıklarından beri bir tek yeşil ışığa rastlamamışlardı. Vali Konağı'na geldikleri zaman, sanki bir tam gün geçmiş gibi hissediyordu ve daha yol bitmemişti. Sabırsızlık içinde yine parmağını kemirmeye başlamıştı ki, telefonu çaldı. Ekranda gördüğü numara yabancıydı ama haber beklediği o kadar insan vardı ki, onlardan herhangi biri, özellikle Tarık veya Murat olabilir düşüncesiyle hemen cevapladı.

"Alo!"

"Selçuk'çuğum..."

Karşısındaki Fazıla'ydı. Dudakları gerildi, sinirle sıktığı dişlerinin arasından sessiz bir beddua tısladı.

"Fazıla, şu an konuşamayacağım." deyip kestirip atmak istedi.

"Hep meşgulsün Selçuk. Peki, dur kapama, kısa keseceğim. Birincisi, seyahat için gönderdiğin para yine yetmeyecek. İkincisi, Gülşah'ın okul taksidi için tekrar aradılar..."

Selçuk, telefonu kapamıştı bile. Vali Konağı ile Emlâk Caddesi'nin kesiştiği köşede yine kırmızı ışığa takılmışlardı. Trafik tekrar açıldığı saniyede Tarık, hastanede, tekerlekli iskemleye oturtulmuş, yanında Celâl, hastabakıcı tarafından aşağıya indirilmek üzere asansör beklemekteydi. Sabırsız ve huzursuzdu. Asansör sanki o kata hiç uğramayacak gibi geliyordu. Ama geldi. İçindekilerin hayatında hiç görmediği yabancılar olması onu rahatlatmıştı. Gözlüklerini takıp, garaja kadar her durakta katları saymaya başladı.

Taksi, Güzelbahçe Sokak'a geldiğinde, şoför hastanenin ana kapısına doğru ilerlemek üzereydi ki, Selçuk onu uyardı.

"Hayır, o tarafa değil. Garaja girelim. Hastamı alıp çıkacağım."

Araba gerisingeriye geldi ve sağa sapıp yokuştan indiler. Otopark girişi için tekrar sola dönecekleri noktada, hastanenin servis kapısında yükünü boşaltmış olan su kamyonetinin arka kapıları kapatılmaktaydı. Neyse ki çok uzun sürmedi ve hemen yola koyuldu.

O anda, Tarık, Celâl ve hastabakıcının yardımıyla Berke'nin Chrysler'ının arka koltuğuna oturtulmuştu. Celâl, valenin kontağını çalışır bıraktığı arabaya gaz verdi ve rampadan yukarı çıkmaya başladılar. Aynı anda, diğer rampadan aşağıya, Selçuk'un taksisi iniyordu. Paralel iki araba yolunun ortasındaki ödeme noktası aralarına girmişti. Birbirlerini görmeden, aksi istikametteki yollarına devam ettiler.

* * *

Berke'nin cep telefonu çalmıştı. Hemen cevapladı.

"Her şey yolunda mı Tarık'cığım? Sevindim. Evde her şeyi hazırlamıştı Anberin. Rahatına bak. Biz de erken dönmeye çalışacağız. Bir ihtiyacın olursa haberim olsun. Haydi canım, hoşça kal."

Tarık'ın yoldan Berke'yi aradığı dakikada, Selçuk, hiddet içinde, hastaneden çıkmıştı. Taksiye bindiğinde bir müddet nereye gideceğine, kiminle konuşacağına karar veremedi. Tarık'ın başına gelen her ne ise, bu defa kendisine haber vermemesi ona son derece tehlikeli gelmişti. Çözemediği bir şeyler oluyordu. Hastane kayıtlarına girip, malumat alması mümkün olmamıştı. Hastanın özellikle belirttiği 'sırdaş isim' dışında kimseye bilgi verilmiyordu. Ağabeyi olduğunu söylemesine rağmen, ısrarları fayda etmemiş, ancak, daha fazla patırtı yapıp dikkat çekmekten çekinmişti. Kendini, elinden oyuncağı alınmış çocuk gibi hissediyordu. Hırslıydı, kızgındı ve en fenası, mükemmel anı yakalamak için sabrı kalmamıştı.

Tarık'ın başına ne geldiğini ve kiminle nerede olduğunu yine en kolay Murat öğrenebilirdi. Onu bulana kadar telefonunu aramaya karar verdi. Şimdilik yapılacak iş, güne her şey normalmiş gibi devam etmekti. Eve dönüp duşunu alacak ve fabrikaya gidecekti. Gereğinden fazla vakit harcamıştı zaten.

"Atiye Sokak'a." dedi şoföre ve sağ elinin işaretparmağını dişlerinin arasına aldı.

Aynı gün, saat 17:30

Bütün gün bir daha yağmur yağmamış olmasına rağmen, önceki gece dinmeyen sağanaktan sonra, sanki bütün tabiat birden yazdan kalma rehavetten silkinip artık sonbaharı kabullenmişti. Havadaki koku, renkler, iddiasız sükûnet, her şey yeni bir takvimi işaret ediyordu.

Anberin, arabasını bahçede park etmiş, yolcu koltuğundaki dosyaları ve çantasını toparlamaktaydı. Arabanın kapısını kapayıp seri, zarif adımlarla eve doğru yürüyüp içeri girdi.

Tarık'ın yattığı odanın önüne geldiğinde, Hadiye dışarı çıkmaktaydı.

"Hoş geldiniz Anberin Hanım." dedi. "Ben de şimdi ağrı kesicisini vermiştim Tarık Bey'in."

"Sağ ol canım."

İçeri girdiğinde Tarık, elinde bir kitap, yatakta uzanmaktaydı. Anberin'i görür görmez, "Merhaba!" dedi, gülümseyerek. Tebessümündeki hüzün Anberin'in içini burktu.

"Hoş geldin Tarık'çığım. Geçmiş olsun. Nasılsın?"

Tarık, kitabını bırakıp, olduğu yerde oturmaya çalıştı.

"Sanırım, iyiyim."

Anberin, başının altındaki yastığı düzeltip ona yardımcı oldu. Sonra, yatağın karşısındaki koltuğa oturdu.

"İstediğin bir şey var mı?" diye sordu.

"Ne isteyebilirim ki? Bebek gibi bakılıyorum."

"Onun için buradasın. Keşke daha fazla ilgilenebilsek..."

"Çok rahatım Anberin, merak etme..." Gözlerinde minnet ifadesiyle bakarak ekledi. "Çok teşekkür ederim... Her şey için..."

Anberin uzanıp, onun elini şefkatle tuttu.

"Bir daha lâfını etme... Ailenin anlamı bu değil mi?"

Genç adam düşünceli ve kırgın bir ifadeyle mırıldandı.

"Sanırım."

Anberin, elini ondan çekmeden, sırdaş olmaya hazır, yumuşacık bir tonla sordu.

"Neler oldu Tarık? Benimle paylaşmak istersen hazırım. Ne kadar iyi bir dinleyici olduğumu ve sır sakladığımı bilirsin."

Acı bir gülüşle "Bilmez miyim?" dedi Tarık, eskileri hatırlayarak. "Sevgili Anberin, keşke, o aptal gençlik sırlarımı yaşadığım zamanlar olsaydı... Her şey ne kadar kolay olurdu."

Anberin, durumun, tahmininden çok daha vahim olduğu endişesiyle baktı. Sakin bir sesle devam etti.

"Tarık'çığım... Seni köşeye sıkıştıran, hayatından bezdiren her ne ise, belli ki paylaşılmayı ve yardım almanı bekliyor. Gece yarısı o buz gibi suya atlarken ne düşünüyordun?"

"Kaza olduğunu söylemiştim... Çok içkiliydim."

"Evet, anlattığın buymuş. Ama şimdi bana gerçek hikâyeni anlat lütfen."

Anberin bekleyerek, Tarık tereddütle, göz göze baktılar. Genç adamın gözlerinde çaresizlik ve utanç pusu dolaştı. Ağrısını çoğaltan derin bir nefesle yüzü buruştu. Bakışlarını, ev sahibesinin merakla bekleyen gözlerine teksif etti.

"Dinlemeye hazır mısın?"

Maslak'taki kaza anından başlayarak eksiksiz anlattığı hikâyesini noktaladığında Anberin, bir an ne diyeceğini bilemeden bekledi sonra ayağa kalktı, yatağın ayakucunda, kollarını göğsünde kavuşturup durdu. Şayet, Selçuk'un ismi hiç geçmemiş olsaydı tamamen başka türlü düşüneceği olayda bir bit yeniği araması gerektiğini hissediyordu.

"Otopsi raporunu kendi gözlerinle gördün mü?" diye sordu.

"Hayır. O kadar dehşet içindeydim ki, aklıma bile gelmedi."

"Avukatın kim?"

"Daha önceden tanımıyordum. Murat... Murat Arkan..."

Anberin tekrar yatağın karşısındaki koltuğa doğru yürüdü ve oturdu.

"Hiç duymadım." dedi. "Şirketle ilgisi olduğunu sanmıyorum. Aileyle de... Yoksa bu kadar senedir ismini duyardım ben de. Selçuk'un bir dostu olmalı."

"Öyle demişti." Titremeye başlayan bir sesle, "Bu vicdan azabıyla nasıl yaşayacağım?" diye devam etti.

Anberin, onun, yaşamış olduğu travmanın ağırlığı altında nasıl ezildiğini görebiliyordu. Ayağa kalkıp başını okşadı.

"Tamam canım... Tamam... Her şey yoluna girecek. Çok

yoruldun. Yemeğe kadar biraz istirahat et. Bunları düşünmemeye çalış. Eminim, bizim de yapabileceğimiz bir şeyler olacaktır."

"Ne gibi?" diye, mecalsiz, mırıldandı Tarık. Anlattığı olaylar onu tekrar yaşamış kadar yormuştu ve az önce aldığı ilâç da tesirini gösteriyordu.

"Emin ol, bir şeyler düşüneceğim." dedi Anberin. Onun başının altındaki fazla yastığı alırken eğilip fısıldadı.

"Bana güvenin için de sana teşekkür ederim."

"Ne garip," diye fısıldadı Tarık, yarı uykulu gözkapakları arasından, "seninle konuşmak beni rahatlattı. Halbuki Selçuk'la bunu paylaştığım zaman, kendimi, ruhumu ona satmış gibi hissettim."

"Seni çok iyi anlıyorum canım." Kısa, anlamlı bir gülüşle, "Buna bayılırdı aslında." diye devam etti. "Yani, ruhunu satın almaya... Haydi şimdi dinlen biraz."

Anberin, Tarık'ın sırrını çözmekten memnun, sessiz adımlarla odadan çıkarken, aşağıdan sokak kapısının zili duyuldu. Merdivenlerden inmeye başlamıştı ki, antreden Hadiye'nin sesi geldi.

"...Berke Bey henüz gelmedi efendim. Anberin Hanım evde... Buyurun."

Anberin, bu saatte, habersiz kimin gelmiş olabileceğini düşünerek merdivenlerden iniyordu ki, yüzündeki ifade anında değişti. Salon kapısından Selçuk girmişti. Genç kadın birden bütün sinirlerinin gerildiğini hissetti. Ama özellikle Tarık'la konuştuklarından sonra, Selçuk'un aleyhine kuvvetlenen hissiyatını ve endişelerini belli etmemek için, büyük bir çabayla ama şaşkınlığını da saklamadan, "Selçuk... Hoş geldin." dedi ve eleştirel bir sesle ekledi. "Geleceğinden haberimiz yoktu."

Basamakların dibine inmişti. İstenmeyen misafiriyle el sıkıştılar. Selçuk, onun elini avucu içinde tutmaya çalışırken gözlerini ona dikerek, küçük, alaycı bir tebessümle cevapladı.

"Hoş bir sürpriz olur diye düşünmüştüm."

Anberin, Selçuk'un bakışlarına aldırmayarak elini geri çekerken ona meydan okuyucu bir tebessümle baktı.

“Berke birazdan gelir. O arada ne ikram edebilirim?”

“Aslında, Tarık’ı görmeye gelmiştim.”

Anberin, sinir uçlarının yeniden burulduğunu hissetti. Olduğu yerde durdu. Kafasından son süratle durumu nasıl idare edeceğine dair çare düşündü. Belli ki, Selçuk Tarık’ın burada olduğunu öğrenmişti. Aksini söyleyemezdi. Olduğu yerde döndü. Yüz yüze geldiler.

“Şu anda uyuyor.” dedi, inandırıcı bir ses tonuyla. “Ama Berke’yi beklemek istersen...”

Selçuk, elini Anberin’in kolunun üzerine koymak üzereydi ki, Hadiye elinde gümüş buzluk salona girince kendini geriye çekti ve “Kalamayacağım,” dedi, “eve misafir bekliyorum. Yine de Tarık’ı görmek isterim.”

Onu engellemenin ancak Tarık’ın aleyhine olacağını hissediyordu Anberin. Olayı olduğundan daha gizemli bir havaya sokmamak gerektiğini düşündü.

“Gayet tabii.”

Hadiye’ye döndü.

“Hadiye, Selçuk Bey’i misafirimizin yanına çıkarır mısın lütfen?”

Selçuk, hizmetkârın arkasında merdivenlerden çıkarken, genç kadın, düşünceli bir tavırla izledi. Aslında, Tarık’ı uyarmak veya bir yalan söyleyebilmiş olmayı çok isterdi. Ama, bütün bunların işi çıkmaza sokup şüphe yaratacağının farkındaydı. Sonunda Selçuk, Tarık’ın ağabeyiydi. Genç kadın, bundan sonrası için plânladığı adımları atmak için, Selçuk’u işkillendirmemekten yanaydı. Nasılsa öğrenmişti Tarık’ın burada olduğunu ve emin olmasaydı, zaten buraya kadar gelmezdi.

Kapı vurulduğunda, Tarık henüz dalmakta olduğu uykusunda, gözlerini aralamaya çalıştı. İçeri Selçuk girmişti.

“Hey! Küçük kardeş, ne haber?”

Tarık, bir an için, uykuya devam etmek ile ağabeyine ses vermek arasında tereddüt etti. Ama, Berke’nin evinde olmasının hissettirdiği emniyetle, yüzleşmeye karar verdi. Selçuk’un, sanki yaşananlar çok uzakta kalmış gibi, sevecen, merak içindeki tavrını ilgiyle izledi. Yerinde doğrulmaya çalıştı. Ağabeyi ona yardımcı oldu. Sonra eliyle, Tarık'ın yanağına, şaka yollu, parmak uçlarıyla tokat atar gibi yaptı.

"Neler oldu, anlat bakalım."

Yatağın karşısındaki koltuğu çekerek oturdu. Bacak bacak üzerine atarken alaycı bir tavırla, "Hayrola?" dedi, "Yollar yetmedi, sulara mı daldın?"

Tarık'ın gözlerinde kırgın ve kızgın kıvılcımlar dolaştı. Sadece yutkundu.

"Hey! Alınma küçük kardeş." Sesine sözde bir şefkat tonlaması ekleyerek gülümsedi. "Bir günde böylesine iki macera, hiç senin gibi birine göre değil..."

Tarık cevap vermedi. O üsteledi.

"Katılıyorsun, değil mi?" Sonra, birden, "Boş ver..." dedi, "neler diyorum ben?" Ardından öne, yatağa doğru eğildi.

"Nasılsın gerçekten?"

Aniden, kırgın bir ses tonuyla, duygusallaştı.

"Neden bana haber vermedin? Bir önceki derdinde ben yanında olmadım mı?"

Tarık, Selçuk'un varlığıyla yüreğinin daraldığını, tüm bedeninin âdeta kapana sıkıştığını hissediyor, ama ona tavır koymaktan da çekiniyordu.

"Sana ikinci bir problem çıkarmak istemedim." diyebildi, inandırıcı olmaya çalışarak. "Ama merak etme, iyiyim şimdi. Çok iyi bakılıyorum."

Selçuk, hâkim olmaya çalışsa da sinirli bir tavırla koltuktan kalktı. Ellerini pantolon ceplerine sokup olduğu yerde yaylandı.

"Benim evimde olmanı tercih ederdim." Ardından, sarkastik kısa bir gülüş attı. "Ama haklısın. Ben de hastalansam, Anberin'in bana bakmasını tercih ederdim." Tekrar ciddileşerek ekledi. "Bu durumda, öbür günkü kurula katılamayacaksın herhalde."

"Öbür gün toplantı olduğunu bilmiyordum. Ama zaten katılabileceğimi sanmıyorum."

Selçuk, yatağın ayakucunda durup, mobilyanın üzerine avuçlarını yerleştirdi ve yatağa doğru hafifçe eğilerek konuştu.

"Bunu tahmin etmiştim. Onun için sana bir şey getirdim."

"Nedir o?"

Tekrar kardeşinin yanına doğru yürürken ceketinin iç cebinden bir zarf çıkarıp uzattı.

"Vekâletname... Yönetim kurulunda seni temsil edebilmem için."

Tarık bir şey sormak üzereydi ki, onu, "Detaylar mühim değil." diye kesti. "Bana borçlandığını söylemiştin... Hatırlıyorsun değil mi?"

Tarık, kendisine uzatılan zarfı aldı. Ne cevap vereceğini bilemiyordu.

"Nedir oyumu bu kadar gerekli yapan?" diye sordu.

"Sanırım, holdingin ve ailenin geleceği açısından oldukça önemli bir toplantı olacak ve tabii mücadele de olacaktır." Suni bir gülüşle dudakları yayıldı. "Ama tabii, senin hiç tereddütsüz benim yanımda olacağından eminim, içim rahat."

Tarık cevap vermedi.

"Değil mi?" diye üsteledi Selçuk.

"Şu an çok yorgunum Selçuk. Bunu sana sonra gönderebilir miyim?"

Selçuk, bir an dudaklarını büzüp düşündü. Hayır, aslında vekâletnameyi hemen alıp gitmek istiyordu ama inatçı bir tavır koymaktan çekindi ve anlayışla gülümsedi.

"Tabii... Tabii, ne zaman kendini iyi hissedersen. Yeter ki toplantıdan önce elimde olsun."

Tarık, gerçekten kendisini, az önce olduğundan daha yorgun hissediyordu. Bir an evvel uyuma ihtiyacıyla gözleri kapanıp açıldı.

"Haydi, seni bırakayım artık, dinlen." dedi ağabeyi. "İyi bakıldığını biliyorum ama bir şeye ihtiyacın olduğu takdirde ben de yanındayım, biliyorsun. Ararım yine."

Tarık, onun gidiyor olmasından büyük bir huzur duyarak, gülümsemeye çalıştı ve eliyle, 'Güle güle' işareti yaptı.

Selçuk, kapıdan çıkmadan dönüp duruma gösterdiği ehemmiyeti bir kez daha belirtti.

"Ben, yine bu olanlardan, hâli hazırda bilenlerin dışında, kimseye bahsetmeyeceğim. Haberin olsun. Sanırım sen de saklı kalmasını istiyorsun."

Tarık sadece başını salladı. Selçuk'un odadan çıktığını ve kapının kapandığını gördüğünde, gerilmiş olan bedeni gevşedi ve kendisini nihayet uykuya teslim etti.

Aynı saatler, Ayazağa Tesisleri

Lâl, binicilik kıyafetleri üzerinde, atıyla beraber 'box'una doğru ilerlerken, bir elinde cep telefonu, Anberin'le konuşmaktaydı.

"... Sana gerektiği kadar yardımcı olamıyorum ablacığım, çok üzgünüm."

"Merak etme. Sen şimdi sadece yarışmalara konsantre ol. Nasıl gidiyor hazırlıkların?"

"Çok iyi. Ama açıkçası, korkuyorum abla. Çok çetin geçecek. Çok heyecanlıyım."

"Eminim her şey yolunda gidecek, moralini bozma. Zaten sesin hiç de korkuyor gibi gelmiyor kulağıma."

Anberin, kız kardeşini, telefonda bile ruh hâlini çözecek kadar iyi tanırdı. Onun heyecanında, yarıştan başka bir şeylerin olduğunu sezinlemişti. Nitekim, Lâl içini dökmekte gecikmedi.

"Ablacığım... Sana söylemek istediğim bir şey var..."

Hattın diğer ucundan Anberin'in tatlı gülüşü duyuldu.

"Söyle bakalım, şu büyük heyecanın gerçek sebebini anlayalım."

Lâl kapıyı açıp hayvanı içeriye alırken, sesini kısarak konuşmaya devam etti.

"Çok hoş biriyle tanıştım... Gerçekten çok muhteşem biri..."

"Nerede tanıdın o muhteşemi?"

"Burada, kulüpte."

"Tanıyor muyuz?"

"Hayır, tanımıyorsunuz. Ben de çok yeni tanıdım. Yeni üye olmuş."

"Ama orada tanıyan birileri olmalı."

"Hayır, bizimkilerden hiçbiri tanımıyor."

Anberin işkillenmişti.

"Lâl'ciğim, bir evvelkine benzemesin yine."

"Hayır, bu gerçekten mükemmel biri. O kadar nazik ve o kadar tatlı ki..."

"Lâl'ciğim, bu kadar methetmek için çok acele davranmıyor musun?"

"İnan, mükemmel biri."

"Ne zaman tanıyacağız bu mükemmel insanı?"

"Daha bir şey yok aramızda. Sadece selâmlaşıyoruz."

"Âlemsin Lâl. Sen iflah olmaz bir romantiksin. Lütfen temkinli ol."

"Merak etme ablacığım. Haydi görüşürüz. Seni çok öpüyorum."

"Ben de canım. Hoşça kal."

Lâl telefonu kapayıp cebine koydu. Atının terini silerken, hayvanın sırtını, yüzünü okşadı.

"Pegasus oğlum, harika iş çıkardık bugün. Biliyor musun, çok şanslıyım, senin gibi bir atım olduğu için. Sen ve ben... Harika bir ekip olacağız oğlum..."

Lâl'in atıyla konuşması, tok, genizden gelen teatral bir erkek sesiyle kesildi.

"Bu sözleri kıskanabilirim..."

Lâl başını çevirdi. Kapıda, binici kıyafetleri üzerinde duran erkeği görünce yüzüne gülümseme yayıldı.

"Bir atı mı kıskanacaksınız?" diye sordu, mahcubiyet ile heyecanı karışmış bir tavırla.

"Sizin sevginizi kazanmışsa, bir atı dahi kıskanabilirim."

Lâl gülümsedi.

"Ama o benim ortağım. Beraber kupa alıyoruz."

Erkek, 'box'tan içeri iki adım atıp Lâl'in yanı başına kadar geldi. Pegasus huylanmıştı, kişneyerek yerinde ileri geri hareket etti. Genç kız hayvanını okşayarak yatıştırmaya çalıştı.

"Dur oğlum... Yavaş..."

Erkek, atın tam karşısında durarak, yularından tuttu ve hayvanın gözlerinin içine bakıp bekledi. Lâl, onun âdeta hipnotize eder gibi bakan gözlerini ve hayvan üzerindeki tesirini hayretle izledi. Pegasus, birkaç kez daha huysuz sesler çıkarıp başını kaçırdıktan sonra, teslimiyet sesiyle sakinleşti.

"Sizi sevdi." dedi Lâl.

"Sevdi mi bilmem. Ama kabullendi."

"Hayret. Yabancıları yaklaştırmaz yanına."

"Onun için artık bu yabancılık sınırını kaldırmamız gerek."

Tekrar 'box'un kapısından çıkarken dönüp sordu.

"Ortağınızla işiniz bittiyse, bana da biraz vakit ayırabilir misiniz? Belki bir kadeh içki içeriz."

"Bilmem ki..." derken saatine baktı genç kız. Ama karşısındakinin fazla naz çekeceğine ihtimal vermediğinden hemen makul bir bahaneyle cevapladı.

"Sanırım, bir kadeh içkiye vakit ayırabilirim."

"Bu mühim bir aşama." diye gülümsedi erkek. Sesinde derin, sıcak, insanı içine çeken bir tonlama vardı.

"Sizi bir saat sonra Ritz'in barında bekliyorum. Şimdilik hoşça kalın."

Alnının iki yanını süsleyen kır perçemleri parmaklarıyla tarayarak arkaya doğru attı ve Lâl'in içini eriten bir tebessümle dönüp gitti. Genç kız, eliyle yüreğini tutarken, kendi kendine gülümsedi ve heyecanla dudaklarını ısırdı. Arkasından bakarken, beyaz atlı prensini bulduğunu düşünüyordu.

Murat Arkan, bu bakışla sanki çağrılmış gibi, durdu ve geriye dönüp, kendisini seyretmekte olan Lâl'e elini sallarken göz kırptı. Sonra, dudaklarında aynı kendisinden emin, sakin tebessüm, yoluna devam etti.

Aynı dakikalar, Seher Vardar'ın evi

Anberin, salonda, telefon sehpasının üzerindeki defteri karıştırmakla meşguldü. Aradığını bulduğu an saatine baktı. Berke yoldan aramıştı. Daha gelmesine zaman vardı. Çocuklar da henüz ortada yoklardı. Avukatını araması için ideal zamandı. Numarayı çevirdi ve bekledi.

"Turhan Bey, ben Anberin. Nasılsınız?"

"İyi akşamlar Anberin Hanım. Teşekkür ederim. Siz nasılsınız?"

"Teşekkür ederim. Sizden bir ricam olacak. Yardımınıza ihtiyacım var."

"Buyurun."

"Bu oldukça özel bir durum. Sizi ne kadar zorlayacağını bilemiyorum."

"Elimden geleni yaparım."

"Konu, bir otopsi raporu..."

"Otopsi raporu?"

"Evet. Bir otopsi raporunun kopyasına ihtiyacım var."

Anberin, detayları anlatırken, kapıda duran taksiden çocuklar inmişlerdi. Binici kıyafetleri üzerlerinde, birbirine takılarak eve girdiler. Yukarı çıkmak üzerelerken, salonda annelerini görünce oraya doğru yönlendiler. Anberin konuşmasını hızla bitirmeye çalıştı.

"...Yardımınız için şimdiden teşekkürler Turhan Bey. Hoşça kalın."

Telefonu kapayıp ayağa kalktı ve kollarını iki yana açarak, gözlerinde keyif, dudaklarında mutlu bir tebessüm, çocukları bekledi.

"Canlarım! Hoş geldiniz."

İkisiyle de öpüştükten sonra sordu.

"Nasıl geçti seçmeleriniz?"

"İkimiz de seçildik." dedi Geray.

"Bravo! Sizinle iftihar ediyorum."

"Ama kararsızım," dedi Larissa, "bu sene dersler çok ağır olacak. Yarışma temposuna zaman ayırabileceğimi sanmıyorum."

Geray, dudaklarında alaycı bir gülüşle ona takıldı.

"Biraz daha az şiir yazarsan, zaman bulursun."

Larissa içerlemişti.

"Geray..."

Anberin, kızının dağılmış saçlarını düzeltti.

"Bence, hangisini daha çok istediğine karar vermen için kendine fırsat tanımalısın canım. Belki biraz yorulursun ama seni en mutlu edeni seçme şansın olur. Haydi, şimdi yıkanıp yemek için hazırlanın. Babanız da yolda. Bu arada teyzenizi gördünüz mü bugün?"

"Evet. Sana sevgilerini gönderdi."

Anberin, çocuklarından Lâl ile ilgili daha fazla bir malumat alacağını tahmin ediyordu ama beklentisi boşa çıkmıştı.

Geray koşarak, Larissa zarif adımlarla arkasından, merdivene doğru yöneldiler. Anneleri arkalarından seslendi.

"Yavaş olun. Tarık amcanız istirahatte."

"Yanına gidebilir miyiz?" diye sordu Geray.

"Şu an istirahatte olmalı..."

Devamını getiremedi. Çocuklar hızlı ama sessiz bir şekilde basamakları çıkıp gözden yok oldular.

Anberin tekrar saatine baktı. Yemeğe kadar vakit vardı. Mutfağa doğru ilerledi.

Berke geldiğinde, Anberin, Tarık'ın öyküsünü, yine kendisinden duymasını istedi ama Selçuk'un durumdan haberdar olduğunu ve akşamüzeri uğradığını kocasına söyledi.

O akşam yemeğinde, konunun, genellikle olduğu gibi, çocuklar üzerine yoğunlaşmasına dikkat edildi. Tarık, henüz aşağıya inecek durumda değildi. Yemeği yatağına servis yapıldı. Yemekten sonra Berke, başbaşa konuşmak üzere, Tarık'ın yanına çıktı. Tekrar salona indiğinde Anberin, Boğaz'a nazır oturduğu kanepeden, okumakta olduğu kitabı bırakarak kalktı.

"Duydun, değil mi?" dedi kocasına.

"Evet..."

"Ne düşünüyorsun?"

"Zavallı çocuk. Büyük bir şok yaşamış. Ama yaşadığı vicdan azabı onu mahvedecek."

"Sen de öyle hissederdin."

"Gayet tabii. Başkalarının bilmemesi, ceza almaması insanın suçunu azaltmıyor ki...

"Gerçekten suçluysa tabii."

Berke, karısına sorarak baktı.

Anberin, henüz kotarmadığı bir konuda konuşmak istemiyordu.

"Bir kadeh konyak ister misin?" diye sorup geçiştirdi.

"Harika olur."

Anberin içkileri getirdi, birini kocasına uzattıktan sonra bir kolunu onun beline doladı ve beraber verandaya doğru yürüyüp camın önünde durdular.

"Peki, Selçuk'un nasıl öğrendiğini anladın mı?" diye sordu Berke.

"Hayır. Sormadım da. Tarık'ın kendisinden gizlenmesinden kâfi derecede rahatsızdı. Daha fazla kışkırtacak bir şey konuşmak istemedim."

Genç kadının sesi, ister istemez sinirini belli ediyordu.

"Yine kızdırmış seni." diye gülümsedi Berke.

"Çok zararlı değildi."

"Ondan niye hep tehlike bekliyorsun? Sadece, inandığı ve sorguladığı şeyleri açıkça konuşuyor Selçuk."

Anberin, kocasının elinden tutup az önce kalktığı kanepeye otururken sordu.

"İnandığı şeyleri mi, başkalarına inandırmak istediği şeyleri mi?"

"Gerçekten inanıyor, bana sorarsan. Aynen, benim açık hesaptan hisse ve para alıp, fabrikada dağıttığıma inandığı gibi."

Anberin'in yüz ifadesi değişti.

"Hiç hatırlatma, sinirleniyorum. Senden bir izah beklemeden, iftira atmıştı sana."

"Öyle bakma sevgilim bu işe. Bana böyle bir şeyi soramayacak kadar utanmıştır."

"Bu adamın kötülük kabiliyetine inanabiliyorum. Ama senin affediciliğine inanamıyorum ..."

Berke karısının omuzunu sıvazladı.

"Ben durumu hem Refet Dayıma, hem de Vecdi Dayıma açıkladım. Selçuk da endişelerinin gereksiz olduğunu öğrendi. İçim rahat."

Anberin'in sesi nazik fakat hırslıydı.

"Rahat? Rahat mısın? Berke'ciğim, hayatında her şeyi düzgün yaptığın halde, seni zorda bırakmak için uğraşıyor Selçuk. Nasıl rahat karşılarsın bunu? Çıkıştın mı o zaman, söylediklerinden dolayı?"

"Sevgilim, Selçuk benimle ilgili kuşku duyduğu bir şeyi dayılarıma söylemiş, ben de onlara izahını yaptım, iş bitti."

“Hayır Berke, bitmedi. Senin huzurun bozulmadıkça, Selçuk bu işi bitirmeyecek, farkında değil misin? Daha yeni başlıyor.”

“Büyütüyorsun sevgilim.”

Anberin ayağa kalktı ve kadehini konsola bıraktıktan sonra kocasına döndü.

“Sanırım, yarın için gerekli tüm enerjimizi de almayı becerdi sevgili kuzenin. Ben yukarıya çıkıyorum. Biraz resim yapıp kafamı dağıtabilirim belki.”

Gelip kocasının yanağına soğuk bir öpücük kondurdu ve salondan çıkmak üzere yürüdü.

“Hiç böyle ayrılmamıştık şimdiye kadar.” dedi Berke. “Niye bu kadar kızgınsın, anlamıyorum.”

Genç kadın geri dönüp, konsola bırakmış olduğu konyak kadehini eline aldı. Kocasına bakarken, sakin fakat üzgün bir sesle yavaşça konuştu.

“Endişe beni kızgın yapıyor Berke. Hem kırgın, hem kızgın... Kusura bakma...”

Dönüp merdivenlere doğru ilerledi.

Üst katta, loş koridorda, merdivenlerin başında sessizce durmakta olan Tarık, Anberin’in yukarıya çıktığını gördü. Derhal, olduğu yerden ayrılıp, odasına doğru ilerledi ve kapısını yavaşça kapadı.

Seher Yine Sahnede

Gecenin yarısı olmuştu. Evde derin bir sessizlik hâkimdi. Çocuklar çoktan uyumuş, Berke kitabını alıp yatağına uzanmıştı.

Anberin ise, kocasına söylediği gibi, zihnini rahatlatmak için resim atölyesine sığınmıştı. Boya önlüğünü giymiş, CD çalara Brahms'ın 'Requiem'ini koymuş, daha önce yaptığı kayınvalidesinin suluboya portresini, bu defa daha büyük boyda, tual üzerine yağlıboyayla resmetmekteydi. Konyağından arada bir küçük yudumlar alıyor, meditasyon yapar gibi boyaları karıştırıp tuale aktarıyordu.

Aynı anda gelen mesaj sesiyle, dikkatini cep telefonuna çevirdi ve Lâl'in notunu okumaya başladı.

"Rüyada gibiyim. Bu defa gerçekten âşığım. Hayat çok güzel. Manzara harika, müzik harika ve sevgilim de... Sakın merak etme. Seni seviyorum."

Gülerek, "Çılgın kız." dedi.

Gelen mesajdaki sevgi sözcükleri, birden ona, o gece, Selçuk'tan dolayı o kadar çıkışmakla, kocasına haksızlık etmiş olduğunu hatırlatmıştı. Üstelik, tam Berke ertesi gün seyahate gidecekti ve bu kırgın tavrın hiç gereği yoktu. Fırçaları tinere bırakıp, ellerini sildi. Atölyeden çıktı. Yatak odasına girdiğinde Berke hâlâ kitap okumaktaydı. Başını çevirip bakarken karısına gülümsedi. Anberin yanına oturdu ve kollarını boynuna dolayarak onu yanağını öptü.

"Kusura bakma sevgilim." diye fısıldadı. "O kadar iyisin ki, senin için endişeleniyorum. Aklına hiç kötülük gelmemesi beni delirtiyor bazen."

Berke, kitabını bırakmıştı. Onun kollarını okşarken, "Kendini boşuna üzüyorsun." dedi. "Selçuk bu kadar tehlike beklemeni gerektiren biri değil. Ayrıca benim ona olan güvenimi bilir. Yetenekli ve dürüsttür."

Anberin, düşünceli bir tavırla dudak büktü.

"İhtiraslar yetenekleri aşarsa bundan trajedi doğması kaçınılmaz canım. Korkuyorum ki Selçuk bunu bize ispat edecek..."

Kocasını bir kez daha öpüp kollarını çekti.

"Ben resim odasına geri dönüyorum sevgilim."

"Artık yatmıyor muydun?"

"Hayır canım. Sadece sen uyumadan önce barışalım istedim."

Berke, karısını dudaklarından öpüp, "Biz küs müydük?" diye sordu.

Genç kadın gülümseyerek, "Şimdi değiliz." dedi. "Konuşmadan yatsaydık, sabaha küs kalkardık. İyi geceler canım."

"İyi geceler sevgilim."

Anberin odadan çıkarken Berke hayranlık ve sevgi dolu bakışla arkasından izledi.

Anberin resim çalışmasına geri dönerken, koridorun diğer ucundaki odasında Tarık, yeniden yazdığı vekâletnamenin altına imzasını atmaktaydı. Kâğıdı zarfa yerleştirip ağzını kapadı ve başucundaki konsola bıraktıktan sonra yatağa girdi. Işığı kapadı. İçi, her şeye rağmen huzurluydu.

Anberin resim odasına geri döndüğünde ilk işi, masada bırakmış olduğu cep telefonunu kontrol etmek oldu. Hayır, Lâl'den gelen mesajdan başkası yoktu. Kız kardeşinin heyecan dolu satırlarını tekrar okudu. Onun aşkı kovalayan tabiatını düşünüp kendi kendine güldü. Kardeşi gerçekten âşık mıydı bu defa acaba? Gerçekten seviliyor muydu? Bu düşüncelerle, uzun zamandır üzerinde çalıştığı, kayınvalidesinin yağlıboya tablosuna geri döndü.

Açık balkon kapısından gelen rüzgârla tül kendi etrafında dolanıp, henüz başlayan yağmurun sesi duyulduğunda, Anberin, CD çalara Amalia Rodrigues'den bir fado albümü yerleştirmiş Primavera'yı dinlerken, resim odasındaki kütüphanenin raflarındaki kitaplara göz gezdirmekteydi. Sayfalarını çevirdiği kitaplardan birinin içinden bir resim yere düştü. Muzaffer'in, takım elbiseyle, bir büroda, masanın arkasında çekilmiş fotoğrafıydı. Anberin rahatsız olmuş bir ifadeyle, fotoğrafı tekrar yerine koymak üzereydi ki, vazgeçti. İçindeki bir detay dikkatini çekmişti. Muzaffer'in yanındaki iskemlede, siyah, deri bir çanta durmaktaydı.

"Şu meşhur çanta..." diye mırıldandı.

Kitabı rafa, resmi masaya yerleştirdi. Tekrar dikkatle baktıktan sonra, tualdeki çalışmasına döndü. Tabloda Seher'in dudaklarındaki muzip tebessümü vermeye çalışırken, onunla konuşur gibi mırıldandı.

"Seher Anne, siz saklamış olabilir misiniz şu çantayı?" Kayınvalidesini tanıdığı kadarıyla o, Muzaffer'e böyle sessiz bir oyun oynamış olabilirdi.

Ani bir gıcırtı sesi üzerine, ürküntüyle başını çevirdi. Gömme dolabın kapağı açılmıştı. Korkaklığına gülerek tekrar işine döndü.

'Anberin sinirlerin iflâs etmek üzere. Kendine gel.' diye içinden geçirirken, bir fısıltı duydu.

"Aradığın burada..."

Genç kadın bir an olduğu yerde dondu. Çıldırıyor olmalıydı. Hayır, her şey gerçekti. Uyumuyordu, rüyada değildi. Elindeki fırçayı avucuna bastırdı. Evet, gerçek bir anın içindeydi. Karşısında Seher, tablonun içinden, saçlarındaki kızıl kahve boya, gözlerindeki gri mavi gölgeler henüz ıslak, ona bakmaktaydı.

Anberin, duyduğu sesin tamamen bir yanılsama olduğuna inanmaya çalışarak cesaret topladı. Elindeki paleti ve fırçayı bırakmadan, yana döndü... Ve nefesi tutuldu. Kayınvalidesi, dolabın yanında, lila elbisesi üzerinde, gülümseyerek durmaktaydı. Seher, dolabın kapağını ardına kadar açtı. Anberin bunun da, daha evvel yaşadıkları gibi, uyandığı zaman sona ereceğinden emindi.

"Yine beni gördüğüne inanamıyorsun, değil mi?" dedi Seher, fısıltıyla.

"Sana, geleceğimi söylemiştim bebeğim. O çantayı aradığını

biliyorum. Her yeri aradın ama bu dolaba bakmak hiç aklına gelmedi."

Anberin, elindeki paleti ve fırçaları masaya bıraktı. Aslında

orada olmadığını bildiği ama görecek kadar varlığını hissettiği Seher'e doğru birkaç adım attı.

"Diğerleri rüyaydı, anlayabiliyorum... Ama şimdi? Yine mi uykudayım Seher Anne?"

"Tam aksine bebeğim. Sen, şu anda, çok insandan daha uyanıksın. Çünkü, hiçbirinin göremediklerini görüyorsun."

"Benim hayatımın bir parçası olmaya devam ediyorsunuz, aynen ... buradan gitmeden önce olduğu gibi..."

Seher gülümsedi.

"Aynen... ölümün de hayatın bir parçası olması gibi... Ama unutma, sadece bir parçası..."

Kendi kendine hafifçe kapanmış olan dolabın kapısını yine ardına kadar itti.

"Haydi. Şimdi vakit kaybetme. Şu meret çantayı bul. Bir gün gerekir diye saklamıştım. İyi ki... Çok yakında sana lâzım olacak. Berke için..."

Anberin, ona dokunma ihtiyacıyla elini uzattı. Seher'in bedeni pencereden gelen rüzgârın savurduğu tülle sarılmış, görüntüsü şeffaflaşmıştı. Tekrar fısıldadı.

"Aç o çantayı ve oku..."

Anberin, bir kez daha elini uzattı. Ama tül, diğer yöne doğru uçuştu ve açıldı. Arkasında, dışarıya, karanlığa uzanan boşluktan başka bir şey yoktu.

Genç kadın, gözlerini kapayıp tekrar açtı. Kollarını göğsünde kavuşturup bedenini, canlılığını, sıcaklığını hissetti. Gözlerinden yaşlar indi. Bu defa yaşadığının tamamen gerçek olduğunun bilincinde, gördüklerinin, duyduklarının izahını yapmakta çaresiz kalmışlığının getirdiği bir korkuyla sarılmıştı. Bu, Seher'le buluşuyor olmasının değil, fiziksel ve görsel olarak olağanüstü bir deneyim yaşıyor olmasının getirdiği müthiş duygu ve bilinmeyene karşı korkuydu.

Gözündeki yaşları eliyle silerek, içini çekti ve cesaretini toplayıp dolaba doğru ilerledi. Kapıyı açtığında boya malzemeleri ve boş tualler odaya doğru yayıldı. Yere diz çöküp oturdu ve kalanları da dışarı almaya başladı. Seher'in yıllardır biriktirmiş olduğu çakıl taşları, deniz kabukları, kuş tüyleri, tabiat fotoğrafları, balmumundan yapılmış meyveler, rulo kâğıtlar, birkaç küçük antika Floransa çerçeve, ne varsa ortaya döküldü. Dolapta bir şey kalmamış gibi görünüyordu. Dizlerinin üzerinde eğilerek, sol tarafa doğru derinleşen dolabın ceviz kaplı duvarına uzandı. İşte! Orada, en dipte siyah bir kütle duruyordu. Heyecan içinde çekip dışarı aldı. Kimbilir ne zamandır üstüne yığılmış malzemelerin ağırlığıyla hafif çarpılmış siyah deri çanta karşısında duruyordu. Derin bir nefes alarak pirinç kilidine bastı. Ağzı açıldığı an, içinden eski kâğıt kokusu yükseldi.

Anberin, bir oyuncak dolabının karşısındaki çocuk heyecanıyla yere oturdu ve çantadaki resmi evrakları, mektupları, gazete kupürlerini çıkardı ve önce, içlerinde ne olduğunu anlamak üzere öylesine sayfaları çevirmeye başladı.

Az sonra, hayret ve memnuniyet duyguları yüz ifadesinde harmanlanmıştı. Bir ara yerinden kalktı, koridora doğru bakıp evin sessizliğini dinledi. Herkes derin bir uykuda olmalıydı. Raftan kendisine bir kadeh konyak doldurdu. Muzaffer'in evraklarıyla beraber kanepeye yerleşti. İçkisinden bir yudum aldıktan sonra, balkon kapısından dışarıya baktı. Bakışlarını yukarıya doğru kaldırarak, dudaklarında tebessüm, mırıldandı.

"Teşekkürler Seher Anneciğim... Teşekkürler..."

Ölümünden bu yana, kafasını her kurcalayan, sır olan bir bilinmezin peşinde giderken çaresiz kaldığında kendisine yol gösteren kayınvalidesiyle olan bu gizemli ve mistik ilişki, birden onu ürkütmek bir yana, çok daha güvenli, çok daha korumalı ve güçlü hissettiği bir ruh hâline taşımıştı. İster rüya, ister hayal, ister halüsinasyon, ne olursa olsun, Seher'in onunla beraber ve yanında olduğunu, onu kolladığını biliyordu. Yaşadıklarının tarifini yapmak, bir isim vermek gerekli değildi artık. Her ne ise, çok özeldi ve kendisini özel hissettiriyordu. Bedeninin yine o hafifletici sıcaklıkla sarıldığını algıladı. Sanki yerçekiminden kurtulmuş, tüm ağırlığını kendisinden çok aşağılarda bir yerlerde bırakıp, kuş kadar hür olmuştu.

Anberin, içindekileri okuduktan sonra, çantayı şimdilik yine aynı dolaba saklamaya karar verdi. Berke'ye söz ettiği takdirde, çantayı derhal Muzaffer'e teslim edeceğini biliyordu. Kendisinden, daha çok kötülük beklediği adama karşı eline geçen kozu kaybetmeye niyeti yoktu. Hatta, çantanın içindekilerinin tümünü birden kullanmaya da gerek olmayacaktı belki de. Aile üyeleri arasındaki huzur, yerini küçük kıpırdanmalara bırakmış görünüyordu ve bunun arkası muhakkak gelecekti. Muzaffer'in de bütün bu karmaşanın ortasında bir yerde olacağından şüphesi yoktu. Bir mücadele yaşanacaksa, bu çantanın içeriği en azından Muzaffer'i pasifize edebilirdi. Anberin, plânladığının hiç hoş bir şey olmadığını biliyordu ama bir problem yaşandığı takdirde, kocasını ve ailesini korumaya kararlıydı.

Dosyalardan ilkini dizlerinin üzerine koydu, açıp okumaya başladı.

Oyun İçinde Oyun

Aynı dakikalar, avukat Murat Arkan'ın evi

Gece soğuk ve rutubetliydi. Az ileride ormanla birleşen bahçe, ıslak toprak ve ağaç kokusuyla karanlığa gömülmüştü. Evin alt katını bahçeye birleştiren üzeri kapalı ahşap platformun ufak bir kısmı, içeriden sızan hafif ışığın huzmesiyle, karanlıkta şekillenen tek görüntüydü. Açık kapıdan dışarıya 'La Traviata'nın hüznü dağılıyor, ormanın derinliğine doğru mistik bir ses gibi yol alıyordu.

Sırtını eve vererek ahşap bahçe koltuğuna oturmuş olan erkek, bir eliyle kucağına kıvrılmış olan Siyam kedisini usul ve nazik dokunuşlarla okşarken, diğer elindeki puroyu ağır fakat şehvetli bir emişle dudakları arasına hapsetti. Purosundan derin bir nefes alırken başını arkaya yasladı ve gözünü kapayarak müziğin ritmine uyan bir tempoyla, dumanını akşamın karanlık rengine bıraktı. Huzurlu, kendinden emin ve romantik bir görüntüsü vardı.

Bu orman evi ve gecenin bu saatleri, Murat Arkan'ın sadece kendisini dinlediği, dinlendirdiği özeliydi. İşini, davaları, müşterilerini, ahlâk sorunlarını, insanlığın kaybolmuş değerlerini, hiçbir şeyi düşünmezdi burada. Bu ev, onun kendi iç dünyasını dinlemesi, içindeki bilinmeyeni keşfetmesi ve dışarıdaki kaosun hengâmesinden uzak, kendini yenilemesi için geldiği meditasyon mabedi idi. Buraya kimseyi getirmez, bu özelini kimseyle paylaşmazdı. Gökyüzünün, beton medeniyet uzantılarından korunmuş, uçsuz bucaksız görüntüsü, sonsuz mavinin altında dört bir yanını kuşatan ormanın derinliği ve bütün bunlara tek başına sahipliğini hissettiren yalnızlığı, ona tarifi imkânsız bir huzur veriyordu.

Hafta boyunca müşterilerinin, müvekkillerinin kendisinden beklediklerini yerine getirmiş, onlar için düşünmüş, onlar için yaşamış ve nihayet hafta sonu için sığınağına kaçmıştı. Önündeki iki gün tamamen kendisine aitti. İki gün boyunca dünya ona aitti.

İnce, uzun parmaklarıyla kedisini okşamaya devam ederken onunla konuşur gibi mırıldandı.

"Gerçekten âşık mıyız bu defa Neron?"

Derinden, tok ve kısık sesi, müziğin eşliğinde, olduğundan daha teatral geliyordu kulağa. Purosundan tekrar derin bir nefes çekti. Mırıldanarak 'La Traviata'ya eşlik ederken gözlerini kapadı. Parmaklarını Neron'un tüyleri arasında dolaştırırken, notaların akışını takip eder gibiydi.

Birden, cama vuran kısa, tok bir sesle gözünü açtı. Olduğu yerde, başını döndürüp baktığında, küçük bir sığırcık kuşunun yerde yattığını gördü. Siyam kedisi, sinirli bir ifadeyle hareketlenmişti. Murat onu sımsıkı tutarak ayağa kalktı.

"Şşştt... Sakin ol Neron... Her kuşun eti yenmez!"

Tel kapıyı açıp kediyi içeriye bıraktıktan sonra tekrar kapadı. Purosunu elinden bırakmadan, dönüp, kuşun yanına çömeldi. Hayvan aldığı darbenin etkisiyle, gözleri kapalı, hareketsiz yatıyordu. Ağır tempoyla açılıp kapanan gagası, yaşamak için yardım ister gibiydi.

Murat, purosunu elinden bırakmadan, kuşu nazikçe diğer avucunun içine aldı. Puroyu tutan elinin serçe ve yüzük parmaklarıyla sığırcığın narin bedenini tüy dokunuşlarla okşarken şefkat dolu bir sesle mırıldandı.

"Haydi küçük kuş, haydi... Gayret... Uçabilecek misin yeniden?"

Ancak, kuş son bir kez daha gagasını açtı ve devamı gelmedi. Gevşeyen başı ve vücudu hareketsiz kaldı. Murat hüzünlenmiş, gözleri buğulanmıştı. Kuşu avucundan bırakmadan ayağa kalktı. Ölü gövdesini okşamaya devam ederken, yumuşak, hüzünlü bir sesle, Odisseus Elitis'in bir dörtlüğünü okumaya başladı.

"Ver elini / kuşlar insanların omuzlarına konup / En sonunda o kızoğlan kız umudun / Uzak denizden yaklaşmakta olduğunu şakıyarak / Herkese duyurmadan...

Gözlerinden yaşlar inmekteydi. Gecenin karanlığına sarınmış, ormanın ve gökyüzünün derinliklerine doğru, 'La Traviata'nın eşliğinde, minik kuşa ağıt yakar gibiydi.

Cevat Çapan'ın tercümesi mısralar sonlandığında müzik de bitmişti. Murat, birden, rüyadan uyanmış gibi, duygusallığından sıyrıldı. Gözlerindeki hüzün, yerini sert, acımasız ve tahakküm eden bir ifadeye bıraktı. Elmacık kemikleri, çenesi kasıldı. Bir önceki ruh hâlinden kalan gözyaşları, yanaklarında dondu kaldı. Verandanın kapısını açtı ve dostane ama emredici bir sesle çağırdı.

"Neron! Gel oğlum!"

Neron, süratle dışarıya fırlamıştı bile.

"Hak ettin oğlum. Pes eden kurban, yenir."

Murat, avucundaki kuşu kedisinin önüne atıp az önce oturduğu koltuğa tekrar yerleşti. Bacak bacak üzerine attı. Purosundan derin bir nefes daha alırken dikkatini ölü hayvanı bıraktığı noktadaki kedisine çevirdi. Neron, kendisine sunulan sığırcık ziyafetine büyük bir iştihayla atılmıştı. Kuşu yemekte olan kedisini izlerken, onun bütün ifadesi Murat'ın yüzünde de tekrarlanmaya başlamıştı. Dişlerini, ağır bir hareketle, görmediği lezzetli bir dokuya geçirdi. Dudaklarını kapayıp, ağzındaki lezzetin tadını çıkardı... yutkundu... ve yüzünde sadist bir tatmin ifadesi belirdi.

Neron kuşu bitirmişti. Murat, keyifle purosunu içine çekip, dumanını karanlığa doğru ağır ağır bıraktı. Tabiat ne kadar mükemmeldi. Zayıf olandan geriye bir şey kalmıyor, yok olup gidiyordu. Ders alınacak çok şey vardı, tabiatın kucağında. Yağmur çiselemeye başlamıştı. Rüzgârla beraber damlalar oturduğu yere kadar serpildi. Mutlulukla gözlerini kapayıp, ıslak toprak kokusunu içine çekti. Mabedini seviyordu.

* * *

Berke, pazar günü, öğleden sonra, ardından neler konuşulacağını bilmekten çok uzak, Londra'ya yola çıktı. Orada Metal Can ile yapacağı toplantılardan sonra New York ve New Camden'a, Can – Corp yetkilileriyle buluşmaya geçecekti. Doğu projesinin son aşamaları için yapacağı bu görüşmelerden dolayı son derece heyecanlıydı.

Selçuk ise, bir kez daha, babası ve amcasıyla yakın temasa geçmişti. Zaten genel müdür ve yönetim kurulu üyesi olduğundan beri, fiziki ve yönetici yakınlığını son derece akıllıca kullanmaktaydı. Şimdi, babası ile amcası arasındaki tavır farkı ve gizli rekabetten en iyi istifade edeceği zamandı. Ve bunu, aylardır hiç renk vermeden, son derece büyük bir ustalıkla idare etmeyi bilmişti. Her konuda değilse bile, bazılarında mükemmel bir sabır ve manevra kabiliyeti kazandığını gördükçe kendisinden memnuniyeti de artmaktaydı. Pazar günü, her ikisiyle de ayrı ayrı yaptığı görüşmeler, salı günkü toplantının mümkün olduğunca kendi arzusu paralelinde gitmesi hazırlığından ibaretti.

Aslında babasının evine çok sık gitmezdi. Vecdi Vardar'ın ikinci eşi Azra Hanım'ın da, henüz genç bir delikanlı iken tanıdığı Selçuk'la, Anberin gibi, hiçbir zaman yıldızı barışmamıştı.

Azra Vardar, hem Frankofil, hem Anglosakson tahsil almış, kültürlü, zarif ve alımlı bir kadındı. İçine doğduğu kültürlü dünyanın, edindiği geniş çevrenin, daha evvel yapmış olduğu mutsuz evliliğin, mutlu anneliğinin, hepsinin getirdiği olgun bir tecrübesi ve insanları tartma özelliği vardı. O da, Selçuk'un suni tafrasından, megaloman konuşmasından nasılsa etkilenmemeyi becerenlerdendi.

Kocası ve oğulları arasındaki ilişkide mümkün olduğu kadar seyirci kalmayı tercih eder, aralarındaki hiçbir görüşmeye, tartışmaya dahil olmazdı. Bu seçimiyle de rahat etmişti. Zira taraf tutmak, fikir yürütüp aralarındaki anlaşmazlıklardan sorumlu olmak istemiyordu. Kocasının, her dört oğluyla da farklı kimyalarda ilişkisi vardı ve Vardar soyadını aldığı günden beri Azra Hanım bu denklemin dışında kalmayı yeğlemişti. Bu durum, aslında Vecdi Bey'i de, çocuklarıyla gerekli gördüğü kadar tartışmak, onları uyarmak ve hatalarını yüksek sesle söylemek için özgür kılıyordu.

O gün de, Selçuk'un geldiği saatte, Azra Hanım yukarıda, odasında kaldı ve o bir saat boyunca aşağıya inmedi.

Selçuk, "Amcamdan önce sana geldim baba." diyerek, babasına öncelik verdiğini özellikle belirtmek istedi.

"Zira sen uygun görmezsen, bu konuyu toplantıya getirmeyeceğim dahi."

Vecdi Bey, kendini beğenmiş oğlunun, bir lâf etmeden önce kendisine danışıyor olmasından hoşlanmıştı. Belki de adam oluyordu sonunda.

"Konu nedir?" diye sordu, her zamanki, vakit kaybetmeden sadede gelinmesini isteyen tavrıyla.

"Kurula girdiğimden beri Astaş'ın yatırım projesini özellikle yakından takip ediyorum."

"Berke çok iyi götürüyor o işi."

"Öyle gözüküyor olabilir ama bence gereksiz süratte bir yatırım seferberliği içinde. Tabii, bunlar ben katılmadan önce alınmış kararlar."

"Bunda ne zarar görüyorsun?"

"Beni burada esas ilgilendiren holdingin Astaş'a verdiği kontrgaranti mektupları."

"Bu yeni bir şey değil ki. Kardeş şirketlerimizin karşılıklı kontrgaranti vermesi yıllardır süregiden bir işlemdir. Allah'a şükür, bugüne kadar hiçbir problem olmadı."

"Evet. Ama, unutmayın ki, Astaş'ın bilanço varlığı, holdingin yanında çok ufak kalıyor ve burada esas riskte olan, holding. Şu an Berke'nin öngördüğü yatırımlar için alınan kredilere verdiğimiz kontrgaranti, Çorlu fabrikasına yapacağımız yatırım esnasında bizi zorlayacak gibi geliyor."

"Berke'nin kredi ödemelerinde zorlanmadığını zannediyordum."

"Evet, zorlanmıyor. Ama, mühim olan holdingin gücüyle aldığı krediye sırtını dayamış olması."

"Pek öyle değil. Astaş, zaten kurulduğundan bu yana kredibilitesini ispatlamış durumda."

“Yine de, holding kontrgarantisini çektiği anda Astaş’ın ayakta kalabileceğini sanmıyorum.”

“Yani?”

“Yani, bu durumda Berke’nin başarısı sorgulanmış olur. Astaş’ı kendi başına ayakta tutabiliyorsa, o zaman... şapka.”

Vecdi Vardar, nasıl olup da oğlunun değişmiş olduğunu düşündüğüne şaşıyordu. Selçuk, aynı Selçuk’tu.

“Bu söylediklerin hoşuma gitmedi” dedi, ciddiyetle. “Kontrgarantinin anlamı, zaten karşılıklı güvendir ve Berke’nin, bugüne dek güven sarsacak hiçbir olayı da olmadı. Unutma, Astaş’ta benim de yüklüce bir ortaklığım var. Onun için özellikle gidişatıyla ilgiliyim ve şu anda durumunu sarsacak bir neden görmüyorum. Umarım, böylesine absürd bir konuyu toplantıya getirmezsin.”

Vecdi Bey, bunu daha fazla konuşmak ve tartışmak istemediği çok belli bir tavırla, ayağa kalkmıştı. Selçuk, babasını iyi tanıyordu. Belli ki, holdingin Astaş’tan kontrgarantisini çekmesi için gerekli desteği ondan alamayacaktı.

Buruk bir şekilde vedalaşıp ayrıldığında, Vecdi Bey, ardından, suların yeniden bulanmakta olduğunun farkında, kaşları çatılarak düşündü, kaldı.

İkinci durak amcasının eviydi. Buradan alacağı sonuç konusunda iyimserdi. Nitekim, daha konu açıldığında Refet Vardar ne kadar ilgili olduğunu belli etti.

“Tabii, işi bu cihetten de düşünmek lâzım.” dedi.

Bu tek cümle, Selçuk’a gereken motivasyonu vermişti bile. Şimdi, daha hassas bir noktaya parmak basabilirdi artık. Şu an söylemeye hazırlandığı konunun, amcasını, kendisi yüksek sesle söylemese dahi, bilinçaltında ne kadar rahatsız ettiğini biliyordu. Büyük bir sır paylaşır gibi, öne doğru eğilerek sesini alçalttı.

“Zaten,” dedi, “aslında Vardar adını taşımaması gereken birinin, Vardar gücünden bu kadar istifade etmesi sizce de yanlış değil mi?”

Evet, bu son derece ince bir çizgiydi.

Soyadı kanunu çıktığında, biricik kızının, Vardar hanedanı içindeki yerini korumasını arzu eden Ali Sermed Bey’in damadının da aynı soyadını almasını isteyen bu kararı, daha sonradan,

Vardar soyadını zaten taşıyan bazıları için hep sükûnetle hazmedilmeye çalışılan bir ağırlık olmuştu. Dolayısıyla Berke'nin, baba tarafından Vardar olmaması, şayet bir mücadele isteniyorsa, iyi bir sebepti. Ama bunu kullanmak için gereken ince ayarlar, ancak Selçuk'un kötü niyetli ve kötü tıynetli zekâsıyla yapılabilirdi. Ve şu anda ailenin duayeni tarafından bu konuda terslenmemiş olmak, ona yeterli cesareti vermişti.

"Babanla konuştun mu bu konuyu?" diye sordu Refet Vardar.

"Evet. Ama onun konumu sizinkinden farklı. Astaş'ta ortaklığı olması, onu bağlıyor sanırım. Bu konuda sizin kadar hür düşünmesi zor. Selçuk'un, annesinden kalan hisselerle holding ortaklığında geldiği nokta da babamı rahatsız etmişe benzemiyor. Bir gün, gerçek Vardar olmayan birinin Vardar Holding'i temsil edecek olması size ne kadar doğru geliyor bilmiyorum."

Selçuk, erkek çocuğu olmayan amcasının yüreğindeki ince kıymığı oynatmasını bilmişti. Onun düşünceli tavrını izlerken gayesine ulaştığının farkında, arkasına yaslandı ve zehrini ara vermeden akıtmaya devam etti.

"Bence, ailenin büyüğü olarak, sizin yapacağınız bir hamleyi kimse sorgulamayacaktır."

"Bu gerçeği nasıl değiştirebilirim ki?"

"Berke'yle bir pazarlık yapabilirsiniz."

"Pazarlık?"

Selçuk, durumu tamamen eline aldığının farkındaydı. Amcasının kalbinde aslında hiçbir kötülük olmadığını bildiği kadar, hassas noktaları kışkırtıldığı takdirde, en azından bu konuda düşünmeye zaman ayıracağından da emindi. Kendisi heyecanlandığı takdirde, Refet Vardar'ı endişelendirip duraksatacağını biliyordu. Onun için, mümkün olduğu kadar sakin ve ağır bir tempoyla konuştu.

"Evet, pazarlık... Astaş'ın Berke için ne kadar önemli olduğunu biliyoruz. Şayet onu yaşatmak istiyorsa, birtakım fedakârlıklar yapması gerekmeli, değil mi?"

"Sanayi fedakârlık yapmadan yürümez." dedi, Refet Bey, tecrübelerinin özetini verir gibi.

“Aynen... Berke’ye, holdingdeki hisselerinin karşılığında kontrgaranti mektubunu koruma konusunda bir teklif götürsek?”

Refet Vardar doğruldu. Bir an için ne diyeceğini bilemedi.

“Ama o hisseler onun mirası ve kendi satın aldıklarından oluşuyor. Üzerinde başka kimsenin hakkı yok.”

“Mühim değil. Burada şekilci olmamak gerek. Berke, iki güçten birini seçmeli. Ya Astaş imparatorluğunu istediği gibi yükseltecek, ama o zaman da holdingi gerçek Vardar’lara teslim etmesi lâzım ya da Astaş’ı kendi başına ayakta tutmaya çalışacak.”

Refet Vardar, duyduğu an hayrete düşmüş ve etik dışı bulmuş olmasına rağmen, Selçuk’un söylediklerinde bir mantık görmüyor değildi. Ama bu da, diğerleri gibi, üzerinde düşünmesi ve en gürültüsüz yöntemi bulması gereken bir konuydu.

“Bunu biraz tartacağım Selçuk.”

Selçuk ayağa kalkarken gülümseyerek elini amcasına uzattı.

“Teşekkür ederim amca. Bu durumun hassasiyetini sizden başkası anlayamazdı zaten. Alâkanız ve desteğiniz için çok teşekkür ederim.”

“Evet,” dedi, Refet Bey, “bu kez geçen defaki gibi saçma sapan dedikodudan ibaret değil anlattığın şey. Bu, düşünmeye değer. Haklı yönlerin var. Ayrıca, sanırım şu senin holding hisselerinin payını artırmanın zamanı geldi.”

Selçuk, duyduklarından daha fazla memnun olamazdı. Ayağı yerden kesilmiş gibiydi. Ama koca bir gülüşle yayılmak isteyen dudaklarına hâkim olarak, ciddi bir tavırla, “Çok haklısınız.” dedi sadece. Amcasının evinden ayrılırken, kulağının dibinde şeytanının alkışları patladı.

“Bravo!” diyordu iblis, “bravo maestro!”

Pazartesi günü Refet Vardar’dan gelen telefon içine su serpti. Hatta cevap, beklediğinden çok daha mükemmeldi.

“Bu konuyu yönetim kuruluna götürmeye gerek yok. Bunu, bir aile meselesi olarak kendi aramızda halledebiliriz sanıyorum. Berke’ye hitaben bir mektup kaleme aldım. Şayet kurula götürürsek, bu herkesi birden ilgilendirmeye başlayacak. O zaman Vecdi, Nesibe ve Saffet de devreye girecekler.”

“Çok haklısınız amca. Doğru. Çok patırtı yapmamakta fayda var. Pardon... Mektubun içeriğini bilmemde bir mahzur var mı?”

“Konuştuğumuz gibi, holdinge sorumluluk yükleyen kontr-garanti mektupları karşılığı hisselerini holding kasasına devretmesini istedim.”

Selçuk, amcasının, Berke’yi açıkça karşısına alan ve çok inandığı etik değerleri fazla sorgulamayan tavrına şaşırmamış değildi. Demek ki tam yerine isabet etmişti söyledikleri. Tarık dahil hiç kimsenin desteği için yalvarmasına gerek kalmayacaktı.

* * *

Berke’nin seyahate gitmesinden iki gün sonra, Anberin akşam eve döndüğünde, Tarık’ı eşyalarını toplarken buldu.

“Kaçıyor musun yoksa?” dedi, şakayla.

“Yarın sabah işe başlamak istiyorum Anberin. Artık evime dönme zamanım geldi. Her şey için çok teşekkürler. Sayenizde huzurlu bir nekahet dönemi geçirdim.”

Bir an durup düşünceli bir tavırla devam etti.

“Ama... ruhsal olarak... hâlâ yüreğim cenderede. Ve bunu kendi başıma halledebileceğimi sanmıyorum. Belki de bir tedavi, bir yardım istemem gerekecek.”

Anberin çantası elinde, odada ilerledi ve koltuğa oturdu. Yüzünde huzurlu bir tebessümle, çantasını kucağına aldı ve Tarık’ın yüzüne baktı. Genç adam, onun, perişanlığına kayıtsız kalıyor olmasından şaşkın, sordu.

“Ne? Ne oluyor Anberin?”

“Otur istersen. Belki bununla ruhunu rahatlatabiliriz.”

Konuşurken çantasını açtı ve içinden ince bir dosya alıp ona uzattı. Tarık dosyayı açtı. İçindeki resmi evrak fotokopisine bakarken mırıldandı.

“Adli tıp?”

“Evet canım.”

Tarık, nefesini tutarak satırlarda gözünü gezdirdi.

“İnanamıyorum!” dedi, “inanamıyorum...”

“İnansan iyi olur. Gerçek bu.”

“O zaman…”

“Sen masumsun. Adamcağızın ölüm sebebi, yere düşmeden önce geçirdiği kalp kriziymiş.”

“Peki, peki o zaman… Selçuk’a gelen…”

“Selçuk’a gelen haber de bu olmalıydı. Ama sana farklısı söylendi.”

“Nasıl, neden böyle bir şey yapsın?”

Anberin sessiz kalmayı tercih etti. Zira, Tarık’ın kendi cevaplarını bulmaya başladığının farkındaydı.

“Selçuk’la yüzleşmem lâzım.” diyerek yerinden sinirle fırladı genç adam.

“Bence, hiç lâfını etmemende fayda var.”

“Ona hayatımı borçlu olduğumu bilmemi istedi Anberin. Ama şimdi böyle olmadığını öğreniyorum.”

Birden, durup, “Özür dilerim,” dedi, “sana bir teşekkür edemedim heyecandan. Hayatımı değiştirdin Anberin, çok teşekkür ederim. Ama sen nereden icap etti de, bunu araştırma gereği duydun?”

Anberin, gülümseyerek ayağa kalktı.

“Sadece bir önsezi, diyebiliriz.” diye mırıldandı ve devam etti. “Şimdi de içimde öyle bir his var ki, Selçuk’la bu konuyu hiç konuşmasan daha iyi…

“Ama bir sebeple üzerimde bu baskıyı kullanmak istedi ve bana bunu ödetmek isteyecek.”

“Biliyorum. Bırak, ihtiyacı olacağı o son ana kadar seni kullanabileceğini sansın. O son andaki şaşkınlığını ve hayal kırıklığını izlemek, inan daha doyurucu olacaktır senin için.”

Tarık tekrar sakinleşmişti.

“Doğru,” dedi, “çok haklısın. Bana yaşattığını ancak böyle ödetebilirim ona… Tekrar teşekkürler…”

Anberin, onun omuzunu okşarken, “Lâfı bile olmaz.” dedi ve çantası elinde odadan çıktı.

Tarık, yatağın kenarına oturdu. Elindeki otopsi raporunu bir kez daha okumaya başladı.

* * *

Refet Vardar'ın kontrgaranti mektubu üzerinde verdiği karar, aslında sadece Selçuk'un hayatını kolaylaştırmakla kalmamıştı. Bütün ailenin, aile şirketlerinin de geleceğini değiştirmek üzereydi. Ve bu değişikliğin ne derecede olacağını Selçuk'un şeytanı bile henüz tahmin edemezdi.

Berke seyahatten döndüğü hafta sonu, ilk şaşkınlığı, karısından Tarık'ın gerçek hikâyesini dinlediği zaman yaşadı. Anberin kendisinden, bu konuyu hiç kimseye açmamak, hele Selçuk'la katiyen konuşmamak üzere söz aldı.

Berke'ye ikinci sürpriz, işe gittiği ilk gittiği gün masasında bulduğu Refet Vardar'dan gelen mektup oldu. Satırları okurken, tarzından ziyade içeriğine hayretle, tekrar ve tekrar okudu.

Sevgili Berke,

Hem Vardar Holding'in, hem Astaş'ın yeni yatırımlarla çok daha gelişme yolunda olduğu malumumuz. Allah hepimizin yolunu açık etsin.

Bu vesileyle, şirketler topluluğumuzun kredi ihtiyaçlarının karşılanmasında karşılıklı verilen kontrgaranti mektupları konusuna temas etmek isterim.

Şu anda bu konuda Vardar Holding'in Astaş'a verdiği desteğin, Astaş bir mali kriz durumunda çıkmaza girdiği takdirde, bu büyük yatırımı zora sokacağı kanaatine varmış durumdayız.

Astaş'ın kurucu ortağı, genel müdürü olarak, şahsın tarafından yapılacak bir jest, böyle bir durumda sorumlu tutulacak Vardar Holding yönetiminin güvenini desteklemiş olacaktır.

Şöyle ki: Şahsına ait Vardar Holding hisselerini, holdingin tüzel kişiliğini temsil eden bana veya Selçuk'a teslim etmen, bu jesti karşılamaya kâfi gelecektir.

Aksi takdirde, holding olarak, Astaş'a vermiş olduğumuz kontrgaranti mektuplarının bir geçerliliği kalmayacaktır.

En kısa zamanda cevabını bekliyorum.

Yanaklarından öperim.

Refet Vardar

Berke, dayısının satırlarını tekrar tekrar okuyarak, kafasında oluşan muhtelif sorulara cevap bulmaya çalıştı ama bir türlü anlam veremedi. Ne olmuştu da, Astaş'ın yatırımları Refet Vardar'ı bu kadar korkutmuştu? Yönetimde olmamasına rağmen, sürekli şirketin her adımından haberdar edilmesine, ne kredi alımında, ne geri ödemelerinde bu güne dek hiçbir problem olmadığını, üstelik şirketin ful kapasite ve kazançlı çalıştığını, ihracatta müthiş bir atakta olduğunu bile bile. Mektubun satırlarında, anladığından daha başka bir anlam olmadığına kanaat getirince, ilk iş olarak Refet Vardar'a telefon etti. Ama dayısının telefondaki tonu ve cümleleri, yazdığı mektubun bir kopyası gibiydi.

"Sadece verdiğimiz kontrgaranti karşılığında senden de bize bir garanti vermeni istiyoruz Berke. Bu kadar basit." dedi.

Berke birden, dayısının lügatında, şirketlerden ziyade, şahısların "sen" ve "biz" diye ikiye ayrılmış olduğunu fark etti. Bu, çok daha kişisel yapıyordu olayı.

"Ama dayıcığım, bahsettiğiniz hisseler bana tevarüs etmiş ve fabrikada staj yaptığım çocukluğumdan başlamak üzere onca yıldır alın terimle aldıklarımdır."

"Tamam işte. Böyle bir fedakârlığı yapman şirketine ne kadar güvendiğini gösterecek ve diğer ortaklarına da sarsılmaz bir güven aşılayacaktır."

"Şu an zaten ortaklarımızın güven problemi yok ki dayıcığım. Daha martta genel kurulda verilen rapor ortada. Astaş, ortağını hiç zarardide etmedi bugüne dek."

"Biz zaten bugünden sonrası için konuşuyoruz Berke."

Berke zaten, dayısının sadece mektup dilinin değil, karşılıklı sohbetteki tonlamasının da ne kadar değiştiğini fark etmişti. Onun, bu konuda kesin bir karara varmış olduğu ve bu güvenceyi ille de istediği çok belliydi.

"O zaman, bana biraz müsaade edin. Holdingin verdiği kontrgarantiyi plase edecek başka bir kaynak bulayım."

"O senin bileceğin iş. Ama çabuk olman lâzım. Çok çabuk."

Berke, telefonu kapattıktan sonra, bir müddet, dayısının bu telâşının nedenini çözmek için uğraştı. Bu yapılanın iş dünyasında olurluğunu düşündüğü zaman, evet olabilirdi ama konu

Vardar ailesi şirketleri ve fertleri ise, bu kesinlikle yadırganacak bir olaydı. Üstelik ortada sebep yokken...

Berke, Londra ve New York seyahatinin neticesini sunup, bir an evvel Manisa'daki montajın başına dönme niyetindeyken, şimdi uğraşacağı bambaşka bir konu çıkmıştı. Yönetim kurulunu acilen, ertesi gün toplantıya çağırması için sekreterine talimat verdi. Konu hakkında yorumunu almak üzere Vecdi Dayısıyla görüşmek istedi ama, onun da yurtdışında olduğunu öğrendi.

Akşam eve döndüğünde, Anberin onu görür görmez, olağandışı bir şeyler yaşadığını anladı. Özellikle, yemekten sonra çocukların odalarına çekilmelerini bekledi ve salona geçtiklerinde, hiçbir şey söylemeden kocasının gözlerinin içine bakarak bekledi. Berke, onun bir şeyler sezmiş ve kendisinden izah bekliyor olduğunun farkındaydı.

"Bugün Refet Dayımdan bir mektup aldım." dedi, cebinden katlanmış kâğıdı çıkarıp karısına uzatırken.

"Belli ki çok iç açıcı bir haber değil."

Anberin ayaktayken açtığı mektubu, hiç kıpırdamadan okudu. Yüzü allak bullak olmuştu.

"İmzayı da direkt Selçuk atsaymış daha anlamlı olacakmış."

Kâğıdı masaya bırakıp kocasının elini tuttu.

"Şimdi ne yapmayı düşünüyorsun?"

"Biraz müddet istedim. Yeni bir garantör kaynak bulmam lâzım... Fazla şaşırmamış gibisin."

"Şaşırdığım söylenemez. Selçuk'tan, er geç, bir belâ geleceğini biliyordum. Ben, esas, Refet Dayı'nın bu kadar çabuk onun dümen suyundan gitmiş olmasına şaşırdım."

"Refet Dayımın kimsenin dümen suyundan gidebileceğine inanamam. Ancak, gerçekten bu endişeyi duymuş olmalı."

"Daha düne kadar kimsenin böyle bir endişesi yoktu. Selçuk'un yoluna kırmızı halılar döşememiş olsaydın, yine olmayacaktı."

Konuşurken, Anberin'in sesi titremişti.

"Kızgınsın, değil mi?" diye sordu Berke.

"Evet, hem de çok. En çok da sana. İnsan düşmanını, düşmanlığı bu kadar koynunda besler, bu kadar aldırmaz olur mu? Umarım bundan sonra Selçuk'la arana bir mesafe koyarsın."

"O da Astaş Yönetim Kurulu'nda ve bu olayı hep beraber çözeceğiz."

Anberin, kollarını göğsünde kavuşturup, karamsar bir ifadeyle kocasına baktı.

"İnanamıyorum Berke'ciğim. Gerçekten sana inanamıyorum. Daha iki hafta önce Tarık'ı köşeye sıkıştırmak için ne kadar korkunç bir plân yapmış olduğunu öğrendik. Buna rağmen, seni boğmak için uğraşan adama şimdi tekneni mi teslim edeceksin?"

"Sevgilim, o da benimle aynı teknede. Neden böyle bir şey yapsın?"

"Selçuk'un her yaptığı için, 'Neden yapsın?', 'Neden etsin?' deyip durmaktan vazgeç lütfen. Onun şeytanlıkları, sebebini sen anlamasan da sürüyor. Şayet, onunla fikir alışverişi yaparak yola devam edersen, korkarım, Astaş'ın ve kendinin mahvını hızlandıracaksın. Şu gelen mektup dahi seni işkillendirmedi mi biraz olsun?"

"Garipsemedim dersem yalan olur. Ama, holding, Astaş için ek bir garanti istiyorsa, bu da iş dünyası için olağandır. Bunu yerine getireceğim tabii ki."

"Bu kadar basit mi?"

"Değil tabii. Daha evvel böyle bir şey yaşamadık. Refet Dayımın hem hiç sebepsiz bu kadar endişelenmesinin, hem de bu kadar aceleci davranıyor olmasının izahını yapamıyorum."

"Selçuk'a sor." dedi Anberin hafif alaylı bir sesle.

Berke, onu rahatlatmak için gülümsedi.

"Hallolacaktır, merak etme. Kimseye veremeyecek hesabımız yok."

Doğruydu, kimseye verilemeyecek hesabı yoktu Berke'nin. Ama üzerine oynanan oyunun hesapları onun bildiğinden çok farklıydı.

Ertesi gün, olağanüstü toplanmakta olan Astaş Yönetim Kurulu'na en geç Selçuk geldi. Besbelli, Berke'yle birebir yalnız kalma riskini bertaraf etmek istiyordu.

Berke, toplantı sebebini açıkladığı zaman, kuzeni hariç, üyeler arasında şaşkınlık sesleri duyuldu. Özellikle Nesibe ve Saffet

Atay çifti, bunu ne kadar anlamsız ve şaşırtıcı bulduklarını söylemeden edemediler.

"Holding yönetim kurulu onaylamış mı bunu, yoksa keyfi bir karar mı?" dedi avukat Süheyla Ünsal, Selçuk'a bakarken.

"Hayır," dedi Selçuk, "ama Refet Vardar'ın yazdığı mektup, holding yönetiminin genel bakışıdır."

"Bu kararın, kuruldan, üyelerin imzalarıyla çıkması daha uygun olmaz mıydı?"

Berke, araya girdi.

"Holding yönetim kurulu başkanı ve ailenin duayeni olarak Refet Dayımın imzasıyla gelen bir konunun oya sunulmasını isteyemem."

Nesibe Atay'ın hırslı sesi duyuldu.

"Sen şahsen bunu uygun göremeyebilirsin Berke, ama benim de talebim bu yönde olacak. Hem holdingin, hem Astaş'ın kurucu üyesi ve ortağı olarak bunu istiyoruz. Resmi bir kurul kararını hak ediyor bu durum."

Dönüp Selçuk'a baktı.

"Sen ne diyorsun?"

Selçuk, öz teyzesi olan Nesibe Atay'a cevap verirken, sanki bu durumun filizlenmesiyle hiç alâkası yokmuş gibiydi.

"İnanın, ben de Refet Amcama aynı şeyi söyledim. Yani, bunu kurula götürmeyi teklif ettim. Bu mektuptan şimdi haberim oluyor."

Selçuk'un üç cümlesinden biri tamamen yalandı, çünkü mektuptan haberi vardı. Ama diğer ikisi de doğruydu. Zira, Refet Vardar'a bu konuyu açtığında kurula götürülmesini teklif etmişti. Şimdi tek söylemediği ve esas mühim olan ise, Astaş'ın zora düşürülmesini ilk düşünen ve Refet Vardar için dayanağı hazırlayanın da kendisi olduğuydu.

"Vecdi'nin haberi var mı?" diye sordu yönetim kurulu başkanı olan Saffet Atay.

"Sanmıyorum." dedi Berke.

"Buna katiyen müsaade etmezdi." diye söylendi Nesibe Atay. "Ben bunu Refet'le konuşacağım. Derhal ciddi bir şekilde yönetim kurulu kararı çıkarsın. Çocuk oyuncağı mı bu? Aile fertleri, şirketleri, birbirinin kuyusunu mu kazacak artık? Olacak iş değil!"

"Sakin olun Nesibe Teyze." dedi Berke. "Eminim, buna mantıklı bir çözüm bulacağız."

"Aklıma bir şey geliyor." dedi Selçuk, koltuğunda arkasına yaslanırken. Herkes dikkatini ona çevirmişti. Devam etti.

"Öyle görünüyor ki, iki şirket arasındaki garanti mektubu bir aile faciasına dönüşüyor. Bu durumda belki de dışarıdan, bağımsız bir gözle olayı kotaracak bir danışman işe yarayabilir. Astaş ile Vardar Holding arasında bir nevi koordinatör görevi gören biri."

"Buna gerek var mı?" diye sordu Berke. "Şurada, birbirimizi tanıyan ve görüşen aile fertleriyiz. Biz kendi aramızda halledemeyeceksek, bir yabancı ne yapabilir ki?"

Selçuk, dudaklarını büzüp omuzlarını kaldırdı.

"Bilmem, şimdi öyle geldi aklıma. Astaş yeni garantör de arayacaksa böyle biri işe yarayabilirdi."

"Şayet holdingin garantisini bir başka aile şirketinden çektiği piyasada duyulursa bu zaten Astaş'ın sonu olur Selçuk. Anında bankalar üzerimize gelecektir. En dev şirket dahi, kredileri aynı anda geri istenirse altından kalkamaz. Bu bir facia olur."

"Doğru." dedi Selçuk, başını sallayarak, "bunu kesinlikle aramızda halletmemiz gerek."

Selçuk, bu haberin dedikodusunun yayılmasının bile, şirketi ne kadar zor duruma düşüreceğini tabii ki biliyordu ama Berke'nin bu endişeyi yüksek sesle dile getirmesi ona plânını hızlandıracak bir şeyi hatırlatmıştı. Toplantıdan ayrıldıktan sonra, arabasına biner binmez telefonunu çevirdi.

"Koray, merhaba amigo. Hazırlıyorum ağbi... Yolunda gidiyor... Sana kolay bir işim var. Vardar Holding'in, Astaş'a verdiği kontrgaranti mektubunu geri çektiği haberini gerekli kulaklara uçurur musun hemen?... Benden duymadın, tamam mı? Yaşa!"

Arkasına dayandı, çenesini yukarıya doğru kısıp çarpıtarak, sağ elinin parmaklarıyla, artık uzamış olan sakalını taradı. Şeytanının parmakları da saçlarının arasında dolanmaya başlamıştı.

"Tebrikler!" diyordu. "Tebrikler! Seni seviyorum Selçuk Vardar..."

Saç telleri kısa, gergin temaslarla çekilip okşanırken, Selçuk, Berke'nin kısa zaman sonra içinde olacağı durumu hayal etmeye başladı. Beyninden yayılan zevk dalgası tüm bedenini sardı. İş tamamlandığı zaman alacağı zevki düşündü. Hiç eşi benzeri olmayan bir tatmin yaşayacaktı. Doğrusu bu kadarını tahmin etmezdi.

Bozulan Oyun

Ertesi akşam olmadan, olay bütün aile içinde konuşulan tek konu olmuştu. Vecdi Vardar seyahatten dönmüş ve iki aile şirketi arasındaki ilişkinin kuruldan geçmeden yönlendirilmesine hemen itiraz etmişti. İki kardeşin arasında geçen, kısa fakat tavırlı bir konuşmadan sonra, holding genel kurulunun da olağanüstü toplantıya çağrılmasına karar verilmişti.

Selçuk, bu toplantıyı yoluna çıkan bir engel gibi görmesine rağmen, neticesinden çok emindi. Amcası zaten onunla aynı cephedeydi. Tarık ona borçluydu. Muzaffer ve avukat Kansel, Refet Vardar'la iyi geçinmek zorunda olanlardandı. Damat Ziya Kermen ve onun ortağı Hayri Kestel ise doğal taraftarlarıydı duayen Vardar'ın. Zaten bu isimlerden hiçbiri Astaş'a ortak olmadığı için, diğer aile üyeleri gibi bağlılıkları da söz konusu değildi. Bu Berke'nin, Vecdi Vardar oyu dışında yalnız bırakılacağı bir hezimet toplantısı olacaktı. Bu yenilginin bir de şirket kurulunda onaylanıyor olması, muhakkak Berke'nin canını biraz daha acıtacaktı. Selçuk böyle düşündüğü zaman, toplantının aslında kendisine fazladan bir tatmin yaratacağına inandı ve rahatladı.

O gece aile fertleri arasında yapılan telefon görüşmeleriyle, ertesi güne çok acil bir holding toplantısı konuldu.

Eşi için gelen telefona Nesibe Atay çıktı. Refet Vardar'la konuşurken ateş püskürüyordu. Amca çocukları oldukları Refet'le gençliklerinden beri aralarındaki gizli çekişme, ilk defa böylesine sesli bir kızgınlığa dönüşmekteydi.

"Aile büyüklüğü böyle mi oluyor!" diye çıkıştı Nesibe, "aileyi birbirine kırdırarak..."

"Bunun aileyle ilgisi yok." diye cevapladı Refet Vardar. "Bu, tamamen iş ve finans konusu."

"Kendi şahsi ortaklığın olmadığı için harcıyorsun Astaş'ı. Bu çok ayıp Refet."

"Ben holdingin çıkarıyla ilgili ve ondan sorumluyum Nesibe. Holding yelpazesinde olmayan kardeş şirketler falan beni ilgilendirmiyor."

"Ve onlara ortak olan kuzenler, kardeşler falan da ilgilendirmiyor... Öyle mi?"

"Bunu şahsileştirme lütfen. Ben holdingin menfaatini kuver etmek durumundayım."

"Astaş'ın bugüne dek holdinge hiçbir yükü olmadığını hepimiz biliyoruz Refet. Verilen, hiçbir vakit kullanılmayan bir protokol kâğıdı, o kadar."

"Yine de bu riski alamayız."

"Umarım, bu senin de canını acıtır."

Nesibe Atay cevap beklemeden telefonu kapatmıştı. Öylesine öfkeliydi ki, kocasının yerine toplantıya gidiyor olmayı çok istedi. Böyle bir hesaplaşmada kocası, yapısı gereği çok kibar ve çekingen kalacaktı.

O gece geç saatlere kadar, aile fertleri arasında çaprazlama telefon görüşmeleri gitti, geldi. Herkes, bu ani, beklenmeyen tavrın sersemliği içinde, safını belirleme, ikna olma veya ikna etme telâşında, kendince ertesi güne hazırlandı.

Selçuk, Refet Vardar'la olan görüşmelerinde onu ne kadar kızıştırıp heyecanlandırıyorsa, diğerleriyle konuşmalarında o kadar temkinliydi. Herkesi, bu kararın Refet Vardar'ın endişelerinden doğduğuna ve bunun zaten yazdığı mektupta da belli olduğuna inandıracak biçimde konuşuyor, arada da, bu endişenin bir gerçeği yansıttığını ve holdingin kesinlikle Astaş'tan doğabilecek zararlara maruz kalmaması gereğini savunuyordu. Ne de olsa, artık genel müdür ve yönetim kurulu üyesi olarak sorumlulukları artmıştı. Bunları kaale almak zorundaydı.

Ertesi gün üyeler, sabah saat on bir olmadan, holdingin genel kurul odasında toplanmaya başlamıştı. Konunun getirdiği soğukluk, aralarındaki ilişkiye hemen yansımış görünüyordu.

Refet Bey, on bire beş kala Selçuk'la beraber salona girdiğinde, üyelerden gelmeyen bir tek Ziya Kermen ve Tarık kalmıştı.

Başkan, "Günaydın beyler. Buyurun." dedi, yüzünde son derece asık bir ifadeyle ve yerine otururken devam etti.

"Maalesef... Ziya aramızda olamayacak bu toplantıda. Sabaha karşı rahatsızlanmış. Şu an hastanede."

Herkesten, şaşkınlık ve üzüntü sesleri yükseldi. Selçuk'un üzüntüsü ise, hesabındaki oylardan birinin eksilmiş olmasıydı. Ziya Kermen'in rahatsızlığı o kadar ani olmuştu ki, kayınpederine vekâletname bırakması mümkün değildi. Birden, masadakileri tarayan gözleri Tarık'ın eksikliğini de fark etti. Ama aynı anda içeri giren Mihrimah Hanım, usul adımlarla Refet Bey'in yanına yaklaştı ve kulağına bir şeyler fısıldadıktan sonra bir zarf uzattı.

"Tarık da katılamıyor, vekâletnamesini göndermiş." diye duyurdu Refet Bey.

Selçuk derin bir nefes aldı. Kardeşinin hiç değilse oyu gelmişti.

Toplantı daha başlamadan hava gergindi. Berke, yaşanan bu durumdan son derece üzgündü ama her şeye rağmen kimseye kızgınlık besleyemiyordu. Bugün belirlenecek sonuçtan ziyade, bir kere yara almış olan garanti ilişkisine nereden çare bulup yama yapacağını düşünmekle meşguldü. Olayı kişisel alıp duygusallaşmak ve küs davranmak ona mantıklı gelmiyordu.

Zaten tek gündem maddesi olan toplantı açılıp oylama başladığında, Refet Vardar, açıkça, aynı miktarı karşılayacak bir karşı garanti olmadığı takdirde kontrgaranti mektubunun feshedilmesine oyunu verdi. Vecdi Vardar, bir gün evvel ağabeyine anlattığı mahzurları bir kez de genel kurula açıklayarak aksi oy verdi. Selçuk, yönetimdeki sorumlulukları gereği, Refet Amcasına katıldığını açıkladı. Avukat Kansel, kurulda mevcudiyetinin sebebi ve yakın dostu Refet Vardar'ın oyuna katıldığını belirtti. Selçuk, önündeki kâğıtta oyların çetelesini tutuyordu. Şimdilik Berke lehine bir, aleyhine üç çizgi atmıştı. İyi gidiyordu. Saffet Atay, sakin olmasına rağmen, hoşnutsuzluğu çok bariz bir ses tonuyla, ağır ağır konuştu.

"Bu, hiç gereksiz, sebepsiz yere yaratılmış bir krizdir. Ve bunun müsebbiplerinin vicdan azabı çekmeleri, hiç şüphesiz bir vaka olarak karşımıza çıkacaktır. Eşimin oylarını temsilen gayet tabii ki, bu sorumsuzluğa katılmıyorum."

Selçuk, dudağını kıvırarak kâğıda bir eksi daha koydu. Bu, zaten kaybını baştan bildiği bir oydu, önemli değildi.

Söz sırası Berke'deydi. Konuyu şahsi bir soruna dönüştürmediğini belli eden bir uysallıkla, sakin, makul bir tonda konuştu.

"Benim, Astaş'ın kurucusu ve yöneticisi olarak şirketime ve gidişatına güvenimin ne derecede yüksek olduğu hepinizin malumu. Ayrıca, iki kurulda da olan üyelerimizin, Astaş'ın yatırımları, cirosu ve kazancı üzerine derin bilgisi ve buna paralel şirkete büyük güveni var. Bugün, sunulan teklifi onaylamam, kendime inancıma ve ortaklarımın güvenine ters düşer. Hem, Refet Dayımın ve Selçuk'un zihninde oluşmuş kaygılarından, hem de Astaş'ın bütün bu endişeleri giderecek nitelikteki mali raporlarının kaale alınmamış olmasından çok üzgünüm."

Listede durum, Berke lehine üç, aleyhine üç oy olmuştu. Selçuk, bundan sonra gelecek oyları zaten cepte keklik biliyordu.

Hayri Kestel, en son yaptıkları telefon görüşmesinde, oyunun, garantinin kaldırılmasından yana olacağını söylediğinden, sıra ona geldiğinde içi rahattı Selçuk'un.

"Bana ayrıca bir sebep izah edilmemesine rağmen, Refet Bey'in endişelerine, tecrübe ve bilgisine güvenim ve ayrıca ailenin duayeni olması hasebiyle saygımdan, onun oyuna katılmam çok tabii." dedi Kestel.

Selçuk, yerinde memnuniyetinin verdiği heyecanla kıpırdanıp arkasına yaslandı. Sağ dirseğini koltuğun kenarına yerleştirip, parmaklarını, yine büzüştürdüğü çenesine yerleştirdi ve keyifle sakalını okşamaya başladı. Hayri Kestel devam etti.

"Diğer taraftan, Vecdi Bey'in buna karşı olduğunu biliyorum ve neden karşı olduğunu da dün gece kendisinden dinlemiş bulunuyorum. Refet Bey için duyduğum güven ve saygı, Vecdi Bey için de aynı derecede geçerlidir. Ve bu durumda bu oylamada çekimser kalmayı tercih ediyorum."

Selçuk, bu beklemediği konuşmayla sakalının tüylerini öyle

çekmişti ki, bir anda gözüne yaş geldi. Sinirle kâğıda birbirinin üzerine çapraz çizgiler attı.

Aslında Hayri Kestel'in çekimserliğinin sebebi son derece basitti. Karısı Zehra, Vecdi Vardar'ın ilk eşiydi ve onun hisselerini temsilen kuruldaydı. Aslında şahsen kendisini hiç ilgilendirmeyecek bir konuda, sırf Refet Vardar'a destek vermiş olmak için, zaten yıldızlarının barışık olmadığı Vecdi'nin karşısında durmak istememişti. Tamamen yanlış anlaşılabilirdi.

Sıra Muzaffer'e gelmişti. Toplantı odasına girdiğinden beri hiç kimseyle muhatap olmayan ve sessiz kalan Muzaffer, kendisinden beklenen oyun ne kadar önemsendiğinin farkında, gerilerek arkasına yaslandı. Masanın üzerine uzattığı avucunun içindeki dolmakalemi fır döndürdü ve sırayla Berke'ye ve ardından Selçuk'a baktı. Berke, zaten her zaman onunla bir ilişki ve fikir ortaklığından uzak olduğu için umursamaz bir tavırla bekliyordu. Selçuk ise, ikisinin anlaşmazlığının kendisine yarayacağından emin, dinledi.

"Bu..." dedi Muzaffer, "... aileyi oldukça karıştırmışa benziyor."

Yaşananlardan ne kadar memnun olduğu çok belliydi. Muhteşem Vardar ailesinin iç kavgasında, hep beklediği mutluluğu tadıyor, kendisine eziklik hissi veren küçük kasabadaki fakir çocukluğunun, görgüsüzlüğünün, sonradan zenginliğinin hesaplaşmasını yaşıyordu. Bugüne dek, ne kadar zenginleşirse zenginleşsin, yanlarında hep fakir, hep küçük kaldığı bu koca kalabalığın içinde, şimdi tek başına bir ordu gibi hissediyordu varlığını. Kalemini bir kez de ters tarafa döndürüp devam etti.

"Bu kadar köklü ve saygın bir aile için, hiç de hoş bir durum olmasa gerek."

Son derecede ciddi, ağır bir tonda konuşurken, her kelimesini, Vardar fertlerine teker teker batırdığı kızgın iğneler olarak hayal ediyordu.

Refet ve Vecdi Vardar, bir devir kız kardeşlerinin kocası olmak dışında aileyle ve Vardar servetiyle ilgisi olmayan adama müşterek kızgınlıkla baktılar. Selçuk'un ise bu sözler umurunda değildi. O, gelecek oyu bekliyordu. 'Bırak adam kendini tatmin etsin biraz.' dedi içinden, kendi kendini sabıra davet ederek.

"Elimden gelse..." diye devam etti Muzaffer, "...bu huzursuzluğa bir çare bulmak isterdim. Hatta, oyumu işi çözecek yönde kullanmak isterdim. Ama, keşke bu, işi hallediyor olsaydı..."

'Lâfı uzatıp, kendini önemsetmeye çalışıyor.' diye düşündü Selçuk.

"...Ama... ne var ki, ben de bir Astaş ortağıyım."

Herkes hayretle Muzaffer'e baktı. Berke, onun ne kadar doğruyu söylediğini anlamaya çalıştı. Daha mart ayındaki genel kurulda dahi ortaklar listesinde adı yoktu. Ama Muzaffer son derece ciddi, devam ediyordu.

"Ve holdinge ne kadar inanıyorsam, Astaş'a da o kadar inanıyorum. Aksi takdirde hisselerini satın almazdım. Ve bu durumda, oyumu Astaş'tan yana kullanmak durumundayım."

Selçuk yanağının içini öyle dişlemişti ki, ağzına kan tadı geldi. Kollarını masaya dayayıp, kâğıdı önüne çekti. Berke lehine dört, aleyhine üç çentik atılmıştı. Tatsız iki sürpriz midesini bulandırmıştı ama Tarık'ın oyuyla eşitlenecekler ve o takdirde yönetim kurulu başkanı olarak Refet Vardar'ın oyu iki sayılacak ve ucu ucuna da olsa durum kurtulacaktı. Ancak, bu hesap dahi birkaç dakika önceki rahatını sağlamaya yetmiyordu.

Durumdan ne kadar rahatsız olduğunu kimseye belli etmemek için, arkasına yaslanıp sakin davranmaya çalıştı. Ama, kontrolü dışında, yanaklarının içini bir sağdan bir soldan, öyle hızlı bir tempoda dişlerinin arasında sıkıştırıp ezmeye başlamıştı ki, dudakları, yanakları, çenesi spazmatik hareketlerle kasılıp büzülüyor, çarpılıyor, yüz ifadesini şekilden şekile sokuyordu. Karşıdan bakanın, toplantı neticesinden en çok onun etkileneceğini anlamaması mümkün değildi.

"Tarık'ın vekâletnamesi sizde." diye, telâşla mırıldandı amcasına.

Refet Vardar, zaten elinin altında duran bilginin, kendisine hatırlatılıyor olmasına biraz bozularak, "Biliyorum." dedi. Zarfı açarak içinden çıkardığı kâğıdın içeriğine önce aceleyle göz gezdirdi. Selçuk'a doğru bir bakış attıktan sonra, yüksek sesle duyurdu.

"Beyler, Tarık vekâletini Berke'ye vermiş."

Refet Vardar mutsuz bakıyordu. Kontrgaranti mektubunu geri çekmeyi savunurken Berke'ye, bunun kişisel olarak algılanmaması gerektiğini söylemesine rağmen, şimdi olayı, kendi prensiplerine ve duruşuna karşı bir tutum olarak değerlendirmeye başlamıştı. Aslında Selçuk'un hırsına kapılıp hiç sebepsiz başlattığı bu kamplaşma, şimdi ona, dediklerinin aynen onaylanamayabileceğini göstermiş ve bugüne dek hiç sorgulanmadığı şekilde aile fertleri arasındaki çıkar dengelerini yeniden şekillendirmişti. Bu iç kavga hiç ortaya çıkarılmamış olsa, Vardar hanedanı, dışarıdan bakanların imrendiği gibi, harika bir uyum, güven ve kenetlenmiş beraberlik üzerine kurulu sırça köşkünde yaşamaya devam edecekti. Ama şu anda, sırça köşklerinin çıtırdayan sesi duyulmaya başlanmıştı.

"Bu durumda..." diye genzini temizleyerek devam etti Refet Vardar, "Vardar Holding'in Astaş'a vermiş olduğu kontgaranti mektuplarının geri çekilmesi konusunda yapılan oylamada..."

Selçuk için artık teferruat önemli değildi. Güvendiği dağlara kar yağmıştı. Hayri Kestel'in dün gece geç saatlerde babasıyla görüştüğünden, Muzaffer'in Astaş hissesi topladığından haberdar olamamıştı; ama Tarık? Onun, kendisine bu kadar borçlu iken hangi yüzle Berke'ye vekâlet verdiğini bir türlü çıkaramıyordu. Elbet onunla konuşacakları olacaktı. Ama, şimdilik bu iç hesaplaşmasını ve hayal kırıklığını örtbas etmesi lâzımdı. Herkes ayağa kalkıp, soğuk selâmlarla vedalaşırken o hemen Berke'nin yanına gitti. Dudaklarında sahte bir gülümseme, onun omuzuna vurdu.

"Geçmiş olsun amigo. Sezar'ın hakkı Sezar'a. Kazandın. Tebrik ederim."

"Sağ ol." dedi Berke.

"İşte, nihayet piyasadaki diğer şirketlere benzedik. Bizde ilk defa olduğu için biraz garipsedik sanırım."

Berke, onun olayı ne kadar basite indirgediğinin farkında, Selçuk'tan zaten daha fazlasını beklemiş olmasının hata olduğunu düşünerek gülümsedi.

"Ama buna alışabileceğimizi hiç sanmıyorum. Bu hoş bir gerginlik değildi... Pardon Selçuk, bana müsaade eder misin lütfen?"

Berke, kuzeniyle konuşmasını keserek, salondan çıkmak üzere olan Refet Vardar'ın yanına doğru ilerledi.

"Dayıcığım, sizinle bir dakika konuşabilir miyim?"

Refet Bey, yürümeye devam ederken, "Buyur." dedi.

"Bugünkü oylama benim fikrim değildi biliyorsunuz. Kaldı ki, netice, sizin duyduğunuz rahatsızlığı gidermedi, biliyorum. Dolayısıyla, şartlar ne olursa olsun, ben sizin arzu ettiğiniz garantiyi bulacağım ve rahat etmenizi sağlayacağım. Bundan emin olabilirsiniz. Astaş'ın ve benim ismimin, aile içinde bir mücadele ve gerginlik konusu olması beni üzüyor."

Refet Vardar, halen, az önce kurulda yaşadıklarının etkisindeydi. Berke'nin omuzunu okşarken, dalgın bir sesle cevap verdi.

"Teşekkür ederim Berke. Çok anlayışlısın."

Ve odasına doğru yürümeye devam etti. Bu gidişattan hoşnut olmamasına rağmen, belki de artık geri dönüşü olmayan bir çığ başlattığının farkındaydı. İlk yıkım, önerilerinin sorgulanması ve ona yüzde yüz katılınmadığı bir durumla ortaya çıkmıştı. Ama duyduğu bu suçluluk hissi çok uzun sürmedi. Şayet, Berke, kendisinden istendiği gibi, holding hisselerini teslim etseydi, bunların hiçbiri olmayacaktı. Burada bir kabahatli aranacaksa o Berke'nin kendisi idi. Kafasındaki bu yargılama ve infaz, Refet Vardar'ı vicdanen rahatlatmıştı. Ama bilmediği, Berke ne yaparsa yapsın, Selçuk'un bununla yetinmeyeceği, çünkü plânlarının bambaşka olduğuydu.

Nitekim, Vardar Holding'deki toplantı süregiderken, Astaş'ın ana kreditörü olan banka yetkililerine, bu çalkantının haberi ulaşmıştı bile.

İp Bir, Cambaz Çok

Selçuk odasına girdikten kısa bir süre sonra telefonu çaldı. Bankanın üst düzey yetkilisi, ona duyduklarının doğruluğunu soruyordu. Selçuk, toplantıdaki hezimetten sonra ayağına gelen bu fırsata keyifle sarıldı ama tavrının, aslında nerede durduğu konusunda kesin bir işaret vermemesine de özen gösterdi.

"Aslında," dedi, "duyduğunuz tamamen doğru değil. Evet, yönetim kurulu başkanımız tarafından böyle bir husus öngörülmüştü ama kurul toplantısında bu konuda oy çoğunluğu sağlanamadı. Dolayısıyla, holdingin kontrgarantisi halen geçerliliğini korumakta."

"Ama, ailenin böyle bir şüphesi dahi itimat sarsıcı. Bu durum tekrarlanabilir demektir."

Selçuk, sesinden fark edilebilecek keyfe set çekmeye çalışarak, "Böyle bir şey olur diyemem ama... Garanti de veremem." dedi, aceleyle ekleyerek.

"Samimi cevabınız için teşekkürler Selçuk Bey. Tahmin edersiniz, biz de kreditör banka olarak, yatırımlarımızı kollamak durumundayız."

"Gayet tabii." dedi Selçuk, gönülden inanarak.

Telefonu kapadığında, aslında gününün göründüğü kadar kötü geçmediğini, tam aksine, bu karambolde şahsi mücadelesinin gizli kaldığını ve kimsenin farkına varmadığını düşündü. Bu çok iyiydi. Hem de çok iyi. Şimdi şu örgüyü daha hızlı nasıl çözeceğini plânlamalıydı. Çok sinirlendiği hâlde, Tarık'la yüzleşmeyi daha sonraya bıraktı.

Aslında artık kimsenin daha fazla uğraşmasına gerek kalmamıştı. Ana kreditör banka yönetiminde, ailede garanti konusundaki çekinceleri duyduğu andan itibaren beliren endişe, kendi grupları içinde gerçekleştirdikleri toplantılardan sonra onları, bir tavır almaya yöneltmişti. Kendisiyle temasa geçildiği zaman, Berke, holdingin garantörlüğü resmen çekilmemiş olmasına rağmen, yeni bir garantör göstereceğine dair onlara güvence verdi. Görüşme neticesinde kendisine belirtilen süre içinde bunu gerçekleştireceğinden emindi.

Astaş'ın ihracatı ve yeni projeleri günlük akışında giderken, Berke, zamanının önemli bir kısmını, şimdi birdenbire ortaya çıkan farklı mücadeleye ayırmak zorunda kalmıştı.

Şirketler için zaman kavramının sanki kendine has bir takvimi vardı. Bazen öylesine gün gelirdi ki, bir saat geçmek bilmez, bazen çok uzun görünen zamanlar bir çırpıda yaşanıp biterdi. Zaman, beklentilerin, kazanç ve kayıpların bıraktığı maddi ve fiziksel işaretlere endeksli gibiydi.

Ve Astaş için zemberek boşanmış, Berke için, tahmin ettiğinin fevkinde zorlu bir dönem başlamıştı.

* * *

Anberin, zaten uzun zamandır Selçuk'un bir kötülüğüne maruz kalacaklarını hep tahmin ettiği için olayın geneline pek şaşırmamıştı. Onu hayrete düşüren şey, Refet Vardar gibi senelerin kurdu, sanayici ve duayenin bu dalaverenin içinde yer alması ve sebepsiz yere Berke'yi cezalandırmaktan yana tavır koymasıydı. Eşinin Selçuk'a körü körüne inanmasına ne kadar kızıyorsa, Berke'nin dayısı konusunda yapabileceği hiçbir şey olmadığını, tamamen sürpriz gelen bu çıkışın karşısında eli kolu bağlı kaldığını da o kadar iyi biliyordu. Onun için, 'Ben sana söylemiştim' ukalalığı yapmıyor, elinden geldiği kadar Berke'yi rahatlatmaya ve bu zor dönemi atlatmasına yardımcı olmaya çalışıyordu.

Önceleri, çocuklarla sofrada oturdukları saatlerde mümkün olduğunca onlarla ilgili konuları konuşup onları, bu kaosun dışında tutmaya çalıştılar. Ama kısa bir müddet sonra zaten haftanın birkaç akşamı, Astaş'ın mali ve idari kadrosunun toplantıları evlerine, yemek ve sonrası saatlere taşınmaya başladı. Astaş'ın problemi artık evin içindeydi.

Anberin kendi uhdesinde olan işlerin yanı sıra, şimdi bir yandan gelenlere ikram yapıyor, konuşma notlarını tutuyor, kocasının yanında bütün olayı anı anına soluyarak yaşıyordu. Berke'nin muavini, finans, ithalat, ihracat ve koordinasyon müdürleri, İstanbul fabrikası müdürü, bu günlük toplantıların müdavimleriydi. Astaş'ın bütün işlerinin normal prosedürde yürümesi ve hiçbir aksaklık olmaması için özellikle ince ayarlar yapılıyordu. Görünen oydu ki, şirketin gidişatından endişe duyulacak hiçbir konu yoktu. İhracat talebine mal yetiştirememe problemi de kalmamıştı. Manisa'daki yeni imalat ve kapama hattı devreye girmiş, pırıl pırıl işliyordu. Önlerindeki tek sıkıntı, holdingin yerine, bu kadar kısa zamanda yeni garantör bulmaktı. Şirkete ortak girecek bir finans kaynağı bulunmasına karar verildi.

Anberin, büyük bir sabır ve destekle kocasını izlemekteydi. Ta ki, yeniden Selçuk adını duyana kadar.

Bir akşam toplantısından sonra, çalışma odasında, bilgisayardan print almak üzereydi ki, Berke yanına geldi.

"Sevgilim," dedi, "bu metni Selçuk'a da mail'ler misin lütfen?"

"Selçuk'a?"

"Evet. Yarın onunla görüşmeden önce, bu detaylar elinde olsun istiyorum."

Anberin elindeki işi bırakıp kocasına döndü. Kendine hâkim olmaya çalışıyordu.

"Selçuk'un sayesinde buraya gelen işi şimdi onunla mı kurtarmaya uğraşıyorsun?"

"O da yeni finansör bulma arayışlarında yardımcı oluyor. Bu işi onunla koordineli götürmekte fayda görüyorum. Hem, bizim iyi niyetimizin ortada olması, hem de katılacak olan kaynak sahibini rahatlatması açısından bu müşterek çalışma çok önemli Anberin."

"Berke'ciğim, hatırlıyor musun, sana endişelerimi anlattığım bir gün, 'Seni ve küçük ailemi nasıl koruyacağım o zaman?' diye sormuştum. İşte, korkarım şimdi o zaman geldi. Ve korkarım bu başımıza gelenler, sadece geleceklerin habercisi. Sen Selçuk'u işin içinde tuttukça daha beter olacak."

"Şu an iş Selçuk'un inisiyatifini çok aşmış durumda karıcığım. Bir an evvel, kaynak bulup kreditörlerimize karşı holdingin açtığı yarayı kapamamız lâzım. Bunda da elbirliğiyle çalışıyoruz."

Anberin dönüp tekrar bilgisayarının tuşlarına bastı ve pes etmiş bir tonda, sadece, "Söyleyecek bir şey bulamıyorum Berke!" dedi.

Berke, odadan çıkmadan önce onun alnına bir öpücük kondurdu. Genç kadın, bu ilgiye karşılık veremedi. Yüreğine, onu neredeyse ağlatmak üzere, büyük bir umutsuzluk ve karamsarlık çökmüştü.

Anberin'in bu hisleri boşuna değildi. Onu görmese de, konuştuklarını duymasa da, Selçuk'un kafasından geçenler, huzuruna çentik atan mesajlar gibi ona ulaşmaktaydı. O geceyi uykusuz ve çok tasalı geçirdi.

Aynı saatlerde Selçuk, evinde uykusuz oturmuş, Berke'ye yardımcı oluyor görüntüsünde, kuyusunu kazmaya nasıl devam edeceğinin, onun sorgusuz sualsiz kendisine güvenmesinden hangi tezgâhlarla istifade edebileceğinin hesaplarını yapmaktaydı.

Anberin, yatağında gözleri açık, gecenin karanlığını seyrederek yatarken, Selçuk'a karşı, bugüne kadar kızgınlık ve hırsla duyduğu tehlike önsezisinden daha farklı duygular içindeydi. Sanki nefret, genç kadının altıncı hissini geliştirmekteydi.

Ve şehrin diğer ucunda, Selçuk'un beyninde her ışık yandığında, diğer tarafta Anberin'in yüreğine bir sırça batıyordu. Genç kadın, gelecek tehlikenin büyüklüğünü, daha şimdiden hissettiği acının büyüklüğünden anlıyordu.

* * *

Astaş'a ortaklık karşılığı garantör bulmaya karar verdiğinin birinci haftasında Berke, ummadığı kadar hızlı bir gelişme neticesinde, Neyzi Demir'le anlaştı. Uzun senelerdir, iş dünyasına hitap eden ciddi bir gazetenin sahibi olan Neyzi Demir, tam sanayiye yatırım yapmak konusunda çalışırken, şahsen tanıdığı ve güvendiği Berke'nin şirketine ortak olmayı yeğlemişti. Toplantıya

geldiğinde, yanında, beraber yatırım yapmak üzere yola çıktıkları Doğan Ören'i de getirmişti. Ören ondan daha genç, meslek lisesinden mezun, piyasada bayilikten yetişmiş, uyanık, yükselmeye,
 önemli ve saygın olmaya hevesli bir işadamıydı.

Astaş'ın bilançoları, yerli piyasa ve ihracat portföyü, yeni yatırım fizibiliteleri üzerine gerekli tüm malumat kendilerine verilip İstanbul ve Manisa fabrikaları beraber gezildikten sonra, resmi formalitelerin işlemesi için el sıkıştılar.

Berke, problemin, fazla bir hasar vermeden çözüme ulaşmış olmasının memnuniyetinde, bunu derhal Astaş ortağı olan aile bireylerine ve tabii ki yönetim kurulu üyelerine bildirdi. Selçuk, haberi aldığında, sitemle karışık memnuniyetini belirtti.

"Çok iyi amigo. Yalnız, keşke ben de yanında olsaydım. Ne de olsa Astaş'ın, Vardar Holding gibi kuvvetli bir destekçisini temsil ediyorum."

"İyi de, holdingin artık bu destekten vazgeçtiğini ilân etmedik mi cümle âleme?"

"O başka. Ama tavrımızın aslında senin şirketin kötü gidişatından kaynaklanmadığını yine en iyi ben anlatırım adamlara."

"Şu anda hiçbir endişeleri yok. Gördükleri ve inceledikleri kadarıyla tatmin olmuş durumdalar. Yarın formalitelere geçiyoruz."

"Olsun. Ben de konuşur, söylediğim gibi, durumu izah edersem, sanırım çok daha ciddi bir iş olacak. Ne de olsa her şey holdingin su koyvermesiyle başladı."

Selçuk'un belki farkında olmadan, belki de kuzenine sempatik görünme ihtiyacıyla yaptığı itiraf Berke'yi gülümsetmişti.

"Tamam," dedi, "sanırım iyi olur."

Selçuk, ertesi günü ilk iş olarak Doğan Ören'den randevu aldı. Neyzi Demir'le telefonda dahi konuşmaya yeltenmedi. Zira onun Berke'yi iyi tanıyor olması, Selçuk'un görüşmeyi kendi amacına uygun yönlendirmesini mümkün kılmayabilirdi. Bu riski almaktansa, Ören'i çok daha kolay etkileyebileceğini tahmin ediyordu. Yeni yola çıkan ve yükselmeye hevesli bu takım işadamlarını biraz olsun tanıyordu. Bunlar, bir an evvel mükemmel bir pozisyon ve tanınırlık yakalamak için risk almayı sevdiklerini söylerler ama iş ciddiye binince, bu söyledikleri sözde kalırdı. Ayrıca bir kez denemeye şans bulacakları bir yatırım imkânının heba olması ihtimaline katiyen katlanamazlardı. Selçuk, ne kadar isabetli karar verdiğini, çok geçmeden, Ören'le buluşmalarından bir gün sonra anlamış oldu.

Selçuk, Doğan Ören'e, Berke'nin bilançosunun tamamen uydurma, düzmece olma ihtimalini, karısıyla beraber açık hesap kullanarak şirketi içten yediklerine dair şüpheleri olduğu için kontrgaranti mektubunu geri çektiklerini ve bunu, 'çok aralarında' kalmak kaydıyla bir sır olarak verdiğini söylediği zaman, Ören'in ortaklık hevesinin kırılması çok uzun sürmemişti. Bu ortaklığa katılamayacağını söylediği Neyzi Demir de, tek başına finansal imkânları kâfi gelmeyeceğinden, Berke'ye bu olumsuz haberi kendisi verdi.

O sırada, formalitelerin hazırlanması için uğraşan Berke, Neyzi Demir'den gelen telefonla, dünyayı başına yıkılmış gibi hissetti.

"Kusura bakma kardeşim," dedi Demir, "bu miktarı tek başıma kaldırmam mümkün değil. Ama Doğan, bu işi biraz daha düşündükten sonra, bugüne kadar denemediği bir saha olduğu için ürktüğünü söylüyor. Maalesef, çok üzgünüm. Seninle ortaklık benim için büyük keyif olacaktı."

"Ben de üzüldüm Neyzi Bey. Vakit geçmeden haber verdiğiniz için teşekkürler."

Berke bu telefonu aldığı zaman Anberin ofisteydi. Kocasının son cümlesini bekledikten sonra, masaya yanaştı ve sordu.

"Selçuk bozdu, değil mi?"

Berke önce cevap vermedi. Sonra, başını koltuğunun arkasına dayarken, "Ne düşüneceğimi bilemiyorum." dedi.

"Daha evvelsi gün el sıkıştığın bir anlaşma, Selçuk'un bir ziyaretinden sonra sona erdi. Bu başka ne düşündürebilir ki!"

"Selçuk şu anda holdingi, imzanın sorumluluğundan kurtarmaya bakıyor. Neden, hazır gelen ortağı kaçırsın?"

Anberin, sesinin yükselmeye başlayacağından korkarak, gidip odanın kapısını kapadı ve dönüp konuşmaya devam etti.

"Berke, sevgilim... Neden göremiyorsun! Esas hedef sensin. Holdingin kontrgaranti mektubu, Astaş'a yeni ortak bulmak...

bütün bunlar sadece araç onun için. Herkesi ve her şeyi kullanacak, ta ki şirketinle beraber sen de batana dek."

"Göreceksin, Selçuk bunu duyduğu zaman bizim kadar üzülecek."

Hemen masanın üzerindeki cep telefonunu tuşladı. Selçuk karşısındaydı.

"Merhaba kuzen." dedi Berke.

"Selâm amigo! Ne haber?"

"Haberler iyi değil Selçuk. Neyzi Demir az önce aradı. Doğan Ören vazgeçmiş. Dolayısıyla o da yalnız başına altına giremiyor bu külfetin."

"Hay Allah. Tam da oldu derken."

"Sen görüşmen sırasında bir ipucu aldın mı kendisinden, vazgeçeceğine dair?"

"Valla ben ayrılırken, kesin kararlı ve çok heyecanlıydı bu konuda. Hay Allah... Bak ne diyeceğim, bu ortak arama işini daha evvel bahsettiğim gibi, bağımsız bir profesyonele teslim edelim. Sen şahsen ortada olduğun zaman işin ağırlığı kaçıyor amigo."

"Aklında biri mi var?"

"Sen de tanırsın. Koray Yetik. Saydun Yeniçeri'nin medya kuruluşunda koordinatördü. Gazeteler satıldıktan sonra da yeni patron tuttu, halen aynı görevde. Hem piyasa adamıdır, hem beceriklidir."

"Selçuk, bu benim kurduğum ve yürüttüğüm iş. Neyi pazarladığımı çok iyi biliyorum. Koray'ı tanırım ama sanayicilikle hiçbir alâkası yoktur."

"Ağbi bu iş artık sanayici olmayı falan geçti. Şu an para konuşuyoruz, para. Ve sen istemesen de, ben bu işin kotarılması için bu adamı getireceğim Astaş'a. Biraz dolansın oralarda, işi anlasın, ondan sonra gör bak neler becerecek."

"Selçuk, bu gemide beraberiz. Koray'ın bir çözüm getireceğine inanıyorsan, önünü kesecek değilim. Buyur çağır, deneyelim."

"Tamam amigo. Parayla değil mi? Bir danışman maaşı veririz, kullanırız adamı."

Berke, telefonu kapattığında, yanı başında bütün konuşmayı dinleyen Anberin'e baktı.

"Duydun sen de. O da uğraşıyor bu kargaşayı bitirmek için."

"Duydum. Ama ne garip ki seninle aynı şeyi duymuyoruz Selçuk'u dinlediğimiz zaman."

Anberin kırgın ve sert bir tavırla dönüp odadan çıktı.

Berke, gerçekten de, Selçuk'u, karısının gördüğü gibi göremiyor, sözlerini onun algıladığı gibi kabullenmiyordu. O, çocukluğundan beri çok sevdiği ve çok kez elinden tuttuğu kuzeninin, kendisine karşı sevgisiz, düşüncesiz ve kötü olabileceğine inanmıyor, böyle bir düşünceye inanmayı ısrarla reddediyordu.

Koordinatör görevi uydurularak Astaş'a giren Koray Yetik'e, Selçuk'un arzusuyla, derhal bütün şirket hesapları açıldı. Yetik'in getirilmesinde amaç, hiçbir sebep yokken geri çekilmesi plânlanan bir garanti mektubunu dolduracak ortağı bulmak iken, aniden, Astaş'ın günlük mali işleyişi, gelirin yönlendirilişini takip eden bir gözaltı mekanizmasına dönüştü. Berke buna hemen bir son vermek üzere tavır aldığında, Selçuk'tan bu defa, sertleşen bir baskı geldi.

"Amigo, bırak adam işini görsün. Piyasada, şirket içinde yolsuzluk olduğuna dair söylentiler başlamış."

"Mümkün değil Selçuk. Neden böyle bir söylenti çıksın ki. Kim çıkaracak bu lâfları?"

"Onu bilemem. Ben sadece duyduğumu söylüyorum."

Aslında pekâlâ biliyordu Selçuk. Fısıltıyı yayan kendisinden başkası değildi. Fısıldadığı iftiraların kendi kendine yayılmasını, kulaktan kulağa dolaşmasını beklerken bir taraftan da boş durmuyordu. Artık, holdingde sorumluluğunu bekleyen işlerden ziyade, enerjisini ve vaktini Astaş'ın batırılması üzerine harcıyor; babasına ve amcasına da Berke'nin kurtuluşu için nasıl çabaladığını anlatıyordu.

Bu arada, birkaç şahsi temasta daha bulunması gerektiğini hatırladı. Eforu az, ama getirisi çok olacak temaslardı bunlar. Öncelikle, Astaş'ın İstanbul fabrikası müdürünü kafakola aldı. Rasim Özkan'ı Berke şahsen işe alıp, yetişmesine yardımcı olmuş, defalarca Amerika'ya özel programlara göndermiş ve ona, ilk göz ağrısı fabrikasının yönetimini teslim etmişti. Ama bütün bunlar Rasim Özkan'da bağlılık, müteşekkir olmak gibi duyguları yaratmamıştı. Riyakâr, kıskanç ve ne kazansa yine de paraya hep aç bir adamdı. Selçuk için, onu takımına çekmek hiç de zor olmamıştı.

Koray Yetik, Astaş'ın mali akış dengelerinin altüst olması için hesaplar ve ödemeler üzerinde oynamaya başladığında, Rasim Özkan da fabrikada imalatla ilgili sabotaj programını devreye koymuştu. Bu arada, işçiler arasında, şirketin sıkıntıya girdiği, bir büyük ortak geleceği ve maaşları ile pozisyonlarının tehlikede olduğu dedikodusunun yayılmasını da sağlamıştı.

Aile ayrı, şirket ayrı kaynamaya başlamıştı. Selçuk'un Neyzi'lerle anlaşmayı bozmasının üzerinden geçen iki hafta zarfında Berke, iki ortak adayı daha buldu. Bunlardan biri Astaş'ın yan kuruluşu olan Mantar Sanayii'ne yatırım yapmakla ilgiliydi. Süratle şehirleşmekte olan Maltepe'de gittikçe değerlenen fabrika arazisi üzerinde kurulu bu şirketin hem ciro ve kârı çok tatminkârdı, hem de Ömerli'de dönümlerce arazisi vardı. Dolayısıyla, her ne kadar Astaş büyüklüğünde değilse de, cazibesi olan bir yatırımdı.

Ancak yine, Berke'nin her el sıkışmasının ardından Selçuk devreye girmeyi becerdi ve anlaşmaların bozulmasını sağladı. Son ortak adayını da, holding açısından bir türlü tatminkâr bulmadığı bahanesiyle, toplantıları tekrar ederek, düşünme süresini uzatarak oyaladı.

Geçen süre, kreditör banka için fazla uzamıştı ve Refet Vardar'ın, Berke'ye yazdığı mektubun üzerinden iki ay henüz geçmişti ki, ana kreditör banka, henüz süresi dolmamış yüklü miktarda bir ödemeyi talep ettiğini bildiren mektubu Astaş yönetimine yolladı. Aradan bir gün geçmeden, daha küçük miktarlarda kredi vermiş diğer iki banka da alacakları için sıraya girdi.

Fabrikalar ful kapasite işliyor, ihracatta rekor kırılıyor, ama şirket elden gidiyordu. Çünkü büyük bir yatırım için alınan paranın hepsi, ödeme plânı içinde olmayan bir dönemde, bir anda talep edilmekteydi.

Bu, istediği kadar dev olsun, hangi kuruluştan talep edilse, onu batıracak bir çıkmazdı.

Berke, bunun haksız bir durum olduğu, holdingin kontrgarantisini çekeceğinin sadece lâfından bu noktaya gelindiği düşüncesinde, bankadan bir ek mühlet istemeyi düşündü. Ama, genel müdürlükle yaptığı görüşmede aldığı cevap, onu, yıkımın gerçeğiyle karşı karşıya getirdi.

"Berke Bey'ciğim," dedi, genel müdür, "ne kadar üzgünüm, anlatamam. Sizinle son derece rahat çalışıyorduk. En baştan beri, fizibilite raporlarınız, bilançolarınız bizi hiçbir zaman yanıltmadı, güvenimizi kırmadı. Ama, kendi aile holdinginizin sizden elini çekmesi her şeyi altüst etti. Vardar Holding'in kendi kardeş şirketine güvensizlik gösteriyor olması, bizi de etkiliyor. Yaratılan endişenin ve telâşın giderilmesi için bu bahsedilen ödemeyi derhal yapmanız gerek. Bu banka kendi malım olsaydı, inanın sizinle bu lâfları konuşuyor olmazdık. Ama sonuçta bir kurumuz ve sorumluluklarımız var."

"Elbette." dedi Berke. "Sizi kınadığımı sanmayın. Sadece, o kadar sebepsiz ve hiç anlamsız bir çözülme yaşanıyor ki, onca yatırımı ve işçiyi düşünüyorum, çok yazık olacak."

Bu konuşmayı takiben, Astaş'ın banka hesaplarına ve alacaklarına tedbir konulmuştu.

Bu meyanda Selçuk, Refet Vardar'la sürekli irtibat halinde, bütün gelişmeleri, ancak kendi arzu ettiği şekilde anlatıyor, onu da heyecanlı ve kavganın içinde tutuyordu. Holdingle, kişisel olarak lehine olacak fırsatlar dışında neredeyse hiç uğraşmadığı günlerdi. Ama yavaş yavaş, naylon fatura ve kaliteli kumaşların, yüzdesini almak üzere defoluya ayrılması uygulamalarına ve sessizliği sağlamak için küçük ortaklıklar yapmaya başlamıştı. Ne var ki, şu an esas konsantre olduğu, Berke için kurduğu komplonun süratle ve pürüzsüz yürümesiydi. Babasını da, daha ılımlı, onu fazla işkillendirmeyecek, ama Berke'den ümidini kesecek şekilde bilgilerle besliyordu.

Rasim Özkan, görünüşte üzüntüyle, içinden ise yakın bir zamanda holdingde Selçuk Vardar'ın adamı olacağı ümidinin sevinciyle, maaş ödemesinde zorluk olacağı ve belki de hiç alamayacaklarına dair haberi işçi temsilcisine bildirdi. İşçi temsilcisi, müdüründen izin alıp yanında birkaç usta başıyla beraber Astaş

Genel Müdürlüğüne yola çıktığında, Özkan sevinçle Selçuk'u aradı.

"Selçuk Bey. Her şey istediğiniz gibi gidiyor. Sanırım, şimdi merkezde epey bir kıyamet kopacak."

Sekreteri, fabrikadan gelen misafirleri olduğunu bildirdiği zaman, Anberin, Berke'nin yanındaydı. Kendi başlattığı ve yönettiği şirket marketlerinin hesabının, piyasa alacaklarının dökümünü yapmış, Berke'ye bilgi vermek üzereydi ki kapı vuruldu. Sekreter içeri girip kapıyı hemen kapadı.

"Berke Bey," dedi telâşla, "fabrikadan işçi temsilcisi ve usta başıları burada. Sizinle muhakkak görüşmek istiyorlar. Meşgul dedim ama..."

Berke, hiç tereddütsüz, sekreterin sözünü kesti.

"Gönder içeriye gelsinler, lütfen."

İşçiler odaya girerken hürmetle ceketlerini iliklediler. Yüzlerinden düşen bin parçaydı. Berke ayağa kalkarak, "Hoş geldiniz çocuklar." dedi. Her biriyle yanaktan öpüştü. Ekip, ardından Anberin'le el sıkışıp selamlaştı. Her birinin, hem patronlarına hem eşine büyük saygı ve sevgisi vardı.

Berke, iş beklentisinde ne kadar mükemmeliyetçi olsa da, işçisiyle ilişkilerinde her zaman candan, ilgili ve demokrattı. Çırakken Astaş'a girenleri meslek okullarına, yetişkinleri Amerika'da kurslara göndermiş, çalışmalarını, başarılarını, onları şirkete ortak ederek ödüllendirmiş, başarılı çocuklarına burs vermiş, hasılı, büyükbabasından öğrendiği patronluk geleneğini kendi bünyesinde yaşatmayı seçmişti.

Anberin ise, Berke'yle evlendiğinden beri, hem kadın işçilerle, hem de işçi hanımlarıyla yakın irtibatta olmuştu. Karı koca, işçilerinin düğünlerinde de, cenazelerinde de onların yanındaydı. Onun için, birçok patronun aksine Berke, işçisiyle, şartlar ne olursa olsun, karşılaşmaktan, konuşmaktan çekinmezdi. Onlara oturmaları için işaret etti.

"Buyurun çocuklar."

İşçi temsilcisi hepsi adına söz aldığında, Berke, bu kadar senedir, azimle ve kol kola çalıştığı emektarlarına boşuna güvenmediğini bir kez daha anladı.

“Berke Bey, duyduklarımızdan son derece üzgünüz. Elimizden gelebilecek bir şey varsa, seve seve yanınızdayız, bütün arkadaşlar adına söylüyoruz bunları. Bu arada, ödeme zorluğuna girildiğini de duyduk.”

Berke, bu problemin kapıda olmasına rağmen, henüz ödenmemiş hiçbir personel ve işçi maaşı olmadığını düşünerek meraklandı.

“Kimden duydunuz?”

“Rasim Bey... Sanırım bizi hazırlamak için söyledi. Bizim burada olmamızın sebebi de bu.”

“Şartlar ne olursa olsun, sizin emeğinizi almanız öncelikli olacak, bu konuda merak etmeyin.”

“Sizin bu konudaki hassasiyetinizi biliyoruz Berke Bey. Ama arkadaşlarla konuştuk ve biz de gerektiği takdirde fedakârlık yaparak size katkıda bulunmaya karar verdik.”

Anberin’in gözleri yaşlarla pırıldamıştı. Berke, duygularına hâkim olmaya çalışarak yutkunduktan sonra konuştu.

“Sağ olun. Buna hiç gerek olmayacağını umuyorum ve olmaması için elimden geleni yapacağım. Bankalarla, işçi ve personel maaşlarının karşılığı olan miktarın serbest bırakılması için anlaştım. Ama, düşünceniz ve desteğiniz benim için ne kadar mühim bilemezsiniz.”

“Şayet ödemelerde bir sıkışıklık olursa, siz durumu düzeltene kadar birkaç ay maaş almadan çalışmaya razı bütün arkadaşlar.”

“Sağ olun çocuklar, beni çok ama çok mütehassis ettiniz. Sizin gibi bir ekibim olduğu için çok şanslıyım.”

İşçiler, temsilcilerinin ardından ayağa kalktılar.

“Kendimizi sizinle bir aile hissediyoruz bizler Berke Bey. Ne sizin, ne Anberin Hanım’ın hakkını ödeyebiliriz. En azından bu kadar bir şey yapabilelim dedik.”

İşçiler ofisten çıktığında Anberin, göz pınarlarında beklemekte olan yaşları daha fazla tutamadı.

“Bu kâbusun içinde böylesine mutluluk yaşanır mı? Al işte.” dedi. “Düşünsene, kendi varlıklı ve doymuş ailenden birileri seni parçalamaya, iş hayatını söndürmeye çalışırken, aylığıyla yaşayan işçin sana destek oluyor; gelirinden feragat ederek.”

“Gerçekten, olağanüstü insanlar... Umarım hiçbirine sıkıntı vermeden kotarabilirim şu işi.” diye mırıldandı Berke.

* * *

...Ama kotarılamadı. Özellikle batırmak için uğraşan birileri olmasaydı, hiç izi kalmadan bu badireyi atlatabilecek olan şirketin yöneticileri bir taraftan günlük imalat, ihracat işlerini mümkün olduğunca yara almadan yürütmeye çalışırlarken, bir taraftan da finansman bulmaya, piyasada henüz banka takibine girmemiş alacaklarını toplamaya uğraşıyorlardı.

Sonun Başlangıcı

Bu meyanda Selçuk, en azından Berke'yi harcayana kadar Astaş Yönetim Kurulu'nu kendi tarafında tutmak için, en çekindiği üyeye bir ziyarette bulundu. Teyzesini takımına alırsa, Saffet Atay da onun bonusu olarak beraber gelecekti, bunu çok iyi biliyordu.

Nesibe Atay, bütün olup bitenden dolayı son derece öfkeli, sinirli ve kızgındı. Selçuk'u kabul etmesi, ancak aile terbiyesi gereği ve medeni bir tavır gösterme ihtiyacından olmuştu. Yoksa, yüzüne dahi bakmak istemiyordu.

Evdeki personel tarafından salona buyur edilen Selçuk, bir müddet yalnız başına kaldı. Teyzesinin, onu bilhassa beklettiğinin farkındaydı. Oturmadan, etrafına göz gezdirerek bekledi. Son derece modern ve pastel renklerde döşenmiş salonda, nişler içinde sergilenen antika Rus gümüşleri, müzedeymişçesine bir seyir zevki veriyordu. İçlerinden birini eline almış, altındaki damgaya bakıyordu ki, teyzesi salona girdi. Yalnızdı. Hızlı adımlarla ilerleyip gayet soğuk bir tavırla elini uzattı.

"Merhaba."

Kısa ve sert selamlaşmayla beraber hemen sedire oturdu.

"Öncelikle şunu bil ki, seni sırf yeğenim olduğun için kabul ettim bugün. Yoksa, yüzünü görmeye tahammülüm yok. Astaş'a yaptıkların affedilecek gibi değil. Refet'inki de tabii. O da bir başka... Bizim ne yaşımıza, ne ismimize hiç saygı gösterilmedi."

Selçuk öksürerek oturdu.

"Haklısınız teyze. Ama holdingin hepimiz için daha ağırlıklı olduğunu siz de kabul edersiniz."

“Şirketlerden birinin daha kıymetli olması başka, diğerini ve ortaklarını zora sokmak başka. Bu yaşa kadar etraftan, saygıdan başka bir şey görmedik. Şimdi kurul üyesi ve ortağı olduğu

şirketi batan bir çift olarak nasıl bakacağız eşin dostun yüzüne? Şimdiden, Büyük Kulüp'te duyar gibi oluyorum insanların arkamızdan fısıldaşmalarını.

Görmemiş bir sürü yeni zenginin, türedinin arasında nasıl düşeriz böyle bir duruma! Ailemizi, bizi güvenilir bilen onca insana nasıl izah ederiz olan biteni?”

Nesibe Atay, günlerdir içinde kalmış olan kızgınlığıyla yeğenini bombardımana tutuyordu. Selçuk, onun daha fazla celâllenmesine fırsat vermeden araya girdi.

“Pardon teyze, ama herkes bilecek sizin bunda hiçbir sorumluluğunuzun olmadığını.”

“Ben biliyorum bizde olmadığını!” diye sert bir sesle kesti onu, Nesibe Atay. “Tabii ki bizde değil kabahat. Ben, başkalarının neler düşüneceğinden bahsediyorum.”

“İnanın, bütün bu karmaşanın sebebinin Berke olduğunu zaten herkes biliyor.

“Berke mi? O niye suçlu olsun?”

“Gayet tabii... Amcam, garanti mektubu karşılığında kendi holding hisselerini vermesini istemişti ondan. Vermedi. Böyle olması onun tercihi.”

“Bunu biliyorum. Ama, zaten kimsenin hakkı yok ki, onun şahsi hisselerini almaya.”

“Eğer şirketine o kadar güvenseydi, ortaklarına o kadar değer verseydi, hisselerini getirir bize verirdi. Ama yapmadı.”

Nesibe Atay, başını iki yana sallayarak, “Bütün bu olanlara bir anlam veremiyorum.” dedi, “sanki aile tepetaklak inişe geçti.”

“Hiç merak etmeyin teyze. Buraya sizi rahatlatmak için geldim zaten. Sizin yaşadığınız sıkıntıyı ve ileriye dönük endişelerinizi biliyorum. Ve bunu telâfi etmek için elimden geleni yapacağım.”

Nesibe Atay, sehpadaki gümüş kutudan bir sigara alıp yaktı. Çektiği nefesin kendisini sakinleştirmesini bekler gibi dinlendi.

“Nasıl olacak bu?”

"Refet Amcamla konuştuk. Alüminyum Kapak şirketinde yönetim kurulunda olduğunu biliyorsunuz. Onlarla bir öngörüşme yaptı ve Astaş'ın yönetimini devralmak üzere teklif hazırlıyorlar. Şayet yönetim kurulundan geçirirsek, Astaş'ı bu satışla yeniden düze çıkaracağız."

"Buna, iyi haber demem gerekiyor herhalde."

"Gayet tabii. Hem yatırımlarınız korunacak. Hem de itibarınız."

Nesibe Atay, biraz olsun sinirli tavrından sıyrılmıştı. Sigarasının dumanının arkasından yeğenine bakarak dinlemeyi sürdürdü.

"Ancak..." dedi Selçuk, bu işin suçlusunu ilân etmemiz gerek ki, diğerleri temize çıksın. Yoksa, tüm yönetim kurulu vebal altına girecek."

"Nasıl?"

"Berke, bu duruma getirdiği şirketin yönetiminde kalmayı hak etmiyor. Onun, derhal Astaş'taki görevlerinden azledilmesi lâzım. Ve tabii ki, Vardar soyadıyla gösterdiği bu başarısızlıktan sonra holdingin yönetim kurulunda kalması da mevzubahis olamaz. Bir de hepimizi piyasaya karşı rencide edecek bir durum bu."

"İşin bu hâle gelmesinde Berke'nin suçu olduğuna inanmamı mı bekliyorsun?"

Selçuk, eve geldiği ana nazaran şimdi duruma daha hâkim olduğunun farkında, ayağa kalkarak, ellerini pantolonunun ceplerine yerleştirdi ve sağ bacağını diğerine çaprazlayarak, ayağının burnunu yere vurup geri çekti. Boynunu gererek başını yana yatırdı ve ukala bir pozda, düşündükten sonra cevapladı.

"Sizden hiçbir şeye inanmanızı beklemiyorum teyze. Sizden, Astaş Yönetim Kurulu'na getireceğim bu satışı onaylamanızı istiyorum ve sonra kuruldan Berke'nin ihracı için yine oyunuzu istiyorum. Ve tabii holdingden atılması için de Saffet Enişte'nin oyunu. Üstelik, holdingde Berke'den boşalan yere sizin üyeliğinizi düşünüyorum. Böylece eşe dosta karşı, düşündüğünüz mahcubiyeti yaşamak bir yana, holdingin üst yönetimine geçmiş olacaksınız."

Selçuk, onunla ne kadar didişse de, teyzesinin zaaflarını iyi bilirdi. Söylediklerine onu inandırmaktan ziyade, bir çıkar anlaşmasını baskı unsuru olarak kullanmıştı. Aslında hesap sormaya ve azarlamaya devam edecek gibi görünen Nesibe Atay, kendisiyle özdeşleşmiş olan titr, makam, asalet ve şekilcilik merakı yüzünden, Selçuk'un çengeline takılmıştı.

Bundan sonrası çok daha kolay oldu. Berke Astaş'ın günlük mücadelesinde çabalarken, Selçuk, holdingde zaten hep beraber olduğu babası ve amcasını, yakın takibinde ve kendi bilgilendirme alanı içinde tutuyor, dışarıda kalan kendince ufak insanların da gereken zaman dilimleri içinde ayarlarını yapıyordu. Kendinden o kadar memnundu ki, avuçları kaşınıyor, yalnız kaldığı zaman avaz avaz çığlıklar atma, sevincini haykırma ihtiyacı duyuyordu.

Teyzesinin evinden ayrıldıktan birkaç gün sonra Astaş Yönetim Kurulu'na yazılı olarak getirdiği Al-Kap teklifini oylamaya sunduğunda, Berke, şartların daha evvel Selçuk'un geri çevirdiklerinden daha iyi olmadığını belirtti. Ama ilk çıkış Nesibe Hanım'dan geldi.

Artık, bu onur kırıcı duruma kimsenin daha fazla tahammülü kalmamıştı ve üç aşağı beş yukarı, her neyse şirket, bir an evvel onu ayağa kaldıracak insanlara teslim edilmeliydi. Oylamaya geçildiğinde, Selçuk'la beraber Atay çiftinin yanı sıra, Nesibe Hanım'ın yakın dostu avukat Süheyla Ünsal da 'kabul' dediler. O da, yaşlılığını ve zaten hem mesleğinden, hem ek görevlerinden emekliye ayrılma niyetini bahane ederek işi yokuşa sürmemek için onayladığını izah etti.

İzahlar Berke'yi artık hiç ilgilendirmiyordu. Herkesin, her tavrı ve her sözü için bir özrü vardı. Ama bir Allah'ın kulu ona, mis gibi yürüyen harika şirketin nasıl ve neden bu duruma düşürüldüğünü anlatamazdı.

Anberin'in bütün çabasına rağmen, bunu anlamakta zorlanıyordu. Hiçbiriyle düşmanlığı, atışması, çekişmesi olmayan öz akrabalarından böylesine telâfisi olmayan bir kötülüğün gelebileceğinin doğruluğunu sorgulamayı bile kendisine, tüm ailesine, geçmişine hakaret gibi görüyordu.

Şu anda tek düşünebildiği, başta Selçuk'un ve Refet Dayı'sının, gerçekten Astaş'ın geleceğinden endişe duymuş oldukları ve bu konuda kendisinin onları yeterince tatmin edemediğiydi. Yine de onlar adına yaptığı bu özürler, yüreğindeki kırgınlığı tedavi etmiyordu.

Al-Kap'ın Astaş'ın yönetimine el koyduğu gün, Selçuk, Astaş'ın Ömerli'deki arazilerini bir başka sanayici aileye satmakla meşguldü. Şirketler arasındaki bu devir sırasında, işleri hızlandırmak ve kolaylaştırmak karşılığında kendisine bir pay verilmesi için pazarlık yapmıştı.

Berke, Anberin'le beraber masasındaki evrakları, kütüphanesini toparlarken ikisinin de ağzını bıçak açmıyordu.

Berke, çok değil, iki buçuk ay önce üzerinde, Doğu yatırımlarını, dev ihracat plânlarını konuştuğu masaya bakarken içi acıyarak yutkundu.

Hayatı boyunca ne bir kimseye, ne bir olaya böylesine kırgınlık duymuştı. Ama işin garibi, hiç kimseyi kırgınlığı, kızgınlığı için suçlayamıyordu. Sanki, bütün yapacakları, kuracakları, başaracakları, hayalleriyle havada asılı kalmıştı. Sanki iki zaman arasında sıkışmış, durağan bir kâbus yaşıyordu.

Taşıma şirketinden gelen adamlara, babasından kalma Art -Decou oturma takımını ve yıllar önce bir hanedan üyesinden satın almış olduğu büyük çalışma masasını gösterdi.

Anberin, elindeki küçük çantaya, eşinin çekmecesindeki özel mektuplarını ve masasının üzerindeki deri sümeni yerleştirdi. Bir süre sonra, şirketin demirbaşı birkaç eşya ile soğuk bir yalnızlık içindeki odaya son kez bakıp dışarı çıktılar. Anberin, kocasının elini sıkı sıkıya tuttu ve bütün bölümleri dolaşıp, şimdilik görevinde kalan tüm personelle vedalaştılar. Ayrılık çok hüzünlü oldu.

Yıllardır, sıfırdan kurulan Astaş'ın yatırımlarının heyecanı, atılım ve başarılarının mutluluğuyla birbirine ve özellikle Berke'ye bağlanmış, bir büyük aile olmuş elemanları, şimdi gözyaşları içindeydi.

Daha üniversite talebesi iken Berke'yle tanışan, onun rahleyi tedrisinden geçen asistanı Tayfun'un dudakları titriyordu.

Yanında muhasebe müdürüyle beraber, patronunu geçirirken, "Sizden sonra bizler de burada duracak değiliz, Berke Bey." dedi.

"Sizi hoş tuttukları müddetçe çalışmaya devam edin Tayfun'cuğum. Bu şirket, benim olduğu kadar sizin de bebeğiniz. Mecbur kalmadıkça bırakmayın."

Berke, şirketinin yönetimini devredip ayrıldığı gün, yine de şirketin bir numaralı hissedarı idi.

Eve gelip kapıdan girdiklerinde Anberin, kocasının, evine ilk defa ertesi günü gideceği bir işi olmamak üzere geldiğini ve şimdi bu travmayı nasıl atlatacağını düşündü. İçindeki sıkıntı ve çaresizliğe bir de hüzün eklendi. Dürüst, art niyetsiz eşinin sırtından bıçaklanmış hâlini izlerken, korumasız kalmış ve darbe almış çocuğunu görür gibi oldu. Elindekileri bıraktı. Ona şefkatle sarıldı. Hiç konuşmadan, birbirinin kolları arasında uzun müddet durdular. Anberin, gözündeki yaşları zor engellerken kocasının kulağına fısıldadı.

"Sevgilim, ben hep yanında olacağım. Bunu atlatacağız. Göreceksin... Atlatacağız..."

O gece, Berke uykuya daldıktan sonra yataktan kalkan genç kadın yavaşça odadan çıktı. Resim odasına gidip kapısını çekti. Işığı yakmadan balkon kapısını açtı. Rüzgâr yüzüne tokat gibi vurduğunda geri çekilmedi. Şu an hiçbir şey, yaşamış oldukları kadar onu acıtamaz, içini üşütemezdi. Karı kocanın, ikisinin de yarın sabah gidecekleri bir işleri yoktu.

Astaş, yan şirketleri, şirket orkestrası, burs verdikleri onca çocuk, genç, bir avuç gönüllüyle kurduğu vakıfın ilâç olacağı onca sosyal yara... Bunca emek, hayaller, ümitler, hepsi camın üzerindeki yağmur damlaları gibi sürüklenip akıp gitmişti. Bundan sonra ne yapacaklardı? Hiç başka türlü bir hayat düşünmemişlerdi şimdiye dek. Çocukları daha çok gençti. Tahsillerini bitirip ayakları üzerinde durmak için önlerinde uzun bir zaman vardı. Şimdi, onları nasıl destekleyeceklerdi?

Uzaklardan bir yerden, Selçuk'un gırtlaktan yayılan sarkastik kahkahalarını duyar gibi oldu. Yüreğinden, beyninde yankılanan bir çığlık çıktı.

"Selçuk! Allah'ın belâsı! Şeytan! Dilerim, kendi kuyruğuna dolanır, boğulursun."

Hayatında ilk kez beddua ediyordu. Dilekleri, kendine yabancı, rahatsız edici gelmişti. Ama, içindeki çığlık, lânetler, hiçbiri ona ilâç değildi. Tırnaklarını hırsla kapının pervazına geçirdi. Artık kendisini daha fazla tutamayacaktı. Gecenin karanlığında istediği kadar ağlayabilirdi. Uzun zamandır sakladığı gözyaşları yanaklarından inerken hıçkırıklarla sarsıldı.

. . . Rağmen Umut

Aradan bir hafta geçmeden, Selçuk, holding yönetim kurulunu topladı ve gıyabında Berke'nin ihracını gündeme getirdi. Astaş olayında en direnenler dahi, artık tek kabahatli olarak ilân edilen Berke'nin varlığının Vardar'lar için piyasalarda güven sarsıcı ve rencide edici olacağına inanmışlardı. Üstelik, Berke'nin yokluğu, birçoğunun arasında yeni oluşmuş özel paktları yaşama geçirmeye yarayacağından duruma itiraz eden, Berke için mücadeleyi düşünen olmadı. Önemli olan, holdingdeki huzuru sağlamaktı ve bunun için Berke'yi dışlamak işi hallediyorsa, o zaman aile birliği onsuz da sağlanabilirdi.

Bir tek Tarık, Selçuk'la ilgili henüz kimseye söylemediği onca şeyin üstüne buna tahammülü kalmadığından, aralarında değildi.

Bu durumda, Ali Sermed Vardar'ın çocukları içinde bir tek Seher'in ve onun vârislerinin hisseleri artık kurulda temsil edilmiyordu.

Refet ve Selçuk Vardar'ın imzalarıyla holding idare heyetinden uzaklaştırıldığı haberi kendisine iletildiğinde, Berke ilk defa, Astaş'ın sadece bir kontrgaranti problemine kurban gitmediğini, aslında bu kadar sevdiği bu koca ailenin, bir kapris uğruna, kolaylıkla kendisini silmiş olduğunu gördü. Hayreti o kadar derin oldu ki, yüreğini acıtan manevi yorgunluğu ve hüznü gerçekten fark etmesi birkaç gün aldı.

Karı koca oturup bundan sonra ne yapacaklarını düşündüklerinde, önlerinde iki seçenek olduğunu gördüler. Ya mücadele için hamle edeceklerdi, ki bu, Astaş'tan başlayan dağılmayı holdinge kadar taşıyacak ve bütün aileyi, küçük gruplar hâlindeki özel anlaşmalarından çözüp darmadağın edebilecek bir şıktı ya da artık ailenin geri kalanıyla iki ayrı kampta olduklarını kabul edip kendilerini bu ilişkilerden uzak tutacak, onları da birbirleriyle başbaşa bırakacaklardı.

Berke ve Anberin, birkaç gün süren başbaşa konuşmalarından sonra, yapılacak mücadelenin, sosyal statülerini veya holdingdeki imkânlarını ya da emeklilik yıllarını garantiye alma telâşından dolayı bu komploya teslim olan aile fertlerinin hepsini birden huzursuz edeceğini gördüler. Gerçi, karı kocanın ikisinin de Astaş'tan aldıkları maaşları, primleri ve Berke'nin yönetim kurulu üyeliğindeki huzur haklarının eksikliği evin bütçesinde oldukça önemli bir gedik açacaktı ama yine de bu kavgaya değer miydi?

"Bence," dedi Anberin, "buna değmez sevgilim. Seni çok iyi tanıyorum. Sen kimsenin üzerine basıp kendini kurtaracak bir adam değilsin. Bu mücadele, kazansan dahi, seni hiçbir zaman mutlu etmeyecek. Tam aksine, vicdan azabı çekeceksin. Senin dürüstlüğünü ve haksızlığa uğradığını biliyoruz. Kimseye veremeyecek hesabımız yok. İçimiz rahat. Mühim olan bu."

"İçimi en acıtan, kendi ailemin bana itimatsızlığı ve düşmanca davranışı..."

"Belki de isabet oldu. Sana aslında bu kadar uzak ve bu kadar içten pazarlıklı olanlar, şimdi bu vesileyle hayatından çıkmış oluyor. Onları sevmek ve mutlu etmek için harcadığın zamanı düşünsene. Verdiğin sevgiye karşılık sana sundukları ortada. Senin karakterinde biri için, bu insanları bir daha görmeyecekse mücadeleyi bırakmaya değer."

"Çocukları düşünüyorum Anberin. Onları imkânlarımıza göre okullara yerleştirdik. Evimizin düzenini belli bir gelire göre kurduk..."

"Çocuklarımızı tabii ki okullarından çekip alacak değiliz. Ama eminim, ekonomi yapılacak çok şey vardır hayatımızda. Yeni bütçemize göre ayarlayacağız her şeyi. Merak etme, beceririz. Herkes, hisse senetleri, hazır evler, arabalarla doğmuyor annesinin karnından. Her şeye rağmen şanslıyız. Daha ölmedik Berke'ciğim.

İkimizin de sağlığı, enerjisi yerinde. Çalışacağız. Aç, açık kalmayız, merak etme. Şöyle bak, bir şirketin yönetimini ve bir diğerinin de kurul iskemlesini kaybettin sonuçta. Ama o şirketi şir-

ket, seni de sen yapan her şey yine sende. En önemlisi, kimsenin karşısında başını eğeceğin, gözünü kaçıracağın hiçbir aybın, sahtekârlığın yok. Bırak, bundan sonrasını Selçuk ahlâksızının peşinde olanlar düşünsün."

"Haklısın... Büyükbabamın sözlerini hatırlıyorum da... Bana aile yüzüğünü bırakacağını söylediği gün demişti ki; "...Yalnız unutma: Güven, çok kırılgan bir duygudur. Bir gün, kendinin kırılacağını dahi bilsen, sana duyulan güvene gözün gibi bak..."

Gerçekten Berke, büyükbabasından kalan manevi mirasın desteğiyle kendini daha rahatlamış hissediyordu.

* * *

Anberin ise, ilk birkaç gün, her gece ev halkının uyumasını bekleyip kapandığı resim atölyesinde sabaha kadar ağlayıp kocası, çocukları için dua, Selçuk'a beddualar ettikten sonra birden rahatlamış ve kendisini yakınma havasından kurtarıp normal sıhhatli enerjisine kavuşmuştu.

Genç kadın, şimdi tüm olaya başka bir perspektiften bakmaya başlamıştı. Uzun zamandır gerçek renklerini gördüğü ve hissettiği birçok insanın asıl yerinin artık belli olmasından memnundu. En azından bundan sonra, zoraki beraberliklerle, suni ilişkileri yürütmek için zaman harcamayacak, sevmedikleriyle karşılaşma huzursuzluğundan kurtulacaktı. İçinden bir his, ilerleyen günlerde çekecekleri sıkıntının aslında onları hür kılacağını söylüyordu. Selçuk'tan zaten hep beklediği bu kötülük, daha ileri yıllarda, yaralarını saramayacakları şartlardayken de başlarına gelebilirdi. Karı koca, ikisi de henüz dinamik ve sıhhatliydi. Çalışkandı. Sevenleri çoktu. Birbirlerine âşıklardı. Harika iki çocukları vardı. Ne yaparsa yapsın, ne kazanırsa kazansın, Selçuk'un hiçbir zaman sahip olamayacağı çok şeyleri vardı. Mağlup sayılmazlardı.

Ayrıca, son birkaç gündür, rüyasında, bedduasında dilediği gibi, Selçuk'un başını yalamakta olan bir şeytan görmekteydi. Rüya, aslında ürkütücü, iğrenç ve karanlıktı ama nedense Anberin'e büyük bir huzur veriyordu. Bunu, Selçuk'un yakın bir zaman sonra başına geleceklerin habercisi olarak algılıyordu. Onun, Berke'ye yapacağı kötülüğü ne kadar kuvvetli hissettiyse, şimdi de aynı kuvvetle, Selçuk'un bir belâya doğru hızla yaklaştığını hissediyordu. Bu his, ileriye dönük beklentilerini, ümitlerini tazeliyor, o günü yakında göreceği düşüncesiyle, yüreği pır pır ediyordu.

Şimdi, yaşanmış ve bitmiş olanların acısıyla demlenme zamanı değildi. Önlerinde yepyeni bir hayat başlıyordu. Belki çok sevdikleri, senelerini verdikleri işleri bitmişti ama bu, aynı zamanda onlara yapmak istedikleri bambaşka şeyler için taptaze bir zaman dilimi açıyordu.

Kendisini, hayatını yeniden programlarken düşündü, neler yapabilirim diye. Belki sadece resim yapardı bundan sonra. İkinci bir üniversite tahsili yapar, belki bu defa sanat tarihi okurdu ya da arkeoloji. Hikâyeleri vardı zaman zaman denediği. Belki de oturur, onları derlerdi. Vakıfta yine, gücünün yettiği nispette çalışabilirdi... Sabah erkenden kalkacağım telâşı yaşamadan bütün gece bahçede oturup puhu kuşunu, yazın bülbülleri dinleyip sabaha karşı üzerinde çiğ tanecikleriyle uyanabilirdi istediği zaman. Arada, çocuklarını okullarına kendi götürebilir, kocasıyla öğlenleri Boğaz kıyısında bir balıkçıda rakı içebilirdi. ...Tanrım, zamanla neler yapılabilirdi! Aslında içi boş, kocaman bir hediye paketi gibiydi zaman; esnek, istediğin tarafa uzayan, yükselen, derinleşen... İstediğiyle doldurabilirdi içini.

Birden, kendisini kuşlar gibi hür hissetti. Neredeyse kanatlanacak gibiydi. Saatine baktı. Sabaha karşı beş olmuştu. İlk defa telâşa kapılmadı. Nasılsa artık altıda kalkmak zorunda değildi. Yatak odasına doğru yöneldi. Lâmbanın ışığında, kırgın bir yüz ifadesiyle uyumakta olan kocasına baktı. Yüreği sevgiyle kabardı. Yatağa girip ona sarıldı. Dudaklarını öptü ve başını göğsüne dayadı. Berke, uykusu arasında kolunu onun narin bedenine doladı.

"Her şey çok iyi olacak sevgilim." diye mırıldandı Anberin, "hem de çok iyi..."

"Sen beni bırakma yeter." dedi Berke, dudaklarını onun saçlarına gömerken.

Anberin, ışığı kapatmak için kolunu uzattığında, karşı duvardaki yağlıboya tablodan Seher Vardar'ın gülümseyerek göz kırptığını görür gibi oldu, fısıltısını duydu.

"Yine görüşeceğiz."

Aynı dakikalarda

Yeşilköy'deki evinde **Refet Vardar** gecenin sessizliğinde derin bir uykudaydı. Yatmadan önce saatlerce olanları çok düşünmüş, her şeyi en baştan alıp konuşulanların tekrar üzerinden geçmiş, ama sonunda, babasından kalan ve kendisinin de parçası olduğu serveti korumakla esas görevini yaptığından emin, içi rahat uyumuştu.

Salonda, piyanonun üzerinde Seher'in altın çakmağı, küçük lâmbanın loş ışığında sahibini bekler gibiydi.

* * *

Vecdi Vardar, her zamanki gibi, olan biteni yorumlamaya kısa ama net bir zaman ayırmış ve kendisine göre en gerçekçi sonucu çıkarmıştı. Bu çöküşün ardında Selçuk'un muhakkak surette eli olduğuna inanıyordu. Ama daha işin başında, onu uyarmak için ne kadar uğraştığını hatırladıkça, bunun Berke'ye iyi bir ders olduğuna karar vermişti. Zaten, artık mühim olan Astaş'taki hisselerin değerini kaybetmeden yaşamasıydı. Olan olmuş, dünde kalmıştı. Ertesi gün holdingde yapacaklarıyla ilgili notlarını alıp yeni günün kararlılığıyla uykuya gitmişti.

* * *

Selçuk, zaferini şişko fasulyesiyle kutlamış, önce kulağının dibinde zafer çığlıkları atan şeytanı, daha sonra yataktaki avazlara da katılmıştı. Kendi yorulmuş, şeytanı yorulmak bilmemişti o gece. Heyecanı, ancak sabaha karşı biraz olsun yatışmış ve nihayet başarısından aldığı hazla bitkin, uyumuştu. Yine de çok huzurlu değildi. İblis uyku nedir bilmiyordu ki. Kulağının dibinde, "İşimiz bitmedi.", "Bizans oyununu unutma.", "İmparatorluğun yakın.", "Sırada kimler var?", "Haydi, haydi beni şaşırt." fısıltılarıyla beyninin dinlenmek isteyen loblarına, kışkırtıcı mesajlar gönderip duruyordu. Selçuk, henüz yüzleşip haşlayamadığı Tarık'la da, rüyasında uğraşıp durmaktaydı. İlk fırsatta onun burnundan fitil fitil getirecekti hainliğini. Yanı başındaki konsolun üzerinde *Attila The Hun* kitabı duruyordu. Kapağı açılmış, ilk sayfasındaki el yazısı görünüyordu.

"Sevgili kardeşim Selçuk'a, bir gün adil bir imparatorluk yürüteceğine inancımla başarılar. Berke."

Kelimelerin üzeri henüz yeni, ispirtolu kalemle çizilmişti.

* * *

Ziynet, tombul kalçası, bacakları çarşafın üzerinden Selçuk'un bedenine dolanmış, dudakları keyifle kıvrılmış yatıyordu. Harika bir rüya görmekteydi. Saray yavrusu bir evde, uşaklarına emirler yağdırmaktaydı. Sonra birden, elinin altına kocaman bir kutu verildi. Kapağını açtığında içindeki kıymetli mücevherler gözlerini kamaştırdı. Avuçlarını doldurup, boşalttı. Mücevherler birbirlerinin üzerine yığılırken tatlı bir ses çıkardı. Ziynet, yattığı yerde keyifle ürperdi ve parmaklarını görünmeyen bir şeyleri kaşır gibi oynattı.

* * *

Tarık, ağabeyinin, onun oylarına ve ruhuna ipotek koymak üzere kurduğu tezgâha karşılık tavır koymanın memnuniyetine rağmen, Selçuk'un olduğu yerde hiçbir zaman huzur bulamayacağının farkında, bundan sonra ne yapacağıyla ilgili, uykusuz ve endişeli geceler geçirmişti. İlk defa bu gece, özlediği gibi uyuyordu. Kararını vermişti.

* * *

Fazıla, her zamanki gibi sorumsuz, tasasız, keyifli bir akşamın yorgunluğunda, yüzü yastığına gömülü, ayılacağı saate kadar sürecek güzellik uykusundaydı.

* * *

Nesibe ve **Saffet Atay,** Berke ile Selçuk arasında yaptıkları seçimin, hem prestijleri, hem de yaşlılık günlerinin güvencesi açısından en doğrusu olduğu konusunda birbirlerini onaylayarak günü bitirmişlerdi. Artık bu yaşta, onlar için günlük mücadelelerden daha önemli şeyler vardı.

Saffet Bey, yastığında yan dönüp, evlendikleri günden beri âdeti olduğu üzere, karısının omuzuna dokunup uyandırdı.

"İyi misin Nesibe?"

Nesibe Atay, kocasının, ölüm korkusuyla, kırk senedir her sabaha karşı yaptığı bu yoklamaya alışık, gözünü açmadan "Hı hı..." dedi ve uyumaya devam etti. Saffet Atay için o günlük dert edilecek bir şey kalmamıştı. Uzun bir nefesin ardından horultusu duyuldu.

* * *

Muzaffer'i uyku tutmamıştı. Berke'ye olan kıskançlığı ve onunla devam ettirmek istediği bitmeyen hesaplaşma arzusu, Astaş'ın çalkantısıyla Selçuk'a yönlenmişti. Gerçi, Berke'nin artık holding yönetiminde esamisinin okunacak olmaması onu rahatlatıyor ama Seher'in evinde unuttuğu çanta aklına geldikçe de huzursuz oluyordu.

Bütün bir gece, masanın üzerine yaydığı hisse senedi listeleriyle, ortağı olduğu her bir şirketteki gücünün ve bu gücün takas edilebilirliliğinin hesabını yapıp durmaktaydı. Neyi gözden çıkaracağına henüz karar verememişti. Neyi ve kimleri? Uykusuz gözlerini ovuşturup, hesap makinesini tekrar eline aldı.

* * *

Saat beş otuzu gösterdiği anda, konsoldaki müzik setinden Yo-Yo Ma'nın çellosu eşliğinde, Bach'ın 'G Minor' Barok konçertosu yayılmaya başladı. **Murat Arkan,** gözlerini araladı. Derin bir nefesle kollarını başının üzerinde esnettikten sonra yataktan fırladı. Balkon kapısını açıp, çıplak bedenini sabahın soğuğuna dokundurdu. Ard arda uzun birkaç nefesten sonra içeri girdi. Banyoya giderken, giyinme odasının önünde kapalı hazır bekleyen Lancell valizlerine göz attı. Bu yolculuk iyi gelecekti. İlk defa, kendini, aşk denilen tuzağa bu kadar yakın hissediyordu. Alışık olmadığı bu his, sanki gücünü almış gibiydi. Biraz uzaklaşıp yalnız kalacak olma fikri bile şimdiden kendisini daha iyi hissetmesini sağlamıştı. Islıkla, Yo-Yo Ma'ya eşlik ederek banyosuna girdi.

* * *

Lâl, binici kıyafetlerini yatağa yaymış, banyoya girmeden önce saçlarını topluyordu. Durup öne doğru eğildi. Aynadaki aksine dikkatlice baktı. Abla ve eniştesinin bu sıkıntılı günlerinde onlara hiçbir yardımı olamadığı şu son haftalar, yapılan haksızlığa isyan edip durmaktaydı. Yaşamakta olduğu yeni aşkın heyecanını gözlerinde görebilmek için dikkatle kendisini izledi. Sevgilisinin bir müddet gidişine memnundu ve bir süre yalnızlık ilâç gibi gelecekti. Giyinirken, bu sabah, Atlı Spor'da Muzaffer'le karşılaşmamayı diliyordu.

* * *

Beste, yatağında sırtını dayamış, karşısında açık televizyonun ekranında geçit yapan görüntüleri, aslında seyretmeden, öylece bakıyordu. İş dünyasından, politikalarından uzak olduğu için tek bildiği, ağabeyinin Selçuk'un kıyımına uğradığı idi. Ancak, Berke'nin Selçuk'a bu derece teslimiyetini bir türlü içine sindiremiyordu. Bu güne dek, hisselerini, çıkarlarını gözeten ağabeyine, üzüldüğü kadar da kızgınlık duymaya başlamıştı. Bu ikinci hissi içine atmaya karar verip, televizyonu kapadı. Oda, uykuya davet eden karanlığına büründü.

* * *

Vali Konağı Caddesi'ndeki apartman dairesinin salonunda hâlâ ışık yanıyordu. **Gloria,** boşalmış Jack Daniels şişesi yanı başında, salondaki kanepenin üzerinde sızıp kalmıştı. Birkaç dosya, içlerinden dağılmış fotoğraflar, kucağında ve yerde yayılmış duruyordu.

Yaşadığı son aşk hüsranla bitince, eski defterleri karıştırmaya karar vermişti, birkaç gün önce. Berke'yle on altı sene önce yaptıkları ayrılık sözleşmesini çıkarmış, ondan yeni bir şeyler koparabilmek için tek tek gözden geçirmişti. Bu kadar senedir, anlaşmalarına o kadar cömert ve uygulamada o kadar sadık kalmıştı ki Berke... Ama, muhakkak bir yolunu bulmalıydı. Madem kocası onu bırakıp gitmiş, kendisine yepyeni bir aile kurmuştu... Şimdiye dek ödedikleri Gloria'yı tatmin etmiyordu artık.

Gloria çok uzun zamandır sessiz kaldığına karar vermişti. Kendisini hatırlatmanın zamanı gelmiş, hatta geçmişti.

* * *

Henüz ağaran gün, yağmuru da beraberinde getirmişti. Sahil boyunca havaalanı yolunda ilerleyen taksinin silgeçleri çalıştı. Arka koltukta oturan **Vefa Tan,** okumakta olduğu dosyayı çantasına koydu. Selçuk'un aylar önce yaptığı hakaret bir kez daha kulağında çınladı. Hırsla yutkundu. Ödeşme zamanı gelmişti. Dönüşünde her şey çok farklı olacaktı.

* * *

Seher'in resim atölyesindeki dolabın dip tarafında, vernik, boya ve kâğıt yığınlarının altında, Muzaffer'in **siyah deri çantası**, henüz hikâyesini anlatamamış yorgun bir masalcı gibi, şimdilik uykudaydı.

* * *

Seher Vardar'ın ahşap küçük kasası, gardırobun içinde gömülü gizlendiği yerde, gözlerden ırak, unutulmuşluğunu yaşıyordu. Yıllardır gün ışığı görmemiş bir zarf, içinde **Ali Sermed Vardar**'ın el yazısıyla **vasiyetnamesi**, eski zaman tülü gibi sararmış ve incelmiş, kasanın karanlığında uyumaktaydı... şimdilik...

Teşekkür

Yayıncım Remzi Kitabevi'ne;
Kitabımın yayına hazırlanmasındaki ilgisinden dolayı sevgili Ömer Erduran'a;
Nakış işler titizliğindeki emeği ve sabrı için sevgili editörüm Neclâ Feroğlu'na;
Dizgi emektarımız sevgili Hatice Taş'a;
Sanatçı yorumuyla zenginlik ve anlam kattığı kapak tasarımından ötürü canım oğlum Pamir Cazım Bezmen'e teşekkürler!

NERMİN BEZMEN'İN YAYINEVİMİZDE
ÇIKAN DİĞER KİTAPLARI

ROMAN

ROMAN

HİKÂYELER